sodoma e gomorra

marcel proust
em busca do tempo perdido
volume 4
sodoma e gomorra
tradução mario quintana

revisão técnica por olgária chain féres matos
prefácio, notas e resumo guilherme ignácio da silva
posfácio regina maria salgado campos

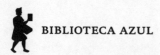
BIBLIOTECA AZUL

Copyright da tradução © Editora Globo S.A.

Todos os direitos reservados. Nenhuma parte
desta edição pode ser utilizada ou reproduzida –
em qualquer meio ou forma, seja mecânico
ou eletrônico, fotocópia, gravação etc. –
nem apropriada ou estocada em sistema de bancos
de dados, sem a expressa autorização da editora.

Texto fixado conforme as regras do Acordo Ortográfico
da Língua Portuguesa (Decreto Legislativo nº 54, de 1995).

CAPA E PROJETO GRÁFICO
warrakloureiro

REVISÃO
Beatriz de Freitas Moreira
e Maria Sylvia Corrêa

IMAGENS DE CAPA, CONTRACAPA E GUARDAS
Hulton Archives / Getty Images

Dados Internacionais de Catalogação na Publicação [CIP]
Câmara Brasileira do Livro, SP, Brasil

Proust, Marcel, 1871-1922
Sodoma e Gomorra / Marcel Proust ; tradução
Mario Quintana ; 3ª ed. rev. por Olgária Chain Féres
Matos ; prefácio, notas e resumo Guilherme Ignácio
da Silva ; posfácio Regina Maria Salgado Campos. —
São Paulo : Globo, 2008. — (Em busca do tempo
perdido ; v. 4)

Título original: Sodome et Gomorrhe
ISBN 978-85-250-4228-6

1. Romance francês 2. Quintana, Mario, 1906-1994
II. Matos, Olgária Chain Féres. III. Silva, Guilherme
Ignácio da. IV. Campos, Regina Maria Salgado V. Título.
VI. Série

08-10150   CDD-843

Índices para catálogo sistemático:
1. Romances: Literatura francesa 843

1ª edição, 1954 [várias reimpressões]
2ª edição, 1988 [13 reimpressões]
3ª edição, 2008 [3ª reimpressão, 2019]

Direitos de edição em língua portuguesa
adquiridos por Editora Globo S/A
Rua Marquês de Pombal, 25
20.230-240, Rio de Janeiro, RJ
www.globolivros.com.br

prefácio 7

primeira parte 15
segunda parte 53

resumo 607
posfácio 619

sumário

prefácio

O primeiro volume de *Em busca do tempo perdido* fala de dois caminhos diferentes que circundam a cidadezinha de Combray: o de Swann e o de Guermantes. O herói, em férias com os pais, pode tomar um desses dois caminhos, conforme se apresentam as condições climáticas do dia.

Essa imagem é ampliada nos dois volumes seguintes, ao longo dos quais os caminhos deixam de ser apenas rotas para passeios para assumir a forma de dois mundos diferentes que o herói passa a frequentar: de um lado, o mundo de Charles Swann, judeu, colecionador de obras de arte, marido da encantadora Odette e pai de Gilberte; de outro, o dos Guermantes, mundo da nobreza ao qual o herói é introduzido pela sra. de Villeparisis e seus sobrinhos, Robert de Saint-Loup e o sr. de Charlus.

Dando prosseguimento à sua trajetória, àqueles dois caminhos iniciais de descobertas vêm se somar agora outros dois: os caminhos de Sodoma e de Gomorra.

O presente volume inicia-se justamente com a referência às duas cidades bíblicas destruídas em consequência da devassidão sexual de seus habitantes. O herói do livro vai percorrer, então, trilhas misteriosas pelas quais se esquivam os sobreviventes daquela destruição. Dois personagens emitem sinais das cidades desaparecidas: o barão de Charlus e uma das "raparigas em flor", Albertine.

É por uma descoberta sobre o comportamento do barão que, no final do volume anterior, a sequência narrativa foi provisoriamente interrompida e o relato de um episódio adiado para o início de *Sodoma e Gomorra*. Trata-se de uma descoberta que, dada a sua importância, parece requerer um espaço à parte para seu pleno desenvolvimento no início do presente volume: antes da visita ao duque e à duquesa de Guermantes, o herói presencia algo que não apenas modifica sua percepção do que viveria em seguida, mas também redimensiona várias de suas experiências anteriores. É como se, a partir dessa cena, ele recebesse novos olhos para entender o que já vivera, e também para perceber tudo o que ainda estava por viver.

Até então, o barão de Charlus demonstrara sempre uma maneira muito misteriosa de se aproximar do herói. Alguma coisa parecia guardada em seu comportamento e, particularmente, na intensidade de seu olhar.

Na primeira vez que avista o sr. de Charlus, percorrendo "o caminho de Swann", ainda no primeiro volume, o herói recebe deste um olhar bastante intenso: "[...] um senhor com roupa xadrez e que eu não conhecia, fixava em mim olhos que lhe saltavam do rosto; [...]".

Muitos anos depois, na segunda aparição do barão, na praia de Balbec, a intensidade de seu olhar chama ainda a atenção. Ali, o herói percebe "um homem de uns quarenta anos, muito grande e bastante gordo, com bigode muito negro, e que, ao mesmo tempo em que batia nervosamente sua calça com uma varinha, fixava em mim olhos dilatados pela atenção".

Uma hora mais tarde, esse desconhecido de olhar intenso e atitudes dissimuladas é apresentado ao herói como o barão de Charlus, sobrinho da sra. de Villeparisis. Ainda na mesma noite, no Grande Hotel de Balbec, ele sobe ao quarto do herói com um livro de Bergotte e circula pelo cômodo em silêncio, como se tivesse algo de muito importante a lhe revelar e não soubesse ao certo como exprimir. O sr. de Charlus guarda algo de muito intenso, algo que procura satisfazer na aproximação veemente, momentânea, vertiginosa que tem com o herói. Este não suspeita, entretanto, estar recebendo sinais advindos de Sodoma.

Da mesma maneira, é durante uma de suas andanças pelo caminho de Swann que o herói recebe os primeiros sinais de Gomorra. Ali, na propriedade do músico Vinteuil, ele vê a filha deste em cena sádica de amor homoerótico com uma amiga, a srta. Léa.

A imagem das duas moças começa a ter cada vez mais importância para o herói, à medida que ele passa a coletar alguns sinais no comportamento de sua namorada, Albertine. O aprofundamento daquela imagem do "caminho de Gomorra" virá justamente da associação repentina de Albertine aos hábitos das duas lésbicas. Tal associação é feita ao acaso pelo dr. Cottard.

Andando ao lado do herói, o doutor assinala que duas mulheres podem extrair prazer, enquanto dançam juntas, do contato entre seus seios. As duas mulheres em questão são Albertine e sua amiga Andrée, dançando juntas, no cassino de Incarville.

Todo esse trecho do livro foi desenvolvido durante a Primeira Guerra Mundial, quando, com as editoras fechadas, o autor teve a oportunidade de aprofundar o trabalho com seus rascunhos e a obra ganharia então uma extensão que não planejara. *Sodoma e Gomorra* vem dar, desse modo, novo sopro à narrativa de Marcel Proust, expandindo seu texto em uma imensa rede de sinais e enigmas.

1 Alusão à passagem da Bíblia que trata da destruição das cidades malditas de Sodoma e Gomorra por Yahvé, devido à depravação homossexual de seus habitantes (Gênese, XVIII: 16 e XIV: 29). Antes de destruí-las, ele envia dois anjos para salvar os justos que seriam "poupados pelo fogo do Céu". *Devemos grande parte das notas histórico-literárias às edições francesas das editoras Gallimard e Flammarion.* [N. do E.]

2 Síntese de um dos temas principais do livro de Proust (não apenas o homoerotismo, mas o desencontro entre os sexos), a epígrafe foi extraída do poema "A cólera de Sansão", do livro *As destinadas*, de Vigny. Os últimos versos da estrofe são justamente estes: "E, lançando-se, de longe, um olhar irritado,/ Os dois sexos morrerão cada um para seu lado". [N. do E.]

Primeira aparição dos homens-mulheres,
descendentes daqueles habitantes
de Sodoma que foram poupados pelo fogo do céu.[1]
GÊNESE

A mulher terá a Gomorra e o homem terá a Sodoma.[2]
ALFRED DE VIGNY

primeira parte

Sabe-se que, muito antes de ir naquele dia (o dia da recepção da princesa de Guermantes) fazer ao duque e à duquesa a visita que acabo de referir, tinha eu vigiado a sua volta e efetuado, durante meu cerco, uma descoberta, que concernia particularmente ao sr. de Charlus, mas tão importante em si mesma que até agora adiei o seu relato, até o momento de lhe poder dar o lugar e extensão desejados. Como já disse, havia abandonado o maravilhoso posto de observação, tão comodamente situado nos altos da casa e de onde se abrangem as acidentadas encostas que levam ao palácio de Bréquigny e que são alegremente ornamentadas à italiana pelo telhado róseo da cocheira pertencente ao marquês de Frécourt. Considerando que o duque e a duquesa estavam a ponto de voltar, parecera-me mais prático postar-me na escada. Perdia assim o meu alto retiro. Mas, àquela hora, que era a que se segue ao almoço, não era muito o que tinha a perder, já que não teria visto, como pela manhã, as minúsculas personagens de quadro em que se convertiam a distância os lacaios do palácio de Bréquigny e de Tresmes empreenderem a lenta ascensão da abrupta vertente, com os seus apetrechos na mão, entre as amplas camadas de mica transparente que tão curiosamente se destacavam sobre os contrafortes vermelhos. Na falta da contemplação do geólogo, tinha pelo menos a do botânico, e olhava pelas janelas da escada o arbusto da duquesa e a planta preciosa expostos no pátio com essa insistência com que se mostra a gente casadoira, e perguntava-me se o improvável inseto iria, por uma casualidade providencial, visitar o pistilo oferecido e abandonado.[3] Como a curiosidade me encorajasse pouco a pouco, desci até a janela do andar térreo, também aberta, e cujos postigos estavam entrecer-

---

3 Tais imagens botânicas foram inspiradas na leitura do livro *A inteligência das flores* (*L'Intelligence des fleurs*), do escritor belga Maurice Maeterlinck, e em certos trabalhos de Darwin traduzidos para o francês, como *Da fecundação das orquídeas pelos insetos e dos bons resultados do cruzamento* e *Das diferentes formas de flores nas plantas de uma mesma espécie*, obra que traz um prefácio de Amédée Coutance, ao qual Proust recorre em alguns trechos de sua imagem. [N. do E.]

rados. Ouvia claramente Jupien, que se dispunha a sair e que não podia descobrir-me atrás de minha cortina, atrás da qual permaneci imóvel até o momento em que recuei bruscamente para o lado, por temor a ser visto pelo sr. de Charlus, que, indo à casa da sra. de Villeparisis, cruzava lentamente o pátio, avelhentado pela crua luz do dia, e encanecido. Fora preciso uma indisposição da sra. de Villeparisis (consequência da enfermidade do marquês de Fierbois, com quem estava o barão mortalmente inimizado) para que o sr. de Charlus fizesse uma visita àquela hora, acaso pela primeira vez em sua vida. Porque, com essa singularidade dos Guermantes, que, em vez de adaptar-se à vida mundana, a modificavam de acordo com seus costumes pessoais (não mundanos, pensavam eles, e dignos portanto que cedesse ante os mesmos essa coisa sem valor que é o mundanismo — assim é que a sra. de Marsantes não tinha dias determinados de recepção, mas recebia todas as manhãs a suas amigas, das dez horas ao meio-dia), o barão, que reservava esse tempo à leitura, à busca de antiguidades etc., só fazia visitas entre as quatro e as seis da tarde. Às seis ia ao Jockey ou passeava pelo Bois. Ao cabo de um instante, fiz novo gesto de recuo para que Jupien não me avistasse; em breve estaria na sua hora de sair para o escritório, de onde só voltava para jantar, e ainda isso nem sempre, desde que, fazia uma semana, sua sobrinha se achava fora, com suas auxiliares, na casa de uma freguesa, a fim de terminar um vestido. Depois, dando-me conta de que ninguém podia ver-me, resolvi não tornar a mover-me por medo de perder, se devia realizar-se o milagre, a chegada, quase impossível de aguardar (através de tantos obstáculos de distância, de riscos, de perigos), do inseto, enviado de tão longe como embaixador, à virgem que desde tanto tempo prolongava a sua espera. Sabia eu que essa espera não era mais passiva do que na flor macho, cujos estames se haviam voltado espontaneamente para que o inseto pudesse recebê-la com mais facilidade; nem mais nem menos como a flor fêmea, que ali estava, se chegasse o inseto, arquearia faceiramente os seus "estilos" e, para ser mais bem penetrada por ele, andaria imperceptivelmente metade do caminho, como uma rapariguinha hipócrita, mas ardente. As leis do mundo vegetal são regidas a seu turno por leis cada vez mais altas. Se a visita de um inseto, isto é, o aporte da semente de outra flor, é habitualmente necessária para fecundar uma flor, é porque a autofecundação, a fecundação da flor por si mesma, como os matrimônios repetidos numa mesma família, traria a degenerescência e a esterilidade, ao passo que o cruzamento efetuado pelos insetos dá às gerações sucessivas da mesma espécie um vigor desconhecido de seus antepassados. Contudo, pode esse impulso ser excessivo e a espécie desenvolver-se desmesuradamente; então, assim como uma antitoxina nos protege contra uma enfermidade, assim como a tireoide regula a nossa gordura, como a derrota vem a castigar o orgulho, a fadiga ao prazer, e como o sono, por sua vez, descansa da fadiga, assim um ato excepcional de autofecundação acode, no momento indicado, para dar a sua volta de torno, sua frenagem, restituindo à norma a flor que havia saído exageradamente dela. Haviam minhas reflexões seguido uma vertente que descreverei mais tarde, e já tinha eu inferido, da aparente astúcia das flores, uma conclusão sobre toda uma parte inconsciente da obra literária, quando vi o sr. de Charlus que regressava da casa da marquesa. Não fazia mais que uns minutos que entrara. Talvez houvesse sabido por sua velha parenta em pessoa, ou apenas por algum criado, a grande melhora, ou antes, a cura completa do que não passara de uma indisposição da sra. de Villeparisis. Naquele momento, em que não se julgava observado por ninguém, com as pálpebras descidas contra o sol, havia o sr. de Charlus relaxado em seu rosto aquela tensão, havia amortecido aquela vitalidade fictícia que mantinham nele a animação da palestra e a força de vontade. Pálido como um mármore, tinha um nariz imponente, e seus finos traços já não recebiam de um olhar voluntarioso uma significação diferente que alterasse a beleza de seu modelado; nada mais que um Guermantes, parecia já esculpido, ele, o Palamèdes XV, na capela de Combray. Mas esses traços gerais de toda uma família adquiriam, no rosto do sr. de Charlus, uma finura mais espiritualizada, mais suave, sobretudo. Lamentava eu por ele que adulterasse habitualmente com tantas violências, manias desagradáveis, mexericos, dureza, suscetibilidade e arrogância, que ocultasse sob uma brutalidade postiça a amabilidade, a bondade que, no momento em que saía da casa da sra. de Villeparisis, via eu espalhar-se tão candidamente por seu semblante. Pestanejando contra o sol, quase parecia sorrir; visto assim o seu rosto em repouso e como ao natural, achei-lhe um não sei quê tão afetuoso, tão desarmado, que não pude deixar de pensar o quanto não ficaria irritado o sr. de Charlus se pudesse saber que alguém o estava olhando; pois no que me fazia pensar aquele homem que tanto alardeava virilidade, a quem todo mundo parecia odiosamente efeminado, no que ele logo me fazia pensar, de tal modo lhe possuía os traços, a expressão e o sorriso, era numa mulher.

Ia afastar-me de novo para que não pudesse reparar em mim; não tive tempo, nem necessidade de fazê-lo. O que eu vi! Cara a cara, naquele pátio em que evidentemente não se haviam encontrado nunca (já que o sr. de Charlus não vinha ao palácio dos Guermantes senão à tarde, nas horas em que Jupien estava em seu ateliê), o barão, que logo arregalara seus olhos entrecerrados, olhava com extraordinária atenção o antigo alfaiate, à porta de sua loja, enquanto o último, cravado subitamente no local ante o sr. de Charlus, enraizado como uma planta, contemplava com expressão maravilhada a corpulência do barão a caminho da velhice. Mas, coisa mais assombrosa ainda: como a atitude do sr. de Charlus mudasse, a de Jupien, imediatamente, como se obedecesse às leis de uma arte secreta, se pôs em harmonia. O barão, que procurava agora dissimular a impressão que havia sentido, mas que, apesar da sua afetada indiferença, parecia não afastar-se senão de má vontade, ia e vinha, olhava para o espaço da maneira que mais lhe parecia ressaltar a beleza de suas pupilas, adotava um ar fátuo, displicente, ridículo. Pois bem, Jupien, perdendo em seguida a expressão humilde e bondosa que eu sempre lhe conhecera, havia — em simetria perfeita com o barão — erguido a cabeça, dava a seu talhe um porte favorável, apoiava com grotesca impertinência o punho no quadril, fazia ressaltar o traseiro, adotava atitudes com a coqueteria que poderia ter a orquídea para com o besouro providencialmente aparecido. Eu ignorava que ele fosse capaz de apresentar um aspecto tão antipático. Mas não sabia que fosse capaz de representar de improviso o seu papel naquela espécie de cena dos dois mudos que (embora se achasse pela primeira vez em presença do sr. de Charlus) parecia ter sido longamente ensaiado — não se chega espontaneamente a essa perfeição senão quando encontramos um compatriota em terra estranha, com o qual então se verifica por si mesmo o entendimento, já que o intérprete é idêntico, e sem que nenhum dos dois se haja visto nunca. Aquela cena não era, aliás, positivamente cômica; estava cheia de uma singularidade, ou, se quiserem, de uma naturalidade cuja beleza aumentava de momento a momento. Por mais que adotasse o sr. de Charlus um exterior indiferente, baixava distraidamente as pálpebras, erguia-as de quando em quando e lançava então a Jupien um olhar atento. Mas (decerto porque pensava que uma cena como aquela não podia prolongar-se indefinidamente naquele lugar, ou fosse por motivos que se compreenderão mais tarde, ou, enfim, por esse sentimento de brevidade de todas as coisas que faz com que se queira que cada tiro acerte no alvo e que torna tão comovente o espetáculo de todo amor) cada vez que o sr. de Charlus olhava para Jupien, fazia com que o seu olhar fosse acompanhado de uma expressão, o que o tornava infinitamente distinto dos olhares habitualmente dirigidos a uma pessoa que se conhece ou não se conhece; olhava para Jupien com a fixidez peculiar de quem vai dizer a alguém: "Perdoe-me a indiscrição, mas o senhor está com um fio branco nas costas", ou então: "Não devo estar equivocado, o senhor deve ser também de Zurique; parece que já nos encontramos na loja do antiquário". Assim, a cada dois minutos, a mesma pergunta parecia intensamente formulada a Jupien no olhar do sr. de Charlus, como essas frases interrogativas de Beethoven, repetidas infinitamente, a intervalos iguais, e destinadas — como um luxo exagerado de preparativos — a trazer um novo motivo, uma mudança de tom, uma "volta". Mas precisamente a beleza dos olhares do sr. de Charlus e de Jupien provinha, pelo contrário, de que, provisoriamente ao menos, esses olhares não pareciam ter por finalidade conduzir a coisa alguma. Era a primeira vez que eu via o barão e Jupien manifestarem tal beleza. Nos olhos de um e outro, o que acabava de surgir era o céu, não de Zurique, mas de alguma cidade oriental cujo nome eu ainda não havia adivinhado. Qualquer que fosse a interrupção que pudesse deter o sr. de Charlus e o alfaiate, seu acordo parecia concluído, e aqueles inúteis olhares pareciam não ser mais que prelúdios rituais, semelhantes às festas que se celebram antes de um matrimônio já concertado. Mais próximo ainda da natureza — e a própria multiplicidade destas comparações é tanto mais natural que um só e mesmo homem, se o examinamos durante alguns minutos, parece sucessivamente um homem, um homem-pássaro ou um homem-inseto etc. —, dir-se-iam dois pássaros, macho e fêmea; o macho, tratando de avançar, sem que a fêmea — Jupien — respondesse a esse manejo com o menor sinal, apenas fitando seu novo amigo sem espanto, com uma fixidez distraída, considerada sem dúvida mais perturbadora e a única útil, uma vez que o macho dera os primeiros passos, e contentando-se em alisar as penas. Por fim, a indiferença de Jupien já não lhe pareceu suficiente; dessa certeza de haver conquistado, o fazer-se perseguir e desejar, não havia mais que um passo, e Jupien, resolvendo encaminhar-se para seu trabalho, saiu pela porta da frente. Não sem ter voltado antes duas ou três vezes a cabeça, escapou-se para a rua, onde o barão, temendo perder-lhe a pista (assobiando com ar fanfarrão, não sem gritar "até à vista" ao porteiro, que, meio ébrio e ocupado em atender uns visitantes num quartinho imediato à sua cozinha, nem sequer o ouviu), se lançou rapidamente para alcançá-lo.

No mesmo instante em que o sr. de Charlus atravessava a porta zunindo como um besouro, outro, este de verdade, entrava no pátio. Quem sabe se não era o esperado desde muito pela orquídea, e que vinha trazer-lhe o pólen tão raro, sem o qual permaneceria virgem. Mas distraí-me a seguir os revoluteios do inseto, pois ao fim de uns minutos, chamando ainda mais a minha atenção, Jupien (acaso para apanhar um pacote que levou mais tarde e que havia esquecido com a emoção que lhe causara o aparecimento do sr. de Charlus, acaso simplesmente por um motivo mais natural) voltou, seguido pelo barão. Este, decidido a apressar as coisas, pediu fogo ao alfaiate, mas observou imediatamente: "Peço-lhe fogo, mas vejo que esqueci os charutos". As leis da hospitalidade triunfaram das regras da coqueteria: "Entre, que terá tudo o que quiser", disse o alfaiate, em cujo semblante o desdém passou ao júbilo. A porta da loja fechou-se atrás deles e não pude ouvir mais nada. Tinha perdido de vista o besouro, não sabia se era o inseto de que a orquídea necessitava, mas já não tinha dúvidas, no tocante a um inseto raríssimo e a uma flor cativa, da possibilidade milagrosa de que se unissem, quando o sr. de Charlus (simples comparação quanto aos acasos providenciais, quaisquer que sejam, e sem a menor pretensão científica de relacionar certas leis da botânica e que às vezes se chama, muito mal, a homossexualidade), que, desde muitos anos, não vinha àquela casa senão nas horas em que Jupien estava ausente, pela casualidade de uma indisposição da sra. de Villeparisis havia encontrado o alfaiate e, com ele, a aventura reservada aos homens do gênero do barão por um desses seres que podem mesmo ser, como depois se verá, infinitamente mais jovens que Jupien, e mais belos, o homem predestinado para que aqueles tenham a sua porção de voluptuosidade neste mundo: o homem que só ama os velhos.

O que, de resto, acabo de dizer aqui é o que não havia de compreender até uns minutos mais tarde, a tal ponto aderem à realidade essas propriedades de invisibilidade, até que uma circunstância a tenha despojado delas. Como quer que fosse sentia-me, no momento, muito aborrecido, por não poder escutar mais a conversa do ex-coleteiro e do barão. Então reparei na sala por alugar, apenas separada da de Jupien por um tabique extremamente delgado. Para transportar-me a ela, não tinha mais que voltar a nosso apartamento, ir à cozinha, descer pela escada de serviço até os porões, seguir interiormente por estes por toda a extensão do pátio e, ao chegar à parte do subsolo onde o carpinteiro ainda alguns meses atrás serrava suas madeiras e onde Jupien tencionava depositar o seu carvão, subir os poucos degraus que davam acesso ao interior da loja. Assim faria às ocultas todo o meu caminho, e ninguém me veria. Era o meio mais prudente. Não foi o que adotei, mas, rente às paredes, fiz a volta do pátio, ao ar livre, procurando não ser visto. E se não fui visto, creio que o devo mais à casualidade do que à minha cautela. Quanto ao fato de ter-me abalançado a uma iniciativa tão imprudente, quando era tão seguro o caminho pelo porão, vejo três motivos possíveis, dado que houvesse algum. Minha impaciência. Depois, acaso uma obscura lembrança da cena de Montjouvain, escondido entre a janela da srta. Vinteuil. Em rigor, as coisas desse gênero a que assisti tiveram sempre, no cenário, o caráter mais imprudente e menos verossímil, como se tais revelações não devessem ser senão a recompensa de um ato cheio de riscos, embora em parte clandestino. Por último, atrevo-me apenas, por causa do seu caráter de infantilidade, a confessar o terceiro motivo, que foi, segundo penso, inconscientemente determinante. Desde que, para seguir — e ver desmentidos — os princípios militares de Saint-Loup, havia acompanhado minuciosamente a Guerra dos Bôeres, inclinara-me a ler antigas narrativas de explorações e viagens. Essas narrativas tinham-me apaixonado e eu as aplicava à vida corrente para criar mais ânimo. Quando os acessos de asma que me forçavam a permanecer vários dias e várias noites sucessivas não só sem dormir, mas sem deitar, sem beber nem comer, no instante em que o esgotamento e o sofrimento chegavam a tal ponto que eu julgava nunca mais me livraria deles, pensava em determinado viajante arrojado à praia, intoxicado por ervas venenosas, tiritando de febre sob as suas vestes empapadas pela água do mar e que, no entanto, achava-se melhor ao fim de dois dias, empreendia de novo seu caminho ao acaso, em busca de uns nativos quaisquer, que talvez fossem antropófagos. Seu exemplo me tonificava, me devolvia as esperanças, e sentia vergonha de haver tido um instante de desânimo. Ao pensar nos bôeres que, tendo pela frente exércitos ingleses, não temiam se expor quando se tratava de atravessar zonas de campo raso antes de tornarem a encontrar uma espessura: "Havia de ser muito engraçado", pensava, "que fosse eu mais pusilânime, quando o teatro de operações é simplesmente nosso próprio pátio, e quando eu, que tantas vezes me bati em duelo, sem nenhum temor, por ocasião do Caso Dreyfus, não tenho a temer outra espada senão a dos olhares dos vizinhos, que têm mais que fazer do que olhar para o pátio".

Mas quando me vi na loja, evitando fazer ranger o soalho, atentando em que o menor ruído da sala de Jupien se ouvia da minha, considerei como haviam sido imprudentes Jupien e o sr. de Charlus, e até que ponto os havia ajudado a sorte.

Não me atrevia a mexer-me. O cocheiro dos Guermantes, aproveitando, sem dúvida, a sua ausência, transportara para a sala em que me encontrava uma escada de mão, guardada até então na estrebaria. E, se eu trepasse por ela, poderia abrir a bandeira e ouvir como se estivesse nos aposentos do próprio Jupien. Mas temia fazer ruído. De resto, seria inútil. Nem sequer tive de lamentar não haver chegado senão depois de alguns minutos à minha sala. Porque, a julgar pelo que ouvi nos primeiros instantes na de Jupien, que não foi mais que alguns sons inarticulados, suponho que foram pronunciadas poucas palavras. Verdade é que esses sons eram tão violentos que, se não tivessem sido repetidos sempre uma oitava mais alto por um gemido paralelo, podia eu ter pensado que uma pessoa degolava a outra perto de mim e que logo o assassino e sua vítima, ressuscitada, tomavam um banho para apagar os vestígios do crime. Disso deduzi mais tarde que há uma coisa tão ruidosa como a dor: o prazer, sobretudo quando a ele se acrescentam — na falta do temor de ter filhos, caso que aqui não se podia dar, apesar do exemplo pouco convincente da Legenda Dourada[4] — cuidados imediatos de higiene. Por fim, aproximadamente ao cabo de meia hora (durante a qual subira com pés de gato a minha escada para espiar pela janelinha, que não abri), entabulou-se uma conversação. Jupien recusava energicamente o dinheiro que o sr. de Charlus queria dar-lhe.

O sr. de Charlus se dispôs a sair. "Por que se escanhoa dessa maneira?", disse Jupien ao barão, num tom de mimo. "É tão bonito uma barba comprida!" "Uf!, é repugnante!", respondeu o barão.

Em todo caso, se ia deixando ficar no umbral da porta e pedia a Jupien informações sobre o bairro. "Não sabe nada do vendedor de castanhas da esquina? Não, o da esquerda não, é horrível; o do lado par, um mocetão moreno. E o farmacêutico da frente tem um ciclista muito simpático, que distribui os remédios." Essas perguntas aborreceram sem dúvida a Jupien, porque, erguendo-se com o despeito de uma mulher traída, respondeu: "Vejo que tem um coração empedernido". Dita num tom dolorido, glacial e amaneirado, esta censura afetou, sem dúvida, o sr. de Charlus, que, para apagar a má impressão que causara a sua curiosidade, dirigiu a Jupien, demasiado baixo para que eu distinguisse bem as palavras, um rogo que exigiria indubitavelmente que prolongassem sua permanência na sala e que comoveu suficientemente o alfaiate para dissipar sua pena, porque ficou olhando o barão no rosto, gordo e congestionado sob os cabelos grisalhos, com a fisionomia inundada de felicidade de alguém cujo amor-próprio acaba de ser lisonjeado profundamente, e resolvendo-se a conceder ao sr. de Charlus o que este acabava de pedir-lhe, Jupien, de-

---

4 O livro *A arte religiosa do século XIII na França*, do pintor Émile Mâle, amigo de Proust, traz a narrativa da chamada *"Légende Dorée"*, uma alusão a uma anedota importante na iconografia medieval: Nero teria se casado com um de seus escravos e queria que os médicos fizessem com que ele tivesse filhos; a instalação de uma espécie de filtro faz nascer uma rã que Nero cria em seu palácio. [N. do E.]

pois de algumas observações faltas de distinção como: "Puxa!, que traseiro!", disse ao barão, com expressão sorridente, emocionada, superior e agradecida: "Bem, anda, criançona!".

"Se insisto na questão do condutor", continuou o sr. de Charlus com obstinação, "é porque, fora de tudo o mais, poderia ter algum interesse para a volta. Sucede-me, com efeito, como ao califa que percorria as ruas de Bagdá e a quem todo mundo tomava por um simples mercador, condescendendo até seguir alguma curiosa personagem cuja silhueta me agrade." Aqui fiz a mesma observação que fizera acerca de Bergotte. Se alguma vez tivesse ele de responder perante um tribunal, não usaria frases adequadas para convencer aos juízes, mas as frases bergotescas que seu peculiar temperamento literário naturalmente lhe sugeria, fazendo-lhe encontrar um deleite em seu emprego. Analogamente, o sr. de Charlus se servia, para com o alfaiate, da mesma linguagem que teria usado com mundanos do seu meio, exagerando até seus tiques, já porque a timidez contra a qual se esforçava por lutar o impelisse a um orgulho excessivo, já porque, impedindo-o de dominar-se (pois a gente se sente mais inibido diante de quem não é de nosso próprio meio) o obrigasse a revelar, a pôr a nu a sua natureza, que era, com efeito, orgulhosa e um tanto demente, como dizia a sra. de Guermantes. "Para não perder sua pista", continuou, "aventuro-me como um professorzinho, como um médico jovem e disposto, no mesmo bonde que a criaturinha, de quem falamos aqui no feminino só para seguir a regra (como se diz ao falar de um príncipe: Encontra-se bem Sua Alteza?). Se muda de carro, tomo, quiçá com os micróbios da peste, essa coisa incrível que se chama 'combinação', um número e que, ainda quando mo entregam *a mim*, nem sempre é o número 1. Assim, mudo até três, até quatro vezes de 'coche'. Costumo chegar às onze da noite à estação de Orléans, e há que voltar! E se ao menos fosse tão só a estação de Orléans! Mas uma vez, por exemplo, como não pude entabular conversação antes, cheguei até Orléans mesmo, num desses vagões espantosos, em que se tem por toda a vista, entre uns triângulos de trabalhos manuais que chamam de malha, a fotografia das principais obras-primas arquitetônicas da rede. Não restava mais que um espaço livre; diante de mim tinha, como monumento histórico, uma 'vista' da catedral de Orléans, que é a mais feia da França, e que era tão cansativa de contemplar,[5] assim a contragosto, como se me tivessem obrigado a ficar olhando suas torres na bolinha de vidro de uma dessas canetas ópticas que produzem oftalmias. Desci em Aubrais ao mesmo tempo que a minha criaturinha, a quem, ai de mim, sua família (quando eu lhe supunha todos os defeitos, menos o de ter uma família) esperava na plataforma! Não tive outro consolo, enquanto esperava o trem que me devolvesse a Paris, senão a casa de Diana de Poitiers.[6] Por mais que tivesse esta enfeitiçado a um de meus antepassados, eu preferiria uma beleza mais viva. Por isso, para remediar o aborrecimento dessas viagens de volta que tenho de fazer sozinho, muito me agradaria conhecer algum moço dos carros noturnos, algum condutor de trem misto. De mais a mais, não o estranhe isso", continuou o barão, "é apenas uma questão de gênero. Quanto aos jovens da alta sociedade, por exemplo, não desejo nenhuma posse física, mas não fico tranquilo enquanto não lhes toco, não quero dizer materialmente, enquanto não lhes toco a corda sensível. Uma vez que, em vez de deixar minhas cartas sem resposta, um jovem não cessa mais de escrever-me, enquanto está à minha disposição moral, fico sossegado, ou pelo menos o ficaria se logo não me dominasse a preocupação por outro. Não deixa de ser curioso, não é? A propósito de jovens da alta sociedade, não conhece você algum entre os que vivem por aqui?". "Não, meu caro. Ah!, sim! Um moreno, muito alto, de monóculo, que sempre está rindo e voltando-se." "Não atino quem você quer

---

5 A catedral de Orléans, iniciada no século XIII, só viria a ser terminada em 1858. Como Swann, Charlus abomina os trabalhos de restauração empreendidos por Viollet-le-Duc. [N. do E.]

6 Trata-se do Hotel Cabu, incendiado em 1940. [N. do E.]

dizer." Jupien contemplou o retrato; o sr. de Charlus não conseguia acertar de quem se tratava, porque ignorava que o alfaiate era uma dessas pessoas, mais numerosas do que se pensa, que não recordam a cor dos cabelos da gente a quem pouco conhecem. Mas a mim, que conhecia essa insuficiência de Jupien e que substituíra moreno por loiro, me pareceu que o retrato se referia exatamente ao duque de Châtellerault. "Voltando aos jovens que não pertencem ao povo", tornou o barão, "neste momento me tem fervido os miolos um homenzinho estranho, um burguesinho inteligente que me dá mostras de uma prodigiosa incivilidade. Não tem nem remotamente noção do prodigioso personagem que eu sou e do vibrião microscópico que ele representa. Afinal de contas, que importa? Esse burrico pode zurrar o quanto lhe aprouver ante as minhas augustas vestes de bispo". "Bispo!", exclamou Jupien, que não havia compreendido nada das últimas palavras que acabava de pronunciar o sr. de Charlus, mas a quem a palavra *bispo* deixou estupefato. "Mas isso não vai muito bem com a religião", disse ele. "Tenho três papas em minha família", respondeu o sr. de Charlus, "e direito a vestir de púrpura, por um título cardinalício, já que a sobrinha do meu tio-avô o cardeal trouxe a meu avô o título de duque, que lhe foi substituído. Vejo que as metáforas o deixam surdo, e indiferente à história da França. De resto", acrescentou, talvez não tanto à guisa de conclusão como de advertência, "essa atração que exercem sobre mim os jovens que me fogem, por temor, naturalmente, porque só o respeito lhes fecha a boca para gritarem que me querem, exige por parte deles uma posição social eminente. E, ainda assim, sua fingida indiferença pode produzir, apesar disso, o efeito diretamente contrário. Nesciamente prolongada, me dá náuseas. Para tomar um exemplo numa classe que lhe será mais familiar: quando fizeram reparações, em minha casa, para que não se sentissem enciumadas todas as duquesas que disputavam a honra de poder dizer que me haviam dado alojamento, fui passar uns dias de hotel, como se costuma dizer. Um dos camareiros era conhecido meu; mostrei-

-lhe um curioso *groom* que fechava as portinholas e que se mantinha refratário às minhas propostas. Por último, exasperado, para demonstrar-lhe que minhas intenções eram puras, mandei-lhe oferecer uma quantia ridiculamente considerável para que fosse conversar nada mais que cinco minutos comigo em meu quarto. Esperei-o inutilmente. Tomei-lhe então tal repugnância que saía pela escada de serviço só para não ver a cara daquele maroto. Depois vim a saber que não tinha recebido nunca uma só de minhas cartas, que tinham sido interceptadas, a primeira pelo camareiro do andar, que era invejoso; a segunda pelo porteiro do dia, que era virtuoso; a terceira pelo porteiro da noite, que estava apaixonado pelo menino e se deitava com ele na hora em que se levantava Diana. Mas nem por isso deixou de persistir minha repugnância e, embora me trouxessem o *groom* como uma simples peça de caça em bandeja de prata, eu o repeliria com um vômito. Mas o mal é que temos estado a falar de coisas sérias, e, agora, tudo está acabado entre nós, quanto ao que eu esperava. Mas você poderia prestar-me grandes serviços, intervir; ainda que não, só esta ideia me devolve certo ânimo e sinto que nada acabou".

Desde o começo desta cena, para os meus olhos abertos, se operou uma revolução no sr. de Charlus, tão completa, tão imediata, como se tivesse sido tocada por uma vara mágica. Eu, até então, como não havia compreendido, não havia visto nada. O vício (fala-se assim por comodidade de linguagem), o vício de cada qual o acompanha, como aquele gênio que era invisível para os homens enquanto ignoravam sua presença. A bondade, a astúcia, o homem e as relações mundanas, não se deixam descobrir, e cada um as traz ocultas. O próprio Ulisses não reconhecia Ateneia.[7] Mas os deuses são imediatamente perceptíveis para os deuses, o semelhante o é com a mesma rapidez para o semelhante, e assim

---

7 Alusão a episódio do Canto XIII da *Odisseia*. A grafia do nome da deusa está baseada na tradução francesa do livro empreendida pelo poeta Leconte de Lisle, tradução muito consultada por Proust e livro de cabeceira do personagem Bloch. [N. do E.]

o havia sido também o sr. de Charlus para Jupien. Até então me havia encontrado perante o sr. de Charlus do mesmo modo que um homem distraído, em presença de uma mulher grávida, em cujo talhe volumoso não reparou, se obstina, enquanto ela lhe repete sorrindo: "Sim, estou um pouco cansada neste momento", em perguntar-lhe indiscretamente: "Mas que tem a senhora?". Até que, quando alguém lhe diz: "Está grávida", logo atenta no ventre e não vê mais que este. É a razão que nos abre os olhos; um erro dissipado nos dá um sentido a mais.

As pessoas que não gostam de referir-se, como a exemplos desta lei, aos Charlus seus conhecidos, de quem durante muito tempo não haviam suspeitado até o dia em que, sobre a lisa superfície do indivíduo semelhante aos demais, tenham chegado a aparecer, traçados com uma tinta até então invisível, os caracteres que compõem a palavra cara aos antigos gregos, não têm, para persuadir-se de que o mundo que os rodeia lhes aparece primeiramente desnudo, despido de mil ornamentos que oferece a outros mais inteirados, senão que recordar quantas vezes na vida lhes ocorreu estarem a ponto de cometer um erro. Nada, no semblante, privado de caracteres, deste ou daquele homem, lhes podia fazer supor que fosse precisamente o irmão, o noivo ou o amante de uma mulher de quem iam dizer: "É um camelo!". Mas, então, por sorte, uma palavra que lhes sussurra um vizinho detém em seus lábios o epíteto fatal. Imediatamente aparecem, como um *Mane, Thecel, Phares,*[8] estas palavras: é o noivo, ou o irmão, ou o amante da mulher a quem não convém chamar de "camelo" diante dele. E esta única noção nova arrastará consigo todo um novo agrupamento, a retirada ou o avanço da fração das noções, adiante completas, que se possuíam acerca do resto

---

8 As três palavras citadas, "contado, pesado, dividido", faziam parte de uma ameaça profética inscrita sobre as paredes da sala em que Baltasar se entregava à sua última orgia, enquanto Cyrus invadia a Babilônia, mensagem misteriosa que, como os traços do rosto de que fala o narrador, Daniel tinha de decifrar (cf. Daniel, V: 25). [N. do E.]

da família. Era embalde que se enxertasse no sr. de Charlus outro ser que o diferenciasse dos demais homens, como o cavalo no centauro; era embalde que esse ser formasse corpo com o barão; eu não o tinha visto nunca. Agora o abstrato se havia materializado; o ser, por fim compreendido, havia perdido imediatamente a sua faculdade de permanecer invisível, e a transmutação do sr. de Charlus numa pessoa nova era tão completa que não só os contrastes de seu rosto, de sua voz, se não retrospectivamente os próprios altibaixos de suas relações comigo, tudo o que até então se afigurara incoerente a meu espírito, se faziam inteligíveis, se mostravam evidentes, como uma frase, que não oferece nenhum sentido enquanto permanece decomposta em letras dispostas ao acaso, exprime, se os caracteres são novamente postos na ordem devida, um pensamento que já não se poderá esquecer.

De resto, compreendia eu agora por que, um momento antes, quando o vira sair da casa da sra. de Villeparisis, me pareceu que o sr. de Charlus tinha o aspecto de uma mulher; era-o! Pertencia à raça desses seres menos contraditórios do que parecem, cujo ideal é viril justamente porque seu temperamento é feminino, e que na vida são semelhantes, em aparência apenas, aos demais homens; ali onde cada qual traz consigo, nesses olhos pelos quais vê todas as coisas do universo, uma silhueta gravada na pupila, não é para eles a de uma ninfa, mas a de um efebo. Raça sobre a qual pesa uma maldição e que tem de viver em mentira e perjúrio, já que sabe que se tem por punível e inconveniente, por inconfessável, o seu desejo, o que constitui para cada criatura a máxima doçura de viver; que têm de renegar a seu Deus, porque, ainda sendo cristãos, quando comparecem ante o tribunal como acusados, diante de Cristo, em seu nome hão de defender-se como de uma calúnia do que é a sua própria vida; filhos sem mãe, a quem são obrigados a mentir toda a sua vida e inclusive na hora de lhe fechar os olhos; amigos sem amizades, apesar de todas as que inspira o seu encanto frequentemente reconhecido e das que o seu coração, amiúde bondoso, sentiria; mas pode-se chamar de amizades a essas relações que não vegetam senão a favor de uma mentira e de onde os faria repelir com asco o primeiro impulso de confiança e de sinceridade que se sentissem tentados a ter, a não ser que encontrem um espírito imparcial, simpatizante até, mas que então, ofuscado a respeito deles por uma psicologia de convenção, fará proceder do vício confessado o mesmo afeto que é mais alheio a ele, assim como certos juízes supõem e desculpam mais facilmente o assassinato nos invertidos e a traição nos judeus por motivos tirados do pecado original e da fatalidade da raça. Enfim (pelo menos conforme a primeira teoria que por conta deles eu esboçava então, teoria que veremos modificar-se mais adiante e na qual isso os irritaria mais que tudo se essa contradição não se furtasse a seus olhos pela mesma razão que os fazia ver e viver), amantes para quem está fechada quase a possibilidade desse amor, cuja esperança lhes dá forças para suportar tantos riscos e solidões, visto que estão precisamente enamorados de um homem que não teria nada de mulher, de um homem que não seria invertido e que, por conseguinte, não pode amá-los; de sorte que o seu desejo seria eternamente insaciável se o dinheiro não lhes entregasse verdadeiros homens e se a imaginação não acabasse por induzi-los a tomar como homens de verdade os invertidos a quem se prostituíram. Sem honra, que não precária, sem liberdade, que não provisória, até o descobrimento do crime; sem posição que não seja instável, como o poeta acolhido na véspera em todos os salões, aplaudido em todos os teatros de Londres, expulso na manhã seguinte de todos os hotéis, sem poder encontrar um travesseiro onde repousasse a cabeça, dando voltas à pedra de moinho como Sansão e como ele dizendo: "Os dois sexos morrerão cada um para seu lado";[9] excluídos até, salvo nos dias de grande infortúnio, em que a maioria se agrupa em torno da víti-

9 Retomada do verso de Vigny para aludir à figura de Oscar Wilde, poeta inglês que, em 1895, foi condenado a dois anos de trabalhos forçados depois de um processo sobre relações homossexuais com um jovem. [N. do E.]

ma, como os judeus em torno de Dreyfus, da simpatia — às vezes da sociedade de seus semelhantes, a quem dão a repugnância de ver o que são, pintado num espelho que, não mais os adulando, acusa todas as marcas que não tinham querido observar em si mesmos e lhes faz compreender que aquilo a que chamavam o seu amor (e a que, jogando com o vocábulo, haviam anexado, por sentido social, tudo quanto a poesia, a pintura, a música, a cavalaria, o ascetismo têm podido acrescentar ao amor) dimana, não de um ideal de beleza que eles tenham escolhido, mas de uma enfermidade incurável; como os judeus, também (exceto os que não querem tratar senão com os da sua própria raça têm sempre nos lábios as palavras rituais e as piadas correntes), fugindo uns dos outros, procurando os que lhes são mais opostos, que nada querem com eles, perdoando suas troças, inebriando-se com suas complacências, mas assim mesmo unidos a seus semelhantes pelo ostracismo que os fere, pelo opróbrio em que caíram, tendo acabado por adquirir, graças a uma perseguição semelhante à de Israel, os caracteres físicos e morais de uma raça, às vezes belos, não raro espantosos, encontrando (apesar das ironias de que o mais mesclado, mais bem assimilado à raça adversa e relativamente o menos invertido em aparência, criva aquele que simplesmente continuou a sê-lo) um descanso no convívio de seus semelhantes, e mesmo um apoio em sua existência, até o ponto de, ainda negando que sejam uma raça (cujo nome é a maior injúria), os que conseguem ocultar que pertencem a ela os desmascararão de bom grado, não tanto para lhes causar dano, coisa que não detestam, como para escusar-se, e indo buscar, como um médico busca a apendicite, a inversão até na História, achando um prazer em recordar que Sócrates era um deles, como dizem os israelitas de Jesus que ele era judeu, sem pensar que não havia anormais quando a homossexualidade era a norma, nem anticristãos antes de Cristo, que só o opróbrio faz o crime, visto que não deixou de subsistir senão para aqueles que eram refratários a toda pregação, a todo exemplo, a todo castigo, em virtude de uma disposição inata até tal ponto especifica que repugna aos outros homens (ainda quando possa vir acompanhada de altas qualidades morais) mais que certos vícios que se contradizem, como o roubo, a crueldade, a má-fé, mais bem compreendidos e por isso mais desculpados pelo comum dos homens, formando uma franco-maçonaria muito mais extensa, mais eficaz e menos suspeitada que a das Lojas, já que repousa numa identidade de gostos, de necessidades, de hábitos, de perigos, de aprendizagem, de saber, de tráfico, de vocabulário, e na qual os próprios membros, que não desejam conhecer-se, se reconhecem imediatamente por signos naturais ou de convenção, involuntários ou deliberados, que indica ao mendigo um dos seus semelhantes no grão-senhor a quem fecha a portinhola do carro, ao pai no noivo de sua filha, ao que havia querido curar-se, confessar-se, defender-se, no médico, no sacerdote, no advogado a que recorreu; todos eles obrigados a proteger seu segredo, mas tendo a sua parte num segredo dos demais que o resto da humanidade não suspeita e que faz com que as novelas de aventuras mais inverossímeis lhes pareçam verdadeiras, já que nessa vida novelesca, anacrônica, o embaixador é amigo do presidiário, o príncipe, com certa liberdade de maneiras que dá a educação aristocrática e que um pequeno-burguês medroso não teria ao sair da casa da duquesa, vai confabular com o marginal; parte condenada da coletividade humana, mas parte importante, que não se suspeita onde não está manifesta, insolente, impune, onde não se adivinha; que conta com adeptos em toda parte, no povo, no exército, no templo, no presídio, no trono; que vive, enfim, pelo menos grande parte dela, em intimidade acariciante e perigosa com os homens da outra raça, provocando-os, brincando com eles em falar do seu vício como se não fora seu, jogo que torna fácil a cegueira ou a falsidade dos outros, jogo que pode prolongar-se durante anos até o dia do escândalo em que esses domadores são devorados; obrigados até então a ocultar sua vida, a afastar seus olhares de onde desejariam deter-se, a fitá-los naqueles de que desejariam desviar-se, a mudar o gênero de muitos adjetivos em seu vocabulário, trava social leve em comparação com a trava interior que seu vício, ou o que se chama impropriamente assim, lhes impõem, não já a respeito dos outros, mas de si mesmos, e de modo que a eles próprios não pareça um vício. Mas alguns, mais práticos, mais apressados, que não têm tempo de regatear e de renunciar à simplificação da vida e a esse ganho de tempo que pode resultar da cooperação, formaram duas sociedades, a segunda das quais se compõe exclusivamente de criaturas análogas a eles.

Isto choca naqueles que são pobres e que vieram de províncias, faltos de relações, sem nada mais que a ambição de ser algum dia médicos ou advogados célebres, dotados de um espírito vazio ainda de opiniões, de um corpo desassistido de maneiras e que esperam adornar rapidamente, como poderiam comprar alguns móveis para o seu pequeno quarto do Quartier Latin, conforme o que observassem e copiassem daqueles que venceram já na profissão útil e séria em que desejam ingressar e chegar a ser ilustres; nestes, o seu gosto especial, herdado malgrado seu como a disposição para o desenho, para a música, para a cegueira, é deixar a única originalidade viva, despótica, e que algumas noites os obriga a não comparecer a uma ou outra reunião proveitosa para a sua carreira, com pessoas cuja maneira de falar, de pensar, de vestir-se, de pentear-se, adotam, quanto ao resto. No seu bairro, em que não se dão, fora disso, mais que com colegas, professores ou algum conterrâneo que já triunfou e que os protege, descobriram logo outros jovens de quem o mesmo gosto peculiar os aproxima, da mesma maneira que numa cidade pequena travam intimidade o professor e o escrivão, amantes um e outro da música de câmera, dos marfins medievais; como aplicam ao objeto de sua distração o mesmo instinto utilitário, o mesmo espírito profissional que é guia de sua carreira, tornam a encontrá-los em sessões em que não se admite nenhum profano, como os que congregam os amadores de tabaqueiras antigas, de estampas japonesas, de flores raras, e em que, pelo prazer de instruir-se, pela utilidade do intercâmbio e o receio das competições, reinam ao mesmo tempo, como numa bolsa de selos, o estreito acordo dos especialistas e as ferozes rivalidades dos colecionadores. Quanto ao mais, ninguém, no café em que têm a sua mesa, sabe que reunião é aquela, se de uma sociedade de pesca, de uns secretários de redação ou filhos do Indra, tão correta é a sua compostura, tão reservado e frio o seu aspecto, e a tal ponto que não se atrevem a olhar senão furtivamente, para os jovens em moda, os jovens "gomosos" que, alguns metros além, ostentam suas amantes, e dentre os quais os admiram sem atrever-se a erguer os olhos e não saberão até vinte anos depois, quando uns estiverem em vésperas de entrar para alguma academia e outros forem maduros homens de clube, que o mais sedutor, agora um Charlus obeso e grisalho, era na realidade semelhante a eles, mas em outra parte, em outro mundo, sob outros signos externos, cuja diferença os induziu em erro. Mas os grupos são mais ou menos avançados; e, assim como a União das Esquerdas difere da Federação Socialista, e a Schola Cantorum da Sociedade Mendelssohniana, assim, algumas noites, noutra mesa, há extremistas que deixam assomar uma pulseira por debaixo de seus punhos postiços, às vezes um colar pela abertura do colarinho, obrigam com seus olhares insistentes, com seus risos, suas carícias entre si, a um grupo de colegiais a fugir mais que depressa, e são servidos, com uma polidez sob a qual se incuba a indignação, por um garçom que, como nas noites em que atende a dreyfusistas, sentiria prazer em chamar a polícia se não lhe conviesse guardar as gorjetas.

A essas organizações profissionais opõe o espírito o gosto dos solitários, e sem demasiado artifício por uma parte, já que com isso não faz senão imitar aos próprios solitários que julgam que nada se diferencia mais do vício organizado de que aquilo que lhes parece um amor incompreendido com certo artifício, contudo, já que essas diferentes classes correspondem, tanto como a tipos fisiológicos diversos, a momentos sucessivos de uma evolução patológica ou unicamente social. E é muito raro, com efeito, que, um dia ou outro, não seja com tais organizações que cheguem a fundir-se os solitários, às vezes por simples cansaço, por comodidade (como os que foram mais refratários a isso acabam por instalar um telefone em sua casa, por receber os Iéna ou comprar no Potin).[10] De resto, são geralmente muito mal recebidos nelas, já que, em sua vida relativamente pura, a falta de experiência, a saturação pelo sonho a que se veem reduzidos, assinalaram mais acentuadamente neles esses peculiares caracteres de afeminamento que os profissionais trataram de apagar. E cumpre confessar que, nalguns desses recém-chegados, a mulher se acha não só interiormente unida ao homem, mas horrivelmente visível, agitados como estão em um espasmo de histérico, por um riso agudo que lhes convulsiona os joelhos e as mãos, sem que pareçam ao comum dos homens mais que esses monos de olhos melancólicos e grandes olheiras, de pés preensíveis, que vestem fraque e usam gravata preta; de modo que aqueles que são, no entanto, menos castos, acham comprometedora a convivência desses recrutas e difícil a sua admissão; são, no entanto, admitidos, beneficiando-se com essas facilidades graças às quais o comércio, as grandes empresas transformaram a vida dos indivíduos, tornando-lhes acessíveis artigos até então demasiado caros para ser adquiridos, e até difíceis de encontrar, e que agora os submergem com a pletora daquilo que eles sozinhos não poderiam chegar a descobrir nas maiores multidões.

Mas, ainda com esses inúmeros exutórios, a trava social é todavia demasiado pesada para alguns que se encontram precisamente entre aqueles em que não exerce sua ação a trava mental e que consideram mais estranho ainda do que o é o seu gênero de amor. Deixemos por ora de lado aqueles que, como o caráter excep-

---

10 Os Iéna fazem parte da "nobreza Império", um tipo de pessoa que os Guermantes, membros da verdadeira nobreza, jamais receberiam. No volume anterior, entretanto, ficamos sabendo que a duquesa de Guermantes começou a frequentar a casa deles e convida a princesa de Parma para acompanhá-la em uma dessas visitas. A loja de Félix-Potin situava-se no bulevar Malesherbes, na esquina da praça Saint-Augustin, perto de um dos apartamentos onde residiu Proust. [N. do E.]

cional da sua inclinação os faz julgarem-se superiores a elas, desprezam as mulheres, fazem da homossexualidade privilégio dos grandes gênios e das épocas gloriosas e, quando procuram fazer compartilhar seu gosto, é menos com aqueles que lhes parecem estar predispostos, como o morfinômano à morfina, do que com os que lhes parecem dignos disso, por zelo de apóstolo, como outros pregam o sionismo, a não prestação do serviço militar, o saint-simonismo, o vegetarianismo e a anarquia. Alguns, quando surpreendidos de manhã ainda na cama, apresentam uma admirável cabeça de mulher, a tal ponto é geral a expressão e simboliza todo o sexo; até os cabelos o confirmam: tão feminina é a sua curva, soltos, caem tão naturalmente encaracolados sobre a face, que se espanta a gente de que a jovem, a rapariga, Galateia que mal desperta no inconsciente desse corpo de homem em que está encerrada, tenha sabido tão engenhosamente, por si só, sem havê-lo aprendido de ninguém, aproveitar as menores saídas de seu cárcere e encontrar o que era necessário à sua vida.[11] É claro que o jovem que tem essa deliciosa cabeça não diz: "Sou uma mulher". E até se — por tantas razões possíveis — vive com uma mulher, pode negar-lhe que o seja, jurar-lhe que jamais teve relações com homens. Que o contemple ela tal como acabamos de mostrá-lo, estendido num leito, de pijama, com os braços desnudos, desnudo o pescoço sob os cabelos negros: o pijama se converteu numa camisa de mulher, a cabeça é a de uma linda espanhola. A amante espanta-se dessas confidências feitas a seus olhares, mais verdadeiras do que poderiam ser as palavras, mais verdadeiras também do que os atos, e que os próprios atos, se é que já não o fizeram, não poderão deixar de confirmar, visto que toda criatura busca seu prazer, e, se essa criatura não é por demais viciosa, busca-o num sexo oposto ao seu. E para o invertido o vício começa não quando trava relações

---

11 A ninfa marinha, Galateia, apaixonou-se pelo ciclope Polifemo. Ao descrevê-la adormecida, Proust parece referir-se ao quadro do pintor Gustave Moreau, intitulado justamente *Galateia em pleno sono*. [N. do E.]

(porque há sobradas razões que podem impô-las), mas quando busca seu prazer nas mulheres. O jovem a quem acabamos de descrever era tão evidentemente uma mulher, que as mulheres que o olhavam com desejo estavam destinadas (a menos que tivessem um gosto particular) à mesma desilusão das que, nas comédias de Shakespeare, são ludibriadas por uma rapariga disfarçada que se faz passar por um adolescente. O engano é idêntico, o próprio invertido o sabe, adivinha a desilusão que, tombado o disfarce, há de experimentar a mulher, e sente até que ponto é uma fonte de poesia fantástica esse erro sobre o sexo. De resto, de nada serve que nem sequer à sua exigente amante confesse (se esta não é uma gomorreana): "Sou uma mulher"; apesar de tudo, com que astúcias, com que agilidade, com que obstinação de planta trepadeira busca nele a mulher inconsciente e visível o órgão masculino. Basta olhar essa cabeleira crespa sobre a brancura do travesseiro para compreender que, se este jovem se escapa à noite dentre os dedos de seus pais, apesar deles, apesar de si mesmo, não será para ir em busca de mulheres. Pode sua amante encerrá-lo e castigá-lo; na manhã seguinte, o homem-mulher terá encontrado o meio de ligar-se a algum homem, assim como a campânula lança as suas gavinhas onde haja um ancinho ou uma enxada. Por que, ao admirar no rosto desse homem delicadezas que nos atraem, uma graça, uma naturalidade tais como não as possuem os homens, há de desolar-nos saber que esse jovem corre atrás de boxeadores? São aspectos diferentes de uma mesma realidade. E até o que nos repugna é o mais atraente, mais atraente que todas as delicadezas, já que representa um admirável esforço inconsciente da natureza: o reconhecimento do sexo por si mesmo, a despeito das artimanhas do sexo, a tentativa inconfessada de evadir-se para o que um erro inicial da sociedade pôs longe de seu alcance. Uns, os que tiveram a infância mais tímida sem dúvida, pouco se preocupam com a qualidade material do prazer que recebem, contanto que possam referi-lo a um rosto masculino. Enquanto outros, dotados indubitavelmente de sentidos mais violentos, assinalam a seu prazer material imperiosas localizações. Estes ofenderiam acaso com as suas confissões ao tipo mediano das pessoas. Talvez vivam menos exclusivamente sob o signo de Saturno,[12] já que para eles as mulheres não estão totalmente excluídas como para os primeiros, com respeito aos quais não existiriam aquelas sem a conversação, a coqueteria, os amores cerebrais. Mas os segundos buscam aquelas que gostam das mulheres, podem conseguir-lhes algum jovem, aumentar-lhes o prazer que sentem em encontrar-se com ele; ainda mais, podem, da mesma forma, achar nelas o mesmo prazer que com um homem. Daí vem que somente existem os ciúmes dos que amam aos primeiros ciúmes excitados pelo prazer que pudessem ter com um homem e que é o único que lhes parece uma traição, já que não participam do amor das mulheres, não o praticaram senão como costume e para reservar-se a possibilidade do matrimônio, imaginando tão escassamente o gozo que este pode proporcionar, que não os faz sofrer que o experimente aquele a quem amam, ao passo que os segundos muitas vezes inspiram ciúmes por causa de seus amores com mulheres. Porque, nas relações que com elas mantêm, representam para a mulher que gosta das mulheres o papel de outra mulher, e a mulher lhes oferece ao mesmo tempo aproximadamente o que encontram eles no homem, tanto que o amigo ciumento sofre ao sentir aquele a quem ama subjugado por aquela que é quase um homem para ele, ao mesmo tempo que sente que quase se lhe escapa, já que, para essas mulheres, é alguma coisa que ele não conhece, uma espécie de mulher. Não falemos tampouco desses jovens tresloucados que, por uma espécie de puerilidade, para enraivecer os amigos e incomodar seus pais, põem algo assim como um encarniçamento em escolher trajes que parecem vestidos de mulher, em pintar os lábios e sombrear os olhos; deixemo-los de parte, porque são os mesmos que tornaremos a encontrar quando hajam sofrido por demais cruelmente o

---

12 De acordo com a tradição astrológica, é Saturno que dirije os amores contra a natureza, como nos *Poemas saturninos*, de Paul Verlaine. [N. do E.]

castigo da sua afetação, passando toda uma vida na vã tentativa de reparar, com uma contenção severa e protestante, o dano que se infligiram quando os arrastava o mesmo demônio que leva algumas jovens do Faubourg Saint-Germain a viver de maneira escandalosa, a romper com todos os usos, a pôr em ridículo a sua família, até o dia em que se dedicam com perseverança e sem êxito a subir de novo a encosta que lhes parecera tão divertido descer — que lhes parecera tão divertido ou, antes, que não haviam podido deixar de descer. Deixemos, enfim, para mais tarde, os que fizeram pacto com Gomorra. Falaremos deles quando o sr. de Charlus os conheça. Deixemos a todos aqueles, de uma variedade ou outra, que aparecerão por sua vez e, para terminar este primeiro esboço, digamos apenas duas palavras sobre aqueles de quem começávamos a falar há um momento: os solitários. Como consideram seu vício mais excepcional do que o é, foram viver sozinhos desde o dia em que o descobriram, depois de o terem levado consigo muito tempo sem conhecê-lo, muito mais tempo unicamente que outros. Pois ninguém sabe a princípio que é invertido, ou poeta, ou esnobe, ou facínora. O colegial que aprendia versos de amor ou contemplava gravuras obscenas, se se apertava então contra um companheiro, imaginava apenas comungar com ele num mesmo desejo da mulher. Como não havia de crer que fosse semelhante aos outros quando reconhece a substância do mesmo que sente ao ler madame de Lafayette, Racine, Baudelaire, Walter Scott, quando é ainda muito pouco capaz de observar-se a si mesmo para se dar conta do que acrescenta por sua própria conta e de que, se o sentimento é idêntico, o objeto difere, de que a quem ele deseja é Rob-Roy e não Diana Vernon?[13] Para muitos, por uma prudência defensiva do instinto que precede a visão mais clara da inteligência, o espelho e as paredes do quarto desaparecem sob cromos que representam atrizes; fazem versos como: "Só a Chloé amo no mundo; é loira e

---

13 Alusão ao romance *Rob-Roy* (1817), de Walter Scott. Nesse livro, o herói Rob-Roy favorece o amor entre Diana Vernon com Francis Osbaldistone. [N. do E.]

divinal, e transborda de amor meu coração". Haveremos, por isso, de situar no começo dessas vidas um gosto que nelas não se tornaria a encontrar mais tarde, como esses caracóis loiros dos meninos que hão de chegar mais tarde a ser os mais morenos? Quem sabe se as fotografias de mulheres não são um início de hipocrisia, um início também de horror aos demais invertidos? Mas os solitários são precisamente aqueles a quem é dolorosa a hipocrisia. Talvez o exemplo dos judeus, de uma colônia diferente, não seja ainda bastante vigoroso para explicar que escasso domínio exerce sobre eles a educação, e com que arte acabam por voltar (acaso não a algo tão singelamente atroz como o suicídio a que os loucos, quaisquer sejam as precauções que se adotem, sempre voltam e, salvos do rio a que se arrojaram, envenenam-se, conseguem um revólver etc.) se não a uma vida cujos prazeres necessários os homens da outra raça não só não compreendem, não concebem, mas abominam os prazeres necessários e cujo frequente perigo e vergonha lhes causariam até horror. Talvez se tenha de pensar, para pintá-los, se não nos animais incapazes de ser reduzidos à domesticidade, nos filhotes de leão, que se supõem domesticados mas que continuam sendo leões, pelo menos nos negros a quem a existência confortável dos brancos desespera e que preferem os riscos da vida selvagem e suas incompreensíveis alegrias. Chegado o dia em que se descobriram incapazes de mentir aos outros e mentir a si mesmos, vão viver no campo, fugindo de seus semelhantes (que julgam pouco numerosos) por horror à monstruosidade ou por medo à tentação, e por vergonha do resto da humanidade. Sem que tenham chegado nunca à verdadeira madureza, imersos em melancolia, de quando em quando, por um domingo sem lua, vão dar um passeio por um caminho até uma encruzilhada, onde, sem que se tenham dito uma palavra, acudiu a esperá-los um de seus amigos de infância que habita um castelo vizinho. E recomeçam os jogos de antanho, entre as moitas, no meio da noite, sem trocar palavra. Durante a semana se veem um em casa do outro, conversam sobre qualquer assunto, sem a mínima alusão ao que aconteceu, exatamente como se nada tivessem feito nem tornassem a fazer coisa alguma, salvo, em suas relações, um pouco de frieza, de ironia, de irritabilidade e de rancor, às vezes de ódio. Depois o vizinho empreende uma rude viagem e, a lombo de mula, escala picos, dorme entre a neve; seu amigo, que identifica seu próprio vício com uma fraqueza de temperamento, com a vida caseira e tímida, compreende que o vício já não poderá persistir em seu amigo emancipado, a tantos mil metros sobre o nível do mar. E, com efeito, o outro se casa. O abandonado, contudo, não se cura (apesar dos casos em que se verá que a inversão é curável). Exige que seja ele mesmo quem vá receber, na sua cozinha, a manteiga fresca das mãos do leiteiro, e, nas noites em que os desejos o agitam, extravia-se até guiar na rua a um bêbado, até endireitar o casaco a um cego. Sem dúvida, a vida de alguns invertidos parece mudar, às vezes; seu vício (como costuma dizer-se) deixa de aparecer em seus costumes; mas nada se perde: uma joia perdida torna a encontrar-se; quando diminui a quantidade de urina de um enfermo é porque transpira mais, mas de qualquer maneira é necessário que se produza a excreção. Um dia, esse homossexual perde um primo jovem e, pela sua inconsolável dor, compreendemos que era para esse amor, casto acaso e que mais aspirava a conservar a estima que conseguir a posse, que haviam passado os desejos por transferência, do mesmo modo que num orçamento, sem que mude nada do total, se transferem determinados gastos para outro exercício. Como ocorre com esses enfermos em que um ataque de urticária faz desaparecer por algum tempo suas disposições habituais, o amor puro a um parente jovem parece, no invertido, haver momentaneamente substituído, por metástase, uns costumes que qualquer dia tornarão a ocupar o posto do mal vicariante e curado.

Enquanto isso, regressou o vizinho casado do solitário; a formosura da jovem esposa e a ternura que seu marido lhe demonstra, o amigo, no dia em que se vê obrigado a convidá-los para jantar, sente vergonha do passado. Ela, que já se encontra em estado interessante, tem de voltar cedo para casa, deixando a seu marido; este, na hora de retirar-se, pede que o acompanhe um trecho a seu amigo, o qual, no primeiro momento, não alimenta a mínima suspeita, mas que, na encruzilhada, sem que se troque uma única palavra, se vê derrubado sobre a relva pelo seu amigo alpinista que em breve vai ser pai. E recomeçam os encontros até o dia em que vem instalar-se, não longe dali, um primo da jovem, com o qual o marido sempre passeia agora. E este, se o abandonado vem de noite e trata de aproximar-se dele, repele-o indignado de que o outro não tenha tido o tato de pressentir a repulsa que inspira desde agora. Uma vez, contudo, apresenta-se um desconhecido enviado pelo vizinho infiel; mas o abandonado, excessivamente ocupado, não pode recebê-lo e só mais tarde compreende com que fim tinha vindo o forasteiro.

Então o solitário enlanguesce só. Não tem outro prazer senão ir à próxima estação balneária pedir alguma informação a certo empregado ferroviário. Mas este foi promovido, transferiram-no para o outro extremo da França; o solitário já não poderá ir perguntar-lhe o horário dos trens, o preço das passagens de primeira, e, antes de voltar para casa, para sonhar na sua torre, como Grisélide,[14] demora-se na praia como uma estranha Andrômeda a que nenhum argonauta virá libertar,[15] como uma medusa estéril que perecerá sobre a areia, ou então queda-se preguiçosamente na plataforma, antes da saída do trem, lançando sobre a multidão dos viajantes um olhar que aos de outra raça parecerá indiferente, desdenhoso ou distraído, mas que, como o fulgor luminoso de que se ornam certos insetos para atrair os da sua mesma espécie, ou como o néctar que oferecem determinadas flores para atrair os insetos que haverão de fecundá-las, não enganariam ao amador quase

---

14 A heroína lendária Grisélide, presente na obra de Boccaccio e de Perrault, é símbolo da fidelidade conjugal, dada a quantidade de provas a que essa é submetida. Uma peça sobre ela, de autoria de Armand Silvestre e Eugène Morand, seria encenada em 1891, na Comédie Française e, em 1901, na Opéra-Comique de Paris. [N. do E.]

15 É Perseu, e não os argonautas, que vem libertar Andrômeda. [N. do E.]

inencontrável de um prazer demasiado singular, demasiado difícil de situar, que se lhe oferece, o confrade com quem nosso especialista poderia falar na língua insólita; quando muito, algum indigente fará que se interesse por esta, mas por um benefício material apenas, como os que vão seguir o curso no Colégio de França, mas somente para aquecer-se na sala onde o professor de sânscrito fala sem auditório. Medusa! Orquídea! Quando eu não seguia mais que o meu instinto, a medusa me repugnava em Balbec; mas, se sabia olhá-la, como Michelet, do ponto de vista da história natural e da estética, via uma deliciosa girândola celeste.[16] Não são acaso, com o veludo transparente das suas pétalas, como que as orquídeas malva do mar? Como tantas criaturas do reino animal e do reino vegetal, como a planta que produzirá a baunilha, mas que, como o órgão masculino está separado nela por um tabique do órgão feminino, permanece estéril se os beija-flores ou certas abelhas minúsculas não transportam o pólen de umas para outras, ou se o homem não as fecunda artificialmente (e aqui a palavra *fecundação* deve tomar-se no sentido moral, já que no sentido físico a união do macho com o macho é estéril, mas não é indiferente que um indivíduo possa encontrar o único prazer que é suscetível de gozar, e "que aqui neste mundo todo ser" possa dar a outrem "sua música, sua chama, ou seu perfume"[17]), o sr. de Charlus era um desses homens que podem ser qualificados de excepcionais, porque, por numerosos que sejam, a satisfação, tão fácil em outros, de suas necessidades sexuais, depende da coincidência de muitas condições

16 A descrição de Michelet encontra-se em seu livro *O mar* (*La mer*), de 1861. Aí ele as descreve da seguinte maneira: "Algumas conchinhas estavam por ali, retiradas em si mesmas e sofrendo de permanecer no seco. No meio delas, sem concha, sem abrigo, toda esticada jazia a sombrinha viva que denominamos muito mal de *medusa*. Por que um nome tão terrível para um ser tão encantador?". E, mais adiante: "Elas eram grandes, brancas, muito bonitas quando chegavam, como grandes lustres de cristal com ricas girândolas, onde o sol cintilante depositava pedras preciosas". [N. do E.]
17 Citação de versos de Victor Hugo, presentes no poema de número XI de seu livro *As vozes interiores* (*Les voix intérieures*). [N. do E.]

demasiado difíceis de encontrar. Para homens como o sr. de Charlus (e com a ressalva dos arranjos que irão aparecendo pouco a pouco e que já tenham podido pressentir-se, exigidos pela necessidade de prazer, que se resigna a consentimentos pela metade), o amor mútuo, além das dificuldades tão grandes, às vezes insanáveis, com que topa no comum dos seres, acrescenta-lhes outras tão especiais, que, o que é sempre raríssimo para todo mundo, passa a ser, no tocante a eles, coisa menos que impossível, e se se dá para eles um encontro realmente feliz, ou que a natureza lhes faz aparecer como tal, sua felicidade, muito mais ainda que a do enamorado normal, tem algo de extraordinário, de selecionado, de profundamente necessário. O ódio dos Capuleto e dos Montecchio nada é ao lado dos impedimentos de todo gênero que foram vencidos, eliminações especiais que a natureza teve de fazer aos acasos, já pouco comuns, que trazem o amor, antes que um ex-coleteiro, que contava sair ajuizadamente para o seu trabalho, titubeie, deslumbrado, ante um quinquagenário que está começando a engordar; o Romeu e essa Julieta podem crer com todo o direito que seu amor não é o capricho de um instante, mas uma verdadeira predestinação preparada pelas harmonias do seu temperamento, não só pelo seu temperamento próprio, mas pelo de seus ascendentes, por seu mais remoto avô, a ponto de o ser que a eles se junta pertence-lhes desde antes de nascerem e os atraiu com uma força comparável à que dirige o mundo em que passamos nossas vidas anteriores. O sr. de Charlus me havia distraído de olhar se o besouro trazia à orquídea o pólen que esta esperava desde tanto tempo, que não tinha possibilidade de receber senão graças a uma casualidade tão improvável que podíamos qualificá-la de algo assim como um milagre. Mas também era um milagre aquele a que eu acabava de assistir, quase do mesmo gênero e não menos maravilhoso. Desde que considerei o encontro desse ponto de vista, tudo nele me pareceu banhado de beleza. As manhas mais extraordinárias que inventou a natureza para obrigar os insetos a assegurarem a fecundação das flores — que sem eles não poderiam sê-lo, já que a flor masculina está demasiadamente longe da flor feminina, ou que, se é o vento que deve assegurar o transporte do pólen, faz com que este seja muito mais fácil de desprender-se da flor masculina, muito mais fácil de ser apanhado de passagem pela flor feminina, suprimindo a secreção do néctar que já não é útil, visto que não há insetos para atrair, e inclusive o brilho das corolas que os atraem, e para que a flor fique reservada ao pólen que se requer, que só nela pode frutificar, a faz segregar um licor que a imuniza contra os demais pólens — não me pareciam mais maravilhosas do que a existência da subvariedade de invertidos destinada a assegurar os prazeres do amor ao invertido que vai envelhecendo: os homens que são atraídos, não por todos os homens, mas — por um fenômeno de correspondência e de harmonia comparável aos que regulam a fecundação das flores heterostiladas trimorfas, como o *Lythrum salicoria* — unicamente pelos homens muito mais velhos que eles. Jupien acabava de oferecer-me um exemplo dessa subvariedade, muito menos notável, contudo, que outros que todo herborizador humano, todo botânico moral pode observar, não obstante a sua raridade, e que lhes apresentará um frágil jovem que esperava as insinuações de um robusto e gordo cinquentão, permanecendo tão indiferente às insinuações dos outros jovens como permanecem estéreis as flores hermafroditas de estilo curto da *Primula veris* enquanto não são fecundadas senão por outras *Primula veris* também de estilo curto, ao passo que recebem com prazer o pólen das *Primula veris* de estilo longo. No tocante ao sr. de Charlus, aliás, dei-me conta mais tarde de que havia para ele diversos gêneros de conjunções e que algumas dentre elas, por sua multiplicidade, sua instantaneidade apenas visível, e sobretudo pela falta de contato entre os dois atores, recordava ainda mais a essas flores que são fecundadas num jardim pelo pólen de uma flor vizinha a que nunca hão de tocar. Havia, com efeito, certos seres com os quais lhe bastava fazê-los ir à sua casa, tê-los por algumas horas sob o domínio de sua palavra, para que o seu desejo, aceso nalgum encontro, então se aplacasse. A conjunção se efetuava por meio de simples palavras tão simplesmente como pode realizar-se entre os infusórios. Às vezes, como sem dúvida havia ocorrido comigo na noite em que fora chamado por ele depois da ceia dos Guermantes, vinha a saciedade graças a uma violenta reprimenda que o barão lançava à cara do visitante, como certas flores rociam a distância o inseto inconscientemente cúmplice e desprevenido. O sr. de Charlus, convertido de dominado em dominador, sentia-se purgado de sua inquietude e, acalmado, despedia o visitante, que imediatamente havia deixado de parecer-lhe desejável. Por último, como a própria inversão provém de que o invertido está demasiadamente próximo da mulher para que possa ter com ela relações úteis, vem a enquadrar-se assim numa lei mais alta que faz com que tantas flores hermafroditas permaneçam infecundas, isto é, com a esterilidade da autofecundação. É verdade que os invertidos em busca de um macho contentam-se amiúde com um invertido tão afeminado como eles. Mas basta que não pertençam ao sexo feminino, do qual têm um embrião que não podem usar, coisa que ocorre a tantas flores hermafroditas e também a certos animais hermafroditas, como o caracol, que não podem ser fecundados por si mesmos, mas podem sê-lo por outros hermafroditas. Vem daí que os invertidos, que gostam de buscar sua filiação no antigo Oriente ou na idade de ouro da Grécia, remontar-se-iam ainda mais além, a essas épocas de experiência em que ainda não existiam nem as flores dioicas nem os animais unissexuados, a esse hermafroditismo inicial de que se conservam alguns vestígios de órgãos femininos na anatomia do homem e de órgãos masculinos na anatomia da mulher. Achava eu a mímica incompreensível para mim a princípio, de Jupien e do sr. de Charlus, tão curiosa como esses gestos tentadores dirigidos aos insetos, segundo Darwin, não só pelas flores chamadas compostas, que alçam os semiflorões de seus capítulos para serem vistos de mais longe, como certa heterostilada que volve seus estames e os encurva para dar passagem aos insetos, o que lhes oferece uma ablução, e simplesmente, também, nos perfumes de néctar ou no brilho das corolas que naquele momento atraíam insetos ao pátio. A partir desse dia, o sr. de Charlus havia de modificar a hora de suas visitas à sra. de Villeparisis, não porque não pudesse ver Jupien em outro lugar e mais comodamente, mas porque, tanto como para mim, o sol da tarde e as flores do arbusto estavam sem dúvida ligadas à sua recordação. Aliás, não se contentou em recomendar os Jupien à sra. de Villeparisis, à duquesa de Guermantes, a toda uma brilhante freguesia que foi tanto mais assídua para com a jovem bordadeira, quanto as poucas damas que haviam resistido ou apenas demorado foram objeto de terríveis represálias por parte do barão, ou para que servissem de exemplo, ou porque haviam despertado o seu furor, rebelando-se contra seus projetos de dominação; tornou cada vez mais lucrativo o emprego de Jupien até que o tornou definitivamente seu secretário e o estabeleceu nas condições que veremos mais tarde. "Ah!, esse Jupien é um homem feliz!", dizia Françoise, que tinha tendência a diminuir ou exagerar as bondades, segundo as tivessem para com ela ou para com os outros. Por outro lado, não tinha necessidade de exagerar nem sentia inveja, pois queria sinceramente a Jupien. "Ah! É um homem tão bom o barão, é tão distinto, tão devoto, tão correto!", acrescentava. "Se tivesse uma filha casadoira e pertencesse ao mundo dos ricos, eu a daria ao barão de olhos fechados." "Mas Françoise", dizia brandamente minha mãe, "essa filha ia ter muitos maridos. Lembre-se de que já a prometeu a Jupien". "Ah!", respondia Françoise, "é que esse também é um homem que faria muito feliz a uma mulher. Pouco importa que haja ricos e pobres; isso não quer dizer nada à natureza. O barão e Jupien são na verdade a mesma classe de pessoas".

De resto, eu então exagerava muito, ante essa primeira revelação, o caráter eletivo de uma conjunção tão selecionada. Cada um dos homens semelhantes ao sr. de Charlus é, antes de tudo, uma criatura extraordinária, já que, se não faz concessões às possibilidades da vida, busca essencialmente o amor de um homem da outra raça, isto é, de um homem a que agradam as mulheres (e que portanto não poderá querer a ele); contrariamente ao que eu supunha no pátio em que acabava de ver Jupien dar voltas em torno ao sr. de Charlus como a orquídea insinuar-se ao besouro, essas criaturas de exceção de quem nos compadecemos constituem multidão, como se verá no curso desta obra, por uma razão que não será revelada até o fim, e que antes se jactam de ser demasiado numerosos que demasiado poucos. Porque os dois anjos que foram postos às portas de Sodoma para ver se seus habitantes — diz o Gênese[18] — tinham feito inteiramente todas aquelas coisas cujo clamor se elevava até o Eterno haviam sido, coisa de que não pode a gente deixar de alegrar-se, muito mal escolhidos pelo Senhor, o qual não deveria ter confiado a tarefa senão a um sodomita. A este, as desculpas: "Pai de seis filhos, tenho duas amantes etc." não o teria feito baixar benevolamente a espada flamejante[19] e suavizar as sanções; teria respondido: "Sim, e tua mulher sofre as torturas do ciúme. Mas ainda quando essas mulheres não tenham sido escolhidas por ti em Gomorra, passas as noites com um pastor de rebanhos do Hebrom". E imediatamente o teria feito desandar o caminho até a cidade que a chuva de fogo e enxofre iria destruir. Longe disso, deixou fugir todos os sodomitas envergonhados, mesmo se, ao ver um jovem, voltavam a cabeça, como a mulher de Lot, sem por isso serem convertidos em estátuas de sal.[20] De sorte que tiveram numerosa posteridade, na qual esse gesto se tornou habitual, parecido ao das mulheres vadias que, enquanto fingem olhar os sapatos expostos numa vitrina, voltam a cabeça para um estudante. Esses descendentes dos sodomitas, tão numerosos que se lhes pode aplicar aquele outro versículo do Gênese: "Se alguém puder

18 Alusão ao Gênese, XIX: 1, e XVIII: 21. [N. do E.]

19 O anjo com a espada flamejante aparece no momento da expulsão de Adão e Eva do Paraíso (Gênese, III: 24), enquanto dois anjos, sem espada, assistem à destruição de Sodoma. Proust mistura os dois episódios bíblicos. [N. do E.]

20 Alusão a trecho do Gênese (XIX: 26), em que a mulher de Ló, apesar de ter conseguido escapar à destruição de Sodoma, acaba sendo transformada em estátua de sal por ter olhado para trás. [N. do E.]

contar os grãos de pó da terra, poderá contar essa posteridade",[21] se estabeleceram em toda a terra, achavam acesso a todas as profissões e entram com tal facilidade nos círculos mais fechados, que, quando algum sodomita não é admitido neles, as bolas pretas são na maior parte de sodomitas, mas que têm o cuidado de incriminar a sodomia, como que tendo herdado a mentira que permitiu a seus antepassados abandonarem a cidade maldita. É possível que algum dia voltem a ela. Evidentemente, formam em todos os países uma colônia oriental, culta, musical, maldizente, que possui qualidades encantadoras e insuportáveis defeitos. Nós os veremos mais aprofundadamente no curso das páginas que se seguirão a estas; mas quisemos prevenir o erro funesto que consistiria, tal como se alentou um movimento sionista, em criar um movimento sodomita e reconstruir Sodoma. Porque, mal chegassem, os sodomitas abandonariam a cidade para não parecer que pertencem a ela, tomariam mulher, sustentariam amantes em outras cidades, onde encontrariam, de resto, todas as distrações adequadas. Só iriam a Sodoma nos dias de suprema necessidade, quando a sua cidade estivesse deserta, nessas épocas em que a fome faz sair ao lobo do bosque; isto é, tudo aconteceria, afinal de contas, como em Londres, em Berlim, em Roma, em Petrogrado ou em Paris.

De qualquer maneira, naquele dia, antes de minha visita à duquesa, meus pensamentos não iam tão longe e sentia-me pesaroso porque, para atender à conjunção Jupien-Charlus, talvez tivesse deixado de ver a fecundação da flor pelo besouro.

---

21 Deslocamento das palavras de Deus a Abraão (Gênese, XIII: 16) para o tema de Sodoma e Gomorra. [N. do E.]

segunda parte[22]

---

22 Esta divisão em duas partes é a que Marcel Proust estabeleceu para a primeira edição do livro. [N. do E.]

I

Como não tivesse pressa de chegar àquela recepção dos Guermantes para a qual não tinha certeza de haver sido convidado, pus-me a espairecer pela rua, mas o dia estival não parecia mais apressado do que eu em mover-se. Embora fossem mais de nove horas, era ainda aquele dia que, na praça da Concórdia, dava ao obelisco de Louqsor um ar de *nougat* róseo. Depois modificou-lhe o colorido e transformou-o numa matéria metálica, de modo que o obelisco já não se tornou apenas mais precioso, mas pareceu mais adelgaçado e quase flexível. Acreditava-se que poderiam torcer, que talvez já tivessem levemente falseado aquela joia. A lua estava agora no céu como um quarto de laranja delicadamente descascada, embora um tanto amolgada. Mas devia mais tarde tornar-se do ouro mais resistente. Encolhida sozinha por trás dela, uma estrelinha ia servir de companheira única à lua solitária, enquanto esta, ao mesmo tempo que protegia a amiga, porém mais ousada e seguindo à frente, brandiria como uma arma irresistível, como um símbolo oriental, o seu amplo e maravilhoso crescente de ouro.

Diante do palácio da princesa de Guermantes, encontrei o duque de Châtellerault; não mais me lembrava de que meia hora antes ainda me perseguia o temor — que em breve ia outra vez dominar-me — de comparecer sem ter sido convidado. Inquietamo-nos, e às vezes muito depois da hora de nossa inquietude. Cumprimentei o jovem duque e entrei no palácio. Mas primeiro cumpre notar aqui uma circunstância mínima, a qual permitirá compreender um fato que vai seguir-se em breve.

Havia alguém que, naquela noite como nas precedentes, pensava muito no duque de Châtellerault, sem aliás suspeitar quem fosse ele: era o porteiro (que naquele tempo chamavam "o *aboyeur*"[23])

---

23 Termo usado para designar o porteiro encarregado de anunciar a viva voz os nomes das personalidades quando adentravam os salões. O termo é derivado do verbo francês *aboyer*, ou seja, "latir". [N. do E.]

da sra. de Guermantes. O sr. de Châtellerault, longe de ser um dos íntimos, embora primo da princesa, era pela primeira vez recebido no seu salão. Seus pais, brigados há dez anos com a princesa, se haviam reconciliado com ela há quinze dias e, como se vissem obrigados a ausentar-se de Paris naquela noite, tinham encarregado o filho de representá-los. Ora, alguns dias antes o porteiro da princesa encontrara nos Campos Elísios um jovem a quem achara encantador, mas cuja identidade não conseguira estabelecer. Não que o jovem não se tivesse mostrado tão amável quão generoso. Todos os favores que o porteiro imaginara ter de conceder a um senhor tão moço, ele pelo contrário os recebera. Mas o sr. de Châtellerault era tão medroso quanto imprudente; tanto mais resolvido estava a conservar-se incógnito por ignorar de quem se tratava; maior medo teria — embora mal fundado — se o soubesse. Limitara-se a passar por um inglês e, a todas as apaixonadas perguntas do porteiro, desejoso de encontrar de novo uma pessoa a quem tanto devia em prazer e liberalidades, o duque limitara-se a responder, durante todo o trajeto da avenida Gabriel: *"I do not speak french"*.

Se bem que, apesar de tudo — devido à origem materna de seu primo —, afetasse o duque de Guermantes achar algo de Courvoisier no salão da princesa de Guermantes-Baviera, avaliava-se geralmente o espírito de iniciativa e a superioridade intelectual dessa dama por uma inovação que não se encontrava em nenhuma outra parte naquele meio. Após o jantar, e qualquer que fosse a importância da reunião que se realizaria, as cadeiras, no salão da princesa de Guermantes, se achavam dispostas de modo a formar pequenos grupos que, adrede, ficavam de costas. A princesa evidenciava então o seu tato social, indo sentar-se nalgum deles, como por preferência. Não receava de resto escolher e atrair um membro de outro grupo. Se, por exemplo, fizera notar ao sr. Detaille, o qual naturalmente havia concordado, como a sra. de Villemur, cuja colocação num outro grupo a fazia ver de costas, tinha um bonito pescoço, a princesa não hesitava em erguer a voz:

"Senhora de Villemur, o senhor Detaille, como grande pintor que é, está a admirar seu pescoço."[24] A sra. de Villemur sentia nisso um convite direto à conversação; com a habilidade que dá o hábito da equitação, virava lentamente a cadeira num arco de três quartos de círculo e, sem incomodar em nada os vizinhos, quase ficava de frente para a princesa. "Não conhece o senhor Detaille?", indagava a dona da casa, a quem não bastava a hábil e pudica conversão da sua convidada. "Eu não o conheço, mas conheço as suas obras", respondia a sra. de Villemur num tom respeitoso, insinuante e com uma oportunidade que muitos invejavam, enquanto dirigia ao famoso pintor, que a interpelação não bastara para lhe apresentar formalmente, uma quase imperceptível saudação. "Venha, senhor Detaille", dizia a princesa, "vou apresentá-lo à senhora de Villemur". Esta empregava então tanto engenho em abrir lugar para o autor do *Sonho* como ainda há pouco em voltar-se para ele. E a princesa avançava uma cadeira para si mesma; não tinha, com efeito, interpelado a sra. de Villemur senão para ter um pretexto de deixar o primeiro grupo, onde passara os dez minutos de praxe e conceder ao segundo igual duração de presença. Em três quartos de hora, todos os grupos haviam recebido a sua visita, a qual de cada vez parecia apenas guiada pelo improviso e as predileções, mas tinha principalmente o objetivo de destacar com que naturalidade "uma grande dama sabe receber". Mas agora começavam a chegar os convidados da noite, e a dona da casa sentara-se não longe da entrada — direita e altiva, na sua majestade quase real; os olhos a flamejar com a sua incandescência própria —, entre duas altezas sem beleza e a embaixatriz da Espanha.

Eu formava fila atrás de alguns convivas que haviam chegado antes. Tinha defronte a mim a princesa, cuja formosura, entre tantas outras, não é só o que me faz recordar essa festa, naturalmente. Mas aquele rosto da dona da casa era tão perfeito, era ba-

---

24 No trecho, o pintor Édouard Detaille (1848-1912) aparece como um dos convidados da princesa de Guermantes. [N. do E.]

tido como uma medalha tão bela, que conservou para mim uma virtude comemorativa. Costumava a princesa dizer aos convidados, ao encontrá-los alguns dias antes de uma das suas recepções: "Vai mesmo?", como se estivesse muito desejosa de conversar com eles. Mas como, pelo contrário, nada tinha de que lhes falar, logo que chegavam à sua presença, contentava-se, sem se levantar, em interromper por um instante a sua vã conversação com as duas altezas e a embaixatriz e em agradecer, dizendo: "É muito gentil da sua parte ter vindo", não que achasse que o convidado desse mostras de gentileza ao comparecer, mas para ainda aumentar a sua; depois, em seguida, devolvendo-o à correnteza, acrescentava: "Encontrará o senhor de Guermantes à entrada do jardim", de maneira que iam cumprimentá-lo e deixavam-na em paz. A alguns, até, ela não dizia nada, contentando-se em mostrar-lhes seus admiráveis olhos de ônix, como se tivessem vindo somente a uma exposição de pedras preciosas.

A primeira pessoa que devia preceder-me era o duque de Châtellerault.

Tendo de responder a todos os sorrisos, a todos os acenos que lhe vinham do salão, não tinha avistado o porteiro. Mas logo no primeiro instante o porteiro o reconhecera. Aquela identidade que tanto desejara descobrir, dali a um instante a saberia. Ao perguntar ao seu "inglês" da véspera que nome devia anunciar, o porteiro não estava apenas emocionado; julgava-se indiscreto, impolido. Parecia-lhe que ia revelar a todos (que no entanto nada suspeitariam) um segredo que ele era culpado de surpreender daquele modo e expor publicamente. Ao ouvir a resposta do convidado: "Duque de Châtellerault", sentiu-se perturbado por tamanho orgulho que por um instante permaneceu mudo. O duque olhou-o, reconheceu-o, viu-se perdido, enquanto o criado, que se refizera e conhecia bastante o seu armorial para completar por si mesmo uma apelação demasiado modesta, bradava com a energia profissional, aveludada então de íntima ternura: "Sua Alteza, monsenhor, o duque de Châtellerault!". Absorto na contemplação da dona da casa, que ainda não me vira, não tinha eu pensado nas funções terríveis para mim, embora noutro sentido que para o sr. de Châtellerault, daquele porteiro vestido de negro como um carrasco, cercado de um bando de lacaios de librés mais risonhas, sólidos rapagões prontos a apoderar-se de um intruso e pô-lo no olho da rua. O porteiro me perguntou o nome; eu lho disse tão maquinalmente como o condenado à morte se deixa amarrar ao cepo. Ele em seguida ergueu majestosamente a cabeça e, antes que eu tivesse tempo de lhe pedir que me anunciasse a meia-voz para poupar o meu amor-próprio se eu não fosse convidado, e o da princesa de Guermantes se eu o fosse, bradou as sílabas inquietantes com uma força capaz de abalar a abóbada do palácio.

O ilustre Huxley (aquele cujo sobrinho ocupa atualmente um lugar preponderante no mundo da literatura inglesa) conta que uma das suas clientes não mais ousava frequentar a sociedade porque seguidamente, na própria poltrona que lhe indicavam com um gesto cortês, via sentado um velho senhor.[25] Tinha plena certeza de que, ou o gesto de convite, ou a presença do velho senhor, era uma alucinação, pois não lhe teriam assim designado uma poltrona já ocupada! E quando Huxley, para curá-la, obrigou-a a ir de novo a recepções, teve ela um instante de penosa hesitação, indagando consigo se o gesto amável que lhe faziam seria a coisa real, ou se, para obedecer a uma visão inexistente, iria sentar-se em público nos joelhos de um senhor de carne e osso. Sua breve incerteza foi cruel. Menos talvez que a minha. A partir do instante em que eu percebera o bramir de meu nome, como o ruído prévio de um possível cataclismo, vi-me obrigado, para atestar em todo caso a minha boa-fé, e como se não estivesse atormentado por dúvida alguma, a avançar para a princesa com um ar resoluto.

---

25 Alusão às aulas do professor de anatomia e biólogo Thomas Huxley (1825-1895), avô e não tio de Aldous Huxley. Em 1919, Aldous chegaria a publicar uma resenha do segundo volume de *Em busca do tempo perdido*. [N. do E.]

Avistou-me quando eu estava a alguns passos dela e, o que não me deixou mais dúvidas de que eu fora vítima de uma maquinação, em vez de ficar sentada como fazia com os outros convidados, ergueu-se e veio ao meu encontro. Um segundo depois pude soltar o suspiro de alívio da enferma de Huxley quando, após tomar o partido de sentar-se na cadeira, achou-a livre e compreendeu que o velho senhor é que era uma alucinação. A princesa acabava de estender-me a mão, sorrindo. Permaneceu alguns instantes de pé, com o gênero de graça peculiar à estância de Malherbe que assim termina:

Para honrá-los, então, os anjos se levantam.[26]

Desculpou-se de que a duquesa ainda não tivesse chegado, como se eu devesse aborrecer-me sem a sua companhia. Para saudar-me, ela executou em torno de mim, segurando-me a mão, um rodopio cheio de graça, em cujo vórtice me sentia arrebatado. Quase esperava que ela me entregasse então, como uma condutora de *cotillon*, uma bengala de cabo de marfim ou um relógio-pulseira. A falar verdade, não me deu nada disso, e, como se em lugar de dançar bóston tivesse ouvido um sacrossanto quarteto de Beethoven cujos sublimes acentos receasse perturbar, ela parou aí a conversação, ou, antes, não a começou e, radiante ainda de me ver chegar, indicou-me apenas o lugar em que se encontrava o príncipe.

Afastei-me e não mais me atrevi a aproximar-me dela, sentindo que não tinha absolutamente nada a dizer-me e que, na sua imensa boa vontade, aquela mulher maravilhosamente alta e bela, nobre como o eram tantas grandes damas que subiram tão altivamente ao cadafalso, não poderia, em vista de não se atrever a oferecer-me água de melissa, senão repetir-me o que já me havia dito duas vezes: "Encontrará o príncipe no jardim". Ora, ir

26 Citação de um verso das "Lágrimas de são Pedro", que alude aos inocentes que, após serem massacrados por Herodes, são acolhidos em triunfo nos céus. [N. do E.]

para junto do príncipe era sentir renascerem sob outra forma as minhas dúvidas.

Em todo caso, era preciso encontrar alguém que me apresentasse. Ouvia-se, dominando todas as conversações, o gralhar interminável do sr. de Charlus, que conversava com Sua Excelência o duque de Sidônia, com quem acabava de travar conhecimento. De profissão para profissão a gente se adivinha, e de vício para vício também. O sr. de Charlus e o sr. de Sidônia haviam imediatamente farejado o do outro que, quanto a ambos, era, em sociedade, o de serem monologuistas, a ponto de não poderem suportar nenhuma interrupção. Tendo logo visto que o mal era sem remédio, como diz um soneto célebre, haviam tomado a determinação, não de calar-se, mas de falar cada qual sem se preocupar com o que dissesse o outro.[27] Isso havia produzido esse rumor confuso, provocado nas comédias de Molière por várias pessoas que dizem ao mesmo tempo coisas diferentes. O barão, aliás, com a sua voz retumbante, estava certo de ganhar, de cobrir a voz fraca do sr. de Sidônia; isso, no entanto, não desanimava a este último, pois, quando o sr. de Charlus retomava fôlego um instante, o intervalo era preenchido pelo sussurro do grande de Espanha, que havia continuado imperturbavelmente o seu discurso. Bem podia pedir ao sr. de Charlus que me apresentasse ao príncipe de Guermantes, mas receava (e com muita razão) que ele estivesse agastado comigo. Eu agira com ele do modo mais ingrato, desdenhando segunda vez os seus oferecimentos e sem lhe dar sinal de vida desde a noite em que tão afetuosamente me levara para casa. E no entanto eu não considerava de maneira alguma, como escusa antecipada, a cena a que acabava de assistir, naquela mesma tarde, entre Jupien e ele. Não

---

27 O "soneto célebre" é o chamado "soneto de Anvers", que começa assim: "Minha alma tem seu segredo, minha vida tem seu mistério;/ Um amor eterno nascido num instante:/ O mal é sem esperança, então tive de calá-lo,/ E aquela que o fez nascer nada soube dele". Félix Anvers (1806-1850) publicou esse soneto, intitulado "Sonnet imité de l'italien", no livro *Minhas horas perdidas* (*Mes heures perdues*), em 1833. [N. do E.]

suspeitava nada de semelhante. É verdade que algum tempo antes, como meus pais censurassem a minha preguiça e por não me haver ainda dado o trabalho de escrever ao barão de Charlus, eu os tinha violentamente censurado por me quererem fazer aceitar propostas imorais. Mas só a cólera, o desejo de encontrar a frase que lhes pudesse ser mais desagradável, é que me haviam ditado essa resposta mentirosa. Na verdade, nada imaginara de sensual, nem sequer de sentimental, por detrás dos oferecimentos do barão. Dissera aquilo a meus pais como simples bobagem. Mas algumas vezes o futuro habita em nós sem que o saibamos, e as nossas palavras que julgam mentir delineiam uma realidade próxima.

O sr. de Charlus, sem dúvida, perdoaria a minha falta de gratidão. Mas o que o tornava furioso era que a minha presença aquela noite em casa da princesa de Guermantes, como desde algum tempo em casa de sua prima, parecia desafiar a declaração solene: "Naqueles salões só se entra por meu intermédio". Falta grave, crime talvez inexpiável: eu não tinha seguido a vida hierárquica. Bem sabia o sr. de Charlus que os raios que brandia contra os que não se dobravam às suas ordens, ou a quem criara ódio, começavam a passar, para muita gente, e por mais cólera que ele lhes imprimisse, por simples raios de cartolina, e já não tinham força de escorraçar quem quer que fosse de parte alguma. Mas talvez julgasse que o seu poder diminuído, ainda considerável, permanecia intato aos olhos de novatos como eu. De modo que não o achei muito indicado para lhe pedir um favor numa festa em que a minha simples presença parecia um irônico desmentido às suas pretensões.

Fui detido nesse momento por um homem bastante vulgar, o professor E...[28] Ficara surpreso ao ver-me no salão dos Guermantes. Eu não o estava menos de o encontrar ali, pois nunca se tinha visto, nem se viu depois, em casa da princesa, uma personagem

---

28 No volume anterior, após a crise da avó durante um passeio aos Champs-Élysées, o herói do livro a leva em visita ao apressado professor E..., que, após exame descontraído da doente, a declara perdida. [N. do E.]

como ele. Acabava de curar o príncipe, já com a extrema-unção, de uma pneumonia infecciosa, e o reconhecimento inteiramente particular que por isso lhe tinha a princesa era causa de se haverem infringido os costumes e de o terem convidado. Como não conhecia absolutamente ninguém naqueles salões, e ali não podia ficar rodando indefinidamente e a sós, como um ministro da morte, ao reconhecer-me sentira, pela primeira vez na vida, uma infinidade de coisas a dizer-me, o que lhe permitia tomar uma atitude e era um dos motivos pelos quais se dirigira a mim. Havia mais outro. Ele fazia questão cerrada de jamais cometer um erro de diagnóstico. Ora, sua clientela era tão numerosa que, quando apenas tinha visto uma única vez um doente, nunca se lembrava muito bem se a doença seguira o mesmo curso que ele havia assinalado. Talvez ainda estejam lembrados de que, por ocasião do ataque de minha avó, eu a levara até sua casa, na tarde em que ele mandava costurarem-lhe tantas condecorações. Depois de tanto tempo, já não se lembrava da participação que lhe haviam mandado na época. "A senhora sua avó morreu mesmo, não foi?", disse-me ele, com uma voz em que uma quase certeza tranquilizava uma leve apreensão. "Ah!, com efeito! Aliás, logo no primeiro instante em que a examinei, o meu prognóstico foi bastante sombrio, lembro-me muito bem."

Foi assim que o professor E... soube, ou tornou a saber, da morte de minha avó, e isso, devo dizê-lo em seu louvor, que é extensivo a todo o corpo médico, sem manifestar, sem experimentar talvez nenhuma satisfação. Os erros dos médicos são inúmeros. Pecam habitualmente por otimismo quanto ao regime, por pessimismo quanto ao desenlace. "Vinho? Em quantidade moderada, não lhe pode fazer mal, é, afinal de contas, um tônico... Prazer físico? Isso, afinal, é uma função. Eu lho permito sem abuso. O excesso em tudo é um mal." E daí, que tentação para o doente o renunciar a esses dois fatores de ressurreição, a água e a castidade! Por outro lado, se se tem alguma coisa no coração, se se tem albumina etc., não vai durar muito. De bom grado, perturbações graves, mas funcionais, são atribuídas a um câncer imaginário. Inútil continuar visitas que não poderiam travar um mal inelutável. Que o doente, entregue a si mesmo, se imponha um regime implacável, e depois sare ou pelo menos sobreviva, o médico, saudado por ele na avenida da Ópera quando o julgava desde muito no Père-Lachaise, verá nesse cumprimento um gesto de maliciosa insolência. Um inocente passeio efetuado no seu nariz e nas suas barbas não causaria cólera maior ao juiz que dois anos antes pronunciou uma sentença de morte contra o passante que parece não ter receio algum. Os médicos (não se trata de todos, está visto, e nós não omitimos, mentalmente, admiráveis exceções) ficam em geral mais descontentes, mais irritados com a negação do seu veredicto do que satisfeitos com a sua execução. Isso explica que o professor E..., por maior satisfação intelectual que sentisse em ver que não se enganara, só me tenha falado tristemente da desgraça que nos atingira. Não queria abreviar a palestra, que lhe dava desembaraço e um motivo para ficar. Falou-me do considerável calor que fazia naqueles dias, mas, embora fosse ilustrado e pudesse expressar-se em bom francês, disse-me: "O senhor não sofre com essa hipertermia?". É que a medicina fez alguns pequenos progressos em seus conhecimentos desde Molière, mas nenhum em seu vocabulário. Meu interlocutor acrescentou: "O que cumpre é evitar as sudações que causa de semelhante tempo, sobretudo em salões superaquecidos. Quando voltar para casa e tiver vontade de beber, poderá o senhor remediá--lo com o calor (o que evidentemente significa bebidas quentes).

Devido à maneira como havia morrido minha avó, o assunto interessava-me e eu lera recentemente num livro de um grande sábio que a transpiração era prejudicial aos rins, ao fazer passar pela pele aquilo cuja saída é alhures. Deplorava aquele tempo de canícula em que morrera minha avó e não estava longe de incriminá-lo. Não falei de tal coisa ao doutor E..., mas por si mesmo ele me disse: "A vantagem desse tempo muito quente, em que a transpiração é muito abundante, é que os rins ficam tanto mais aliviados. A medicina não é uma ciência exata".

Agarrado a mim, o professor E... só desejava era não deixar-me. Mas eu acabava de avistar, fazendo à princesa de Guermantes grandes reverências para a esquerda e para a direita, depois de haver recuado um passo, o marquês de Vaugoubert. O sr. de Norpois nos apresentara ultimamente e eu esperava encontrar nele alguém que fosse capaz de apresentar-me ao dono da casa. As proporções desta obra não me permitem explicar aqui em consequência de que incidentes da mocidade, era o sr. de Vaugoubert um dos únicos homens da sociedade (talvez o único) que estava, como se diz em Sodoma, "em confidência" com o sr. de Charlus. Mas se o nosso ministro junto ao rei Teodósio tinha alguns dos mesmos defeitos do barão, não era mais que em estado de bem pálido reflexo. Era apenas sob uma forma infinitamente suavizada, sentimental e ingênua que apresentava ele essas alternativas de simpatia e de ódio pelas quais os desejos de seduzir e depois o receio — igualmente imaginário — de ser, se não desprezado, pelo menos descoberto, faziam passar o barão. Tornadas ridículas por uma castidade, um "platonismo" (aos quais, como grande ambicioso que era, tinha sacrificado desde a idade do concurso todo e qualquer prazer), e principalmente por sua nulidade intelectual, o sr. de Vaugoubert apresentava no entanto essas alternativas. Mas ao passo que no sr. de Charlus os louvores imoderados eram clamados num verdadeiro arroubo de eloquência e temperados com as mais finas e mordazes zombarias, que marcavam um homem para sempre, no sr. de Vaugoubert, pelo contrário, a simpatia era expressa com a banalidade de um homem da última ordem, de um homem do alto mundo e de um funcionário, os agravos (em geral inteiramente forjados, como no caso do barão) se exteriorizavam numa malevolência sem trégua mas sem espírito e que tanto mais chocava por estar habitualmente em contradição com o que o ministro dissera seis meses antes e que talvez viesse a dizer de novo dentro em breve — regularidade na mudança que dava uma poesia quase astronômica às diversas fases da vida do sr. de Vaugoubert, embora, a não ser isto, ninguém menos do que ele fizesse pensar num astro.

A saudação que me fez nada tinha da que teria feito o barão de Charlus. A essa saudação o sr. de Vaugoubert, além das mil maneiras que julgava sociais e diplomáticas, dava um ar cavalheiresco, alerta, sorridente, a fim de parecer, de um lado, encantado da vida — quando remoía interiormente as amarguras de uma carreira sem progresso e ameaçada de aposentadoria — e, de outro lado, jovem, viril, encantador, quando via, e nem mesmo se atrevia a ir olhar no espelho, as rugas amontoarem-se nos contornos de um rosto que ele desejaria conservar cheio de seduções. Não que desejasse conquistas efetivas, cuja simples ideia o amedrontava, por causa do que diriam, dos escândalos, das chantagens. Tendo passado de um deboche quase infantil à continência absoluta a partir do dia em que havia pensado no Quai d'Orsay e desejado fazer uma grande carreira, tinha o ar de um animal enjaulado, a lançar em todos os sentidos olhares que exprimiam medo, apetência e estupidez. A sua era tal que não refletia que os garotos da sua adolescência já não eram garotos e, quando um vendedor de jornais lhe gritava em plena cara: *"La Presse!"*, mais ainda que de desejo, ele fremia de terror, julgando-se reconhecido e desmascarado.

Mas, na falta dos prazeres sacrificados à ingratidão do Quai d'Orsay, o sr. de Vaugoubert — e para isso é que desejaria ainda agradar — tinha súbitos impulsos de coração. Sabe Deus com quantas cartas não importunava ele o Ministério (que astúcias pessoais punha em prática, que de adiantamentos operava sobre o crédito da sra. de Vaugoubert, que, devido à sua corpulência, o seu elevado nascimento, o seu ar masculino, e devido principalmente à mediocridade do esposo, julgavam dotada de capacidades eminentes e preenchendo as verdadeiras funções de ministro) para fazer entrar sem nenhuma razão legítima, no pessoal da legação, um jovem desprovido de qualquer mérito. É verdade que alguns meses, alguns anos depois, sem sombra de má intenção, por menos que o insignificante adido parecesse ter dado mostras de frieza para com o seu chefe, este, julgando-se desprezado ou traído, empregava o mesmo ardor histérico em puni-lo que outrora em favorecê-lo. Movia céus e terra para que o revocassem e o diretor dos Negócios Políticos recebia diariamente uma carta: "Que está esperando para desembaraçar-me daquele bugre? Faça-o trotar um pouco, no seu próprio interesse. Ele precisa é passar um pouco de trabalho". O posto de adido junto ao rei Teodósio era por causa disso pouco agradável. Mas, quanto ao resto, graças ao seu perfeito bom senso de homem do mundo, o sr. de Vaugoubert era um dos melhores agentes do governo francês, no estrangeiro. Quando o substituiu mais tarde um homem julgado superior, jacobino, e que era sábio em todas as coisas, não tardou em explodir a guerra entre a França e o país em que reinava Teodósio.

O sr. de Vaugoubert, como o sr. de Charlus, não gostava de cumprimentar primeiro. Um e outro preferiam "responder", sempre receosos das conversas que aquele a quem, não fora isso, teriam estendido a mão, pudesse ter ouvido a seu respeito depois da última vez em que se encontraram. Quanto a mim, o sr. de Vaugoubert não teve de formular consigo tal pergunta, pois eu tinha ido cumprimentá-lo em primeiro lugar, quando mais não fosse pela diferença de idade. Respondeu-me com um ar maravilhado e encantado, e seus olhos continuavam a agitar-se, como se de cada lado houvesse alfafa proibida de retouçar. Pensei que seria conveniente solicitar-lhe minha apresentação à sra. de Vaugoubert, antes da apresentação ao príncipe, de que só desejava falar-lhe depois. A ideia de pôr-me em relações com a sua esposa pareceu enchê-lo de alegria, tanto da parte dele como da parte dela, e levou-me com um andar decidido até a marquesa. Chegando diante dela, e mostrando-a a mim com a mão e os olhos, com todas as mostras de consideração possíveis, permaneceu, contudo, silencioso, e retirou-se ao cabo de alguns segundos com um ar saltitante, para deixar-me a sós com a sua mulher. Esta logo me estendera a mão, mas sem saber a quem se dirigia esse gesto de amabilidade, pois compreendi que o sr. de Vaugoubert esquecera o meu nome, talvez nem mesmo me houvesse reconhecido, e, não mo querendo confessar por delicadeza, fizera constituir a apresentação numa simples pantomima. De modo que eu não estava mais adiantado; como fazer-me apresentar ao dono da casa por uma mulher que não sabia o meu nome? E depois, via-me forçado a conversar alguns instantes com a sra. de Vaugoubert. E isso me aborrecia de dois pontos de vista. Não queria eternizar-me naquela festa, pois combinara com Albertine (dera-lhe um camarote para *Fedra*) que ela fosse ver-me um pouco antes da meia-noite. Certo, não estava absolutamente enamorado dela; ao fazer com que ela viesse, obedecia a um desejo puramente sensual, embora se estivesse nessa época tórrida do ano em que a sensualidade liberada visita de melhor grado os órgãos do gosto e busca antes de tudo o frescor. Mais que do beijo de uma rapariga, tem ela sede de uma laranjada, de um banho, até mesmo de contemplar aquela lua descascada e sumarenta que desalterava o céu. Contava, no entanto, desembaraçar-me, ao lado de Albertine — a qual de resto me lembrava o frescor das vagas —, das penas que não deixariam de proporcionar-me muitos rostos encantadores (pois era tanto uma festa de moças como de senhoras que dava a princesa). Por outro lado, o da imponente sra. de Vaugoubert, bourboniano e inexpressivo, nada tinha de atraente.

Dizia-se no Ministério, sem lhe pôr sombra de malícia, que era o marido quem usava as saias e a mulher, as calças. Ora, havia nisso mais verdade do que supunham. A sra. de Vaugoubert era um homem. Tivesse sido sempre assim, ou se tivesse tornado tal como eu a via, pouco importa, pois num e noutro caso está-se diante de um dos mais tocantes milagres da natureza e que, principalmente o segundo, fazem assemelhar-se o reino humano ao reino das flores. Na primeira hipótese — se a futura sra. de Vaugoubert sempre tinha sido tão pesadamente machona —, a natureza, com uma diabólica e benfazeja artimanha, dá à rapariga o aspecto enganador de um homem. E o adolescente que não gosta de mulheres e quer curar-se acha com alegria esse subterfúgio de descobrir uma noiva que lhe representa um estivador. No caso contrário, se a mulher não tem de início os caracteres masculinos, adquire-os pouco a pouco, para agradar ao marido, mesmo inconscientemente, com essa espécie de mimetismo que faz com que certas flores tomem a aparência dos insetos que querem atrair. O pesar de não ser amada, de não ser homem, viriliza-a. Mesmo fora do caso que nos ocupa, quem já não observou como os casais mais dentro da normalidade acabam por assemelhar-se, algumas vezes por trocar suas qualidades? Um antigo chanceler alemão, o príncipe de Bulow, desposara uma italiana. Afinal, no Pincio, notou-se o quanto o esposo germânico adquirira da finura italiana, e a princesa italiana, da rudeza alemã.[29] Para sair até um ponto excêntrico das leis que aqui traçamos, todos conhecem um eminente diplomata francês, cuja origem só era lembrada pelo seu nome, um dos mais ilustres do Oriente. Ao amadurecer, ao envelhecer, revelou-se nele o oriental que jamais se havia suspeitado e, ao vê-lo, lamentava-se a ausência do fez que o completaria.[30]

Para voltar a costumes assaz ignorados do embaixador de que acabamos de evocar a silhueta ancestralmente espessada, a sra. de Vaugoubert realizava o tipo adquirido ou predestinado, cuja imagem imortal é a princesa Palatina, sempre em veste de montaria, e, tendo tomado ao marido mais que a virilidade, esposando os defeitos dos homens que não amam as mulheres, denuncia em suas cartas de comadre as relações que tiveram entre

29 Alusão a Bernhard, príncipe de Bülow (1849-1929), político alemão e chanceler do imperador Guilherme II (entre 1900 e 1909). Em 1896, ele se casa com Maria Beccadelli e em 1915 é nomeado embaixador em Roma, cidade em que permanece até sua morte. O Pincio é um jardim romano, conhecido na época pelos encontros sociais. Vale lembrar que o jovem Proust chegou a ter em vista estudar para ser embaixador e acompanhava com interesse os acontecimentos envolvendo o mundo das embaixadas. Inúmeros detalhes desse universo integram seu livro. [N. do E.]

30 Alusão a Maurice Paléologue (1859-1944), diplomata e escritor, embaixador em São Petersburgo de 1914 a 1917. Seu sobrenome, "Paléologue", tinha origem em ilustre família bizantina, que morou em Constantinopla de 1261 a 1453 e se dispersou com a invasão dos turcos. [N. do E.]

si todos os grão-senhores da corte de Luís XIV.[31] Uma das causas que ainda aumentam o ar masculino de uma mulher como a sra. de Vaugoubert é que o abandono em que é deixada pelo marido, a vergonha que com isso experimenta emurchece pouco a pouco tudo o que nela existe da mulher. Acaba adquirindo as qualidades e os defeitos que o marido não possui. À medida que ele é mais frívolo, mais efeminado, mais indiscreto, ela se torna como que a efígie sem encanto das virtudes que o marido deveria praticar.

Traços de opróbrio, de aborrecimento, de indignação empanavam o rosto regular da sra. de Vaugoubert. Eu sentia, ai de mim, que ela me considerava com interesse e curiosidade como um desses jovens que agradavam ao sr. de Vaugoubert e que ela tanto desejaria ser, agora que o marido, envelhecendo, preferia a mocidade. Olhava-me com a atenção dessas pessoas da província que, num catálogo de loja de novidades copiam o *tailleur* que tão bem assenta à linda criatura desenhada (na realidade, a mesma em todas as páginas, mas multiplicada ilusoriamente em criaturas diferentes graças à diferença das poses e à variedade das toaletes). Tão forte era a atração vegetal que impelia para mim a sra. de Vaugoubert que chegou a tomar-me pelo braço para que eu a levasse a beber uma laranjada. Mas desvencilhei-me alegando que, devendo retirar-me em breve, ainda não me fizera apresentar ao dono da casa.

Não era muito grande a distância da entrada dos jardins, onde ele conversava com algumas pessoas. Mas me causava mais medo do que se tivesse de expor-me a uma fuzilaria cerrada para franqueá-la.

---

31 Charlotte de Bavière (1652-1722), duquesa de Orléans, filha de Charles-Louis, o chamado "Eleitor Palatino", era a segunda mulher de Monsieur, irmão abertamente homossexual do rei Luís XIV. Seu marido, segundo o que se lê nas *Memórias* do duque de Saint-Simon, provavelmente uma das fontes de Proust, "adotara apenas as más qualidades das mulheres". Bastante feia e, como de hábito, integrando um casamento de puro interesse, a princesa Palatina escreve muitas cartas em que fala abertamente da homossexualidade do marido, mero joguete na mão dos amantes, e de certos grão-senhores da corte. [N. do E.]

Muitas mulheres por intermédio das quais me parecia possível uma apresentação achavam-se no jardim, onde, fingindo uma admiração exaltada, não sabiam muito bem o que fazer. As festas desse gênero são em geral antecipadas. Só têm realidade no dia seguinte, em que ocupam a atenção das pessoas que não foram convidadas. Se um verdadeiro escritor desprovido do tolo amor-próprio de tantos literatos, ao ler o artigo de um crítico que sempre lhe testemunhou a maior admiração, vê citados nomes de autores medíocres mas não o seu, não tem tempo de se deter no que poderia ser para ele um motivo de surpresa: seus livros o reclamam. Mas uma mulher da sociedade nada tem que fazer e, ao ler no *Le Figaro*: "Ontem o príncipe e a princesa de Guermantes ofereceram uma grande recepção" etc., exclama: "Como! Se há três dias conversei uma hora com Marie-Gilbert sem que ela me dissesse nada!", e quebra a cabeça para saber o que poderia ter feito aos Guermantes. Cumpre dizer que, no concernente às festas da princesa, o espanto era às vezes tão grande entre os convidados como entre os que não o eram. Pois os convites explodiam no momento em que eram menos esperados e apelavam para pessoas que a sra. de Guermantes tinha esquecido durante anos. E tão insignificantes são quase todas as pessoas da sociedade que cada um de seus semelhantes, para julgá-las, toma apenas a medida de sua amabilidade: convidado, estima-os; excluído, detesta-os. Quanto a estes últimos, com efeito, se muita vez a princesa não os convidava, embora fossem seus amigos, provinha isso seguidamente do seu receio de descontentar a "Palamèdes", que os havia excomungado. Assim podia eu ter certeza de que ela não falara de mim ao sr. de Charlus, sem o que não me encontraria ali. Estava ele agora diante do jardim, ao lado do embaixador da Alemanha, reclinado na rampa da grande escadaria que levava ao palácio, de sorte que os convidados, apesar das três ou quatro admiradoras que se haviam agrupado em torno do barão e quase o ocultavam, eram obrigados a vir cumprimentá-lo. Ele respondia declinando o nome das pessoas. E ouvia-se sucessivamente: "Boa-noite, senhor Du Hazay, boa-noite, senhora de La Tour du Pin-Verclause, boa-noite, senhora de La Tour du Pin-Gouvernet, boa-noite, Philibert, boa-noite, minha cara embaixatriz" etc. Aquilo fazia um cacarejar contínuo, interrompido por recomendações benévolas ou perguntas (cuja resposta não escutava) e que o sr. de Charlus dirigia num tom suavizado, fictício, a fim de testemunhar indiferença, e benigno: "Cuidado que a pequena não se resfrie, o jardim está sempre um pouco úmido. Boa-noite, senhora de Brantes. Boa-noite, senhora de Mecklembourg. E a menina veio? Com aquele lindo vestido cor-de-rosa? Boa-noite, Saint-Géran". Por certo que havia orgulho nessa atitude; sabia o sr. de Charlus que era um dos Guermantes que ocupavam preponderante lugar naquela festa. Mas não havia somente orgulho, e essa própria palavra *festa* evocava, para o homem de dotes estéticos, o sentido curioso, luxuoso que pode ter, se essa festa é dada, não em casa de gente do alto mundo, mas num quadro de Carpaccio ou de Veronese. É mesmo mais provável que o príncipe alemão que era o sr. de Charlus devesse antes imaginar a festa que se desenrola no *Tannhäuser*, com ele próprio no papel do Margrave, tendo, à entrada da Warburg, uma amável frase condescendente para cada um dos convidados, enquanto o seu escoamento pelo castelo ou pelo parque é saudado pela longa frase, cem vezes retomada, da famosa "Marcha".[32]

Era preciso no entanto decidir-me. Bem que reconhecia, debaixo das árvores, as mulheres com quem estava mais ou menos relacionado, mas pareciam transformadas porque estavam na casa da princesa e não na da sua prima, e eu as via sentadas, não diante de um prato de Saxe, mas sob os ramos de um castanheiro. Em nada contribuía para isso a elegância do meio. Mesmo que fosse infinitamente menor que em casa de "Oriane", haveria em mim a mesma perturbação. Desde que a eletricidade se interrompa em nossa sala e tenhamos de substituí-la por lampiões, tudo nos pare-

---

32 Alusão à marcha com coro do segundo ato da ópera de Wagner. [N. do E.]

ce mudado. Fui arrancado da minha hesitação pela sra. de Souvré. "Boa-noite", disse ela, vindo ao meu encontro, "há muito tempo que não vê a duquesa de Guermantes?". Excedia em dar a esse gênero de frases uma entonação probante de que as não dizia por pura tolice, como as pessoas que, não sabendo de que falar, nos abordam mil vezes citando uma relação comum, não raro muito vaga. Teve ela, pelo contrário, um sutil fio condutor do olhar que significava: "Não pense que não o conheci. O senhor é o jovem que vi em casa da duquesa de Guermantes. Lembro-me muito bem". Infelizmente, a proteção que estendia sobre mim essa frase de aparência estúpida e de intenção delicada era extremamente frágil e dissipou-se logo que eu a quis utilizar. A sra. de Souvré, quando se tratava de apoiar uma solicitação junto a alguma pessoa poderosa, tinha a arte de, ao mesmo tempo, parecer ao solicitante que o recomendava e, à alta personagem, que não recomendava esse solicitante, de modo que esse gesto de duplo sentido lhe abria um crédito de gratidão com este sem lhe criar nenhum débito em relação ao outro. Encorajado pela boa vontade dessa dama quando lhe pedi que me apresentasse ao sr. de Guermantes, ela aproveitou um momento em que os olhares do dono da casa não estavam voltados para nós, tomou-me maternalmente pelos ombros e, sorrindo para o rosto desviado do príncipe, que não podia vê-la, impeliu-me para ele num movimento pretensamente protetor e voluntariamente ineficaz que me deixou parado quase no meu ponto de partida. Tal é a covardia da gente de sociedade.

Maior ainda foi a de uma dama que veio cumprimentar-me, chamando-me pelo nome. Eu tentava encontrar o seu enquanto lhe falava; lembrava-me muito bem de haver jantado com ela, recordava frases que ela dissera. Mas a minha atenção, aplicada para a região interior em que havia essas lembranças dela, não podia descobrir esse nome. Ali estava, no entanto. Meu pensamento empenhara-se numa espécie de jogo com ele, como para apreender-lhe os contornos, a letra pela qual começava e iluminá-lo enfim inteiramente. Era trabalho perdido: pouco a pouco ia eu sentindo a sua massa, o seu peso, mas, quanto às suas formas, confrontando-as com o tenebroso cativo acocorado na noite interior, eu pensava: "Não é isto". Certamente o meu espírito poderia criar os nomes mais difíceis. Por desgraça, o caso não era de criar, mas de reproduzir. Toda ação do espírito é fácil, quando não submetida ao real. Ali, eu era forçado a submeter-me a ele. Eis que de súbito veio o nome, inteiro: "Senhora de Arpajon". Faço mal em dizer que veio, pois creio que não me apareceu numa propulsão de si mesmo. Tampouco acho que as leves e inúmeras lembranças que se ligavam a essa dama, e às quais eu não cessava de pedir auxílio (com exortações como esta: "Vejamos, é aquela dama amiga da senhora de Souvré, que sente por Victor Hugo uma admiração tão ingênua, misturada de tanto espanto e horror"), não creio que todas essas lembranças a revoarem entre mim e o seu nome tenham servido no que quer que fosse para trazê-lo à tona. Nesse grande brinquedo de esconder que se desenrola na memória quando queremos encontrar um nome, não há uma série de aproximações graduadas. Não se vê nada e, depois, de súbito, aparece o nome exato e muito diferente daquele que veio até nós. Não, creio antes que, à medida que vamos vivendo, passamos o tempo a afastar-nos da zona em que um nome é distinto, e, por um exercício de minha vontade e de minha atenção, o qual aumentava a acuidade de meu olhar interior, é que de súbito eu fendera a semiescuridão e percebera tudo. Em todo caso, se há transições entre o esquecimento e a lembrança, então essas transições são inconscientes. Pois os nomes de etapa por que passamos antes de encontrar o nome verdadeiro são falsos e não nos aproximam dele. Nem são propriamente nomes, mas muita vez simples consoantes que não se encontram no nome reencontrado. Aliás, tão misterioso é esse trabalho do espírito a passar do nada à realidade que afinal de contas é possível que essas consoantes falsas sejam degraus previamente erguidos para nos ajudar a aferrar-nos ao nome exato. "Tudo isso", dirá o leitor, "nada nos revela sobre a falta de complacência da referida dama; mas já que vos demorastes tanto tempo, deixai-me, senhor autor, que vos faça perder um minuto mais para dizer-vos ser lamentável que, jovem como éreis (ou como era o vosso herói se ele não for a vossa própria pessoa), tivésseis já tão pouca memória a ponto de não conseguir lembrar o nome de uma dama a quem conhecíeis muito bem". É muito lamentável, com efeito, senhor leitor. E mais triste do que julgais quando se sente aí o anúncio da época em que os nomes e as palavras desaparecerão da zona clara do pensamento e em que será preciso renunciar para sempre a dizer para nós mesmos o nome daqueles a quem melhor conhecemos. É lamentável com efeito que desde a juventude se necessite desse labor para encontrar nomes bastante conhecidos. Mas se só se desse essa invalidez quanto aos nomes apenas conhecidos, muito naturalmente olvidados e que não se quisesse ter o trabalho de recordar, esse mal não deixaria de ter as suas vantagens. "E quais são, por favor?" Pois bem, senhor, é que só o mal faz observar e aprender e permite decompor os mecanismos que, sem isso, a gente não ficaria conhecendo. Um homem que cada noite tomba come uma massa no seu leito e não vive até o momento de despertar e levantar-se, esse homem jamais pensará em fazer, se não grandes descobertas, pelo menos pequenas observações sobre o sono. Mal sabe se dorme. Um pouco de insônia não é inútil para apreciar o sono, para projetar alguma luz nessa noite. Uma memória sem desfalecimentos não é um excitante muito poderoso para estudar os fenômenos da memória. "Mas, afinal, a senhora de Arpajon vos apresentou ao príncipe?" Não, mas calai-vos e deixai-me retomar minha narrativa.

A sra. de Arpajon foi mais covarde ainda que a sra. de Souvré, mas sua covardia tinha mais escusas. Sabia que sempre tivera pouca influência na sociedade. Essa influência ainda mais se enfraquecera com a sua ligação com o duque de Guermantes; o abandono deste lhe dera o derradeiro golpe. O mau humor que lhe causou meu pedido de apresentação ao príncipe a fez guardar um silêncio que ela teve a ingenuidade de acreditar um sinal de não ter ouvido o que eu dissera. Nem sequer se apercebeu da cólera que a fazia franzir as sobrancelhas. Talvez, pelo contrário, o percebesse, sem se preocupar com a contradição, e disso serviu-se para a lição de discrição que podia dar-me sem muita grosseria, quero dizer uma lição muda e que não era por isso menos eloquente.

Aliás, a sra. de Arpajon estava muito contrariada; muitos olhares se haviam erguido para uma sacada Renascença em cujo ângulo, em vez das estátuas monumentais que ali aplicavam tão seguidamente naquela época, se inclinava, não menos escultural do que elas, a magnífica duquesa de Surgis-le-Duc, a que acabava de suceder à sra. de Arpajon no coração de Basin de Guermantes. Sob o leve tule branco que a protegia da frescura da noite, via-se, flexível, o seu corpo flutuante de Vitória.

Eu não tinha mais recursos senão junto ao sr. de Charlus, que voltara para uma peça do térreo que dava acesso ao jardim. Tive todo o tempo (como ele fingisse estar absorto numa partida de uíste simulado que lhe permitia parecer que não via as pessoas) para admirar a voluntária e artística simplicidade de seu fraque que, por uns nadas que só um costureiro teria discernido, parecia uma "Harmonia" em preto e branco de Whistler; [33] ou melhor, em preto, branco e vermelho, pois o sr. de Charlus trazia, suspensa a uma larga fita, a cruz de esmalte branco, negro e vermelho de Cavaleiro da Ordem Religiosa de Malta. Nesse momento a partida do barão foi interrompida pela sra. de Gallardon, que conduzia o seu sobrinho, o visconde de Courvoisier, jovem de belo rosto e ar impertinente: "Meu primo", disse a sra. de Gallardon, "permita-me que lhe apresente o meu sobrinho Adalbert. Tu sabes, Adalbert, o famoso tio Palamèdes de quem sempre ouves

---

33 A alusão ao quadro de Whistler era mais precisa nos manuscritos do livro, onde se fala do quadro *"La mère"*, cujo subtítulo é justamente *"Arranjo em cinza e preto n.º 1"*. Tal obra pertence hoje ao arquivo do Museu d'Orsay. Whistler também é autor de um retrato de Robert de Montesquiou, para muitos a principal fonte de inspiração para a criação do personagem do barão de Charlus. O retrato traz como subtítulo *"Arranjo em preto e dourado"*. [N. do E.]

falar". "Boa-noite, senhora de Gallardon", respondeu o barão, e acrescentou, sem ao menos olhar para o jovem: "Boa-noite, senhor", com um ar rabugento e uma voz tão violentamente impolida que todos ficaram estupefatos. Talvez o sr. de Charlus, sabendo que a sra. de Gallardon tinha dúvidas quanto aos seus costumes e não pudera resistir ao prazer de fazer-lhes uma alusão, quisesse atalhar de vez tudo quanto ela poderia fantasiar em torno de uma acolhida amável feita a seu sobrinho, e ao mesmo tempo fazer uma retumbante profissão de indiferença em relação aos jovens; com certeza não achou que o referido Adalbert houvesse respondido às palavras da tia com um ar suficientemente respeitoso; talvez, desejoso de mais tarde fazer seus avances na pessoa de um primo tão agradável, quisesse ganhar as vantagens de uma agressão prévia, como os soberanos que, antes de iniciar uma ação diplomática, a apoiam com uma ação militar.

Não era tão difícil como eu supunha que o sr. de Charlus acedesse a meu pedido de apresentação. Por um lado, no decurso dos últimos vinte anos, aquele Dom Quixote se batera contra tantos moinhos de vento (muitas vezes parentes que supunha terem se conduzido mal com ele), tão frequentemente interditara alguém "como pessoa impossível de ser recebida" em casa de tais ou tais Guermantes, que estes começavam a ter medo de romper com todas as pessoas a quem estimavam, de privar-se até a morte da frequentação de alguns estreantes de quem se achavam curiosos, para esposarem os rancores tonitruantes mas inexplicados de um cunhado ou primo que desejaria que abandonassem por ele mulher, irmão, filhos. Mais inteligente que os outros Guermantes, o sr. de Charlus se apercebia de que não levavam mais em conta as suas proibições senão uma vez sobre duas e, antecipando o futuro, receando que um dia fosse dele que se privassem, começara a baixar os preços, como se diz. Ademais, se tinha a faculdade de dar por meses, por anos, uma vida idêntica a uma criatura detestada, não toleraria que dirigissem um convite a esta, e seria antes capaz de bater-se como um carregador contra uma rainha, visto não mais contar para ele a qualidade do obstáculo que se lhe opunha; em compensação, tinha explosões de cólera muito frequentes para que não fossem bastante fragmentárias. "Imbecil, idiota! Hão de pô-lo no seu lugar, varrê-lo para o esgoto, onde infelizmente não será inofensivo para a higiene da cidade!", bradava, mesmo sozinho em casa, à leitura de uma carta que julgava irreverente, ou lembrando-se de alguma frase que lhe haviam repetido. Mas nova cólera contra um segundo imbecil dissipava a outra e, por pouco que o primeiro se mostrasse deferente, a crise ocasionada por ele era esquecida, sem que houvesse durado bastante para formar uma base de ódio sobre a qual construir. Desse modo, talvez tivesse eu — apesar de seu mau humor contra mim — obtido êxito com ele quando lhe pedi que me apresentasse ao príncipe, se não me ocorresse a infeliz ideia de acrescentar por escrúpulo, e para que não me pudesse atribuir a indelicadeza de ter entrado ao acaso, contando com ele para fazer-me ficar: "Bem sabe que os conheço muito bem, a princesa foi muito gentil comigo". "Pois bem, se os conhece, que necessidade tem de mim para apresentá-lo?", respondeu-me num tom cortante e, voltando-me as costas, recomeçou sua falsa partida com o núncio, o embaixador da Alemanha e um personagem que eu não conhecia.

Então, do fundo daqueles jardins onde outrora o duque de Aiguillon criava animais raros, veio até a mim, pelas portas escancaradas, como o ruído de um farejar que hauria tantas elegâncias e nada queria perder. O ruído se aproximou, dirigi-me ao acaso na sua direção, de modo que a palavra *boa-noite* me foi sussurrada ao ouvido pelo sr. de Bréauté, não como o som férreo e desdentado de uma faca que se afia, muito menos como o grito do pequeno javali devastador das terras cultivadas, mas como a voz de um possível salvador. Menos poderoso que a sra. de Souvré, mas menos medularmente atingido do que ela de inservibilidade, muito mais à vontade com o príncipe do que a sra. de Arpajon, tendo talvez ilusões quanto à minha situação no meio dos Guermantes, ou talvez conhecendo-a melhor do que eu, tive, contudo, nos primeiros segundos alguma dificuldade em captar a sua atenção, pois, com as narinas palpitantes, olhava para todos os lados, assestando curiosamente o seu monóculo como se se encontrasse diante de quinhentas obras-primas. Mas, tendo ouvido o meu pedido, acolheu-o com satisfação, conduziu-me ao príncipe e apresentou-me a ele com um ar guloso, cerimonioso e vulgar, como se lhe passasse, recomendando-os, um prato de bolinhos. Tanto a acolhida do duque de Guermantes era, quando ele o queria, amável, cheia de camaradagem, cordial e familiar, quanto achei a do príncipe compassada, solene, altiva. Sorriu-me apenas, chamou-me gravemente: "Senhor". Muitas vezes ouvira zombar da pose de seu primo. Mas logo às primeiras palavras que me disse e que, pela sua frieza e seriedade, formavam o maior contraste com a linguagem de bom camarada de Basin, compreendi imediatamente que o homem medularmente desdenhoso era o duque, que já na primeira visita nos falava de igual para igual, e que, dos dois primos, o verdadeiramente simples era o príncipe. Achei na sua reserva um sentimento maior, não direi de igualdade, pois não lhe seria concebível, mas pelo menos da consideração que se pode conceder a um inferior, como acontece em todos os meios fortemente hierarquizados, no Tribunal, por exemplo, numa faculdade, onde um procurador-geral ou um deão conscientes do seu alto cargo ocultam talvez muito mais de simplicidade real e, quando melhor os conhecemos, muito mais de bondade, de simplicidade verdadeira, de cordialidade na sua altivez tradicional do que outros mais modernos na afetação de alegre camaradagem. "Pretende seguir a carreira do senhor seu pai?", disse-me ele com um ar distante, mas de interesse. Respondi sumariamente à sua pergunta, compreendendo que só a formulara por delicadeza e afastei-me para deixá-lo acolher os novos visitantes.

Avistei Swann, quis falar-lhe, mas nesse momento vi que o príncipe de Guermantes, em vez de receber no seu lugar a saudação do marido de Odette, tinha-o, com o poder de uma bomba aspiradora, arrastado consigo para o fundo do jardim, a fim, chegaram a dizer certas pessoas, de "mandá-lo embora". De tal modo distraído na sociedade que só dali a dois dias vim a saber pelos jornais que uma orquestra tcheca tocara toda a noite e que, de minuto a minuto, se haviam sucedido fogos de bengala, recuperei alguma faculdade de atenção ante o pensamento de ir ver o famoso chafariz de Hubert Robert.[34]

Numa clareira aberta por belas árvores, algumas das quais tão antigas quanto ele, afastado, a gente o avistava de longe, esbelto, imóvel, duro, não deixando que a brisa agitasse senão a recaída mais leve de seu penacho pálido e fremente. O século XVIII depurara a elegância de suas linhas, mas, fixando o estilo do chafariz, parecia ter-lhe paralisado a vida; àquela distância, tinha-se mais a impressão da arte que a sensação da água. A própria nuvem úmida que se amontoava perpetuamente no seu fuste conservava o toque da sua época, como as que no céu se ajuntam em torno dos palácios de Versalhes. Mas de perto verificava-se que, muito embora respeitando, como as pedras de um palácio antigo, o desenho previamente traçado, eram águas sempre novas que, lançando-se e desejando obedecer às ordens antigas do arquiteto, só as cumpriam exatamente parecendo que as violavam, pois apenas os seus mil saltos esparsos podiam dar a distância a impressão de um único jato. Este era na realidade tantas vezes interrompido como a dispersão da queda, ao passo que de longe me parecera inflexível, denso, de uma continuidade sem lacuna. Um pouco mais de perto, via-se que essa continuidade, inteiramente linear na aparência, era assegurada, em todos os pontos da ascensão do jato, por onde quer que ele deveria romper-se, pela entrada em linha, pela retomada lateral de um jato paralelo que subia mais alto do que o primeiro, e era ele próprio, a uma altura mais elevada, mas já fatigante para ele, rendido por um terceiro. De perto, gotas sem força

---

34 O pintor Hubert Robert representou várias vezes o chafariz do parque de Saint-Cloud. No primeiro volume do livro, a avó do herói presenteia o neto com reproduções desses quadros. [N. do E.]

retombavam da coluna d'água, cruzando de passagem suas irmãs ascendentes e, por vezes esborrifadas, arrebatadas num remoinho do ar perturbado por aquele jorro sem tréguas, flutuavam antes de desabar no tanque. Contrariavam com as suas hesitações, com o seu trajeto em sentido inverso e esfumavam com o seu tênue vapor a retidão e a tensão daquele hastil, que carregava no cimo uma nuvem oblonga feita de mil gotículas, mas na aparência pintado em âmbar dourado e imutável que subia infrangível, imóvel, arremessado e rápido, a ajuntar-se às nuvens do céu. Infelizmente, bastava uma lufada de vento para o lançar obliquamente à terra; por vezes até um simples jato desobediente divergia e, se não se mantivesse a respeitosa distância, molharia até os ossos a multidão imprudente e contemplativa.

Um desses pequenos acidentes, que não aconteciam senão no momento em que se elevava a brisa, foi bastante desagradável. Tinham feito crer à sra. de Arpajon que o duque de Guermantes — que na verdade ainda não havia chegado — estava com a sra. de Surgis nas galerias de mármore cor-de-rosa para onde se tinha acesso pela dupla colunata, aberta no interior, que se elevava da calçada do tanque. Ora, no momento em que a sra. de Arpajon ia enveredar sob uma das colunatas, uma forte rajada de morna brisa torceu o repuxo e inundou tão completamente a bela dama que, tombando a água, do seu decote, para o interior do vestido, ficou ela tão encharcada como se a tivessem mergulhado num banho. Então, não longe dela, um grunhido escandido ressoou assaz forte para fazer-se ouvir por todo um exército, e no entanto periodicamente prolongado como se se dirigisse não ao conjunto, mas sucessivamente a cada parte das tropas; era o grão-duque Vladimir, que ria de todo o coração ao ver a imersão da sra. de Arpajon, uma das coisas mais divertidas, gostava ele de dizer depois, a que assistira em toda a sua existência.[35] Como algumas pessoas caridosas obser-

35 O grão-duque Vladimir (1847-1909), tio do czar russo Nicolau II, mistura-se aqui aos personagens do livro. [N. do E.]

vassem ao moscovita que algumas palavras de condolências da sua parte seriam talvez bem merecidas e dariam prazer àquela mulher que, apesar dos seus quarenta bem puxados e enquanto se enxugava com a sua echarpe e, sem pedir auxílio a ninguém, se livrava, apesar, da água que molhava maliciosamente a borda da fonte, o grão-duque, que tinha bom coração, julgou que devia obedecer e, apenas acalmados os últimos dobrados militares do riso, ouviu-se um novo trovejar mais violento ainda do que o outro. "Bravos, minha velha!", exclamava ele, batendo palmas como no teatro. A sra. de Arpajon não ficou muito sensibilizada por louvarem a sua destreza à custa da sua mocidade. E como lhe dissesse alguém, ensurdecido pelo rumor da água, que a trovoada de monsenhor no entanto dominava, "Creio que Sua Alteza Imperial lhe disse alguma coisa", "Não, era à senhora de Souvré", respondeu ela.

Atravessei os jardins e subi a escadaria, onde a ausência do príncipe, desaparecido à parte com Swann, aumentava em torno do sr. de Charlus a multidão dos convidados, da mesma forma que quando Luís XIV não estava em Versalhes havia mais gente com Monsieur, seu irmão.[36] Fui detido na passagem pelo barão, enquanto atrás de mim duas damas e um jovem se aproximavam para cumprimentá-lo.

"É gentil vê-lo aqui", disse-me ele, estendendo-me a mão. "Boa-noite, senhora de La Trémoïlle, boa-noite, minha cara Herminie." Mas sem dúvida a lembrança do que me havia dito sobre o seu papel de chefe no palácio Guermantes lhe dava o desejo de parecer que sentia, em relação ao que o descontentava, mas que não pudera impedir, uma satisfação a que a sua impertinência de grão-senhor e sua euforia de histérico emprestaram imediatamente uma forma de ironia excessiva: "É muito gentil", continuou, "mas é antes de tudo bastante engraçado". E pôs-se a dar gargalhadas que pareciam ao mesmo tempo testemunhar a sua alegria e a importân-

---

36 Nova referência a Monsieur, irmão homossexual do rei Luís XIV, que morava em Saint-Cloud. [N. do E.]

cia da palavra humana em expressá-la. Enquanto certas pessoas, sabendo como ele era ao mesmo tempo de difícil acesso e dado às "saídas" insolentes, se aproximavam com curiosidade e, num apressuramento quase indecente, por pouco não se punham a correr: "Vamos, não se incomode", disse-me ele, tocando-me suavemente no ombro, "bem sabe que eu o estimo. Boa-noite, Antioche, boa-noite, Louis-René. Foi ver o chafariz?", perguntou-me, num tom mais afirmativo que indagador. "É muito bonito, não? Maravilhoso. Poderia ser ainda melhor, naturalmente, se se suprimissem certas coisas, e então não haveria nada igual na França. Mas, tal como é, já se conta entre as melhores coisas. Bréauté lhe dirá que fizeram mal em colocar lampiões, para ver se se esquecem que foi ele quem teve essa ideia absurda. Mas, em suma, ele só conseguiu afeá-lo muito pouco. É muito mais difícil desfigurar uma obra-prima que criá-la. Aliás, já desconfiávamos vagamente que Bréauté fosse menos poderoso que Hubert Robert."

Retomei a fila dos visitantes que entravam no palácio. "Faz muito tempo que não vê a minha deliciosa prima Oriane?", perguntou-me a princesa, que há pouco desertara sua poltrona à entrada, e com quem eu voltava para os salões. "Ela deve vir esta noite, vi-a de tarde", acrescentou a dona da casa. "Ela prometeu-me. Creio de resto que o senhor janta conosco na recepção que oferece quinta-feira a rainha da Itália, na Embaixada. Haverá todas as Altezas possíveis. Vai ser muito intimidante."

Não podiam absolutamente intimidar a princesa de Guermantes, cujos salões fervilhavam delas e que dizia "os meus Coburguinhos" como quem diz "os meus cachorrinhos". De modo que a sra. de Guermantes disse "Vai ser muito intimidante" por simples tolice, que, na gente mundana, ainda ultrapassa a vaidade. A respeito de sua própria genealogia, ela sabia menos que um doutor em história. No concernente às suas relações, timbrava em mostrar que conhecia os apelidos que lhes haviam dado. Tendo-me perguntado se eu não jantaria na semana seguinte em casa da marquesa de La Pommelière, a quem muitas vezes chamavam

"La Pomme",[37] a princesa, obtendo de mim uma resposta negativa, calou-se durante alguns instantes. Depois, sem nenhum outro motivo que uma ostentação de erudição involuntária, de vulgaridade e de conformidade com o espírito geral, acrescentou: "É uma mulher bastante agradável, a Pomme!".

Enquanto a princesa conversava comigo, faziam precisamente a sua entrada o duque e a duquesa de Guermantes. Mas não pude a princípio ir ao seu encontro porque fui fisgado no caminho pela embaixatriz da Turquia, a qual, designando a dona da casa, que eu acabava de deixar, exclamou, pegando-me do braço: "Ah!, que mulher deliciosa a princesa! Que criatura superior a todas! Parece-me que se eu fosse um homem", acrescentou, com um pouco de baixeza e sensualidade orientais, "dedicaria minha vida a essa criatura celestial". Respondi que efetivamente a achava encantadora, mas que conhecia mais sua prima, a duquesa. "Mas nem há comparação", disse-me a embaixatriz. "Oriane é uma encantadora mulher da sociedade, que tira o seu espírito de Memé e de Babal, ao passo que Marie-Gilbert é *alguém*."

Nunca me agrada muito que me digam assim peremptoriamente o que devo eu pensar das pessoas a quem conheço. E não havia razão alguma para que a embaixatriz da Turquia tivesse um juízo mais seguro do que o meu quanto ao valor da duquesa de Guermantes.

Por outro lado, o que também explicava a minha irritação contra a embaixatriz, é que os efeitos de uma simples relação, e mesmo de um amigo, são para nós verdadeiros venenos contra os quais estamos felizmente "mitridatizados".

Mas, sem recorrer ao mínimo aparato de comparação científica, nem falar de anafilaxia, digamos que no seio das nossas relações amistosas ou simplesmente mundanas há uma hostilidade, momentaneamente curada, mas recorrente, por acessos. Habitualmente, sofre-se pouco com esses venenos, quando as pessoas são

---

37 "A Maçã". [N. do T.]

"naturais". Dizendo "Babal" e "Memé" para designar pessoas a quem não conhecia, a embaixatriz da Turquia suspendia os efeitos do "mitridatismo", que de ordinário ma tornavam tolerável. Ela irritava-me, o que era tanto mais injusto porque não falava, por assim dizer, para que julgassem que era íntima de "Memé", mas devido a uma instrução demasiado rápida que a fazia nomear esses nobres senhores conforme o que supunham os costumes do país. Fizera o seu curso em alguns meses e não se sujeitara a provas. Mas, refletindo nisso, achava outro motivo para o meu desprazer de estar em companhia da embaixatriz. Não fazia assim tanto tempo que, em casa de Oriane, essa mesma personalidade diplomática me havia dito, com um ar compenetrado e sério, que a princesa de Guermantes lhe era francamente antipática. Achei bom não me deter nessa reviravolta: fora ocasionada pelo convite para a festa daquela noite. A embaixatriz era perfeitamente sincera quando me dizia ser a princesa de Guermantes uma criatura sublime. Sempre pensara assim. Mas como até então não havia sido convidada pela princesa, julgara melhor atribuir a esse gênero de não convite a aparência de uma abstenção voluntária por princípios. Agora que tinha sido convidada, e provavelmente o seria dali por diante, sua simpatia podia expressar-se livremente. Não há necessidade, para explicar três quartos das opiniões que se têm sobre as pessoas, de ir ao despeito amoroso, até a exclusão do poder político. O juízo permanece incerto: determina-o um convite recusado ou recebido. No resto, a embaixatriz da Turquia, como dizia a duquesa de Guermantes, que fez comigo a revista dos salões, se saía bem. Era sobretudo muito útil. As verdadeiras estrelas estão cansadas de comparecer à sociedade. Quem tiver curiosidade de avistá-las deve muitas vezes emigrar para outro hemisfério, onde se acham quase sozinhas. Mas as mulheres semelhantes à embaixatriz otomana, muito recentes na sociedade, não deixam, por assim dizer, de brilhar por toda parte ao mesmo tempo. São úteis para essa espécie de representação que se chama um sarau, e ali se fariam conduzir, moribundas, de preferência a faltar. São as figurantes com quem sempre se pode contar, ardentes em jamais perder uma festa. Assim, os tolos jovens, ignorando que se trata de falsas estrelas, veem nelas as rainhas da elegância, quando seria preciso uma aula para lhes explicar em virtude de que razões a sra. Standish, ignorada por eles e a pintar almofadas, longe da vida mundana, é pelo menos tão grande dama quanto a duquesa de Doudeauville.[38]

Na vida corriqueira, os olhos da duquesa de Guermantes eram distraídos e um tanto melancólicos, e só os fazia brilhar com uma flama espiritual cada vez que tinha de saudar a algum amigo, absolutamente como se este fora alguma frase espirituosa, algum rasgo encantador, algum presente para delicados cuja degustação pusesse uma expressão de finura e alegria no rosto do conhecedor. Mas, nas grandes recepções, como tinha de fazer muitos cumprimentos, achava que seria muito cansativo, depois de cada um deles, apagar a luz de cada vez. Como um *gourmet* de literatura, quando vai ao teatro ver alguma novidade de um dos mestres da cena, testemunha a sua certeza de não passar uma noite aborrecida, tendo já, enquanto entrega seus pertences à chapeleira, os lábios preparados para um sorriso sagaz e avivado o olhar para uma aprovação maliciosa, assim era desde a chegada que a duquesa acendia a luz para toda a noite. E enquanto entregava a sua capa de recepção, de um magnífico vermelho Tiepolo, a qual deixou ver uma verdadeira golilha de rubis que lhe cobria

---

38 Menção a duas grandes damas da sociedade francesa da virada do século, que Proust teve a oportunidade de conhecer pessoalmente. Em 1912, ele fica conhecendo a sra. Henry Standish (1847-1933) através de sua prima, a condessa Greffulhe, para muitos, modelo da sra. de Guermantes. Logo em seguida, ele escreve para a sra. Gaston de Caillavet para conseguir informações sobre as diferenças na indumentária das duas primas: detalhes para compor as diferenças no modo de vestir da sra. de Guermantes e sua prima, a princesa. O título de duque de Doudeauville pertencia a um dos ramos da casa de La Rochefoucault. Louise Radziwill, irmã do amigo de Proust, Léon Radziwill, torna-se duquesa de Doudeauville em 1908, após a morte de seu sogro. [N. do E.]

o pescoço, depois de lançar ao vestido esse último olhar rápido, minucioso e completo de costureira, que é o de uma mulher mundana, Oriane certificou-se da cintilação de seus olhos, não menos que das suas outras joias. Em vão algumas "boas línguas" como o sr. de Janville se precipitaram para o duque, a fim de impedir-lhe a entrada: "Mas então não sabe que o pobre Mama está à morte? Acabam de dar-lhe a extrema-unção". "Eu sei, eu sei", respondeu o sr. de Guermantes, afastando o importuno para entrar. "O viático produziu o melhor efeito", acrescentou, sorrindo de contentamento à ideia do baile a fantasia que estava resolvido a não perder depois da recepção do príncipe. "Não queríamos que soubessem que tínhamos voltado", disse-me a duquesa. Não suspeitava que a princesa havia previamente desmentido essa assertiva quando me contara ter visto por um instante a sua prima, que lhe prometera comparecer. E o duque, após um longo olhar com que prostrara durante cinco minutos a esposa: "Contei a Oriane as suas dúvidas". Agora que via que não tinham fundamento e que não precisava dar um passo para dissipá-las, ela declarou-as absurdas, zombando longamente comigo. "Que ideia, pensar que não foi convidado! E depois, cá estava eu. Acredita que eu seria incapaz de fazer com que o convidassem à casa de minha prima?" Devo dizer que, depois disso, ela seguidamente fez coisas muito mais difíceis para mim; contudo, abstive-me de tomar suas palavras no sentido de que eu fora muito reservado. Começava a conhecer o exato valor da linguagem falada ou muda da amabilidade aristocrática, amabilidade feliz de lançar um bálsamo sobre o sentimento de inferioridade daqueles com os quais se exerce, mas não até o ponto de dissipá-lo, pois nesse caso não mais teria razão de ser. "Mas o senhor é nosso igual, ou mais ainda", parecia, por todos os seus atos, dizerem os Guermantes; e diziam-no da melhor maneira que se possa imaginar, para serem amados, admirados, mas não para serem cridos; que a gente descobrisse o caráter fictício dessa amabilidade, a isso é que eles chamavam ser bem-educado; acreditar real a amabilidade era má-educação. Pouco tempo depois recebi, aliás, uma lição que acabou ensinando-me, com a mais perfeita exatidão, a extensão e os limites de certas formas da amabilidade aristocrática. Era numa vesperal dada pela duquesa de Montmorency em honra da rainha da Inglaterra;[39] houve uma espécie de pequeno cortejo para ir ao bufê, e à frente marchava a soberana, tendo ao braço o duque de Guermantes. Cheguei nesse momento. Com a mão livre, o duque me fez, pelo menos a quarenta metros de distância, mil acenos de apelo e de amizade e que pareciam querer dizer que eu podia aproximar-me sem receio, que não seria comido cru em lugar dos sanduíches de chester. Mas eu, que começava a aperfeiçoar-me na linguagem das cortes, sem aproximar-me um único passo, inclinei-me profundamente, dos meus quarenta metros de distância, mas sem sorrir, como teria feito ante uma pessoa a quem mal conhecesse, depois continuei meu caminho em sentido oposto. Poderia eu ter escrito uma obra--prima, que os Guermantes me honrariam menos do que por essa saudação. Não só não passou despercebida aos olhos do duque, que naquele dia teve de responder contudo a mais de quinhentas pessoas, nem tampouco aos da duquesa, a qual, encontrando-se com minha mãe, lhe referiu o fato, sem dizer-lhe no entanto que eu fizera mal e que deveria ter-me aproximado. Disse-lhe que seu marido ficara encantado com a minha saudação, na qual era impossível fazer caber mais coisas. Não paravam de encontrar nessa saudação todas as qualidades, sem mencionar, todavia, a que parecera mais preciosa, isto é, que tinha sido discreta, e tampouco deixaram de apresentar-me cumprimentos que eu compreendi serem menos ainda uma recompensa para o passado do que uma indicação para o futuro, à maneira da seguinte, delicadamente dirigida a seus alunos pelo diretor de um estabelecimento de ensino: "Não esqueçam, meus caros meninos, de que esses prêmios são mais para seus pais do que para vocês, a fim de que eles os matriculem

---

39 O título "Montmorency", dos mais antigos da história da França, foi assumido por Alix Talleyrand-Périgord em 1862. [N. do E.]

no ano próximo". Era assim que a sra. de Marsantes, quando alguém de um mundo diverso entrava no seu ambiente, louvava na sua presença as pessoas discretas "que a gente encontra quando vai procurá-las e que se fazem esquecer o resto do tempo", como se previne de forma indireta a um criado que cheira mal, dizendo que o hábito de tomar banho é ótimo para a saúde.

Enquanto, antes mesmo que ela tivesse deixado o vestíbulo, eu conversava com a sra. de Guermantes, ouvi uma voz que para o futuro devia discernir sem engano possível. Era, no caso particular, a do sr. de Vaugoubert em conversa com o sr. de Charlus. Um clínico não tem necessidade de que o doente em observação levante a camisa, nem de escutar-lhe a respiração: basta a voz. Quantas vezes mais tarde não me impressionou em um salão a entonação ou o riso de um homem que no entanto copiava exatamente a linguagem de sua profissão ou as maneiras de seu meio, afetando uma distinção severa ou uma familiaridade grosseira, mas cuja voz falsa bastava para indicar: "É um Charlus", a meu ouvido exercitado como o diapasão de um afinador. Nesse momento, passou todo o pessoal de uma embaixada, saudando o sr. de Charlus. Embora a minha descoberta do gênero de doença em questão datasse unicamente do próprio dia (quando vira o sr. de Charlus e Jupien), eu não teria necessidade, para dar um diagnóstico, de fazer perguntas, de auscultar. Mas o sr. de Vaugoubert, conversando com o sr. de Charlus, mostrou-se incerto. No entanto, deveria saber de que se tratava, após as dúvidas da adolescência. O invertido julga-se o único da sua espécie no universo; somente mais tarde imagina — outro exagero — que a exceção única é o homem normal. Mas, ambicioso e timorato, o sr. de Vaugoubert não se entregava desde muito tempo ao que para ele teria constituído o prazer. A carreira diplomática tivera sobre a sua vida o efeito de uma ordenação religiosa. Combinada com a assiduidade à Escola de Ciências Políticas, tinha-o votado desde os vinte anos à castidade do cristão. Assim como cada sentido perde força e vivacidade, atrofiando-se quando não é mais posto em uso, o sr. de Vaugoubert, da mesma forma que o homem civilizado já não seria capaz dos exercícios de força e da agudeza de ouvido do homem das cavernas, perdera a perspicácia especial que raramente se encontrava em falta no sr. de Charlus; e nas mesas oficiais, fosse em Paris ou no estrangeiro, o ministro plenipotenciário nem sequer chegava mais a reconhecer aqueles que, sob o disfarce do uniforme, eram no fundo seus semelhantes. Alguns nomes que pronunciou o sr. de Charlus, indignado quando o citavam pelos seus gostos, mas sempre divertindo-se em dar a conhecer os dos outros, causaram ao sr. de Vaugoubert um espanto delicioso. Não que, após tantos anos, pensasse ele em aproveitar alguma feliz oportunidade. Mas essas revelações rápidas, semelhantes às que, nas tragédias de Racine, revelam a Atalia e a Abner que Joás é da raça de Davi, que Ester, sob a púrpura sentada, tem pais judeus,[40] transformando o aspecto da Legação de X... ou de determinado serviço do Ministério do Exterior, tornavam retrospectivamente esses palácios tão misteriosos como o templo de Jerusalém ou a sala do trono de Susa. Ante aquela embaixada, cujos jovens componentes vieram todos apertar a mão do sr. de Charlus, o sr. de Vaugoubert assumiu o ar maravilhado de Elisa quando exclama em *Ester*:

> *Ciel! que! nombreux essaim d'innocentes beautés*
> *S'offre à mes yeux en foule et sort de tous côtes!*
> *Que! aimable pudeur sur leur visage est peinte!* [41]

Depois, desejoso de ficar mais "bem informado", lançou sorrindo ao sr. de Charlus um olhar ingenuamente interrogativo e concupiscente. "Mas está visto!", disse o sr. de Charlus, com o ar douto de um erudito falando a um ignaro. Desde aí o sr. de Vaugou-

---

40 Abner revela a ascendência judaica de Joás em um trecho da peça *Atalia* e, em *Ester*, a heroína revela suas origens a Elisa. [N. do E.]

41 "Céus! que numeroso enxame de inocentes beldades se oferece em multidão a meus olhos e surge de todos os lados! Que amável pudor se pinta em sua face!". [N. do T.] De *Ester*, ato I, cena II, versos 122-124. [N. do E.]

bert (o que muito irritou o barão de Charlus) não mais destacou os olhos daqueles jovens secretários que o embaixador de X... na França, velho contumaz, não escolhera ao acaso. O sr. de Vaugoubert calava-se. Eu via somente os seus olhares. Mas habituado desde a infância a emprestar, mesmo ao que é mudo, a linguagem dos clássicos, eu fazia os olhos do sr. de Vaugoubert dizerem os versos com que Ester explica a Elisa que Mardoqueu se empenhou em só colocar junto à rainha, por puro zelo religioso, moças que pertencessem ao mesmo credo.

Cependant son amour pour notre nation
A peuplé ce palais de filies de Sion,
Jeunes et tendres fleurs par le sort agitées,
Sous un ciel étranger comme moi transplantées.
Dans un heu séparé de profanes témoins,
Il (l'excellent ambassadeur) met à les former son étude et ses soins. [42]

Afinal o sr. de Vaugoubert falou, sem ser unicamente com os olhos. "Quem sabe", disse ele com melancolia, "se no país onde resido não existe a mesma coisa?" "É provável", respondeu o sr. de Charlus, "a começar pelo rei Teodósio, embora eu nada saiba de positivo a seu respeito". "Oh!, isso não!" "Então não devia ser permitido parecer que é daquele jeito. E é todo amaneirado. Do gênero mimoso, o gênero que eu mais detesto. Não me atreveria a andar na rua com ele. De resto, o senhor bem deve conhecê-lo pelo que é, ele é muito conhecido." "O senhor deve estar completamente enganado a seu respeito. Ele é, aliás, encantador. No dia em que se assinou o acordo com a França, o rei beijou-me. Nunca

---

42 "No entanto o seu amor pela nossa nação povoou este palácio de filhas de Sião, novas e delicadas flores agitadas pela sorte e, como eu, transplantadas sob um céu estrangeiro. Em um local isolado de testemunhas profanas, ele (o excelente embaixador) empenha todo o seu saber e cuidado em educá-las". [N. do T.] Citação modificada de *Ester*, ato I, cena I, versos 101-106. [N. do E.]

fiquei tão emocionado." "Era o momento para o senhor lhe dizer o que desejava." "Oh!, meu Deus, que horror, se lhe viesse uma suspeita sequer! Mas, nesse ponto, não tenho receio." Palavras que ouvi, pois estava não muito afastado e que me fizeram recitar mentalmente:

> *Le Roi jusqu'à ce jour ignore qui je suis,*
> *Et ce secret toujours tient ma langue enchaînée.*[43]

Esse diálogo, meio falado, meio mudo, durara apenas uns instantes, e eu não tinha dado mais que alguns passos nos salões com a duquesa de Guermantes quando a deteve uma mulher pequena e morena, extremamente bonita: "Tanto que eu desejava vê-la! D'Annunzio avistou-a de um camarote, e escreveu uma carta à princesa de T..., em que diz que nunca vira coisa mais linda. Daria ele a vida inteira por dez minutos de conversação com a senhora. Em todo caso, mesmo que a senhora não possa ou não queira, a carta está em meu poder. Seria preciso marcar-me um encontro. Há certas coisas secretas que não posso dizer aqui. Vejo que o senhor não me reconhece", acrescentou, dirigindo-se a mim, "conheci-o em casa da princesa de Parma" (aonde jamais eu tinha ido). O imperador da Rússia desejaria que seu pai fosse enviado a Petersburgo. Se pudesse aparecer quarta-feira, precisamente, Isvolski comparecerá, e poderia falar com o senhor a respeito disso. Tenho um presente para lhe dar, querida", acrescentou, voltando--se para a princesa, "e que eu não faria a nenhuma outra pessoa. Os manuscritos de três peças de Ibsen, que ele me enviou por seu velho enfermeiro. Ficarei com um e lhe darei os outros dois".[44]

43 "O rei, até hoje, ignora quem sou, e este segredo conserva presa a minha língua." [N. do T.] Nova citação modificada de *Ester*, ato I, cena I, versos 90 e 92. [N. do E.]
44 Entre os anos de 1910 e 1917, Alexandre Pavlovitch Isvolski foi embaixador da Rússia em Paris. Ibsen falecera em 1906. [N. do E.]

O duque de Guermantes não estava encantado com tais oferecimentos. Incerto de que Ibsen ou D'Annunzio estivessem mortos ou vivos, via já escritores e dramaturgos a fazer visitas à sua mulher e a metê-la em suas obras. As pessoas da sociedade imaginam facilmente os livros como uma espécie de cubo, de que é retirada uma das faces, apressando-se o autor a "fazer entrar" lá dentro as pessoas a quem encontra. É evidentemente desleal, e não passam de gente sem importância. Por certo, não seria aborrecido vê-los "de passagem", pois, graças a eles, quando se lê um livro ou um artigo, fica-se conhecendo "o reverso das cartas", pode-se "levantar as máscaras". Apesar de tudo, o mais prudente é limitar-se aos autores mortos. O sr. de Guermantes apenas achava "perfeitamente conveniente" o senhor que redigia as notas necrológicas no *Gaulois*. Este, pelo menos, contentava-se em citar o nome do sr. de Guermantes entre as pessoas designadas "notadamente" nos enterros em que o duque assinara o livro de presença. Quando preferia que o seu nome não figurasse, enviava o duque uma carta de pêsames à família do falecido, testemunhando-lhe os seus sentimentos. Se a família mandava pôr no jornal: "Entre as cartas recebidas, citemos a do duque de Guermantes" etc., isto não era culpa do cronista, mas do filho, irmão, pai do defunto, que o duque classificava de arrivistas e com quem estava desde então decidido a não mais manter relações (o que ele chamava, não sabendo muito bem o sentido das locuções, "entornar o caldo"). Sempre é verdade que os nomes de Ibsen e D'Annunzio e sua incerta sobrevivência fizeram cerrar-se as sobrancelhas do duque, que não estava ainda bastante longe de nós para deixar de ouvir as amabilidades diversas da sra. Timoléon d'Amoncourt. Era uma mulher encantadora, de um espírito, como a sua beleza, tão atraente que um só dos dois bastaria para agradar. Mas, nascida fora do meio em que agora vivia, não tendo desejado a princípio mais que um salão literário, amiga, sucessiva — não amante, de maneira alguma, pois era de costumes muito puros — e exclusivamente, de cada grande escritor, que lhe dava todos os seus manuscritos e escrevia livros para ela, e, tendo-a o acaso introduzido no Faubourg Saint-Germain, esses privilégios literários lhe serviram em tal meio. E desfrutava agora de uma situação que a eximia de despender outras graças além das que a sua presença expandia. Mas, habituada outrora à tática, aos manejos, aos serviços, neles perseverava, embora já não fossem necessários. Tinha sempre um segredo de Estado a revelar-nos, um potentado a apresentar-nos, uma aquarela de mestre a oferecer-nos. É verdade que havia um bocado de mentira em todos esses inúteis atrativos, mas faziam de sua vida uma comédia de cintilante complicação, e sempre era exato que fazia nomear prefeitos e generais.

Enquanto caminhava a meu lado, a duquesa de Guermantes deixava a luz azulada de seus olhos flutuar adiante de si, mas no vago, a fim de evitar as pessoas com quem não desejava entrar em relações e cujo ameaçador escolho adivinhava às vezes de longe. Avançávamos por entre uma dupla ala de convidados, os quais, sabendo que jamais conheceriam "Oriane", queriam ao menos, como uma curiosidade, mostrá-la à sua mulher: "Úrsula, depressa, vem ver a senhora de Guermantes, que está conversando com aquele jovem". E sentia-se que não faltava muito para que trepassem em cadeiras, para ver melhor, como na parada de 14 de Julho ou no Grande Prêmio. Não que a duquesa de Guermantes tivesse um salão mais aristocrático que a sua prima. Frequentavam o da primeira pessoas que a segunda jamais desejaria convidar, principalmente por causa do marido. Jamais teria ela recebido a sra. Alphonse de Rothschild, que, íntima amiga da sra. de La Trémoïlle e da sra. de Sagan, como a própria Oriane, frequentava muito os salões desta última. O mesmo acontecia também com o barão de Hirsch, que o príncipe de Gales levara à casa dela, mas não à casa da princesa, a quem teria desagradado com isso, e igualmente com algumas grandes notoriedades bonapartistas, e até republicanas, que interessavam à duquesa, mas que o príncipe, realista convicto, não desejaria receber.[45] Como o seu antissemitismo era também por princípios, não se dobrava ante nenhuma elegância, por mais acreditada que fosse, e, se recebia Swann, de quem era amigo de sempre, sendo aliás o único Guermantes que o chamava de Swann e não de Charles, é que, sabedor de que a avó de Swann, protestante casada com um judeu, fora amante do duque de Berry, tentava, de tempos em tempos, acreditar na lenda que fazia do pai de Swann um filho natural do príncipe. Nessa hipótese, que aliás era falsa, Swann, filho de um católico, o qual era, por sua vez, filho de um Bourbon e de uma católica, nada tinha que não fosse cristão.

"Como, não conhece estes esplendores?!", disse-me a duquesa, falando do local em que nos achávamos. Mas, depois de celebrar o "palácio" da prima, apressou-se em acrescentar que preferia mil vezes o seu "humilde tugúrio". "Isto aqui, é admirável para *visitar.* Mas eu morreria de aborrecimento se tivesse de ficar para dormir em quartos onde houve tantos acontecimentos históricos. Isso me causaria o efeito de ter ficado após o fechamento, de ter sido esquecida no castelo de Blois, de Fontainebleau, ou até no Louvre, e de ter, como único recurso contra a tristeza, a lembrança de que estou no quarto onde foi assassinado Monaldeschi.[46] Como camomila, é insuficiente. Eis ali a senhora de Saint-Euverte. Jantamos há pouco em casa dela. Como dá amanhã a sua

45 O barão Alphonse de Rothschild (1827-1905) dirigia o Banco Central francês, era presidente do conselho de administração das Estradas de Ferro do Norte e membro da Academia de Belas-Artes. A duquesa de La Trémoïlle era esposa de Louis-Charles, duque de La Trémoïlle (1838-1911), erudito membro da Academia de Inscrições. O salão da princesa de Sagan aparece no primeiro volume do livro como modelo de elegância parisiense, frequentado por Swann. O barão Maurice de Hirsch (1831-1896), investidor judeu que se enriqueceu com a ampliação das ferrovias francesas. Ele investiria parte de sua fortuna em caridade e no socorro a judeus perseguidos. Faz sua entrada no salão da duquesa através do príncipe de Gales, "amigo" da personagem Charles Swann. [N. do E.]

46 Jean de Monaldeschi, um dos favoritos de Cristina da Suécia, acabou sendo assassinado por ordens dela, em 1657, no castelo de Fontainebleau. [N. do E.]

grande festança anual, pensei que tivesse ido deitar-se. Mas não pode perder uma festa. Se esta se realizasse no campo, ela preferiria vir numa carroça a deixar de comparecer."

Na realidade, a sra. de Saint-Euverte viera naquela noite menos pelo prazer de não perder uma festa em casa dos outros que para assegurar o sucesso da sua, recrutar os últimos aderentes e de qualquer maneira passar *in extremis* a revista das tropas que no dia seguinte deviam brilhantemente evoluir na sua *garden-party*. Pois já não era de pouco tempo que os convidados das festas de Saint-Euverte não eram mais os mesmos de outrora. As notabilidades femininas do círculo Guermantes, tão dispersas então, tinham — cumuladas de atenções pela dona da casa — trazido pouco a pouco as suas amigas. Ao mesmo tempo, por um trabalho paralelamente progressivo, mas em sentido inverso, a sra. de Saint-Euverte havia de ano para ano reduzido o número das pessoas desconhecidas do mundo elegante. Fora deixando primeiro esta, depois aquela. Durante algum tempo funcionou o sistema das "fornadas", que permitia, graças a festas que eram silenciadas, convidar os réprobos para virem divertir-se entre si, o que dispensava de os convidar como a gente de primeira. De que podiam queixar-se? Não tinham *panem et circenses*, gulodices e um belo programa musical? Assim, de algum modo em simetria com as duas duquesas em exílio que outrora, quando da estreia do salão de Saint-Euverte, lhe haviam sustentado, como duas cariátides, a oscilante abóbada, nos últimos anos, misturadas com a alta sociedade, não se viram mais que duas pessoas heterogêneas, a velha sra. de Cambremer e a mulher, de bela voz, de um arquiteto, à qual se era muita vez forçado a pedir que cantasse. Mas, não conhecendo mais ninguém nos salões da sra. de Saint-Euverte, chorando suas companheiras perdidas, sentindo que incomodavam, pareciam estar prestes a morrer de frio como duas andorinhas que não emigraram a tempo. De modo que no ano seguinte não foram convidadas; a sra. de Franquetot fez uma tentativa em favor da sua prima que tanto gostava de música. Mas como não pudesse obter para ela uma resposta mais explícita do que estas palavras: "Mas sempre se pode vir para escutar música quando é do agrado da gente; não há nenhum crime nisso!", a sra. de Cambremer não achou o convite muito insistente e desistiu.

Com tamanha transmutação, operada pela sra. de Saint-Euverte, de um salão de leprosos num salão de grandes damas (a última forma, aparentemente ultrachique, que ele havia tomado), podia a gente espantar-se de que a pessoa que dava no dia seguinte a festa mais brilhante da temporada tivesse necessidade de vir na véspera dirigir um último apelo às suas tropas. Mas é que a preeminência do salão Saint-Euverte não existia senão para aqueles cuja vida mundana consiste apenas em ler o noticiário dos vesperais e saraus no *Gaulois* ou no *Le Figaro*, sem jamais ter ido a nenhum. A esses mundanos que veem a sociedade pelo jornal, bastava a enumeração das embaixatrizes da Inglaterra, da Áustria etc., das duquesas de Uzès, de Le Trémoïlle etc. etc., para que facilmente imaginasse o salão de Saint-Euverte como o primeiro de Paris, quando era um dos últimos. Não que as crônicas fossem mentirosas. A maioria das pessoas citadas tinha estado presente mesmo. Mas cada uma viera depois de muitas súplicas, atenções, serviços, e com o sentimento de honrar infinitamente a sra. de Saint-Euverte. Tais salões, mais evitados que procurados, e aonde se vai, por assim dizer, de encomenda, só iludem às leitoras da seção "Mundanismo". Passa por alto uma festa verdadeiramente elegante, aquela em que a dona da casa, que podia ter todas as duquesas, as quais ardem por estar "entre os eleitos", só convida a duas ou três, e não manda publicar o nome de seus convidados no jornal. Assim, essas mulheres, desconhecendo ou desdenhando o poder que assumiu hoje a publicidade, são elegantes para a rainha da Espanha, mas desconhecidas da multidão, porque a primeira sabe e a segunda ignora quem são elas.

A sra. de Saint-Euverte não era dessas mulheres e, como boa arrecadadora, vinha apanhar para o dia seguinte tudo quanto era convidado. O sr. de Charlus não o era, sempre se recusara a ir à casa dela. Mas estava de mal com tanta gente que a sra. de Saint--Euverte podia atribuir isso ao gênio do barão.

Por certo, se ali não houvesse senão Oriane, a sra. de Saint--Euverte não precisaria se incomodar, pois o convite fora feito de viva voz e, aliás, aceito com essa encantadora e enganosa boa vontade no exercício da qual triunfam esses acadêmicos de cuja casa o candidato sai comovido e sem mais duvidar de que pode contar com o seu voto. Mas não havia apenas ela. O príncipe de Agrigento iria? E a sra. de Durfort? Assim, para cuidar da sua colheita, a sra. de Saint-Euverte julgara mais expedito transportar-se em pessoa; insinuante com uns, imperiosa com outros, anunciava a todos, em palavras veladas, inconcebíveis divertimentos que só uma vez se poderiam ver, e prometia a cada qual que encontraria em casa dela a pessoa que desejava ou a personagem que tinha necessidade de encontrar. E aquela espécie de função de que era investida uma vez por ano — tal como certas magistraturas do mundo antigo —, de pessoa que dará no dia seguinte a mais considerável *garden-party* da temporada, lhe conferia uma autoridade momentânea. Suas listas estavam feitas e encerradas, de modo que, enquanto percorria com lentidão os salões da princesa para lançar sucessivamente em cada ouvido: "Não me esqueça amanhã", tinha ela a glória efêmera de desviar os olhos, continuando a sorrir, se avistava alguma feiosa a evitar ou algum fidalgote que uma camaradagem de colégio fizeram admirar no salão de "Gilbert", mas cuja presença não acrescentaria nada à sua *garden-party*. Preferia não lhe falar para que pudesse dizer depois: "Fiz meus convites verbalmente, e infelizmente não a encontrei". Assim, ela, simples Saint--Euverte, fazia com os seus olhos perscrutadores uma seleção no sarau da princesa. E julgava-se, assim agindo, uma verdadeira duquesa de Guermantes.

Cumpre dizer que tampouco esta última dispunha, como se poderia acreditar, da liberdade de seus cumprimentos e sorrisos. Por outro lado, sem dúvida, quando os denegava, era voluntariamente: "Mas ela me aborrece", dizia ela. "Será que vou ser obrigada a falar-lhe de sua festa durante uma hora inteira?"

Viu-se passar uma duquesa muito morena, cuja fealdade e tolice e certos desvios de conduta haviam exilado, não da sociedade, mas de certas intimidades elegantes. "Ah!", sussurrou a sra. de Guermantes, com o golpe de vista exato e desabusado do conhecedor a quem se mostra uma joia falsa, "Recebe-se isto aqui?!". Pela simples vista da dama meio avariada, e cujo rosto estava excessivamente carregado de sinais de pelos negros, a sra. de Guermantes cotava o medíocre valor daquele sarau. Fora educada com aquela dama, mas cessara quaisquer relações com ela; apenas respondeu à sua saudação com um aceno de cabeça dos mais secos. "Não compreendo", disse-me ela como para se desculpar, "que Marie-Gilbert nos convide com toda esta borra. Pode-se dizer que as há aqui de todas as paróquias. Era muito mais bem organizado em casa de Mélanie Pourtalès. Podia ter o Santo Sínodo e o Templo do Oratório se bem lhe aprouvesse, mas pelo menos não nos convidava nesses dias."[47] Mas era em grande parte por timidez, por medo de ter uma cena com o marido, que não queria que ela recebesse artistas etc. (Marie-Gilbert protegia muitos deles e era preciso ter cuidado para não ser abordada por alguma ilustre cantora alemã), também por algum receio perante o nacionalismo, ao qual desprezava do ponto de vista mundano, detentora que era, com o sr. de Charlus, do espírito dos Guermantes (agora, para glorificar o Estado-Maior, faziam passar um general plebeu adiante de certos duques), mas ao qual também, como se sabia considerada mal pensante, fazia amplas concessões, até o ponto de ter receio de estender a mão a Swann

---

47 A condessa Edmond de Pourtalès, nascida Mélanie de Bussière, era dama de honra da imperatriz Eugênia, mulher de Napoleão III. A duquesa de Guermantes alude ao Santo Sínodo, colégio eclesiástico russo criado por Pedro, o Grande, em 1721, e ao Convento do Oratório, situado no número 145 da rua de Rivoli, em Paris, e, desde 1811, por intervenção de Napoleão, destinado ao culto protestante. [N. do E.]

naquele meio antissemita. Nesse ponto, logo se sentiu tranquilizada, pois soube que o príncipe não deixara Swann entrar e tivera com ele "uma espécie de alteração". Não se arriscava a ter de conversar em público com "o pobre Charles", a quem preferia estimar privadamente.

— E aquela outra lá? — exclamou a sra. de Guermantes, vendo uma dama baixa, de ar um pouco estranho, com um vestido negro de tal modo simples que dir-se-ia uma pobretona, fazer-lhe, juntamente com o marido, uma profunda saudação. Ela não a reconheceu e, como tinha dessas insolências, empertigou-se como que ofendida e olhou sem responder, com um ar atônito: — Quem é essa pessoa, Basin? — indagou, espantada, enquanto o sr. de Guermantes, para reparar a impolidez de Oriane, saudava a dama e apertava a mão ao marido.

— Mas é a senhora de Chaussepierre, você foi muito indelicada.

— Eu não sei o que é Chaussepierre.

— O sobrinho da velha Chanlivault.

— Não conheço absolutamente nada disso. Quem é a mulher? Por que me cumprimenta?

— Pois você conhece muito bem: é Henriette Montmorency, filha da senhora de Charleval.

— Mas conheci muito bem a mãe dela; era encantadora, muito inteligente. Por que foi ela casar com toda essa gente que eu não conheço? Diz você que ela se chama senhora de Chaussepierre? — disse ela, escandindo esta última palavra com um ar interrogativo e como se tivesse medo de enganar-se.

O duque lançou- lhe um olhar duro:

— Chamar-se Chaussepierre não é assim tão ridículo como você parece acreditar! O velho Chaussepierre era irmão da já citada Charleval, da senhora de Sennecourt e da viscondessa de Merlerault. Gente da melhor.

— Ah! Basta! — exclamou a duquesa que, como uma domadora, jamais queria parecer que se deixava intimidar com os olhares devoradores da fera. — Basin, você me diverte. Não sei onde foi desencavar esses nomes, mas apresento-lhe os meus cumprimentos. Se ignorava Chaussepierre, li Balzac, você não é o único, e li até Labiche. Aprecio Chanlivault, não detesto Charleval, mas confesso que Merlerault é a obra-prima. Aliás, confessemos que Chaussepierre não está mal tampouco. Não é possível, você andou colecionando tudo isso. O senhor, que quer escrever um livro — disse-me ela —, deveria reter Charleval e Merlerault. Não encontrará coisa melhor.

— Ele vai é simplesmente arranjar um processo e ir para a cadeia; você lhe dá muitos maus conselhos, Oriane.

— Espero que ele disponha de pessoas mais jovens quando tiver vontade de pedir maus conselhos, e sobretudo de os seguir. Mas se não pretende fazer coisa pior que um livro!...

Bastante afastada de nós, uma maravilhosa e altiva jovem se destacava suavemente num vestido branco, todo diamantes e tule. A sra. de Guermantes contemplou-a, enquanto ela falava diante de todo um grupo imantado pela sua graça.

— Sua irmã é em toda parte a mais linda; está encantadora esta noite — disse ela, enquanto tomava uma cadeira, ao príncipe de Chimay que passava.[48]

O coronel de Froberville (tinha por tio do general de mesmo nome) veio sentar-se ao nosso lado, bem como o sr. de Bréauté, ao passo que o sr. de Vaugoubert, requebrando-se (por um excesso de polidez que conservava até quando jogava tênis e que, de tanto pedir licença às personagens notáveis, antes de rebater a bola, fazia inevitavelmente com que o seu lado perdesse a partida), voltava para junto do sr. de Charlus (até então quase envolvido pela saia imensa da condessa de Molé, a quem professava admirar entre todas as mulheres), e por acaso no momento em que vários membros de uma nova missão diplomática em Paris

48 A irmã do príncipe de Chimay era a condessa de Greffulhe (1860-1952), provável inspiradora de muitos traços da personagem da duquesa de Guermantes. [N. do E.]

saudava o barão. À vista de um jovem secretário de ar particularmente inteligente, o sr. de Vaugoubert fixou no sr. de Charlus um sorriso em que visivelmente desabrochava uma única pergunta. De bom grado o sr. de Charlus comprometeria a alguém, decerto, mas sentir-se, ele, comprometido por aquele sorriso, que partia de outro e só podia ter uma significação, deixou-o exasperado.

— Não sei absolutamente nada; peço-lhe que guarde as suas curiosidades para o senhor mesmo. Elas me deixam mais que indiferente. Aliás, neste caso, o senhor está redondamente enganado. Creio que este jovem é absolutamente o contrário.

Aqui, o sr. de Charlus, irritado por haver sido denunciado por um tolo, não dizia a verdade. O secretário constituiria uma exceção naquela embaixada, se o barão tivesse dito a verdade. Era, com efeito, composta de personalidades muito diversas, algumas extremamente medíocres, de maneira que, se se procurasse saber qual pudera ter sido o critério de escolha, só se podia descobrir a inversão. Pondo à frente daquela pequena Sodoma diplomática um embaixador que, pelo contrário, amava as mulheres com um exagero cômico de galã de revista, e que fazia manobrar em regra o seu batalhão de disfarçados, pareciam haver obedecido à lei dos contrastes. Apesar do que tinha diante dos olhos, ele não acreditava na inversão. Disto deu imediatamente provas casando sua irmã com um encarregado de negócios a quem supunha muito falsamente um conquistador. Desde então se tornou um tanto incômodo e foi logo substituído por uma Excelência nova, que assegurou a homogeneidade do conjunto. Outras embaixadas procuraram rivalizar com aquela, mas não puderam disputar-lhe o prêmio (como no concurso geral, em que determinado liceu o consegue invariavelmente), e foi preciso que se passassem mais de dez anos até que, havendo-se introduzido adidos heterogêneos naquele todo tão perfeito, pudesse uma outra, enfim, arrancar-lhe a funesta palma e marchar à frente.

Tranquilizada quanto aos temores de ter de conversar com Swann, a sra. de Guermantes não experimentava mais do que curiosidade a respeito da conversação que ele tivera com o dono da casa.

— Não sabe qual foi o assunto? — perguntou o duque ao sr. de Bréauté.

— Ouvi dizer — respondeu este — que era a propósito de um pequeno ato que o escritor Bergotte fizera representar em casa deles. Era, aliás, delicioso. Mas parece que o ator se caracterizara de Gilbert, a quem aliás o senhor Bergotte desejara efetivamente pintar.

— Pois muito me divertiria ver imitarem Gilbert — disse a duquesa, sorrindo pensativamente.

— Foi sobre essa pequena representação — tornou o sr. de Bréauté, avançando a sua mandíbula de roedor — que Gilbert pediu explicações a Swann, e este se contentou em responder, o que todo mundo achou de muito espírito: "Mas absolutamente, não está nada parecido; o senhor é muito mais ridículo!". Parece, de resto — continuou o sr. de Bréauté —, que a pecinha era encantadora. A senhora de Molé estava presente e divertiu-se imenso.

— Como! A senhora de Molé vai lá? — disse a duquesa, espantada. — Ah!, com certeza foi Memé quem arranjou isso. É o que sempre acaba acontecendo com esses lugares. Todo mundo, um belo dia, põe-se a ir lá e eu, que voluntariamente me excluí por princípios, fico a aborrecer-me sozinha no meu canto. — Depois da narrativa que acabava de fazer-lhes o sr. de Bréauté, já a duquesa de Guermantes havia adotado, como se vê, um novo ponto de vista (se não sobre o salão de Swann, ao menos sobre a hipótese de encontrar Swann dali a um instante).

— A explicação que nos dá — disse ao sr. de Bréauté o coronel de Froberville — é inteiramente inventada. Tenho as minhas razões para sabê-lo. O príncipe pura e simplesmente fez uma cena com Swann e deu-lhe a entender que não mais pusesse os pés em sua casa, em vista das opiniões que ele ostenta. E, a meu ver, meu tio Gilbert teve carradas de razão não só em fazer aquela cena, mas devia ter rompido há mais de seis meses com um dreyfusista confesso.

O pobre sr. de Vaugoubert, transformado desta vez de péssimo jogador de tênis em uma própria bola inerte de tênis que a gente lança sem mais cerimônias, viu-se arremessado para a duquesa de Guermantes, a quem apresentou suas homenagens. Foi muito mal recebido, pois Oriane vivia na persuasão de que todos os diplomatas — ou políticos — do seu mundo eram uns simplórios.

O sr. de Froberville forçosamente se havia beneficiado da situação de favor que desde pouco era concedida aos militares na sociedade. Infelizmente, se a mulher a quem desposara era parenta muito legítima dos Guermantes, era também uma parenta extremamente pobre, e como ele próprio perdera a fortuna, não tinham relações quaisquer, e eram dessas pessoas a quem deixavam de lado a não ser nas grandes ocasiões, quando lhes sucedia perderem ou casar algum parente. Então verdadeiramente faziam parte da comunhão do alto mundo, como os católicos de nome que só se aproximam da Santa Mesa uma vez por ano. Sua situação material seria até desastrosa se a sra. de Saint-Euverte, fiel à afeição que dedicara ao falecido general de Froberville, não tivesse auxiliado de todos os modos o casal, fornecendo vestidos e distrações às duas meninas. Mas o coronel, que passava por um bom sujeito, não tinha um coração agradecido. Invejava os esplendores de uma benfeitora que era a primeira a celebrá-los sem trégua e sem medida. A *garden-party* anual era para ele, sua mulher e seus filhos um prazer maravilhoso que não desejaria perder por todo o ouro do mundo, mas um prazer envenenado pelas satisfações de orgulho que dele tirava a sra. de Saint-Euverte. O anúncio dessa *garden-party* nos jornais que, em seguida, após um relato detalhado, acrescentavam maquiavelicamente: "Voltaremos a tratar dessa bela festa", os pormenores complementares sobre as toaletes, dados durante vários dias seguidos, tudo isso fazia tanto mal aos Froberville que eles, bastante privados de prazeres e sabendo que podiam contar com o daquela festa, chegavam a desejar a cada ano que o mau tempo lhe prejudicasse o êxito, consultando o barômetro e antegozando uma tempestade que pudesse fazer gorar a festa.

— Não discutirei política com você, Froberville — disse o sr. de Guermantes —, mas, quanto a Swann, posso dizer francamente que o seu procedimento conosco foi inqualificável. Patrocinado outrora na sociedade por nós e pelo duque de Chartres, dizem-me que é abertamente dreyfusista.[49] Jamais acreditaria isso da parte dele, ele, um fino *gourmet*, um espírito positivo, um colecionador, um amador de velhos livros, membro do Jockey, um homem cercado da consideração geral, um conhecedor de boas firmas que nos enviava o melhor porto que se possa beber, um diletante, um pai de família! Ah!, fui muito enganado. Não falo de mim, está assentado que sou uma velha besta, cuja opinião não conta, uma espécie de pé-rachado, mas ao menos por Oriane ele não deveria ter feito isso, devia ter desaprovado abertamente os judeus e os sectários do condenado. Sim, depois da amizade que sempre lhe testemunhou a minha esposa — continuou o duque, o qual evidentemente considerava que condenar Dreyfus por alta traição, qualquer que fosse a opinião que intimamente se tivesse quanto à sua culpabilidade, constituía uma espécie de agradecimento pela maneira como se fora recebido no Faubourg Saint-Germain —, ele deveria ter retirado a sua solidariedade. Pois, pergunte a Oriane, ela lhe tinha verdadeira amizade.

A duquesa, pensando que um tom ingênuo e calmo daria um valor mais dramático e sincero às suas palavras, disse com uma voz de colegial, como que simplesmente deixando a verdade sair de sua boca, e apenas emprestando aos olhos uma expressão um pouco melancólica:

— Mas é verdade, não tenho nenhum motivo para ocultar que dedicava sincera afeição a Charles!

— Está vendo? Eu não a obrigo a dizê-lo. E, depois disso, ele leva a ingratidão até o ponto de ser dreyfusista!

— A propósito de dreyfusistas — disse eu —, parece que o príncipe Von o é.

---

49 No primeiro volume do livro, o duque de Chartres (1840-1910) aparece como amigo íntimo da personagem Swann, por quem esse seria socorrido em caso de algum problema grave de saúde. O "Caso Dreyfus" coincide agora com a decadência física e a exclusão social de Swann. [N. do E.]

— Ah!, faz bem em falar-me nele — exclamou o sr. de Guermantes —, ia-me esquecendo de que ele me pediu para vir jantar segunda-feira. Mas, que seja dreyfusista ou não, isso me é perfeitamente indiferente, visto que ele é estrangeiro. Tanto me importa como a primeira camisa que vesti. Quanto a um francês, o caso é outro. É verdade que Swann é judeu. Mas, até então, desculpe-me, Froberville, eu tivera a fraqueza de acreditar que um judeu pode ser francês, quero dizer um judeu distinto, homem da alta sociedade. Ora, Swann era tudo isso em toda a extensão do termo. Pois bem! Ele obriga-me a reconhecer que me enganei, pois toma partido por esse Dreyfus, que, culpado ou não, absolutamente não pertence ao seu meio, e a quem ele jamais teria encontrado, contra uma sociedade que o adotara, que o tratara como um dos seus. Nem é preciso dizer que todos nos constituíramos fiadores de Swann, e eu responderia pelo seu patriotismo como pelo meu. Ah!, muito mal nos recompensa ele. Confesso que nunca teria esperado isso da sua parte. Julgava-o melhor. Olhe, sabe a quem foi que causou muito pesar o casamento de Swann? À minha mulher. Oriane tem muitas vezes o que eu chamarei uma afetação de insensibilidade. Mas, no fundo, sabe sentir com uma força extraordinária. — A sra. de Guermantes, encantada com essa análise do seu caráter, escutava-o com ar modesto, mas não dizia palavra, por escrúpulo de aquiescer ao elogio, e principalmente por medo de interrompê-lo. Poderia o sr. de Guermantes falar ainda uma hora sobre o assunto, que ela ainda menos se teria movido, como se lhe tocassem música. — Pois bem! Recordo-me que, ao saber do casamento de Swann, ela sentiu-se melindrada; julgou que era muito malfeito da parte de uma pessoa a quem testemunháramos tanta amizade. Estimava bastante a Swann, e sentiu muitíssimo. Não foi, Oriane?

A sra. de Guermantes julgou que deveria responder a uma interpelação tão direta, sobre um fato concreto que lhe permitiria, sem que o parecesse, confirmar os louvores que sentia terminados. Num tom tímido e simples, e com um ar tanto mais estudado quanto pretendia parecer "sentido":

— Isto mesmo, Basin, não está enganado.

— E, contudo, ainda não era a mesma coisa. Que quer? O amor é o amor, embora na minha opinião deva permanecer dentro de certos limites. Desculparia ainda a um jovem, a um fedelho, que se deixasse embalar por utopias. Mas Swann, um homem inteligente, de experimentada delicadeza, um fino conhecedor de quadros, um familiar do duque de Chartres, do próprio Gilbert!

O tom com que o duque de Guermantes dizia isso era, aliás, perfeitamente simpático, sem sombra da vulgaridade de que seguidamente dava mostras. Falava com uma tristeza levemente indignada, mas tudo nele respirava essa doce gravidade que constitui o encanto untuoso e largo de certas personagens de Rembrandt, o burgomestre Six, por exemplo. Sentia-se que a questão da imoralidade da conduta de Swann no Caso Dreyfus nem sequer se apresentava ao duque, tão fora de dúvida estava ela; o que ele sentia era a aflição de um pai ao ver um de seus filhos, pela educação do qual fizera os maiores sacrifícios, arruinar voluntariamente a magnífica situação que lhe preparara e desonrar um nome respeitado, com desatinos que os princípios ou os preconceitos da família não podem admitir. É verdade que o sr. de Guermantes não manifestara outrora tão profundo e doloroso espanto ao saber que Saint-Loup era dreyfusista. Mas antes de tudo considerava seu sobrinho um jovem em mau caminho e de quem nada poderia espantar enquanto não se emendasse, ao passo que Swann era o que o sr. de Guermantes chamava "um homem ponderado, um homem que tinha uma posição de primeira ordem". E depois, principalmente, havia transcorrido longo tempo durante o qual, se, do ponto de vista histórico, os acontecimentos tinham em parte parecido justificar a tese dreyfusista, a oposição antidreyfusista redobrara de violência e, de puramente política a princípio, se tornara social. Era agora uma questão de militarismo, de patriotismo, e as vagas de cólera soerguidas na sociedade haviam tido tempo de tomar essa força que jamais possuem no início de uma tempestade.

— Ora veja — continuou o sr. de Guermantes —, mesmo do ponto de vista de seus queridos judeus, pois se empenha absolutamente em sustentá-los, Swann cometeu uma tolice de alcance incalculável. Prova que eles se veem de algum modo forçados a prestar apoio a qualquer um da sua raça, mesmo quando não o conhecem. É um perigo público. Temos sido evidentemente demasiado complacentes, e a gafe de Swann terá tanto mais repercussão quanto mais era ele estimado, e recebido, sendo de certo modo quase que o único judeu que conhecíamos. Dir-se-á: *Ab uno disce omnes.*[50] (E só a satisfação de haver encontrado na memória uma citação tão oportuna iluminou com um orgulhoso sorriso a melancolia do grão-senhor traído.)

Eu tinha muita vontade de saber o que realmente se passara entre o príncipe e Swann e de ver a este último, se ele ainda não havia deixado a reunião.

— Pois quanto a mim — respondeu-me a duquesa, a quem eu falava nesse desejo —, eu não faço grande questão de vê-lo, pois parece, pelo que me diziam ainda há pouco em casa da senhora de Saint-Euverte, que ele desejaria, antes de morrer, que eu conhecesse a sua esposa e a sua filha. Meu Deus, causa-me uma pena infinita que ele esteja doente, mas antes de tudo espero que não seja tão grave assim. E depois, afinal de contas, isso não é uma razão, porque então a coisa se tornaria demasiado fácil. Bastava que um escritor sem talento dissesse: "Vote em mim para a Academia, porque a minha mulher vai morrer e eu quero dar-lhe essa última alegria". Não haveria mais salões, se se fosse obrigado a travar relações com todos os moribundos. Meu cocheiro poderia alegar-me: "Minha filha está muito mal, faça com que eu seja recebido em casa da princesa de Parma". Adoro Charles

---

50 Citação de um trecho da *Eneida* (II, versos 65-66): "A partir de um único, aprenda a conhecer todos os outros". Na passagem, fala-se de como Sinon conseguiu convencer os troianos a deixar entrar na cidade o imenso cavalo de madeira dentro do qual se escondiam os guerreiros gregos. [N. do E.]

e me causaria enorme pesar fazer-lhe uma recusa; por isso é que prefiro evitar que ele tenha ocasião de solicitar-mo. Espero de todo o coração que ele não esteja moribundo, como o diz, mas se na verdade isso devesse acontecer, não seria para mim o momento oportuno de travar conhecimento com essas duas criaturas que me privaram do mais agradável de meus amigos durante quinze anos, e que ele me deixaria por nada, uma vez que eu nem sequer poderia aproveitar-me disso para vê-lo, pois estaria morto!

Mas o sr. de Bréauté não havia cessado de ruminar o desmentido que lhe infligira o coronel de Froberville.

— Não duvido da exatidão de sua história, meu caro amigo, mas a minha versão eu a tinha de boa fonte. Foi o príncipe de La Tour d'Auvergne que assim me relatou o caso.

— Espanta-me que um sábio como o senhor diga ainda o príncipe de La Tour d'Auvergne — interrompeu o duque de Guermantes —, bem sabe que ele absolutamente não o é. Não há mais que um único membro dessa família. É o tio de Oriane, o duque de Bouillon.

— O irmão da senhora de Villeparisis? — indaguei, recordando que esta era uma srta. de Bouillon.

— Perfeitamente. Oriane, a senhora de Lambresac a está cumprimentando.

Com efeito, via-se por instantes formar-se e perpassar como uma estrela cadente um leve sorriso destinado pela duquesa de Lambresac a alguma pessoa que ela reconhecera. Mas esse sorriso, em vez de precisar-se numa afirmação ativa, numa linguagem muda mas clara, se afogava quase em seguida num gesto de beatífica bênção, como o que inclina para a multidão das comungantes um prelado já um tanto senil. De modo algum o era a duquesa de Lambresac. Mas eu já conhecia esse gênero particular de distinção inusitada. Em Combray e em Paris, todas as amigas de minha avó tinham o hábito de saudar, numa reunião mundana, com um ar tão seráfico como se tivessem avistado algum conhecido na igreja, no momento da Elevação, ou durante um enterro, e lançavam-lhe molemente um cumprimento que terminava em prece. Ora, uma frase do sr. de Guermantes ia completar a aproximação que eu fazia: "Mas o senhor viu o duque de Bouillon. Ia saindo de minha biblioteca quando o senhor entrava. Um homem baixo, de cabelos brancos". Era a ele que eu havia tomado por um pequeno-burguês de Combray e cuja semelhança com a sra. de Villeparisis eu agora descobria, pensando melhor. Começava a interessar-me a similitude das saudações evanescentes da duquesa de Lambresac, mostrando-me que nos meios estreitos e fechados, sejam da pequena burguesia ou da alta nobreza, subsistem as antigas maneiras, o que nos permite, como a um arqueólogo, descobrir o que podia ser a educação e a parte de alma que ela reflete, no tempo do visconde de Arlincourt e de Loïsa Puget.[51] A perfeita conformidade da aparência entre um pequeno-burguês de Combray e o duque de Bouillon ainda mais me lembrava agora (o que já tanto me impressionara ao ver o avô materno de Saint-Loup, o duque de La Rochefoucauld, num daguerreótipo em que ele era exatamente igual a meu tio-avô, tanto no vestuário como no aspecto e atitudes[52]) que as diferenças sociais, e até individuais, se fundem a distância na uniformidade de uma época. A verdade é que a semelhança da indumentária, e também a reverberação, pela fisionomia, do espírito da época ocupam numa pessoa um lugar muito mais importante que o da sua casta, a qual só tem papel considerável no amor-próprio do interessado e na imaginação dos outros, de modo que não é necessário percorrer as galerias do Louvre para

51 O visconde d'Arlincourt (1789-1856), escritor que publicara bastante durante o período da Restauração (após a queda de Napoleão) e, com a Revolução de Julho, publicaria obras panfletárias a favor do novo regime. Conheceu grande sucesso literário nos anos 1820. A poetisa e música Loïsa Puget (1810-1889) esteve em grande voga nos salões parisienses por volta de 1830. [N. do E.]

52 O duque de La Rochefoucauld pode ser Aimery de La Rochefoucauld, um dos modelos do príncipe de Guermantes e avô de Gabriel de la Rochefoucauld, um dos modelos da personagem Saint-Loup. [N. do E.]

notar que um grão-senhor do tempo de Luís Filipe é menos diferente de um burguês do tempo de Luís Filipe que de um grão-senhor do tempo de Luís XV.

Nesse momento, um músico bávaro, de grande cabeleira, protegido da princesa de Guermantes, saudou Oriane. Esta respondeu com uma inclinação de cabeça, mas o duque, furioso ao ver a esposa cumprimentar alguém a quem ele não conhecia, que tinha um singular aspecto e que, tanto quanto julgava saber, era de péssima reputação, voltou-se para a mulher com um ar inquisitivo e terrível, como se dissesse: "Que diabo de ostrogodo é esse?". A situação da pobre sra. de Guermantes era já bastante complicada, e o músico, se tivesse um pouco de piedade por aquela esposa mártir, ter-se-ia afastado o mais depressa possível. Mas, ou pelo desejo de permanecer na humilhação que lhe fora infligida em público, no meio dos mais velhos amigos do círculo do duque, cuja presença talvez motivara um pouco a sua silenciosa inclinação, e para mostrar que era com todo o direito, e não sem conhecê-la, que havia saudado a sra. de Guermantes, ou obedecendo à inspiração irresistível e obscura da gafe que o levou — num momento em que antes devia cingir-se ao espírito — a aplicar a própria letra do protocolo, o músico aproximou-se ainda mais da sra. de Guermantes e disse-lhe:

— Senhora duquesa, desejaria solicitar a honra de ser apresentado ao duque.

A sra. de Guermantes era bem infeliz. Mas, enfim, por mais que fosse uma esposa enganada, sempre era a duquesa de Guermantes e não podia parecer destituída do direito de apresentar ao marido as pessoas que conhecia.

— Basin — disse ela —, permita que lhe apresente o senhor d'Herweck.

— Não lhe pergunto se irá amanhã à recepção da senhora de Saint-Euverte — disse o coronel de Froberville à sra. de Guermantes, para dissipar a penosa impressão causada pelo pedido intempestivo do sr. d'Herweck. — Toda Paris estará presente.

Entrementes, voltando-se de um só movimento e como de

uma só peça para o músico indiscreto, o duque de Guermantes, defrontando-o, monumental, mudo, irado, semelhante a Júpiter tonante, permaneceu assim imóvel alguns segundos, com os olhos flamejando de cólera e de espanto, os cabelos crespos como que saindo de uma cratera. Em seguida, como no transporte de uma impulsão que só a polidez solicitada lhe permitia cumprir, e depois de parecer, com a sua atitude de desafio, atestar a toda a assistência que não conhecia o músico bávaro, cruzando às costas as duas mãos enluvadas de branco, inclinou-se para a frente e como que assestou no músico uma saudação tão profunda, tão cheia de estupefação e raiva, tão brusca, tão violenta, que o artista, trêmulo, recuou, para não receber uma tremenda cabeçada no ventre.

— Mas é que justamente não estarei em Paris — respondeu a duquesa ao coronel de Froberville. — Confesso-lhe, coisa que não deveria fazer, que cheguei a esta idade sem conhecer os vitrais de Montfort-l'Amaury.[53] É vergonhoso, mas é verdade. Então, para reparar essa culposa ignorância, resolvi ir vê-los amanhã.

O sr. de Bréauté sorriu finamente. Compreendeu com efeito que, se a duquesa pudera permanecer até aquela idade sem conhecer os vitrais de Montfort-l'Amaury, essa visita artística não assumia assim de súbito o caráter urgente de uma intervenção cirúrgica e, depois de ter sido adiada durante mais de vinte e cinco anos, poderia sem perigo demorar vinte e quatro horas. O projeto da duquesa era simplesmente o decreto baixado, à maneira dos Guermantes, de que o salão de Saint-Euverte não era decididamente uma casa distinta, mas uma casa a que se era convidado para se enfeitarem com a gente na crônica social do *Gaulois*, uma casa que discerniria um selo de suprema elegância àquelas (ou em todo caso àquela, se não fosse mais de uma) que lá não seriam vistas. O delicado divertimento do sr. de Bréauté, acrescentado desse prazer poético que tinham as pessoas do alto mundo em ver a sra. de Guermantes fazer coisas que a sua situação menos elevada

53 Essa igreja possui vitrais do século XVI. [N. do E.]

não lhes permitiria imitar, mas cuja simples visão lhes causava o sorriso do campônio ligado à sua gleba que vê homens mais livres e mais afortunados passarem acima da sua cabeça, esse delicado prazer não tinha nenhuma relação com o encantamento dissimulado mas desatinado que logo experimentou o sr. de Froberville.

Os esforços que fazia o sr. de Froberville para que não ouvissem o seu riso tinham-no tornado vermelho como um galo e, apesar disso, foi entrecortando as suas palavras com soluços de hilaridade que ele exclamou compungido:

— Oh!, pobre da tia Saint-Euverte, ela vai ficar doente! Não, a infeliz não vai ter a sua duquesa... Que golpe! Essa é de matar! — acrescentou, estorcendo-se de riso. E, na sua embriaguez, não podia deixar de socorrer-se dos pés e esfregar as mãos. Sorrindo com um olho e um só canto da boca para o sr. de Froberville, cuja amável intenção apreciava, mas a quem não tolerava o mortal aborrecimento, a sra. de Guermantes acabou por se resolver a deixá-lo.

— Olhe, eu vou ser *obrigada* a dizer-lhe boa-noite — disse, erguendo-se com ar melancólico e como se fosse uma infelicidade para ela. Sob a encantação de seus olhos azuis, sua voz suavemente musical fazia pensar no queixume poético de uma fada. — Basin quer que eu vá falar um pouco com Maria.

Na realidade, estava farta de ouvir Froberville, o qual não cessava de invejá-la por ir a Montfort-l'Amaury, quando ela sabia muito bem que ele ouvia falar naqueles vitrais pela primeira vez e que, por outro lado, por nada neste mundo perderia a vesperal Saint-Euverte.

— Adeus, mal lhe falei. É assim na sociedade, a gente não se vê, não diz as coisas que desejaria dizer um ao outro. Aliás, em toda parte é o mesmo nesta vida. Esperemos que depois da morte as coisas melhorem. Pelo menos não há de ser sempre necessário decotar-se. E daí, quem sabe... Talvez a gente exiba os ossos e os vermes nas festas solenes. Por que não? Veja só a tia Rampillon; acha grande diferença entre aquilo e um esqueleto em vestido de baile? É verdade que ela tem todo o direito; pois já fez no mínimo cem anos. Era já um dos monstros sagrados ante os quais eu me recusava a inclinar-me quando estreei na sociedade. Julgava-a morta há muito tempo, o que seria aliás a única explicação do espetáculo que ela nos oferece. É impressionante e litúrgico. Puro Campo-Santo![54]

A duquesa deixara Froberville; ele aproximou-se-lhe:

— Desejaria dizer-lhe uma última palavra.

Um tanto irritada:

— Que mais há? — disse-lhe ela com altaneria. E ele, temendo que no último instante ela desistisse da visita a Montfort-l'Amaury:

— Eu não tinha ousado falar-lhe por causa da senhora de Saint-Euverte, para não dar um desgosto a ela, mas, já que não pretende ir lá, posso dizer-lhe que isso me alegra quanto à senhora, pois há sarampo em casa dela!

— Oh!, meu Deus! — disse Oriane, que tinha medo às doenças. — Mas quanto a mim não quer dizer nada, eu já o tive. Não se tem sarampo duas vezes.

— Os médicos é que dizem isso; conheço gente que já teve até quatro vezes. Enfim, está avisada. — Quanto a ele, aquele sarampo fictício, seria preciso que ele próprio o tivesse e que o prendesse ao leito para que se resignasse a perder a festa de Saint-Euverte, há tantos meses esperada. Teria o prazer de ver ali tantas elegâncias, o prazer maior de verificar certas coisas goradas e, principalmente, o prazer de poder gabar-se por muito tempo de haver ombreado com as primeiras e, exagerando-as ou inventando-as, de deplorar as segundas.

Aproveitando o afastamento da duquesa, levantei-me igualmente, a fim de ir para o salão de fumar, a informar-me de Swann.

---

54 Alusão da duquesa ao cemitério *"Camposanto monumentale"*, da cidade de Pisa, que contém afrescros intitulados "Triunfo da Morte", "Julgamento Final" e "Inferno". A imagem do desfile dos mortos-vivos será retomada pelo narrador de maneira diferente e decisiva nas últimas cenas do livro. [N. do E.]

— Não creia uma palavra do que contou Babal — disse-me ela. — Jamais a pequena Molé teria ido meter-se lá. Dizem isso para atrair-nos. Não recebem ninguém e não são convidados a parte alguma. Ele próprio o confessa: "Ficamos os dois sozinhos junto à lareira". Como ele dizia sempre *nós*, não como o rei, mais em relação à mulher, eu não insisto. Mas estou muito bem informada — acrescentou a duquesa.

Ela e eu cruzamos por dois jovens cuja grande e dessemelhante beleza tirava a sua origem de uma mesma mulher. Eram os dois filhos da sra. de Surgis, a nova amante do duque de Guermantes. Resplandeciam das perfeições de sua mãe, mas cada qual de perfeição diversa. Para um havia passado, onde antes, num corpo viril, a régia galhardia da sra. de Surgis, e a mesma palidez ardente, áurea e sagrada afluía às faces marmóreas da mãe e daquele filho; mas o irmão recebera a fronte grega, o nariz perfeito, o pescoço de estátua, os olhos infinitos; feita assim de presentes diversos que a deusa repartira, sua dupla beleza oferecia o prazer abstrato de pensar que a causa dessa beleza estava fora deles; dir-se-ia que os principais atributos da mãe se haviam encarnado em dois corpos diferentes, que um dos jovens era a estatura da mãe e a sua tez, o outro o seu olhar, como os seres divinos que não eram senão a força e a beleza de Júpiter ou de Minerva. Cheios de respeito ao sr. de Guermantes, de quem diziam: "É um grande amigo de nossos pais", o mais velho no entanto julgou prudente não vir cumprimentar a duquesa, cuja inimizade por sua mãe bem conhecia, sem talvez lhe compreender o motivo, e, à nossa vista, desviou levemente o rosto. O mais moço, que sempre imitava o irmão, porque, sendo estúpido e além disso míope, não se atrevia a ter opinião própria, inclinou a cabeça no mesmo ângulo, e deslizaram ambos para o salão de jogo, um atrás do outro e semelhantes a duas figuras alegóricas.

No momento de chegar àquela sala, fui detido pela marquesa de Citri, ainda bela, mas que parecia irada. De nascimento assaz nobre, procurara e fizera um brilhante casamento, desposando o sr. de Citri, cuja bisavó era Aumale-Lorraine. Mas, experimentada que fora essa satisfação, o seu caráter negativo lhe fizera criar horror ao alto mundo, horror que absolutamente não excluía a vida mundana. Numa reunião, não só zombava de todos, mas tinha essa zombaria algo de tão violento que o próprio riso não parecia bastante áspero e se transformava num silvo gutural. "Ah!", disse-me ela, mostrando-me a duquesa de Guermantes, que acabava de me deixar e já estava um pouco longe, "o que me horroriza é que ela possa levar essa vida". Seria essa frase a de uma santa furibunda, que se espanta de que os gentios não venham por si mesmos à verdade, ou de um anarquista faminto de carnificina? Em todo caso, essa apóstrofe era tão pouco justificada quão possível. Primeiramente, "a vida que levava" a sra. de Guermantes diferia muito pouco (fora a indignação) da que levava a sra. de Citri. A sra. de Citri estava estupefata de ver a duquesa capaz desse sacrifício mortal: assistir a uma recepção de Marie-Gilbert.

Cumpre dizer que, no caso vigente, a sra. de Citri estimava muito a princesa, que era de fato muito boa e a quem ela sabia dar muito prazer comparecendo à sua festa. Assim tinha ela dispensado aquela noite uma dançarina a quem atribuía gênio e que devia iniciá-la nos mistérios da coreografia russa. Outra razão que tirava qualquer valor à raiva concentrada da sra. de Citri ao ver Oriane cumprimentar a este ou aquele convidado, era que a sra. de Guermantes, embora em estado muito menos adiantado, apresentava os sintomas do mal que dominava a sra. de Citri. Viu-se, de resto, que ela carregava os seus germes de nascença. Enfim, mais inteligente do que a sra. de Citri, a sra. de Guermantes poderia ter mais direitos do que ela a esse niilismo (puramente mundano), mas é verdade que certas qualidades antes auxiliam a suportar os defeitos do próximo do que contribuem para sofrer com eles; e um homem de grande talento prestará menos atenção à tolice de outrem do que o faria um tolo. Já descrevemos assaz longamente o gênero de espírito da duquesa para provar que, se nada tinha de comum com uma elevada inteligência, era pelo menos espírito, espírito hábil em utilizar (como um tradutor) diferentes formas de sintaxe. Ora, nada desse gênero parecia qualificar a sra. de Citri para desprezar qualidades de tal modo semelhantes às suas. Achava todo mundo idiota, mas na sua conversação, nas suas cartas, antes se mostrava inferior às pessoas que tratava com tamanho desdém. Tinha de resto tal necessidade de destruição que, depois de ter mais ou menos renunciado à sociedade, os prazeres que então buscou sofreram um após outro o seu terrível poder dissolvente. Depois que deixou as recepções pelas audições musicais, pôs-se a dizer: "Gosta de ouvir isso, música? Ah!, meu Deus, depende do momento. Mas como pode aborrecer! Ah!, Beethoven, que barbeiro!". Quanto a Wagner, e depois Franck, e Debussy, nem ao menos se dava o trabalho de dizer "que barbeiro!", mas contentava-se em passar a mão pelo rosto.

Em breve, o que se tornou aborrecido, foi tudo. "Que aborrecido, as belas coisas! Ah!, os quadros, é da gente enlouquecer." "Como o senhor tem razão... É tão aborrecido escrever cartas." Finalmente, foi a própria vida que ela nos declarou uma coisa de abarbar, sem que se soubesse ao certo de onde tirava o seu termo de comparação.

Não sei se pelo que me dissera a duquesa de Guermantes no primeiro dia em que jantei em sua casa, mas o certo é que o salão de fumar ou salão de jogo, com o seu ladrilhamento figurado, suas trípodes, suas figuras de deuses e de animais que olhavam para a gente, e sobretudo a imensa mesa de mármore ou mosaico esmaltado, recoberta de signos simbólicos mais ou menos imitados da arte etrusca e egípcia, aquele salão de jogo me causou o efeito de uma verdadeira câmara mágica.[55] Ora, numa cadeira junto à mesa

---

55 Desde a primeira aparição da duquesa no livro, ela já menciona esse mobiliário, que, naquele momento, ela acha horrível. Muito mais tarde, no primeiro jantar do herói em sua casa, ela chama de "um esplendor" essa sala de jantar, "metade etrusca, metade egípcia", que o duque recebera do íntimo "Quiou-Quiou", no caso,

fulgurante e augural, o sr. de Charlus, sem tocar em carta alguma, insensível ao que se passava em derredor, incapaz de aperceber--se de que eu acabava de entrar, parecia precisamente um mágico a aplicar todo o poder da sua vontade e do seu raciocínio em tirar um horóscopo. Não só os olhos lhe saíam das órbitas, como a uma Pítia na sua trípode, mas, para que nada o distraísse do seu trabalho, que exigia a cessação dos mais simples movimentos, ele (semelhante a um calculador que não quer fazer nenhuma outra coisa enquanto não resolveu o seu problema) pousara perto de si o charuto que pouco antes tinha na boca e que não tinha agora a necessária liberdade de espírito para fumar. Vendo as duas divindades assentadas que tinha em seus braços a poltrona colocada à sua frente, poder-se-ia acreditar que o barão procurava descobrir o enigma da esfinge, se não fosse antes o enigma de um jovem e vivo Édipo, sentado precisamente naquela cadeira onde se instalara para jogar. Ora, a figura a que o sr. de Charlus aplicava, e com tamanha contensão, todas as suas faculdades espirituais e que a falar verdade não era das que habitualmente se estudam *more geometrico*, era a que lhe propunham as linhas da face do jovem marquês de Surgis; parecia, tão profundamente absorto estava diante dela o barão de Charlus, alguma frase curada, alguma adivinha, algum problema de álgebra de que procurava desvendar o enigma ou descobrir a fórmula. Diante dele os signos sibilinos e as figuras inscritas naquela tábua da Lei pareciam o engrimanço que ia permitir ao velho feiticeiro saber em que sentido se orientava o destino do jovem. De súbito, percebeu que eu o olhava, ergueu a cabeça como se saísse de um sonho e sorriu-me, enrubescendo. Nesse momento, o outro filho da sra. de Surgis veio para junto do que jogava e pôs-se a olhar as suas cartas. Quando o sr. de Charlus soube por mim que eram irmãos, sua fisionomia não pôde dissimular a ad-

---

o conde Robert de Montesquiou (figura mundana aristocrática que Proust associa à família dos Guermantes). Por falta de espaço, o duque acaba cedendo-a a seu primo, o príncipe de Guermantes. [N. do E.]

miração que lhe inspirava uma família criadora de obras-primas tão esplêndidas e tão diferentes. E o que ainda aumentaria o entusiasmo do barão seria saber que os dois filhos da sra. de Surgis não eram apenas da mesma mãe, mas do mesmo pai. Os filhos de Júpiter são dessemelhantes, mas isto provém de que ele desposou primeiro Metis, cujo destino era dar à luz filhos ajuizados, depois Têmis, e em seguida Eurinômia, e Mnemôsine, e Leto, e, apenas em último lugar, Juno. Porém, de um único pai, a sra. de Surgis fizera nascer dois filhos que tinham recebido belezas dela, mas belezas diferentes.[56]

Tive enfim o prazer de ver que Swann entrava naquela peça, que era muito grande, tanto que no princípio ele não me notou. Prazer mesclado de tristeza, de uma tristeza que não experimentavam talvez os outros convidados, mas que entre eles consistia nessa espécie de fascinação que exercem as formas imprevistas e singulares de uma morte próxima, de uma morte que já se traz na cara, como diz o povo. E era com uma estupefação quase grosseira, curiosidade indiscreta, uma visita ao mesmo tempo calma e preocupada (mescla a um tempo de *suave mari magno* e *memento quia pulvis*, como diria Robert[57]) que todos os olhares se prenderam àquele rosto cujas faces a doença cavara de tal forma, como uma lua minguante, que, salvo de certo ângulo, aquele do qual com certeza Swann se contemplava, rodavam como um cenário inconsistente, a que só uma ilusão de óptica pode emprestar a aparência de espessura. Ou devido à ausência das faces, que ali não

---

56 As imagens são tomadas da tradução do poeta Leconte de Lisle para a *Teogonia*, de Hesíodo. [N. do E.]

57 A primeira citação é extraída da obra *De natura rerum* (II, versos 1-2) de Lucrécio: *"Suave mari magno turbantibus aequora ventis. / E terra magnum alterius spectare laborem"*, "É doce quando, sobre o vasto mar, os ventos levantam as ondas. / E da terra firme, olhar os terríveis perrigos dos outros". Já a segunda citação advém da Bíblia (Gênese, III: 19), e são as palavras de Deus a Adão, após o pecado original: *"Memento, homo, quia pulvis es et in pulverem reverteris"*, "Lembre-se, homem, que você é pó e que ao pó retornarás". [N. do E.]

mais estavam para diminuí-lo, ou porque a arteriosclerose, que é também uma intoxicação, o avermelhasse como o alcoolismo ou deformasse como a morfina, o nariz de Polichinelo de Swann, por muito tempo absorvido num rosto agradável, parecia agora enorme, tumefato, avermelhado, antes o nariz de um velho hebreu que o de um curioso Valois. Aliás, talvez que nele a raça, naqueles derradeiros dias, fizesse transparecer mais acentuado o tipo físico que a caracteriza, ao mesmo tempo que uma solidariedade moral com os outros judeus, solidariedade que Swann parecia ter esquecido durante toda a vida, e que havia despertado, enxertadas umas nas outras, a doença mortal, a questão Dreyfus, a propaganda antissemita. Há certos israelitas, muito finos no entanto e mundanos delicados, dentro dos quais permanecem em reserva e nos bastidores, a fim de fazer sua entrada em determinada hora da sua vida, como numa peça, um cínico e um profeta. Swann tinha chegado à idade do profeta. Por certo, com o seu rosto de onde, sob a ação da doença, haviam desaparecido segmentos inteiros, como um bloco de gelo que se funde e de que tombaram paredes inteiras, ele tinha mudado muito. Mas não podia deixar de me impressionar o quanto mais ainda havia ele mudado em relação a mim. Aquele homem, excelente, culto, que eu estava muito longe de aborrecer-me por encontrar, não conseguia eu compreender como pudera impregná-lo outrora de um mistério tal que o seu aparecimento nos Campos Elísios me fazia bater o coração a tal ponto que eu tinha vergonha de aproximar-me da sua pelerine forrada de seda e que, à porta do apartamento onde morava tal criatura, não podia tocar a campainha sem ser acometido de uma perturbação e um medo infinitos; tudo isso desaparecera, não só da sua moradia, mas também da sua pessoa, e a ideia de conversar com ele podia ser-me agradável ou não, mas não afetava no que quer que fosse o meu sistema nervoso.

Ademais, como estava ele mudado desde essa mesma tarde em que o encontrara — algumas horas antes em suma — no gabinete do duque de Guermantes! Tivera ele realmente uma cena com o príncipe e que o abalara? Era desnecessária essa hipótese. Os menores esforços que se pedem a alguém que esteja muito doente logo se lhe tornam uma estafa excessiva. Por pouco que o exponham, já fatigado, ao calor de um sarau, sua face se decompõe e azuleja como o faz em menos de um dia uma pera muito madura, ou leite prestes a talhar. De resto, a cabeleira de Swann apresentava falhas nalguns pontos, e, como dizia a sra. de Guermantes, tinha necessidade de um forrador, parecia canforada, e mal canforada. Ia eu atravessar o salão para falar a Swann quando infelizmente uma mão abateu-se no meu ombro: "Boa-noite, meu menino, estou em Paris por quarenta e oito horas. Passei por tua casa e disseram-me que estavas aqui, de maneira que é a ti que minha tia deve a honra de minha presença em sua festa". Era Saint-Loup. Disse-lhe o quanto achava linda a casa. "Sim, isso é para lá de monumento histórico, mas acho aborrecidíssimo. Não cheguemos perto de meu tio Palamèdes, senão ele nos pesca. Como a senhora de Molé, pois é ela quem dá corda atualmente, acaba de partir, ele se acha completamente desamparado. Parece que era um verdadeiro espetáculo, não arredou um passo, só a deixou quando a pôs dentro do carro. Não quero mal por isso a meu tio; somente acho engraçado que o meu conselho de família, que sempre se mostrou tão severo comigo, seja composto dos parentes que fizeram mais das suas, a começar pelo mais pândego de todos, o meu tio Charlus, meu suplente de tutor, que teve tantas mulheres como Don Juan e que na sua idade não entrega os pontos. Cogitou-se um momento de me nomearem um conselho judiciário. Penso que quando todos aqueles velhos alarifes se reuniam para examinar a questão e mandavam chamar-me para me pregar moral e dizer-me que eu causava desgosto a minha mãe, não podiam olhar uns para os outros sem rir. Tu examinarás a composição do Conselho: parece terem escolhido expressamente os que mais andaram levantando saias." Pondo de parte o barão de Charlus, a cujo respeito não mais me parecia justificado o espanto de meu amigo, mas por outros motivos que deviam, aliás, modificar-se mais tarde em meu espírito, não tinha Robert razão em achar extraordinário que fossem ministradas a um jovem lições de sensatez por parentes que fizeram loucuras ou ainda as fazem.

Ainda quando só estejam em causa o atavismo, as semelhanças familiais, é inevitável que o tio que prega o sermão tenha mais ou menos os mesmos defeitos que o sobrinho ao qual foi encarregado de censurar. O tio não põe nisso, aliás, nenhuma hipocrisia, enganado como está pela faculdade que têm os homens de acreditar, em cada nova circunstância, que se trata "de outra coisa", faculdade que lhes permite adotar erros artísticos, políticos etc., sem se aperceber que são os mesmos que tomaram por verdades, há dez anos, a propósito de uma outra escola de pintura, que condenavam, de uma outra questão política que julgavam merecer o seu ódio, de que se afastaram e que esposam sem as conhecer sob um novo disfarce. Aliás, mesmo que as faltas do tio sejam diferentes das do sobrinho, pode a herança não menos constituir em certa medida a lei causal, pois o efeito nem sempre se assemelha à causa, como a cópia ao original, e, ainda que sejam piores as faltas do tio, pode este perfeitamente julgá-las menos graves.

Quando o sr. de Charlus acabava de fazer indignadas censuras a Robert, que, aliás, não conhecia os verdadeiros gostos do tio naquela época, e mesmo que fosse ainda naquela em que o barão castigava seus próprios gostos, poderia ele ser perfeitamente sincero, achando, do ponto de vista do homem do mundo, que Robert era infinitamente mais culpável do que ele. Pois Robert quase não chegara, no momento em que o tio fora encarregado de chamá-lo à razão, a ser banido do seu mundo, não escapara por pouco de ser recusado no Jockey, não era objeto de mofa pelas suas loucas despesas com uma mulher da última categoria, por suas amizades com pessoas, autores, atores, judeus, nenhuma das quais pertenciam ao seu meio, por suas opiniões, que não se diferenciavam das dos traidores, pela dor que causava a todos os seus? Em que podia comparar-se isso, essa vida escandalosa, à do sr. de Charlus, que soubera, até então, não só conservar, mas ainda aumentar a sua situação de Guermantes, sendo na sociedade uma criatura absolutamente privilegiada, procurada, adulada pelos círculos mais escolhidos, e que, casado com uma princesa de Bourbon, mulher eminente, soubera torná-la feliz, voltando à sua memória um culto mais fervente, mais estrito do que é hábito na alta sociedade, e que fora assim tão bom marido como bom filho? "Mas estás certo de que o senhor de Charlus tenha tido tantas amantes?", indaguei, não por certo na intenção diabólica de revelar a Robert o segredo que havia surpreendido, mas todavia irritado por vê-lo sustentar um erro com tamanha certeza e suficiência. Ele contentou-se em dar de ombros, como resposta ao que supunha ingenuidade da minha parte. "Aliás, não o estou censurando; acho que ele tem toda a razão." E começou a esboçar-me uma teoria que lhe teria causado horror em Balbec (onde não se contentava em menosprezar os sedutores, parecendo-lhe a morte o único castigo adequado ao crime). Era que então se achava ainda enamorado e ciumento. Chegou até a fazer-me o elogio das casas de *rendez-vous*. "Só lá é que se encontra chinelo para o pé, o que chamamos no regimento o seu gabarito." Não tinha mais por esse gênero de lugares o nojo que havia manifestado em Balbec quando eu aludira a eles e, ouvindo-o agora, disse-lhe eu que fora Bloch quem me levara a um *rendez-vous*, mas Robert respondeu-me que aquele que Bloch frequentava devia ser "extremamente vulgar, o paraíso dos pobres". "Isso depende; afinal de contas, onde é que fica?" Fiquei interdito, pois lembrei-me que era lá, com efeito, que se entregava por um luís aquela Raquel que Robert amara tanto. "Em todo caso, eu te farei conhecer muito melhores, aonde vão mulheres e tanto." Ouvindo-me expressar o desejo de que me levasse o mais cedo possível aos que ele conhecia e que deviam efetivamente ser muito superiores à casa que Bloch me indicara, testemunhou-me um sincero pesar de não poder fazê-lo desta vez, porque partia no dia seguinte. "Será na minha próxima licença", disse ele. "Tu vais ver, há até moças...", acrescentou com um ar misterioso. "Há uma senhorita de... creio que a senhorita d'Orgeville, ainda te direi exatamente, que é de família das melhores; a mãe é mais ou menos La Croix-l'Evêque, são gente da pura nata, até um pouco aparentados, salvo engano, com a minha tia Oriane. Aliás, só de ver a pequena, sente-se que é de família distinta. (Senti estender-se um momento pela voz de Robert a sombra do gênio dos Guermantes que passou como uma nuvem, mas a grande altura, e não se deteve.) Parece mesmo um caso maravilhoso. Os pais estão sempre doentes e não podem ocupar-se com ela. Que diabo! A pequena procura não se aborrecer, e eu conto contigo para distrair essa criança!" "Oh!, quando voltarás?" "Não sei. Se não fazes absoluta questão de duquesas (pois o título de duquesa é para a aristocracia o único que designa uma posição particularmente brilhante, como, entre o povo, as princesas), há, num outro gênero, a primeira camareira da sra. Putbus."[58]

Nesse momento, a sra. de Surgis entrou no salão de jogo, à procura dos filhos. Ao avistá-la, o sr. de Charlus foi ao seu encontro com uma amabilidade de que a marquesa se sentiu tanto mais agradavelmente surpreendida por esperar uma grande frieza da parte do barão, o qual sempre se arrogara em protetor de Oriane e que era o único da família — muita vez complacente às exigências do duque por causa da sua herança e também por ciumeira em relação à duquesa — que mantinha impiedosamente a distância as amantes de seu irmão. Assim, a sra. de Surgis, embora compreendesse muito bem os motivos da atitude que temia da parte do barão, não suspeitou absolutamente os da acolhida inteiramente oposta que dele recebeu. O barão falou-lhe com admiração do retrato dela que Jacquet havia pintado outrora.[59] Essa admiração chegou a exaltar-se a um entusiasmo que, se era em parte interessado para impedir que a marquesa se afastasse dele,

---

58 Tal personagem tinha uma importância bastante grande nos textos manuscritos do livro. Ali, o herói partia para a cidade de Pádua para se encontrar enfim com essa figura feminina que lhe prometia tantos prazeres. [N. do E.]

59 Gustave Jacquet (1846-1909) foi pintor de retratos de renome, amigo admirado por Montesquiou, justamente um dos modelos prováveis do barão de Charlus. [N. do E.]

para "enganchá-la", como dizia Robert dos exércitos inimigos a que se pretende obrigar os efetivos a permanecer engajados em certo ponto, talvez fosse igualmente sincero. Pois se cada qual se comprazia em admirar nos filhos o porte de rainha e os olhos da sra. de Surgis, podia o barão experimentar um prazer inverso mas igualmente vivo em reencontrar esses encantos reunidos em feixe na mãe dos mesmos, como em um retrato que por si mesmo não inspira desejos, mas alimenta, com a admiração estética que inspira, os desejos que revela. Estes vinham retrospectivamente dar um encanto voluptuoso ao próprio retrato de Jacquet e, naquele momento, o barão o adquiriria de bom grado para nele estudar a genealogia fisiológica dos dois jovens Surgis.

— Bem vês que eu não exagerava — disse-me Robert. — Repara só a solicitude de meu tio com a senhora de Surgis. E ainda isso me espanta. Se Oriane o soubesse, ficaria furiosa. Francamente, há muitas mulheres para que seja preciso atirar-se justamente a essa — acrescentou; como todas as pessoas que não estão enamoradas, imaginava ele que a gente escolhe a pessoa a quem ama depois de mil deliberações e segundo qualidades e conveniências diversas. De resto, enganando-se embora quanto ao tio, a quem supunha afeiçoado às mulheres, Robert, no seu rancor, falava com muita leviandade no sr. de Charlus. Nem sempre se é impunemente sobrinho de alguém. Muita vez é por seu intermédio que mais cedo ou mais tarde se transmite um hábito hereditário. Poder-se--ia organizar assim toda uma galeria de retratos, tendo o título da comédia alemã, "Tio e Sobrinho", onde se veria o tio ciumentamente a velar, embora involuntariamente, por que o sobrinho venha a parecer-se com ele.[60]

Acrescentarei até que essa galeria seria incompleta se nela não figurassem os tios que não têm nenhum parentesco real, por

---

60 A comédia *O sobrinho como tio* (*Der Neffe als Onkel*) não é alemã; ela foi traduzida por Schiller do francês em 1803. A peça original fora escrita por Louis-Benoît Picard, em 1791. [N. do E.]

serem apenas tios da mulher do sobrinho. Os senhores de Charlus estão com efeito de tal modo convencidos de que são os únicos bons esposos e, ainda mais, os únicos de que uma mulher não tem ciúmes, que em geral, por afeição à sobrinha, eles a fazem desposar igualmente um Charlus. O que embrulha toda a meada das semelhanças. E, à afeição pela sobrinha, vem às vezes juntar--se a afeição ao noivo. Não são raros tais casamentos, e muitas vezes são o que se chama de casamentos felizes.

— De que falávamos? Ah!, daquela alta, loira, a camareira da senhora Putbus. Ela também gosta de mulheres, mas creio que isso te é indiferente. Digo-te com toda a franqueza que nunca vi criatura tão linda. Imagino-a um bocado Giorgione, não?[61] Doidamente Giorgione! Ah!, se eu dispusesse de tempo para passar em Paris, que de coisas esplêndidas a fazer! E depois, passa-se de uma para outra. Pois, quanto ao amor, tu vês, é uma pilhéria, e disso estou bem curado.

Logo notei com surpresa que ele não estava menos curado da literatura, quando era apenas dos literatos que ele me parecera desabusado em nosso último encontro (é quase tudo porcaria & cia., me dissera ele, o que se podia justificar com seu justo rancor a certos amigos de Raquel. Tinham-na com efeito persuadido de que ela jamais teria talento se deixasse "Robert, homem de uma outra raça", assumir influência sobre ela, e, com ela, zombavam dele, diante dele, nos jantares que ele lhes oferecia). Mas na realidade o amor de Robert às letras nada tinha de profundo, não emanava da sua verdadeira natureza, não era mais do que um derivado do seu amor a Raquel, e lhe havia passado ao mesmo tempo que o seu horror daqueles sempre à busca do prazer e o seu respeito religioso à virtude feminina.

61 Alusão provável a duas figuras femininas presentes no quadro *Concerto campestre*, que se atribuía a Giorgione e está conservado no Museu do Louvre. A observação de Robert sobre o gosto da camareira por mulheres, que ele supõe ser indiferente ao herói, terá entretanto consequências inesperadas na vida amorosa deste. [N. do E.]

— Que ar estranho têm aqueles dois jovens. Veja só essa curiosa paixão do jogo, marquesa — disse o sr. de Charlus, designando à sra. de Surgis os seus dois filhos, como se ignorasse absolutamente quem fossem. — Devem ser dois orientais, têm certos traços característicos, talvez sejam turcos — acrescentou ele, ao mesmo tempo para confirmar a sua fingida inocência, testemunhar uma vaga antipatia que, quando cedesse lugar à amabilidade, provaria que esta se dirigia unicamente à qualidade de filhos da sra. de Surgis, só tendo começado depois que soubera quem eram eles. Talvez também o barão, cuja insolência era um dom da natureza que ele se comprazia em exercer, se aproveitasse do minuto durante o qual lhe era dado ignorar o nome daqueles dois jovens, para se divertir à custa da sra. de Surgis e entregar-se às suas zombarias costumeiras, como Scapin aproveita o disfarce de seu amo para administrar-lhe umas belas bastonadas.

— São meus filhos — disse a sra. de Surgis, com um rubor que não teria, se fora mais arguta, sem ser mais virtuosa. Teria então compreendido que o ar de indiferença absoluta ou de zombaria que o sr. de Charlus manifestava a respeito de um jovem não era mais sincero do que a admiração inteiramente superficial que testemunhava a uma mulher, e não expressava o verdadeiro fundo da sua natureza. Aquela a quem poderia indefinidamente dizer as frases mais lisonjeiras, poderia era ter ciúmes do olhar que o barão, enquanto estava a falar-lhe, lançava a um homem que em seguida fingia não haver notado. Pois esse era um olhar muito diverso do que o sr. de Charlus tinha para as mulheres; um olhar peculiar, vindo das profundezas e que, mesmo numa recepção, não podia deixar de dirigir-se ingenuamente aos jovens, como os olhares de um costureiro que revelam a sua profissão pelo modo imediato que têm de dirigir-se aos vestuários.

— Oh!, como é curioso — respondeu não sem insolência o sr. de Charlus, parecendo obrigar seu pensamento a um longo trajeto para conduzi-lo a uma realidade tão diversa da que fingia ter imaginado. — Mas eu não os conheço — acrescentou, receoso de ter ido um pouco longe na expressão da antipatia, paralisando assim na marquesa a intenção de lhos apresentar.

— Permite que os apresente ao senhor? — perguntou timidamente a sra. de Surgis.

— Meu Deus! Como não? Mas bem compreende que eu talvez não seja uma personagem muito divertida para pessoas tão jovens... — salmodiou o sr. de Charlus com o ar de hesitação e de frieza de alguém que se deixa arrancar uma atenção.

— Arnulphe, Viturniano, venham depressa — disse a sra. de Surgis. Viturniano ergueu-se com decisão. Arnulphe, esse, sem enxergar mais longe que o irmão, acompanhou-o docilmente.

— Agora é a vez dos filhos — disse-me Robert. — É de morrer de riso. Até ao cachorrinho da casa ele procura agradar.[62] E é tanto mais engraçado porque meu tio detesta os gigolôs. E olha como os escuta com seriedade. Se fosse eu que quisesse apresentá-los, ele logo me mandaria passear. Escuta, preciso ir cumprimentar Oriane. Tenho tão pouco tempo para ficar em Paris, que quero ver se falo aqui com todas as pessoas a quem teria de deixar cartão, se não fosse isso.

— Como eles são bem-educados, como têm belas maneiras! — dizia o sr. de Charlus.

— Acha? — respondia, encantada, a sra. de Surgis.

Tendo-me avistado, Swann aproximou-se de Saint-Loup e de mim. A alegria judaica era menos fina em Swann do que os gracejos do homem de sociedade.

— Boa-noite — disse-nos ele. — Meu Deus! Os três juntos! Vão pensar numa reunião de sindicato.[63] Por um pouco irão procurar onde está a caixa! — Não notara que o sr. de Beaucerfeuil estava às

---

62 Citação aproximada do verso 244, terceira cena do primeiro ato da peça *As mulheres sábias* (*Les femmes savantes*), de Molière. [N. do E.]

63 Swann utiliza um termo que os *antidreyfusards*, os opositores de Dreyfus, empregavam para designar o partido daqueles que pediam a revisão do processo de condenação do militar de origem judaica. [N. do E.]

suas costas e ouvia-o. O general franziu involuntariamente as sobrancelhas. Ouvíamos a voz do sr. de Charlus bastante perto de nós:

— Não diga, o senhor se chama Viturniano, como na *Loja de antiguidades?* — dizia o barão, para prolongar a conversa com os dois jovens.

— De Balzac, sim — respondeu o mais velho dos Surgis, que jamais lera uma linha desse romancista, mas cujo professor lhe assinalara, dias antes, a similitude de seu prenome com o de Esgrignon. A sra. de Surgis estava encantada de ver o filho brilhar e o sr. de Charlus extasiado ante tamanha erudição.

— Parece que Loubet está inteiramente conosco, isso de fonte seguríssima[64] — disse a Saint-Loup, mas desta vez em voz mais baixa para não ser ouvido pelo general, Swann, para quem as relações republicanas da esposa se tornavam mais interessantes desde que a questão Dreyfus constituía o centro das suas preocupações. — Digo isso porque sei que nos apoia totalmente.

— Não tanto assim; o senhor está completamente enganado — respondeu Robert. — É uma questão mal orientada, em que lamento me haver metido. Eu não tinha nada a ver com a coisa. Se tivesse de recomeçar, ficaria à parte. Sou soldado e antes de tudo pelo Exército. Se ficares um momento com o senhor Swann, não me demoro, que vou falar com minha tia.

Mas vi que era com a srta. de Ambressac que ele ia conversar e senti-me desgostoso à ideia de me haver mentido quanto ao seu possível noivado.[65] Tranquilizei-me ao saber que ele lhe fora apresentado uma hora antes pela sra. de Marsantes, que desejava tal casamento, pois os Ambressac eram muito ricos.

64 Entre os anos de 1899 e 1906, ou seja, o período de revisão do processo de Dreyfus, Émile Loubet (1838-1929) era o presidente da França. Ele se pronunciaria a favor da revisão que condenara Dreyfus por espionagem e transmissão de informações aos alemães. [N. do E.]

65 No volume anterior, Saint-Loup havia desmentido os rumores sobre tal casamento. Só no penúltimo volume, e de maneira surpreendente, é que conheceremos a futura esposa de Robert. [N. do E.]

— Afinal — disse o sr. de Charlus à sra. de Surgis — encontro um jovem instruído que leu, que sabe o que é Balzac. E maior é meu prazer por encontrá-lo onde isso é mais raro, num de meus pares, num dos nossos — acrescentou, acentuando as palavras. Por mais que fingissem achar todos os homens iguais, os Guermantes, nas grandes ocasiões em que se encontravam com pessoas "bem-nascidas" e sobretudo menos "bem-nascidas" a quem desejavam e podiam lisonjear, não hesitavam em sacar as velhas recordações de família. — Outrora — continuou o barão — aristocratas queria dizer os melhores, pela inteligência, pelo coração. Ora, eis o primeiro dentre nós que eu vejo sabedor de quem seja Viturniano de Esgrignon. Faço mal em dizer o primeiro. Há também um Polignac e um Montesquieu — acrescentou o sr. de Charlus, cônscio de que essa dupla assimilação só podia inebriar a marquesa. — Aliás, os seus filhos têm a quem puxar, seu avô materno possuía uma coleção famosa do século XVIII. Mostrar-lhe-ei a minha se o senhor me der o prazer de ir almoçar um dia comigo — disse ele ao jovem Viturniano. — Eu lhe mostrarei uma curiosa edição da *Loja de antiguidades*, com correções do próprio punho de Balzac. Ficarei encantado de comparar os dois Viturnianos.

Não podia decidir-me a deixar Swann. Tinha ele chegado a esse grau de fadiga em que o corpo de um enfermo não é mais que uma retorta onde se observam reações químicas. Seu rosto achava-se cheio de sinaizinhos azuis da prússia que parecia não pertencerem ao mundo vivo e deprendiam esse gênero de odor que, no Liceu, após as "experiências", torna tão desagradável ficar numa classe de Ciências. Perguntei-lhe se não tivera uma longa conversação com o príncipe de Guermantes e se não queria contar-me como tinha sido.

— Sim — disse-me ele —, mas atenda primeiro ao sr. de Charlus e à sra. de Surgis; eu o esperarei aqui.

Com efeito, tendo o sr. de Charlus proposto à sra. de Surgis deixarem um momento aquela peça muito quente e sentarem-

-se em outra, não pedira aos dois filhos que acompanhassem a dama, mas a mim. Dessa maneira, depois de os ter cevado, ele aparentava não fazer questão dos dois jovens. E além disso me fazia uma polidez fácil, visto que a sra. de Surgis-le-Luc era muito malvista.

Infelizmente, mal nos assentáramos num vão sem saída quando sucedeu passar a sra. de Saint-Euverte, alvo das zombarias do barão. Ela, talvez para dissimular, ou desdenhar abertamente os maus sentimentos que inspirava ao barão de Charlus, e sobretudo mostrar que era íntima de sua dama que conversava tão familiarmente com ele, dirigiu um cumprimento desdenhosamente amigável à famosa beldade, a qual lhe respondeu, enquanto olhava com o rabo do olho para o sr. de Charlus com um sorriso zombeteiro. Mas o vão era tão estreito que quando a sra. de Saint-Euverte quis, atrás de nós, continuar a coleta dos seus convidados para o dia seguinte, viu-se presa e não pôde desvencilhar-se facilmente, momento precioso que o barão de Charlus, desejoso de fazer brilhar a sua insolente verve ante a mãe dos dois jovens, tratou logo de não perder. Uma tola pergunta que lhe fiz sem malícia forneceu-lhe ensejo de um triunfal *couplet* de que a pobre Saint-Euverte, quase imobilizada atrás de nós, não podia perder uma só palavra.

— Acredita que esse impertinente jovem — disse ele, designando-me à sra. de Surgis — acaba de me perguntar, sem o menor cuidado que se deva ter em ocultar esse gênero de necessidades, se eu não ia à casa da senhora de Saint-Euverte, isto é, se eu não estava com cólicas, ao que parece? Trataria em todo caso de aliviar-me num local mais confortável do que em casa de uma pessoa que, se não me falha a memória, celebrava o seu centenário quando comecei a frequentar a sociedade, mas não a casa dela, entenda-se. E, no entanto, quem seria mais interessante de se ouvir do que ela? Quantas recordações históricas, vistas e vividas, do tempo do Primeiro Império e da Restauração, que de histórias íntimas também, que decerto não tinham nada de "Saint", mas deviam ser muito "Vertes",[66] a julgar pelas coxas ainda ágeis da venerável gambeteira! O que me impediria de interrogá-la sobre essas épocas apaixonantes é a sensibilidade de meu aparelho olfativo. Basta a proximidade da dama. Digo de súbito com os meus botões: Oh!, meu Deus!, vão ver que arrebentaram minha fossa higiênica! E é simplesmente a marquesa que acaba de abrir a boca para fazer algum convite. E bem compreende que, se eu tivesse a desgraça de ir à casa dela, a fossa se multiplicaria num formidável tonel de despejo. Usa no entanto um nome místico, que sempre me faz pensar com júbilo, embora ela já tenha passado desde muito a data do seu jubileu, neste estúpido verso chamado "deliquescente": Ah!, verde, como era verde minh'alma naquele dia...[67] Mas eu preciso uma verdura mais limpa. Dizem que a infatigável cavadora dá *garden-parties*, mas eu chamarei àquilo de "convites para passear pelas cloacas". Será que a senhora vai sujar-se lá? — perguntou ele à sra. de Surgis, que desta vez se sentiu constrangida. Pois, querendo fingir para o barão que lá não ia, e sabendo que era capaz de dar dias da própria vida para não perder a vesperal Saint-Euverte, tirou-se da dificuldade pela média, isto é, pela incerteza. Essa incerteza assumiu uma forma tão tolamente diletante e tão mesquinhamente vulgar que o sr. de Charlus, não temendo ofender a sra. de Surgis, a quem no entanto desejava agradar, pôs-se a rir para lhe mostrar que "aquilo não pegava".

— Admiro sempre as pessoas que fazem projetos — disse ela. — Muitas vezes desisto na última hora. Há uma história de vestido de verão que pode mudar as coisas. Agirei sob a inspiração do momento.

---

66 Trocadilho com o nome da sra. de Saint-Euverte e as palavras *saint*, "santo" e *vertes*, das *"histoires vertes"*: histórias picantes. [N. do E.]

67 Citação de um verso do livro de paródia satírica de poesia simbolista intitulado *Delinquencências. Poemas decadentes de Adoré Floupette* (*Déliquescences. Poèmes décadents d'Adoré Floupette*), de autoria de Gabriel Vicaire e Henri Beauclair. [N. do E.]

Da minha parte, estava indignado com a abominável tirada que tivera o barão de Charlus. Desejaria cumular de bens a doadora de *garden-parties*. Infelizmente, na sociedade, como no mundo político, as vítimas são tão covardes que não se pode querer mal por muito tempo aos carrascos. A sra. de Saint-Euverte, que conseguira sair do vão cuja entrada barrávamos, roçou involuntariamente pelo barão, de passagem, e, por um reflexo de esnobismo que lhe anulava todo resquício de ira, talvez mesmo pela esperança de uma abordagem que não devia ser a primeira tentativa: "Oh!, perdão, senhor de Charlus, espero que não lhe tenha feito mal", exclamou, como se se ajoelhasse diante de seu senhor. Este não se dignou responder senão por um largo riso irônico e concedeu-me um "boa-noite" que, como só se apercebia da presença da marquesa depois que ela lhe falava em primeiro lugar, era um insulto a mais. Enfim, numa baixeza suprema, com que sofri por ela, a sra. de Saint-Euverte aproximou-se de mim e, tomando-me à parte, disse-me ao ouvido: "Mas que fiz eu ao senhor de Charlus? Dizem que não me considera bastante chique para ele", acrescentou, numa gargalhada. Fiquei sério. De um lado, achava estúpido que ela parecesse acreditar ou quisesse fazer acreditar que ninguém efetivamente era tão chique quanto ela. Por outro lado, as pessoas que riem tanto do que elas próprias dizem, e que nada tem de engraçado, nos dispensam assim de participar da hilaridade, tomando-a por sua conta. "Afirmam outros que ele se sente melindrado por eu não convidá-lo. Mas ele não me anima muito a isso. Parece amuado comigo." Pareceu-me fraca a expressão. "Trate de o saber e venha dizer-mo amanhã. E se ele estiver com remorsos e quiser acompanhá-lo, traga-o. Para todo pecado há perdão. Até me daria bastante prazer, por causa da senhora de Surgis, a quem isso aborreceria. Dou-lhe carta branca. O senhor tem faro mais fino dessas coisas e eu não quero parecer que ando a angariar convidados. Em todo caso, conto absolutamente com o senhor."

Considerei que Swann já deveria estar cansado de esperar-me. Não queria, de resto, voltar muito tarde, por causa de Albertine, e, despedindo-me da sra. de Surgis e do sr. de Charlus, fui ao encontro de meu doente na sala de jogo. Perguntei-lhe se o que dissera ao príncipe em sua conversa no jardim era o mesmo que o sr. de Bréauté (que não lhe nomeei) nos havia repetido e se referia a um pequeno ato de Bergotte. Ele explodiu numa risada:

— Não há nisso uma única palavra de verdade, é inteiramente inventado, e seria absolutamente estúpido. E na verdade inaudito, essa geração espontânea do erro. Não pergunto quem lhe disse tal, mas seria verdadeiramente curioso, num quadro tão delimitado como este, remontar de pessoa em pessoa, para saber como se formou. Aliás, em que pode interessar aos outros o que me disse o príncipe? Como são curiosos! Quanto a mim, nunca fui curioso, salvo quando andei enamorado e quando tive ciúme. E pelo muito que me adiantou! O senhor é ciumento?

Disse a Swann que jamais tinha experimentado ciúme, que nem sequer sabia o que vinha a ser.

— Pois bem!, eu o felicito. Quando se é um pouco ciumento, isso não é de todo desagradável de dois pontos de vista. Por um lado, porque permite às pessoas que não são curiosas interessarem-se pela vida das outras pessoas, ou pelo menos de uma outra. E depois, porque faz sentir profundamente a doçura de possuir, de andar de carro com uma mulher, de não deixá-la andar sozinha. Mas isso é só no início do mal, ou quando a cura está quase completa. No intervalo, é o mais terrível dos suplícios. De resto, mesmo as duas doçuras de que lhe falo, devo dizer-lhe que pouco as conheci: a primeira, por culpa de minha natureza, que não é capaz de reflexões muito prolongadas; a segunda, por causa das circunstâncias, por culpa da mulher, quero dizer, das mulheres de quem fui ciumento. Mas isso não vem ao caso. Mesmo quando não mais nos importamos com as coisas, não é absolutamente indiferente que nos tenham importado; porque era sempre por motivos que escapavam aos outros. A lembrança desses sentimentos, sentimos que só está em nós; é em nós que cumpre entrar para contemplá-la. Não zombe muito desse jargão idealista, mas o que quero dizer é que muito amei a vida e muito amei as artes. Pois bem!, agora que estou por demais cansado para viver com os outros, esses antigos sentimentos tão pessoais, tão meus, que eu tive, parecem-me, o que é a mania de todos os colecionadores, muito e muito preciosos. Abro para mim mesmo o meu coração como uma espécie de vitrina, e olho um por um esses amores que os outros não terão conhecido. E dessa coleção, à qual me sinto agora ainda mais apegado do que às outras, digo de mim para comigo, um pouco como Mazarin quanto aos seus livros, mas de resto sem angústia nenhuma, que será uma tristeza deixar tudo isso. Mas voltemos à conversa com o príncipe; eu só a contarei a uma pessoa, e essa pessoa é o senhor.

Eu não podia ouvi-lo satisfatoriamente, com a conversa que o sr. de Charlus, de regresso à sala de jogo, prolongava indefinidamente, bem próximo de nós: "E o senhor também lê? Que faz o senhor?", perguntou ele ao conde Arnulphe, que não conhecia nem o nome Balzac. Mas sua miopia, como ele visse tudo muito reduzido, lhe dava o ar de quem via muito longe, de maneira que, rara poesia num escultural deus grego, nas suas pupilas se inscreviam como que distantes e misteriosas estrelas.

— E se fôssemos dar alguns passos pelo jardim, senhor? — propus a Swann, enquanto o conde Arnulphe, com uma voz ciciante que parecia indicar que o seu desenvolvimento, pelo menos mental, não era completo, respondia ao sr. de Charlus com uma precisão complacente e ingênua: "Oh!, comigo, é antes o golfe, o tênis, a bola, a corrida a pé, principalmente o polo". Assim Minerva, tendo-se subdividido, deixara em certa cidade de ser a deusa da Sabedoria e encarnara uma parte de si mesma em uma divindade puramente esportiva, hípica, "Athene Hippia". E ia também esquiar em Saint-Moritz, pois Pallas Tritogeneia frequenta os altos cumes e apanha os cavaleiros.[68] "Ah!", respondeu

---

68 Citação de um trecho da tradução do poeta Leconte de Lisle para os *Hinos órficos*, atribuídos a Hesíodo. [N. do E.]

o sr. de Charlus, com o sorriso transcendente do intelectual que nem ao menos se dá o trabalho de dissimular que está zombando, mas que se sente tão superior aos outros, e despreza de tal modo a inteligência daqueles que são os menos tolos, que mal os diferencia daqueles que mais o são, de vez que lhe possam ser agradáveis de outra maneira. Falando com Arnulphe, achava o sr. de Charlus que lhe conferia por isso mesmo uma superioridade que todo mundo devia invejar e reconhecer.

— Não — respondeu-me Swann —, estou muito cansado para andar; é melhor que nos assentemos num canto, que não aguento mais de pé. — Era verdade, mas já o fato de recomeçar a conversar lhe devolvera certa vivacidade. É que na mais real fadiga existe, principalmente entre os nervosos, uma parte que depende da atenção e que só se conserva pela memória. Ficamos subitamente cansados logo que o imaginamos estar e, para nos refazermos da fadiga, basta esquecê-la. Por certo, não era Swann de todo um desses infatigáveis exaustos que, chegando desfeitos, esgotados, sem poder manter-se em pé, reanimam-se na conversação como uma flor na água e podem durante horas haurir, nas próprias palavras, forças que infelizmente não transmitem aos que o escutam e que parecem cada vez mais abatidos à medida que mais alerta se sente o palrador. Mas Swann pertencia a essa forte raça judaica, de cuja energia vital e resistência à morte parecem participar os próprios indivíduos. Acometidos cada qual de doenças particulares, como ela própria o é pela perseguição, debatem-se eles indefinidamente em agonias terríveis que podem prolongar-se além de todo limite verossímil, quando já não se vê mais que uma barba de profeta dominada por um nariz imenso que se dilata para aspirar os últimos haustos, antes da hora das preces rituais e quando começa o desfile pontual dos parentes afastados, a avançar em movimentos mecânicos, como num friso assírio.

Fomo-nos sentar, mas, antes de afastar-se do grupo que formava o sr. de Charlus com os dois jovens Surgis e sua mãe, não pôde Swann deixar de prender no corpete desta longos olhares de conhecedor, dilatados e concupiscentes. Pôs o monóculo para melhor ver e, enquanto me falava, lançava de tempos em tempos um olhar na direção da referida dama.

— Eis, palavra por palavra — disse-me ele quando nos assentamos —, a minha conversação com o príncipe e, se se recorda o que lhe disse há pouco, verá por que o escolhi para confidente. E depois também por outro motivo que virá a saber um dia: "Meu caro Swann", disse-me o príncipe de Guermantes, "vai desculpar-me se tenho parecido evitá-lo desde algum tempo". Absolutamente não me apercebera de nada, pois estava enfermo e fugia eu próprio de todo mundo. "Primeiramente, tinha ouvido dizer, e bem previa, que o senhor tinha opiniões inteiramente opostas às minhas na infeliz questão que divide o país. Ora, ser-me-ia excessivamente penoso que as professasse diante de mim. Tão grande era o meu nervosismo que a princesa, quando ouvira há dois anos o seu cunhado, o grão-duque de Hesse, dizer que Dreyfus era inocente, não se contentara em rebater vivamente a assertiva, mas tampouco ma repetira, a fim de não me contrariar. Quase na mesma época, tinha vindo a Paris o príncipe real da Suécia e, tendo provavelmente ouvido dizer que a imperatriz Eugênia era dreyfusista, tinha-a confundido com a princesa" — estranha confusão, confesse, entre uma mulher da posição de minha esposa e uma espanhola, muito menos bem-nascida do que se diz, e casada com um simples Bonaparte — "e dissera: 'Princesa, sinto-me duplamente satisfeita de a conhecer, pois sei que possui as mesmas ideias que eu sobre a questão Dreyfus, o que não me espanta, visto que Vossa Alteza é bávara'. O que valeu ao príncipe esta resposta: 'Monsenhor, não sou mais do que uma princesa francesa, e penso como todos os meus compatriotas'. Ora, meu caro Swann, há cerca de ano e meio, uma conversação que tive com o general de Baucerfeuil inspirou-me a suspeita de que, não um erro, mas graves ilegalidades se haviam cometido na marcha do processo".

Fomos interrompidos (Swann não queria que ouvissem sua narrativa) pela voz do sr. de Charlus que (aliás, sem preocupar-

-se conosco) passava reconduzindo a sra. de Surgis e parou para tratar de retê-la ainda, ou por causa de seus filhos ou por esse desejo que tinham os Guermantes de não ver findar o minuto atual, desejo que os mergulhava numa espécie de ansiosa inércia. Swann revelou-me a propósito um pouco mais tarde alguma coisa que tirou para mim ao nome de Surgis-le-Duc toda a poesia que eu nele encontrara. A marquesa de Surgis-le-Duc tinha situação mundana muito maior, mais belas alianças que seu primo, o conde de Surgis, que vivia, pobre, em suas terras. Mas a expressão que terminava o título, "le Duc", não tinha absolutamente a origem que eu lhe emprestava e que me fizera aproximá-lo, em minha imaginação, de Bourg-l'Abbé, Bois-le-Roi etc. Apenasmente sucedia que um conde de Surgis havia desposado, durante a Restauração, a filha de um riquíssimo industrial, o sr. Leduc, ou Le Duc, filho ele próprio de um fabricante de produtos químicos, o homem mais rico de seu tempo, e que era Par de França. O rei Carlos X criara para o filho nascido dessa união o marquesado de Surgis-le-Duc, pois o marquesado de Surgis já existia na família. A adjunção do nome burguês não impedira esse ramo de aliar-se, graças à enorme fortuna, às primeiras famílias do reino. E a atual marquesa de Surgis-le-Duc, de elevado nascimento, poderia ter tido uma situação de primeira. Um demônio de perversidade[69] a induzira, desdenhando a situação já feita, a fugir do lar conjugal, a viver da maneira mais escandalosa. Depois, a sociedade por ela desdenhada aos vinte anos, quando a tinha a seus pés, faltara-lhe cruelmente aos trinta, quando ninguém mais a saudava desde dez anos, salvo algumas amigas fiéis, e ela empreendera reconquistar laboriosamente peça por peça o que possuía de nascença (reviravoltas não muito raras).

Quanto aos grão-senhores, seus parentes, renegados outrora por ela e que a tinham por sua vez renegado, desculpava a mar-

---

69 Alusão ao título da primeira narrativa das *Histórias extraordinárias*, de Edgar Allan Poe, na tradução de Baudelaire. [N. do E.]

quesa a satisfação que teria em trazê-los a si com recordações da infância que poderia evocar com eles. E ao dizer isso para dissimular seu esnobismo, talvez mentisse menos do que supunha. "Basin é toda a minha mocidade!", dizia ela no dia em que ele lhe voltara. E, com efeito, era um pouco verdade. Mas calculara mal ao escolhê-lo como amante. Pois todas as amigas da duquesa de Guermantes iam tomar o partido desta, e assim a sra. de Surgis desceria pela segunda vez aquele declive que tivera tanta dificuldade em galgar.

"Pois bem!", estava a dizer-lhe o sr. de Charlus, que se empenhava em prolongar a conversa, "deponha as minhas homenagens ao pé do belo retrato. Como vai ele? Que é feito dele?" "Mas o senhor sabe que não o tenho mais: meu marido não ficou satisfeito com ele." "Não ficou satisfeito! Uma das obras-primas de nossa época, igual à duquesa de Châteauroux, de Nattier, e que de resto pretendia fixar uma não menos majestosa e assassina deusa.[70] Oh!, aquela pequena gola azul! É de dizer-se que jamais Vermeer pintou um tecido com tamanha mestria, mas não digamos muito alto para que Swann não nos ataque, na intenção de vingar seu pintor favorito, o mestre de Delft."

A marquesa, voltando-se, dirigiu um sorriso e estendeu a mão a Swann, que se erguera para saudá-la. Mas quase sem dissimulação, ou porque a idade já avançada lhe tirasse a vontade moral de tal coisa, por indiferença à opinião, ou o poder físico de o fazer, por exacerbação de desejo e enfraquecimento das molas que auxiliam a ocultá-lo, logo que Swann, ao apertar a mão da marquesa, lhe viu o colo de bem perto e do alto, mergulhou um olhar atento, sério, absorto, quase preocupado, nas profundezas do decote, e suas narinas, que o perfume da mulher embriagava, palpitaram como uma borboleta prestes a ir pousar na flor entrevista. Bruscamente arrancou-se à vertigem que o assaltara, e a própria sra. de Surgis,

---

70 O pintor Nattier realizou vários retratos da duquesa de Châteauroux, amante do rei Luís XV. [N. do E.]

embora constrangida, abafou uma respiração profunda, tão contagioso é por vezes o desejo. "O pintor melindrou-se", disse ela ao sr. de Charlus, "e levou-o de volta. Ouvi dizer que estava agora em casa de Diana de Saint-Euverte. "Jamais acreditarei", replicou o barão, "que uma obra-prima tenha tão mau gosto".

"Ele lhe está falando do seu retrato. Quanto a mim, eu lhe falaria tão bem como Charlus desse retrato", disse-me Swann, afetando um tom arrastado e vulgar e seguindo com os olhos o par que se afastava. "E isso certamente me daria mais prazer do que a Charlus", acrescentou. Perguntei-lhe se era verdade o que diziam do sr. de Charlus, no que mentia eu duplamente, pois se não sabia que jamais houvessem dito alguma coisa, em compensação muito bem sabia desde pouco que era verdade o que eu queria dizer. Swann deu de ombros, como se eu tivesse proferido um absurdo. "Quer dizer, é um amigo delicioso. Mas tenho necessidade de acrescentar que é puramente platônico? E mais sentimental que outros, eis tudo; por outro lado, como nunca vai muito longe com as mulheres, isso deu uma espécie de crédito aos rumores insensatos de que me acaba de falar. Charlus ama talvez demasiadamente a seus amigos, mas tenha por certo que isso jamais se passou a não ser na sua cabeça e no seu coração. Enfim, parece que vamos ter dois segundos de tranquilidade."

Continuou, pois, o príncipe de Guermantes: "Confessar-lhe-ei que essa ideia de uma possível ilegalidade na marcha do processo me era extremamente penosa por causa do culto que o senhor bem sabe que tenho pelo Exército; tornei a falar com o general, e não tive, ai de mim, mais dúvida alguma a tal respeito. Dir-lhe-ei francamente que em tudo isso jamais me ocorrera a ideia de que um inocente pudesse sofrer a mais infamante das penas. Mas, ante essa suspeita de ilegalidade, pus-me a estudar o que não tinha querido ler, e eis que desta vez começaram a obsedar-me certas dúvidas, não mais quanto à ilegalidade do processo, mas quanto à inocência do acusado. Não julguei que devesse falar no caso à princesa. Deus sabe que ela se tornou tão francesa quanto eu. Apesar de tudo, desde o dia em que a desposei, tive tanta coqueteria em mostrar-lhe a nossa França em toda a sua beleza, e o que para mim possui de mais esplêndido, o seu Exército, que me era demasiado cruel comunicar-lhe as minhas suspeitas, que só atingiam, na verdade, a alguns oficiais. Mas pertenço a uma família de militares, e não queria acreditar que oficiais pudessem enganar-se. Tornei a falar com Beaucerfeuil e ele confessou-me que se haviam urdido maquinações culposas, que a minuta talvez não fosse de Dreyfus, mas que existia a prova irrefragável da sua culpabilidade. Era o documento Henry.[71] E alguns dias depois vinha-se a saber que se tratava de uma falsificação. Desde então, às escondidas da princesa, pus-me a ler todos os dias o *Siècle*, a *Aurore*; dentro em breve já não tinha dúvida alguma, não podia mais dormir.[72] Confessei meus sofrimentos morais a nosso amigo, o padre Poiret, no qual encontrei com espanto a mesma convicção, e encomendei-lhe missas em intenção de Dreyfus, da sua infeliz mulher e de seus filhos. Nesse ínterim, certa manhã em que ia ter com a princesa, vi sua criada de quarto a ocultar qualquer coisa que trazia na mão. Perguntei-lhe, a rir, do que se tratava; ela corou e não mo quis dizer. Eu tinha a maior confiança em minha mulher, mas esse incidente muito me perturbou (e sem dúvida também à princesa, a quem a camareira o deve ter contado), pois minha cara Marie mal me falou durante o almoço que se seguiu. Perguntei nesse dia ao padre Poiret se poderia dizer no dia seguinte a minha missa por Dreyfus." "Humm!", disse Swann, a meia-voz, interrompendo-se. Ergui a cabeça e vi o duque de Guermantes, que se dirigia a nós. "Perdão por importuná-los, meus filhos. Meu pequeno", disse ele dirigindo-se a mim, "venho em delegação da parte de Oriane. Marie e Gilbert pediram-lhe que ficasse para cear com cinco ou seis pessoas

---

71 O chamado "documento Henry" era uma suposta prova decisiva da culpabilidade de Dreyfus. Descoberta a falsificação, Henry vai preso e se suicida na prisão. [N. do E.]

72 O jornal *Le Siècle*, fundado em 1836, sempre defendeu a tese da inocência de Dreyfus; fundado em 1897, *L'Aurore* era jornal defensor de Dreyfus. Foi nele que, em 13 de janeiro de 1898, Zola publicou o artigo "J'accuse", em que acusava o Exército francês de cometer uma injustiça contra Dreyfus. [N. do E.]

apenas: a princesa de Hesse, a senhora de Ligné, a senhora de Tarante, a senhora de Chevreuse, a duquesa de Arenberg. Infelizmente, não podemos ficar, porque vamos a uma espécie de salão de baile". Eu escutava; mas de cada vez que temos alguma coisa a fazer em determinado momento, encarregamos certa personagem, habituada a esse gênero de trabalho, de vigiar a hora e avisar-nos a tempo. Esse servidor interno lembrou-me, como eu lho pedira horas antes, que Albertine, naquele instante muito longe de meu pensamento, devia ir a minha casa logo após o teatro. Agradeci, pois, a ceia. Não que não me sentisse a gosto em casa da princesa de Guermantes. É assim que podem os homens ter diversas espécies de prazeres. O verdadeiro é aquele pelo qual abandonam outro prazer. Mas este último, se é aparente, ou mesmo apenas aparente, pode enganar com respeito ao primeiro, tranquiliza ou despista os ciumentos, desvia o julgamento alheio. E no entanto bastaria, para que o sacrificássemos ao outro, um pouco de felicidade ou um pouco de sofrimento. Por vezes, uma terceira ordem de prazeres mais graves, porém mais essenciais, ainda não existe para nós, e sua virtualidade só se traduz despertando pesares ou desânimos. E no entanto é a esses prazeres que nos entregaremos mais tarde. Dando um exemplo inteiramente secundário, um militar em tempo de paz sacrificará a vida mundana ao amor, mas, declarada a guerra (e sem que haja sequer necessidade de fazer intervir a ideia de um dever patriótico) sacrifica o amor à paixão, mais forte que o amor, de bater-se. Por mais que Swann se declarasse contente em me contar a sua história, bem sentia eu que a sua conversação comigo, por causa da hora tardia e porque ele estava muito doente, era uma dessas fadigas, das quais aqueles que sabem que se matam em vigílias ou excessos têm, ao regressar a casa, um desesperado remorso, semelhante ao que têm, da louca despesa que ainda uma vez acabam de fazer, os pródigos, que no entanto não poderia deixar de no dia seguinte lançar o dinheiro pela janela. A partir de certo grau de enfraquecimento, causado que seja pela idade ou a doença, todo o prazer tomado à custa do sono, fora dos hábitos, todo desregramento, torna-se um fastio. O conversador continua a falar por polidez, por excitação, mas sabe que já é passada a hora em que poderia ainda adormecer, e sabe também as censuras que dirigirá a si mesmo no decurso da insônia e da fadiga que se vão seguir. Aliás, até mesmo o prazer momentâneo já se acabou, pois o corpo e o espírito estão muito desprovidos de suas forças para que possam acolher agradavelmente o que parece uma diversão ao nosso interlocutor. Assemelham-se a um apartamento em dia de partida ou mudança, em que são verdadeiras maçadas as visitas que recebemos assentados sobre malas com os olhos fixos no relógio.

— Enfim sós — disse-me Swann. — Nem sei mais onde estava. Disse-lhe, não foi?, que o príncipe perguntara ao padre Poiret se podia mandar dizer sua missa por Dreyfus. "Não, respondeu-me o padre (digo-lhe "me" — explicou-me Swann — porque é o príncipe quem me fala, compreende?), pois tenho outra missa que me encarregaram de dizer também esta manhã por ele." "Como! Há outro católico além de mim que está convencido da sua inocência?" "É de crer-se." "Mas a convicção desse partidário deve ser menos antiga do que a minha." "Pelo contrário!" "É mesmo? Há dreyfusistas entre nós? O senhor me deixa intrigado; desejaria abrir-me com ele, se é que conheço a essa ave rara." "Conhece-a." "E chama-se?" "Princesa de Guermantes." "Enquanto eu temia melindrar as opiniões nacionalistas, a fé francesa de minha cara esposa, tivera ela medo de alarmar minhas opiniões religiosas, meus sentimentos patrióticos. Mas, da sua parte, pensava como eu, embora desde mais tempo do que eu. E o que a camareira ocultava ao entrar no quarto dela, o que ia comprar-lhe todos os dias era a *Aurore*. Meu caro Swann, desde esse momento pensei no prazer que lhe daria dizendo-lhe o quanto as minhas ideias eram aparentadas com as suas em tal ponto; perdoe-me por não o ter feito mais cedo. Se se reportar ao silêncio que eu havia guardado em relação à princesa, não lhe espantará que pensar como o senhor me haveria, então, ainda mais afastado da sua pessoa do que pensar diferentemente. Pois esse assunto me era infinitamente penoso de abordar. Quanto mais creio que um erro, ou mesmo crimes foram cometidos, tanto mais sangro no meu amor do Exército. Teria eu pensado que opiniões semelhantes às minhas estavam longe de inspirar-lhe a mesma dor, se não me houvessem dito no outro dia que o senhor reprovava com veemência as injúrias ao Exército e que os dreyfusistas consentissem em aliar-se aos seus insultadores. Isso decidiu-me; confesso que me foi cruel confessar-lhe o que penso de certos oficiais, felizmente pouco numerosos; mas é um alívio para mim não mais ter de conservar-me longe de si e principalmente que o senhor haja compreendido que, se pude alimentar outros sentimentos, é que não tinha dúvidas quanto ao bem fundamentado da sentença. Desde que tive uma, não podia mais senão desejar uma coisa: a reparação do erro." Confesso-lhe que essas palavras do príncipe de Guermantes me comoveram profundamente. Se o conhecesse como eu, se soubesse de onde teve ele de vir para chegar a esse ponto, teria admiração por ele, e ele bem o merece. Aliás, sua opinião não me espanta; é uma natureza tão reta!

Swann esquecia-se de que, à tarde, me dissera, pelo contrário, que as opiniões nessa questão Dreyfus eram comandadas pelo atavismo. Quando muito, abrira exceção para a inteligência, porque em Saint-Loup chegara ela a vencer o atavismo e a fazer dele um dreyfusista. Ora, acabava de ver que essa vitória fora de curta duração e que Saint-Loup passara para o outro campo. Era, pois, à retidão do coração que ele dava agora o papel pouco antes reservado à inteligência. Na realidade, sempre descobrimos posteriormente que os nossos adversários tinham um motivo de pertencer ao partido em que estão e que não depende do que pode haver de justo nesse partido, e que aqueles que pensam como nós foi porque a isso os obrigou a sua inteligência, se sua natureza moral for muito baixa para ser invocada, ou a sua retidão, se for muito fraca a sua agudeza.

Swann achava agora indistintamente inteligentes aqueles que eram da sua opinião, seu velho amigo, o príncipe de Guermantes, e meu camarada Bloch, que mantivera afastado até então e a quem convidara para almoçar. Swann interessou muito a Bloch, dizendo-lhe que o príncipe de Guermantes era dreyfusista. "Seria preciso pedir-lhe que assinasse as nossas listas por Picquart; com um nome como o seu, causaria um efeito formidável."[73] Mas Swann, juntando à sua ardente convicção de israelita a moderação diplomática do mundano de que sobremaneira havia adquirido os hábitos para poder tão tardiamente desfazer-se deles, recusou dar autorização a Bloch para remeter ao príncipe, mesmo como que espontaneamente, uma circular para assinar. "Ele não pode fazer isso; não se deve pedir o impossível", repetia Swann. "Eis aí um homem encantador que fez milhares de léguas para vir até nós. Pode ser-nos muito útil. Se assinasse a sua lista, simplesmente se comprometeria com os seus, seria castigado por causa nossa, talvez se arrependesse das suas confidências e não faria mais nenhuma." Ainda mais, Swann recusou-se a dar o seu próprio nome. Achava-o demasiado hebraico para não causar mau efeito. E depois, se aprovava tudo quanto se referia à revisão, não queria ser absolutamente envolvido na campanha antimilitarista. Usava, o que jamais até então fizera, a condecoração que tinha recebido como jovem mobilizado em 1870, e acrescentou um codicilo a seu testamento para pedir que, contrariamente às suas disposições anteriores, fossem prestadas honras militares ao seu posto de Cavaleiro da Legião de Honra. O que reuniu em torno da igreja de Combray todo um esquadrão desses cavaleiros sobre cujo futuro chorava antigamente Françoise, ao encarar a perspectiva de uma guerra. Em suma, Swann recusou-se a assinar a circular de Bloch, de sorte que, se passava por um dreyfusista furioso aos olhos de muitos, meu camarada achou-o tíbio, infeccionado de nacionalismo e patrioteiro.

Swann deixou-me sem me apertar a mão para não se ver obrigado a fazer despedidas naquela sala onde tinha muitos amigos, mas disse-me: "O senhor deveria ir ver a sua amiga Gilberte.

---

73 Em 1896, o comandante Picquart descobriu que a traição de que se acusava Dreyfus fora provavelmente forjada pelo comandante Esterhazy. Tal suspeita incidia na necessidade de reabrir o processo de condenação de Dreyfus. [N. do E.]

Realmente cresceu e mudou; o senhor não a reconheceria mais. E ela ficaria tão contente!". Eu não amava mais a Gilberte. Era para mim como uma morta que muito tempo se chorou, depois veio o esquecimento e, se ressuscitasse, não mais poderia inserir-se numa vida que já não é feita para ela. Não tinha mais vontade de vê-la, nem mesmo o desejo de lhe mostrar que não fazia mais questão de vê-la, o que, no tempo em que a amava, prometia comigo mesmo testemunhar-lhe, quando não mais a amasse.

Assim, não mais procurando afetar, perante Gilberte, que havia desejado tornar a vê-la de todo o meu coração e só fora impedido, como se diz, por circunstâncias alheias à minha vontade e que efetivamente só se dão, pelo menos com certa frequência, quando a vontade não as contraria, longe de acolher com reserva o convite de Swann, não o deixei sem que ele me prometesse explicar detalhadamente à filha os contratempos que me haviam privado e ainda me privariam de visitá-la. "Aliás, vou escrever-lhe logo que chegue em casa", acrescentei. "Mas pode dizer-lhe que é uma carta de ameaça, pois dentro de um mês ou dois estarei inteiramente livre, e ela que trema então, pois estarei em sua casa tão seguidamente como outrora."

Antes de deixar Swann, referi-me à sua saúde. "Não, não vai tão mal assim", respondeu-me. "Aliás, como lhe dizia, sinto-me muito cansado e aceito previamente com resignação o que pode acontecer. Apenas, confesso que seria muito aborrecido morrer antes do fim da questão Dreyfus. Todos esses canalhas têm mais de um trunfo no bolso. Não duvido que sejam vencidos finalmente, mas enfim são muito poderosos e têm apoio por toda parte. No momento em que tudo corre bem, tudo se arrebenta. Eu bem desejaria viver o suficiente para ver Dreyfus reabilitado e Picquart coronel."[74]

Depois que Swann partiu, voltei ao grande salão onde se encontrava essa princesa de Guermantes à qual não sabia eu então

---

74 Só em 1906 Dreyfus seria reabilitado e o comandante Picquart, reintegrado ao Exército. [N. do E.]

que deveria estar um dia tão ligado. A paixão que ela teve pelo sr. de Charlus não se revelou de início a mim. Apenas notei que o barão, a partir de certa época, e sem tomar pela princesa nenhuma dessas inimizades que nele não espantavam, embora continuando a dedicar-lhe tanta ou talvez mais afeição ainda, parecia descontente e irritado cada vez que lhe falavam nela. Não incluía jamais o seu nome na lista das pessoas com quem desejava jantar.

Antes disso, é verdade que eu ouvira um homem da alta sociedade muito perverso dizer que a princesa se achava inteiramente mudada, que estava apaixonada pelo sr. de Charlus, mas essa maledicência me parecera absurda e indignara-me. Bem tinha eu notado com espanto, quando contava algo a meu respeito, que, se em meio do assunto aparecia o sr. de Charlus, a atenção da princesa se colocava em seguida nesse nível mais próximo do doente que, ao ouvir-nos falar de nós mesmos, e por conseguinte distraída e displicentemente, reconhece em uma palavra o nome do mal de que está afetado, o que ao mesmo tempo lhe desperta o interesse e o alegra. Assim, se lhe dizia: "Justamente me contava o sr. de Charlus...", a princesa de novo segurava as rédeas frouxas da sua atenção. E tendo uma vez dito diante dela que o sr. de Charlus consagrava então um afeto assaz vivo a certa pessoa, vi com espanto aparecer nos olhos da princesa essa expressão diferente e momentânea que traça nas pupilas como que o sulco de uma trincadura e oriundo de um pensamento que nossas palavras agitaram sem querer na criatura a quem falamos, pensamento secreto que não se traduzirá por palavras, mas que subirá, das profundezas por nós revolvidas, à superfície um instante alterada do olhar. Mas se minhas palavras tinham tocado a princesa, eu não suspeitara de que maneira.

Aliás, pouco depois, começou a falar-me no sr. de Charlus, e quase sem rodeios. Se se referia aos rumores que raras pessoas faziam circular sobre o barão, era apenas como se aludisse a invencionices absurdas e infames. Mas por outro lado dizia: "Acho que uma mulher que se apaixonasse por um homem do imenso valor de Palamèdes devia ter bastante amplitude de espírito, bastante devotamento, para aceitá-lo em conjunto, tal como ele é, para respeitar a sua liberdade, as suas fantasias e procurar somente suavizar-lhe as dificuldades e consolá-lo de suas penas". Ora, com essas palavras todavia tão vagas, revelava a princesa de Guermantes o que tentava exaltar, da mesma forma como às vezes o fazia o próprio sr. de Charlus. Pois não ouvi tantas vezes esse último dizer a pessoas até então incertas se ele era caluniado ou não: "Eu, que tive tantos altos e baixos na vida, que conheci toda espécie de gente, tanto ladrões como reis, e devo até dizer que com uma leve preferência pelos ladrões, que busquei a beleza sob todas as suas formas" etc., e com essas palavras que julgava hábeis, e desmentindo boatos de cuja existência não suspeitavam (ou para conceder à verdade, por gosto, por medida, por preocupação da verossimilhança, uma parte que ele era o único em considerar mínima), tirava a uns as últimas dúvidas a seu respeito e inspirava as primeiras aos que ainda não as tinham alimentado. Porque o mais perigoso de todos os encobrimentos é o da própria falta no espírito do culpado. O perene conhecimento que dela tem impede-o de supor o quanto é geralmente ignorada, como seria facilmente aceita uma mentira completa, impedindo-o também de se dar conta a que grau da verdade começa para os outros a confissão, em palavras que julga inocentes. Em todo caso, faria muito mal em querer abafá-la, pois não há vícios que não encontrem complacente apoio na alta sociedade, e já se viu modificarem todo o arranjo de um castelo para fazer uma irmã deitar perto da sua irmã, logo que se soube que ela não a amava simplesmente como irmã. Mas o que me revelou de súbito o amor da princesa foi um fato particular sobre o qual não insistirei aqui, pois faz parte do relato muito diverso em que o sr. de Charlus deixou morrer uma rainha para não perder o cabeleireiro que devia frisá-lo em benefício de um cobrador de ônibus diante do qual ele se sentiu prodigiosamente intimidado. Todavia, para acabar com o amor da princesa, digamos qual foi o nada que me abriu os olhos. Nesse dia, andava eu sozinho de carro com ela. Quando passávamos por uma caixa postal, mandou parar. Não tinha trazido lacaio.

Tirou a meio uma carta do regalo e esboçou o movimento de descer para depositá-la na caixa. Eu quis detê-la, ela debateu-se um pouco, e já nos dávamos conta um e outro de que o nosso primeiro gesto fora, o seu comprometedor, por parecer que protegia um segredo, o meu indiscreto, por me haver oposto a essa proteção. Foi ela quem reconsiderou mais depressa. Enrubescendo subitamente, ela entregou-me a carta, não mais me atrevi a recusá-la, mas, ao pô-la na caixa, vi sem querer que era endereçada ao sr. de Charlus.

Bem, voltando agora atrás e àquela primeira recepção da princesa de Guermantes: fui dizer-lhe adeus, pois seus primos deviam conduzir-me e estavam com muita pressa. O sr. de Guermantes queria, no entanto, despedir-se do irmão, pois a sra. de Surgis tivera tempo, numa porta, de dizer ao duque que o sr. de Charlus se mostrara encantador para com ela e seus filhos. Essa grande gentileza de seu irmão, e a primeira que tivera este em tal ordem de ideias, comoveu profundamente a Basin, despertando nele sentimentos de família que, aliás, nunca adormeciam por muito tempo. Quando nos despedíamos da princesa, ele, sem agradecer expressamente ao sr. de Charlus, fez questão de significar-lhe o seu afeto, ou porque efetivamente tivesse dificuldade em contê-lo, ou para que o barão se lembrasse de que o gênero de atitudes que tivera naquela noite não passava despercebido aos olhos de um irmão, da mesma forma que, a fim de criar para o futuro associações de lembranças salutares, se dá açúcar a um cachorro que se pôs de pé nas patas traseiras. "E então, maninho", disse o duque, detendo o sr. de Charlus e tomando-o afetuosamente pelo braço, "é assim que se passa pelo irmão mais velho, sem ao menos lhe dar boa-noite? Não nos temos visto, Memé, e bem sabes a falta que me fazes. Remexendo em velhas cartas, justamente encontrei as da pobre mamãe, todas tão carinhosas contigo". "Obrigado, Basin", respondeu o sr. de Charlus com voz alterada, pois nunca podia falar na mãe sem comover-se. "Devias resolver-te a deixar-me instalar um pavilhão para ti em Guermantes", tornou o duque. "Como é bonito ver dois irmãos tão carinhosos um com o outro!", disse a princesa Oriane.

"Ah!, duvido que haja muitos irmãos como esses. Eu o convidarei juntamente com o barão", prometeu-me. "O senhor não está de mal com ele?..." "Mas que podem ter eles a dizer-se?", acrescentou num tom inquieto, pois lhe ouvia indistintamente as palavras. Sempre tivera certo ciúme do prazer que experimentava o sr. de Guermantes em conversar com o irmão sobre um passado de que mantinha um pouco a distância a mulher. Sentia que, quando se achavam satisfeitos por estar assim juntos os dois e ela, não mais podendo conter sua impaciente curiosidade, vinha para perto deles, a sua chegada não lhes causava prazer. Mas, naquela noite, a esse ciúme habitual, vinha acrescentar-se outro. Pois se a sra. de Surgis havia contado ao sr. de Guermantes as atenções de seu irmão a fim de que ele lhas agradecesse, ao mesmo tempo amigas devotadas do casal Guermantes se haviam julgado no dever de prevenir a duquesa de que a amante de seu marido fora vista em conversa com o irmão deste. E isso torturava a sra. de Guermantes. "Não te lembras como éramos felizes outrora em Guermantes?", continuou o duque, dirigindo-se ao sr. de Charlus. "Se aparecesses por lá às vezes no verão, recomeçaríamos a nossa boa vida. Lembras-te do velho Courveau? Por que é que Pascal é *troublant*? Porque é *trou...* *trou...*" "*Blé*", pronunciou o sr. de Charlus, como se respondesse ainda a seu professor. "E por que é que Pascal é *troublé*? Porque é *trou...* porque é *trou... Blanc.* Muito bem, o senhor passará, o senhor com certeza obterá uma menção e a senhora duquesa lhe dará um dicionário chinês." "Ah, se me lembro..., Memé! E parece-me que ainda estou vendo o velho jarrão que Hervey de Saint-Denis te trouxe.[75] Tu nos ameaçavas de ir passar definitivamente a vida na China, tão apaixonado estavas por esse país; já gostavas de fazer longas vagabundagens. Ah!, foste mesmo um tipo especial, pois bem se pode dizer que jamais, em coisa alguma, tiveste os mesmos gostos de todo mundo." Mal, porém, havia dito essas palavras, quando o

---

75 O marquês d'Hervey de Saint-Denis (1823-1892) era professor de chinês no prestigiado Collège de France. [N. do E.]

duque enrubesceu, pois conhecia, se não os costumes, pelo menos a fama de seu irmão. Como jamais lhe falava nisso, tanto mais constrangido estava por haver dito uma coisa que pudesse parecer uma alusão, e ainda mais por haver-se mostrado constrangido. Após um segundo de silêncio: "Quem sabe", disse ele, para apagar suas últimas palavras, "se não estavas enamorado de alguma chinesa, antes de amar tantas brancas, e lhe agradares, a julgar por certa dama a quem causaste muito prazer esta noite, conversando com ela. Ficou encantada contigo". O duque prometera consigo mesmo não falar na sra. de Surgis, mas, em meio da confusão que a rata cometida acabava de lançar nas suas ideias, agarrara-se à mais próxima, que era justamente a que não devia aparecer na conversa, embora a tivesse motivado. Mas o sr. de Charlus notara o rubor do irmão. E como os culpados que não querem parecer embaraçados por se referirem na sua frente ao crime que pretendem não ter cometido e julgam ter de prolongar uma conversação perigosa: "Estou encantado" respondeu-lhe, "mas faço questão de reportar-me à tua frase precedente, que me parece profundamente verdadeira. Dizias que eu nunca tive as ideias de todo mundo, como é justo, dizias que eu tinha gostos especiais". "Oh!, não", protestou o sr. de Guermantes, que com efeito não pronunciara tais palavras e talvez não acreditasse na realidade do que elas significavam no caso de seu irmão. E acaso se julgaria no direito de o atormentar por motivo de singularidades que, aliás, tinham permanecido assaz duvidosas ou bastante secretas para não prejudicar em nada a considerável posição de Charlus? Ainda mais, sentindo que essa posição de seu irmão ia colocar-se a serviço de suas amantes, pensava o duque consigo que isso bem valia algumas complacências em troca; e se, em tal momento, viesse a saber de alguma ligação "especial" do irmão, ele, na esperança do apoio que o mesmo lhe daria, esperança unida à piedosa recordação dos tempos idos, teria passado por cima, fechando os olhos a tudo, e até ajudando, se preciso fosse. "Vamos, Basin; boa-noite, Palamèdes", disse a duquesa, que não mais podia conter-se, devorada de raiva e curiosidade, "se resolveram passar a noite aqui, é melhor que fiquemos para cear. Faz meia hora que nos deixam de pé, a Marie e a mim". O duque deixou o irmão, após um significativo abraço, e descemos os três a imensa escadaria do palácio da princesa.

De ambos os lados, nos degraus mais altos, achavam-se espalhados pares, à espera de que o seu carro avançasse. Ereta, isolada, tendo de cada lado a seu marido e a mim, a duquesa mantinha--se à esquerda da escadaria, já envolta no seu manto à Tiepolo, o broche de rubis na garganta, devorada com os olhos por mulheres, por homens, que procuravam surpreender o segredo de sua elegância e de sua beleza. Esperando o seu carro no mesmo degrau da escada em que se achava a sra. de Guermantes, mas na extremidade oposta, a sra. de Gallardon, que de há muito perdera toda esperança de receber algum dia a visita de sua prima, voltava as costas para não parecer que a via, e sobretudo para não oferecer a prova de que esta não a cumprimentava. A sra. de Gallardon estava de muito mau humor, porque alguns cavalheiros que a acompanhavam tinham julgado a propósito falar-lhe de Oriane. "Não faço nenhuma questão de a ver", lhes respondera ela, "aliás, avistei-a ainda há pouco, ela começa a envelhecer; parece que não pode acostumar-se a isso. O próprio Basin o diz. E bem o compreendo, pois como não possui inteligência, é ruim de caráter e não tem educação, ela reconhece que, quando não tiver mais beleza, não lhe sobrará absolutamente nada".

Eu tinha posto o sobretudo, o que o sr. de Guermantes, que temia resfriados, me censurou, ao descer comigo, por causa do calor que fazia. E a geração de nobres que mais ou menos passou por monsenhor Dupanloup[76] fala um francês tão mau (exceto

---

76 O monsenhor de Dupanloup (1802-1878), bispo de Orléans, ocupara-se do ensino em alguns colégios religiosos. Era partidário intransigente do catolicismo monárquico. No volume anterior, ele aparece como um dos frequentadores ilustres do salão da sra. de Villeparisis, frequentadores que, por reunidos em suas memórias, darão um brilho póstumo a seu salão decadente. [N. do E.]

os Castellane) que o duque assim exprimiu seu pensamento: "É preferível não abrigar-se antes de sair à rua, pelo menos *em tese geral*". Eu revejo toda aquela saída, eu revejo, se não é erroneamente que a coloco naquela escadaria, retrato destacado da sua moldura, o príncipe de Sagan, para quem devia ser a última recepção mundana, a descobrir-se para apresentar seus respeitos à duquesa com uma revolução tão ampla da mão enluvada de branco, em combinação com a gardênia da botoeira, que a gente se espantava de que não fosse um chapéu de plumas do Antigo Regime, de que várias figuras ancestrais estavam exatamente reproduzidas na daquele grão-senhor.[77] Pouco se demorou junto dela, mas mesmo as suas atitudes de um instante bastavam para compor todo um quadro vivo e como que uma cena histórica. Aliás, como ele morreu depois e eu apenas o entrevira quando vivo, de tal modo se tornou para mim uma personagem de história, de história mundana pelo menos, que me acontece espantar-me ao pensar que uma mulher, que um homem aos quais conheço são sua irmã e seu sobrinho.

Enquanto descíamos a escadaria, subia por ela, com um ar de lassitude que lhe ia bem, uma mulher que aparentava os seus quarenta anos, embora contasse mais. Era a princesa de Orvillers, filha natural, dizia-se, do duque de Parma, e cuja doce voz se escandia num vago acento austríaco.[78] Ela avançava, alta, inclinada, com um vestido de seda branca floreada, deixando ofegar seu colo delicioso, palpitante e cansado, através de um arnês de diamantes e safiras. Enquanto sacudia a cabeça como uma potranca real, embaraçada com seu cabresto de pérolas, de um valor inestimável e de um peso incômodo, ela pousava aqui e ali

77 O príncipe de Sagan, "amigo" íntimo da personagem Swann, morreu em 1910. [N. do E.]

78 A princesa de Orvillers era filha natural do último príncipe que reinara sobre a cidade de Parma. Ela era irmã da marquesa de Hervey de Saint-Denis, viúva do estudioso de cultura chinesa mencionado um pouco acima. [N. do E.]

os seus olhares suaves e encantadores, de um azul que, à medida que começava a desgastar-se, se ia tornando ainda mais caricioso, e fazia um amistoso aceno de cabeça à maioria dos convivas que se retiravam. "A bonita hora você me aparece, Paulette!", disse a duquesa. "Ah!, como o sinto! Mas na verdade não houve possibilidade material", respondeu a princesa de Orvillers, que tomara à duquesa de Guermantes esse gênero de frases, mas lhe havia acrescentado a sua doçura natural e o tom de sinceridade dado pela energia de um acento remotamente tudesco, numa voz tão suave. Parecia fazer alusão a complicações de vida muito longas de contar, e não vulgarmente a recepções, embora naquele momento regressasse de várias delas. Mas não eram estas que a obrigavam a chegar tão tarde. Como o príncipe de Guermantes havia impedido por longos anos que a sua esposa recebesse a sra. de Orvillers, esta, quando foi levantada a interdição, se contentou em responder aos convites com simples cartões de visita, para não parecer que os desejava muito. Após uns dois ou três anos de aplicação desse método, comparecia em pessoa, mas muito tarde, como se acabasse de chegar do teatro. Dessa maneira, dava mostras de não se importar absolutamente com a recepção, nem de ser vista nela, mas simplesmente de vir fazer uma visita ao príncipe e à princesa, nada mais que por eles, por simpatia, no momento em que tendo já partido três quartas partes dos convidados, ela "gozaria mais deles". "Oriane desceu mesmo o último degrau", resmungou a sra. de Gallardon. "Não compreendo como Basin a deixa falar com a senhora de Orvillers. Não havia de ser o senhor de Gallardon quem me permitiria uma coisa dessas." Quanto a mim, reconhecera na sra. de Orvillers a mulher que me lançava nas proximidades do palácio Guermantes longos olhares langorosos, voltava-se, parava diante das vitrinas das lojas. A sra. de Guermantes apresentou-me; a sra. de Orvillers mostrou-se encantadora: nem demasiado amável, nem melindrada. Mirou-me, como a toda gente, com os seus doces olhos... Mas nunca mais, quando a encontrasse, haveria de receber dela um só daqueles avances com que parecia outrora oferecer-se. Há olhares particulares que parecem reconhecer-nos, que um jovem só recebe de certas mulheres — e de certos homens — até o dia em que nos conhecem e ficam sabendo que somos amigos de pessoas com quem também se dão.

Anunciaram que o carro já havia avançado. A sra. de Guermantes colheu a saia vermelha, como para descer a escada e subir ao carro, mas, tomada talvez de um remorso, ou do desejo de agradar e principalmente de aproveitar a brevidade que o impedimento material de prolongá-lo impunha a um ato tão aborrecido, olhou para a sra. de Gallardon; depois, como se só então acabasse de avistá-la, presa de uma inspiração, atravessou, antes de descer, todo o comprimento do degrau e, chegando diante da prima encantada, estendeu-lhe a mão. "Há quanto tempo!...", disse-lhe a duquesa que, para não ser obrigada a desenvolver tudo quanto se continha de pesar e legítimas escusas nessa fórmula, voltou-se com um ar assustado para o duque, o qual, com efeito, descendo comigo para o carro, resmungava ao ver que sua mulher se dirigia para a sra. de Gallardon e interrompia a circulação dos outros carros. "Oriane está ainda mesmo muito bonita!", disse a sra. de Gallardon. "Fazem-me rir essas pessoas que dizem que não nos damos bem; podemos, por motivo em que não se tem necessidade alguma de meter os outros, ficar anos sem nos vermos; mas temos muitas recordações em comum para que possamos algum dia ficar afastadas, e no fundo bem sabe ela que me estima ainda mais do que muita gente a quem vê todos os dias e que não pertence a seu sangue." A sra. de Gallardon era, com efeito, como esses amorosos desdenhados que querem a toda força fazer crer que são ainda mais amados do que aqueles a quem escolhe a sua bela. E (pelos elogios que, sem atender à contradição com o que dissera pouco antes, prodigalizou ao falar na duquesa de Guermantes) provou indiretamente que esta possuía a fundo as normas que devem guiar na sua carreira a uma rainha da elegância, que, no mesmo instante em que a sua maravilhosa toalete provoca, a par da admiração, inveja, deve saber atravessar toda uma escadaria para desarmá-la. "Preste ao menos atenção para não molhar os seus sapatos (havia chuviscado um pouco)", disse o duque, ainda furioso por haver esperado.

Durante o regresso, devido à exiguidade do cupê, os sapatos vermelhos se encontraram forçosamente pouco afastados dos meus, e a sra. de Guermantes, receando até que me houvessem tocado, disse ao duque: "Esse jovem vai ser obrigado a dizer-me, como não sei mais que caricatura: 'Senhora, diga imediatamente que me ama, mas não me pise assim os pés'". Meu pensamento, aliás, estava longe da sra. de Guermantes. Desde que Saint-Loup me falara numa moça de alta linhagem que frequentava um *rendez-vous* e na camareira da baronesa Putbus, era nessas duas pessoas que, formando bloco, se haviam resumido os desejos que me inspiravam cada dia tantas belezas de duas classes, de um lado as vulgares e magníficas, as majestosas camareiras de grande casa, infladas de orgulho e que dizem "nós" ao falar nas duquesas, do outro lado essas moças de que às vezes me bastava, mesmo sem tê-las visto passar de carro ou a pé, ter lido o nome numa notícia de baile para que me enamorasse delas e, depois de procurar consciensiosamente no anuário dos castelos o lugar onde passavam o verão (muitas vezes deixando-me iludir por um nome parecido), sonhasse alternativamente ir habitar as planícies do Oeste, as dunas do Norte, os pinheirais do Sul.[79] Mas ainda que fundisse inteira a mais deliciosa matéria carnal para compor, segundo o ideal que me traçara Saint-Loup, a moça leviana e a camareira da sra. Putbus, faltava às minhas duas beldades possíveis o que eu ignoraria enquanto não as tivesse visto: o caráter individual. Devia esgotar-me inocuamente em imaginar, durante os meses em que preferisse uma camareira, a da sra. Putbus. Mas que tranquilida-

---

79 O *Anuário dos castelos* era publicação iniciada em 1887. Assim como *Tout-Paris* e o *Anuário da Sociedade Parisiense*, ele trazia detalhes dos membros mais elegantes da sociedade da época. [N. do E.]

de, depois de ter sido perpetuamente perturbado por meus desejos, por tantas criaturas de que muita vez nem sabia o nome, que eram em todo caso tão difíceis de encontrar, e ainda mais de conhecer, impossíveis talvez de conquistar, o haver reservado, de toda essa beleza esparsa, fugitiva, anônima, dois espécimes de escol munidos de sua flecha sinalética e que eu pelo menos estava certo de conseguir quando quisesse. Adiava a hora de entregar-me a esse duplo prazer, como adiava a do trabalho, mas a certeza de a ter quando a quisesse quase me dispensava de apanhá-la, como essas pastilhas soporíferas que nos basta ter ao alcance da mão para não mais sentir necessidade delas e adormecer. Em todo o universo eu só desejava a duas mulheres de quem na verdade não conseguia imaginar o rosto, mas de quem Saint-Loup me ensinara os nomes e garantira a complacência. De maneira que, se com as suas palavras de há pouco fornecera um rude trabalho à minha imaginação, tinha em compensação conseguido um apreciável descanso, um repouso durável para a minha vontade.

— E então — disse-me a duquesa — será que, fora de seus bailes, não lhe poderei ser útil em alguma coisa? Encontrou algum salão onde gostaria de ser apresentado?

Disse-lhe estar receoso de que o único que eu tinha vontade de conhecer fosse muito pouco elegante para ela.

— Quem é? — perguntou-me com uma voz monocórdia e rouca, quase sem descerrar os lábios.

— A baronesa Putbus. — Desta vez ela fingiu uma verdadeira cólera.

— Ah!, isso é que não. Com certeza está zombando de mim. Nem sei mesmo por que acaso sei o nome de tal camelo. Mas é a vasa da sociedade. É como se me pedisse para apresentá-lo à minha vendeira. E nem isso, pois a minha vendeira é um encanto. Deve estar meio louco, meu pobre menino. Em todo caso, peço-lhe, por favor, que seja polido com as pessoas a quem o apresentei, que lhes deixe cartões, que vá visitá-las e não lhes fale na baronesa Putbus, que lhes é desconhecida.

Perguntei se a sra. de Orvillers não era um tanto leviana.

— Oh!, absolutamente, está fazendo alguma confusão, ela seria antes presunçosa. Não é, Basin?

— Sim, em todo caso, creio que jamais houve o que dizer a seu respeito — respondeu o duque. — Não quer ir conosco ao baile a fantasia? — perguntou-me ele. — Eu lhe emprestaria um manto veneziano, e sei de alguém a quem isso causaria enorme prazer, primeiramente a Oriane, é escusado dizer, mas refiro-me à princesa de Parma. Todo o tempo ela entoa os seus louvores, e só jura pelo senhor. O amigo tem a sorte, visto a princesa ser um pouco madura, de que ela seja de uma pudicícia absoluta. A não ser isso, tê-lo-ia certamente tomado para sigisbéu, como se dizia na minha mocidade, uma espécie de cavaleiro servidor.

Eu não fazia questão do baile a fantasia, mas sim do encontro com Albertine. De modo que agradeci. O carro tinha parado, o lacaio bateu ao portão, os cavalos escarvaram, até que o portão se abriu de par em par e o carro penetrou no pátio.

— Até mais ver — disse-me o duque.

— Tenho às vezes lamentado morar tão perto de Marie — disse-me a duquesa — porque, se gosto muito dela, gosto um pouco menos de a ver. Mas nunca lamentei tanto essa proximidade como esta noite, pois que me fez ficar tão pouco com o senhor.

— Vamos, Oriane, nada de discursos.

A duquesa desejaria que eu entrasse um pouco. Riu muito, bem como o duque, quando eu respondi que não podia porque uma moça devia fazer-me uma visita precisamente naquela hora.

— Que hora mais engraçada tem o senhor para receber visitas! — disse-me ela.

— Anda, querida, despachemo-nos — disse o sr. de Guermantes à sua mulher. — Falta um quarto para a meia-noite, é o tempo que temos para nos fantasiarmos...

Ele topou, diante da sua porta severamente guardada por elas, com as duas damas de bengala, que não haviam temido descer à noite das suas alturas, a fim de evitar um escândalo. "Basin, fizemos questão de vir preveni-lo, por medo de que seja visto nesse baile: faz uma hora que o pobre Amanien morreu." O duque teve um instante de alarma. Via o famoso baile evaporar-se para ele, uma vez que era avisado por aquelas malditas montanhesas da morte do sr. de Osmond. Mas logo se refez e lançou às duas primas esta frase em que punha, com a determinação de não renunciar a um prazer, a sua incapacidade de assimilar exatamente as expressões da língua francesa: "Morreu! Mas não, é um exagero!". E, sem mais se preocupar com as duas parentas que, munidas de seus *alpenstocks*, iam fazer a ascensão noturna, precipitou-se em busca das novidades, interrogando a seu criado de quarto:

— Chegou o meu capacete?

— Sim, senhor duque.

— Há algum buraquinho para respirar? Não tenho vontade de asfixiar-me, que diabo!

— Sim, senhor duque.

— Ah!, maldição! Esta é uma noite de desgraças. Oriane, esqueci-me de perguntar a Babal se os sapatos de polaina eram para você!

— Mas, filho, já que aí está o vestiarista da Ópera-Cômica, ele nos dirá. Quanto a mim, não creio que possam combinar com as suas esporas.

— Vamos procurar o vestiarista — disse o duque. — Adeus, meu filho, eu gostaria de convidá-lo para entrar conosco enquanto experimentamos as fantasias, para que se divertisse. Mas começaríamos a conversar, vai dar meia-noite, e não devemos chegar atrasados para que a festa seja completa.

Eu também estava ansioso por deixar o sr. e a sra. de Guermantes o mais depressa possível. *Fedra* acabava pelas onze e meia. Com o tempo transcorrido, Albertine já devia ter chegado. Fui direito a Françoise: "A senhora Albertine está aí?". "Não veio ninguém."

Meu Deus, isso queria dizer que ninguém viria! Eu estava atormentado, a visita de Albertine parecia-me agora tanto mais desejável quanto menos certa.

Françoise também estava aborrecida, mas por motivo muito diverso. Acabava de instalar a sua filha à mesa, para um suculento repasto. Mas ao ouvir-me chegar, vendo que lhe faltava tempo para retirar os pratos e preparar as agulhas e a linha, como se se tratasse de um serão e não de uma ceia: "Ela acaba de tomar uma colher de sopa", disse-me Françoise, "obriguei-a a chupar uns ossos", para assim diminuir até a coisa alguma a ceia da filha e como se fora coisa digna de culpa o ser abundante. Mesmo no almoço ou ao jantar, se eu cometia a falta de entrar na cozinha, Françoise fingia que tinham terminado e chegava a desculpar-se, dizendo: "Eu tinha querido comer um *pedaço*, ou um *bocado*". Mas a gente logo se tranquilizava ao ver a multidão de pratos que cobria a mesa e a que Françoise, surpreendida por minha entrada súbita, como um malfeitor que ela não era, não tivera tempo de dar sumiço. Depois acrescentou: "Anda, vai te deitar, já trabalhaste bastante hoje" (pois queria que a filha não somente parecesse que não nos custava coisa alguma, que vivia de privações, mas ainda que se matava no trabalho por nossa causa). "Não fazes senão atravancar a cozinha e principalmente incomodar *monsieur* que está esperando visitas. Anda, sobe", continuou, como se fosse obrigada a usar da sua energia para mandar a filha deitar-se, a qual, uma vez que estava gorada a ceia, só estava ali por estar e que, se eu tivesse permanecido por mais cinco minutos, teria saído por si mesma. E voltando-se para mim, com aquele belo francês popular e no entanto um pouco individual que era o seu: "Pois não vê o patrão que a vontade de dormir lhe desanda a cara?". Eu ficara encantado por não ter de conversar com a filha de Françoise.

Disse eu que ela era de um lugarejo muito próximo do de sua mãe e todavia diferente pela natureza do terreno, das culturas, do dialeto, por certas particularidades dos habitantes, principalmente. De modo que a "açougueira" e a sobrinha de Françoise não se entendiam nada bem, mas tinham uma coisa em comum: era, quando saíam a recado, demorarem-se horas "em casa da irmã" ou "em casa da prima", incapazes que eram de terminar uma conversação, no decurso da qual se dissipava o motivo que as fizera sair, a tal ponto que, se lhes dissessem no seu regresso: "E então, o senhor marquês de Norpois será visível às seis e um quarto?", elas nem ao menos batiam na cabeça, dizendo: "Ah!, esqueci-me", mas: "Ah!, não foi isso que eu compreendi, pensava que devia apenas cumprimentar o senhor marquês". Se elas perdiam a cabeça dessa maneira quanto a uma coisa dita uma hora antes, era impossível tirar-lhes do bestunto o que tinha ouvido a irmã ou a prima dizerem uma vez. Assim, se a açougueira tinha ouvido dizer que os ingleses haviam combatido contra nós em 1870, juntamente com os prussianos, e por mais que eu lhe explicasse que isso era inexato, de três em três semanas a açougueira me repetia durante uma conversa: "É por causa dessa guerra que os ingleses nos fizeram em 1870 ao mesmo tempo que os prussianos". "Mas eu já lhe disse cem vezes que você estava enganada." Ela assim respondia, significando que nada fora abalado na sua convicção: "Em todo caso, não é motivo para lhe querermos mal. De 1870 para cá, muita água já correu debaixo da ponte" etc. De outra feita, recomendando uma guerra contra a Inglaterra, que eu desaprovava, ela dizia: "Por certo que é sempre melhor não haver guerra; mas já que tem de ser, o melhor é começar de uma vez. Como a mana ainda explicava há pouco, desde essa guerra que os ingleses nos fizeram em 1870, os tratados de comércio nos arruínam. Depois de os termos vencido, não se deixará mais entrar na França um só inglês sem que pague trezentos francos de entrada, como acontece agora conosco para ir à Inglaterra".

Tal era, além de grande retidão e, quando falavam, uma surda teimosia em não se deixarem interromper, em recomeçarem vinte vezes do ponto em que se achavam se acaso as interrompiam, o que acabou por dar às suas conversas a solidez inabalável de uma fuga de Bach, o caráter dos habitantes daquela pequena região que não contava mais de quinhentos e bordada de castanheiros, salgueiros, plantações de batata e beterraba.

A filha de Françoise, pelo contrário, julgando-se uma mulher de hoje e fora dos caminhos muito batidos, falava o *argot* parisiense e não perdia nenhum dos gracejos adjuntos. Tendo-lhe dito Françoise que eu vinha da casa de uma princesa: "Ah! Decerto é uma princesa à *la noix de coco* (de fancaria)". Vendo que eu esperava uma visita, fingiu acreditar que me chamava Charles. Respondi ingenuamente que não, o que lhe permitiu encaixar: "Ah!, eu pensava! E dizia comigo *Charles attend* (*charlatan*)".[80] Não era de muito bom gosto. Mas senti-me menos indiferente quando, como consolo pelo atraso de Albertine, ela me disse: "Acho que pode esperar sentado. Ela não vem mais. Ah!, essas nossas *gigoletes* de hoje!".

Assim, o seu linguajar diferia do de sua mãe; mas, coisa ainda mais curiosa, o de sua mãe não era o mesmo que o de sua avó, nativa de Bailleau-le-Pin, que se achava tão próximo da terra de Françoise.[81] Contudo, os dialetos diferiam levemente como as duas paisagens. A terra da mãe de Françoise, em declive e pendendo para uma ravina, era povoada de salgueiros. E muito longe dali, pelo contrário, havia na França uma pequena região onde se falava quase o mesmo dialeto de Méséglise. Descobri-o ao mesmo tempo que me aborreceu. Com efeito, encontrei uma vez Françoise em animada conversa com uma camareira da casa, que era daquela terra e falava aquele dialeto. Elas quase se compreendiam, eu não as compreendia absolutamente, elas o sabiam e não paravam por causa disso, escusadas, supunham, pela alegria de serem conterrâneas, embora nascidas tão longe uma da outra, de continuarem a falar diante de mim aquela língua estrangeira, como quando não se quer ser compreendido. Prosseguiram semanalmente na cozinha esses pitorescos estudos de geografia linguística e de camaradagem ancilar, sem que disso eu tirasse o

---

80 "Charles espera". [N. do T.]
81 Bailleau-le-Pin é uma cidadezinha próxima a Illiers, cidade que inspirou parte da criação de Combray, onde o herói do livro vai passar alguns dias de férias com os pais e local em que encontramos pela primeira vez a personagem de Françoise. [N. do E.]

mínimo prazer. Como de cada vez que se abria a porta de entrada a porteira apertava um botão elétrico que alumiava a escadaria e como todos os locatários já se haviam recolhido, deixei imediatamente a cozinha e voltei a sentar-me na antecâmara a espiar, de onde o cortinado um pouco estreito, que não cobria completamente a porta envidraçada de nosso apartamento, deixava passar a sombria raia vertical formada pela penumbra da escadaria. Se essa raia se tornasse subitamente de um loiro-dourado, era que Albertine acabava de entrar lá embaixo e dentro de dois minutos estaria junto a mim; ninguém mais poderia chegar àquela hora. E eu ficava, não podia despregar os olhos da raia que teimava em permanecer escura; mas, por mais que olhasse, o negro traço vertical, apesar do meu apaixonado desejo, não me dava a alegria embriagante que eu teria se a visse, por um súbito e significativo encantamento, mudada em luminosa barra de ouro. Era muita inquietação por causa dessa Albertine em que eu não tinha pensado três minutos durante a recepção dos Guermantes! Mas, despertando os sentimentos de espera outrora experimentados a propósito de outras moças, principalmente Gilberte, quando ela tardava a chegar, a privação de um simples prazer físico me causava um cruel sofrimento moral.

Tive de voltar para o quarto. Françoise acompanhou-me. Como eu estivesse de volta da recepção, achava ela inútil que eu conservasse a rosa que trazia à botoeira e veio retirá-la. Seu gesto, lembrando-me de que Albertine podia deixar de aparecer e obrigando-me a confessar que desejava mostrar-me elegante a ela, causou-me uma irritação duplicada pelo fato de haver eu machucado a flor enquanto me desvencilhava violentamente e pelas palavras de Françoise: "Seria melhor que me deixasse tirá-la do que a estragar dessa maneira". Aliás, suas mínimas palavras me exasperavam. Durante a espera, sofre-se tanto com a ausência do que se deseja que não se pode suportar outra presença.

Depois que Françoise saiu do quarto, pensei que, se chegava agora a essa coqueteria em relação a Albertine, era uma pena que tantas vezes me houvesse apresentado a ela tão mal preparado, com barba de vários dias, nas noites em que consentia que viesse para recomeçarmos as nossas carícias. Sentia que, despreocupada de mim, ela me deixava agora sozinho. Para enfeitar um pouco meu quarto, se Albertine ainda aparecesse, e porque era uma das mais belas coisas que eu possuía, tornei a colocar pela primeira vez depois de anos, sobre a mesa que se achava próxima ao meu leito, aquela carteira adornada de turquesas que Gilberte encomendara para envolver a *plaquette* de Bergotte e que por tanto tempo fizera questão de conservar comigo enquanto dormia, ao lado da bolinha de ágata. Aliás, talvez tanto como Albertine, ainda não chegada, a sua presença naquele momento em um "alhures" que ela evidentemente achava mais agradável, causava-me um sentimento doloroso que, apesar do que eu dissera apenas uma hora antes a Swann sobre a minha incapacidade de ter ciúmes, poderia, se eu visse minha amiga em intervalos menos longos, transformar-se numa ansiosa necessidade de saber onde e com quem passava ela o seu tempo. Não me atrevia a mandar recado à casa de Albertine, pois era muito tarde, mas na esperança de que, talvez a cear com amigas suas nalgum café, ela tivesse a ideia de telefonar-me, torci o comutador e, restabelecendo a comunicação em meu quarto, cortei-a entre o centro e o cubículo da portaria a que estava habitualmente ligada naquela hora. Ter um receptor no corredorzinho para onde dava o quarto de Françoise seria mais simples, menos incômodo, mas inútil. Os progressos da civilização permitem a cada qual manifestar qualidades insuspeitadas ou novos vícios que os tornam mais caros e mais insuportáveis a seus amigos. Era assim que o invento de Edison permitira a Françoise adquirir mais um defeito: o de negar-se, por mais utilidade ou urgência que nisto houvesse, a fazer uso do telefone. Achava um jeito de fugir quando lho queriam ensinar, como outros no momento de ser vacinados. Assim, pois, estava o telefone instalado em meu quarto e, para não incomodar a meus pais, sua campainha fora substituída por um simples ruído de taramela. Com medo de não ouvi-la, eu não fazia um só movimento. Tamanha era a minha imobilidade que pela primeira vez desde muitos meses notei o tique-taque do pêndulo. Françoise veio arranjar as coisas. Conversava comigo, mas eu detestava aquela conversação sob cuja continuidade uniformemente banal os meus sentimentos mudavam de minuto a minuto, passando do receio à ansiedade, da ansiedade à decepção completa. Diferente das palavras vagamente satisfeitas que me julgava obrigado a dirigir-lhe, eu sentia tão infeliz a minha fisionomia que aleguei estar sofrendo de um reumatismo para explicar o desacordo entre minha simulada indiferença e aquela expressão dolorosa; depois, receava que as palavras, aliás pronunciadas a meia-voz por Françoise (não por causa de Albertine, pois ela julgava passada desde muito a hora de seu possível aparecimento), me impedissem de ouvir o apelo salvador que não mais viria. Enfim, Françoise foi deitar-se; despachei-a com uma rude brandura, para que o ruído que ela fizesse ao sair não ocultasse o do telefone. E recomecei a escutar, a sofrer; quando estamos à espera, do ouvido que recolhe os ruídos ao espírito que os despoja e analisa, e do espírito ao coração a quem ele transmite os seus resultados, tão rápido é o duplo trajeto que nem sequer lhe podemos perceber a duração, e parece estarmos escutando diretamente com o nosso coração.

Eu era torturado pelo incessante assalto do desejo, cada vez mais ansioso e jamais satisfeito, de um ruído de chamada; eis que, chegando ao ponto culminante de uma atormentada ascensão pelas espirais de minha angústia solitária, do fundo da Paris populosa e noturna subitamente aproximada de mim, ao lado de minha biblioteca, ouvi de repente, mecânico e sublime, como a echarpe agitada no *Tristão* ou a flauta do pastor, o ruído de piorra do telefone.[82] Precipitei-me: era Albertine. "Não o incomodo, telefonando a esta hora?" "Oh, não", disse eu, reprimindo a minha alegria, pois o que ela dizia da hora indébita era sem dúvida

---

82 Alusão a cenas da ópera *Tristão e Isolda* (II, 1), de Wagner. [N. do E.]

para se desculpar de vir tão tarde, dentro em pouco, e não porque não viesse. "Você vem?", indaguei num tom indiferente. "Mas... quero dizer, se não tem absolutamente necessidade de mim..."

Uma parte de mim a que a outra queria juntar-se estava em Albertine. Era preciso que ela viesse, mas não lho disse logo; como estávamos em comunicação, pensei que sempre poderia obrigá-la no último instante, ou a vir a minha casa ou deixar-me correr até onde ela estava. "Sim, estou perto de minha casa", disse ela "e infinitamente longe da sua; eu não tinha lido direito o seu recado. Acabo de o reler, e tive receio de que você estivesse a esperar-me." Eu sentia que ela estava mentindo, e agora, no meu furor, mais por necessidade de incomodá-la do que de a ver é que eu queria obrigá-la a que viesse. Mas queria primeiro recusar o que procuraria obter dali a instantes. Mas onde estaria ela? Às suas palavras misturavam-se outros sons: a buzina de um ciclista, a voz de uma mulher que cantava, uma fanfarra longínqua ressoavam tão distintamente como a voz querida, como para me mostrar que era mesmo Albertine no seu meio atual que estava perto de mim naquele momento, como um torrão de terra com o qual foram trazidas todas as gramíneas que o cercam. Os mesmos rumores que eu ouvia feriam também o seu ouvido e ofereciam um entrave à sua atenção: minúcias de verdade, estranhas ao assunto, inúteis em si mesmas, e por isso mesmo tanto mais necessárias para nos revelar a evidência do milagre: traços sóbrios e encantadores, descritivos de alguma rua parisiense, traços incisivos também, e cruéis, de uma *soirée* desconhecida que, ao sair de *Fedra*, tinha impedido Albertine de vir a meu encontro. "Começo por lhe prevenir que não é para que venha, pois a esta hora me incomodaria muito...", disse-lhe eu, "estou a cair de sono. E depois, há uma infinidade de complicações. Digo-lhe que não havia mal-entendido possível no meu bilhete. Você me respondera que estava combinado. E então, se você não tinha compreendido, que é que queria dizer com isso?" "Eu disse que estava combinado; apenas não me lembrava muito bem o que é que estava combinado. Mas vejo que você está incomodado, e isso me aborrece. Sinto ter ido à *Fedra*. Se soubesse que ia causar tantas complicações...", acrescentou, como todas as pessoas que, culpadas de uma coisa, fingem acreditar que é outra coisa que lhes censuram. *"Fedra* não entra em nada em meu descontentamento, pois fui eu quem lhe recomendou que fosse. "Então, você ficou aborrecido comigo... é pena que já seja tão tarde esta noite, senão eu teria ido à sua casa, mas irei amanhã ou depois de amanhã para desculpar-me." "Oh!, não, Albertine, eu lhe peço, depois de me haver feito perder uma noite, deixe-me ao menos em paz nos dias seguintes. Não estarei livre antes de quinze dias ou três semanas. Escute, se lhe aborrece ficarmos com uma impressão de aborrecimento, e no fundo talvez tenha razão, então prefiro, fadiga por fadiga, já que a esperei até estas horas e como você está ainda fora, que venha imediatamente, vou tomar café para despertar." "Não seria melhor deixar para amanhã? Porque a dificuldade..." Ao ouvir essas palavras de escusa, pronunciadas como se ela não fosse vir, senti que, ao desejo de rever a face aveludada que já em Balbec dirigia todos os meus dias para o momento em que, diante do mar malva de setembro, estaria junto daquela flor cor-de-rosa — tentava dolorosamente unir-se um elemento bem diverso. Essa terrível necessidade de uma criatura, aprendera eu a conhecê-la em Combray, a respeito de minha mãe, e até a ponto de desejar a morte se ela mandava dizer por Françoise que não poderia subir. Esse esforço do antigo sentimento, para combinar-se e não constituir mais que um elemento único com o outro, mais recente, e que tinha apenas como voluptuoso objeto a superfície colorida, a rósea carnação de uma flor de praia, esse esforço muita vez tão somente leva (no sentido químico) a um corpo novo, que pode durar não mais que alguns instantes. Naquela noite, pelo menos, e por mais tempo ainda, os dois elementos permaneceram dissociados. Mas já às últimas palavras ouvidas pelo telefone, comecei a compreender que a vida de Albertine estava situada (não materialmente, sem dúvida) a tal distância de mim que eu sempre teria de fazer as mais fatigantes explorações para tocar-lhe; ainda mais: estava organizada como fortificações de campanha e, para maior segurança, da espécie das que mais tarde se tomou o hábito de denominar camufladas. Albertine, de resto, em um nível mais elevado da sociedade, pertencia a esse gênero de pessoas a quem a porteira promete a nosso portador entregar a carta quando a destinatária voltar — até o dia em que descobrimos que precisamente ela (a pessoa encontrada fora e a quem nos permitimos escrever) é que é a porteira. De maneira que ela em verdade mora — mas na portaria — na casa que nos indicou (a qual, por outro lado, é uma pequena casa de *rendez--vous* de que a porteira é a caftina) — e que dá como endereço um imóvel onde é conhecida por cúmplices que não nos revelarão o seu segredo, de onde lhe farão chegar as nossas cartas, mas onde ela não habita e onde, quando muito, deixou as suas coisas. Existências dispostas sobre cinco ou seis linhas estratégicas, de modo que quando se quer visitar ou conhecer a determinada mulher, bate-se muito à direita, ou muito à esquerda, ou muito adiante, ou muito atrás, e pode-se durante meses, durante anos, tudo ignorar. Quanto a Albertine, sentia que jamais aprenderia coisa alguma, que entre a multiplicidade entremesclada dos pormenores reais e dos fatos mentirosos, jamais conseguiria esclarecer-me. E que assim haveria de ser para sempre a menos que a pusesse na prisão (mas foge-se) até o fim. Naquela noite, esta convicção apenas me varou de uma inquietude, mas na qual eu sentia fremir como que a antecipação de longos sofrimentos. "Não", respondi, "já lhe disse que não estaria livre antes de três semanas, e muito menos amanhã do que em qualquer outro dia". "Bem, então... tenho de apressar-me... é aborrecido, porque estou em casa de uma amiga que..." Senti que ela não acreditara fosse eu aceitar a sua proposta de vir, a qual não era, pois, sincera, e quis colocá-la entre a faca e a parede. "Que me importa a sua amiga? Venha ou não venha, isso é com você; não fui eu que lhe pedi que viesse, foi você mesma quem propôs." "Não se aborreça, salto para um fiacre e estarei em sua casa dentro em dez minutos."

Assim, dessa Paris de cujas profundezas noturnas já emanara até o meu quarto, medindo o raio de ação de uma remota criatura, a voz que ia surgir e aparecer, após a primeira anunciação, era aquela Albertine que eu conhecera outrora sob o céu de Balbec, quando os garçons do Grande Hotel, pondo a mesa, eram ofuscados pela luz do poente, quando, estando as vidraças inteiramente abertas, os sopros imperceptíveis da noite passavam livremente, da praia onde se demoravam os últimos passeantes à imensa sala de jantar onde ainda não se haviam sentado os primeiros comensais, e quando, pelo espelho colocado atrás do balcão, passava o reflexo vermelho do casco e longo tempo se demorava o reflexo cinzento da fumaça do último vapor para Rivebelle. Não mais indagava o que pudera ter atrasado Albertine, e quando Françoise entrou em meu quarto para dizer: "Está aí a senhorita Albertine", foi por simples dissimulação que eu respondi, sem ao menos mover a cabeça: "Como é que a senhorita Albertine chega assim tão tarde!?". Mas, erguendo então os olhos para Françoise, como na curiosidade de que a sua resposta viesse corroborar a aparente sinceridade de minha pergunta, notei com admiração e furor que, capaz de rivalizar com a própria Berma, na tarde de fazer falarem as vestes inanimadas e os traços fisionômicos, Françoise soubera trazer muito bem "ensinados" o seu corpete, os seus cabelos, cujos fios mais brancos foram puxados para a superfície, exibidos como um atestado de idade, o seu pescoço acurvado pela fadiga e a obediência. Eles a lamentavam por ter sido tirada do sono e da tepidez do leito, no meio da noite, na sua idade, obrigada a vestir-se às pressas, com o risco de apanhar um resfriado. Assim, receando que houvesse parecido escusar-me da vinda tardia de Albertine: "Em todo caso, estou muito contente que ela tenha vindo, não podia ter sido melhor", e deixei expandir-se minha profunda alegria. A qual não ficou muito tempo sem mistura, quando ouvi a resposta de Françoise. Esta, sem proferir nenhuma queixa, parecendo abafar o melhor que podia uma tosse irresistível e apenas traçando o xale como se sentisse frio, começou por me contar tudo quanto dissera a Albertine, não tendo deixado de lhe pedir notícias da tia. "Precisamente, dizia eu que *monsieur* devia recear que a senhorita não viesse mais, pois aquilo não eram horas e não demorava a amanhecer. Mas a menina devia ter estado em lugares onde se divertia à grande, pois nem ao menos me disse que sentia ter feito *monsieur* esperar, mas respondeu-me com ar de pouco-caso: 'Antes tarde do que nunca!'." E Françoise acrescentou estas palavras que me cortaram o coração: "Falando assim, ela se denunciou. Talvez tivesse querido disfarçar, mas..."

Eu não tinha muito de que me espantar. Acabo de dizer que Françoise raramente prestava contas, nos recados de que a incumbiam, senão do que ela havia dito e sobre o qual discorria de bom grado, pelo menos da resposta esperada. Mas se por exceção nos repetia as frases que haviam dito os nossos amigos, por mais curtas que fossem, arranjava geralmente um meio, graças no mínimo à expressão, ao tom com que garantia terem sido acompanhadas, de lhes dar qualquer coisa de ofensivo. Em rigor, suportava um vexame, aliás provavelmente imaginário, de um fornecedor a quem a enviáramos, contanto que, dirigindo-se a ela que nos representava, que havia falado em nosso nome, esse vexame nos atingisse de ricochete. Só restava responder-lhe que compreendera mal, que estava atacada de mania de perseguição e que os comerciantes não estavam todos mancomunados contra ela. Aliás, pouco me importavam os sentimentos. Não se dava o mesmo com os de Albertine. Ao repetir-me estas palavras irônicas: "Antes tarde do que nunca!", Françoise evocou-me imediatamente os amigos em cujo convívio Albertine terminara a sua noite, divertindo-se, pois, mais do que na minha companhia. "Ela é engraçada, veio com um chapeuzinho chato, e isso, com aqueles olhos muito grandes, lhe dá um aspecto para lá de esquisito, e ainda mais com aquela capa, que ela faria bem em mandar para a cerzidora, pois está toda comida de traças. Ela me diverte", acrescentou, como que a zombar de Albertine, pois, embora raramente partilhando de minhas impressões, Françoise experimentava a necessidade de dar a conhecer as suas. Eu não queria dar mostras de haver compreendido que aquele riso significava o desdém da zombaria, mas, para devolver golpe por golpe, respondi a Françoise, embora não conhecesse o chapeuzinho de que me falava: "O que você chama de 'chapeuzinho chato' é alguma coisa de simplesmente encantador..." "Quer dizer que é três vezes nada", disse Françoise, exprimindo, francamente desta vez, o seu verdadeiro desprezo. Então (num tom suave e pausado para que minha resposta mentirosa parecesse, não a expressão de minha cólera, mas da verdade), sem perder tempo todavia, para não fazer Albertine esperar, dirigi a Françoise estas palavras cruéis: "Você é muito boa", disse-lhe melifluamente, "você é muito gentil, você tem mil qualidades, mas está no mesmo ponto que no dia em que chegou a Paris, tanto para entender de coisas de toalete como para pronunciar direito as palavras e não cometer erros". Censura esta particularmente estúpida, pois as palavras francesas que temos tanto orgulho de pronunciar corretamente não passam por sua vez de erros cometidos por bocas gaulesas que pronunciavam atravessado o latim ou o saxônio, não passando a nossa língua da pronunciação defeituosa de algumas outras.

O gênio da língua no estado vivo, o futuro e o passado do francês, eis o que deveria interessar-me nos erros de Françoise. O "cerzideira" não era acaso tão curioso como esses animais sobreviventes das épocas remotas, como a baleia ou a girafa, e que nos mostram os estágios que atravessou a vida animal? "E", acrescentei, "já que, depois de tantos anos, você ainda não aprendeu, quer dizer que nunca aprenderá. Mas pode consolar-se, pois isso não a impede de ser uma boa pessoa e de preparar às maravilhas carne em gelatina e mil outras coisas ainda. O chapéu que você julga simples é copiado de um chapéu da princesa de Guermantes que custou quinhentos francos. De resto, pretendo oferecer em breve outro ainda mais bonito à senhorita Albertine." Sabia eu que o que mais podia aborrecer a Françoise era que eu gastasse dinheiro com gente de quem ela não gostava. Respondeu com algumas palavras que uma súbita sufocação tornou quase ininteligíveis. Quando vim a saber mais tarde que ela sofria do coração, qual não foi o meu remorso por jamais me haver furtado ao prazer feroz e estéril de retrucar assim às suas palavras! De resto, detestava Françoise a Albertine porque, pobre, não podia Albertine aumentar o que Françoise considerava como superioridades minhas. Sorria com benevolência de cada vez que eu era convidado pela sra. de Villeparisis. Em compensação, ficava indignada por Albertine não praticar a reciprocidade. Fora eu obrigado a inventar pretensos presentes feitos por esta e cuja existência jamais inspirou a Françoise um resquício de fé. Essa falta de reciprocidade escandalizava-a principalmente em matéria alimentar. Que Albertine aceitasse jantares de mamãe, quando não éramos convidados à casa da sra. Bontemps (a qual, no entanto, ficava metade do tempo fora de Paris, pois o marido aceitava "postos" como antes, quando se achava farto do Ministério), isso, da parte de minha amiga, lhe parecia uma delicadeza que ela vergastava indiretamente, recitando este ditado corrente em Combray:

— *Mangeons mon pain.*
— *Je le veux bien.*
— *Mangeons le tien.*
— *Je n'ai pius faim.*[83]

Fingi que estava a escrever. "A quem escrevia você?", perguntou Albertine, entrando. "A uma linda amiga minha, Gilberte Swann. Não a conhece?" "Não." Desisti de fazer perguntas a Albertine sobre a sua noite, sentia que iria fazer-lhe censuras e não mais teríamos tempo, em vista das horas que eram, de nos reconciliarmos suficientemente para passar aos beijos e às carícias. Assim, foi por eles que eu quis começar. Aliás, se estava um pouco tranquilizado, não me sentia feliz. A perda de toda bússola, de toda direção, que

---

83 "Vamos comer o meu pão. — Com todo o prazer. — Vamos comer o teu. — Não tenho mais fome." [N. do T.]

caracteriza a espera, ainda persiste, após a chegada do ente esperado, e, substituindo em nós a calma em que imaginávamos com tanto prazer a sua chegada, impede-nos de sentir o mínimo prazer que seja. Albertine ali estava, meus nervos, destroçados, continuando a sua agitação, esperavam-na ainda. "Eu quero um bom beijo, Albertine." "Quantos você quiser", disse-me ela com toda a sua bondade. Eu nunca a vira tão bonita. "Mais um?" "Mas você bem sabe que isso me dá um imenso prazer." "E a mim mil vezes mais", respondeu-me ela. "Oh!, que linda carteira tem você aí!" "Pode levá-la como lembrança." "Você é muito gentil..." Ficaríamos para sempre curados do romanesco se, para pensar naquela a quem amamos, procurássemos ser aquele que seremos quando não mais a amarmos. A carteira, a bolinha de ágata de Gilberte, tudo isso outrora apenas recebera a sua importância de um estado puramente interior, visto que presentemente eram para mim uma carteira, uma bolinha qualquer.

Perguntei a Albertine se não queria beber. "Parece que vejo ali laranjas e água", disse ela. "Será esplêndido." Pude gozar assim com os seus beijos aquele frescor que me parecia superior a eles em casa da princesa de Guermantes. E a laranja espremida na água parecia entregar-me, à medida que eu bebia, a vida secreta de seu amadurecimento, sua feliz ação contra certos estados desse corpo humano que pertence a um reino tão diferente, sua impotência de fazê-lo viver, mas em compensação os jogos de irrigação com que lhe podia ser favorável, cem mistérios desvendados pelo fruto à minha sensação e de nenhum modo à minha inteligência.

Depois que Albertine partiu, lembrei-me de que prometera a Swann escrever para Gilberte e achei mais cortês fazê-lo logo. Foi sem emoção e como quem acrescenta a última linha a uma aborrecida redação escolar que tracei no envelope o nome de Gilberte Swann de que cobria outrora os meus cadernos para ter a ilusão de corresponder-me com ela. E que, se era eu quem outrora escrevia esse nome, a tarefa estava agora destinada pelo hábito a um dos numerosos secretários de que ela se utiliza. Com tanto mais calma podia aquele escrever o nome de Gilberte, visto que, colocado recentemente em mim pelo hábito, posto recentemente a meu serviço, não tinha conhecido Gilberte e apenas sabia, sem pôr nenhuma realidade atrás dessas palavras, porque me ouvira falar nela, que se tratava de uma menina de quem eu estivera enamorado.

Não podia acusá-lo de secura. O ser que eu era agora perante ela representava a "testemunha" mais bem escolhida para compreender o que ela própria fora. A carteira, a bolinha de ágata simplesmente se me haviam tornado em relação a Albertine o que tinham sido para Gilberte, o que seriam para toda criatura que não refletisse sobre eles uma flama interior. Mas agora estava em mim uma nova perturbação que alterava por sua vez o poder verdadeiro das coisas e das palavras. E como Albertine me dissesse, para ainda agradecer-me: "Gosto tanto de turquesas!", respondi-lhe: "Não deixe morrer estas", como se assim confiasse a pedras o futuro da nossa afeição que no entanto não era mais capaz de inspirar um sentimento a Albertine do que o fora de conservar a que me unia outrora a Gilberte.

Aconteceu nessa época um fenômeno que só merece menção porque se encontra em todos os períodos importantes da História. No momento em que eu escrevia a Gilberte, o sr. de Guermantes, recém-chegado do baile, ainda de capacete, pensava que no dia seguinte seria mesmo forçado a ficar oficialmente de luto, e resolveu adiantar de oito dias a estação de águas que devia fazer. Quando voltou três semanas depois (e isso para antecipar, pois apenas acabo de escrever minha carta a Gilberte), os amigos do duque que o tinham visto, tão indiferente no princípio, tornar-se um antidreyfusista furioso, ficaram mudos de espanto ao ouvi-lo (como se a estação de águas não tivesse agido unicamente na bexiga) responder-lhes: "Pois bem, o processo vai ser revisado e ele será absolvido; não se pode condenar um homem contra o qual não há coisa alguma. Já viram um velho mais gagá do que Froberville? Um oficial a preparar os franceses para a carnagem, quer dizer, para a guerra! Estranha época!". Ora, no intervalo, o duque de Guermantes conhecera na estação de águas três encantadoras damas (uma princesa italiana e suas duas cunhadas). Ouvindo-lhes algumas palavras sobre os livros que liam, sobre uma peça em representação no Cassino, o duque logo compreendera que tinha de haver-se com mulheres de uma intelectualidade superior e com as quais não podia medir forças, como dizia. Nem por isso ficara menos contente ao ser convidado pela princesa para jogar *bridge*. Mas, mal chegara à casa dela, como lhe dissesse, no fervor do seu antidreyfusismo sem nuanças: "E então, nem se fala mais na revisão do famoso Dreyfus!", grande foi a sua estupefação ao ouvir a princesa e as cunhadas dizerem: "Nunca se esteve tão perto disso. É impossível conservar na prisão alguém que nada fez". "Ahn? Ahn?", balbuciara primeiro o duque, como ante a descoberta de um apelido esquisito que fosse usado naquela casa para ridicularizar alguém que ele até então julgara inteligente. Mas ao cabo de alguns dias, como, por covardia e espírito de imitação, a gente, sem saber por que, grita: "Olá, Janjão", a um grande artista a quem ouve chamar assim,[84] o duque, naquela casa, ainda muito constrangido pelo novo costume, dizia, no entanto. "Lógico, se não há nada contra ele..." As três encantadoras damas achavam-no um pouco vagaroso e o sacudiam de leve: "Mas no fundo ninguém inteligente chegou a pensar que houve algo". De cada vez que vinha à luz algum fato "esmagador" contra Dreyfus e o duque vinha anunciá-lo, crendo com isso converter as três encantadoras damas, elas riam muito e não tinham dificuldade, com grande fineza de dialética, em mostrar-lhe que o argumento era sem valor e completamente ridículo. O duque regressara a Paris dreyfusista furioso. E por certo não pretendemos que as três encantadoras damas não tenham sido, nesse caso, mensageiras da verdade. Mas é de notar que, a cada dez anos, quando se deixou um homem cheio de

---

84 Alusão ao pintor Georges Clairin (1843-1919), que retratara a atriz Sarah Bernhardt e decorara a escadaria da Ópera, em Paris. Menciona-se aqui o apelido que ele tinha no salão da sra. Lemaire, também frequentado por Proust. [N. do E.]

verdadeira convicção, acontece que um casal inteligente ou apenas uma dama encantadora entrem no seu convívio e ao fim de alguns meses conduzem-no a opiniões contrárias. E neste ponto, muitos países há que se comportam como o homem sincero, aos quais deixaram cheios de ódio contra um povo e que, seis meses depois, mudaram de sentimentos e anularam suas alianças.

Por algum tempo não vi mais Albertine, mas continuei, na falta da sra. de Guermantes, que não mais falava à minha imaginação, a ver outras fadas e suas moradias, tão inseparáveis delas, como, do molusco que a fabricou e nela se abriga, a valva de nácar ou de esmalte, ou o torreão ameado de seu búzio. Não saberia eu classificar essas damas, sendo a dificuldade do problema tão insignificante e impossível não só de resolver como de estabelecer. Antes da dama, era preciso abordar o palácio de fadas. Ora, uma recebia sempre depois do almoço, nos meses de verão; mesmo antes de chegar à sua casa, era preciso baixar a capota do fiacre, tão forte era o sol, cuja recordação, sem que eu me desse conta, ia entrar na impressão total. Julgava unicamente ir ao Cours-la-Reine; na realidade, antes de chegar à reunião de que um homem prático talvez houvesse zombado, eu sentia, como numa viagem pela Itália, um deslumbramento, um encanto, de que o palácio não mais se separaria em minha lembrança. De resto, devido ao calor da estação e da hora, a dama conservava hermeticamente fechadas as venezianas das vastas salas retangulares onde recebia. No princípio eu não reconhecia bem a dona da casa e suas visitas, nem mesmo a duquesa de Guermantes que, com a sua voz rouca, me pedia para sentar junto dela, numa poltrona de Beauvais que historiava o rapto de Europa.[85] Depois distinguia nas paredes as

---

85 As poltronas da tapeçaria Beauvais atravessam o livro, servindo de mobiliário aos salões mais diferentes: mais um dos presentes dos "fiéis" à sra. Verdurin, passando pelos "chás da tarde" da sra. de Villeparisis e, aqui, nas recepções de verão da sra. de Guermantes. *O rapto de Europa* é um quadro pintado originalmente por Boucher, em 1747, e conservado atualmente no Museu do Louvre. [N. do E.]

amplas tapeçarias do século XVIII, representando navios de mastros floridos de malva-rosa, abaixo dos quais me encontrava como no palácio, não do Sena, mas de Netuno, à margem do rio Oceano, onde a duquesa de Guermantes se tornava como que uma divindade das águas. Não mais acabaria se fosse enumerar todos os salões diferentes deste. Basta esse exemplo para mostrar como eu fazia entrar em meus juízos mundanos impressões poéticas que jamais levava em conta ao fazer o total, tanto assim que a minha adição nunca era exata quando calculava os méritos de um salão.

Por certo, essas causas de erro estavam longe de ser as únicas, mas não disponho de tempo, antes de minha partida para Balbec (onde, por infelicidade, vou fazer uma segunda estada que também será a última), de começar pinturas do alto mundo que acharão seu lugar conveniente muito mais tarde. Digamos apenas que àquele primeiro falso motivo (minha vida relativamente frívola e que fazia supor meu amor à sociedade) de minha carta a Gilberte e do retorno aos Swann que ela parecia indicar, poderia Odette acrescentar com igual inexatidão um segundo. Não imaginei até agora os aspectos diferentes que o mundo assume para uma mesma pessoa senão supondo que a mesma dama que não conhecia a ninguém frequenta a todo mundo e que aqueloutra que tinha uma posição dominante é abandonada; somos tentados a ver unicamente desses altos e baixos, puramente pessoais, que de vez em quando trazem a uma mesma sociedade, em consequência de especulações de Bolsa, uma ruína retumbante ou um enriquecimento súbito. Ora, não é apenasmente isso. Em certa medida, as manifestações mundanas (muito inferiores aos movimentos artísticos, às crises políticas, à evolução que leva o gosto público para o teatro de ideias, depois para a pintura impressionista, depois para a música alemã e complexa, depois para a música russa e simples, ou para as ideias sociais, as ideias de justiça, a reação religiosa, a exaltação patriótica) são no entanto o seu reflexo remoto, quebrado, indeciso, turvo, mutável. De sorte que nem mesmo os salões podem ser pintados numa imobilidade estática que até agora pôde convir ao estudo dos caracteres, os quais também deverão ser como que arrastados num movimento quase histórico. O gosto da novidade, que leva os mundanos mais ou menos sinceramente ávidos de informar-se sobre a evolução intelectual a frequentar os meios onde possam segui-la, faz com que habitualmente prefiram alguma dona de casa até então inédita, que apresente ainda frescas as esperanças de mentalidade superior tão fanadas entre as mulheres que exercem desde muito o poder mundano e que não falam mais à sua imaginação, visto que eles já lhes conhecem os pontos fortes e fracos. E cada época se encontra assim personificada em mulheres novas, num novo grupo de mulheres, que, estreitamente ligadas ao que fere naquele momento as curiosidades mais novas, parece, com a sua toalete, surgirem apenas nesse momento, como uma espécie desconhecida, brotada do último dilúvio, beldades irresistíveis de cada novo Consulado, de cada novo Diretório. Mas muita vez as novas donas de casa são simplesmente como certos homens de Estado no seu primeiro Ministério, mas que há quarenta anos vinham batendo a todas as portas sem que lhas abrissem; mulheres que não eram conhecidas da sociedade, mas que nem por isso deixavam de receber desde muito tempo e, na falta de melhor, a alguns "raros íntimos". Sem dúvida, nem sempre é esse o caso, e quando, com a eflorescência prodigiosa dos balés russos, reveladora sucessivamente de Bakst, de Nijinski, de Benoist, do gênio de Stravinski, a princesa Yourbeletieff, jovem madrinha de todos esses novos grandes homens, apareceu trazendo à cabeça uma imensa *aigrette* trêmula, desconhecida das parisienses e elas procuraram todas imitá-la, chegou-se a crer que aquela maravilhosa criatura fora trazida nas suas inúmeras bagagens, e como o seu mais precioso tesouro, pelos bailarinos russos; mas quando ao lado dela, no seu proscênio, virmos em todas as representações dos russos, assentar como uma verdadeira fada, ignorada até essa noite pela aristocracia, a sra. Verdurin, poderemos responder à gente da sociedade que facilmente supôs a sra. Verdurin recém-desembarcada com a trupe de Diaghilev, que essa dama tinha já existido em épocas diferentes e passado por diversos avatares de que aquele não diferia senão em que era o primeiro que afinal trazia, doravante assegurado e em marcha cada vez mais rápida, o sucesso tão longa e inutilmente aguardado pela Patroa. Quanto à sra. Swann, na verdade, a novidade que representava não tinha o mesmo caráter coletivo. Seu salão cristalizara-se em torno de um homem, de um moribundo, que quase havia passado de súbito, no instante em que o seu talento se esgotava, da obscuridade à glória retumbante. O encantamento pelas obras de Bergotte era imenso. Passava em exibição todo dia em casa da sra. Swann, que segredava a um homem influente: "Eu vou falar-lhe; ele lhe fará um artigo". De resto, era capaz de o fazer, e até mesmo um pequeno ato para a sra. Swann. Mais próximo da morte, estava ele um pouco menos mal do que no tempo em que ia saber notícias de minha avó. E que grandes sofrimentos físicos lhe haviam imposto um regime. A doença é o mais escutado dos médicos: à bondade, à sapiência, não fazemos mais que prometer: ao sofrimento, obedecemos.

Por certo, o pequeno clã dos Verdurin tinha atualmente um interesse muito mais vivo do que o salão ligeiramente nacionalista, mais literário, e antes de tudo *bergóttico* da sra. Swann. O pequeno clã era com efeito o centro ativo de uma longa crise política chegada ao auge da intensidade: o dreyfusismo. Mas as pessoas do alto mundo eram na maioria de tal forma antirrevisionistas, que um salão dreyfusista parecia alguma coisa tão impossível como em outra época um salão da Comuna. A princesa de Caprarola, que travara conhecimento com a sra. Verdurin por ocasião de uma grande exposição que esta havia organizado, bem que fora fazer-lhe uma longa visita, na esperança de corromper alguns elementos interessantes do pequeno salão e agregá-los ao seu próprio salão, visita no decurso da qual, como a princesa (representando em miniatura a duquesa de Guermantes) tomando a contraparte das opiniões aceitas, declarara idiotas as pessoas de seu mundo, a sra. Verdurin achou-a de grande coragem. Mas essa coragem não devia ir mais tarde até atrever-se, sob o fogo dos olhares de damas nacionalistas, a saudar a sra. Verdurin nas corridas de Balbec. Quanto à sra. Swann, os antidreyfusistas, pelo contrário, lhe agradeciam o ser "bem pensante", o que lhe emprestava duplo mérito, casada que era com um judeu. Contudo, as pessoas que jamais tinham ido à sua casa imaginavam que ela apenas recebia alguns israelitas obscuros e discípulos de Bergotte. Classificam-se assim mulheres muito mais qualificadas do que a sra. Swann, no último escalão social, ou por causa das suas origens ou porque não gostem de jantar fora nem das recepções onde nunca são vistas, o que erroneamente se atribui a não terem sido convidadas, ou porque nunca falem de suas amizades mundanas, mas somente de literatura e arte, ou porque as pessoas ocultem frequentá-las ou então ocultem recebê-las para não se mostrarem impolidas com os outros, por mil motivos, enfim, que acabam fazendo com que determinada entre elas, aos olhos de algumas, seja a mulher a quem não se recebe. Assim acontecia com Odette. Por ocasião de uma subscrição que desejava fazer para a "Patrie Française",[86] a sra. d'Épinoy teve de ir visitá-la, como teria entrado em casa da sua vendeira, certa, aliás, de que não encontraria senão caras, nem sequer desdenháveis, mas desconhecidas, e eis que ficou imobilizada de espanto quando a porta se abriu, não para o salão que ela supunha, mas para uma sala mágica onde, como que por uma mutação à vista numa *féerie*, reconheceu em figurantes radiosas, meio reclinadas em divãs, chamando a dona da casa pelo primeiro nome, as altezas, as duquesas, que ela própria, a princesa d'Épinoy, tinha grande dificuldade em atrair à sua casa, e às quais naquele momento, sob os olhos benévolos de Odette, o marquês du Lau, o conde Luís de Turenne, o príncipe Borghèse, o duque d'Estrées, trazendo a laranjada e os bolinhos, serviam de fâmulos e escanções. Como a princesa d'Épinoy co-

---

86 A chamada "Ligue de la Patrie Française" era grupo reacionário, que reunia cerca de 40 mil membros, radicalmente *antidreyfusards*, ou seja, contrários a Dreyfus. [N. do E.]

locasse, sem se dar conta, a qualidade mundana no interior das criaturas, foi obrigada a desencarnar a sra. Swann e a encarná-la numa mulher elegante. A ignorância da vida real das mulheres que não a expõem nos jornais estende sobre certas situações um véu de mistério, contribuindo assim para diversificar os salões. Quanto a Odette, no princípio, alguns homens da mais alta sociedade, curiosos por conhecer Bergotte, tinham ido jantar em sua casa na intimidade. Tivera ela o tato, recentemente adquirido, de não o propalar, e eles ali encontravam a mesa posta etc., lembrança talvez do pequeno núcleo, de que Odette conservara, após o cisma, as tradições. Odette levava-os com Bergotte, a quem isso, aliás, acabava de matar, às estreias interessantes. Falaram dela a algumas mulheres do seu mundo capazes de interessar-se por tamanha novidade. Estavam elas convencidas de que Odette, íntima de Bergotte, havia mais ou menos colaborado nas suas obras e julgavam-na mil vezes mais inteligente do que as mulheres mais notáveis do Faubourg Saint-Germain, pela mesma razão que punham toda a sua esperança política em certos republicanos de boa cepa como o sr. Doumer e o sr. Deschanel,[87] ao passo que viam a França no abismo se fosse confiada ao pessoal monarquista que elas recebiam à mesa, os Charette, os Doudeauville etc.[88] Essa mudança da situação de Odette efetuava-se da sua parte com uma discrição que a tornava mais segura e mais rápida, mas não a deixava absolutamente suspeitar do público que afere os progressos ou a decadência de um salão pelas crônicas do *Gaulois*, de sorte que um dia, num ensaio geral de uma peça de Bergot-

---

87 Paul Doumer (1857-1932), deputado radical em 1888, ministro da Fazenda entre os anos de 1895 e 1896. Paul Deschanel (1855-1922), inicialmente deputado republicano, em 1885, duas vezes presidente da Câmara dos Deputados, ele chegaria à Presidência da República entre os meses de fevereiro e setembro de 1920. [N. do E.]

88 Opõem-se aqui aos republicanos os legitimistas Charette e o duque de Doudeauville. O primeiro fazia parte das famílias que lideraram a revolução monarquista no Oeste da França. O último, eleito em 1871 para a Assembleia Nacional, exerceu seu mandato na extrema direita francesa. [N. do E.]

te, realizado numa sala das mais elegantes em benefício de uma obra de caridade, foi um verdadeiro golpe de teatro quando se viu no camarote da frente, que era o do autor, virem sentar-se ao lado da sra. Swann a sra. de Marsantes e aquela que, pelo progressivo apagamento da duquesa de Guermantes (refarta de honras e anulando-se por menor esforço), se estava tornando a leoa, a rainha da época: a condessa Molé. "Quando nem suspeitávamos que ela havia começado a subir", diziam de Odette ao ver entrar no camarote a condessa Molé, "ela galgou o último degrau".

De modo que a sra. Swann bem podia crer que era por esnobismo que eu me reaproximava de sua filha.

Apesar de suas brilhantes amigas, nem por isso Odette deixou de escutar a peça com extrema atenção, como se ali estivesse unicamente para ouvi-la, da mesma forma que outrora atravessava o bosque por higiene e para fazer exercício. Homens que antes se mostravam menos solícitos em torno dela achegaram-se ao balcão importunando a todo mundo, a suspender-se da sua mão, a fim de se aproximarem do imponente círculo que a rodeava. Ela, com um sorriso antes de amabilidade que de ironia, respondia pacientemente às suas perguntas, afetando mais calma do que seria de supor e que era talvez sincera, pois tal exibição não era mais do que a exibição tardia de uma intimidade habitual e discretamente ocultada. Atrás dessas três damas, atraindo todos os olhares, achava-se Bergotte, cercado pelo príncipe de Agrigento, o conde Luís de Turenne e o marquês de Bréauté. E é fácil de compreender que, para homens recebidos em toda parte, e que já não podiam esperar uma superestimação senão da busca de originalidade, essa demonstração que julgavam dar do seu valor, deixando-se atrair por uma dona de casa com fama de alta intelectualidade e junto a quem esperavam encontrar todos os dramaturgos e todos os romancistas em voga, era mais excitante e viva do que aquelas recepções da princesa de Guermantes, as quais, sem nenhum programa ou atrativo novo, se sucediam desde tantos anos, mais ou menos iguais à que tão longamente descrevemos. Naquele alto mundo, o dos Guermantes, de onde se desviava um tanto a curiosidade, as novas modas intelectuais não se encarnavam em diversões à sua imagem, como nas cenas leves de Bergotte escritas para a sra. Swann, como nas verdadeiras sessões de salvação pública (se a alta sociedade pudesse interessar-se pela questão Dreyfus) em que, na casa da sra. Verdurin, se reuniam Picquart, Clémenceau, Zola, Reinach e Labori.[89]

Gilberte também contribuía para a situação de sua mãe, pois um tio de Swann acabava de deixar cerca de oitenta milhões para a moça, o que fazia com que o Faubourg Saint-Germain começasse a pensar nela. O reverso da medalha era que Swann, aliás moribundo, tinha ideias dreyfusistas, mas isso não prejudicava à mulher, e até lhe prestava serviço. Isso não a prejudicava porque diziam: "Ele é um casmurro, um idiota, ninguém se preocupa com ele, só a mulher é que conta, e essa é encantadora". Mas até o dreyfusismo de Swann era útil a Odette. Entregue a si mesma, talvez fosse levada a fazer às mulheres elegantes concessões que a perderiam. Ao passo que, nas noites em que ela arrastava o marido a jantar no Faubourg Saint-Germain, Swann, metido braviamente no seu canto, não se constrangia de dizer em voz alta, quando via Odette fazer-se apresentar a alguma dama nacionalista: "Que é isso, Odette, está louca? Peço-lhe que fique quieta. Seria uma baixeza da sua parte fazer-se apresentar a antissemitas. Eu o proíbo". As pessoas mundanas, a quem todos acorrem, não estão acostumadas nem a tanta altivez nem a tamanha falta de educação. Pela primeira vez viam alguém que se julgava "mais" do que eles. Comentavam-se esses resmungos de Swann, e os cartões dobrados choviam em casa de Odette. Quando esta se achava em visita à sra. de Arpajon, estabelecia-se um vivo e simpático movimento de curiosidade. "Não se aborreceu de que eu lha tivesse apresentado?", dizia a sra. de Arpajon. "Ela é muito gentil. Foi Marie de

---

89 A casa da sra. Verdurin aparece, desta forma, como verdadeiro quartel-general de resistência em favor de Dreyfus e da revisão de seu processo de condenação. [N. do E.]

Marsantes quem nos pôs em contato." "Pelo contrário, parece que é o que há de mais inteligente, é encantadora. Eu até desejava encontrá-la; diga-me onde é a sua residência." A sra. de Arpajon dizia à sra. Swann que se divertira muito em casa dela na antevéspera e tinha abandonado, por ela, com alegria, a sra. de Saint--Euverte. E era verdade, pois preferir a sra. Swann significava que se era inteligente, como ir ao concerto em vez de ir a um chá. Mas quando a sra. de Saint-Euverte vinha à casa da sra. de Arpajon ao mesmo tempo que Odette, como a sra. de Saint-Euverte era muito esnobe e a sra. de Arpajon, embora tratando-a do alto, fazia questão das suas recepções, a sra. de Arpajon não apresentava Odette, para que a sra. de Saint-Euverte não soubesse quem era. A marquesa imaginava que devia tratar-se de alguma princesa que saía muito pouco para que jamais a tivesse encontrado, prolongava a sua visita, respondia indiretamente ao que dizia Odette, mas a sra. de Arpajon permanecia de ferro. E depois que a sra. de Saint-Euverte se retirava, vencida: "Não a apresentei", dizia a dona da casa a Odette, "porque não gostam muito de ir à casa dela, e ela convida enormemente. A senhora não poderia livrar-se". "Oh!, não quer dizer nada", dizia Odette com pesar. Mas conservava a ideia de que não gostavam de ir à casa da sra. de Saint-Euverte, o que em parte era verdade, e concluía daí que gozava de situação muito superior à da sra. de Saint-Euverte, embora tivesse esta, uma bastante considerável, e Odette ainda nenhuma.

Ela não o percebia e, embora todas as amigas da sra. de Guermantes tivessem relações com a sra. de Arpajon, quando esta convidava a sra. Swann, Odette dizia com um ar escrupuloso: "Vou à casa da sra. de Arpajon, mas vão achar-me muito antiquada; isso me choca, por causa da sra. de Guermantes" (a quem, de resto, não conhecia). Os homens distintos pensavam que o fato de a sra. Swann conhecer poucas pessoas do alto mundo provinha de que devia ser uma mulher superior, provavelmente uma grande musicista, e que seria uma espécie de título extramundano ir à casa dela, como para um duque ser doutor em ciências. As mulheres completamente nulas eram atraídas por Odette por um motivo contrário; sabendo que ela ia ao Concerto Colonne[90] e se declarava wagneriana, concluíam que ela devia ser alguma "farsista" e sentiam-se muito entusiasmadas com a ideia de a conhecer. Mas nada tranquilas com a sua própria situação, temiam comprometer-se em público, parecendo ter relações com Odette, e, se avistavam a sra. Swann num concerto de caridade, viravam o rosto, julgando impossível saudar, aos olhos da sra. de Rochechouart, uma mulher que era bem capaz de ter ido a Bayreuth[91] — o que queria dizer: capaz das maiores loucuras. Cada pessoa em visita a outra tornava-se diferente. Sem falar nas metamorfoses maravilhosas que se efetuavam assim entre as fadas no salão da sra. Swann, o sr. de Bréauté, posto de súbito em evidência pela ausência das pessoas que habitualmente o cercavam, pelo ar de satisfação que tinha de se encontrar tão bem ali, como, se em vez de ir a uma festa, tivesse posto os óculos para encerrar-se a ler a *Revue des Deux Mondes*, o rito misterioso que parecia cumprir quando visitava Odette, o próprio sr. de Bréauté parecia um novo homem. Quanto não teria eu dado para ver que alterações a duquesa de Montmorency-Luxembourg sofreria naquele novo meio. Mas era uma das pessoas a quem jamais se poderia apresentar Odette. A sra. de Montmorency, muito mais benévola com Oriane do que esta com ela, espantava-me sobremaneira ao dizer-me a propósito da sra. de Guermantes: "Ela conhece pessoas de espírito, todo mundo a estima, creio que se tivesse tido um pouco mais de coerência, teria conseguido constituir um salão. A verdade é que não fazia questão disso: sente-se feliz assim, requestada por todos". Se a sra. de Guermantes não tinha um salão, que vinha a ser então um salão? A

90 O "Concerto Colonne" fora instituído em 1871 pelo maestro Édouard Colonne (1838-1910) e, durante quarenta anos, se proporia a defender a música francesa contra influência estrangeira. [N. do E.]

91 Já no primeiro volume da obra, a cidade de Bayreuth é mencionada por suas temporadas musicais e ficara célebre pelos concertos da música de Wagner. Odette, no começo do livro, pede dinheiro ao amante Swann para poder convidar os Verdurin e seus amigos para uma estada musical naquela cidade. [N. do E.]

estupefação em que me lançaram essas palavras não era maior do que a que causei à sra. de Guermantes ao dizer-lhe que desejaria ir à casa da sra. de Montmorency. Oriane achava-a uma velha cretina. "Ainda eu, vá lá", dizia ela, "sou obrigada a isso: é minha tia. Mas o senhor! Ela nem ao menos sabe atrair as pessoas agradáveis". A sra. de Guermantes não notava que as pessoas agradáveis me deixavam frio, que quando ela me dizia salão Arpajon eu via uma borboleta--amarela, e salão Swann (a sra. Swann estava em casa no inverno das seis às sete), borboleta negra com asas feltradas de neve. Ainda este último salão, que não o era, a duquesa o julgava, embora inacessível a ela própria, escusável para mim, por causa da "gente de espírito". Mas a sra. de Luxembourg! Se eu já tivesse "produzido" alguma coisa de sucesso, concluiria ela que uma dose de esnobismo pode aliar-se ao talento. E levei sua decepção ao cúmulo; confessei que não ia à casa da sra. de Montmorency (como ela supunha) para "tomar notas" e "fazer um estudo". A sra. de Guermantes, todavia, não estava mais enganada do que os romancistas mundanos que analisam cruelmente de fora os atos de um esnobe, ou tido como tal, mas jamais se colocam no interior deste, na época em que floresce na imaginação toda uma primavera social. Eu próprio, quando quis saber que prazer tão grande experimentaria ao ir à casa da sra. de Montmorency, fiquei um pouco desapontado. Ela morava no Faubourg Saint-Germain, numa velha casa cheia de pavilhões separados por pequenos jardins. Sob a abóbada, uma estatueta atribuída a Falconet representava uma fonte de onde, aliás, exsudava uma perpétua umidade.[92] Um pouco além a porteira, com os olhos sempre vermelhos, ou por aborrecimentos ou por neurastenia ou por enxaqueca ou por defluxo não nos respondia nunca, fazia um gesto vago, indicando que a duquesa se achava em casa, e deixava cair das pálpebras algumas gotas acima de um vaso cheio de miosótis. O prazer que eu tinha ao ver a estatueta, porque me fazia

---

92 Alusão possível à estátua *Banhista* (*Baigneuse*) esculpida por Falconet em 1757 e preservada no Museu do Louvre. [N. do E.]

pensar num pequeno jardineiro de gesso que havia num jardim de Combray, não era nada em comparação ao que me causava a grande escadaria úmida e sonora, cheia de ecos, como a de certos estabelecimentos de banhos de antigamente, de vasos cheios de cinerárias no vestíbulo — azul sobre azul — e sobretudo o retinir da campainha, que era exatamente o do quarto de Eulalie. Esse tintilar levava ao auge o meu entusiasmo, mas parecia-me muito humilde para que eu o pudesse explicar à sra. de Montmorency, de maneira que essa dama me via sempre num encantamento de que jamais adivinhou a causa.

AS INTERMITÊNCIAS DO CORAÇÃO

Minha segunda chegada a Balbec foi muito diversa da primeira. O gerente viera pessoalmente esperar-me em Pont-à-Couleuvre, repetindo-me o quanto considerava os seus hóspedes titulares, o que me fez recear que ele me estivesse enobrecendo até que compreendi que, na obscuridade da sua memória gramatical, titular significava simplesmente um freguês antigo.[93] De resto, à medida que ele aprendia novas línguas, pior falava as antigas. Anunciou-me que me havia alojado nos altos do hotel. "Espero", disse ele, "que não veja nisso uma falta de impolidez, estava aborrecido por lhe dar um quarto de que o senhor é indigno, mas o fiz em relação ao barulho, pois assim não terá ninguém acima para lhe fatigar os trépanos (por tímpanos). Fique tranquilo, mandarei fechar as janelas para que não batam. Neste ponto, sou intolerável" (estas palavras não expressavam o seu pensamento, que era de que o achariam sempre inexorável a esse respeito, mas talvez expressassem o de seus camareiros). Os quartos eram, aliás, os da primeira estada. Não eram inferiores, mas eu havia subido na

93 A confusão do gerente dá-se entre as palavras *titré*, portador de um título de nobreza, e *attiré*, afreguesado. [N. do T.]

186

estima do gerente. Poderia mandar acender fogo se me aprouvesse (pois eu partira pela Páscoa, por ordem dos médicos), mas ele temia que houvesse "fixuras" no teto. "Principalmente espere, para acender um fogo, que o precedente esteja consumado (por consumido). Pois o importante é evitar prender fogo na lareira, tanto mais que para alegrar um pouco mandei colocar em cima um grande vaso de porcelana antiga, que isso poderia estragar."

Informou-me com muita tristeza da morte do presidente da Ordem dos Advogados de Cherburgo: "Era um velho sábio", disse-me ele (provavelmente por sabido), e deu-me a entender que seu fim fora apressado por uma vida devassada, o que significa devassa. "Já desde algum tempo eu vinha notando que depois do jantar ele cochichava no salão (sem dúvida, por cochilava). Nos últimos tempos, estava tão mudado que, se não se soubesse que era ele, ao vê-lo, não tinha quase nada de reconhecido" (por reconhecível, sem dúvida).

Feliz compensação: o primeiro presidente de Caen acabava de receber a "chibata" de comendador da Legião de Honra. "Por certo que ele tem capacidades, mas parece que lha deram sobretudo por causa da sua grande 'impotência'." Aliás, voltavam a falar dessa condecoração no *Eco de Paris* da véspera,[94] de que o gerente apenas lera o primeiro "párafo" (por parágrafo). A política do sr. Caillaux estava bem-arranjada.[95] "Acho, aliás, que eles têm razão. Põem-no demais sob a cópula da Alemanha" (sob a cúpula). Como esse gênero de assunto tratado por um hoteleiro

---

94 Fundado em 1884, o jornal *Eco de Paris* tinha inicialmente uma linha artístico-literária e com o tempo foi se tornando apenas um órgão de conservadorismo católico. [N. do E.]

95 O diretor do Grande Hotel parece se referir à chamada "crise marroquina", durante a qual Joseph Caillaux (1863-1944), presidente do Conselho e ministro do Interior, era acusado de ceder à Alemanha, que tentava restringir a presença francesa no Marrocos. Tal conflito havia sido evocado no livro justamente para falar do funcionamento da *"psicologia do indivíduo"* medíocre, no contato com as informações de um jornal. [N. do E.]

me parecesse aborrecido, deixei de escutar. Pensava nas imagens que me haviam decidido a voltar a Balbec. Eram muito diversas das de outrora, a visão que eu vinha procurar era tão radiante como brumosa a primeira; não me deviam decepcionar menos. As imagens escolhidas pela recordação são tão arbitrárias, tão estreitas, tão inacessíveis, como as que formara a imaginação e a realidade destruíra. Não há razão para que, fora de nós, um local verdadeiro possua antes os quadros da memória que os do sonho. E depois, uma realidade nova talvez nos faça esquecer, detestar até os desejos pelos quais havíamos partido.

Os desejos que me haviam feito partir para Balbec se ligavam em parte a que os Verdurin (de cujos convites jamais me servira e que certamente teriam prazer em receber-me se eu fosse ao campo desculpar-me por nunca lhes ter podido fazer uma visita em Paris), sabendo que vários fiéis passariam as férias naquela costa e tendo por causa disso alugado para toda a estação um dos castelos do sr. de Cambremer (La Raspelière), haviam convidado a sra. Putbus. Na noite em que o soubera (em Paris) mandei, como um verdadeiro louco, o nosso pequeno lacaio informar-se se a referida dama levaria consigo a Balbec a sua camareira. Eram onze horas da noite. O porteiro levou muito tempo para abrir e por milagre não mandou passear o meu mensageiro, não mandou chamar a polícia; contentou-se em recebê-lo muito mal embora não deixando de fornecer o informe desejado. Disse que, com efeito, a primeira camareira acompanharia a sua patroa, primeiro às águas na Alemanha, depois em Biarritz, e, para terminar, como hóspede da sra. Verdurin. Desde então eu ficara tranquilo e contente por ter esse pão no forno. Poderia dispensar-me dessas pesquisas nas ruas em que estava desprovido, junto às beldades encontradas, dessa carta de recomendação que seria, junto ao "Giorgione", o haver jantado na mesma noite com a sua patroa, em casa dos Verdurin. Aliás, ela talvez tivesse ainda melhor ideia a meu respeito ao saber que eu conhecia não só os burgueses locatários de La Raspelière como também os seus proprietários, e principalmente Saint-Loup que, não podendo recomendar-me a distância à camareira (esta ignorava o nome de Robert), tinha escrito para mim uma calorosa carta aos Cambremer. Pensava Robert que, fora de qualquer utilidade que me fossem eles, a sra. de Cambremer, a nora Legrandin, havia de interessar-me para conversar. "É uma mulher inteligente", assegurara-me. "Não te dirá coisas definitivas (as coisas 'definitivas' haviam substituído as coisas 'sublimes', pois Robert modificava a cada cinco ou seis anos algumas das suas expressões favoritas, embora conservando as principais), mas é uma natureza, ela tem personalidade, intuição; diz a propósito a palavra precisa. De tempos em tempos é enervante, diz tolices, para 'fazer de fina', o que é tanto mais ridículo visto que não há nada menos elegante que os Cambremer; ela não está sempre em dia, mas, afinal de contas, é ainda das pessoas mais suportáveis de frequentar."

Logo que lhes chegara a recomendação de Robert, os Cambremer, ou por esnobismo, que os fazia desejar mostrarem-se indiretamente amáveis com Saint-Loup, ou por gratidão pelo que ele fizera por um de seus sobrinhos em Doncières, e mais provavelmente, sobretudo, por bondade e tradições hospitaleiras, tinham-me escrito longas cartas pedindo-me que fosse residir com eles e, se eu preferisse estar mais independente, oferecendo-se para arranjar-me alojamento. Quando Saint-Loup lhes objetara que eu iria residir no Grande Hotel de Balbec, responderam que esperavam pelo menos uma visita minha logo de chegada e, se esta demorasse muito, não deixariam de procurar-me para me convidar a uma de suas *garden-parties*.

Sem dúvida, nada ligava de modo essencial a camareira da sra. Putbus à terra de Balbec; não seria ali para mim como a camponesa que eu, sozinho na estrada de Méséglise, tantas vezes havia chamado em vão, com toda a força de meu desejo.

Mas desde muito havia eu cessado de procurar extrair de uma mulher como que a raiz quadrada do seu incógnito, o qual muita vez não resistia a uma simples apresentação. Pelo menos em Balbec, onde de há muito não ia, teria essa vantagem (na falta da necessária relação que não existia entre a região e aquela mulher) de que o sentimento da realidade não me seria supresso pelo hábito como em Paris, onde, ou na minha própria casa ou num quarto conhecido, o prazer com uma mulher não podia dar-me por um instante, em meio às coisas cotidianas, a ilusão de que me abria acesso a uma nova vida. (Pois se o hábito é uma segunda natureza, impede-nos de conhecer a primeira, de que não tem nem as crueldades nem os encantamentos.) Ora, essa ilusão, talvez a tivesse eu numa região nova onde renasce a sensibilidade ante um raio de sol e onde justamente acabaria de exaltar-me a mulher que eu desejava; mas veremos as circunstâncias fazerem não só com que essa mulher não viesse a Balbec, mas também que eu nada temesse tanto como a sua possível chegada, de maneira que esse objetivo primacial de minha viagem não foi nem atingido nem sequer buscado. Por certo, a sra. Putbus não deveria chegar muito cedo à casa dos Verdurin naquela estação; mas bem podem ser remotos esses prazeres que escolhemos, desde que a sua vinda esteja assegurada e que, à sua espera, a gente possa entregar-se aqui e ali à preguiça de procurar agradar, e à impotência de amar. De resto, eu não ia a Balbec com um espírito tão prático como da primeira vez; há sempre menos egoísmo na imaginação pura que na recordação; e eu sabia que ia precisamente encontrar-me num desses lugares onde não faltam belas desconhecidas; uma praia não as oferece menos que um salão de baile, e eu pensava de antemão nos passeios diante do hotel, pelo dique, com esse mesmo gênero de prazer que a sra. de Guermantes me teria proporcionado se, em vez de fazer-me convidar para jantares brilhantes, tivesse dado mais seguidamente o meu nome, para as listas de cavalheiros, às donas de casa que ofereciam bailes. Travar relações femininas em Balbec ser-me-ia tão fácil quanto me fora difícil outrora, pois ali tinha agora tantos conhecimentos e apoios quanto estava deles destituído em minha primeira viagem.

Fui tirado de minha cisma pela voz do gerente, cujas dissertações políticas não havia escutado. Mudando de assunto, disse-

-me da alegria do primeiro presidente ao saber da minha chegada e que viria visitar-me em meu quarto, naquela mesma noite. De tal modo me assustou a ideia dessa visita (pois começava a sentir--me fatigado) que lhe pedi para evitá-la (o que me prometeu) e, para maior segurança ainda, mandar seus empregados montarem guarda em meu andar na primeira noite. Ele não parecia estimá--los muito. "Todo o tempo sou obrigado a andar atrás deles porque lhes falta excesso de inércia. Se eu não estivesse aqui, eles não se mexiam. Porei o ascensorista de plantão à sua porta." Perguntei se este era, enfim, chefe dos *grooms*. "Ele ainda não é bastante antigo na casa", respondeu-me. "Tem camaradas mais velhos do que ele. Isso causaria protestos. Em todas as coisas, é preciso degradações. Reconheço que ele sabe manter uma boa aptitude (por atitude) diante do seu ascensor. Mas é ainda muito jovem para situações semelhantes. Isso faria contraste com outros que são bastante antigos. Falta-lhe seriedade, que é a qualidade primitiva (sem dúvida, a qualidade primordial, a qualidade mais importante). É preciso que tenha um pouco mais de peso na consciência (meu interlocutor queria dizer na cabeça). De resto, há que fiar--se em mim. Conheço a coisa. Antes de tomar meus galões como gerente do Grande Hotel, fiz minhas primeiras armas às ordens do senhor Paillard."[96] Essa comparação impressionou-me, e agradeci ao gerente por ter vindo em pessoa até Pont-à-Couleuvre. "Oh!, de nada. Isso só me faz perder um tempo infinito (por ínfimo)." De resto havíamos chegado.

Comoção violenta de todo o meu ser. Logo à primeira noite, como sofresse de uma crise de fadiga cardíaca, procurando dominar meu sofrimento, curvei-me com lentidão e prudência para descalçar-me. Mas, mal havia tocado o primeiro botão de minha botina, meu peito inflou-se, cheio de uma presença desconhecida e divina, soluços me sacudiram, lágrimas brotaram de meus

---

96 Alusão ao restaurante parisiense situado, desde 1880, no cruzamento do bulevar des Italiens e a rua Chaussée-d'Antin. [N. do E.]

olhos. O ser que vinha em meu socorro e que me salvava da aridez da alma, era aquele que, vários anos antes, num momento de angústia e solidão idênticas, num momento em que eu não tinha mais nada de mim, havia entrado e me devolvera a mim mesmo, pois era eu e mais do que eu (o continente que é mais que o conteúdo e que mo trazia). Acabava de perceber, em minha memória, inclinado sobre o meu cansaço, o rosto terno, preocupado e decepcionado de minha avó, tal como ela estivera naquela primeira noite de chegada, o rosto de minha avó, não daquela que eu me espantara e censurara de lamentar tão pouco e que de seu apenas tinha o nome, mas da minha avó verdadeira, cuja realidade viva eu tornava a encontrar pela primeira vez, numa recordação involuntária e completa, desde que ela tivera um ataque nos Campos Elísios. Essa realidade não existe para nós enquanto não foi recriada por nosso pensamento (sem isso, os homens que estiveram empenhados numa batalha gigantesca seriam todos grandes poetas épicos); e assim, num desejo louco de precipitar-me em seus braços, não era senão naquele instante — mais de um ano após o seu enterro, devido a esse anacronismo que tantas vezes impede o calendário dos fatos de coincidir com o dos sentimentos — que eu acabava de saber que ela estava morta. Muitas vezes tinha eu falado nela desde esse momento e também pensado nela, mas, sob minhas palavras e meus pensamentos de jovem ingrato, egoísta e cruel, jamais houvera nada que se assemelhasse à minha avó, porque na minha leviandade, meu amor ao prazer, meu hábito de vê-la doente, eu não continha em mim senão em estado virtual a lembrança do que ela havia sido. Em qualquer momento em que a consideremos, a nossa alma total tem apenas um valor quase fictício, apesar do numeroso balanço de suas riquezas, pois ora umas, ora outras, são indisponíveis, quer se trate de riquezas efetivas como de riquezas da imaginação, e para mim, por exemplo, tanto as do antigo nome de Guermantes, como aquelas, muito mais graves, da verdadeira lembrança de minha avó. Pois às perturbações da memória estão ligadas as intermitências do coração.[97] É sem dúvida a existência de nosso corpo, semelhante para nós a um vaso em que estaria encerrada a nossa espiritualidade, que nos induz a supor que todos os nossos bens interiores, as alegrias passadas, todas as nossas dores, estão perpetuamente em nossa possessão. Talvez seja igualmente inexato acreditar que se escapem ou voltem. Em todo caso, se ficam em nós, é a maior parte do tempo num domínio desconhecido em que não têm a mínima serventia para nós, e em que as mais habituais são recalcadas por lembranças de ordem diferente e que excluem qualquer simultaneidade com elas na consciência. Mas se for recuperado o quadro de sensações em que estão conservadas, têm elas por sua vez esse mesmo poder de expulsar tudo quanto lhes é incompatível, de instalar sozinho em nós o eu que as viveu. Ora, como aquele que eu acabava subitamente de tornar-me não havia existido desde essa noite remota em que minha avó me despira quando da minha chegada a Balbec, foi muito naturalmente, não após o dia atual, que esse eu ignorava, mas — como se houvesse no tempo séries diferentes e paralelas — sem solução de continuidade, logo em seguida após a primeira noite de outrora, que aderi ao minuto em que minha avó se inclinara para mim. O eu que eu era então, e que por tanto tempo havia desaparecido, estava de novo tão perto de mim que me parecia ouvir ainda as palavras que tinham imediatamente precedido e que no entanto não eram mais que um sonho; assim um homem mal desperto julga perceber bem junto a si os rumores do seu sonho que vai fugindo. Eu já não era senão aquela criatura que procurava refugiar-se nos braços de sua avó, a apagar com beijos as marcas de suas penas, aquela criatura que eu teria tanta dificuldade em imaginar quando era este ou aquele dos que em mim se haviam sucedido desde algum tempo,

---

97 A reflexão sobre as "intermitências do coração" foram inspiradas no ensaio "L'Immortalité" e no livro *A inteligência das flores* (*L'Intelligence des fleurs*), do escritor belga Maurice Maeterlinck. Este último texto também foi consultado quando da elaboração da metáfora vegetal do início de *Sodoma e Gomorra*. [N. do E.]

tanta dificuldade quanto necessitaria agora de esforços, aliás estéreis, para tornar a sentir os desejos e alegrias de um dos que eu já não era, pelo menos durante algum tempo. Recordava como, uma hora antes do momento em que minha avó se inclinava assim, no seu chambre, para as minhas botinas, eu vagando pela rua asfixiante de calor, diante da confeitaria, julguei que nunca poderia esperar a hora que ainda devia passar sem ela, pela necessidade que tinha de beijá-la. E agora que renascia essa mesma necessidade, bem sabia que podia esperar horas e mais horas, que jamais ela estaria junto de mim; só agora o descobria por que, ao senti-la pela primeira vez viva, verdadeira, enchendo o meu coração até afogá-lo, reencontrando-a enfim, eu acabava de saber que a tinha perdido para sempre. Perdida para sempre; não podia compreender e me exercitava em sofrer a dor desta contradição: de um lado uma existência, uma ternura, sobreviventes em mim tais como as tinha conhecido, isto é, feitas para mim, um amor em que tudo de tal modo achava em mim o seu complemento, a sua finalidade, a sua constante direção, que o gênio dos grandes homens, todos os gênios que pudessem ter existido desde o princípio do mundo não valeriam para a minha avó um só de meus defeitos; e, por outro lado, logo que eu revivera essa felicidade como presente, senti-la atravessada pela certeza que se lançava, como uma dor física de repetição, de um nada que tinha apagado a minha imagem daquela ternura, destruído aquela existência, abolido retrospectivamente a nossa mútua predestinação e feito de minha avó, no momento em que tornava a encontrá-la como num espelho, uma simples estranha que um acaso fizera passar alguns anos perto de mim, como o poderia ter sido perto de qualquer outro, mas para quem, antes e depois, eu não era nada, não seria nada.

Em vez dos prazeres que eu tivera desde algum tempo, o único que me era possível experimentar naquele momento seria o de, retocando o passado, diminuir os sofrimentos que minha avó havia sentido outrora. Ora, eu não a recordava unicamente naquele chambre, vestuário apropriado, a ponto de se lhe tornar quase simbólico, das canseiras, sem dúvida malsãs, mas doces também, que ela tomava por mim, mas eis que pouco a pouco me lembrava de todas as ocasiões que eu havia aproveitado, mostrando-lhe, exagerando, se preciso, os meus padecimentos, para lhe causar uma dor que eu imaginava logo apagada por meus beijos, como se o meu carinho fosse tão capaz como a minha felicidade de fazer a sua; e ainda pior, eu que agora não podia conceber felicidade senão a de encontrá-la espalhada, em minha lembrança, nas linhas daquele rosto modelado e inclinado pela ternura, tinha dedicado outrora uma insensata fúria em procurar extirpar-lhe os mais pequenos prazeres, tal como no dia em que Saint-Loup tirara o retrato de minha avó e em que, tendo dificuldade em dissimular-lhe a puerilidade quase ridícula da sua coqueteria em posar com um chapéu de abas largas numa penumbra favorável, eu me deixara arrastar a uns resmungos impacientes e ofensivos que, sentira-o por uma contração da sua face, tinham atingido o alvo, tinham-na ferido; era a mim que dilaceravam, agora que era impossível para sempre o consolo de muitos e muitos beijos.

Mas jamais poderia apagar aquela contração de sua face e aquela dor de seu coração, ou antes do meu coração; pois como os mortos não mais existem a não ser em nós, é a nós mesmos que batemos sem trégua quando nos obstinamos em recordar os golpes que lhes assestamos. Por mais cruéis que fossem essas dores, eu ligava-me a elas com todas as minhas forças, pois bem sentia que eram o efeito da lembrança de minha avó, a prova de que essa lembrança que eu tinha estava bem presente em mim. Sentia que não a evocava verdadeiramente senão pela dor e desejaria que se aprofundassem ainda mais solidamente em mim aqueles pregos que fixavam a sua memória. Não procurava tornar o sofrimento mais suave, embelezá-lo, fingir que minha avó estivesse apenas ausente e momentaneamente invisível, dirigindo à sua fotografia (a que Saint-Loup tirara e que eu tinha comigo) palavras e súplicas como a um ente separado de nós mas que, permanecendo individual, nos conhece e a nós continua ligado por indissolúvel harmonia. Nunca o fiz, pois não só me empenhava em sofrer como em respeitar a originalidade de minha dor tal como a sentira de súbito e sem querer; e eu queria continuar a senti-la, seguindo as suas próprias leis, de cada vez em que voltava essa contradição tão estranha da sobrevivência e do nada, entrecruzados em mim. Essa impressão dolorosa e incompreensível atualmente, não sabia eu por certo se haveria de arrancar-lhe um pouco de verdade alguma vez, mas sabia que se pudesse algum dia extrair-lhe esse pouco de verdade, só poderia ser dela, tão particular, tão espontânea, que não a traçara a minha inteligência nem a atenuara a minha pusilanimidade, mas que a própria morte, a brusca revelação da morte, como um raio, tinha cavado em mim um duplo e misterioso sulco, segundo um gráfico sobrenatural e inumano. (Quanto ao esquecimento de minha avó em que eu até então vivera, nem sequer podia pensar em extrair-lhe verdade; pois em si mesmo não passava de uma negação, da debilidade do pensamento, incapaz de recriar um momento real da vida e obrigado a substituí-lo por imagens convencionais e indiferentes.) Talvez no entanto o instinto de conservação, o empenho da inteligência em preservar-nos da dor, começando já por construir sobre ruínas ainda fumegantes, por assentar os primeiros alicerces da sua obra útil e nefasta, demasiado gozasse eu a doçura de recordar tais e tais pensamentos da criatura querida, recordá-los como se ela ainda os pudesse ter, como se ela existisse, como se eu continuasse a existir para ela. Mas logo que cheguei a adormecer nessa hora, mais verídica, em que meus olhos se fecharam para as coisas exteriores, o mundo do sono (em cujos umbrais a inteligência e a vontade, momentaneamente paralisadas, não mais me podiam disputar à crueldade de minhas verdadeiras impressões) refletiu, refratou a dolorosa síntese da sobrevivência e do nada, na profundeza orgânica e translúcida agora, das vísceras misteriosamente alumiadas. Mundo do sono em que o conhecimento interno, colocado sob a dependência das perturbações de nossos órgãos, acelera o ritmo do coração ou da respiração, porque uma mesma dose de horror, de tristeza, de remorso age com centuplicado poder se é assim injetado em nossas veias; logo que para percorrer as artérias da cidade subterrânea, sulcamos as ondas escuras de nosso próprio sangue, como um Letes interior de sêxtuplos refegos, grandes figuras solenes nos aparecem, nos abordam e nos abandonam, deixando-nos em lágrimas. Procurei em vão a de minha avó, logo que passei os pórticos sombrios; sabia no entanto que ela ainda existia, mas com uma vida diminuída, tão pálida como a da recordação; crescia a escuridão, e o vento; meu pai não chegava, ele que devia levar-me à presença dela. De súbito faltou-me a respiração, senti o coração como que enrijecido, acabava de me lembrar que desde longas semanas me havia esquecido de escrever a minha avó. Que pensaria ela de mim? Meu Deus, dizia comigo, como não deve sentir-se infeliz naquele quartinho que alugaram para ela, onde está sozinha com a guarda que colocaram para cuidá-la, e onde não pode mover-se, pois continua um pouco paralítica e não quis levantar-se uma única vez?! Com certeza pensa que eu a esqueço desde que morreu. Como não deve sentir-se sozinha e abandonada! Oh!, é preciso que corra a visitá-la, não posso esperar um instante, não posso esperar que meu pai chegue, mas onde, como pude esquecer o endereço, contanto que ela ainda me reconheça! Como é que pude esquecê-lo durante meses!? Está escuro, não encontrarei, o vento impede-me de avançar; mas eis aqui meu pai que passeia à minha frente; grito-lhe: "Onde é que está minha avó? Dize-me o endereço. Ela está bem? É certo que não lhe falta nada?". "Não", me diz meu pai, "podes ficar tranquilo. Sua guarda é pessoa ordeira. De vez em quando a gente envia uma pequena soma para que lhe comprem o pouco de que necessita. Ela às vezes pergunta o que é feito de ti. Até lhe disseram que ias escrever um livro. Pareceu satisfeita. Enxugou uma lágrima". Julguei então lembrar-me que pouco antes da sua morte, minha avó dissera a soluçar, com um ar humilde, como uma velha criada despedida, como uma estranha: "Hás de permitir que, ainda assim, te veja algumas vezes; não me deixes ficar muitos anos sem uma visita. Considera que foste meu neto e que as avós não esquecem". Revendo a face tão submissa, tão suave, tão desgraçada que tinha, queria acorrer imediatamente e dizer-lhe o que então deveria ter-lhe respondido: "Mas avó, tu me verás quando quiseres, só tenho a ti no mundo e nunca mais te deixarei". Como o meu silêncio não deve tê-la feito soluçar desde todos esses meses em que não fui lá onde ela está deitada. Que não terá ela pensado? E foi também soluçando que eu disse a meu pai: "Depressa, depressa, o seu endereço, leva-me". Mas ele: "É que... não sei se poderás vê-la. E depois, bem sabes, está muito fraca, muito fraca, já não é mais ela mesma. E creio até que te seria penoso. E não recordo o número exato da avenida". "Mas dize-me, tu que sabes, que é mentira que os mortos não vivem mais. Não é verdade, apesar do que dizem, pois minha avó ainda existe". Meu pai sorriu tristemente: "Oh!, muito pouco, bem sabes, muito pouco. Creio que seria melhor não ires. Não lhe falta nada. Acabava de pôr tudo em ordem". "Mas não está muitas vezes sozinha?" "Sim, mas é melhor para ela. É melhor que ela não pense. Isto só a faria sofrer. Isso de pensar seguidamente faz sofrer. E depois, bem sabes, ela está muito abatida. Vou deixar-te a indicação precisa para que possas ir; não sei o que poderias fazer lá, e não acredito que a guarda te deixe visitá-la." "No entanto, tu bem sabes que eu viverei sempre junto dela, cervos, cervos, Francis Jammes, garfo." Mas eu já tinha reatravessado o rio de meandros tenebrosos, tinha remontado à superfície onde se abre o mundo dos vivos, de modo que se ainda repetia: "Francis Jammes, cervos, cervos", a sequência destas palavras não mais me oferecia o sentido límpido e a lógica que tão naturalmente expressavam para mim ainda há um instante e que eu não podia mais lembrar. Nem sequer podia compreender por que motivo a palavra *Aias* que meu pai me dissera há pouco havia imediatamente significado:[98] "Cuidado com o frio", sem nenhuma

---

98 *Aias* é a palavra "Ajax", tomada da tradução de Leconte de Lisle para o teatro de Sófocles. Em seu texto "Sentimentos filiais de um parricida", Proust cita a ima-

dúvida possível. Tinha esquecido de fechar os postigos e decerto a luz do dia me despertara. Mas não suportei ter diante dos olhos aquelas vagas do mar que minha avó podia antigamente contemplar durante horas e horas; a imagem nova da sua beleza indiferente era logo completada pela ideia de que ela não as estava vendo; desejaria fechar os ouvidos ao seu rumor, pois agora a plenitude luminosa da praia cavava um vácuo no meu coração; tudo parecia dizer-me, como aquelas alamedas e aqueles canteiros de uma praça pública onde a tinha perdido outrora, quando pequenino: "Nós não a vimos", e, sob a redondeza do céu pálido e divino, eu me sentia opresso como sob uma imensa cúpula azulada a fechar um horizonte onde minha avó não estava. Para não ver mais coisa alguma, voltei-me para o lado da parede, mas ai!, o que estava contra mim era aquela divisão que servia outrora entre nós ambos de mensageiro matinal, aquela divisão que, tão dócil como um violino para traduzir todas as nuanças de um sentimento, tão docilmente dizia a minha avó o meu temor a um tempo de despertá-la e, se já estivesse acordada, de não ser ouvido por ela e de que ela não se animasse a mover-se, e logo em seguida, como a réplica de um segundo instrumento, anunciando a sua vinda e convidando-me à tranquilidade. Não me animava a aproximar-me daquela divisão mais que de um piano em que minha avó tivesse tocado e que ainda estivesse vibrando do seu tato. Sabia eu que agora poderia bater, ainda mais forte, que nada mais poderia despertá-la, não ouviria nenhuma resposta e minha avó não mais chegaria. E eu nada mais pedia a Deus, se é que existe um paraíso, senão dar contra aquela divisão as três pequenas batidas que minha avó reconheceria entre mil, e às quais responderia com

---

gem de Ajax massacrando pastores e rebanhos ao crime de parricídio cometido por Henri van Blarengerghe, que ele discute em seu texto. A alusão a Francis Jammes parece ir no mesmo sentido de sadismo filhos-pais. Já a menção do "servo" retoma uma pequena nota de Proust em uma caderneta do início da redação de seu livro e está ligada ao conto de Flaubert "Saint-Julien l'hospitalier", em que a personagem, ao matar aquele animal, recebe o aviso da morte de seus próprios pais. [N. do E.]

aquelas outras batidas que queriam dizer: "Não te inquietes, meu ratinho; compreendo que estejas impaciente, mas não demoro", e que me deixasse ficar com ela toda a eternidade, que não seria muito longa para nós dois.

O gerente veio perguntar-me se eu não queria descer. Em todo caso, já tratara da minha "locação" na sala de jantar. Como não me tinha visto, receara que eu estivesse de novo acometido das minhas sufocações de outrora. Esperava que não passasse de uma "dorzinha de garganta" e assegurou-me ter ouvido dizer que as aliviavam com o que ele chamava o "caliptus".

Entregou-me um bilhete de Albertine. Ela não devia vir a Balbec naquele ano, mas, tendo mudado de projetos, fazia três dias que estava, não propriamente em Balbec, mas a três minutos de trem, numa estação vizinha. Receando que eu estivesse cansado da viagem, abstivera-se na primeira noite, mas mandava perguntar-me quando poderia recebê-la. Informei-me se ela viera pessoalmente, não para vê-la, mas para tratar de não a ver. "Sim", respondeu o gerente, "mas ela desejaria que fosse o mais cedo possível, a menos que não tenha razões inteiramente 'necessitosas'. Bem vê o senhor", concluiu ele, "que todo mundo aqui o requer, em suma". Mas eu não desejava ver ninguém.

E entretanto, na véspera, à chegada, sentira-me retomado pelo indolente encanto da vida balneária. O próprio ascensorista silencioso, desta vez por veneração, não por desdém, e rubro de prazer, pusera em andamento o elevador. Elevando-me ao longo da coluna ascendente, tinha eu reatravessado o que antigamente havia sido para mim o mistério de um hotel desconhecido, onde, quando se chega, turista sem proteção e sem prestígio, cada hóspede que se recolhe ao quarto, cada moça que desce a jantar, cada camareira que passa pelos corredores estranhamente delineados, e a moça chegada da América com a sua dama de companhia e que desce para jantar, lançam à gente um olhar em que nada se lê do que se desejaria. Desta vez, pelo contrário, eu tinha experimentado o prazer bastante tranquilizador de efetuar a ascensão de um hotel conhecido, onde me sentia em casa, onde cumprira mais uma vez essa operação sempre a recomeçar, mais longa, mais difícil que o reviramento da pálpebra e que consiste em pousar sobre as coisas a alma que nos é familiar, em lugar da sua, que nos assustava. Seria preciso agora, dizia eu comigo, sem suspeitar a brusca mudança de alma que me esperava, ir sempre a outros hotéis onde jantaria pela primeira vez, onde o hábito não tivesse ainda matado em cada andar, diante de cada porta, o dragão terrífico que parecia velar sobre uma existência encantada, onde teria de aproximar-me dessas mulheres desconhecidas que os palácios, os cassinos, as praias, à guisa de vastos polipeiros, não fazem senão reunir e fazer viverem em comum.

Agradava-me até que o aborrecido primeiro presidente estivesse tão pressuroso em visitar-me; via, no primeiro dia, vagas, as cordilheiras de azul do mar, suas geleiras e suas cascatas, sua elevação e sua majestade negligente — só de sentir pela primeira vez desde tanto tempo, ao lavar as mãos, esse cheiro especial dos sabonetes demasiado perfumados do Grande Hotel, cheiro esse que, parecendo pertencer ao mesmo tempo ao momento presente e à estada passada, flutuava entre eles como o encanto real de uma vida particular a que não se volta senão para mudar de gravata. Os cortinados do leito, muito finos, muito leves, muito amplos, impossíveis de prender, e que permaneciam tufados em redor das cobertas como volutas móveis, ter-me-iam aborrecido outrora. Apenas embalaram, na redondeza incômoda e bojuda das suas velas, o sol glorioso e cheio de esperanças da primeira manhã. Mas esta não teve tempo de aparecer. Na mesma noite a atroz e divina presença havia ressuscitado. Pedi ao gerente que se retirasse e que não deixasse entrar ninguém. Disse-lhe que permaneceria deitado e recusei o seu oferecimento de mandar buscar na farmácia a excelente droga. Ficou encantado com a minha recusa, pois temia que os hóspedes se incomodassem com o cheiro do "caliptus". O que me valeu este cumprimento: "O senhor está em dia" (ele queria dizer: "certo"), e esta recomendação: "Tenha cuidado de não sujar-se à porta, pois mandei 'untar' as fechaduras, e se um empregado se permitisse bater em seu quarto, seria 'sovado'. E que fique estabelecido que eu não gosto de repetições (isso evidentemente significava: 'não gosto de repetir as coisas'), mas não quer, para refazer-se, um pouco do vinho velho de que eu tenho um burril lá embaixo? (sem dúvida, por barril). Não lho trarei numa bandeja de prata como a cabeça de Ionatan[99] e previno-lhe de que não é Château-Latiffe, mas é mais ou menos equívoco (por equivalente). E como é leve, poderiam preparar-lhe um pequeno *sole*". Recusei tudo, mas espantei-me ao ouvir o nome do peixe (*la sole*) pronunciado como o da árvore (*le saule*) por um homem que tanto o devia ter encomendado na vida.[100]

Apesar das promessas do gerente, trouxeram-me um pouco mais tarde o cartão dobrado da marquesa de Cambremer. Vindo para ver-me, a velha dama mandara perguntar se eu estava e, ao saber que minha chegada datava unicamente da véspera e que eu me achava adoentado, não tinha insistido e (não sem parar decerto na farmácia e na mercearia, onde o lacaio, saltando da boleia, entrava para pagar alguma conta ou fazer provisões) a marquesa tornara a partir para Féterne, na sua velha caleça de oito molas atada a dois cavalos. Frequentemente, aliás, se ouvia o rodar e admirava-se o luxo da mesma nas ruas de Balbec e em algumas outras pequenas localidades da costa, situadas entre Balbec e Féterne. Não que essas paradas nos fornecedores fossem o objetivo daquelas excursões. Era, pelo contrário, algum chá ou *garden-party* em casa de um fidalgote ou de um burguês, bastante indignos da marquesa. Mas esta, embora dominando de muito alto, pelo nascimento e pela fortuna, a pequena nobreza das cercanias, tinha, na sua bondade e simplicidade perfeitas, tanto medo de decepcionar a alguém que a tivesse convidado, que comparecia às mais insignificantes

---

99 O diretor do hotel deforma ligeiramente o nome com o qual João Batista aparece no conto *Hérodias*, de Flaubert: Iaokanann. [N. do E.]

100 Confusão entre as palavras *saule* (salgueiro) e *sole* (linguado). [N. do E.]

reuniões mundanas da vizinhança. Decerto, em vez de rodar tanto para vir escutar, no calor de um pequeno salão sufocante, uma cantora geralmente sem talento e que, na sua qualidade de grande dama da região e musicista de fama, era preciso em seguida felicitar com exagero, a sra. de Cambremer preferia ir passear ou ficar nos seus maravilhosos jardins de Féterne, onde a vaga mansa de uma pequena baía vem morrer em meio das flores. Mas sabia que a sua vinda provável tinha sido anunciada pelo dono da casa, fosse este um nobre ou um burguês de Maineville-la-Teinturière ou de Chattoncourt-l'Orgueilleux. Ora, se a sra. de Cambremer tivesse saído naquele dia sem fazer ato de presença na festa, este ou aquele dos convidados vindo de alguma das pequenas praias que perlongam o mar poderia ter ouvido e visto a caleça da marquesa, o que anularia a desculpa de não ter podido deixar Féterne. Por outro lado, por mais que esses donos de casa vissem a sra. de Cambremer comparecer a concertos em casas onde a consideravam deslocada, a pequena diminuição que, a seu ver, esse fato infligia à boníssima criatura, desapareceria logo que eram eles que recebiam, e indagavam febrilmente consigo se a teriam ou não no seu chá. Que alívio para as inquietações de vários dias se, após o primeiro trecho cantado pela filha dos donos da casa ou por algum amador em vilegiatura, um convidado anunciava (sinal infalível de que a marquesa viria à festa) ter visto os cavalos da famosa caleça parados diante do relojoeiro ou do droguista. Então a sra. de Cambremer (que, com efeito, não tardaria a entrar acompanhada de sua nora, dos convidados naquele momento hospedados em sua casa e que ela pedira permissão — com que alegria concedida! — para trazer) retomava todo o seu brilho aos olhos dos donos da casa, para quem a recompensa da sua esperada vinda talvez fosse a causa determinante e inconfessada da resolução que haviam tomado um mês antes: infligir-se o trabalho e a despesa de dar uma festa. Vendo a marquesa presente a seu chá, eles relembravam, não mais a sua complacência em comparecer aos de vizinhos pouco qualificados, mas a antiguidade de sua família, o luxo de seu castelo, a impolidez de sua nora, nascida Legrandin, que, a sua arrogância, compensava a bonomia um tanto insípida da sogra. Já se supunham a ler, no noticiário mundano do *Gaulois*, o parágrafo que eles próprios cozinhariam em família, a portas fechadas, sobre "o recanto da Bretanha onde a gente se diverte mesmo, a reunião ultrasseleta que não se dissolveu senão depois de obtida dos donos da casa a promessa de que em breve dariam outra". Cada dia esperavam o jornal, angustiados por ainda não terem visto ali a notícia da sua festa, e temerosos de haver conseguido a sra. de Cambremer apenas para os seus convidados e não para a multidão dos leitores. Afinal chegava o abençoado dia: "A temporada está particularmente brilhante este ano em Balbec. A moda agora são os pequenos concertos vesperais etc.". Graças a Deus, o nome da sra. de Cambremer fora bem ortografado e "citado ao acaso", mas em primeiro lugar. Só restava agora parecer aborrecido com essa indiscrição dos jornais que podia ocasionar rusgas com pessoas que não tinham podido convidar, e perguntar hipocritamente diante da sra. de Cambremer quem poderia ter tido a perfídia de enviar aquele eco, de que a marquesa, benévola e grande dama, dizia: "Compreendo que isso os aborreça; mas, quanto a mim, fiquei muito satisfeita de que soubessem ter eu estado em sua casa".

No cartão que me entregaram, tinha a sra. de Cambremer rabiscado que daria uma vesperal dali a dois dias. E por certo há dois dias apenas, por mais fatigado de vida mundana que estivesse, ter-me-ia sido um verdadeiro prazer gozá-la transplantada para aqueles jardins onde cresciam em plena terra, graças à exposição de Féterne, as figueiras, as palmeiras, as roseiras, e até ao mar, muita vez de uma calma e de um azul mediterrâneos e por onde o pequeno iate dos proprietários, antes do início da festa, ia procurar nas praias do outro lado da baía os convidados mais importantes e, que, com os seus veludos estendidos contra o sol, quando todos já haviam chegado, servia de refeitório e tornava a partir de noite para reconduzir aqueles a quem havia trazido. Luxo encantador, mas tão dispendioso que era em parte para ressarcir as despesas que acarretava que a sra. de Cambremer procurara aumentar de diferentes maneiras as suas rendas, e notadamente alugando pela primeira vez uma de suas propriedades, muito diferente de Féterne: La Raspelière. Sim, há dois dias, o quanto uma vesperal daquelas, povoada de pequenos nobres desconhecidos, num cenário novo, não me teriam distraído da "alta vida" parisiense! Mas agora os prazeres não tinham mais nenhum sentido para mim. Escrevi pois à sra. de Cambremer para desculpar-me, da mesma forma que uma hora antes mandara despedir Albertine: o pesar tinha abolido em mim a possibilidade do desejo, tão completamente como uma febre alta corta o apetite... Minha mãe devia chegar no dia seguinte. Parecia-me que era menos indigno de viver junto dela, que a compreenderia melhor, agora que toda uma vida estranha e degradante cedera lugar ao retorno das lancinantes lembranças que cingiam e enobreciam minha alma, como a dela, com a sua coroa de espinhos. Assim eu o acreditava; na verdade, há muita distância entre as dores verdadeiras como era a de mamãe, que nos tiram literalmente a vida por muito tempo, às vezes para sempre, desde que se perdeu a criatura amada — e essas outras dores passageiras, apesar de tudo, como devia ser a minha vida, que vão tão depressa como vieram tarde, que a gente só conhece muito tempo após o acontecimento porque, para senti-las, teve-se necessidade de as compreender; dores como tantos experimentam e de que aquela que era atualmente a minha tortura não se diferençava senão por essa modalidade de lembrança involuntária.

Quanto a uma dor tão profunda como a de minha mãe, eu devia conhecê-la um dia, como se verá na continuação desta narrativa, mas não era agora nem assim que eu a imaginava. No entanto, como o recitante que devia conhecer o seu papel e está no seu lugar desde muito tempo, mas que chegou no último segundo e leu apenas uma vez o que tem a dizer, sabe dissimular habilmente quando chega o momento em que deve dar a réplica, para que ninguém possa aperceber-se do seu atraso, a minha dor, completamente nova, permitiu-me, quando minha mãe chegou, falar-lhe como se sempre tivesse sido a mesma. Ela apenas pensou que a visita dos lugares onde eu tinha estado com minha avó (e aliás não era isso) havia despertado a minha dor. Pela primeira vez então, e porque eu tinha uma dor que não era nada ao lado da sua, mas que me abria os olhos, percebi com terror o quanto ela podia sofrer. Pela primeira vez compreendi que aquele olhar fixo e sem lágrimas (o que fazia com que Françoise pouco a lamentasse) que tinha minha mãe desde a morte de minha avó, estava detido naquela incompreensível contradição da lembrança e do nada. Aliás, embora sempre com seus véus negros, mais vestida naquela região nova, mais me impressionava a transformação que nela se efetuara. Não basta dizer que havia perdido toda alegria: fundida, parada numa espécie de imagem implorativa, parecia ter medo de ofender, com um movimento demasiado brusco, com um tom de voz muito alto, a presença dolorosa que não a abandonava. Mas sobretudo, logo que a vi entrar com o seu manto de crepe, apercebi-me — coisa que me havia escapado em Paris — que não era mais a minha mãe que eu tinha diante de meus olhos, mas a minha avó. Como nas famílias reais e ducais, à morte do chefe, o filho toma o seu título e o duque de Orléans, de príncipe de Tarento ou príncipe de Laumes, se torna rei da França, duque de La Trémoïlle, duque de Guermantes, assim muita vez, por um acontecimento de outra ordem e de mais profunda origem, o morto apodera-se do vivo, que se torna o seu sucessor semelhante, o continuador da sua vida interrompida. Talvez a grande dor que se segue, numa filha como era mamãe, à morte de sua mãe, não fizesse senão romper mais cedo a crisálida, apressar a metamorfose e o aparecimento de um ser que a gente traz em si e que, sem essa crise que faz saltar as etapas e transpor períodos num ímpeto, só teria sobrevindo mais lentamente. Talvez, na saudade daquela que não mais existe, haja uma espécie de sugestão que acaba trazendo a nossas feições semelhanças que tínhamos, aliás, em potência, e talvez principalmente haja uma parada de nossa atividade mais particularmente individual (em minha mãe, do seu bom senso, da alegria zombeteira que lhe vinha do pai) que nós, enquanto vivia a criatura amada, não temíamos exercer, ainda que fosse à sua custa, e que contrabalançava o caráter que herdáramos exclusivamente dela. Uma vez que ela está morta, a gente sentiria escrúpulos em ser outra, não admiramos senão o que ela era, o que já éramos, mas mesclado a outra coisa, e que vamos tratar de ser unicamente de hoje em dia. Nesse sentido (e não no outro tão vago, tão falso em que geralmente o entendem) é que se pode dizer que a morte não é inútil, que o morto continua a atuar em nós. Trata-se até mais do que um vivo porque, sendo a verdadeira realidade unicamente apreendida pelo espírito, objeto que é de uma operação espiritual, só conhecemos verdadeiramente aquilo que somos obrigados a recriar pelo pensamento, aquilo que a vida de todos os dias nos oculta... Enfim, nesse culto da dor por nossos mortos, votamos uma idolatria ao que eles amaram. Minha mãe não só não podia separar-se da bolsa de minha avó, mais preciosa agora do que se fosse de safiras e diamantes, do seu regalo, de todos esses vestuários que ainda mais acentuavam a semelhança de aspecto entre ambas, mas até dos volumes de madame de Sévigné, que minha avó sempre tinha consigo, exemplares que minha mãe não teria trocado pelo próprio manuscrito das cartas. Ela troçava outrora de minha avó, que jamais lhe escrevia sem citar uma frase de madame de Sévigné ou madame de Beausergent.[101] Em cada uma das três cartas que recebi de mamãe antes de sua chegada a Balbec, ela citou-me madame de Sévigné, como se as três cartas fossem dirigidas, não por ela a mim, mas por minha avó a ela. Quis descer ao dique para ver aquela praia de que minha avó lhe falava todos os dias ao escrever-lhe. Tendo à mão a sombrinha da sua mãe, eu a vi da janela avançar toda de preto, a passos tímidos, piedosos, pela areia que pés queridos haviam palmilhado antes dela, e parecia ir à procura de uma morta que as ondas deviam devolver. Para não deixá-la

---

101 Madame de Beausergent é escritora fictícia que teve como modelo a memorialista madame de Boigne, sobre quem Proust chegara a publicar um artigo. [N. do E.]

almoçar sozinha, tive de descer com ela. O primeiro presidente e a viúva do presidente da Ordem dos Advogados fizeram-se apresentar à minha mãe. E tudo que se relacionava à minha avó lhe era tão sensível que ficou infinitamente comovida, conservou sempre a lembrança e gratidão do que lhe dissera o primeiro presidente, como sofreu com indignação por não haver a viúva dito uma só palavra em lembrança da morta. Na realidade, o primeiro presidente não se preocupava mais com esta do que a viúva. As palavras comovidas de um e o silêncio do outro, embora minha mãe estabelecesse tamanha diferença entre os dois, não eram mais que um modo diverso de expressar essa indiferença que nos inspiram os mortos. Mas creio que minha mãe antes de tudo achou doçura nas palavras em que, malgrado meu, deixei passar um pouco do meu sofrimento. Aquilo só podia fazer mamãe feliz (apesar de toda a ternura que me dedicava), como tudo quanto assegurava a minha avó uma sobrevivência nos corações. Em todos os dias seguintes minha mãe desceu a sentar-se na praia, para fazer exatamente o que sua mãe fizera, e lia os seus dois livros prediletos, as *Memórias* de madame de Beausergent e as *Cartas* de madame de Sévigné. Ela não suportava, como nenhum de nós, que chamassem a esta última "a espirituosa marquesa", como tampouco que chamassem a La Fontaine "le Bonhomme".[102] Mas quando lia nas cartas: "minha filha", julgava ouvir sua mãe falar-lhe.

Teve a má sorte, numa dessas peregrinações em que não temia ser incomodada, de encontrar na praia uma dama de Combray, acompanhada por suas duas filhas. Creio que seu nome era sra. Poussin. Mas entre nós só a chamávamos de "Vais ver o que acontece", pois era com essa frase perpetuamente repetida que ela advertia as filhas dos males que elas se acarretariam, dizendo, por exemplo, a uma que esfregava os olhos: "Quando tiveres uma boa oftalmia, vais ver o que acontece". Dirigiu de longe a minha mãe

---

102 Chamamento utilizado pelo crítico Sainte-Beuve, cuja vulgaridade crítica Proust tentara esmiuçar em seu livro *Contre Sainte-Beuve*. [N. do E.]

longas saudações dolentes, não em sinal de condolências, mas por gênero de educação. Não tivéssemos perdido minha avó e só teríamos motivos para estar contentes. Vivendo bastante retirada num imenso jardim, jamais achava nada suficientemente suave e impunha alterações às palavras e até aos nomes próprios da língua francesa. Achava muito duro chamar de "colher" a peça de prata em que se servia do seu xarope e dizia em consequência "coler"; teria receio de maltratar o doce cantor de Telêmaco, chamando-o rudemente de Fénelon, como eu próprio o fazia com conhecimento de causa, pois tinha como amigo a criatura mais inteligente, bondosa e brava, inesquecível para todos aqueles que o conheceram, Bertrand de Fénelon — e ela só dizia "Fénélon", achando que o acento agudo lhe dava alguma brandura.[103] Sendo notário em Combray o genro, menos suave, dessa sra. Poussin, e cujo nome esqueci, aconteceu-lhe carregar com a caixa, fazendo notadamente o meu tio perder considerável soma. Mas, como a maioria das pessoas de Combray se davam muito bem com os outros membros da família, não resultou daí nenhuma frieza e contentaram-se em lamentar a sra. Poussin. Ela não recebia, mas, de cada vez que se passava pelas grades de seu jardim, a gente parava para admirar as suas sombras, sem que pudesse distinguir mais nada. Ela não nos incomodou absolutamente em Balbec, onde só a encontrei uma vez, num momento em que dizia à filha, que estava a roer as unhas: "Quando tiveres um bom panarício, vais ver o que acontece".

Enquanto mamãe lia na praia, eu ficava sozinho em meu quarto. Recordava os últimos tempos da vida de minha avó e tudo quanto a eles se reportava, a porta da escadaria, que se conservara aberta quando tínhamos saído para o nosso último pas-

103 Alusão a Bertrand de Fénelon (1878-1914), amigo íntimo de Proust, um dos modelos da personagem Saint-Loup, descendente do bispo autor de *Telêmaco*. Como Saint-Loup, ele morreria em batalha durante a Primeira Guerra. Já o "cantor de Telêmaco" é François de Salignac de la Mothe Fénelon (1651-1715), que, em 1699, publicara *Aventuras de Telêmaco*. A adição do acento agudo sobre o segundo "E" de "Fénelon" transforma uma vogal anteriormente muda em uma vogal pronunciada. [N. do E.]

seio. Em contraste com tudo aquilo, o resto do mundo apenas parecia real, e meu sofrimento o envenenava por inteiro. Afinal minha mãe exigiu que eu saísse. Mas, a cada passo, algum aspecto esquecido do Cassino, da rua por onde, ao esperá-la na primeira noite, eu tinha ido até o monumento de Duguay-Trouin, me impedia, como um vento contra o qual não se pode lutar, de seguir avante;[104] baixava os olhos para não ver. E, depois de haver recuperado algumas forças, voltava para o hotel, para o hotel onde eu sabia ser desde então impossível, por mais que tivesse de esperar, encontrar de novo a minha avó, como eu a tinha reencontrado outrora, na primeira noite de chegada. Como era a primeira vez que eu saía, muitos dos criados que ainda não me tinham visto olharam-me curiosamente. Na própria entrada do hotel, um jovem *groom* tirou o boné para saudar-me e tornou a colocá-lo rapidamente. Julguei que Aimé lhe havia, segundo a sua expressão, feito sinal para mostrar-se amável comigo. Mas vi no mesmo momento que, para outra pessoa que entrava, ele o tirava de novo. A verdade é que aquele jovem não sabia na vida senão tirar e pôr o boné, e fazia-o perfeitamente bem. Tendo compreendido que ele era incapaz de outra coisa e que primava nesta, cumpria-o o maior número de vezes possível por dia, o que lhe valia da parte dos hóspedes uma simpatia discreta mas geral, uma grande simpatia também da parte do porteiro, a quem incumbia a tarefa de contratar os *grooms* e que, até aquela ave rara, não pudera encontrar um só que não fosse para o olho da rua ao cabo de uma semana, com grande espanto de Aimé, que dizia: "E no entanto nesse ofício só se exige que sejam polidos, não devia ser tão difícil assim". O gerente também fazia questão de que eles tivessem o que ele chamava uma bela "presença", querendo dizer que permanecessem ali, ou porque se referia mesmo a uma boa presença. O aspecto do gramado que se estendia atrás do hotel

---

104 Menção dos instantes que se sucederam à chegada do herói com a avó à praia de Balbec, no segundo volume da obra. [N. do E.]

fora modificado pela criação de algumas platibandas floridas e a retirada, não só do arbusto exótico, mas também do *groom* que, no primeiro ano, decorava exteriormente a entrada com o hastil clássico de seu talhe e a coloração curiosa de sua cabeleira. Tinha ele seguido uma condessa polonesa que o tomara como secretário, imitando nisso os seus dois irmãos mais velhos e a sua irmã datilógrafa, arrancados ao hotel por personalidades de país e de sexos diversos, que se haviam enamorado do seu encanto. Só restava o caçula, que ninguém queria, porque era vesgo. Sentia-se muito feliz quando a condessa polonesa e os protetores dos dois outros vinham passar algum tempo no hotel de Balbec. Isso porque, embora invejasse a seus irmãos, estimava-os, e podia assim durante algumas semanas cultivar sentimentos de família. Pois não costumava a abadessa de Fontevrault, deixando para isso as suas monjas, vir compartilhar da hospitalidade que oferecia Luís XIV a essa outra Mortemart, sua amante, sra. de Montespan?[105] Para ele, era o primeiro ano que passava em Balbec; ainda não me conhecia, mas tendo ouvido os seus colegas mais antigos, quando me diziam a palavra *senhor*, acrescentar-lhe o meu nome, imitou-os logo da primeira vez com o ar de satisfação de quem manifesta o seu saber a respeito de uma personalidade a quem julga conhecida, ou para se conformar a um uso que ignorava cinco minutos antes mas que lhe parecia indispensável não infringir. Compreendia eu o encanto que aquele grande palácio podia oferecer a certas pessoas. Estava erguido como um teatro, e uma numerosa figuração o animava até os plintos. Embora o hóspede não fosse mais que uma espécie de espectador, estava continuamente mesclado ao espetáculo, não apenas como nesses teatros em que os atores representam uma cena na plateia, mas como se a vida do espectador se desenrolasse no meio das suntuosidades do palco.

---

105 Aproximação tipicamente proustiana entre pessoas da corte de Luís XIV e personagens humildes do livro: a abadessa de Fontevrault, Marie-Madeleine de Rochechouart (1645-1704), era irmã da sra. de Montespan, amante do rei. [N. do E.]

Podia o jogador de tênis entrar de casaco de flanela branca, que o porteiro pusera a casaca azul agaloada de prata para lhe entregar a correspondência. Se esse jogador de tênis não queria subir a pé, nem por isso estava menos mesclado aos atores, tendo a seu lado, para acionar o ascensor, o *lift* tão suntuosamente uniformizado. Os corredores dos andares deixavam entrever uma fuga de camareiras e mensageiras, belas de encontro ao mar, e até nos seus quartinhos aonde chegavam por sábios desvios os amadores da beleza ancilar. Embaixo, era o elemento masculino que dominava e fazia daquele hotel, devido à extrema e ociosa juventude dos seus serviçais, como que uma espécie de tragédia judeu-cristã que houvesse tomado corpo e fosse perpetuamente representada. Assim não podia deixar de dizer a mim mesmo, ao vê-los, não por certo os versos de Racine que me tinham vindo à mente em casa da princesa de Guermantes, enquanto o sr. de Vaugoubert via jovens secretários de Embaixada saudarem o sr. de Charlus, mas outros versos de Racine, desta vez não já de *Ester*, mas de *Atalia*: pois desde o *hall*, o que no século XVII se chamava os pórticos, mantinha-se "um povo florescente" de jovens *grooms*, como os jovens israelitas dos coros de Racine. Mas não creio que um único pudesse fornecer ao menos a vaga resposta que Joás encontra para Atalia quando esta pergunta ao príncipe menino: "Qual é pois vosso emprego?",[106] pois eles não tinham nenhum. Quando muito, se tivessem perguntado a qualquer um dentre eles, como a nova rainha: "Mas em que se ocupa todo esse povo encerrado neste lugar?",[107] poderia ter dito: "Vejo a ordem pomposa destas cerimônias e para isto contribuo".[108] Às vezes, um dos jovens figurantes se dirigia a alguma das personagens mais importantes,

106 O parágrafo, como o próprio narrador indica, retoma as associações das imagens dos jovens que transitam com passagens das peças de Racine. A pergunta sobre o emprego encontra-se um pouco diferente na peça *Atalia* (ato II, cena 7, verso 661): Atalia dirige-se a Joás. [N. do E.]

107 Atalia ainda se dirige a Joás (*Atalia*, ato II, cena 7, versos 669-670). [N. do E.]

108 Resposta de Joás a Atalia (*Atalia*, ato II, cena 7, verso 676). [N. do E.]

mas logo essa jovem beldade voltava para o coro, e, a menos que não fosse o instante de uma pausa contemplativa, todos entrelaçavam as suas evoluções inúteis, respeitosas, decorativas e cotidianas. Pois, salvo no seu "dia de saída", "longe do mundo criados"[109] e sem franquear o átrio, levavam a mesma existência eclesiástica dos levitas em *Atalia* e, diante daquele "bando juvenil e fiel",[110] representando ao pé dos degraus cobertos de tapetes magníficos, eu podia perguntar-me se penetrava no Grande Hotel de Balbec ou no templo de Salomão.

Subia diretamente a meu quarto. Meus pensamentos estavam habitualmente ligados aos últimos dias da doença de minha avó, àqueles sofrimentos que eu revivia, acrescentando-lhes esse elemento, mais difícil ainda de suportar que o sofrimento, mesmo dos outros, e aos quais é ele acrescentado por nossa cruel piedade; quando julgamos apenas recriar as dores de um ente querido, nossa piedade as exagera; mas talvez seja ela que esteja com a verdade, mais do que a consciência que têm dessas dores aqueles que as sofrem, e aos quais está oculta essa tristeza da sua vida, que a piedade vê e com que se desespera. Contudo, teria a minha piedade ultrapassado em novo ímpeto os sofrimentos de minha avó se tivesse então sabido o que por muito tempo ignorei: que minha avó, na véspera da morte, num instante de consciência, e assegurando-se de que eu não me achava presente, tomara a mão de mamãe e, depois de lhe haver colado os lábios febris, havia dito: "Adeus, minha filha, adeus para sempre". E é também, talvez, essa lembrança que minha mãe jamais cessou de olhar tão fixamente. Depois me voltavam as doces recordações. Ela era minha avó e eu era o seu neto. As expressões de seu rosto pareciam escritas numa língua que só existia para mim; ela era tudo na minha vida, os outros só existiam relativamente a ela, pelos juízos que ela me da-

109 Citação alterada ainda do ato II, cena 9, verso 772, da peça *Atalia*: uma voz do coro fala de Joás. [N. do E.]
110 Última citação da mesma peça (*Atalia*, ato I, cena 3, verso 299). [N. do E.]

ria a respeito deles; mas não, as nossas relações foram demasiado fugitivas para não terem sido acidentais. Ela não me conhece mais, eu nunca mais tornarei a vê-la. Não havíamos sido criados unicamente um para o outro, era uma estranha. Essa estranha estava a olhar a fotografia tirada por Saint-Loup. Mamãe, que tinha encontrado Albertine, insistia para que eu a visse por causa das coisas gentis que ela lhe havia dito de vovó e de mim. Marcara-lhe pois um encontro. Preveni o gerente para que a fizesse esperar na sala. Disse-me que a conhecia desde muito, a ela e suas amigas, muito antes que houvessem atingido "a idade da pureza", mas que estava ressentido com elas por certas coisas que haviam dito no hotel. Não devem ser muito "ilustradas", para falar assim. A menos que não as tenham caluniado. Compreendi facilmente que *"pureté"*[111] era dito por *"puberté"*.[112] Enquanto esperava a hora de ir ao encontro de Albertine, tinha os meus olhos fixos, como num desenho que a gente acaba por não mais ver à força de o contemplar, na fotografia que Saint-Loup tirara, quando de súbito pensei de novo: "É minha avó, eu sou seu neto", como um amnésico reencontra o seu nome, como um doente muda de personalidade. Françoise entrou para me dizer que Albertine havia chegado e, vendo a fotografia: "Pobre senhora, é bem ela, até no sinalzinho do rosto; nesse dia em que o marquês a fotografou, ela havia estado muito doente, e por duas vezes se sentira bastante mal. 'Principalmente, Françoise', me disse ela, 'não é preciso que meu neto o saiba'. E ela bem que o ocultava, estava sempre alegre em sociedade. Só que eu achava por momentos que ela parecia ter o espírito um pouco monótono. Mas passava logo. E depois disse assim: 'Se me acontecer qualquer coisa, é preciso que ele tenha um retrato meu. Nunca mandei tirar nenhum'. Então, mandou-me perguntar ao senhor marquês, recomendando-lhe que não contasse a *monsieur* que fora ela quem tinha pedido, se ele não podia tirar o seu retrato. Mas quando vol-

111 "Pureza". [N. do T.]
112 "Puberdade". [N. do T.]

tei para lhe dizer que sim, ela não queria mais porque se achava com muito mau aspecto. 'Isto ainda é pior', me disse ela, 'do que fotografia nenhuma'. Mas como não era tola, acabou por arranjar-se tão bem, pondo um grande chapéu de abas largas, que não parecia estar desfigurada quando não se achava em luz forte. Estava muito contente com o seu retrato, pois naquele momento não acreditava que fosse voltar de Balbec. Por mais que eu lhe dissesse: 'Senhora, não deve falar assim, não gosto de ouvir a patroa falar assim', aquilo estava na sua cabeça. E depois, fazia vários dias que ela não podia comer. Por isso é que ela deixava que *monsieur* fosse jantar bastante longe com o senhor marquês. Então, em vez de ir para a mesa, ela fingia ler e, logo que o carro do marquês partia, ia deitar-se. Havia dias em que ela desejava prevenir a senhora que viesse para ainda vê-la. E depois tinha medo de assustá-la porque não lhe havia dito nada. 'É melhor que ela fique com o seu marido, não é, Françoise?'". Olhando-me, Françoise perguntou-me de repente se eu não me sentia indisposto. Disse-lhe que não, e ela: "E depois me prende aqui a conversar. Sua visita com certeza já chegou. Tenho de descer. Não é uma pessoa para aqui. E estabanada como é, poderia já ter partido. Ela não gosta de esperar. Ah!, agora, a senhorita Albertine é alguém". "Engana-se, Françoise, ela está muito bem, está demasiado bem para aqui. Mas vá preveni-la de que não poderei vê-la hoje."

Que lastimosas declamações não despertaria eu em Françoise se ela me tivesse visto chorar? Ocultei-me cuidadosamente. Sem isso, eu teria a sua simpatia. Mas dei-lhe a minha. Não nos colocamos o suficiente no coração dessas pobres criadas de quarto que não podem ver-nos chorar, como se chorar nos fizesse mal; ou talvez lhes fizesse mal, pois Françoise me dissera, quando eu era pequeno: "Não chore assim, não gosto de vê-lo chorar desse jeito". Não gostamos das grandes frases, dos protestos, e fazemos mal; fechamos assim o nosso coração ao patético rural, à lenda que a pobre criada, despedida, talvez injustamente, por roubo, muito pálida, tornando-se subitamente mais humilde, como se fora um crime ser acusada, desenrola, invocando a honestidade de seu pai, os princípios de sua mãe, os conselhos de sua avó. Por certo, esses mesmos criados que não podem suportar as nossas lágrimas nos farão apanhar sem escrúpulos um resfriado, porque a criada de quarto debaixo gosta das correntes de ar e não seria delicado suprimi-las. Pois cumpre que mesmo aqueles que têm razão, como Francoise, também não a tenham, para fazer da Justiça uma coisa impossível. Mas os humildes prazeres das criadas provocam a zombaria ou a recusa dos patrões. Pois é sempre um nada, mas tolamente sentimental, anti-higiênico. Assim podem elas dizer: "Como é que a mim, que só peço isso no ano, eles me negam?". E no entanto os patrões concederão muito mais, desde que não seja estúpido e perigoso para elas — e para eles. Por certo, à humildade da pobre criada de quarto, trêmula, prestes a confessar o que não cometeu, dizendo "eu partirei esta noite se for preciso", não se pode resistir. Mas cumpre também não ficarmos insensíveis, apesar da banalidade solene e ameaçadora das coisas que ela diz, à sua herança materna e à dignidade do "campo", diante de uma velha cozinheira drapejada numa vida e numa ascendência de honra, segurando a vassoura como um cetro, levando o seu papel para o trágico, entrecortando-o de prantos, empertigando-se com majestade. Nesse dia recordei ou imaginei tais cenas, reportei-as à nossa velha criada e, desde então, apesar de todo o mal que ela pudesse fazer a Albertine, estimei Françoise com um afeto, intermitente na verdade, mas do gênero mais forte, o que tem por base a compaixão.

Sem dúvida, sofri todo o dia, ficando assim diante do retrato de minha avó. Torturava-me. Menos no entanto do que o fez a visita do gerente. Como lhe falasse em minha avó e ele renovasse as suas condolências, ouvi-o dizer (pois gostava de empregar as palavras que pronunciava mal): "É como no dia em que a senhora sua avó teve aquela *sínquipe*; eu queria avisá-lo porque, por causa dos hóspedes, compreende, poderia prejudicar a casa. Seria melhor que partisse na mesma noite. Mas suplicou-me que nada dissesse e prometeu-me que não teria mais *sínquipe*, ou que, na primeira que viesse, partiria. O chefe do andar comunicou-me no entanto que ela teve uma outra. Mas, afinal, eram antigos hóspedes que a gente procurava contentar e, uma vez que ninguém se queixou...". Assim, minha avó tivera síncopes e mas havia ocultado. Talvez no momento em que eu era menos gentil para com ela, em que era obrigada, enquanto sofria, a procurar mostrar-se de bom humor para não irritar-me e a parecer de boa saúde para não ser despejada do hotel. *Sínquipe* é uma palavra que, assim pronunciada, eu jamais teria imaginado que me pudesse parecer ridícula quando aplicada a outros, mas que na sua estranha novidade sonora, semelhante à de uma dissonância original, ficou sendo por muito tempo a que me podia despertar as sensações mais dolorosas.

No dia seguinte, a pedido de mamãe, fui estender-me um pouco na areia, ou antes, nas dunas, lá onde se fica oculto entre as suas ondulações, e onde sabia que Albertine e suas amigas não poderiam encontrar-me. Minhas pálpebras, descidas, não deixavam passar senão uma única luz, toda cor-de-rosa, a das paredes internas dos olhos. Depois se fecharam de todo. Então minha avó apareceu-me sentada numa poltrona. Tão fraca que parecia viver menos do que qualquer outra pessoa. No entanto eu a ouvia respirar; às vezes um sinal mostrava que havia compreendido o que meu pai e eu dizíamos. Mas, por mais que a beijasse, não conseguia despertar um olhar de afeição em seus olhos, nem um pouco de cor em suas faces. Ausente de si mesma, parecia não amar-me, não conhecer-me, não me ver talvez. Eu não podia adivinhar o segredo da sua indiferença, do seu desânimo, do seu descontentamento silencioso. Arrastei meu pai à parte. "Estás vendo mesmo", disse-lhe, "não há que objetar. Ela apreendeu exatamente todas as coisas. É a ilusão completa da vida. Se se pudesse mandar chamar teu primo, que acha que os mortos não vivem... Olha que já faz mais de um ano que ela está morta e em suma continua a viver. Mas por que não quer beijar-me?" "Olha, a sua pobre cabeça retomba." "Mas há pouco ela ainda queria ir aos Campos Elísios.". "É uma loucura!" "Acreditas na verdade que isso lhe poderia fazer mal, que ela poderia morrer mais ainda? Não é possível que ela tenha deixado de gostar de mim. Por mais que eu a beije, será que ela nunca me sorrirá?" "Que queres? Os mortos são os mortos."

Alguns dias mais tarde, a fotografia que Saint-Loup tirara me era agradável de olhar; não despertava a lembrança do que me dissera Françoise porque não mais me havia deixado e eu me habituava a ela. Mas em face da ideia que eu fazia do seu estado tão grave, tão doloroso naquele dia, a fotografia, aproveitando ainda as manhas que tivera minha avó e que conseguiam enganar-me mesmo depois de me haverem sido reveladas, ma mostrava tão elegante, tão descuidosa sob o chapéu que lhe ocultava um pouco o rosto, que eu a via menos infeliz e com mais saúde do que tinha imaginado. E, no entanto, as suas faces, tendo conservado à revelia dela alguma coisa de pesado, de desesperado, como o olhar de um animal que já se sentisse escolhido e designado, minha avó tinha um ar de condenada à morte, um olhar involuntariamente sombrio, inconscientemente trágico, que me escapava mas que impedia mamãe de olhar jamais para aquela fotografia, aquela fotografia que lhe parecia menos uma fotografia de sua mãe que a da enfermeira desta, de um insulto que essa enfermidade fazia à face brutalmente esbofeteada de minha avó.

Depois um dia resolvi-me a mandar dizer a Albertine que a receberia proximamente. E que numa manhã de calor prematuro, os mil gritos das crianças que brincavam, dos banhistas gracejando, dos vendedores de jornais, me haviam escrito a traços de fogo, em flâmulas entrelaçadas, a praia ardente que as pequenas vagas vinham de uma em uma regar com o seu frescor; então havia começado o concerto sinfônico mesclado ao quebrar das águas, no qual vibravam os violinos como um enxame de abelhas perdido sobre o mar. E logo eu desejava ouvir de novo o riso de Albertine, de rever suas amigas, aquelas raparigas a destacar-se sobre o fundo das águas e que tinham ficado na minha lembrança como o encanto inseparável, a flora característica de Balbec; e tinha resolvido mandar por Françoise um recado a Albertine, para a semana próxima, enquanto o mar, subindo suavemente, a cada embater de onda, recobria completamente de rolamentos de cristal a melodia cujas frases apareciam separadas umas das outras como esses anjos tocadores de alaúde que, no alto da catedral italiana, se elevam entre as cristas de pórfiro azul e de jaspe espumante. Mas no dia em que veio Albertine, o tempo se estragara de novo e havia refrescado, e, aliás, não tive ocasião de ouvir seu riso; ela estava de muito mau humor. "Balbec está aborrecidíssimo este ano", disse-me ela. "Tratarei de não demorar-me muito tempo. Bem sabe que estou aqui desde a Páscoa, o que já faz mais de um mês. Não há ninguém. Se acredita que é muito divertido..." Apesar da chuva recente e do céu mutável a cada instante, depois de haver acompanhado Albertine até Egreville, pois Albertine fazia, segundo a sua expressão, o "vaivém" entre aquela pequena praia, onde estava a vila da sra. Bontemps, e Incarville, onde ela fora tomada em pensão pelos pais de Rosemonde, parti a passear sozinho por aquela grande estrada que o carro da sra. de Villeparisis seguia quando íamos passear com minha avó; poças d'água que o sol que brilhava não havia secado faziam do chão um verdadeiro pântano e eu pensava em minha avó que outrora não podia andar dois passos sem se enlamear. Mas logo que cheguei à estrada, foi um deslumbramento. Ali onde eu não tinha visto no mês de agosto mais que as folhas e como que a localização das macieiras, eis que se estendiam elas a perder de vista em plena floração, de um luxo inaudito, os pés na lama e em vestido de baile, sem tomar precauções para não estragar o mais maravilhoso cetim rosa que já se tivesse visto e que o sol fazia brilhar; o horizonte longínquo do mar fornecia às macieiras como que um fundo de estampa japonesa; se eu erguia a cabeça para olhar o céu entre as flores, que faziam parecer quase violento o seu azul, tranquilo, pareciam afastar-se para mostrar a profundeza daquele paraíso. Sob aquele azul uma brisa leve mas fria fazia tremer levemente os ramos ruborizados. Melharucos azuis vinham pousar nos ramos e saltavam entre as flores, indulgentes, como se fosse um amador de exotismo e de cores que houvesse artificialmente criado aquela beleza viva. Mas sensibilizava até as lágrimas porque, por mais longe que se fosse nos seus efeitos de arte refinada, sentia-se que era natural, que aquelas macieiras estavam ali em pleno campo, como campônios, numa estrada real da França. Depois, aos raios do sol, sucederam subitamente os da chuva; zebraram todo o horizonte, encerraram a fila das macieiras na sua rede cinzenta. Mas estas continuavam a erguer a sua beleza, florida e rósea, no vento agora glacial sob o aguaceiro que tombava: era um dia de primavera.

II

No temor de que o prazer encontrado naquele passeio solitário enfraquecesse em mim a lembrança de minha avó, eu procurava reavivá-la, pensando nalgum grande sofrimento moral que ela tivesse tido; a meu apelo, esse sofrimento tentava construir-se em meu coração e aí lançava os seus pilares imensos; mas meu coração era sem dúvida demasiado pequeno para ele, eu não tinha forças para carregar uma dor tão grande, meu coração se furtava ao momento em que ele tornava a formar-se de todo, e seus arcos desabavam antes de se haverem juntado, como desabam as vagas antes de haver formado sua abóbada.

No entanto, nada mais que por meus sonhos quando me achava adormecido, poderia eu saber que ia diminuindo a minha dor pela morte de minha avó, pois ela aparecia neles menos opressa pela ideia que eu fazia do seu nada. Eu a via sempre enferma, mas em via de restabelecimento; achava-a melhor. E se ela fazia alusão ao que havia sofrido, eu fechava-lhe a boca com meus beijos e assegurava-lhe que agora estava curada para sempre. Desejaria fazer os céticos verificarem que a morte era verdadeiramente uma doença de que a gente se restabelece. Somente, não mais achava em minha avó a rica espontaneidade de outrora. Suas palavras não eram mais que uma resposta enfraquecida, dócil, quase que um simples eco de minhas palavras; ela não era mais que o reflexo de meu próprio pensamento.

Incapaz como ainda me achava de experimentar de novo um desejo físico, Albertine recomeçava no entanto a inspirar-me como um desejo de ventura. Certos sonhos de ternura compartilhada, sempre flutuantes em nós, se aliam de bom grado por uma espécie de afinidade à lembrança (sob a condição de que esta já se tenha tornado um pouco vaga) de uma mulher com quem já experimentamos prazer. Esse sentimento me relembrava aspectos do rosto de Albertine, mais suaves, menos alegres, bastante diferentes daqueles que me teria evocado o desejo físico; e como era também menos premente do que este último, eu de boa mente lhe teria adiado a realização até o inverno seguinte, sem procurar rever Albertine em Balbec antes da sua partida. Mas mesmo no meio de um sofrimento ainda vivo o desejo físico renasce. De meu leito, onde me faziam permanecer muito tempo todos os dias a descansar, eu desejava que Albertine viesse recomeçar os nossos jogos de outrora. Pois não acontece, no próprio quarto onde perderam um filho, esposos em breve entrelaçados novamente, darem um irmão ao pequeno morto? Eu tentava distrair-me desse desejo indo até a janela olhar o mar daquele dia. Como no primeiro ano, de um dia para o outro os mares eram raramente os mesmos. Aliás, não se assemelhavam absolutamente aos daquele primeiro ano, ou porque agora fosse a primavera com as suas tempestades ou porque, ainda que tivesse vindo em data igual à da primeira vez, tempos diferentes, mais mutáveis, poderiam ter desaconselhado aquela costa a certos mares indolentes, vaporosos e frágeis que eu vira durante dias ardentes dormirem na praia soerguendo imperceptivelmente o seio azulado, com uma branda palpitação, ou principalmente porque os meus olhos, educados por Elstir para reterem precisamente os elementos que eu outrora voluntariamente afastava, contemplava longamente o que não sabiam ver no primeiro ano. Essa oposição, que então me impressionava tanto, entre os passeios agrestes que eu dava com a sra. de Villeparisis, e aquela vizinhança fluida, inacessível e mitológica do Oceano eterno, não mais existia para mim. E certos dias, pelo contrário, o próprio mar me parecia quase rural. Nos dias, assaz raros, de verdadeiro bom tempo, o calor havia traçado sobre as águas, como através dos campos, uma estrada poeirenta e branca atrás da qual se erguia a fina ponta de um barco de pesca, como um campanário de aldeia. Um rebocador, de que só se via a chaminé fumando ao longe como uma fábrica distante, enquanto, sozinho no horizonte, um quadrado branco e pando, pintado sem dúvida por alguma vela, mas que parecia compacto e como calcário, fazia pensar na esquina cheia de sol de alguma construção isolada, hospital ou escola. E as nuvens e o vento, nos dias em que se lhes juntava o sol, completavam, se não o engano do juízo, pelo menos a ilusão do primeiro olhar, a sugestão que ele desperta na imaginação. Pois a alternância de espaços de cores nitidamente divididas como as que resultam, na campanha, da contiguidade de culturas diferentes, as desigualdades ásperas, amarelas e como que lamacentas da superfície marinha, as searas, os taludes que furtavam à vista um barco onde uma equipe de ágeis marinheiros parecia recolher as messes, tudo aquilo, pelos dias tempestuosos, fazia do oceano alguma coisa de tão variado, tão consistente, tão acidentado, tão populoso, tão civilizado, como a estrada na qual outrora ia dar os meus passeios, como não ia tardar a dá-los agora. E uma vez, não mais podendo resistir a meu desejo, em lugar de tornar a deitar-me, vesti-me e fui procurar Albertine em Incarville. Pedir-lhe-ia que me acompanhasse até Douville, onde eu iria fazer em Féterne uma visita à sra. de Cambremer, e na Raspelière uma visita à sra. Verdurin. Albertine me esperaria durante esse tempo na praia e voltaríamos juntos de noite. Fui tomar o trenzinho local, de que aprendera outrora, por intermédio de Albertine e suas amigas, todos os apelidos na região, onde o chamavam, ora o *Novelo*, por causa de suas inumeráveis voltas, o *Parado*, porque não avançava, o *Transatlântico*, por causa de uma terrível sirene que possuía para que se cuidassem os viandantes, o *Decauville* e o *Funi*, embora não fosse absolutamente um funicular, mas porque subia a falésia, nem sequer, propriamente falando, um Decauville, mas porque possuía uma via de 6o, o *B.A.G.*, porque ia de Balbec a Grattevast, passando por Angerville, o *Tram* e *T.S.N.*, porque fazia parte da linha dos *tramways* do Sul da Normandia![113] Instalei-me num vagão onde me achava a sós; fazia um sol esplêndido, abafa-

---

113 A trajetória do trenzinho de Balbec não é de forma alguma realista. Interessa sobretudo uma sequência de nomes cuja etimologia será exposta mais tarde pela personagem do professor da Sorbonne, Brichot. Paul Decauville (1846-1922) é fundador de uma fábrica de produção de material para as estradas de ferro. [N. do E.]

va-se; baixei o estore azul que não deixou passar mais que uma réstia de sol. Mas em seguida vi minha avó, tal como estava sentada no trem, na nossa partida de Paris para Balbec, quando, na dor de me ver tomar cerveja, tinha preferido não olhar, fechar os olhos e fingir que estava dormindo. Eu, que não podia suportar outrora o sofrimento que ela sentia quando meu avô tomava conhaque, lhe havia infligido, não somente o de me ver tomar a convite de outro uma bebida que ela julgava funesta para mim, mas a tinha forçado a deixar-me livre para beber à vontade; ainda mais, com as minhas cóleras, com as minhas crises de sufocação, tinha-a obrigado a ajudar-me, a aconselhar-me que o fizesse, numa resignação suprema, de que eu tinha diante de minha memória a imagem muda, desesperada, de olhos fechados para não ver. Tal lembrança, como um toque de varinha mágica, me devolvera a alma que eu vinha perdendo desde algum tempo; que poderia eu fazer de Rosemonde quando meus lábios inteiros eram percorridos unicamente pelo desejo desesperado de beijar a uma morta, que poderia eu dizer aos Cambremer e aos Verdurin, quando meu coração batia tão forte porque ali se reformava a cada momento a dor que minha avó havia sofrido? Não pude ficar naquele vagão. Logo que o trem parou em Maineville-la-Teinturière, renunciando a meus projetos, desci, alcancei a falésia e segui-lhe os sinuosos caminhos. Maineville tinha adquirido desde algum tempo uma importância considerável e uma reputação particular, porque um diretor de inúmeros cassinos, mercador de bem-estar, mandara construir não longe dali, com um luxo de mau gosto rivalizável com o de um palácio, um estabelecimento sobre o qual voltaremos a falar, e que era na verdade a primeira casa pública para gente elegante que se teve ideia de construir nas costas da França. Era a única. A verdade é que cada porto tem a sua, mas boa unicamente para os marinheiros e para os amadores de pitoresco a quem diverte ver, bem junto da igreja imemorial, a patroa quase tão velha, venerável e musgosa, postar-se ante a sua mal-afamada porta, esperando o regresso dos barcos de pesca.

Afastando-me da fulgurante casa de "prazer", isoladamente erguida ali apesar dos protestos das famílias inutilmente dirigidos ao *maire*, alcancei a falésia e segui-lhe os caminhos sinuosos na direção de Balbec. Ouvi, sem lhe responder, o apelo dos pilriteiros. As flores dos pilriteiros, vizinhas menos abastadas das flores de macieira, achavam-nas bastante pesadas, embora reconhecendo a pele fresca que têm as filhas, de pétalas róseas, daqueles gordos fabricantes de sidra. Sabiam que, menos ricamente dotadas, eram mais procuradas no entanto e que lhes bastava, para agradar, uma brancura amarfanhada.

Quando voltei, o porteiro do hotel entregou-me um convite para enterro de que participavam o marquês e a marquesa de Gonneville, o visconde e a viscondesa de Amfreville, o conde e a condessa de Berneville, o marquês e a marquesa de Gramcourt, o conde de Amononcourt, a condessa de Maineville, o conde e a condessa de Franquetot, a condessa de Chaverny, nascida d'Aigleville, e que afinal compreendi por que me fora enviado, ao reconhecer os nomes da marquesa de Cambremer, nascida du Mesnil la Guichard, e quando vi que a morta, uma prima dos Cambremer, se chamava Éléonore-Euphrasie-Humbertine de Cambremer, condessa de Criquetot. Em toda a extensão dessa família provinciana, cuja enumeração enchia linhas finas e cerradas, nem um burguês, e aliás nem um título conhecido, mas todo o bando e sub-bando dos nobres da região que faziam cantar seus nomes — os de todos os lugares interessantes do país — de alegres finais em *ville*, em *court*, às vezes mais surdas (em *tot*).

Minha mãe subira para o quarto, meditando esta frase de madame de Sévigné: "Não visito a nenhum dos que querem distrair-me de ti; em palavras disfarçadas, o que eles querem é impedir-me de pensar em ti, e isto me ofende",[114] porque o primeiro presidente lhe dissera que ela deveria se distrair. A mim

---

114 Citação quase literal de trecho de uma carta de madame de Sévigné do dia 11 de fevereiro de 1671. [N. do E.]

ele sussurrou: "É a princesa de Parma". Dissipou-se-me o temor, ao ver que a mulher que o magistrado me mostrava não tinha nenhuma relação com Sua Alteza Real. Mas como esta mandara reservar um quarto para passar a noite, ao voltar da casa da sra. de Luxembourg, a notícia teve para muitos o efeito de fazer- -lhes tomar pela princesa toda nova dama que chegasse — e para mim, de fazer-me fechar em meu abrigo.

Eu não desejaria estar ali sozinho. Eram apenas quatro horas. Pedi a Françoise que fosse procurar Albertine, para que esta viesse passar o fim da tarde comigo.

Creio que mentiria se dissesse já haver começado a dolorosa e perpétua desconfiança que devia inspirar-me Albertine, e com mais forte razão o caráter peculiar, sobretudo gomorriano, de que se deveria revestir essa desconfiança. Por certo, desde aquele dia — mas não era o primeiro — minha espera foi um pouco ansiosa. Françoise demorou tanto que comecei a desesperar. Não tinha acendido a lâmpada. Não havia mais claridade. O vento fazia estalar a bandeira do cassino. E, mais débil ainda no silêncio da costa por onde o mar subia, e como uma voz que traduzisse e aumentasse o vago enervante daquela hora inquieta e falsa, um realejo parado defronte ao hotel executava valsas vienenses. Enfim Françoise chegou, mas sozinha. "Fui o mais depressa que pude, mas ela não queria vir porque não se achava bem penteada. Se não ficou uma hora contada a empomadar-se, cinco minutos é que não ficou. Vai ser uma verdadeira perfumaria aqui. Ela vem vindo, parou para arranjar-se diante do espelho. Eu pensava já encontrá-la aqui..." Ainda passou muito tempo antes que Albertine chegasse. Mas a alegria, a gentileza que ela teve desta vez dissiparam a minha tristeza. Anunciou-me (contrariamente ao que havia dito no outro dia) que ficaria durante toda a temporada e perguntou-me se não nos poderíamos ver todos os dias, como no primeiro ano. Disse-lhe que andava muito triste e que preferia mandar chamá-la de tempos em tempos, no último momento, como em Paris. "Quando estiver aflito, ou o coração lho aconselhar, não hesite", disse-me ela, "mande-me chamar que eu virei a toda, e, se não receia que isso cause escândalo no hotel, demorarei quanto tempo você quiser". Françoise, ao trazê-la, mostrava um ar feliz, como de cada vez em que se dava a algum trabalho por mim e conseguia causar-me prazer. Mas a própria Albertine não entrava em nada nesta alegria e logo no dia seguinte Françoise devia dizer-me estas palavras profundas: *"Monsieur,* não deveria ver essa moça. Bem sei a espécie de gênio que ela tem; ainda lhe causará desgostos". Reconduzindo Albertine, vi pela sala de jantar iluminada a princesa de Parma. Não fiz mais que olhá-la, arranjando-me para não ser visto. Mas confesso que achei certa grandeza na régia polidez que me fizera sorrir em casa dos Guermantes. É um princípio que os soberanos estejam em toda parte em sua casa, e o protocolo o traduz por usos mortos e sem valor como o que exige que o dono da casa conserve o chapéu na mão, em sua própria moradia, para mostrar que não está em sua casa, mas em casa do príncipe. Essa ideia, talvez a princesa de Parma não a formulasse para si mesma, mas de tal forma se imbuíra dela que a traduziam todos os seus atos, espontaneamente inventados pelas circunstâncias. Quando se levantou da mesa, deu uma considerável gorjeta a Aimé, como se ele estivesse ali unicamente para ela, e como se ela recompensasse, ao deixar seu castelo, um mordomo afeto a seu serviço. Não se contentou, aliás, com a gorjeta, mas, com um gracioso sorriso, dirigiu-lhe algumas palavras amáveis e lisonjeiras, de que sua mãe a premunira. Um pouco mais, e ela lhe teria dito que, quanto mais bem dirigido era o hotel, tanto mais florescente era a Normandia e, que a todos os países do mundo, ela preferia a França. Outra moeda deslizou das mãos da princesa para o escanção, que mandara chamar e a quem timbrou em expressar sua satisfação como um general que acaba de passar uma revista. O *lift* viera naquele momento dar uma resposta; teve ela igualmente uma frase, um sorriso e uma gorjeta, tudo isso de envolta com palavras animadoras e humildes destinadas a provar-lhes que ela não era mais que nenhum deles. Como Aimé, o escanção, o *lift* e os outros julgaram que seria indelicado não sorrirem até as orelhas para uma pessoa que lhes sorria, ela em breve se viu cercada de um grupo de criados, com quem conversou benevolamente; como essas maneiras fossem inusitadas nos palácios, as pessoas que passavam pela praia, ignorando-lhe o nome, julgaram que viam uma freguesa de Balbec e que, devido a uma extração medíocre ou em interesse profissional (talvez fosse esposa de um corretor rural), era menos diferente da criadagem que os fregueses verdadeiramente elegantes. Quanto a mim, pensei no palácio de Parma, nos conselhos meio religiosos, meio políticos dados a essa princesa, a qual agia com o povo como se tivesse de conciliar-lhe as graças para reinar um dia.[115] Ainda mais, como se já reinasse.

Eu subia a meu quarto, mas ali não me achava sozinho. Ouvia alguém tocar languidamente trechos de Schumann. Por certo, acontece que as pessoas, mesmo as que mais estimamos, se saturam da tristeza ou da irritação que emana de nós. Há no entanto uma coisa que tem uma capacidade de irritação a que uma pessoa jamais atingirá: é um piano.

Albertine me fizera tomar nota das datas em que devia se ausentar e passar alguns dias em casa de amigas e também do endereço destas, para o caso de que eu tivesse necessidade dela numa daquelas tardes, pois nenhuma morava muito longe. Isto fez com que, para achá-la, de moça em moça, muito naturalmente se foi formando em torno dela um elo de flores. Ouso confessar que muitas de suas amigas — eu ainda não a amava — me deram numa praia ou outra instantes de prazer. Essas jovens camaradas benevolentes não me pareciam muito numerosas. Mas ultimamente tornei a pensar nisso, seus nomes me voltaram à

---

115 Os "conselhos" de que se lembra o herói são os conselhos que ele imaginara terem sido dirigidos desde cedo à princesa de Parma por sua mãe, como o de não deixar nunca transparecer a noção de sua superioridade social, ou qualquer indício de fazer conta do enorme privilégio de seu nascimento. [N. do E.]

memória. Naquela única estação, contei doze que me concederam seus frágeis favores. Logo depois me veio outro nome, o que somou treze. Tive então como que uma infantil crueldade em ficar nesse número. Ai!, eu pensava que havia esquecido a primeira, Albertine, que já não estava e foi a décima quarta.

Retomando o fio da narrativa: tinha eu anotado os nomes e endereços das moças em cuja residência a encontraria em determinados dias em que ela não estivesse em Incarville, mas tinha pensado que aproveitaria melhor esses dias indo à casa da sra. Verdurin. Aliás, nossos desejos por diferentes mulheres nem sempre têm a mesma força. Certa noite, não podemos passar sem uma que, depois disso, não nos perturbará durante um mês ou dois. E depois, as causas de alternância, que aqui não é o lugar indicado para estudar: após as grandes fadigas carnais, a mulher cuja imagem obseda a nossa senilidade momentânea é uma mulher que a gente quase não faria mais que beijar na fronte. Quanto a Albertine, eu raramente a via, e só nas tardes, muito espaçadas, em que não podia passar sem ela. Se tal desejo me acometia quando ela estava longe de Balbec para que Albertine pudesse ir até lá, eu mandava o *lift* a Égreville, a Sogne, a Saint-Frichoux, pedindo-lhe que terminasse um pouco mais cedo o seu trabalho. Ele entrava em meu quarto mas deixava a porta aberta, pois, embora fizesse conscienciosamente o seu trabalho, que era muito duro e consistia desde as cinco da madrugada em inúmeras limpezas, não podia resolver-se ao esforço de fechar uma porta e, se lhe observavam que ela estava aberta, retrocedia, e, atingindo o máximo de seu esforço, encostava-a levemente. Com o orgulho democrático que o caracterizava e a que não atingem nas carreiras liberais os membros de profissões um pouco numerosas, advogados, médicos, homens de letras, que chamam somente a um outro advogado, médico ou homem de letras de "meu confrade", ele, usando com razão de um termo reservado aos corpos restritos, como as academias por exemplo, dizia-me falando de um *groom* que era *lift* de dois em dois dias: "Vou ser substituído por meu *colega*". Esse orgulho não impedia, com o fim de melhorar o que denominava os seus honorários, de aceitar remunerações pelos seus recados, o que fizera Françoise criar-lhe um verdadeiro horror: "Sim, a primeira vez que a gente o vê é capaz de dar-lhe a hóstia sem confissão, mas há dias em que ele é delicado como uma porta de prisão. São todos uns caça-níqueis". Essa categoria em que fizera tantas vezes figurar Eulalie e em que, ai de nós, por todas as desgraças que isso devia um dia trazer, ela já colocava Albertine, porque me via muitas vezes pedir a mamãe, para a minha amiga pouco afortunada, objetos miúdos, bugigangas, o que Françoise achava indesculpável porque a sra. Bontemps tinha apenas uma criada para todo o serviço. Logo o *lift*, retirando o que eu chamaria a sua libré e que ele denominava a sua túnica, aparecia de chapéu de palha e bengala, cuidando do seu andar e de porte erguido, pois a mãe lhe recomendara que sempre evitasse o tipo "operário" ou *groom*. Da mesma forma que, graças aos livros, a ciência é acessível a um operário que não é mais operário depois que terminou seu trabalho, assim, graças ao chapéu de palha e ao par de luvas, a elegância se tornava acessível ao *lift* que, deixando à noite fazer subir os hóspedes, se julgava, como um jovem cirurgião que retirou a sua blusa, o sargento Saint--Loup sem o uniforme, transformado num perfeito homem do mundo. Não era, aliás, sem ambição, nem talento tampouco para manipular a sua gaiola e não nos deixar entre dois andares. Mas sua linguagem era defeituosa. Eu acreditava na sua ambição porque ele dizia, ao falar do porteiro, de quem dependia: "o meu porteiro", no mesmo tom que um homem que possui em Paris o que o *groom* teria chamado "residência particular", se referiria a seu porteiro. Quanto à sua linguagem, é curioso que alguém que ouvia cinquenta vezes por dia um hóspede chamar: "elevador", nunca dissesse ele próprio senão "ascensor". Certas coisas eram extremamente irritantes nesse ascensorista: qualquer coisa que eu dissesse, interrompia-me ele com uma locução: "Está visto!" ou "Logo vi!", que parecia significar ou que minha observação era de tal evidência que todo mundo a teria feito, ou então reportar a si o mérito, como se fosse ele quem atraía a minha atenção para a coisa. "Está visto!" ou "Logo vi!", exclamado com a maior energia, voltava de dois em dois minutos à sua boca por coisas que jamais lhe teriam ocorrido, o que me irritava tanto que logo me punha a dizer o contrário para lhe mostrar que ele não compreendia nada. Mas à minha segunda asserção, embora fosse inconciliável com a primeira, ele tampouco deixava de retrucar: "Está visto!", "Logo vi!", como se estas palavras fossem inevitáveis. Também dificilmente lhe perdoava que empregasse certos termos de seu ofício, e que por isso mesmo seriam perfeitamente óbvios no sentido próprio, unicamente no sentido figurado, o que lhe dava uma intenção espirituosa assaz tola, por exemplo o verbo pedalar. Jamais o usava quando tinha feito uma corrida de bicicleta. Mas se, a pé, despachara-se para chegar na hora, a fim de assinalar que havia marchado depressa, dizia: "Como pedalei!". O ascensorista era antes baixo, malfeito de corpo e bastante feio. Isso não impedia que, de cada vez que lhe falavam de um jovem alto, esbelto e fino, ele dissesse: "Ah!, sim, eu sei, um que é exatamente do meu tamanho". E um dia em que esperava uma resposta sua, como subissem a escada, eu, ao rumor dos passos, abrira por impaciência a porta de meu quarto e vira um *groom* belo como Endimião, os traços incrivelmente perfeitos, que vinha trazer recado para uma dama que eu não conhecia. Quando voltou o ascensorista, ao dizer-lhe com que impaciência esperava a sua resposta, contei-lhe que julguei que era ele quem subia, mas que vinha a ser um *groom* do hotel Normandie: "Ah!, sim, eu sei qual é", me disse ele, "só há um, um rapaz da minha estatura. De cara também se parece tanto comigo que poderiam tomar-nos um pelo outro, parece até meu gêmeo". Enfim, queria dar a entender que compreendia tudo desde o mesmo instante, e isso fazia com que dissesse, logo que lhe recomendavam alguma coisa: "Sim, sim, sim, sim, compreendo muito bem", com uma nitidez e um tom inteligente que por algum tempo me enganaram; mas as pessoas, à medida que as vamos conhecendo, são como um metal mergulhado numa mistura alterante, e vemo-las perderem pouco a pouco as suas qualidades (como às vezes os seus defeitos). Antes de lhe fazer minhas recomendações, vi que ele havia deixado a porta aberta; chamei-lhe a atenção para isso, pois tinha medo de que nos ouvissem; ele condescendeu com meu desejo e voltou, depois de haver diminuído a abertura. "É para lhe dar prazer. Mas não há mais ninguém no andar a não ser nós dois." Em seguida ouvi passar uma, depois duas, depois três pessoas. Isso me irritava por causa da possível indiscrição, mas sobretudo porque via que absolutamente não o espantava e que era um vaivém normal. "Sim, é a camareira do lado que vai buscar as suas coisas. Oh!, não tem importância, é o escanção que traz as suas chaves. Não, não é nada, pode falar, é o meu colega que vai pegar o serviço." E como os motivos que todas as pessoas tinham para passar não diminuíam a contrariedade de que pudessem ouvir-me, sob minha ordem formal, ele foi, não fechar a porta, o que estava acima das forças daquele ciclista que desejava uma "moto", mas empurrá-la um pouco mais. "Assim estamos bem sossegados." De tal modo o estávamos que uma americana entrou e retirou-se, desculpando-se por se haver enganado de quarto. "Você vai trazer-me aquela moça", disse-lhe eu, depois de haver eu próprio batido a porta com todas as minhas forças (o que trouxe um outro *groom* a certificar-se se não havia alguma janela aberta). Você se lembra bem: senhorita Albertine Simonet. De resto, está no envelope. Só tem a dizer-lhe que isso é da minha parte. Ela virá de boa vontade", acrescentei para animá-lo e não humilhar-me demasiado. "Está visto!" "Pelo contrário, não é nada natural que ela venha de boa vontade. E muito incômodo vir de Berneville até aqui." "Compreendo!" "Diga-lhe que venha com você." "Sim, sim, sim, compreendo muito bem", respondia ele naquele tom preciso e fino que desde muito deixara de causar-me "boa impressão", pois sabia que era quase mecânico e recobria sob a sua nitidez aparente muita vagueza e tolice. "A que horas estará de volta?" "Não demoro muito", dizia o *lift*, que tomando a fundo a regra ditada por Bélise de evitar a recidiva do *pas* com o *ne*, contentava-se sempre com uma negativa só.[116] "Posso muito bem ir lá. As saídas tinham sido suspensas por causa de um almoço de vinte talheres. E era a minha vez de sair. Agora é justo que eu saia um pouco esta noite. Levo a minha bicicleta. Assim andarei depressa." E, uma hora depois, ele chegava, dizendo: "O senhor esperou bastante, mas aquela moça veio comigo. Está lá embaixo". "Ah!, obrigado, o porteiro não se incomodará comigo?" "O senhor Paul? Nem sabe onde estive. Nem o chefe da portaria tem nada que dizer." Mas uma vez em que eu havia dito: "É preciso absolutamente que você a traga, sem falta", ele me disse, sorrindo: "O senhor sabe que não a encontrei. Ela não está aí. E não pude demorar mais tempo; tinha medo de que me acontecesse o mesmo que com o meu colega, que despacharam do hotel". Não era por maldade que ele sorria, mas sim devido à timidez. Julgava diminuir a importância da sua falta levando-a em troça. Da mesma forma, se me dissera: *O senhor sabe* que não a encontrei, não era porque julgasse que efetivamente eu o sabia. Pelo contrário, não duvidava de que eu o ignorasse e principalmente se alarmava com isso. De modo que dizia "o senhor sabe" para evitar as angústias que sofreria ao pronunciar as frases destinadas a revelar-me aquilo. Nunca nos deveríamos encolerizar contra os que, apanhados em falta por nós, se põem a rir. Assim fazem, não por zombaria, mas de medo que possamos estar descontentes. Teste-

---

116 O ascensorista tinha certas peculiaridades de linguagem, como suprimir o *ne* das frases negativas francesas, conservando o *pas* (exemplo: *j'ai pas*, por *je n'ai pas)*, além de algumas alterações fonéticas, e que, naturalmente, são intraduzíveis. A propósito, faz o autor algumas considerações que, da mesma forma, não foram traduzidas pois não teriam cabimento no texto em português. [N. do T.] Alusão a um trecho da peça *As mulheres sábias* (*Les femmes savantes*), de Molière, em que a personagem Bélise critica a regra gramatical da negação em francês, que pede a colocação da partícula *ne* antes do verbo e da partícula *pas* logo depois. Como já dito na nota do tradutor, no original o *lift* utiliza apenas o *pas*. [N. do E.]

munhemos uma grande piedade, mostremos uma grande doçura para com aqueles que riem. Tal qual um verdadeiro ataque, a perturbação do ascensorista lhe trouxera, não só uma vermelhidão apoplética, mas também uma alteração da linguagem, que se tornou de súbito familiar. Acabou por me explicar que Albertine não estava em Égreville, que devia voltar somente às nove horas e que se alguma vez, o que queria dizer se por acaso, regressasse mais cedo, lhe dariam meu recado, e estaria em todo caso comigo antes da uma da madrugada.

Aliás, não foi ainda naquela noite que começou a tomar corpo a minha cruel desconfiança. Não, para o dizer logo e embora o fato só haja ocorrido algumas semanas mais tarde, ela nasceu de uma observação de Cottard. Naquele dia Albertine e suas amigas tinham querido arrastar-me ao cassino de Incarville e, para sorte minha, eu não as teria encontrado (pois pretendia fazer uma visita à sra. Verdurin, que já me convidara várias vezes) se não fosse detido exatamente em Incarville por um desarranjo do transporte, cuja reparação demandava algum tempo. Caminhando de um lado para outro à espera de que terminassem, encontrei-me de súbito cara a cara com o dr. Cottard, que viera a Incarville a serviços profissionais. Quase hesitei em cumprimentá-lo, visto não haver ele respondido a nenhuma de minhas cartas. Mas a amabilidade não se manifesta em todos da mesma maneira. Como a educação não o sujeitara às mesmas regras fixas de cortesia que às pessoas do alto mundo, Cottard era cheio de boas intenções que a gente ignorava e negava até o dia em que ele tinha ocasião de manifestá-las. Escusou-se, bem que recebera minhas cartas e havia assinalado a minha presença aos Verdurin, que tinham muita vontade de ver-me e a cuja casa me aconselhava que fosse. Queria até levar-me naquela mesma noite, pois ia retomar o trenzinho local para jantar com eles. Como eu hesitasse e ainda houvesse algum tempo disponível antes da partida do seu trem e o conserto ainda demoraria, fi-lo entrar num pequeno cassino, num daqueles que me haviam parecido tão tristes na noite da minha primeira chegada e agora cheio do tumulto das moças que, na falta de cavalheiros, dançavam umas com as outras. Andrée veio ter comigo, deslizando, eu contava partir dali a pouco com Cottard para os Verdurin, quando recusei definitivamente o seu oferecimento, tomado de um desejo muito vivo de ficar com Albertine. É que acabava de ouvi-la rir. E aquele riso evocava também as róseas carnações, as paredes perfumadas, contra as quais parecia que acabara de esfregar-se e de que, acre, sensual e revelador como um perfume de gerânio, parecia transportar consigo algumas partículas quase ponderáveis, irritantes e secretas.

Uma das moças que eu não conhecia sentou-se ao piano e Andrée convidou Albertine para valsar com ela. Satisfeito, naquele pequeno cassino, ao pensar que ia ficar na companhia de ambas, observei a Cottard como elas dançavam bem. Mas ele, do ponto de vista especial do médico e com uma má-educação que não levava em conta que eu conhecia aquelas moças a quem no entanto devia ter-me visto saudar, respondeu-me: "Sim, mas os pais são muito imprudentes em deixar as filhas tomarem semelhantes hábitos. Eu certamente não permitiria às minhas que viessem aqui. São ao menos bonitas? Não distingo as suas feições. Repare", acrescentou, designando-me Albertine e Andrée, que valsavam lentamente, apertadas uma contra a outra, "eu esqueci meu pincenê e não vejo muito bem, mas elas estão certamente no cúmulo do gozo. Não se sabe bastante que é principalmente pelos seios que as mulheres o experimentam. E veja como os delas se tocam completamente". Com efeito, não havia cessado o contato entre os seios de Andrée e os de Albertine. Não sei se ouviram ou adivinharam a reflexão de Cottard, mas afastaram-se levemente uma da outra, enquanto continuavam a valsar. Andrée disse naquele momento uma frase a Albertine e esta riu com o mesmo riso penetrante e profundo que eu ouvira ainda há pouco. Mas a perturbação que desta vez me trouxe não me foi mais que cruel; Albertine parecia mostrar com ele, fazer notar a Andrée algum frêmito voluptuoso e secreto. Soava como os primeiros ou os últimos acordes de uma festa desconhecida. Parti com Cottard, distraído a conversar com ele, não pensando senão por instantes na cena que acabava de ver. Não que a conversa de Cottard fosse interessante. Até naquele momento se tornara azeda, pois acabávamos de avistar o dr. du Boulbon, que não nos viu. Tinha vindo passar algum tempo do outro lado da baía de Balbec, onde o consultavam bastante. Ora, Cottard, embora costumasse declarar que não clinicava durante as férias, esperara constituir naquela costa uma clientela de escol, ao que du Boulbon constituía um obstáculo. Certamente o médico de Balbec não podia incomodar a Cottard. Era apenas um médico muito consciencioso que sabia tudo e a quem não se podia falar na menor dorzinha sem que ele não indicasse em seguida, numa fórmula complexa, a pomada, a loção ou o linimento que convinha. Como dizia Marie Gineste na sua bonita linguagem, ele sabia "encantar" os ferimentos e as chagas. Mas não tinha nenhuma ilustração. E verdade que causara um pequeno aborrecimento a Cottard. Este, desde que pretendia trocar sua cadeira pela de terapêutica, se especializara em intoxicações. A intoxicação, perigosa inovação da medicina, serve para renovar os rótulos dos farmacêuticos de que todo produto é declarado absolutamente atóxico, ao contrário das drogas similares, e até mesmo desintoxicante. É a propaganda da moda; quando muito sobrevive, embaixo, em letras ilegíveis, como leve indício da moda precedente, a afirmativa de que o produto foi rigorosamente antisseptizado. As intoxicações também servem para tranquilizar o doente, que fica sabendo com júbilo que a sua paralisia não passa de um incômodo tóxico. Ora, vindo um grão-duque passar alguns dias em Balbec e estando com um olho extremamente inflamado, mandara chamar Cottard, o qual, em troca de algumas notas de cem francos (o professor não se incomodava por menos) tinha imputado como causa da inflamação um estado tóxico e prescrito um regime desintoxicante. O olho não desinchava, o grão-duque apelou para o médico ordinário de Balbec, o qual, em cinco minutos, retirou um grão de poeira. No dia seguinte não havia mais nada. Mas o rival mais perigoso era uma celebridade em moléstias nervosas. Era um homem vermelho, jovial, ao mesmo tempo porque o convívio com o descalabro nervoso dos outros não o impedia de ter muito boa saúde, mas também para tranquilizar os enfermos com o riso grosso do seu bom-dia e do seu até a vista, pronto para ajudar com os seus braços de atleta a enfiar-lhe mais tarde a camisa de força. Contudo, logo que se conversava com ele em sociedade, fosse sobre política ou literatura, ele escutava com uma benevolência atenta, como se dissesse: "De que se trata?", sem se pronunciar imediatamente, como se se tratasse de uma consulta. Mas esse, afinal, qualquer que fosse o seu talento, era um especialista. De modo que toda a raiva de Cottard se reportava a Du Boulbon. De resto, logo deixei, para recolher-me, o professor amigo dos Verdurin, prometendo-lhe que iria visitá-los.

Profundo era o mal que me haviam causado as suas palavras a respeito de Albertine e Andrée, mas os piores sofrimentos eu não senti imediatamente, como acontece com esses envenenamentos que só agem ao cabo de certo tempo.

Albertine, naquela noite em que o *lift* fora procurá-la, não compareceu, apesar das garantias deste. Por certo, os encantos de uma pessoa são causa menos frequente de amor do que uma frase do gênero desta: "Não, esta noite não estarei livre". Não se presta atenção a esta frase se se está com amigos; estamos alegres toda a noite, não nos preocupamos com certa imagem; durante esse tempo, ela acha-se mergulhada na mistura necessária; ao voltar, encontra-se o clichê pronto e perfeitamente nítido. Percebe-se que a vida não é mais a vida que se teria deixado por um nada na véspera, porque, se se continua a não temer a morte, não se ousa mais pensar na separação.

De resto, não a partir da uma da madrugada (hora que o ascensorista fixara), mas das três horas, não mais tive, como outrora, o sentimento de ver diminuírem as probabilidades de que ela aparecesse. A certeza de que não mais viria trouxe-me uma calma completa, um refrigério; aquela noite era simplesmente uma noite como tantas outras em que eu não a via. Era dessa ideia que eu partia. E desde então, destacando-se sobre esse nada aceito, tornava-se doce o pensamento de que a veria no dia seguinte ou noutro dia. Nessas noites de espera, a angústia é algumas vezes devida a um medicamento que se tomou. Falsamente interpretada pelo que sofre, julga ele estar ansioso por causa da que não veio. O amor nasce, em tal caso, como certas moléstias nervosas, da explicação inexata de um mal penoso. Explicação que não é útil retificar, pelo menos no que concerne ao amor, sentimento que (qualquer que lhe seja a causa) é sempre errôneo.

No dia seguinte, quando Albertine me escreveu que mal acabava de regressar a Égreville, e portanto não recebera meu recado a tempo, mas que, se eu o permitisse, viria ver-me à tarde, eu, por trás das palavras da carta, como por trás das que ela me dissera uma vez ao telefone, julguei sentir a presença de prazeres, de criaturas que ela havia preferido a mim. Mais uma vez fui agitado em todo o meu ser pela curiosidade dolorosa do que ela poderia ter feito, pelo amor latente que sempre trazemos conosco, e por um momento cheguei a acreditar que ele ia ligar-me a Albertine, mas contentou-se em fremir dentro em mim e seus últimos rumores se extinguiram sem que se pusesse em andamento.

Eu havia compreendido mal em minha primeira estada em Balbec — e talvez o mesmo tivesse acontecido com Andrée — o caráter de Albertine. Julgara que era frivolidade, mas não sabia se todas as nossas súplicas não seriam capazes de a reter e fazer-lhe perder uma *garden-party*, um passeio a lombo de burro, um piquenique. Na minha segunda estada em Balbec, suspeitei que aquela frivolidade não fosse mais que uma aparência, a *garden-party* um para-vento, quando não uma invenção. Sucedia, sob formas diversas, a seguinte coisa (quero dizer a coisa vista por mim, de meu lado do vidro que não era de modo nenhum transparente sem que eu pudesse saber o que havia de verdadeiro do outro lado). Albertine me fazia os mais apaixonados protestos de ternura. Consultava o relógio porque devia visitar uma dama que recebia parece que todos os dias às cinco horas em Infreville. Atormentado por uma suspeita e sentindo-me, aliás, enfermo, eu pedia a Albertine, suplicava-lhe que ficasse comigo. Era impossível (e mesmo ela só dispunha de cinco minutos), pois isso incomodaria aquela dama pouco hospitaleira e suscetível e, ao que dizia Albertine, aborrecida. "Mas bem se pode faltar a uma visita." "Não, minha tia me ensinou que eu devia ser antes de tudo delicada." "Mas eu já vi você mostrar-se tantas vezes indelicada..." "Agora não é a mesma coisa, aquela dama me ficaria querendo mal por isso e me arranjaria histórias com minha tia. E já não estou assim tão bem com ela. Faz questão que eu vá visitá-la uma vez." "Mas se ela recebe todos os dias..." Aí então Albertine, sentindo-se desamparada, modificava a razão. "Está visto que ela recebe todos os dias. Mas hoje marquei encontro com umas amigas em casa dela. Assim a gente se aborrecerá menos." "Então, Albertine, você prefere a dama e suas amigas a mim, pois que, para não arriscar-se a fazer uma visita um pouco aborrecida, prefere deixar-me sozinho, doente e desolado?" "Para mim seria o mesmo que a visita fosse aborrecida. Mas é em atenção a elas. Eu as trarei de volta no meu carro. Senão, elas não teriam nenhum meio de transporte." Eu observava a Albertine que partiam trens de Infreville até as dez horas da noite. "É verdade, mas você sabe, é bem possível que nos peçam que fiquemos para jantar. Ela é muito hospitaleira." "Pois bem, você recusará." "Aí incomodaria ainda mais a minha tia." "E depois, vocês bem podem jantar e tomar o trem das dez..." "Fica muito apertado..." "Assim, eu nunca poderia ir jantar fora e voltar pelo trem. Mas olhe, Albertine. Vamos fazer uma coisa muito simples, sinto que o ar livre me fará bem; já que você não pode largar a dama, vou acompanhá-la até Infreville. Não receie nada, não irei até a torre Élisabeth (a vila da dama), não verei nem a dama nem as suas amigas." Albertine tinha o ar de haver recebido um golpe terrível. Sua voz estava entrecortada. Disse que não lhe agradavam os banhos de mar. "Se a minha companhia a aborrece..." "Mas como pode dizer uma coisa dessas? Bem sabe que o meu maior prazer é sair com você." Operara-se uma brusca reviravolta. "Já que vamos passear juntos", disse-me ela, "por que não irmos para o outro lado de Balbec? Jantaríamos juntos. Seria tão bom... No fundo, aquela costa é muito mais bonita. Começo a enjoar de Infreville e do resto, todos esses recantozinhos verde-espinafre". "Mas a amiga de sua tia ficará incomodada se não for visitá-la." "Pois bem, ela se amansara." "Não, não se deve incomodar as pessoas." "Mas ela nem sequer se aperceberá, ela recebe todos os dias; que eu vá amanhã, depois de amanhã, daqui a sete, daqui a quinze dias, dá tudo no mesmo." "E as suas amigas?" "Oh!, elas já me deixaram plantada em muitas ocasiões. Agora é a minha vez." "Mas lá onde você quer ir, não há trem depois das nove." "Ora, grande coisa! Nove horas é ótimo. E depois, a gente nunca se deve atrapalhar com a questão da volta. Sempre se achará uma carroça, uma bicicleta e, em último caso, temos as nossas pernas." "Sempre se encontra? Como você vai depressa, Albertine! Do lado de Infreville, onde as pequenas estações de madeira estão coladas uma na outra, sim. Mas do lado de... não é a mesma coisa." "Mesmo desse lado, prometo trazê-lo são e salvo." Eu sentia que Albertine renunciava por mim a qualquer combinação que não queria velejar, e que havia alguém que ficaria tão infeliz como eu o estava. Vendo que o que queria não era possível, pois eu pretendia acompanhá-la, ela renunciava francamente. Sabia que não era irremediável. Pois, como todas as mulheres que têm várias coisas na sua existência, possuía ela esse ponto de apoio que jamais fraqueja: a dúvida e o ciúme. Certamente que não procurava excitá-los, pelo contrário. Mas os enamorados são tão suspeitosos que farejam em seguida a mentira. De maneira que Albertine, que não era melhor do que qualquer outra, sabia por experiência (sem adivinhar de modo algum que o devia ao ciúme) que estava sempre certa de tornar a encontrar as pessoas a quem deixara esperando uma noite. A pessoa desconhecida, que ela largava por mim, sofreria, e haveria de amá-la ainda mais (Albertine não sabia que era por isso) e, para não continuar a sofrer, viria por si mesma ter com ela, como eu o teria feito. Mas eu não desejava nem causar penas, nem cansar-me, nem entrar na vida terrível das investigações, da vigilância multiforme, inumerável. "Não, Albertine, não quero estragar o seu prazer, vá à casa da sua dama de Infreville, ou enfim, da pessoa de que ela é o porta-nome, isso me é indiferente. O verdadeiro motivo por que não vou com você é que você não o deseja, que o passeio que daria comigo não é o que queria dar, e a prova é que você se contradisse mais de cinco vezes sem o perceber." A pobre Albertine temeu que as suas contradições, que ela não percebera, tivessem sido mais graves. Não sabendo exatamente que mentiras pregara: "É bem possível que eu tenha caído em contradição, o ar do mar me tira todo raciocínio. Todo o tempo digo uns nomes pelos outros". E (o que me provou que Albertine não teria necessidade agora de muitas doces afirmativas para que eu acreditasse nela) senti a dor de uma ferida ao ouvir esta confissão que eu apenas vagamente supusera: "Pois bem, está feito, eu parto", disse ela, num tom trágico, sem no entanto deixar de olhar as horas, a fim de ver se não estaria atrasada com o outro, agora que eu lhe fornecia o pretexto para não passar a noite comigo. "Você é muito mau. Modifico tudo para passar uma boa noite com você, e é você quem não quer e me acusa de mentirosa. Nunca o tinha visto assim tão cruel. O mar será o meu túmulo. Nunca mais nos veremos. (Meu coração bateu, a estas palavras, embora estivesse certo de que ela voltaria no dia seguinte, o que aconteceu.) Eu me afogarei, eu me lançarei à água." "Como Safo." "Mais um insulto; você não tem somente dúvidas quanto ao que eu digo, mas também quanto ao que eu faço." "Mas, minha menina, juro-lhe que não tinha nenhuma intenção, você bem sabe que Safo precipitou-se no mar."[117] "É mesmo, você

---

117 Alusão ao que é narrado por Ovídio em *Héroïdes*, XV: Safo, apaixonada por Faon e desprezada por ele, joga-se ao mar. A alusão a Safo antecipa a suspeita de homoerotismo feminino, sempre presente como pano de fundo das desconfianças do herói diante de Albertine. [N. do E.]

não tem nenhuma confiança em mim." Viu que marcava vinte para as oito na pêndula; teve receio de perder o que tinha a fazer e, escolhendo a despedida mais breve (de que se escusou, aliás, vindo visitar-me no dia seguinte; provavelmente nesse dia a outra pessoa não estava livre), fugiu a passo de marcha, gritando: "Adeus para sempre", com um ar desolado. E talvez estivesse desolada. Pois sabendo melhor do que eu o que fazia naquele momento, ao mesmo tempo mais severa e mais indulgente consigo mesma do que eu era para com ela, talvez tivesse ainda assim uma dúvida de que eu não quisesse mais recebê-la em vista da maneira como me havia deixado. Ora, creio que ela fazia mesmo questão de mim, a ponto de a outra pessoa estar mais ciumenta do que eu próprio.

Alguns dias depois, em Balbec, estando nós na sala de dança do cassino, entraram a irmã e a prima de Bloch, que se haviam tornado ambas muito bonitas, mas que eu não cumprimentava por causa de minhas amigas, porque a mais moça, a prima, vivia, com conhecimento de todo mundo, com a atriz que conhecera durante a minha primeira estada em Balbec. Andrée, ante uma alusão a meia-voz que fizeram a esse caso, me disse: "Oh! Nesse ponto eu sou como Albertine; não há nada que cause tanto horror a nós duas como essas coisas". Quanto a Albertine, começando a conversar comigo no canapé onde nos achávamos sentados, virara as costas para as duas moças de maus costumes. E no entanto eu observara que antes desse movimento, no momento em que haviam aparecido a srta. Bloch e a sua prima, passara pelos olhos de minha amiga aquela atenção súbita e profunda, que dava às vezes ao rosto da travessa menina um ar sério, grave até, e que depois a deixava triste. Mas Albertine havia logo desviado para mim o seu olhar, que no entanto permanecera singularmente imóvel e pensativo. Tendo a srta. Bloch e sua prima acabado por ir-se embora, depois de terem rido muito alto e soltado gritos pouco convenientes, perguntei a Albertine se a loirinha (a amiga da atriz) não era a mesma que na véspera ganhara o prêmio do desfile dos carros de flores. "Ah!, não sei", disse Albertine, "há uma que é loira? Digo-lhe que não me interessam muito, nunca olhei para elas. Há uma que é loira?", perguntou, com um ar interrogativo e distraído às suas três amigas. Aplicando-se a pessoas que Albertine encontrava todos os dias no dique, tal ignorância me pareceu bastante excessiva para que não fosse fingida. "Parece que elas também não nos olham muito", disse eu a Albertine, talvez na hipótese, que no entanto não encarava conscientemente, de que Albertine gostasse de mulheres, e para lhe tirar qualquer pena, mostrando-lhe que ela não atraíra a atenção destas e que de um modo geral não é costume, mesmo entre as mais viciosas, preocuparem-se com moças que não conhecem. "Não nos olharam?", respondeu-me estouvadamente Albertine. "Pois se não fizeram outra coisa durante todo o tempo..." "Mas você não pode sabê-lo, estava de costas para elas." "Pois bem, e aquilo ali?", respondeu, mostrando-me, engastado na parede à nossa frente, um grande espelho que eu não havia notado e sobre o qual compreendia agora que minha amiga, enquanto me falava, não tinha cessado de fixar seus belos olhos cheios de preocupação.

A partir do dia em que Cottard entrou comigo no pequeno cassino de Incarville, sem partilhar da opinião que ele emitira, Albertine não me pareceu mais a mesma; sua vista me causava cólera. Eu próprio havia mudado, tanto quanto ela me parecia outra. Tinha deixado de querer-lhe bem; na sua presença, longe da sua presença quando isso lhe podia ser repetido, eu falava dela da maneira mais ferina. Havia tréguas no entanto. Um dia, sabia eu que Albertine e Andrée haviam aceitado um convite de Elstir. Não duvidando de que o tivessem feito porque poderiam durante a volta divertir-se como colegiais em imitar as jovens de maus costumes, e achar nisso um inconfessado prazer de virgens que me apertava o coração, sem anunciar-me, para constrangê-las e privar Albertine do prazer com que ela contava, eu chegava de surpresa em casa de Elstir. Mas só encontrava Andrée. Albertine escolhera outro dia em que sua tia lá devia ir. Então dizia comigo que Cottard devia ter-se enganado; a impressão favorável que me produzia a presença de Andrée sem a sua amiga prolongava-se e alimentava em mim disposições mais doces para com Albertine. Mas não duravam mais tempo que a frágil boa saúde dessas pessoas delicadas sujeitas a melhoras passageiras e que basta um nada para as fazerem recair. Albertine incitava Andrée a brincadeiras que, sem irem muito longe, não eram talvez inocentes de todo; sofrendo com essa suspeita, eu acabava por afastar-me. Mal me curava dela, eis que renascia sob outra forma. Acabava de ver Andrée, num desses gestos graciosos que lhe eram peculiares, pousar carinhosamente a cabeça no ombro de Albertine e beijá-la no pescoço, cerrando a meio os olhos; ou então tinham elas trocado um olhar; havia escapado uma palavra a alguém que as tinha visto sozinhas a caminho do banho, pequenos nadas como os que flutuam de modo habitual na atmosfera ambiente onde a maioria das pessoas os absorvem todo o dia sem que sua saúde venha a sofrer com isso ou se lhes altere o humor, mas que são mórbidos e geradores de sofrimentos novos para um ser predisposto. Às vezes até, sem que eu tivesse tornado a ver Albertine, sem que ninguém me tivesse falado nela, encontrava em minha memória uma atitude de Albertine junto de Gisèle e que então me parecera inocente; bastava agora para destruir a calma que eu pudesse ter encontrado, e já nem tinha necessidade de respirar no exterior os germes perigosos: eu, como diria Cottard, me havia intoxicado a mim mesmo. Pensava então em tudo quanto havia sabido do amor de Swann por Odette, da maneira como Swann fora ludibriado toda a vida. Pensando bem, a hipótese que me fez pouco a pouco construir todo o caráter de Albertine e interpretar dolosamente cada momento de uma vida que eu não podia controlar inteira, foi a lembrança, a ideia fixa do caráter da sra. Swann, tal como me haviam contado que era. Esses relatos contribuíram para fazer com que no futuro a minha imaginação se entregasse ao jogo de supor que Albertine poderia, em vez de ser uma boa moça, ter tido a mesma imoralidade, a mesma faculdade de enganar, de uma antiga *cocotte*, e eu pensava em todos os sofrimentos que nesse caso me esperariam se algum dia a amasse.

Um dia, diante do Grande Hotel e reunidos no dique, acabava eu de dirigir a Albertine as palavras mais duras e humilhantes, e Rosemonde dizia: "Ah! Como você mudou com ela! Antigamente, tudo era para ela, ela é que segurava as rédeas, agora ela não presta nem para os cachorros comerem". Eu estava, para fazer ressaltar ainda mais a minha atitude para com Albertine, a dirigir todas as amabilidades possíveis a Andrée, que, se era atingida pelo mesmo vício, me parecia mais desculpável porque era doente e neurastênica, quando vimos desembocar, ao trotezinho de seus dois cavalos, na rua perpendicular ao dique em cuja esquina nos achávamos, a caleça da sra. de Cambremer. O primeiro presidente que, naquele momento, se dirigia para nós, afastou-se de um salto quando reconheceu o carro, para não ser visto em nossa companhia; depois, quando pensou que o olhar da marquesa podia cruzar com o seu, inclinou-se, fazendo um imenso cumprimento com o chapéu. Mas o carro, em vez de continuar, como parecia provável, pela rua do Mar, desapareceu pelo portão do hotel. Não passavam dez minutos quando o ascensorista veio avisar-me, esbaforido: "É a marquesa de Camembert, que veio visitar o senhor. Subi ao quarto, procurei no gabinete de leitura, e não podia encontrar o senhor. Felizmente tive a ideia de olhar para a praia". Mal acabava a narrativa quando, acompanhada de sua nora e um senhor muito cerimonioso, avançou para mim a marquesa, chegando de uma vesperal ou de um chá pela vizinhança e toda curvada sob o peso, menos da velhice que da multidão de objetos de luxo de que ela julgava mais amável e mais digno da sua posição estar recoberta, a fim de parecer o mais "preparada" possível às pessoas a quem vinha visitar. Era, em suma, esse "desembarque" dos Cambremer no hotel que minha avó tanto receava outrora, quando queria que se deixasse Legradin na ignorância de que talvez fôssemos a Balbec. Então mamãe ria dos rodeios inspirados por um acontecimento que ela julgava impossível. E eis que ele afinal se dava, mas por outras vias e sem que Legrandin contribuísse no mínimo para isso. "Será que posso ficar, se não os incomodo?", perguntou-me Albertine (em cujos olhos permaneciam, trazidas pelas coisas cruéis que eu acabava de dizer-lhe, algumas lágrimas que eu notei sem parecer que as via, mas não sem rejubilar-me com elas). Eu tinha alguma coisa para lhe dizer... Um chapéu de plumas, ele próprio encimado por um grampo de safira, estava pousado de qualquer jeito sobre a peruca da sra. de Cambremer, como uma insígnia cuja exibição é necessária mas suficiente, o local indiferente, a elegância convencional, e a imobilidade inútil. Apesar do calor, a boa dama vestira uma mantilha de azeviche, semelhante a uma dalmática, por cima do qual pendia uma estola de arminho cujo porte parecia em relação, não com a temperatura e a estação, mas com o caráter da cerimônia. E sobre o peito da sra. de Cambremer, uma coroa de baronesa, presa a uma cadeia, pendia à maneira de uma cruz peitoral. O senhor que a acompanhava era um célebre advogado de Paris, de família nobiliária, que viera passar três dias em casa dos Cambremer. Era um desses homens cuja consumada experiência profissional os faz desprezar um pouco a sua profissão e que dizem por exemplo: "Eu sei que advogo bem, de modo que não me diverte advogar", ou: "Não me interessa mais operar; sei que opero bem". Inteligentes, *artistas*, veem em torno da sua maturidade fortemente recompensada pelo sucesso, brilhar essa "inteligência", essa natureza de "artista" que os confrades lhes reconhecem e que lhes confere certo gosto e discernimento. Apaixonam-se pela pintura, não de um grande artista, mas de um artista no entanto muito distinto, empregando os grandes rendimentos da sua carreira na compra das respectivas obras. Le Sidaner era o artista eleito pelo amigo dos Cambremer, o qual era de resto bastante agradável.[118] Falava bem dos livros, mas não dos livros dos verdadeiros mestres, dos que dominaram a si próprios. O único defeito desse amador era empregar constante-

118 O amigo agradável dos Cambremer prefere um artista secundário como Henri Le Sidaner (1862-1939) aos verdadeiros mestres impressionistas. [N. do E.]

mente certas frases feitas, por exemplo: "na maior parte", o que dava àquilo de que ele queria falar alguma coisa de importante e de incompleto. A sra. de Cambremer, pelo que me disse, aproveitara uma vesperal que ofereceram naquele dia uns amigos seus próximo de Balbec para vir visitar-me, como tinha prometido a Robert de Saint-Loup. "Sabe o senhor que ele virá em breve passar alguns dias na região? Seu tio Charlus está em vilegiatura em casa de sua cunhada, a duquesa de Luxembourg, e o senhor de Saint-Loup aproveitará a ocasião para ir ao mesmo tempo cumprimentar a tia e rever o seu antigo regimento, onde é muito querido, muito estimado. Recebemos seguidamente oficiais que se referem a ele com elogios infinitos. Que gentil seria se o senhor e ele nos dessem o prazer de ir a Féterne!" Apresentei-lhe Albertine e suas amigas. A sra. de Cambremer nos apresentou à sua nora. Esta, glacial como era com os pequenos fidalgos que a vizinhança de Féterne a obrigava a frequentar, tão cheia de reserva, de receio de comprometer-se, ofereceu-me, pelo contrário, a mão com um sorriso radiante, cheia de segurança e alegria ante um amigo de Robert de Saint-Loup e que este, com mais fineza mundana do que queria deixar transparecer, lhe dissera ser muito ligado aos Guermantes. Assim, ao contrário de sua sogra, tinha a sra. de Cambremer duas formas de polidez infinitamente diversas. Seria quando muito a primeira, seca, insuportável, que ela me teria concedido, se eu a houvesse conhecido por intermédio de seu irmão Legrandin. Mas para um amigo dos Guermantes não havia sorrisos que bastassem. A peça mais cômoda do hotel para receber era o gabinete de leitura, esse lugar outrora tão terrível onde eu agora entrava dez vezes por dia, saindo livremente, como dono, como esses loucos mansos e pensionários de um asilo há tanto tempo que o médico lhes confiou a chave. Assim, ofereci--me à sra. de Cambremer para conduzi-la até lá. E como aquele salão não mais me inspirava timidez nem já me oferecia encantos, porque a face das coisas muda para nós como a das pessoas, foi sem a mínima perturbação que lhe fiz essa proposta. Recusou-a, preferindo permanecer fora, e nós nos assentamos ao ar livre, no terraço do hotel. Ali encontrei e recolhi um volume de madame de Sévigné que mamãe não tivera tempo de carregar na sua fuga precipitada, ao saber que chegavam visitas para mim. Tanto quanto minha avó, temia ela essas invasões de estranhos e de medo de não mais poder escapar se se deixasse cercar, fugia com uma rapidez que fazia sempre meu pai e eu zombarmos dela. A sra. de Cambremer segurava na mão, juntamente com o cabo de sua sombrinha, várias bolsas bordadas, uma sacola, uma carteira de ouro de onde pendiam fios de *grenats* e um lenço rendado. Parecia-me que lhe seria mais cômodo deixá-los em cima de uma cadeira; mas sentia que seria inconveniente e inútil pedir-lhe que abandonasse as insígnias da sua visita pastoral e do seu sacerdócio mundano. Contemplávamos o mar calmo onde gaivotas esparsas flutuavam como corolas brancas. Por causa do nível de simples *medium* a que nos degrada a conversação mundana e também pelo nosso desejo de agradar, não com o auxílio de nossas qualidades de nós mesmos ignoradas, mas do que julgamos ser apreciado por aqueles que estão conosco, comecei instintivamente a falar à sra. de Cambremer, nascida Legrandin, da maneira como o faria o seu irmão. "Elas têm", disse eu, referindo-me às gaivotas, "uma imobilidade e uma brancura de ninfeias." E, com efeito, pareciam oferecer um alvo inerte às pequenas vagas que as balouçavam a ponto de estas, pelo contraste, parecerem persegui-las com uma intenção e animadas de vida própria. A velha marquesa não se cansava de celebrar a soberba vista marítima que tínhamos em Balbec e invejava-me, ela que, da Raspelière (onde de resto não residia naquele ano) só via as ondas de longe. Tinha dois hábitos singulares, que provinham ao mesmo tempo de seu exaltado amor às artes (sobretudo a música) e de sua insuficiência dentária. De cada vez em que falava de estética, as suas glândulas salivares — como as de certos animais no momento do cio, entravam numa fase de tal hipersecreção que a boca desdentada da velha dama deixava passar para o canto dos lábios, levemente penugentos, algumas gotas cujo lugar não era ali. Em seguida as engolia com um grande suspiro, como alguém que retoma a respiração. Enfim, se se tratava de uma beleza musical muito grande, ela, no seu entusiasmo, erguia os braços e proferia alguns julgamentos sumários, energicamente mastigados e, se necessário, nasais. Ora, eu jamais tinha pensado que a vulgar praia de Balbec pudesse oferecer, com efeito, uma "vista de mar" e as simples palavras da sra. de Cambremer mudavam minhas ideias a esse respeito. Em compensação, e lho disse, tinha sempre ouvido celebrar a vista única da Raspelière, situada no cimo da colina e onde, num grande salão de duas lareiras, toda uma fila de janelas olha, no fundo dos jardins entre as folhagens, para o mar, até além de Balbec, e a outra fila, para o vale. "Como o senhor é amável e como diz bem: o mar entre as folhagens. É encantador. Dir-se-ia... um leque." E eu senti, por uma respiração profunda, destinada a recolher a saliva e a secar o buço, que o cumprimento era sincero. Mas a marquesa nascida Legrandin permaneceu insensível, a fim de testemunhar o seu desdém, não por minhas palavras, mas pelas de sua sogra. Aliás, não desprezava unicamente a inteligência desta, mas deplorava a sua amabilidade, temendo sempre que os outros não tivessem uma ideia suficiente dos Cambremer. "E o nome, como é bonito!", disse eu. "A gente gostaria de saber a origem de todos esses nomes." "Quanto a este, eu lhe posso dizer", respondeu-me com doçura a velha dama. "É uma moradia de família, de minha avó Arrachepel; não é uma família ilustre, mas é uma boa e antiquíssima família de província." "Como! Não é ilustre?", interrompeu secamente a nora. "Todo um vitral da catedral de Bayeux está cheio das suas armas, e a principal igreja de Avranches contém seus monumentos funerários.[119] Se esses velhos nomes o divertem", acrescentou,

119 A catedral de Bayeux possui vitrais do século XV. A igreja principal de Avraches é a de Saint-Saturnin, na qual foram conservadas algumas partes de uma construção mais antiga, como o pórtico do século XIII. [N. do E.]

"o senhor chega um ano atrasado. Tínhamos feito nomear para o curato de Criquetot, apesar de todas as dificuldades que há em mudar de dioceses, o decano de uma região onde pessoalmente possuo terras, muito longe daqui, em Combray, onde o bom do padre sentia que se ia tornando neurastênico. Infelizmente o ar do mar não produziu bom efeito na sua avançada idade; a neurastenia agravou-se e ele voltou para Combray. Mas divertiu-se, enquanto foi nosso vizinho, em consultar todas as velhas cartas, e escreveu uma pequena brochura bastante curiosa sobre os nomes da região.[120] Isso, aliás, lhe deu gosto, pois parece que ocupa os seus últimos anos em escrever uma grande obra sobre Combray e seus arredores. Vou enviar-lhe sua brochura sobre os arredores de Féterne. É um verdadeiro trabalho de beneditino. Lerá ali coisas muito interessantes sobre a nossa velha Raspelière de que a minha sogra fala com demasiada modéstia." "Em todo caso, neste ano", respondeu a velha sra. de Cambremer, "a Raspelière não é mais nossa e não me pertence. Mas sente-se que o senhor tem uma natureza de pintor; o senhor deveria desenhar, e eu gostaria muito de mostrar-lhe Féterne, que é bem melhor que a Raspelière..." Pois logo que os Cambremer alugaram essa última moradia aos Verdurin, sua posição dominante havia bruscamente deixado de lhes parecer o que fora para eles durante tantos anos, isto é, com a vantagem única na região de ter vista ao mesmo tempo para o mar e para o vale, e em compensação lhes apresentara de golpe — e de contragolpe — o inconveniente de que ali era preciso sempre subir e descer para chegar e sair. Em suma, era de supor que, se a sra. de Cambremer o havia alugado, era menos para aumentar suas rendas que para descansar seus cavalos. E ela se dizia encantada por afinal poder ter todo o tempo o mar tão

---

120 A "brochura bastante curiosa" do padre de Combray foi inspirada na que o decano da cidadezinha de Illiers publicara em 1904 e 1907. Brichot contestará várias das etimologias presentes na brochura mencionada pela jovem sra. de Cambremer. [N. do E.]

perto, em Féterne, ela que por tanto tempo, esquecendo os dois meses que ali passava, só o via do alto e como num panorama. "Descubro-o nesta idade", dizia ela, "e como o desfruto! Que bem me faz! Eu seria capaz de alugar a Raspelière por coisa nenhuma, só para ser obrigada a morar em Féterne."

"Voltando a assuntos mais interessantes", tornou a irmã de Legrandin, que dizia "minha mãe" à velha marquesa, mas que com os anos se havia tornado insolente com ela o senhor falava em ninfeias: "creio que conhece as que Claude Monet pintou. Que gênio! Isso tanto mais me interessa visto que perto de Combray, esse lugar onde eu lhe disse possuir terras..." Mas preferiu não falar muito em Combray. "Ah!, é com certeza a série de que nos falou Elstir, o maior dos pintores contemporâneos", exclamou Albertine, que nada dissera até então.[121] "Ah!, vê-se que a senhorita ama as artes", exclamou a sra. de Cambremer que, fazendo uma respiração profunda, reabsorveu um jato de saliva. "Permita que prefira a ele Le Sidaner, senhorita", disse o advogado, sorrindo com um ar de conhecedor. E como tinha apreciado ou vira apreciar outrora certas "audácias" de Elstir, acrescentou: "Elstir era dotado, chegou quase a fazer parte da vanguarda, mas não sei por que cessou de avançar; ele estragou a sua vida". A sra. de Cambremer deu razão ao advogado, no que concernia a Elstir, mas, com grande desgosto de seu convidado, igualou Monet a Le Sidaner. Não se pode dizer que ela fosse tola; transbordava uma inteligência que eu sentia ser-me inteiramente inútil. Justamente o sol ia baixando, as gaivotas estavam agora amarelas, como as ninfeias em outra tela daquela mesma série de Monet. Eu disse que a conhecia e (continuando a imitar a linguagem do irmão, cujo nome

---

121 A pintura de série de quadros com um mesmo tema domina a última etapa da carreira de Claude Monet, como a pintura da catedral de Rouen, dos montes de feno ou das ninfeias. Em seu prefácio à tradução que realizou da obra *A Bíblia de Amiens*, de John Ruskin, Proust classificará a série de quadros sobre a catedral de Rouen de "telas sublimes". [N. do E.]

ainda não me atrevera a proferir) acrescentei que era uma pena não ter tido ela a ideia de vir na véspera, pois na mesma hora poderia ter admirado uma luz de Poussin. Ante um fidalgote normando, desconhecido dos Guermantes, e que lhe dissesse que ela deveria ter vindo na véspera, a sra. de Cambremer-Legrandin ter-se-ia sem dúvida levantado com ar ofendido. Mas ainda que me houvesse comportado com mais familiaridade, ela não seria mais que doçura branda e florescente; eu podia, no calor daquele belo fim de tarde, fartar-me à vontade no grande bolo de mel que a sra. de Cambremer tão raramente era e que substituiu os bolinhos que eu não tive ideia de oferecer. Mas o nome de Poussin, sem alterar a amenidade da mulher mundana, ocasionou os protestos da diletante. Ao ouvir esse nome, por seis vezes, que quase nenhum intervalo separava, deu ela esses muxoxos que servem para significar, a uma criança que faz uma tolice, ao mesmo tempo a censura por haver começado e a proibição de continuar. "Em nome de Deus, depois de um pintor como Monet, que é simplesmente um gênio, não me vá citar um velho rotineiro sem talento como Poussin. Eu lhe direi sem rodeios que o acho o mais barbificante dos barbeiros. Que quer?, mas não posso chamar aquilo de pintura. Monet, Degas, Manet, isto sim, são pintores! É muito curioso", acrescentou, fixando um olhar percuciente e encantado num ponto vago do espaço onde percebia o seu próprio pensamento; "antigamente, eu preferia Manet. Agora, continuo a admirar Manet, está visto, mas creio que talvez lhe preferia Monet, ainda. Ah!, as catedrais!" Empregava tanto escrúpulo como complacência em informar-me da evolução que havia seguido o seu gosto. E sentia-se que as fases por que passara esse gosto não eram, a seu ver, menos importantes que as diferentes maneiras do próprio Monet. Aliás, eu nada tinha de ficar lisonjeado por fazer-me ela confidente das suas admirações, pois mesmo diante da provinciana mais limitada, não podia ficar cinco minutos sem experimentar a necessidade de confessá-las. Quando uma dama nobre de Avranches, que não seria capaz de distinguir Mozart de Wagner, dizia diante da sra. de Cambremer: "Não tivemos nada interessante durante a nossa estada em Paris, estivemos uma vez na Ópera-Cômica, representavam *Pelléas et Mélisande*, horrível!", a sra. de Cambremer não só fervia como sentia necessidade de exclamar: "Mas, pelo contrário, é uma pequena obra-prima!" e de "discutir".[122] Era talvez um hábito de Combray, adquirido junto às irmãs de minha avó que chamavam a isso "combater pela boa causa" e que gostavam dos jantares em que sabiam que teriam todas as semanas de defender os seus deuses contra os filisteus. Assim, a sra. de Cambremer gostava de "esquentar o sangue", "engalfinhando-se" sobre arte, como outros sobre política. Tomava o partido de Debussy como tomaria o de uma amiga sua a quem houvessem incriminado de mau procedimento. Contudo, devia bem compreender que, dizendo: "Mas não; é uma pequena obra-prima", não podia improvisar, na pessoa a quem punha no lugar devido, toda a progressão de cultura artística no termo da qual ficassem ambas de acordo sem necessidade de discutir. "Tenho de perguntar a Le Sidaner o que pensa ele de Poussin", disse-me o advogado. "É muito fechado, silencioso, mas sempre conseguirei arrancar-lhe alguma coisa."

"De resto", continuou a sra. de Cambremer, "tenho horror dos crepúsculos, é romântico, é ópera. Por isso é que detesto a casa de minha sogra, com as suas plantas do Sul. Vá ver, parece um parque de Monte Carlo. Por isso é que prefiro sua costa, é mais triste, mais sincera, há um caminhozinho de onde não se avista o mar. Nos dias de chuva não há mais que lama; é todo um mundo. É como em Veneza; detesto o Grande Canal e não conheço nada de tão tocante como as pequenas ruas. Aliás, é uma questão de ambiência".

"Mas", disse-lhe eu, sentindo que a única maneira de reabilitar Poussin perante a sra. de Cambremer seria informar a esta que ele havia voltado à moda, "o senhor Degas assegura que não conhece

---

122 Proust admirava enormemente a peça *Pelléas et Mélisande* (1902), do escritor Maurice Maeterlinck. [N. do E.]

nada de mais belo que os Poussin de Chantilly.[123] "É? Eu não conheço os de Chantilly", disse a sra. de Cambremer, que não queria pensar diferentemente de Degas, "mas posso falar dos do Louvre, que são uns horrores". "Ele também os admira enormemente." "Preciso vê-los de novo. Tudo isso já está um tanto velho na minha cabeça", respondeu ela após um instante de silêncio e como se o julgamento favorável que em breve deveria externar sobre Poussin dependesse, não da novidade que eu acabava de comunicar-lhe, mas do exame suplementar e desta vez definitivo a que contava submeter os Poussin do Louvre para que pudesse reconsiderar seu juízo.

Contentando-me com o que era um começo de retratação, pois se ainda não admirava os Poussin, reservava-se para uma deliberação ulterior, eu, para não a deixar por mais tempo em tortura, disse à sogra o quanto me haviam falado nas flores admiráveis de Féterne. Referiu-se modestamente ao pequeno jardim de cura que tinha atrás da casa e aonde, pela manhã, ia, de chambre, dar de comer aos pavões, procurar ovos, e colher zínias ou rosas que, no trilho de mesa, davam, aos ovos *à la creme* e às frituras, uma orla de flores que lhe lembravam as suas alamedas. "É verdade que temos muitas rosas", disse-me ela. "O nosso roseiral quase que é um pouco demasiado perto da habitação, há dias em que me dá dor de cabeça. É mais agradável no terraço da Raspelière, onde o vento traz o perfume das rosas, mas já menos obsedante." Voltei-me para a nora: "É puro *Pelléas*", disse eu, para contentar o seu gosto do modernismo, "esse odor de rosas subindo até o terraço. Ele é tão forte na partitura que, como sofro de *hay-fever* e de *rose-lever*, me fazia espirrar de cada vez que ouvia aquela cena".[124]

"Que obra-prima, *Pelléas*!", exclamou a sra. de Cambremer, "tenho loucura por ela"; e, aproximando-se de mim com os gestos

123 O pintor Degas contribuíra para a revalorização da pintura de Poussin durante os anos de 1890. [N. do E.]

124 Alusão a uma passagem da terceira cena, do terceiro ato de *Pelléas et Mélisande*. [N. do E.]

de uma selvagem que quisesse fazer-me agrados, pôs-se a cantarolar alguma coisa que julguei ser para ela a despedida de *Pelléas*, e continuou com veemente insistência como se fosse importantíssimo fazer-me lembrar naquele momento a referida cena, ou mostrar-me talvez que ela própria a lembrava. "Creio que é ainda mais belo que *Parsifal*", acrescentou, "porque, no *Parsifal*, une-se às maiores belezas certo halo de frases melódicas e portanto caducas, visto que melódicas". "Sei que é uma grande musicista, senhora", disse eu à velha marquesa. "Gostaria muito de ouvi-la."

A sra. de Cambremer-Legrandin contemplou o mar para não tomar parte na conversação. Considerando que aquilo de que a sogra gostava não era música, ela considerava o talento atribuído a esta última (imaginário a seu ver, dos mais notáveis na realidade), como um virtuosismo sem interesse. E verdade que a única discípula ainda viva de Chopin declarava com razão que a maneira de executar, o "sentimento" do Mestre, não se transmitira, através dela, senão à sra. de Cambremer; mas tocar como Chopin estava longe de ser uma recomendação para a irmã de Legrandin, pois não havia ninguém que ela mais desprezasse do que o músico polonês.

"Oh! Elas voaram!", exclamou Albertine, mostrando-me as gaivotas que, desembaraçando-se por um instante do seu incógnito de flores, subiram todas juntas para o sol. "As asas de gigante impedem-nas de andar", citou a sra. de Cambremer, confundindo as gaivotas com albatrozes.[125] "Gosto muito delas, via-as em Amsterdã", disse Albertine. "Elas sentem o mar, vêm aspirá-lo até mesmo através das pedras da rua.[126] "Ah! Esteve na Holanda. Conhece os Vermeer?", perguntou imperiosamente a sra. de

---

125 A jovem sra. de Cambremer cita verso conhecido do poema "O albatroz", das *Flores do mal*, de Baudelaire. Quintana preserva na tradução o erro de métrica cometido pela jovem: a utilização do plural "impedem-nas" ultrapassa os limites do alexandrino clássico (doze sílabas) do verso original de Baudelaire. [N. do E.]

126 A alusão ao passado na Holanda é um resquício de traços que compunham a personagem Maria nos manuscritos do livro. [N. do E.]

Cambremer e no tom de quem dissesse: "Conhece os Guermantes?", pois o esnobismo, mudando de objeto, não muda de acento. Albertine respondeu que não; pensava que fossem pessoas vivas. Mas isso não transpareceu.

"Gostaria de tocar-lhe um pouco de música", disse-me a sra. de Cambremer. "Mas bem sabe que o que eu toco não interessa mais à sua geração. Fui criada no culto de Chopin", acrescentou em voz baixa, pois temia a nora e sabia que, como esta considerasse que Chopin não era música, bem executá-lo ou mal executá-lo eram expressões sem sentido. Reconhecia que a sogra tinha técnica e embelezava as passagens. "Jamais me farão dizer que ela seja musicista", concluía a sra. de Cambremer-Legrandin. Como se julgasse "avançada" e (em arte apenas) "nunca bastante à esquerda", dizia ela, imaginava não só que a música progride, mas que o faz numa única direção, e que Debussy era de certo modo um super-Wagner ainda um pouco mais avançado que Wagner. Não considerava que, se Debussy não era tão independente de Wagner como ela própria deveria acreditar dentro em alguns anos, pois afinal a gente se serve das armas conquistadas para terminar de libertar-se daquele a quem momentaneamente venceu, procurava ele no entanto, após a saciedade que se começava a sentir das obras muito completas onde tudo está expresso, contentar a necessidade contrária. É certo que teorias estadeavam momentaneamente essa reação, semelhantes às que, em política, vêm em apoio das leis contra congregações, das guerras no Oriente (ensino contra a natureza, perigo amarelo etc. etc.).[127] Dizia-se que a uma época de pressa convinha uma arte rápida, absolutamente como se diria que a guerra futura não podia durar mais de

---

127 No trecho, são mencionados alguns fatos que dominaram a opinião pública do final do século XIX e início do XX: a oposição às instituições de ensino religioso, às "congregações", e a guerra russo-japonesa, que, provocada pela rivalidade dos dois países na Coreia e na Manchúria, duraria dois anos (1904-1905) e terminaria com a vitória do Japão. Tal vitória fez difundir a ideia da "superioridade amarela" sobre os brancos. [N. do E.]

quinze dias, ou que, com os trens de ferro, seriam abandonados os pequenos recantos caros às diligências a que o auto no entanto deveria restituir todas as honras. Recomendava-se não fatigar a atenção do auditório, como se não dispuséssemos de diferentes atenções, dentre as quais compete precisamente ao artista despertar as mais elevadas. Pois os que bocejam de fadiga após dez linhas de um artigo medíocre tinham ido todos os anos a Bayreuth para ouvir a *Tetralogia*. Aliás, não estava longe o dia em que Debussy, por algum tempo, seria declarado tão frágil como Massenet, e os arrebatamentos de *Mélisande* rebaixados ao nível dos de *Manon*.[128] Pois as teorias e as escolas, como os micróbios e os glóbulos, se entredevoram e asseguram com a sua luta a continuidade da vida. Mas esse tempo ainda não era chegado.

Como na Bolsa, quando ocorre um movimento de alta, e toda uma categoria de valores se beneficia com isso, certo número de autores desdenhados beneficiavam-se com a reação, ou porque não mereciam esse desdém, ou simplesmente — o que permitia dizer uma novidade exalçando-os — porque nele haviam incorrido. E até se iam procurar num passado isolado alguns talentos independentes sobre cuja reputação não parecia devesse influir o movimento atual, mas cujo nome se dizia que um dos mestres novos costumava citar com louvor. Muitas vezes era porque um mestre, seja qual for, por mais exclusiva que deva ser a sua escola, julga conforme o seu sentimento original, faz justiça ao talento onde quer que se encontre, e até, menos que ao talento, a alguma agradável inspiração que sentiu outrora, que se liga a um momento amado da sua adolescência. Outras vezes, porque certos artistas de outras épocas realizaram num simples trecho alguma coisa que se assemelha ao que o mestre pouco a pouco notou ser aquilo que ele próprio desejaria fazer. Vê então nesse antigo como que um precursor; nele ama, sob uma forma inteiramente outra, um esforço momentâneo e parcialmente fraternal. Há trechos

---

128 *Manon* é uma ópera de Massenet encenada em 1884. [N. do E.]

de Turner na obra de Poussin, uma frase de Flaubert em Montesquieu. E também muitas vezes esse rumor da predileção do Mestre era resultado de um equívoco, brotado não se sabe onde e espalhado na escola. Mas o nome citado beneficiava-se então com a firma em cuja proteção entrara justamente a tempo, pois se há alguma liberdade, um gosto verdadeiro na escolha do mestre, as escolas, essas, só se dirigem no sentido da teoria. É assim que o espírito, seguindo o seu curso habitual que avança por digressão, obliquando uma vez num sentido, a vez seguinte no sentido contrário, tinha convergido a luz do alto para certo número de obras a que a necessidade de justiça ou de renovação ou o gosto de Debussy ou o seu capricho ou algum intuito que ele talvez não tivera, havia acrescentado as de Chopin. Apregoadas pelos juízes em quem tinham todos a maior confiança, beneficiando-se da admiração que provocava *Pelléas*, tinham elas encontrado um brilho novo, e mesmo aqueles que não as tinham novamente ouvido tão desejosos estavam de as amar que o faziam sem querer, embora com a ilusão da liberdade. Mas a sra. de Cambremer-Legrandin ficava parte do ano na província. E mesmo quando em Paris, enferma, vivia muito tempo encerrada no quarto. É verdade que a inconveniência disto fazia-se principalmente sentir na escolha das expressões que a sra. de Cambremer julgava na moda e que mais conviriam à linguagem escrita, nuança que ela não discernia, pois as tirava mais da leitura que da conversação. Esta não é tão necessária para o conhecimento exato das opiniões como as expressões novas. Esse rejuvenescimento dos noturnos, todavia, ainda não fora anunciado pela crítica. A nova fora transmitida unicamente pelas conversas de "novos".[129] Permanecia ignorado da sra. de Cambremer-Legrandin. Dei-me ao prazer de lhe informar, mas dirigindo-me para tal à sua sogra, como no bilhar, quando, para atingir uma bola, se joga pela bor-

---

[129] A revalorização de Chopin ocorreria às vésperas da Primeira Guerra Mundial. [N. do E.]

da, que Chopin, longe de estar antiquado, era o músico predileto de Debussy. "Oh!, que divertido!", disse-me a nora, a sorrir finamente, como se aquilo não passasse de um paradoxo lançado pelo autor de *Pelléas*. Contudo, era bem certo que dali por diante ela só ouviria Chopin com respeito e até mesmo com prazer. Minhas palavras, que acabavam de anunciar a hora da libertação para a velha marquesa, puseram-lhe no rosto uma expressão de reconhecimento, e sobretudo de alegria. Seus olhos brilharam como os de Latude na peça intitulada *Latude, ou Trinta e cinco anos de cativeiro*, e seu peito aspirou o ar marítimo com essa dilatação que Beethoven tão bem acentuou em *Fidélio* quando seus prisioneiros respiram enfim "esse ar que vivifica".[130] Quanto à velha marquesa, julguei que ia pousar em minha face os lábios bigodudos. "Como! Gosta de Chopin? Ele gosta de Chopin, ele gosta de Chopin!", exclamou, com um nasalamento apaixonado; teria dito: "Como! Também conhece a senhora de Franquetot?", com a diferença de que minhas relações com a sra. de Franquetot lhe seriam profundamente indiferentes, ao passo que meu conhecimento de Chopin lançou-a numa espécie de delírio artístico. Não mais bastou a hipersecreção salivar. Sem ao menos haver tentado compreender o papel de Debussy na reinvenção de Chopin, sentiu apenas que o meu juízo era favorável. Arrebatou-a o entusiasmo musical. "Élodie! Élodie! Ele gosta de Chopin!", os seios se soergueram, os braços agitaram-se no ar. "Ah!, bem havia eu sentido que o senhor era musicista!" exclamou. "*Hhartiste* como é, bem compreendo que goste... É tão lindo!" E sua voz era tão pedregosa como se, para exprimir seu entusiasmo por Chopin, tivesse ela, imitando Demóstenes, enchido a boca com todos os sei-

---

130 A peça *Latude, ou os trinta e cinco anos* (1834) é um melodrama baseado em um fato histórico: Jean-Henry Latude (1725-1805) enviara uma caixa com explosivos à sra. Pompadour e, na esperança de uma recompensa, a informara antes que ela a abrisse; ele passaria 35 anos preso sem julgamento. A cena de *Fidélio* mencionada encontra-se ao final do primeiro ato, quando os prisioneiros respiram aliviados. [N. do E.]

xos da praia. Por fim veio o refluxo, atingindo o véu que ela não teve tempo de pôr a salvo e que foi varado; e afinal a marquesa enxugou com o seu lenço bordado a baba de espuma em que a lembrança de Chopin acabava de umedecer-lhe o buço.

"Meu Deus", disse-me a sra. de Cambremer-Legrandin, "creio que minha sogra se está demorando demais, esquece-se que temos o meu tio de Ch'nouville para jantar. E, além de tudo, Cancan não gosta de esperar". Cancan permaneceu-me incompreensível, e pensei que talvez se tratasse de algum cachorro.[131] Mas quanto aos primos de Ch'nouville, eis o que se dava. Com os anos, amortecera na jovem marquesa o prazer de pronunciar-lhes o nome dessa maneira. E fora no entanto para experimentá-lo que ela havia outrora decidido casar-se. Em outros grupos mundanos, quando se falava dos Chenouville, era costume (pelo menos de cada vez que a partícula vinha precedida de um nome terminado por vogal, pois em caso contrário se era obrigado a tomar apoio no *de*, visto a língua recusar-se a pronunciar Madam'd' Ch'nonceaux) que fosse o *e* mudo da partícula o sacrificado. Dizia-se: *"Monsieur* d'Chenouville". Entre os Cambremer a tradição era inversa, mas igualmente imperiosa. Era o *e* mudo de Chenouville que em todos os casos se suprimia. Fosse o nome precedido de "meu primo" ou de "minha prima", era sempre "de Ch'nouville" e jamais "de Chenouville". (Quanto ao pai desses Chenouville, dizia-se *"notre oncle"*,[132] pois não se era bastante refinado em Féterne para pronunciar *"notre onk"*, como o teriam feito os Guermantes, cuja propositada geringonça, suprimindo as consoantes e nacionalizando os nomes estrangeiros, era tão difícil de compreender como o antigo francês ou um dialeto moderno.) Toda pessoa que entrasse para a família recebia logo dos Ch'nouville um aviso a esse respeito e do qual a srta. Legrandin-Cambremer não tivera necessidade. Um dia, em visita,

131 Adiante, ficaremos sabendo que "Cancan" é o apelido do marquês de Cambremer. [N. do E.]
132 "Nosso tio". [N. do T.]

ouvindo uma jovem dizer: *"ma tante d'Uzai, mon onk de Rouan"*, não reconhecera imediatamente os nomes ilustres que costumava pronunciar: Uzes e Rohan, e sentira o espanto, o embaraço, a vergonha de alguém que tem diante de si, na mesa, um instrumento recentemente inventado, cujo uso desconhece e que não se atreve a utilizar. Mas nessa mesma noite e no dia seguinte repetira com delícia: "minha tia d'Uzai" com essa supressão do *s* final, supressão que a deixara estupefata na véspera, mas que agora lhe parecia tão vulgar desconhecer que, tendo uma de suas amigas falado em um busto da duquesa d'Uzes, a srta. Legrandin lhe respondera de mau humor e num tom altaneiro: "Você poderia ao menos pronunciar direito: Mame d'Uzai". Desde então compreendera que, em virtude da transmutação das matérias consistentes em elementos cada vez mais sutis, a fortuna considerável e tão honrosamente adquirida que herdara de seu pai, a educação completa que recebera, sua assiduidade à Sorbonne, tanto nos cursos de Caro como nos de Brunetière, e aos concertos Lamoureux, tudo isso devia volatilizar--se, encontrar sua sublimação última no prazer de dizer um dia: "minha tia d'Uzai".[133] Isso não excluía de seu espírito a ideia de que continuaria a frequentar, pelo menos nos primeiros tempos após o casamento, não certas amigas que estimava e estava resignada a sacrificar, mas outras que não estimava e a quem queria poder dizer (pois se casaria para isso): "Vou apresentá-la à minha tia d'Uzai", e, quando viu que essa aliança era demasiado difícil: "Vou apresentá-la à minha tia de Ch'nouville" e "Vou levá-la a jantar com os Uzai". Seu casamento com o sr. de Cambremer proporcio-

---

133 Elme-Marie Caro (1826-1887), filósofo espiritualista, era professor da Sorbonne muito apreciado pelo grande público que comparecia a suas conferências. Ferdinand Brunetière (1849-1906), conferencista na prestigiada École Normale Supérieure e também professor da Sorbonne, contava com enorme público em suas aulas de um nacionalismo ferrenho. No volume anterior fomos informados de que a sra. de Marsantes, mãe de Robert de Saint-Loup, estava sempre presente a essas aulas. Charles Lamoureux (1834-1899), violinista e maestro, adepto de Wagner, instituíra em 1881 os "Nouveaux Concerts", que, mais tarde, receberiam seu próprio nome. [N. do E.]

nara à srta. Legrandin o ensejo de dizer a primeira dessas frases, mas não a segunda, pois o mundo que os seus sogros frequentavam não era o que supusera e com o qual continuava a sonhar. E depois de me haver dito de Saint-Loup (adotando para isso uma expressão de Robert, pois se para conversar com ela eu empregava as expressões de Legrandin, ela, por uma sugestão inversa, respondia no dialeto de Robert, que não sabia tornado de empréstimo a Raquel), aproximando o polegar do indicador e semicerrando os olhos, como se contemplasse algo de infinitamente delicado que conseguira captar: "ele tem uma bela qualidade de espírito", fez o seu elogio com tanto ardor que seria de acreditar que estivesse enamorada dele (tinham, aliás, murmurado que outrora, quando estava em Doncières, Robert fora seu amante), na verdade simplesmente para que eu confirmasse e chegar a: "O senhor dá-se muito com a duquesa de Guermantes. Estou doente, não saio, e sei que ela permanece confinada num círculo de amigos seletos, o que acho muito bem, de maneira que a conheço muito pouco, mas sei que é uma mulher absolutamente superior". Sabendo que a sra. de Cambremer mal a conhecia, e para fazer-me tão pequeno quanto ela, passei por alto esse assunto e respondi à marquesa que havia conhecido principalmente o seu irmão, o sr. Legrandin. A esse nome, ela tomou o mesmo ar evasivo que eu tivera quanto à sra. de Guermantes, mas acrescentando-lhe uma expressão de descontentamento, pois pensou que eu dissera isso para humilhar, não a mim, mas a ela. Estaria devorada pelo desespero de haver nascido Legrandin? Era pelo menos o que pretendiam as irmãs e cunhadas de seu marido, nobres damas da província que não conheciam ninguém e não sabiam nada, invejavam a inteligência da sra. de Cambremer, sua instrução, sua fortuna, os encantos físicos que possuíra antes de haver adoecido. "Ela não pensa em outra coisa, é isso que a está matando", diziam aquelas malévolas provincianas logo que falavam na sra. de Cambremer a quem quer que fosse, mas de preferência a um plebeu, para, se este era fátuo e estúpido, dar mais valor à amabilidade que lhe dispensavam, com essa afirmativa do que tem de vergonhoso a plebe, ou, se ele era tímido e fino, e aplicava as palavras a si mesmo, para terem o prazer, embora recebendo-o bem, de lhe fazerem indiretamente uma insolência. Mas se pensavam essas damas falar a verdade no tocante à sua cunhada, enganavam-se. Tanto menos sofria esta de haver nascido Legrandin porque simplesmente perdera a lembrança de tal coisa. Sentiu-se melindrada por lha haver devolvido e calou-se como se não tivesse compreendido nada, não julgando necessário trazer maior precisão, nem sequer uma confirmação à minha.

"Nossos parentes não são a principal causa do abreviamento de nossa visita", disse-me a velha sra. de Cambremer, que estava provavelmente mais cansada do que a nora quanto ao prazer que há em dizer "Ch'nouville", "mas, para não fatigá-lo com muita gente, este cavalheiro" disse ela, designando-me o advogado, "não se atreveu a trazer até cá sua esposa e seu filho. Estão passeando na praia à nossa espera e devem começar a aborrecer-se".

Fiz com que mos indicassem exatamente e acorri a seu encontro. A mulher tinha uma cara redonda como certas flores da família das ranunculáceas, e, ao canto da vista, um assaz considerável signo vegetal. E como as gerações humanas conservam seus caracteres tal qual uma família de plantas, da mesma forma que no rosto murcho da mãe, o mesmo sinal, que poderia servir para a classificação de uma variedade, se avolumava abaixo da vista do filho. Minha solicitude para com sua mulher e seu filho sensibilizou o advogado. Mostrou-se interessado com a minha estada em Balbec. "O senhor deve achar-se um pouco deslocado, pois há aqui, na maior parte, estrangeiros."

E olhava-me enquanto me falava, pois, não gostando dos estrangeiros embora muitos fossem clientes seus, queria assegurar--se de que eu não era hostil à sua xenofobia, caso este em que bateria em retirada, dizendo: "Naturalmente, a sra. X pode ser uma mulher encantadora. E uma questão de princípios"... Como eu não tivesse nessa época nenhuma opinião sobre os estrangeiros, não lhe testemunhei desaprovação e ele sentiu-se em terreno firme. Chegou até a pedir-me que fosse um dia à sua casa em Paris, para ver a sua coleção de Le Sidaner, e que levasse comigo os Cambremer, dos quais me julgava evidentemente íntimo. "Vou convidá-lo juntamente com Le Sidaner", disse-me ele, persuadido de que eu só iria viver na expectativa desse dia abençoado. "Verá que homem raro. E suas telas o encantarão. Está visto que não posso rivalizar com os grandes colecionadores, mas creio que sou eu quem tem o maior número de suas telas prediletas. E tanto mais lhe interessarão ao voltar de Balbec, porque são marinhas, pelo menos na maior parte."

A mulher e o filho, providos da natureza vegetal, escutavam com recolhimento. Sentia-se que a sua casa em Paris deveria ser uma espécie de templo de Le Sidaner. Não são nada inúteis, esses templos. Quando o deus tem dúvidas sobre si mesmo, tapa facilmente as frinchas da sua opinião sobre si mesmo com os testemunhos irrecusáveis das criaturas que dedicaram a vida à sua obra.

A um sinal da nora, a sra. de Cambremer aprestava-se para se erguer e dizia-me: "Já que não deseja instalar-se em Féterne, não quer ao menos ir almoçar lá um dia destes, amanhã, por exemplo?". E na sua benevolência, para decidir-me, acrescentou: "O senhor achará o conde de Crisenoy", que eu não tinha absolutamente perdido, pela simples razão de que não o conhecia. Ela começava a fazer brilhar outras tentações ante meus olhos, mas parou de súbito. O primeiro presidente, que soubera, ao voltar, que ela se achava no hotel, tinha-a procurado disfarçadamente por toda parte e ficara de guarda; fingindo agora encontrá-la por acaso, vinha apresentar-lhe os seus cumprimentos. Compreendi que a sra. de Cambremer não queria tornar extensivo a ele o convite que acabava de dirigir-me. Conhecia-o no entanto há muito mais tempo que a mim, pois ele era desde vários anos um desses convivas das vesperais de Féterne que eu tanto invejava durante a minha primeira estada em Balbec. Mas a antiguidade não é tudo para os mundanos. E reservam de melhor grado os almoços para as relações novas que ainda lhes ferem a curiosidade, principalmente quando chegam precedidas de uma prestigiosa e calorosa recomendação como a de Saint-Loup. A sra. de Cambremer calculou que o primeiro presidente não tinha ouvido o que ela me dissera, mas, para acalmar os remorsos que experimentava, dirigiu-lhe as frases mais amáveis. No ensolaramento que afogava no horizonte a costa dourada, habitualmente invisível, de Rivebelle discernimos, apenas separados do azul luminoso, saindo das águas, róseos, argentinos, quase imperceptíveis, os sinos do ângelus que soavam nas cercanias de Féterne. "Isto é ainda bastante *Pelléas*", observei à sra. de Cambremer-Legrandin. "Bem sabe a cena que eu quero dizer." "Sim, sim, eu sei." Mas "não sei nada" era proclamado pela sua voz e pelo seu rosto que não se moldavam a nenhuma lembrança, e pelo seu sorriso sem apoio, no ar. A velha marquesa não se refazia do espanto de que os sinos chegassem até nós, e ergueu-se, pensando na hora. "Mas, de fato, disse eu, "habitualmente de Balbec não se avista essa costa, nem se ouve tampouco. É preciso que o tempo haja mudado e ampliado o horizonte. A menos que os sinos venham procurá-la, pois vejo que a fazem partir; são para a senhora o sino do almoço." O primeiro presidente, pouco sensível aos sinos, olhava furtivamente para o dique que ele se desolava de ver tão despovoado naquela tarde. "O senhor é um verdadeiro poeta", disse-me a sra. de Cambremer. "Tão vibrante, tão artista... Venha que eu lhe tocarei Chopin", acrescentou, erguendo os braços com um ar extasiado, e pronunciando as palavras com uma voz rouca, que parecia deslocar pedras. Depois veio a deglutição da saliva, e a velha dama enxugou instintivamente com o lenço a leve escovinha chamada à americana, do seu buço. O primeiro presidente prestou-me sem querer um grande serviço, pegando a marquesa pelo braço para levá-la ao carro, pois certa dose de vulgaridade, de atrevimento e de amor à ostentação ditam uma conduta que outros hesitariam em assumir e que está longe de desagradar na sociedade. Aliás, desde muitos anos, tinha ele mais hábito dessas coisas do que eu. Embora abençoando-o, não me atrevi a imitá-lo, e marchei ao lado da sra. de Cambremer-Legrandin, que quis ver o livro que eu trazia na mão. O nome de madame de Sévigné lhe provocou uma careta; e usando de uma frase que lera em certos jornais de vanguarda, mas que, falada e posta no feminino, e aplicada a um escritor do século XVII, causava um efeito esquisito, perguntou--me: "Acha-a verdadeiramente talentosa?".

A velha marquesa deu ao lacaio o endereço de uma pastelaria aonde tinha de ir antes de tomar a estrada, rósea da poeira da tarde, em que azulavam em forma de garupas os alcantis escalonados. Perguntou ao velho cocheiro se um dos cavalos, que era friorento, fora suficientemente abrigado, se o casco do outro não o incomodava. "Eu lhe escreverei para combinarmos", disse-me ela a meia-voz. "Vi que estava conversando sobre literatura com a minha nora, ela é adorável", acrescentou, embora não o pensasse, mas tomara o hábito, conservado por bondade, de o dizer, para que não parecesse que o filho havia casado por dinheiro. "E depois", disse ainda, com uma derradeira mastigação entusiástica, "ela é tão *hartthhisstta*!" Depois subiu ao carro, a cabeça balançando, a sombrinha erguida, e lá se foi pelas ruas de Balbec, sobrecarregada com os ornamentos do seu sacerdócio, como um velho bispo em viagem de crisma.

"Ela convidou-o para almoçar", disse-me severamente o primeiro presidente, depois de afastar-se o carro e ter eu regressado com as minhas amigas. "Estamos estremecidos. Ela acha que eu a negligencio. Que diabo! Sou fácil de lidar. Tenham necessidade de mim, e aqui estou eu para responder: 'Presente!'. Mas quiseram tomar conta de mim. Ah! Isso", acrescentou com um ar fino e erguendo o dedo, como alguém que distingue e argumenta, "isso eu não permito. E atentar contra a liberdade de minhas férias. Fui obrigado a dizer-lhe: "Alto lá!" O senhor parece estar muito bem com ela. Quando tiver a minha idade, verá que é bem pouca coisa, a sociedade, e lamentará ter ligado tamanha importância a esses nadas. Bem, vou dar uma volta antes do jantar. Adeus, meninos", gritou, como se já estivesse afastado uns cinquenta passos.

Depois que me despedi de Rosemonde e Gisèle, viram elas com espanto que Albertine, parada, não as acompanhava. "E então? Albertine, que é que estás fazendo? Não sabes que horas são?" "Voltem", respondeu-lhes Albertine com autoridade. "Tenho de conversar com ele", acrescentou, mostrando-me com um ar submisso. Rosemonde e Gisèle contemplavam-me, tomadas por mim de um respeito novo. Era-me delicioso sentir que, ao menos por um momento, aos próprios olhos de Rosemonde e de Gisèle, eu era para Albertine alguma coisa de mais importante do que a hora de recolher-se, do que as suas amigas, e podia até ter com ela graves segredos em que era impossível imiscui-las. "Será que não te veremos esta noite?" "Não sei, depende deste aqui. Em todo caso, até amanhã."

"Subamos até meu quarto", disse-lhe eu, depois que as amigas se foram. Tomamos o elevador. Ela conservou-se em silêncio diante do *lift*. O hábito de ver-se obrigado a recorrer à observação pessoal e à dedução para conhecer os assuntos particulares dos amos, essas pessoas estranhas que conversam entre si e não lhes falam, desenvolve nos empregados (como o *lift* denomina os criados) maior poder divinatório do que entre os patrões. Os órgãos se atrofiam ou se tornam mais fortes ou mais sutis conforme cresce ou diminui a necessidade que se tem deles. Desde que existem estradas de ferro, a necessidade de não perder o trem nos ensinou a levar em conta os minutos, ao passo que entre os antigos romanos, cuja astronomia era não só mais sumária, mas cuja vida era também menos apressada, mal havia a noção, não direi apenas dos minutos, mas também das horas fixas. De modo que o *lift* compreendera e tencionava contar a seus camaradas que Albertine e eu estávamos preocupados. Mas nos falava sem parar porque não tinha tato. Via eu no entanto desenhar-se em seu rosto, em vez da habitual expressão de amizade e da alegria de fazer-me subir no seu ascensor, um ar de abatimento e inquietação extraordinários. Como lhe ignorasse a causa, e para tratar de o distrair, e embora mais preocupado com Albertine, disse-lhe que a dama que acabava de retirar-se era a marquesa de Cambremer, e não de Camembert. No andar em que paráramos então, avistei, carregando um travesseiro, uma horrível camareira que me saudou com respeito, esperando uma gorjeta na partida. Desejaria saber se era aquela que eu tanto desejara na noite da minha primeira chegada a Balbec, mas não pude chegar a uma certeza. O *lift* jurou-me, com a sinceridade da maioria das falsas testemunhas, mas sem deixar seu ar desesperado, que era mesmo sob o nome de Camembert que a marquesa se fizera anunciar. E na verdade era muito natural que ele ouvisse um nome que já conhecia. E depois, como tinha sobre a nobreza e a natureza dos nomes com que se formam os títulos as noções muito vagas que são as de muita gente que não é ascensorista, tanto mais verossímil lhe parecera o nome de Camembert porque, sendo esse queijo universalmente conhecido, não era de espantar que se tirasse um marquesado de tão glorioso renome, a menos que não fosse o marquesado que emprestara sua celebridade ao queijo. Contudo, como visse que eu não queria aparentar que me enganara e como soubesse que os amos gostam de ver obedecidos os seus caprichos mais fúteis e aceitas as suas mais evidentes mentiras, prometeu-me, como bom criado, dizer dali por diante Cambremer. É verdade que nenhum vendeiro da cidade ou camponês dos arredores, onde eram perfeitamente conhecidos o nome e a pessoa dos Cambremer, jamais poderia cometer o erro do *lift*. Mas o pessoal do "Grande Hotel de Balbec" não era absolutamente da região. Vinham em linha reta, com todo o material, de Biarritz, Nice e Monte Carlo, tendo sido uma parte encaminhada a Deauville, outra a Dinard e a terceira reservada a Balbec.

Mas o angustioso sofrimento do *lift* não fez mais que aumentar. Para que assim se esquecesse de testemunhar-me o seu devotamento com os seus habituais sorrisos, era preciso mesmo que lhe houvesse sucedido alguma desgraça. Quem sabe se não fora despachado? Prometi-me, em tal caso, conseguir que ele ficasse, pois o gerente me prometera ratificar tudo quanto eu decidisse relativamente ao seu pessoal. "Pode o senhor fazer sempre o que quiser, que eu retifico previamente." De súbito, logo que deixei o elevador, compreendi o desespero, o ar aterrado do *lift*. Por causa da presença de Albertine, eu não lhe passara os cem *sous* que habitualmente lhe dava ao subir. E aquele imbecil, em vez de compreender que eu não queria fazer ostentação de gorjetas diante de terceiros, começara a tremer, supondo que esse costume estava acabado de uma vez por todas, que eu nunca mais lhe daria coisa alguma. Imaginava que eu caíra na "miséria" (como diria o duque de Guermantes) e sua hipótese não lhe inspirava nenhuma piedade por mim, mas uma terrível decepção egoísta. Disse eu comigo que era menos desarrazoado do que achava minha mãe quando não me animava a deixar de dar um dia a soma exagerada, mas febrilmente esperada, que dera na véspera. Mas também a significação que eu até esse momento atribuíra, e sem sombra de dúvida, ao costumeiro ar de alegria em que não hesitava em ver um sinal de simpatia, pareceu-me de um sentido menos seguro. Ao ver o ascensorista prestes, no seu desespero, a lançar-se dos cinco andares, perguntava comigo se (no caso de se acharem respectivamente mudadas as nossas condições sociais, devido a uma revolução, por exemplo) o *lift*, se se tornasse burguês, em vez de manobrar gentilmente para mim o ascensor, não me teria precipitado do mesmo, e se não haveria em certas classes do povo mais duplicidade do que no alto mundo, onde reservam sem dúvida para a nossa ausência os comentários desfavoráveis, mas cuja atitude para conosco não seria insultante se caíssemos na desgraça.

Não se pode todavia dizer que o *lift* fosse o mais interesseiro no hotel de Balbec. Deste ponto de vista, dividia-se o pessoal em duas categorias: de uma parte, os que faziam diferenças entre os hóspedes, mais sensíveis à gorjeta razoável de um velho nobre (aliás em condições de evitar-lhes os vinte e oito dias, recomendando-os ao general de Beautreillis) que às liberalidades inconsideradas de um *rasta* que revelava nisso mesmo uma falta de tirocínio que somente diante dele chamavam de bondade. Por outro lado, aqueles para quem nobreza, inteligência, celebridade, situação, maneiras, eram inexistentes, recoberto isso tudo por uma cifra. Para esses não há mais que uma hierarquia: o dinheiro que se tem, ou antes, o que se dá. Talvez o próprio Aimé, embora pretendendo ter grande conhecimento mundano em vista do considerável número de hotéis em que servira, pertencesse a essa última categoria. Quando muito, dava um toque social e de conhecimento das famílias a esse gênero de apreciação, dizendo da princesa de Luxembourg, por exemplo: "Há muito dinheiro ali?". (O ponto de interrogação era para informar-se ou controlar definitivamente os informes que tomara, antes de conseguir para um freguês um cozinheiro para Paris, ou de lhe assegurar uma mesa à esquerda, à entrada, com vista para o mar, em Balbec.) Apesar disso, embora não isento de interesse, não o teria exibido com o tolo desespero do *lift*. De resto, a ingenuidade deste talvez simplificasse as coisas. É a comodidade de um grande hotel, de uma casa como era antigamente a de Raquel; é que, sem intermediários, à face até então glacial de um empregado ou de uma mulher, a vista de uma nota de cem francos, e com mais forte razão de mil, ainda que dada desta vez a outrem, traz um sorriso e oferecimentos. Na política, pelo contrário, e nas relações de amante para amante, há muitas coisas interpostas entre o dinheiro e a docilidade. Tantas coisas que mesmo para aqueles em quem o dinheiro desperta finalmente o sorriso, lhes é muita vez impossível seguir o processo interno que os liga, e se julgam e são mais delicados. E depois, isso decanta a conversação polida dos "Sei o que me resta a fazer, amanhã me encontrarão no necrotério". É assim que na sociedade polida quase não se encontram romancistas, poetas, todas essas criaturas sublimes que falam justamente o que não se deve dizer.

Logo que ficamos a sós e tomamos pelo corredor, disse-me Albertine: "Que é que tem você contra mim?". Minha dureza para com ela, acaso me fora igualmente penosa? Não seria da minha parte mais que uma artimanha inconsciente para colocar minha amiga, perante mim, naquela atitude de temor e súplica que me permitiria interrogá-la e talvez saber qual a verdadeira das duas hipóteses que desde muito havia formado a seu respeito? Sempre é verdade que, ao ouvir sua pergunta, me senti de súbito feliz como alguém que toca num objetivo longamente desejado. Antes de responder, levei-a até a minha porta. Esta, abrindo-se, fez refluir a luz rósea que enchia o quarto e mudava a musselina branca das cortinas distensas sobre a noite em cetim aurora. Fui até a janela; as gaivotas estavam de novo pousadas sobre as ondas; mas agora eram róseas. Fi-lo notar a Albertine: "Não desvie a conversa", disse-me ela, "seja franco comigo". Menti. Declarei-lhe que ela devia escutar uma confissão prévia, a de uma grande paixão que eu tinha desde algum tempo por Andrée, e o fiz com uma simplicidade e uma franqueza dignas do teatro, mas que não se tem absolutamente na vida senão para os amores que não se sentem. Retomando a mentira que usara com Gilberte antes da minha primeira estada em Balbec mas modulando-a, cheguei até, para que ela melhor me acreditasse ao dizer-lhe agora que não a amava, a deixar escapar que outrora estivera a ponto de enamorar-me dela, mas que já havia passado muito tempo, que ela não era para mim mais que uma boa camarada e que, ainda que o desejasse, me seria impossível experimentar de novo sentimentos mais ardentes a seu respeito. Aliás, insistindo assim diante de Albertine nesses protestos de frieza para com ela, eu não fazia — devido a uma circunstância e em vista de um objetivo particular — senão tornar mais sensível, acentuar com mais força esse ritmo binário que adota o amor em todos aqueles que duvidam demasiado de si mesmos para acreditarem que uma mulher jamais os possa amar, e também que eles próprios a possam amar verdadeiramente. Conhecem-se o bastante para saber que, junto das mais diferentes, experimentavam eles as mesmas esperanças, as mesmas angústias, inventavam os mesmos romances, pronunciavam as mesmas palavras, para também se darem conta de que os seus sentimentos, os seus atos não se acham em relação estreita e necessária com a mulher amada, mas passam ao lado dela, salpicam-na, rodeiam-na como o fluxo que se lança ao longo dos rochedos, e o sentimento da sua própria instabilidade mais aumenta neles a desconfiança de que aquela mulher, de quem tanto desejariam ser amados, também não os ame. Por que teria feito o acaso, visto que ela não passa de um simples acidente colocado ante o jorro de nossos desejos, com que também fôssemos o objetivo dos desejos dela? Assim, embora tendo necessidade de expandir para ela todos esses sentimentos, tão diversos dos sentimentos simplesmente humanos que o nosso próximo nos inspira, esses sentimentos tão especiais que são os sentimentos amorosos, depois de haver dado um passo à frente, confessando àquela que nós amamos a nossa ternura por ela, as nossas esperanças, temendo em seguida desagradar-lhe, confusos também por sentir que a linguagem que lhe falamos não foi formada expressamente para ela, que nos serviu e nos servirá para outras, que se ela não nos ama, não pode compreender-nos e que falamos então com a falta de gosto, o impudor do pedante dirigindo a ignorantes frases sutis que não são para eles, esse temor, essa vergonha, trazem o contrarritmo, o refluxo, a necessidade (ainda que recuando de início, retirando vivamente a simpatia dantes confessada) de retomar a ofensiva, de reconquistar a estima, a admiração; o duplo ritmo é perceptível nos diversos períodos de um mesmo amor, em todos os períodos correspondentes de amores similares, em todas as criaturas que mais se analisam do que se prezam. Se estava no entanto um pouco mais vigorosamente acentuado que de costume naquele discurso que eu fazia a Albertine, era tão só para que me permitisse passar mais depressa e mais energicamente ao ritmo oposto que a minha ternura escandiria.

Como se Albertine tivesse dificuldade em acreditar no que eu lhe dizia da minha impossibilidade de amá-la novamente, por causa do intervalo demasiado longo, expunha-lhe o que eu denominava uma esquisitice de meu gênio, citando exemplos de pessoas com quem eu havia, por culpa sua ou minha, deixado escapar o momento de amá-las, sem poder, por mais que o desejasse, encontrá-lo depois. Parecia assim ao mesmo tempo escusar-me com ela, como de uma indelicadeza, dessa incapacidade de recomeçar a amá-la, e ver se a fazia compreender as razões psicológicas de tal coisa como se me fossem peculiares. Mas explicando-me dessa maneira, alongando-me sobre o caso de Gilberte, com a qual fora com efeito rigorosamente exato o que tão pouco o era aplicado a Albertine, não fazia senão tornar minhas asserções tão plausíveis quanto fingia acreditar que não o fossem. Sentindo que Albertine apreciava o que ela supunha o meu "modo franco de falar", e que reconhecia nas minhas deduções a clareza da evidência, escusei-me do primeiro dizendo que bem sabia que sempre desagradávamos ao falar a verdade e que esta, aliás, devia parecer-lhe incompreensível. Ela, pelo contrário, agradeceu a minha sinceridade e acrescentou que, além disso, compreendia às maravilhas um estado de espírito tão frequente e tão natural.

Nessa confissão a Albertine de um sentimento imaginário por Andrée e de indiferença por ela própria (indiferença esta que lhe assegurei incidentalmente, como por um escrúpulo de polidez, a fim de parecer sincero e sem exagero, não devia ser tomada muito ao pé da letra), pude enfim, sem receio de que Albertine lhe suspeitasse amor, falar-lhe com uma doçura que me recusava desde tanto tempo e que me pareceu deliciosa. Chegava quase a acariciar a minha confidente; ao falar-lhe da sua amiga a quem amava, subiam-me as lágrimas aos olhos. Mas vindo aos fatos, disse-lhe afinal que ela sabia o que era o amor, as suas suscetibilidades, os seus sofrimentos, e que ela talvez, como amiga já antiga para mim, se empenhasse em fazer cessar as grandes penas que me causava, não diretamente, pois não era a ela que eu amava, se ousava repeti-lo sem a melindrar, mas indiretamente, atingindo-me em meu amor por Andrée. Interrompi-me para olhar e mostrar a Albertine um grande pássaro solitário e apressado que, longe, à nossa frente, fustigando o ar com as batidas irregulares de suas asas, passava a toda a velocidade acima da praia pintalgada aqui e ali de reflexos semelhantes a pedacinhos de papel vermelho rasgados, e atravessava-a toda, sem distrair sua atenção, sem desviar-se de seu caminho, como um emissário que vai levar muito longo uma mensagem urgente e capital. "Esse pelo menos vai diretamente ao fim!", disse-me Albertine com um ar de censura. "Você me diz isso porque não sabe o que eu desejaria dizer-lhe. Mas é de tal modo difícil que prefiro desistir; estou certo de que você se incomodaria; e tudo então daria nisto apenas: eu não seria em nada mais feliz com aquela a quem amo de amor e perderia uma boa camarada." "Mas já que lhe juro que não me incomodarei..." Tinha ela um ar tão suave, tão tristemente dócil, de quem esperasse de mim a sua felicidade, que me era difícil conter-me para não beijar, quase com o mesmo gênero de prazer que teria em beijar minha mãe, aquele rosto novo que não mais oferecia a face alerta e ruborizada de uma gatinha travessa e perversa de narizinho róseo e erguido, mas parecia, na plenitude da sua morna tristeza, todo fundido e escorrido em bondade. Fazendo abstração de meu amor como de uma loucura crônica sem ligação com ela, pondo-me no seu lugar, enternecia-me ante aquela rapariga habituada a que tivessem com ela atitudes amáveis e leais e que o bom camarada que pudera ela acreditar que eu fosse para si, perseguia desde semanas, perseguições que haviam chegado a seu ponto culminante. Era porque me colocava num ponto de vista puramente humano, exterior a nós ambos e de onde se dissipava o meu amor ciumento, que eu sentia por Albertine aquela piedade profunda, que menos o seria se não a amasse. De resto, nessa oscilação ritmada que vai da declaração ao rompimento (o meio mais seguro, mais eficazmente perigoso para formar com movimentos opostos e sucessivos um nó que não se desfaça e solidamente nos ligue a uma pessoa), no seio do movimento de retração que constitui um dos dois elementos do ritmo, para que distinguir ainda os refluxos da piedade humana que, opostos ao amor, embora tendo talvez inconscientemente a mesma causa, produz em todo caso os mesmos efeitos? Relembrando mais tarde o total de tudo quanto se fez por uma mulher, vê-se muita vez que os atos inspirados pelo desejo de mostrar que se ama, de fazer-se amar, de alcançar favores, não ocupam mais lugar do que os devidos à necessidade humana de reparar as faltas para com a criatura amada, por simples dever moral, como se não a amássemos. "Mas, afinal, que poderei ter feito?", perguntou-me Albertine. Bateram, era o *lift*; a tia de Albertine, que passava de carro pelo hotel, detivera-se para ver se acaso ela ali estava e levá-la para casa. Albertine mandou dizer que não podia descer, que jantassem sem esperá-la, que não sabia a que horas deveria voltar. "Mas sua tia não vai incomodar-se?" "Qual! Ela compreenderá muito bem."

Assim, pois, pelo menos naquele momento, como talvez jamais houvesse outro — um encontro comigo era para Albertine, em vista das circunstâncias, uma coisa de importância tão evidente que devia ter primazia sobre tudo o mais, e à qual, por certo se reportando instintivamente a uma jurisprudência familial, enumerando certas conjunturas em que, estando em jogo a carreira do sr. Bontemps, não haviam recuado diante de uma viagem — minha amiga não duvidava de que sua tia achasse muito natural o sacrifício da hora do jantar. Essa hora distante que ela passava sem mim, com os seus, Albertine, agora, fazendo-a deslizar até mim, dava-ma inteiramente; eu podia utilizá-la à vontade. Acabei por me atrever a dizer-lhe o que me haviam contado de seu gênero de vida e que, apesar do profundo desgosto que me inspiravam as mulheres dadas ao mesmo vício, eu com isso não me preocupara até que me haviam nomeado a sua cúmplice, e que ela facilmente podia compreender, em vista de como eu amava Andrée, o quanto não teria sofrido. Talvez fora mais hábil dizer que também me haviam citado outras mulheres, mas que me eram indiferentes. Mas a brusca e terrível revelação que me fizera Cottard entrara em mim a me dilacerar, tal qual, inteira, sem mais nada. E da mesma forma que antes jamais teria por mim mesmo o pensamento de que Albertine amava a Andrée, ou que pelo menos pudesse brincar com ela cariciosamente, se Cottard me não houvesse chamado a atenção para a sua atitude, enquanto valsavam, assim eu não soubera passar desse pensamento ao outro, tão diferente para mim, de que Albertine pudesse ter com outras mulheres que não Andrée relações a que nem sequer a afeição serviria de escusa. Albertine, antes mesmo de jurar-me que não era verdade, manifestou, como toda pessoa a quem acabam de dizer que assim falaram dela, cólera, aborrecimento e, em relação ao caluniador desconhecido, a curiosidade irosa de saber quem fosse e o desejo de ser com ele acareado, para o confundir. Mas assegurou-me que, pelo menos a mim, não me queria mal por isso. "Se fosse verdade, eu diria tudo a você. Mas tanto Andrée como eu temos horror a essas coisas. Não chegamos a esta idade sem já ter visto dessas mulheres de cabelos curtos, que têm modos de homem e são do gênero que você diz, e não há nada que mais nos revolte."

Albertine só me dava a sua palavra, uma palavra peremptória e sem o apoio de provas. Mas era justamente o que mais me podia acalmar, pois o ciúme pertence a essa família de dúvidas doentias que cedem mais à energia de uma afirmação do que à sua verossimilhança. E aliás muito próprio do amor tornar-nos ao mesmo tempo mais desconfiados e mais crédulos, fazer-nos suspeitar, mais depressa do que o faria uma outra, daquela a quem amamos e mais facilmente acreditar nas suas negações. É preciso amar para preocupar-se com que não existam apenas mulheres honestas, ou por outra, para o notar, e é preciso também amar para querer que existam, isto é, para certificar-se de que existem. É humano procurar a dor e em seguida livrar-se dela. As proposições capazes de o conseguir nos parecem facilmente verdadeiras, não se discute muito sobre um calmante que produz efeito. E depois, por múltipla que seja a criatura que amamos, pode em todo caso apresentar-nos duas personalidades essenciais, conforme nos apareça como nossa ou com os seus desejos voltados para outrem. A primeira dessas personalidades possui o poder particular que nos impede de acreditar na realidade da segunda, o segredo específico para apaziguar os sofrimentos que esta última causou. A criatura amada é sucessivamente o mal e o remédio que corta e agrava o mal. Sem dúvida eu estava desde muito, pelo poder que exercia em minha imaginação e em minha faculdade sensitiva o exemplo de Swann, preparado para julgar verdadeiro o que eu temia, em vez daquilo que teria desejado. Assim, a doçura trazida pelas afirmações de Albertine esteve a ponto de comprometer-se um momento porque me lembrei da história de Odette. Mas disse comigo que, se era justo considerar opior não só quando, para compreender os sofrimentos de Swann, eu procurara colocar-me no seu lugar, mas também agora que se tratava de mim mesmo, procurando a verdade como se se tratasse de outro, todavia não era preciso que, por crueldade para comigo mesmo, soldado que escolhe o posto não pela maior utilidade mas pelo maior perigo, que eu chegasse ao erro de ter uma suposição por mais verdadeira que as outras, pela simples razão de que era a mais dolorosa. Não havia um abismo entre Albertine, moça de excelente família burguesa, e Odette, *cocotte* vendida por sua mãe desde a infância? A palavra de uma não podia ser comparada com a de outra. Aliás, Albertine não tinha, em mentir-me, o mesmo interesse que Odette a Swann. E ainda a este Odette confessara o que Albertine acabava de negar. Teria pois cometido uma falta de raciocínio tão grave — embora inversa — como a que me inclinasse para uma hipótese só porque esta me fazia sofrer menos que as outras, sem levar em conta essas diferenças de fato nas situações, e reconstituindo a vida real de minha amiga unicamente pelo que sabia da vida de Odette. Tinha diante de mim uma nova Albertine, é verdade que já várias vezes entre vista no fim de minha primeira estada em Balbec, franca, bondosa, uma Albertine que acabava, por afeição a mim, de perdoar minhas suspeitas e procurar dissipá-las. Fez-me sentar junto de si, em meu leito. Agradeci-lhe o que me havia dito, assegurei-lhe que estava feita a nossa reconciliação e que nunca mais me mostraria duro com ela. Eu disse a Albertine que em todo caso ela devia ir jantar em casa.

Perguntou-me se eu não me sentia bem, assim como estávamos. E, atraindo a minha cabeça, numa carícia que jamais me fizera e que eu devia, acaso, à nossa rusga finda, passou levemente a língua pelos meus lábios, que ela tentava entreabrir. Para começar, não os descerrei. "Que mau que tu és!", disse-me ela.

Eu deveria ter partido naquela noite para nunca mais tornar a vê-la. Pressentia desde então que no amor não compartilhado — o que vale dizer no amor, pois há criaturas para quem não existe amor compartilhado — só se pode gozar, da felicidade, aquele simulacro que me era dado num desses momentos únicos em que a bondade de uma mulher, ou o seu capricho, ou o acaso, aplicam sobre os nossos desejos, numa coincidência perfeita, as mesmas palavras, os mesmos atos de como se fôssemos verdadeiramente amados. O mais sábio seria considerar com curiosidade, possuir com delícia, essa pequena parcela de felicidade na falta da qual eu morreria sem ter suspeitado o que pode ser a felicidade para corações menos difíceis ou mais favorecidos; supor que isso fazia parte de uma felicidade vasta e durável que só nesse ponto me aparecia; e para que o dia seguinte não desse um desmentido a esse fingimento — não procurar pedir um só favor a mais, depois daquele que só se devia ao artifício de um instante de exceção. Eu deveria deixar Balbec, encerrar-me na minha solidão, ali ficar em harmonia com as últimas vibrações da voz que eu soubera tornar por um instante amorosa e da qual nada mais exigiria a não ser que jamais se dirigisse a mim, por medo de que, com uma palavra nova, que desde então só poderia ser diferente, viesse ela a ferir com uma dissonância o silêncio sensitivo, onde a tonalidade da ventura, como que graças a um pedal, poderia sobreviver em mim por muito tempo.

Tranquilizado com as explicações de Albertine, passei a ficar mais tempo em companhia de minha mãe. Gostava ela de falar-me docemente da época em que minha avó era mais moça. Receando que eu me censurasse as tristezas com que pudera ter sombreado o final daquela vida, voltava de bom grado aos anos em que meus primeiros estudos tinham dado a minha avó satisfações que até então me haviam sempre ocultado. Falávamos em Combray. Disse minha mãe que lá pelo menos eu lia e que em Balbec deveria fazer o mesmo, já que não escrevia. Respondi que, justamente para cercar-me das recordações de Combray e dos lindos pratos pintados, gostaria de reler as *Mil e uma noites*. Como outrora em Combray, quando me dava livros de aniversário, foi em segredo, para fazer-me uma surpresa, que minha mãe encomendou ao mesmo tempo as *Mil e uma noites* de Galland e as *Mil noites e uma noite* de Mardrus.[134] Mas depois de lançar uma vista d'olhos às duas traduções, bem desejaria minha mãe que eu me ativesse à de Galland, embora temendo influenciar-me devido ao respeito que tinha à liberdade intelectual, ao receio de intervir desastradamente na vida de meu pensamento, e ao sentimento de que, sendo mulher, faltava-lhe, ao que supunha, a necessária competência literária e que, por outro lado, não devia julgar, pelo que a escandalizava, das leituras de um jovem. Dando com certos contos, haviam-na revoltado a imoralidade do assunto e a crueza da expressão. Mas sobretudo, conservando preciosamente como relíquias, não só o broche, a sombrinha, a capa, o volume de madame de Sévigné, mas também os hábitos de pensamento e de linguagem de sua mãe, procurando em toda ocasião que juízo emitiria aquela, não podia minha mãe duvidar da condenação que minha avó teria pronunciado contra o livro de Mardrus. Recordava que em Combray, enquanto eu lia Augustin Thierry antes de partir para as bandas de Méséglise, minha avó, satisfeita com as minhas leituras e com os meus passeios, indignava-se no entanto ao ver aquele cujo nome permanecia ligado a este hemistíquio: "Reina,

---

134 Antoine Galland (1646-1715) é autor da primeira tradução das *Mil e uma noites* para o francês, publicada em doze volumes e muito lida pela corte de Luís XIV. Entre 1899 e 1904, o médico e orientalista Joseph Mardrus (1869-1949) publicaria o que chamaria de *"tradução literal e completa do texto árabe"*, insistindo no caráter seletivo e na censura que dominara na tradução anterior. [N. do E.]

após, Meroveu" chamado Merowig, recusava-se a dizer carolíngios para os carlovíngios, aos quais permanecia fiel.[135] Contara-lhe enfim o que minha avó pensava dos nomes gregos que Bloch, segundo Leconte de Lisle, dava aos deuses de Homero, chegando até a constituir um dever religioso a adoção da ortografia grega para as coisas mais simples, como se nisso consistisse o talento literário.[136] Tendo, por exemplo, de dizer numa carta que o vinho que se bebia em sua casa era um verdadeiro néctar, escrevia "um verdadeiro nektar", com *k*, o que lhe permitia rir-se de Lamartine. Ora, se uma *Odisseia* de onde estivessem ausentes os nomes de Ulisses e de Minerva não era mais para ela a *Odisseia*, que não teria dito ao ver já deformado na capa o título das suas *Mil e uma noites*, não mais encontrando, exatamente transcritos como sempre estivera habituada a dizê-los, os nomes imortalmente familiares de Xerazade, de Dinazarde, e onde, eles próprios desbatizados, se é que se pode aplicar o termo a contos mulçumanos, mal se podiam reconhecer o encantador Califa e os poderosos Gênios, estando aquele denominado "Khalifat" e estes "Gennis". No entanto, minha mãe entregou-me as duas obras e eu disse-lhe que as leria nos dias em que estivesse muito cansado para passear.

Esses dias não eram, aliás, muito frequentes. Íamos merendar "em grupo" como outrora, Albertine, suas amigas e eu, nos rochedos ou na granja Maria Antonieta. Mas vezes havia em que Albertine me dava este grande prazer. Dizia-me: "Hoje quero estar um pouco a sós com você, será melhor assim". Dizia então que tinha coisas a fazer, do que aliás não precisava prestar contas, e, para que as outras, caso fossem, sem nós, passear e merendar, não pudessem

---

135 Alusão aos livros *Narrativas dos tempos merovíngios* (*Récits des temps mérovingiens* – 1840) e *História da conquista da Inglaterra pelos Normandos* (*Histoire de la conquête de l'Angleterre par les Normands* – 1825), de Augustin Thierry. Em nota, Thierry adverte o leitor para a preservação em sua obra da grafia original dos nomes germânicos, com que se indigna a avó do herói. [N. do E.]

136 O poeta Leconte de Lisle traduzira Homero diretamente do grego para o francês. O livro de Proust está semeado de alusões a essas traduções. [N. do E.]

encontrar-nos, íamos sozinhos como dois amantes a *Bagatelle* ou à *Croix d'Heulan*, enquanto o bando, que jamais teria a ideia de procurar-nos lá e que lá nunca ia, ficava indefinidamente na Maria Antonieta, na esperança de ver-nos chegar. Lembra-me o calor que então fazia e em que, da fronte dos empregados da granja que trabalhavam ao sol, caía vertical, regular, intermitente, uma gota de suor, alternando com a queda do fruto maduro que se destacava de árvore no cercado próximo; continuam sendo, ainda hoje, com esse mistério de uma mulher oculta, a parte mais consistente de todo amor que se me antolhe. Uma mulher de que me falem e na qual eu não pensaria um só instante, eis que altero todos os encontros da semana para conhecê-la, se se trata de uma semana em que faz um tempo daqueles e se devo encontrá-la numa granja isolada. Por mais que eu saiba que essa espécie de tempo e de encontro não é dela, é no entanto a isca tão conhecida minha, em que me deixo apanhar e que basta para me prender. Sei que poderia desejar essa mulher por um tempo frio e numa cidade, mas sem acompanhamento de sentimento romanesco, sem me tornar enamorado; o amor não é por isso menos forte, uma vez que me encadeou, graças às circunstâncias — é simplesmente mais melancólico, como se tornam na vida os nossos sentimentos para com as pessoas, à medida que percebemos a parte cada vez mais pequena que elas ocupam nos mesmos e que o novo amor que desejaríamos tão durável, abreviado como a nossa própria vida, será o derradeiro.

Havia ainda pouca gente em Balbec, poucas moças. Às vezes eu avistava uma ou outra parada na praia, sem atrativo, e que todavia inúmeras coincidências pareciam certificar ser a mesma de quem eu havia desesperado de aproximar-me quando ela saía com suas amigas do picadeiro ou da aula de ginástica. Se era a mesma (e eu me guardava de falar nisso a Albertine) não existia a rapariga que eu havia julgado arrebatadora. Mas não podia chegar a uma certeza, pois o rosto daquelas jovens não ocupava na praia uma dimensão, não oferecia uma forma permanente, contraído, dilatado, transformado como era pela minha própria expectativa, a inquietação de meu desejo, ou um bem-estar que bastava a si mesmo, os diferentes vestidos que elas usavam, a rapidez de sua marcha ou a sua imobilidade. De perto, no entanto, duas ou três me pareciam adoráveis. De cada vez que eu via uma destas, tinha desejos de a levar para a avenida dos Tamarindos, ou para as dunas, melhor ainda, para os rochedos. Mas embora já entre no desejo, em comparação com a indiferença, essa ousadia que é mesmo um começo unilateral de realização, ainda assim, entre o meu desejo e a ação, que seria o meu pedido de a beijar, havia todo o "branco" indefinido da hesitação, da timidez. Então entrava na pastelaria, bebia um após outro sete a oito cálices de vinho do Porto. Em seguida, em lugar do intervalo impossível de preencher entre o meu desejo e a ação, o efeito do álcool traçava uma linha que os conjugava a ambos. Não mais lugar para a hesitação e o receio. Parecia-me que a moça viria voando para mim. Ia a seu encontro, e por si só saía de meus lábios: "Gostaria de passear com você. Não quer ir comigo até os rochedos? Lá não se é perturbado por ninguém, lá atrás do bosquezinho que abriga do vento a casa desmontável, agora vazia...". Todas as dificuldades da vida eram aplainadas, não mais havia obstáculos ao entrelaçamento de nossos dois corpos. Não mais havia obstáculos para mim ao menos. Pois não se haviam volatilizado para a moça, ela que não bebera vinho do Porto. Ainda que o fizesse, e tivesse o universo perdido alguma realidade a seus olhos, o sonho longamente acariciado que lhe poderia então parecer de súbito realizável talvez não fosse absolutamente o de cair em meus braços.

As moças não só eram pouco numerosas mas naquela estação, que ainda não era "a estação", permaneciam pouco tempo. Lembro-me de uma, de pele rubicunda de *colaeus*, de olhos verdes, faces ardentes e cujo rosto duplo e leve se assemelhava às faces aladas de certas árvores. Não sei que brisa a trouxe a Balbec ou que brisa a carregou. Foi tão bruscamente que durante vários dias senti uma pena que me atrevi a confessar a Albertine quando compreendi que ela partira para sempre.

Cumpre dizer que várias eram moças que eu absolutamente não conhecia ou que não via desde muitos anos. Muitas vezes, antes de ir a seu encontro, eu lhes escrevia. Que alegria, se sua resposta me fazia acreditar num amor possível! Não pode a gente, no início de uma amizade com uma mulher, e ainda que não se deva efetivar depois, separar-se dessas primeiras cartas recebidas. Queremos tê-las todo o tempo perto de nós, como belas flores recebidas, ainda frescas, e que não deixamos de contemplar senão para respirá-las mais de perto. A frase que se sabe de cor é agradável de reler e, nas menos literalmente aprendidas, procura-se verificar o grau de ternura de uma expressão. Terá ela escrito: *"Votre chère lettre"*? Pequena decepção na doçura que se respira, e que deve ser atribuída a uma leitura muito rápida ou à escrita ilegível da correspondente; ela não escreveu: *"Et votre chère lettre"*, mas: *"En voyant cette lettre"*. Mas o resto é tão carinhoso... Oh!, que semelhantes flores venham amanhã. Depois, isso não basta; seria preciso confrontar com as palavras escritas os olhares, a voz. Marca-se encontro, e — sem que ela talvez haja mudado — onde se julgava, segundo a descrição feita ou a lembrança pessoal, encontrar a fada Viviana encontra-se o Gato de Botas. Ainda assim, marca-se-lhe encontro para o dia seguinte, pois em todo caso é *ela*, e o que se desejava era ela. Ora, esses desejos pela mulher com que se sonhou não tornam absolutamente necessária a beleza de semelhante precisão. Esses desejos são unicamente o desejo de semelhante criatura;[137] vagos como perfumes, como o *stirax* era o desejo de Protiraia, o açafrão o desejo etéreo, os arômatas o desejo de Hera, a mirra o perfume dos magos, o maná o desejo de Niké, o incenso o perfume do mar. Mas esses perfumes que cantam os hinos órficos são muito menos numerosos do que as divindades que adoram. A mirra é o perfume das nuvens, mas tam-

---

137 A partir daqui até o final deste parágrafo, Proust se inspira na tradução de Leconte de Lisle para os *Hinos órficos*, em especial no conjunto de 83 poemas curtos reunidos sob o título "Perfume de...". [N. do E.]

bém de Protógonos, de Netuno, de Nereu, de Leto; o incenso é o perfume do mar, mas também da bela Diké, de Circe, das nove Musas, de Eos, de Mnemósime, do Dia, de Dikaiosuné. Quanto ao *stirax*, o maná e os arômatas, jamais se acabaria de dizer as divindades que os inspiram, tão numerosas são. Anfietés tem todos os perfumes, exceto o incenso, e Gaia unicamente rejeita as favas e os arômatas. Assim era com esses desejos que eu tinha de raparigas. Menos numerosos do que elas, transformavam-se em decepções e tristezas assaz semelhantes umas às outras. Jamais quis saber de mirra. Reservei-a para Jupien e para a princesa de Guermantes, pois ela é o desejo de Protógonos "de dois sexos, com o mugido do touro, inúmero de orgias, memorável, inenarrável, a descer, jubiloso, para os sacrifícios dos orgiofantas".

Mas em breve a estação atingiu o auge; era todos os dias uma chegada nova e, para a frequência de súbito crescente de meus passeios, substituindo a encantadora leitura das *Mil e uma noites*, havia uma causa desprovida de prazer e que os envenenava a todos. A praia estava agora povoada de raparigas; e como a ideia que me sugerira Cottard, embora não trazendo novas suspeitas, me houvesse tornado sensível e frágil nesse ponto, e precavido em não deixar que estas se formassem em mim, eu, logo que uma jovem chegava a Balbec, sentia-me pouco à vontade, propunha a Albertine as mais afastadas excursões, a fim de que ela não pudesse travar conhecimento e até, se possível fosse, não pudesse ver a recém-chegada. Temia naturalmente mais ainda aquelas cujos maus costumes eram notórios e cuja má reputação era consabida; procurava persuadir a minha amiga de que essa má reputação não se apoiava em nada, era caluniosa, talvez por um inconfessado temor, ainda inconsciente, de que ela procurasse travar relações com a depravada, ou lamentasse não poder procurá-la por causa minha, ou viesse a supor, pelo número dos exemplos, que um vício tão espalhado não era condenável. Negando-o em cada culpada, eu chegava a pretender nada menos que o safismo não existia. Albertine adotava a minha incredulidade no tocante ao vício de uma ou outra: "Não creio que é apenas por atitude; ela quer mostrar-se". Mas eu então quase lamentava haver defendido a inocência, pois me desagradava que Albertine, tão severa antigamente, pudesse acreditar que essa "atitude" fosse alguma coisa de assaz lisonjeiro, para que uma mulher isenta desses pendores procurasse afetar-lhes a aparência. Desejaria que mais nenhuma mulher viesse a Balbec; tremia ao pensar que, estando mais ou menos na época em que a sra. Putbus devia chegar à casa dos Verdurin, sua camareira, cujas preferências Saint-Loup não me havia ocultado, pudesse vir fazer uma excursão até a praia, e, se fosse num dia em que não estivesse junto de Albertine, tentasse corrompê-la. Chegava a perguntar-me, visto que Cottard não me havia ocultado que os Verdurin me apreciavam muito e, embora não querendo parecer que corriam atrás de mim, como ele dizia, tudo fariam para que eu fosse à casa deles, chegava a perguntar-me se não poderia, mediante a promessa de levar-lhes em Paris todos os Guermantes do mundo, obter da sra. Verdurin que, sob um pretexto qualquer, prevenisse a sra. Putbus de que lhe era impossível conservar consigo a camareira e a fizesse voltar o mais depressa possível. Apesar desses pensamentos e como era sobretudo a presença de Andrée que me inquietava, durava ainda um pouco a tranquilidade que me haviam trazido as palavras de Albertine — sabia eu, aliás, que em breve necessitaria menos dela, pois Andrée devia partir com Rosemonde e Gisèle quase no mesmo instante em que todo mundo chegava, não devendo ficar junto de Albertine mais que algumas semanas. Durante estas, Albertine pareceu combinar tudo quanto fazia, tudo quanto dizia, em vista de destruir minhas suspeitas, se ainda restavam, ou de impedi-las de renascer. Arranjava-se de modo a jamais ficar a sós com Andrée e insistia, quando regressávamos, para que eu a acompanhasse até a porta da sua casa e que lá fosse buscá-la quando devíamos sair. Andrée dava-se por seu lado a um trabalho igual e parecia evitar a companhia de Albertine. E esse aparente acordo entre ambas não era o único indício de que Albertine deveria ter posto a sua amiga a par da nossa conversação, pedindo-lhe que tivesse a gentileza de acalmar minhas absurdas suspeitas.

Por essa época se deu no Grande Hotel de Balbec um escândalo que não contribuiu para mudar a direção de meus tormentos. A irmã de Bloch mantinha desde algum tempo, com uma antiga atriz, relações secretas que em breve não mais lhes bastaram. O fato de que as vissem parecia acrescentar felicidade aos seus prazeres, e elas queriam mergulhar suas perigosas expansões nos olhares de todos. A coisa começou com carícias, que se podiam em suma atribuir a uma amistosa intimidade, no salão de jogo, em torno da mesa de *bacarat*. Depois se tornaram mais atrevidas. E enfim, uma noite, num canto nem sequer escuro do grande salão de baile, sobre um canapé, não se incomodaram mais do que se estivessem na cama. Dois oficiais que se achavam não longe dali com as suas esposas queixaram-se ao gerente. Acreditou-se por um momento que o seu protesto iria ter alguma eficácia. Mas tinham contra si que, vindos por uma noite de Netteholme, onde moravam, a Balbec, em nada podiam ser úteis ao gerente. Ao passo que, mesmo sem ela o saber, e ainda que o gerente lhe fizesse alguma observação, pairava sobre a srta. Bloch a proteção do sr. Nissim Bernard. Cumpre dizer por quê. O sr. Nissim Bernard praticava no mais alto grau as virtudes de família. Todos os anos alugava em Balbec uma vila magnífica para o sobrinho, e nenhum convite poderia impedi-lo de voltar para jantar em sua casa, que era na realidade a casa deles. Mas nunca almoçava em casa. Diariamente estava ao meio-dia no Grande Hotel. É que sustentava, como outros, a um figurante de ópera, um "empregado", assaz semelhante a esses *grooms* de que falamos, e que me faziam pensar nos jovens israelitas de *Ester* e de *Atalia*. A falar verdade, os quarenta anos que separavam o sr. Nissim Bernard do jovem empregado deveriam preservar a este último de um contato pouco amável. Mas como diz Racine com tanta sabedoria nos mesmos coros:

Mon Dieu, qu'une vertu naissante,
Parmi tant de périls marche à pas incertains!
Qu'une âme qui te cherche et veut être innocente,
Trouve d'obstacles à ses desseins! [138]

Por mais que o jovem fosse "longe do mundo criado",[139] no Templo-Palácio de Balbec, não tinha seguido o conselho de Joad:

Sur la richesse et l'or ne mets point ton appui.[140]

Tinha talvez achado uma desculpa, dizendo: "Os pecadores cobrem a terra".[141] Como quer que fosse, e embora o sr. Nissim Bernard não esperasse um prazo tão curto, logo ao primeiro dia.

Et soit frayeur encor ou pour le caresser,
De ses bras innocents il se sentit presser.[142]

E logo no segundo dia, com o sr. Nissim Bernard a passeá-lo:

L'abord contagieux altérait son inflocence.[143]

Desde então a vida do menino havia mudado. Podia ele carregar

---

138 "Meu Deus, como uma virtude nascente, entre tantos perigos, anda a passo inseguro! Que obstáculos encontra para os seus desígnios, uma alma que te procura e quer ser inocente!". [N. do T.] Reaparição do tema raciniano associado ao homoerotismo. Citação de *Atalia*, ato II, cena 9, versos 788-789. [N. do E.]

139 *Atalia*, ato II, cena 9, verso 772, verso já citado anteriormente. [N. do E.]

140 "Não busques apoio no ouro ou nas riquezas". [N. do T.] Citação um pouco modificada de *Atalia*, ato IV, cena 2, verso 1279. [N. do E.]

141 *Atalia*, ato II, cena 9, verso 794. [N. do E.]

142 "E, fosse ainda terror ou para acariciá-lo, sentiu-se apertado entre seus braços inocentes". [N. do T.] Citação modificada de *Atalia*, ato I, cena 2, versos 253-254. [N. do E.]

143 "A aproximação contagiosa lhe alterava a inocência". [N. do T.] Nova citação ligeiramente modificada de *Atalia*, ato II, cena 9, versos 784-785. [N. do E.]

o pão e o sal, como lhe mandava o seu chefe, mas toda a sua face cantava:

De fleurs en fleurs, de plaisirs en plaisirs,
Promenons nos désirs.
De nos ans passagers le nombre est incertam.
Hâtons-nous de buir de la vie!
L'honneur et les emplois
Sont le prix d'une aveugle et basse obéissance.
Pour la triste innocence
Que viendrait élev'er la voix! [144]

Desde esse dia o sr. Nissim Bernard jamais deixara de vir ocupar sua mesa ao almoço (como o faria, na primeira fila, alguém que sustenta uma figurante, figurante essa de um gênero fortemente caracterizado e que ainda espera o seu Degas). O prazer do sr. Nissim Bernard era seguir na sala de jantar, e até as remotas perspectivas onde, sob a sua palmeira, assentava a caixa, as evoluções do adolescente solícito no serviço, no serviço de todos e menos no do sr. Nissim Bernard desde que este o sustentava, ou porque o coroinha julgasse desnecessário testemunhar a mesma amabilidade a uma pessoa por quem se julgava suficientemente amado, ou porque esse amor o irritasse, ou temesse, que, uma vez descoberto, lhe fizesse perder outras ocasiões. Mas até essa frieza agradava ao sr. Nissim Bernard por tudo o que ela dissimulava e, por atavismo hebraico ou profanação do sentimento cristão, comprazia-se singularmente na cerimônia raciniana, fosse ela judaica ou católica. Caso fosse uma verdadeira represen-

---

144 "De flor em flor, de prazer em prazer, passeemos nossos desejos. Incerto é o número de nossos anos passageiros. Apressemo-nos em desfrutar a vida! A honra e os empregos são o preço de uma cega e baixa obediência. Pela triste inocência, quem elevaria a voz?!". [N. do T.] Mistura, em um único trecho, de uma série de versos de *Atalia*: até "passageiros", versos 821-822, ato II, cena 9; depois, até "vida", versos 824--825; por fim, um pouco modificados, os versos 1201-1204 do ato II, cena 8. [N. do E.]

tação de *Ester* ou de *Atalia*, o sr. Bernard teria lamentado que a diferença dos séculos não lhe permitisse conhecer o autor, Jean Racine, a fim de obter um papel mais considerável para o seu protegido. Mas como a cerimônia do almoço não emanasse de nenhum escritor, contentava-se em manter-se em bons termos com o gerente e com Aimé, para que o "jovem israelita" fosse promovido às desejadas funções de segundo chefe, ou mesmo de chefe de fila. Tinham-lhe sido oferecidas as de escanção. Mas o sr. Bernard obrigou-o a recusá-las, pois assim não mais poderia vir vê-lo, diariamente, correr pelo refeitório verde e fazer-se servir por ele como um estranho. Ora, tão forte era esse prazer que todos os anos o sr. Nissim Bernard voltava a Balbec, onde almoçava fora de casa, hábitos estes em que o sr. Bloch via, no primeiro, um gosto poético pela luz e os crepúsculos daquela costa preferida a qualquer outra e, no segundo, uma inveterada mania de velho celibatário.

A falar verdade, esse engano dos parentes do sr. Nissim Bernard, os quais não suspeitavam a verdadeira razão de sua volta anual a Balbec e que a pedante sra. Bloch denominava as suas infidelidades culinárias, esse engano era uma verdade mais profunda e de segundo grau. Pois o próprio sr. Nissim Bernard ignorava o que podia entrar de amor à praia de Balbec, da paisagem marítima que se avistava do restaurante e de hábitos maníacos, no gosto que tinha ele em sustentar como uma figurante da Ópera de outra espécie a que faltasse ainda um Degas, a um dos seus servidores da casa, que eram, também, "raparigas", assim, o sr. Nissim Bernard mantinha excelentes relações com o gerente daquele teatro que era o hotel de Balbec e com o diretor de cena e regente Aimé, cujo papel em todo esse assunto não era dos mais ilibados. Intrigas haveria um dia para conseguir um grande papel, talvez um lugar de mordomo. Enquanto isto, o prazer do sr. Nissim Bernard, por mais poético e tranquilamente contemplativo que fosse, tinha um tanto das características desses mulherengos que sabem sempre — Swann outrora, por exemplo — que, indo a uma reunião, encontrarão a sua amante. Mal se assentasse, já veria o sr. Nissim Bernard o objeto de seus anelos avançar em cena, carregando frutas ou charutos numa bandeja. Assim, todas as manhãs, depois de beijar a sobrinha, informar-se dos trabalhos de meu amigo Bloch e dar a seus cavalos torrões de açúcar sobre a palma da mão estendida, tinha uma pressa febril em chegar para o almoço no Grande Hotel. Ainda que estivesse com a casa em chamas e a sobrinha com um ataque, mesmo assim teria partido, na certa. Temia assim como a uma peste um resfriado que o obrigasse a ficar de cama — pois era hipocondríaco — e que houvesse necessidade de mandar pedir a Aimé que mandasse à sua casa, antes da hora da refeição, o seu jovem amigo.

Amava, aliás, todo o labirinto de corredores, de gabinetes reservados, de salões, de vestiários, de despensas de galerias que era o hotel de Balbec. Por atavismo de oriental, amava os serralhos e, quando saía à noite, viam-no explorar-lhe furtivamente os escaninhos.

Ao passo que, arriscando-se até o subsolo e procurando, apesar de tudo, não ser visto e evitar escândalo, na sua busca dos jovens levitas, fazia o sr. Nissim Bernard pensar nestes versos de *A judia*:

> *O Dieu de nos pères,*
> *Parmi nous descends,*
> *Cache nos mystères*
> *A l'oeil des méchants!* [145]

eu subia, pelo contrário, ao quarto de duas irmãs que tinham acompanhado a Balbec, como criadas de quarto, uma velha dama estrangeira. Eram o que na linguagem dos hotéis se denominava

---

145 "Ó Deus de nossos pais, desce entre nós e oculta nossos mistérios aos olhos dos maus!". [N. do T.] Citação da peça *La juive (A judia)*, escrita em 1835 por Fromental Halévy. No primeiro volume do livro, o avô do herói assobiava trechos dessa peça ao perceber a presença de mais um amigo judeu do neto. [N. do E.]

"mensageiras", e "mandaletes" na de Françoise, a qual imaginava que um mensageiro ou uma mensageira são para fazer mensagens. Os hotéis, esses, quedaram-se mais nobremente na época em que se cantava: "É um mensageiro de gabinete".[146]

Apesar da dificuldade que havia para um hóspede em ir a quartos de mensageiras, e reciprocamente, eu logo me ligara, de amizade muito forte, embora muito pura, àquelas duas jovens, srta. Marie Gineste e sra. Céleste Albaret.[147] Nascidas ao pé das altas montanhas do centro da França, à margem de arroios e torrentes (as águas chegavam a passar por debaixo de sua casa de família, onde girava um moinho que várias vezes fora destroçado pela inundação), pareciam elas haver-lhes conservado a natureza. Marie Gineste era mais regularmente rápida e sacudida, Céleste Albaret mais lenta e lânguida, parada como um lago, mas com terríveis retornos de encrespamento em que o seu furor lembrava o perigo das enchentes e dos torvelinhos líquidos que tudo arrastam, assolam tudo. Vinham seguidamente visitar-me pela manhã, quando ainda me achava deitado. Jamais conheci pessoas tão voluntariamente ignorantes, que absolutamente nada houvessem aprendido na escola e cuja linguagem tivesse no entanto algo de tão literário que, se não fora a naturalidade quase selvagem do tom, poderia a gente julgar afetadas as suas palavras. Com uma familiaridade que não retoco, apesar dos elogios (que não se acham aqui em meu louvor, mas em louvor do gênio estranho de Céleste) e as críticas, igualmente falsas, mas muito sinceras, que essas asserções parecem comportar a meu respeito, enquanto eu mergulhava meias-luas no leite dizia-me Céleste:

146 Alusão a um ar da ópera-cômica *Ladrões* (*Brigands*), escrita em 1869 por Jacques Offenbach. [N. do E.]

147 Céleste Albaret foi governanta de Proust de 1914 até a morte dele. Inspiradora de alguns traços da personagem Françoise, ela aparece no livro ao lado de Marie Gineste, sua irmã. Em 1973, Georges Belmont publicou sob o título *Monsieur Proust* um livro com as lembranças de Céleste dos anos que passara ao lado de Proust, anos em que ele mergulhava na escrita de seu grande livro. [N. do E.]

"O diabinho de cabelos de gaio, que levadinho!, não sei no que é que estava pensando a tua mãe quando te fez, pois és em tudo tal e qual um pássaro. Olha, Marie, não parece que ele alisa as penas? E vira o pescoço com uma facilidade, tem um ar tão leve que parece que está aprendendo a voar. Ah!, muita sorte teve o senhor em que aqueles que o geraram o tivessem feito nascer entre os ricos. O que não seria do senhor, desperdiçado como é? Repara como põe fora a meia-lua, só porque tocou na cama. Bem, agora derramou o leite! Espere que lhe vou pôr um guardanapo, senão não poderia arranjar-se, nunca vi ninguém tão bobo e tão desajeitado como o senhor." Ouvia-se então o ruído mais regular de torrente de Marie Gineste que, furiosa, fazia reprimendas à irmã: "Anda, cala-te, Céleste. Estás louca para falares ao senhor dessa maneira?". Céleste limitava-se a sorrir com isso; e, como eu detestava que me atassem um guardanapo ao pescoço: "Repara só, Marie! Pois não é que ele se ergueu que nem uma serpente? Uma verdadeira serpente, estou te dizendo". Ela prodigalizava, de resto, as comparações zoológicas, pois, no seu parecer, era impossível adivinhar quando eu dormia, eu que revoluteava toda a noite como uma borboleta e de dia andava mais rápido do que esses escaravelhos... "Tu sabes, Marie, como os que há em nossa terra, tão ágeis que a gente nem com os olhos os pode seguir." "Mas, Céleste, bem sabes que ele não gosta de estar de guardanapo enquanto come." "Não é que não goste, é para mostrar que não lhe podem mudar na vontade. É um senhor, e quer que saibam que é um senhor. Mudam-lhe os lençóis dez vezes, se preciso, mas ele nada diz. Os de ontem muito que bem, mas os de hoje, mal acabam de ser postos, já é preciso mudar. Ah! Muita razão tinha eu em dizer que ele não foi feito para nascer entre os pobres. Repara: os cabelos dele se eriçam, se incham de raiva como as penas dos pássaros. Pobre passarico!" Neste ponto, não era só Marie que protestava, mas também eu, pois absolutamente não me sentia um senhor. Mas Céleste jamais acreditava na sinceridade de minha modéstia e, cortando-me a palavra: "Ah!, novelinho, ah!, doçura, ah!, perfídia!, esperto entre os espertos, velhaco entre os velhacos! Ah!, Molière!". (Era o único nome de escritor que conhecia, mas aplicava-o a mim, querendo significar alguém que fosse ao mesmo tempo capaz de escrever peças e de representá-las.) "Céleste!", gritava imperiosamente Marie, que, ignorando o nome de Molière, temia que fosse uma injúria nova. Céleste recomeçava a sorrir: "Não viste então na gaveta dele a sua fotografia, quando menino? Queria fazer-nos acreditar que o vestiam sempre com muita simplicidade. E ali, com a sua bengalinha, a gente só vê peles e rendas, como um príncipe nunca teve. Mas isso não é nada ao lado da sua imensa majestade e da sua bondade ainda mais profunda". "Então", reboava a torrente Marie, "deste agora para mexer nas suas gavetas?" Para acalmar os receios de Marie, eu perguntava-lhe o que pensava ela do que fazia o sr. Nissim Bernard... "Ah!, senhor, são coisas que eu nunca acreditaria que pudessem existir: foi preciso vir para cá", e, dando uma vez o quinau a Céleste com uma frase mais profunda: "Ah!, senhor, nunca se sabe o que pode haver numa vida". Para mudar de assunto, falava-lhe da vida de meu pai, que trabalhava noite e dia. "Ah!, senhor, são vidas em que não se guarda nada para si mesmo, nem um minuto, nem um prazer; tudo, mas tudo, é um sacrifício pelos outros; são vidas *dadas*. Repara que distinção, Céleste, só para pousar a mão na coberta e apanhar a meia-lua. Pode fazer as coisas mais insignificantes e é como se toda a nobreza da França, até os Pireneus, se movesse em cada um de seus gestos."

Aniquilado com esse retrato tão pouco verídico, eu me calava; Céleste via nisso uma nova manha: "Ah!, fronte que tens um ar tão puro e ocultas tantas coisas, faces amigas e frescas como o interior de uma amêndoa, mãozinhas de cetim felpudo, unhas como garras" etc. "Olha só, Marie, como ele bebe o leite com um recolhimento que me dá vontade de rezar. Que seriedade! Devia-se tirar o seu retrato nesse momento. Ele tem tudo das crianças. É de beber leite como fazem elas que assim conservou a pele tão clara? Ah!, mocidade! Ah!, linda pele. O senhor nunca envelhecerá. Tem sorte, jamais precisará erguer a mão contra ninguém, pois possui uns olhos que sabem impor a sua vontade. E agora ficou furioso. Ei-lo de pé, direito como uma evidência."

Françoise não gostava absolutamente que aquelas a quem chamava as duas adulonas viessem assim conversar comigo. O gerente, que mandava os empregados espiarem tudo quanto se passava, chegou até a observar-me gravemente que não era digno de um hóspede conversar com mensageiras. Eu, que achava as "adulonas" superiores a todas as hóspedes do hotel, contentei-me em lhe rir na cara, convencido de que ele não compreenderia as minhas explicações. E as duas irmãs voltavam. "Repara, Marie, as suas feições tão finas. Miniatura perfeita, mais linda do que a mais preciosa que se poderia ver numa vitrina, pois ele tem gestos, e palavras da gente ficar escutando dia e noite."

Milagre que uma dama estrangeira tivesse podido trazê-las, pois, sem saber história nem geografia, detestavam sistematicamente os ingleses, os alemães, os russos, os italianos, a "vermina" dos estrangeiros, e só gostavam, com exceções, dos franceses. De tal modo havia seu rosto conservado a umidade da greda maleável de seus rios que, mal se falava num estrangeiro que estivesse no hotel, Céleste e Marie, para repetirem o que ele dissera, aplicavam sobre as próprias faces a face dele, os lábios delas se transformavam nos seus lábios, os olhos delas nos seus olhos, e a gente desejaria conservar aquelas admiráveis máscaras de teatro. Céleste, fingindo apenas repetir o que dissera o gerente, ou algum de seus amigos, chegava a inserir no seu relato, sem parecer que o fazia, frases fictícias em que estavam maliciosamente pintados todos os defeitos de Bloch, do primeiro presidente e outros. Sob a forma de relatório de uma simples comissão de que ela se houvesse obsequiosamente encarregado, era um retrato inimitável. Nunca liam coisa alguma nem sequer um jornal. Um dia, no entanto, acharam um livro em cima de minha cama. Eram poemas admiráveis mas obscuros de Saint-Léger. Céleste leu algumas páginas e disse-me: "Mas o senhor está bem certo de que são versos, e não adivinhas?".[148] Evidentemente, para uma pessoa que aprendera na infância uma única poesia: *Ici bas tous les lilas meurent*, havia falta de transição.[149] Creio que sua teimosia em nada aprender provinha um pouco de seu país malsão. Eram, no entanto, tão dotadas como um poeta e com mais modéstia do que estes em geral. Pois se Céleste havia dito alguma coisa de notável e eu, não estando bem lembrado, lhe pedia que mo repetisse, ela assegurava havê-lo esquecido. Nunca lerão livros, mas tampouco jamais os escreverão.

Françoise ficou muito impressionada ao saber que os dois irmãos dessas mulheres tão simples haviam desposado, respectivamente, uma sobrinha do arcebispo de Tours e uma parenta do bispo de Rodez. Para o gerente, isso nada significaria. Céleste censurava às vezes no marido o não compreendê-la, e eu espantava-me de que ele a pudesse suportar. Pois em certos instantes, fremente, furiosa, destruindo a tudo, ela era detestável. Pretende-se que o líquido salgado que constitui nosso sangue não seja mais que a sobrevivência interior do elemento marinho primitivo. Creio da mesma forma que Céleste, não só nos seus furores, mas também nas suas horas de depressão, conservava o ritmo dos arroios da sua terra. Quando esgotada, era à maneira deles; estava verdadeiramente a seco. Nada a poderia então revivescer. Depois, de súbito, retornava a circulação a seu alto corpo magnífico e leve, corria a água na transparência opalina da sua pele azulada. Ela sorria ao sol e tornava-se mais azul ainda. Nesses momentos, era verdadeiramente celeste.

Ainda que a família Bloch jamais houvesse suspeitado da razão pela qual seu tio nunca almoçava em casa, tendo aceitado isso

---

148 Céleste alude a esse episódio em suas memórias, que fizera Proust rir muito. O livro em questão são os *Éloges* (*Elogios*), publicados em 1911 pelo diplomata e poeta Alexis Léger, conhecido também sob o pseudônimo de Saint-John Perse. [N. do E.]

149 O verso citado ("Aqui embaixo todos os lilases morrem") foi extraído do poema "La vie intérieure", do livro *Stances et poèmes*, publicado em 1865 por Sully Prudhomme. [N. do E.]

desde o princípio como uma mania de velho celibatário, talvez pelas exigências de uma ligação com alguma atriz, tudo quanto se referia ao sr. Nissim Bernard era tabu para o gerente do hotel de Balbec. E eis por que, sem sequer havê-lo referido ao tio, ele afinal não se atrevera a incriminar a sobrinha, embora lhe recomendasse alguma circunspeção. Ora, a moça e a sua amiga, que, por alguns dias, se haviam julgado excluídas do cassino e do Grande Hotel, vendo que tudo se arranjava, rejubilaram-se em mostrar aos pais de família que as mantinham à parte que elas podiam impunemente permitir-se tudo. Por certo que não chegaram a repetir a cena pública que havia revoltado a todo mundo. Mas pouco a pouco foram voltando insensivelmente às suas maneiras. E uma noite em que eu saía do cassino, já meio apagado, com Albertine e Bloch a quem encontráramos, elas passaram enlaçadas, sem cessar de beijar-se e, chegando à nossa altura, soltaram gemidos, risos, gritos indecentes, Bloch baixou os olhos para não parecer que reconhecia a irmã, e eu me torturava, pensando que aquela linguagem particular e atroz era talvez dirigida a Albertine.

Outro incidente ainda mais fixou as minhas preocupações do lado de Gomorra. Tinha eu visto na praia uma bela jovem esguia e pálida cujos olhos, em redor do centro, dispunham raios tão geometricamente luminosos que se pensava, diante de seu olhar, nalguma constelação. Pensava o quanto aquela rapariga era mais bela do que Albertine e como não seria mais sábio renunciar à outra. Contudo o rosto daquela bela mulher passara pela plaina invisível de uma grande baixeza de vida, da aceitação constante de experientes vulgares, tanto assim que os seus olhos, mais nobres todavia do que o resto do rosto, não deviam irradiar senão apetites e desejos. Ora, no dia seguinte, estando colocada muito longe de nós no cassino, vi que a jovem não cessava de pousar em Albertine os fogos alternados e giratórios de seus olhares. Dir-se-ia fazer-lhe sinais, como com o auxílio de um farol. Torturava-me que minha amiga visse que lhe davam tamanha atenção e temia que aqueles olhares incessantemente acesos tivessem a significação convencional de um encontro de amor para o dia seguinte. E quem sabe? Talvez esse encontro não fosse o primeiro. A jovem de olhos irradiantes poderia ter vindo um outro ano a Balbec... Era talvez porque Albertine havia cedido a seus desejos ou aos de uma amiga que ela se permitia dirigir-lhe aqueles brilhantes sinais. Faziam então mais do que reclamar alguma coisa para o presente; autorizavam-se para isso com os bons momentos do passado.

Esse encontro, em tal caso, não devia ser o primeiro, mas a consequência de reuniões nos outros anos. E com efeito, os olhares não diziam simplesmente: "Queres?". Mas logo que avistara Albertine, a jovem voltara de todo a cabeça e acendera na sua direção uns olhares carregados de memória, como se houvesse sentido medo e espanto de que minha amiga não se recordasse. Albertine, que muito bem a via, permaneceu fleumaticamente imóvel, de sorte que a outra, com a mesma espécie de discrição de um homem ao ver a sua antiga amante com um amante novo, deixou de olhá-la e de preocupar-se com ela como se não houvesse existido.

Mas alguns dias depois tive a prova dos pendores daquela jovem e também da probabilidade de que havia conhecido outrora a Albertine. Muitas vezes, na sala do cassino, quando duas raparigas se desejavam dava-se como que um fenômeno luminoso, uma espécie de rastilho fosforescente que ia de uma a outra. Digamos de passagem que é com o auxílio de tais materializações, ainda que imponderáveis, desses signos astrais a inflamarem toda uma parte da atmosfera que, em cada cidade, em cada aldeia, tende a Gomorra dispersa a reunir seus membros separados, ao passo que idênticos esforços prosseguem em toda parte, ainda que em vista de uma reconstrução intermitente, por intermédio dos nostálgicos, hipócritas e algumas vezes corajosos exilados de Sodoma.

Certa vez vi a desconhecida que Albertine aparentara não reconhecer, exatamente no instante em que passava a prima de Bloch. Os olhos da primeira fulguraram como estrelas, mas bem se via que ela não conhecia a moça israelita. Via-a pela primeira vez, experimentava um desejo, e nada de dúvidas, nada da mesma certeza que em relação a Albertine, Albertine com cuja camaradagem de tal modo deveria ela ter contado que, ante a sua frieza, sentira a surpresa de um estrangeiro acostumado a Paris, mas na qual não habita, e que, voltando para ali passar algumas semanas, no local do pequeno teatro onde costumava passar algumas boas noitadas, vê que acabam de construir um banco.

A prima de Bloch foi sentar-se a uma mesa, onde se pôs a folhear um magazine. Logo a jovem foi sentar-se a seu lado com um ar distraído. Mas debaixo da mesa poderia ver-se em breve tocarem-se os seus pés, depois as suas pernas e as suas mãos que estavam entrelaçadas. Seguiram-se as palavras, travou-se a conversação, e o ingênuo marido da jovem senhora, que a procurava por toda parte, ficou espantado ao encontrá-la, fazendo projetos para aquela mesma noite, com uma moça que ele não conhecia. A mulher lhe apresentou como uma amiga de infância a prima de Bloch, sob um nome ininteligível, pois se esquecera de lhe perguntar como se chamava. Mas a presença do marido fez avançar mais um passo à intimidade de ambas, pois elas começaram a tratar-se por tu, visto que se haviam conhecido no internato de freiras, incidente de que muito riram mais tarde, bem como do marido ludibriado, com uma alegria que deu ensejo a novas ternuras.

Quanto a Albertine, não posso afirmar que em nenhuma parte, no cassino, na praia, tenha ela tido maneiras demasiado livres com alguma jovem. Achava-lhe até um excesso de frieza e de insignificância que parecia, mais do que boa educação, uma artimanha destinada a afastar as suspeitas. Com certa jovem, tinha ela um modo rápido, glacial e decente de responder, em voz muito alta: "Sim, irei pelas cinco horas ao tênis. Tomarei banho amanhã de manhã lá pelas oito", e de abandonar imediatamente a pessoa a quem acabava de dizer tal coisa — e que parecia terrivelmente querer dizer outra coisa, combinar um encontro, ou antes, depois de o ter combinado em voz baixa, dizer alto aquela frase, realmente insignificante, para "não fazer-se notar". E quando em seguida eu a via montar na bicicleta e correr a toda a velocidade, era-me impossível não pensar que ela ia encontrar-se com aquela a quem mal havia falado.

Em todo caso, quando alguma bela jovem descia do automóvel na praia, Albertine não podia deixar de voltar-se. E explicava em seguida: "Eu estava olhando a nova bandeira que puseram no posto de banho. Poderiam ter gastado mais. A outra já era bastante ordinária. Mas na verdade creio que esta é ainda pior".

Uma vez Albertine não se limitou à frieza, o que só serviu para me deixar mais aflito. Sabia que eu ficava aborrecido com a eventualidade de encontrar-se ela algumas vezes com uma amiga de sua tia, que era "de maus costumes" e vinha às vezes passar dois ou três dias em casa da sra. Bontemps. Gentilmente, dissera-me Albertine que não mais a cumprimentaria. E quando essa mulher vinha a Incarville, Albertine dizia: "A propósito, sabe que ela está aqui? Já não lhe contaram?", como para mostrar-me que não a via às ocultas. Um dia em que me dizia isso, acrescentou: "Sim, encontrei-a na praia e, de propósito, por grosseria, quase lhe dei um encontrão, de passagem". Quando Albertine me disse tal coisa, veio-me à memória uma frase da sra. Bontemps, em que jamais tornara a pensar, quando havia ela dito diante de mim à sra. Swann como era atrevida a sua sobrinha Albertine, qual se fosse uma qualidade, e como havia dito a não sei mais que mulher de funcionário que o pai desta última tinha sido ajudante de cozinha. Mas uma palavra da mulher amada não se conserva por muito tempo em toda a sua pureza; vai-se alterando, deteriora-se. Uma ou duas noites depois tornei a pensar na frase de Albertine, e já não foi a má-educação de que ela se orgulhava — a qual só podia provocar-me um sorriso — o que essa frase me pareceu significar, e sim que Albertine, mesmo talvez sem objetivo preciso, para provocar os sentidos daquela dama, ou relembrar-lhe perversamente antigas propostas, talvez aceitas outrora, roçara rapidamente por ela, e, pensando que eu talvez o tivesse sabido porque fora em público, quisera assim prevenir uma interpretação desfavorável.

De resto, o ciúme provocado em mim pelas mulheres que Albertine talvez amasse ia cessar de súbito.

Estávamos Albertine e eu diante da estação do trenzinho local de Balbec. Havíamos tomado o ônibus do hotel, devido ao mau tempo. Não longe de nós achava-se o sr. Nissim Bernard, o qual estava com um olho roxo. Desde algum tempo vinha ele enganando o menino do coro de *Atalia* com o rapaz de uma granja muito acreditada da vizinhança: "As Cerejeiras". Esse rapaz vermelho, de feições rudes, dir-se-ia que tinha um tomate como cabeça. Um tomate exatamente igual servia de cabeça a seu irmão gêmeo. Para o observador desinteressado há muito de belo nessas semelhanças perfeitas de dois gêmeos que a natureza se compraz em produzir, como se momentaneamente se houvera industrializado. Infelizmente, outro era o ponto de vista do sr. Nissim Bernard e aquela semelhança era apenas exterior. O tomate número 2 comprazia-se com frenesi em constituir exclusivamente as delícias das damas, e o tomate número 1 não desdenhava condescender com os gostos de certos senhores. Ora, de cada vez em que, sacudido assim como que por um reflexo, pela lembrança das boas horas passadas com o tomate número 1, o sr. Bernard se apresentava nas "Cerejeiras", míope como era (e de resto a miopia não era necessária para os confundir) o velho israelita, representando o *Anfitrião* sem o saber, dirigia-se ao irmão gêmeo e dizia-lhe: "Queres encontrar-te comigo esta noite?". Recebia em seguida um enérgico revide. Chegou até a renovar-se no curso de uma mesma refeição, em que continuava com o outro as frases começadas com o primeiro. Afinal aquilo de tal modo lhe fez aborrecer os tomates, mesmo os comestíveis, que, de cada vez que ouvia um viajante encomendá-los a seu lado, no Grande Hotel, ele lhe segredava: "Desculpe, cavalheiro, dirigir-me ao senhor sem conhecê-lo. Mas ouvi-o encomendar tomates. Estão podres hoje. Digo-lhe no seu interesse, pois quanto a mim, é indiferente; jamais os como". O estranho agradecia com efusão àquele vizinho filantrópico e desinteressado, chamava o garçom e fingia reconsiderar: "Não, nada de tomates". Aimé, que conhecia a cena, ria consigo mesmo e pensava: "É um velho sabido esse sr. Bernard; ainda achou um jeito de trocar o prato".

O sr. Bernard, à espera da condução em atraso, não fazia nenhuma questão de cumprimentar a Albertine e a mim, por causa do seu olho arroxeado. Muito menos questão fazíamos nós de lhe falar. Seria no entanto inevitável se naquele momento uma bicicleta não se arremessasse vertiginosamente a nosso encontro; dela saltou o *lift*, sem fôlego. A sra. Verdurin telefonara um pouco depois da nossa partida para que eu fosse jantar dali a dois dias na sua casa; em breve se verá por quê. Depois, tendo-nos fornecido os detalhes do telefonema, o *lift* nos deixou e, como esses "empregados" democratas, que afetam independência em relação aos burgueses e restabelecem entre si o princípio da autoridade, querendo dizer que o porteiro e o cocheiro poderiam ficar descontentes com o seu atraso, acrescentou: "Já me vou por causa dos chefes".

As amigas de Albertine se haviam ausentado por algum tempo. Eu desejava distraí-la. Na hipótese de que Albertine se sentiria feliz em passar as tardes a sós comigo em Balbec, contudo sabia eu que a felicidade jamais se deixa possuir completamente e que Albertine, ainda na idade (que alguns não ultrapassam) em que não se descobriu que provém essa imperfeição de quem experimenta a felicidade e não de quem a proporciona, talvez fosse tentada a atribuir a mim a causa da sua decepção. Preferiria que ela o imputasse às circunstâncias que, por mim combinadas, não nos deixariam oportunidade de ficar a sós, impedindo-a ao mesmo tempo de permanecer no cassino ou no dique sem a minha companhia. De modo que lhe havia pedido me acompanhasse naquele dia a Doncières, aonde ia em visita a Saint-Loup. Com essa mesma finalidade de ocupá-la, aconselhava-lhe a pintura, que ela havia aprendido antigamente. Trabalhando, não indagaria consigo se acaso se sentia feliz ou não. Também a levaria com prazer a jantar de tempos em tempos com os Verdurin e os Cambremer, que por certo receberiam de bom grado uma amiga apresentada por mim, mas era preciso primeiro que eu tivesse certeza de que a sra. Putbus ainda estava na Raspelière. Só no local o poderia saber e, como tinha conhecimento de que dali a dois dias tinha Albertine de ir aos arredores com a tia, aproveitara para enviar um despacho à sra. Verdurin, perguntando-lhe se ela poderia receber-me na terça. Se a sra. Putbus lá estivesse, daria um jeito para ver a sua camareira, assegurar-me se não haveria risco de que ela viesse a Balbec, e, neste caso, saber quando, para levar Albertine longe dali naquele dia. O trenzinho local, fazendo uma volta inexistente quando o tomara com minha avó, passava agora por Doncières-la-Goupil, grande estação de onde partiam trens importantes e especialmente o expresso em que eu tinha vindo de Paris visitar Saint-Loup e no qual regressara. E, devido ao mau tempo, o ônibus do Grande Hotel nos conduziu, a Albertine e a mim, à estação do pequeno trem, Balbec-Plage.

O trenzinho ainda não chegara, mas via-se, ocioso e lento, o penacho de fumo por ele deixado em caminho e que, reduzido agora a seus parcos meios de nuvem pouco móvel, galgava lentamente os verdes aclives dos alcantis de Criquetot. Afinal o trenzinho, que o fumo havia precedido para tomar uma direção vertical, chegou por sua vez, lentamente. Os viajantes que iam tomá-lo afastaram-se para dar-lhe lugar, mas sem apressar-se, sabendo que tratavam com um andarilho bonachão, quase humano e que, guiado como uma bicicleta de novato, pelos sinais complacentes do chefe de estação, sob a poderosa tutela do mecânico, não se arriscava a derrubar ninguém e pararia onde se quisesse.

Meu despacho explicava o telefonema dos Verdurin e tanto mais a propósito chegava porquanto a quarta-feira (dali a dois dias) era dia de jantar de gala para a sra. Verdurin, na Raspelière, como em Paris, o que eu ignorava. A sra. Verdurin não dava "jantares", mas tinha "quartas". As quartas eram verdadeiras obras de arte. Muito embora sabendo que não tinham rival em parte alguma, a sra. Verdurin introduzia nuanças entre elas. "A última quarta não valia a precedente", dizia ela. "Mas creio que a próxima será uma das melhores que terei dado." Chegava às vezes a confessar: "Esta quarta não foi digna das outras. Em compensação, reservo-lhes uma grande surpresa para a próxima". Nas últimas semanas da temporada de Paris, antes de partir para o campo, a Patroa anunciava o fim das quartas. Era uma ocasião para estimular os fiéis: "Só faltam três quartas, há apenas duas", dizia ela, no mesmo tom de como se o mundo estivesse prestes a acabar. "Não vá perder a próxima quarta de encerramento." Mas esse encerramento era fictício, pois ela advertia: "Agora oficialmente não há mais quartas. Esta era a última do ano. Mas em todo caso estarei aqui na quarta. Daremos uma quarta entre nós; e quem sabe se essas quartazinhas íntimas não serão as mais agradáveis?". Na Raspelière, as quartas eram forçosamente restritas e, conforme se houvesse encontrado um amigo de passagem, fora este convidado, quase todos os dias eram quarta. "Não recordo bem o nome dos convidados, mas sei que há a senhora marquesa de Camembert", dissera-me o *lift*; a lembrança de nossas explicações relativas aos Cambremer não chegara a suplantar definitivamente a da palavra antiga, cujas sílabas familiares e cheias de sentido vinham em socorro do jovem quando se sentia embaraçado com esse nome difícil, e eram imediatamente preferidas e readotadas por ele, não preguiçosamente e como um velho uso inextirpável, mas por causa da necessidade de lógica e de clareza que vinham satisfazer.

Apressamo-nos por apanhar um vagão vazio onde eu pudesse beijar Albertine durante toda a viagem. Nada tendo encontrado, subimos a um compartimento onde já se achava instalada uma dama de cara enorme, feia e velha, de expressão masculina, muito endomingada, e que lia a *Revue des Deux Mondes*. Apesar da sua vulgaridade, era pretensiosa nos gostos, e eu diverti-me em indagar comigo a que categoria social poderia ela pertencer; concluí imediatamente que devia ser alguma gerente de pensão de mulhe-

res, uma caftina em viagem. Sua cara, suas maneiras bradavam-
-no aos quatro ventos. Somente, ignorava eu até então que essas
damas lessem a *Revue des Deux Mondes*. A dama tinha um ar
extremamente digno; e como da minha parte eu trazia em mim
a consciência de que era convidado para o dia seguinte, no ponto
terminal da estrada de ferro, à casa da famosa sra. Verdurin, de
que era esperado numa estação intermediária por Robert de Saint-
-Loup, e de que pouco depois causaria grande prazer à sra. de Cambremer, indo parar em Féterne, meus olhos faiscavam de ironia ao
considerar aquela dama importante que parecia acreditar que, por
causa da sua indumentária rebuscada, das plumas do seu chapéu,
da sua *Revue des Deux Mondes*, era uma personagem mais considerável do que eu. Esperava que a dama não se demorasse muito
mais que o sr. Nissim Bernard e descesse pelo menos em Toutain-
vule, mas não. O trem parou em Évreville, ela continuou sentada.
O mesmo em Montmartin-sur-Mer, em Parville-la-Bingard, em
Incarville, de modo que, de desespero, depois que o trem deixou
Saint-Frichoux, que era a última estação antes de Doncières, comecei a enlaçar Albertine, sem preocupar-me com a dama. Em
Doncières, viera Saint-Loup esperar-me na estação, com as maiores dificuldades, me disse ele, pois, morando em casa da tia, meu
telegrama apenas acabara de chegar e ele só poderia dedicar-me
uma hora, já que não tinha podido distribuir seu tempo com antecipação. Essa hora, ai de mim!, me pareceu demasiado longa, pois,
mal descêramos do vagão, Albertine só deu atenção a Saint-Loup.
Não conversava comigo, mal me respondia se eu lhe falava, e re-
peliu-me quando me aproximei dela. Em compensação, com Saint-
-Loup, ria o seu riso tentador, falava-lhe com volubilidade, brincava
com o cão que ele tinha e, ao mesmo tempo que afagava o animal,
roçava propositadamente o seu dono. Lembrei-me que, no dia em
que Albertine se deixara pela primeira vez beijar por mim, tive
um sorriso de gratidão para o sedutor desconhecido que lhe trouxera tão profunda modificação e de tal modo simplificara o meu
trabalho. Agora pensava nele com horror. Devia ter Robert nota-

do que Albertine não me era indiferente, pois não correspondeu às suas provocações, o que a deixou de mau humor contra mim; falou-me ele depois como se eu estivesse sozinho, o que, quando ela o notou, me fez subir na sua estima. Robert me perguntou se eu não desejava ver se encontrava, dentre os amigos com quem ele me fazia jantar todas as noites em Doncières, aqueles que ainda ali se achavam. E como ele próprio caía no gênero de provocante pretensão que reprovava: "E de que te serve *tê-los encantado* com tanta perseverança, se não queres tornar a vê-los?", declinei da sua proposta, pois não me queria arriscar a afastar-me de Albertine, mas também porque agora estava desligado deles. Deles, isto é, de mim. Desejamos apaixonadamente que haja uma outra vida onde sejamos iguais ao que somos aqui neste mundo. Mas não refletimos que, mesmo sem esperar a outra vida, nesta daqui, no fim de alguns anos tornamo-nos infiéis ao que fomos, ao que desejaríamos imortalmente permanecer. Ainda sem supor que a morte nos modifique mais do que essas mudanças que se dão no curso da vida, se nessa outra vida encontrássemos o eu que já fomos, desviar-nos-íamos de nós mesmos, como dessas pessoas com quem já nos demos mas que não avistamos de há muito — por exemplo, os amigos de Saint-Loup que tanto me agradava encontrar todas as noites no *Faisan Doré* — e cuja conversação agora não me seria mais que importunidade e constrangimento. A esse respeito, e como preferi não tornar a encontrar ali o que me havia agradado, um passeio a Doncières poderia como que prefigurar-me a chegada ao paraíso. Sonha-se muito com o paraíso, ou antes, com inúmeros paraísos sucessivos, mas são todos, muito antes de que se morra, paraísos perdidos, e onde a gente se sentiria perdido.

Deixou-nos na gare. "Mas terás cerca de uma hora de espera", disse-me ele. "Se a passares aqui, verás decerto o meu tio Charlus, que retoma o trem para Paris, dez minutos antes do teu. Já me despedi dele porque sou obrigado a regressar antes da hora do seu trem. Não lhe pude falar de ti, pois ainda não havia recebido o teu telegrama." Às censuras que lhe fiz depois que Saint-Loup nos deixou, respondeu-me Albertine que quisera, com a sua frieza para comigo, dissipar a ideia que ele pudesse fazer se no momento da parada do trem me tivesse visto inclinado contra ela e com meu braço a enlaçar-lhe o talhe. Ele havia efetivamente notado essa atitude (eu não o percebera, sem o que me teria colocado mais corretamente ao lado de Albertine) e tivera tempo de dizer-me ao ouvido: "É isso... Essas meninas tão direitinhas de que me havias falado e que não queriam frequentar a senhorita de Stermaria porque achavam que não se comportava corretamente?". Dissera eu com efeito a Robert, e muito sinceramente, quando me fora de Paris a visitá-lo em Doncières, e como tornássemos a falar em Balbec, que nada havia a fazer com Albertine, que ela era a virtude em pessoa. E agora que, depois de tanto tempo, havia eu sabido por mim mesmo que isso era falso, desejava ainda mais que Robert acreditasse que fosse verdade. Bastar-me-ia dizer a Robert que eu amava Albertine. Ele era dessas criaturas que sabem renunciar a um prazer para poupar a um amigo sofrimentos que continuariam experimentando se fossem seus. "Sim, ela é muito criança. Mas não sabes nada a seu respeito?", acrescentei com inquietação. "Nada, a não ser que vi vocês enlaçados como dois amantes."

"Sua atitude não dissipava absolutamente nada", disse eu a Albertine, depois que Saint-Loup nos deixou. "É verdade", disse-me ela, "não tive jeito, causei-lhe pesar, e com isso me sinto mais infeliz do que você. Vai ver como nunca mais serei assim; perdoe-me", acrescentou, estendendo-me a mão com um ar triste. Nesse momento, do fundo da sala de espera onde estávamos sentados, vi passar lentamente, seguido a alguma distância por um empregado que carregava as suas valises, o sr. de Charlus.

Em Paris, onde só o encontrava em *soirée*, imóvel, cingido numa casaca preta, mantido na vertical por seu altivo aprumo, a sua vontade de agradar, o esfuziar da sua conversação, não me dava conta de quanto havia ele envelhecido. Agora, num traje de viagem claro que o fazia parecer mais gordo, em marcha e bamboleando-se, balançando um ventre avultado e um traseiro quase simbólico, a crueldade da plena luz decompunha, em pintura nos lábios, em pó de arroz fixado pelo *cold-cream* na ponta do nariz, em negro nos bigodes tintos, cuja cor de ébano contrastava com os cabelos grisalhos, tudo quanto pareceria, debaixo das luzes, a animação da tez numa criatura ainda jovem.

Enquanto conversava com ele, mas brevemente, por causa do seu trem, eu olhava o vagão de Albertine para fazer-lhe sinal de que já ia ter com ela. Quando voltei a cabeça para o sr. de Charlus, pediu-me ele que lhe fizesse o favor de chamar um militar, parente seu, que se achava do outro lado da via férrea, como se fosse subir em nosso trem, mas em sentido contrário, na direção que se afastava de Balbec. "Ele está na banda do regimento", disse-me o sr. de Charlus. "Como o senhor tem a sorte de ser bastante jovem e eu o aborrecimento de ser bastante velho, bem pode evitar que eu tenha de atravessar a linha e ir até lá." Pus-me no dever de dirigir-me ao militar designado e vi com efeito, pelas liras bordadas na sua gola, que ele pertencia à banda de música. Mas no momento de dar conta do meu recado, qual não foi a minha surpresa e, posso dizer, a minha alegria ao reconhecer Morel, o filho do lacaio de meu tio, e que me recordava tantas coisas. Esqueci-me de lhe dar o recado do sr. de Charlus. "Como! Está em Doncières?" "Sim, e incorporaram-me na banda, a serviço das baterias." Mas respondeu-me isso num tom seco e altaneiro. Tornara-se muito "importante", e evidentemente a minha vista, lembrando-lhe a profissão do pai, não lhe era nada agradável. De súbito vi o sr. de Charlus arremessar-se a nós. Minha demora evidentemente lhe tirara a paciência. "Eu desejava esta noite ouvir um pouco de música", disse ele a Morel, sem mais preâmbulo, "dou quinhentos francos pelo serão; isso poderia interessar a algum amigo seu, se tem algum na banda." Por mais que conhecesse a insolência do sr. de Charlus, fiquei estupefato ao ver que ele nem sequer saudava a seu jovem amigo. O barão, aliás, não me deu tempo para reflexões. Estendendo afetuosamente a mão: "Até a vista, meu caro", disse-me ele, para significar-me que só me restava ir embora. De resto, eu já deixara por muito tempo sozinha a minha querida Albertine. "Veja só", disse-lhe eu, subindo para o vagão, "a vida das praias e a vida de viagem fazem-me compreender que o teatro do mundo dispõe de menos cenários que de atores e de menos atores que situaçoes". "A que propósito me diz isso?" "Porque o senhor de Charlus acabou de pedir-me que lhe chamasse um de seus amigos, o qual reconheci agora mesmo que também era um amigo meu." Mas ao mesmo tempo indagava comigo como poderia o barão franquear aquela desproporção social, em que eu não tinha pensado. Primeiro me veio a ideia de que era por intermédio de Jupien, cuja filha, como devem lembrar-se, parecia ter-se enamorado do violinista. Mas o que me espantava era que o barão, antes de partir para Paris dentro em cinco minutos, pedisse para ouvir música. Revendo, porém, na minha lembrança a filha de Jupien, começava eu a achar que os "reconhecimentos" talvez exprimissem, pelo contrário, uma parte considerável da vida, se a gente soubesse chegar ao verdadeiro romanesco, quando tive de súbito uma revelação e compreendi que fora muito ingênuo. O sr. de Charlus não conhecia absolutamente a Morel, nem Morel ao sr. de Charlus, o qual, deslumbrado mas também intimidado ante um militar que no entanto só ostentava liras, me requisitara, na sua emoção, para levar-lhe aquele a quem não suspeitava que eu conhecesse. Em todo caso, a oferta de quinhentos francos devia ter substituído para Morel a ausência de relações anteriores, pois os vi continuarem a conversar, sem cogitar que se achavam ao lado de nosso trem. E recordando a maneira como o sr. de Charlus se dirigira a Morel e a mim, eu vislumbrava sua semelhança com certos parentes seus, quando apanhavam uma mulher na rua. Só que o objeto visado havia mudado de sexo. A partir de certa idade, e mesmo que se efetuem em nós diferentes evoluções, quanto mais nos tornamos nós mesmos mais se acentuam os traços de família. Pois a natureza, ao mesmo tempo que constitui harmoniosamente o desenho de sua tapeçaria, interrompe a monotonia da composição graças à variedade das figuras interceptadas. De resto, a altanaria com que o sr. de Charlus havia abordado o violinista depende do ponto de vista em que a gente se coloque. Seria compreendida pela maioria das pessoas do alto mundo que se inclinava diante dele, mas não pelo delegado de polícia que alguns anos mais tarde o mandaria vigiar.

"O trem de Paris já deu sinal, senhor", disse o empregado que carregava as valises. "Mas eu não vou tomar o trem, deposite isso tudo, com os diabos!", disse o sr. de Charlus, dando vinte francos ao empregado, estupefato com a reviravolta e encantado com a gorjeta. Essa generosidade atraiu logo uma vendedora de flores. "Fique com estes cravos, olhe esta linda rosa, senhor, que lhe trará felicidade." O sr. de Charlus, impaciente, estendeu-lhe quarenta *sous*, em troca do que a mulher ofereceu suas bênçãos e em seguida suas flores. "Meu Deus, se ela nos deixasse em paz...", disse o sr. de Charlus, dirigindo-se em tom irônico e queixoso e como que saturado a Morel, a quem achava alguma doçura em solicitar apoio. "O que nós temos a dizer já é bastante complicado." Como o empregado ferroviário ainda não estava muito longe, talvez não quisesse o sr. de Charlus sujeitar-se a uma numerosa audiência, talvez essas frases incidentais permitissem à sua altiva timidez não abordar muito diretamente a solicitação de um encontro. O músico, voltando-se com um ar franco, imperioso e resoluto para a vendedora de flores, ergueu para ela uma palma que a repelia e lhe dava a entender que não queriam saber das suas flores e fosse marchando o quanto antes. O sr. de Charlus viu com arrebatamento aquele gesto autoritário e viril, executado pela mão graciosa para a qual pareceria ainda em demasia pesado, muito maciçamente brutal, com uma firmeza e uma elasticidade precoces que davam àquele adolescente ainda imberbe o ar de um jovem Davi capaz de travar combate contra Golias. À admiração do barão, involuntariamente se mesclava esse sorriso que temos ao ver nalguma criança certa expressão de uma sisudez acima da sua idade. "Eis aí alguém por quem eu desejaria ser acompanhado em minhas viagens e auxiliado em meus assuntos. Como ele simplificaria a minha vida!", disse consigo o sr. de Charlus.

O trem de Paris (que o barão não tomou) seguiu viagem. Depois Albertine e eu subimos ao nosso, sem que eu soubesse o que tinha sido feito do sr. de Charlus e de Morel. "Nunca devemos agastar-nos um com o outro; mais uma vez lhe peço que me perdoe", repetiu Albertine, aludindo ao incidente com Saint--Loup. "Nós dois devemos ser sempre gentis", disse-me ela ternamente. "Quanto a seu amigo Saint-Loup, se você acredita que ele me interessa no que quer que seja, está muito enganado. Só o que me agrada nele é que parece estimar muito a você." "É um boníssimo rapaz", disse eu, guardando-me de emprestar a Robert superiores qualidades imaginárias, como por amizade não teria deixado de fazer se se tratasse de qualquer outra pessoa que não Albertine. "É uma excelente criatura, franca, devotada, leal, com quem se pode contar para tudo." Assim falando, limitava-me, retido pelo ciúme, a dizer a verdade a respeito de Saint-Loup, mas era a verdade mesmo que eu dizia. Pois fora exatamente desses termos que se servira a sra. de Villeparisis para me falar nele quando eu ainda não o conhecia, imaginando-o tão diferente, tão altaneiro, e dizia comigo: "Acham-no bom porque é um grão--senhor". Da mesma forma, quando ela me dissera: "Ele havia de ficar tão contente...", imaginei, depois de o avistar diante do hotel, pronto para conduzir, que as palavras da sua tia eram pura banalidade mundana, destinada a lisonjear-me. E dera-me conta em seguida de que ela o havia dito sinceramente, pensando no que me interessava, nas minhas leituras, e por saber que era isso que Saint-Loup amava, como me devia acontecer dizer sinceramente a alguém que estava escrevendo uma história de seu antepassado La Rochefoucauld, o autor das *Máximas*, e que desejaria pedir conselhos a Robert: "Ele há de ficar tão contente...". Era que eu tinha aprendido a conhecê-lo. Mas ao vê-lo a primeira vez, não acreditara que uma inteligência irmã da minha pudesse envolver-se em tamanha elegância exterior de indumentária e atitudes. Debaixo da sua plumagem, havia-o julgado de outra espécie. Agora era Albertine que, talvez porque Saint-Loup se havia mostrado tão frio com ela por bondade para comigo, me dizia o que eu tinha pensado outrora: "Ah! Ele é tão devotado assim?! Noto que acham sempre todas as virtudes nas pessoas quando são do Faubourg Saint-Germain". Ora, que Saint-Loup pertencesse ao Faubourg Saint-Germain era coisa em que eu não havia pensado uma única vez no decurso de todos aqueles anos em que, despojando-se do seu prestígio, me havia ele manifestado as suas virtudes. Mudança de perspectiva para contemplar as criaturas, já mais notável na amizade do que nas simples relações sociais, mas quanto mais ainda no amor, em que o desejo, em tão ampla escala, aumenta em tamanhas proporções os mínimos sinais de frieza, que me seria preciso muito menos que a que tinha de início Saint-Loup, para que eu me julgasse desde logo desdenhado por Albertine, imaginasse as suas amigas como criaturas maravilhosamente inumanas e que só atribuísse à indulgência que se tem para com a beleza e para com certa elegância o juízo de Elstir, quando ele me dizia do pequeno bando, exatamente nos mesmos sentimentos que a sra. de Villeparisis de Saint-Loup: "São umas boas moças". Ora, esse juízo não era o que eu de bom grado externaria, ao ouvir Albertine dizer: "Em todo caso, devotado ou não, espero não mais tornar a vê-lo, porque ele provocou um desentendimento entre nós. Não devemos brigar. Não é direito". Já que Albertine parecia haver desejado a Saint-Loup, sentia-me mais ou menos curado por algum tempo da ideia de que ela amava as mulheres, o que me parecia inconciliável. E, ante o impermeável de Albertine, no qual ela parecia tornar-se outra pessoa, a infatigável errante dos dias chuvosos, e que, colado, maleável e cinzento, parecia, naquele instante, menos proteger o seu vestuário contra a água do que ter sido encharcado por ela e ligar-se ao corpo de minha amiga a fim de lhe modelar as formas para um escultor, arranquei aquela túnica que esposava ciosamente um colo desejado e, atraindo a mim Albertine: "Mas tu não queres sonhar contra o meu peito, viajante indolente, pousando nele a tua fronte?",[150] disse eu, tomando a sua cabeça em minhas mãos e mostrando-lhe os vastos prados inundados e silenciosos que se estendiam ao entardecer até o horizonte fechado sobre as cadeias paralelas de longínquos e azulados vales.

Dali a dois dias, a famosa quarta-feira, naquele mesmo trenzinho que acabava de tomar em Balbec, para ir jantar na Raspelière, fazia eu todo o empenho em não perder Cottard em Graincourt--Saint-Vast, onde um novo telefonema da sra. Verdurin me dissera que havia de encontrá-lo. Devia ele subir no meu trem e me indicaria onde era preciso descer para encontrar os carros que eram enviados da Raspelière à estação. E como o primeiro trem só parava um instante em Graincourt, primeira estação depois de Doncières, eu me colocara previamente à portinhola, tal o medo que tinha de não ver Cottard ou de não ser visto por ele. Vãos temores! Não tinha pensado como, tendo o pequeno clã modelado os *habitués* pelo mesmo tipo, estes, ainda por cima vestidos a rigor para jantar, à espera na plataforma, se deixavam logo reconhecer, por certo ar de segurança, de elegância e de familiaridade, por olhares que franqueavam, como um espaço vazio onde nada atraía a atenção, as apertadas filas do público vulgar, espiavam a chegada de algum conviva que tomara o trem numa estação precedente e ardiam já pela próxima conversação. Esse sinal de eleição, com que o hábito de jantar juntos havia marcado os membros do pequeno grupo, não se limitava a diferenciá-los quando numerosos, constituindo uma força, se achavam grupados, formando uma mancha mais brilhante em meio do rebanho dos viajantes — o que Brichot chamava o "pecus" — em cujos

150 Citação dos versos 323-324 do poema "A casa do pastor", de Alfred de Vigny. [N. do E.]

rostos desbotados não se podia ler nenhuma noção relativa aos Verdurin, nenhuma esperança de jamais jantar na Raspelière. Aliás, esses viajantes vulgares ficariam menos interessados do que eu se pronunciassem na sua frente — e apesar da notoriedade adquirida por alguns — o nome desses fiéis que me espantava ver ainda jantando fora, quando muitos, conforme os relatos que ouvira, já o faziam antes de meu nascimento, numa época ao mesmo tempo assaz distante e assaz vaga para que me tentasse exagerar-lhe o afastamento. O contraste entre a continuação, não só da sua existência, mas da plenitude de suas forças, e o aniquilamento de tantos amigos que eu vira aqui e ali desaparecerem, me dava essa mesma sensação que experimentamos quando, nas últimas notícias dos jornais, lemos justamente a que menos esperávamos, por exemplo, a de um falecimento prematuro e que nos parece fortuito porque as causas de que ele é o desenlace nos permaneceram desconhecidas. Esse sentimento é de que a morte não atinge uniformemente a todos os homens, mas de que uma vaga mais avançada da sua maré trágica carrega uma existência situada ao nível de outras que por muito tempo ainda as vagas seguintes pouparão. Veremos de resto mais tarde como a diversidade dos mortos que circulam invisivelmente é a causa do especial imprevisto que apresentam os necrológios nos jornais. Além disso, via que, com o tempo, não somente dotes reais, que podem coexistir com a pior vulgaridade de conversação, se revelam e se impõem, mas ainda que indivíduos medíocres chegam a esses altos lugares, ligados na imaginação de nossa infância, a alguns velhos célebres, sem pensar que o seriam, certo número de anos mais tarde, seus discípulos convertidos em mestres e que agora inspiram o respeito e o temor que experimentavam antes. Mas, se os nomes dos fiéis não eram conhecidos do "pecus", seu aspecto no entanto os designava a seus olhos. Mesmo no trem (quando aí os reunia a todos o acaso do que uns e outros tivessem feito durante o dia), não tendo de recolher na estação seguinte mais que um solitário, o vagão em que se encontravam juntos, designado pelo cotovelo do escultor Ski, adornado pelo *Temps* de Cottard, florescia de longe como um carro de luxo e recolhia na estação devida o camarada retardatário. O único a quem poderiam escapar esses signos de promissão, devido à sua meia cegueira, era Brichot, mas também um dos *habitués* assumia voluntariamente em relação ao cego as funções de vigia e, logo que avistavam seu chapéu de palha, seu guarda-chuva verde e seus óculos azuis, encaminhavam-no com pressa e brandura para o compartimento de eleição. De maneira que não havia exemplo de que um dos fiéis não encontrasse os outros no caminho, sob pena de despertar as mais graves suspeitas de farra, ou mesmo de não ter vindo "pelo trem". Às vezes acontecia o inverso: um fiel devia ter-se afastado bastante, na tarde, e, por conseguinte, fazer sozinho parte do percurso, antes que o alcançasse o grupo; mas mesmo assim isolado, o único da sua espécie, não deixava de causar o mais das vezes algum efeito. O futuro para o qual ele se dirigia designava-o à pessoa sentada no banco fronteiro, a qual dizia consigo: "Deve ser alguém", discernia, ou em redor do chapéu mole de Cottard ou do escultor Ski, uma vaga auréola, e não se espantava muito quando, na estação seguinte, uma multidão elegante, se era o ponto terminal, recebia o fiel na portinhola e o acompanhava até um dos carros que esperavam, saudados todos profundamente pelo empregado de Douville, ou invadia o compartimento se era uma estação intermediária. Foi o que fez, e precipitadamente, pois vários tinham chegado atrasados, justamente no instante em que o trem, já na estação, ia partir, o grupo que Cottard conduziu a passo acelerado para o vagão a cuja janela vira os meus sinais. Brichot, que se encontrava entre esses fiéis, o era muito mais nos últimos anos, em que outros haviam diminuído sua assiduidade. Sua vista, que enfraquecia gradativamente, obrigara-o, mesmo em Paris, a diminuir cada vez mais o trabalho noturno. Aliás, tinha pouca simpatia pela Nova Sorbonne, onde as ideias de exatidão científica, à alemã, começavam a prevalecer sobre o humanismo. Agora, limitava-se exclusivamente ao seu curso e às bancas de exames; tinha também muito mais tempo para dedicar ao mundanismo. Isto é, às reuniões dos Verdurin, ou às que oferecia às vezes aos Verdurin um ou outro dos fiéis, tremente de emoção. É verdade que por duas vezes o amor quase fizera o que o trabalho não mais podia: desligar Brichot do pequeno clã. Mas a sra. Verdurin, que "vigiava a sementeira" e, aliás, tendo-se habituado a isso no interesse do seu salão, acabara por achar um prazer desinteressado nesse gênero de dramas e de execuções, fizera-o romper irremediavelmente com a pessoa perigosa, pois sabia, como ela própria o proclamava, "pôr ordem em tudo" e "aplicar o ferro em brasa na ferida". Isso lhe fora particularmente fácil no tocante a uma dessas pessoas perigosas, que era simplesmente a lavadeira de Brichot, e a sra. Verdurin, que tinha entrada livre no quinto andar do professor, vermelha de orgulho quando se dignava subir-lhe as escadas, não fizera mais que pôr no olho da rua aquela mulher de nada. "Como!", dissera a Patroa a Brichot, "uma mulher como eu lhe dá a honra de vir visitá-lo e o senhor recebe uma criatura dessas?" Brichot jamais esquecera o serviço que lhe prestara a sra. Verdurin, impedindo que sua velhice afundasse na lama, e se lhe mostrava cada vez mais apegado, ao passo que, em contraste com esse aumento de afeição, e talvez por isso mesmo, a Patroa começava a desgostar-se de um fiel demasiado dócil e de cuja obediência estava de antemão segura. Mas Brichot tirava da sua intimidade com os Verdurin um brilho que o distinguia entre todos os seus colegas da Sorbonne. Ficavam eles deslumbrados com a narrativa que ele lhes fazia de jantares a que jamais seriam convidados, com a menção nas revistas ou o retrato exposto no salão, que dele tinham feito este escritor ou aquele pintor famosos, cujo talento prezavam mas de quem não tinham a mínima possibilidade de chamar a atenção, e enfim, com a própria elegância indumentária do filósofo mundano, elegância que haviam tomado a princípio por displicência, até que seu colega benevolamente lhes explicasse que fica bem pousar a cartola no chão durante uma visita e não é própria para os jantares no campo, por mais elegantes que sejam, em que deve ser substituída pelo chapéu mole, que assenta muito bem com o *smoking*. Durante os primeiros segundos em que o pequeno grupo se engolfou no vagão, não pude sequer falar com Cottard, pois ele estava sufocado, menos por haver corrido para não perder o trem do que pelo encantamento de havê-lo apanhado tão a tempo. Sentia com isso mais do que a alegria de um êxito, quase que a hilaridade de uma boa farsa:

"Ah!, é muito boa!", disse ele, depois que se refez. "Um pouco mais!... Caramba! É o que se chama chegar a talho de foice!", acrescentou, piscando o olho, não para perguntar se a expressão era justa, pois transbordava agora de segurança, mas de pura satisfação. Pôde enfim apresentar-me aos outros membros do pequeno clã. Fiquei aborrecido ao ver que estavam todos na indumentária que em Paris se chama *smoking*. Tinha-me esquecido que os Verdurin começavam uma tímida evolução para a sociedade, freada pela questão Dreyfus, acelerada pela música "nova", evolução aliás desmentida por eles e que eles continuariam a desmentir até que houvesse chegado a bom termo, como esses objetivos militares que um general só anuncia depois que os atingiu, para não aparentar uma derrota se fracassam. Por outro lado, a sociedade estava pronta para ir a seu encontro. Eram então considerados como gente que não era frequentada por ninguém da sociedade, mas a quem isso pouco se lhes dava. O salão Verdurin passava por um templo da Música. Era lá, diziam, que Vinteuil encontrara inspiração, estímulo. Ora, se a *Sonata* de Vinteuil permanecia inteiramente incompreendida e quase que desconhecida, seu nome, pronunciado como o do maior músico contemporâneo, exercia um prestígio extraordinário. Enfim, tendo certos jovens do Faubourg Saint-Germain achado que deviam ser tão ilustrados como burgueses, três havia entre eles que tinham aprendido música e junto aos quais a *Sonata* de Vinteuil gozava de enorme reputação. Falavam nisso, de volta à casa, à mãe inteligente que os incitara a cultivar-se. E, interessando-se pelos estudos de seus filhos, as mães, no concerto, olhavam com certo respeito para a sra. Verdurin que, do seu camarote, acompanhava a partitura. Até então, esse mundanismo latente dos Verdurin só se manifestava por dois fatos. De uma parte, a sra. Verdurin dizia da princesa de Caprarola: "Ah!, essa é inteligente, é uma mulher agradável. O que eu não posso suportar são os imbecis, as pessoas que me aborrecem, isso me deixa louca". O que faria pensar a alguém um pouco inteligente que a princesa de Caprarola, mulher da mais alta sociedade, tinha feito uma visita à sra. Verdurin. Tinha até pronunciado o seu nome por ocasião de uma visita de pêsames à sra. Swann, após a morte do marido desta, e lhe perguntara se os conhecia. "Como diz?", respondera Odette com um ar subitamente triste. "Verdurin." "Ah!, já sei", tornara ela com desolação, "não os conheço, ou, antes, conheço sem conhecer; são pessoas que vi em casa de amigos, há tempos, e por sinal que muito agradáveis". Depois que a princesa de Caprarola se retirara, bem que Odette desejaria ter dito simplesmente a verdade. Mas a mentira imediata não era produto de seus cálculos, mas antes a revelação de seus temores, de seus desejos. Não negava o que seria hábil negar, senão o que desejaria não existisse, embora o interlocutor viesse a saber uma hora mais tarde que se tratava disso, com efeito. Pouco depois readquiria a segurança e chegava a ir ao encontro das perguntas, para não parecer que as temia: "Mas como! A senhora Verdurin? Eu a conheci enormemente!", com uma afetação de humildade como uma grande dama que conta que tomou o bonde. "Fala-se muito ultimamente dos Verdurin", dizia a sra. de Souvré. Odette, com um desdém sorridente de duquesa, respondia: "Mas sim, parece-me com efeito que falam muito neles. De tempos em tempos há dessa gente nova que entra na sociedade", sem pensar que ela própria era uma das mais novas. "A princesa de Caprarola jantou em casa deles", tornou a sra. de Souvré. "Ah!", respondeu Odette, acentuando o seu sorriso, "isso não me espanta. E sempre pela princesa de Caprarola que essas coisas começam, e depois vem uma outra, a condessa Molé, por exemplo". Odette dizia isso com o ar de quem tinha profundo desprezo pelas duas grandes damas que tinham o costume de inaugurar os salões recém-abertos. Sentia-se, pelo seu tom, que isso queria dizer que ela, Odette, como a sra. de Souvré, não se deixariam arrastar a uma coisa dessas.

Depois da confissão que a sra. Verdurin fizera da inteligência da princesa de Caprarola, o segundo sinal de que os Verdurin tinham consciência do destino futuro era que (sem o terem pedido formalmente, está visto) desejavam vivamente que viessem agora aos seus jantares em traje de recepção; o sr. Verdurin poderia agora ser saudado sem constrangimento pelo seu sobrinho, o que frequentava "as altas-rodas".

Entre os que embarcaram no meu vagão em Graincourt, encontrava-se Saniette, que outrora fora escorraçado do salão dos Verdurin pelo seu primo Forcheville, mas que havia voltado. Seus defeitos, do ponto de vista da vida mundana, eram outrora — apesar das qualidades superiores — um pouco do mesmo gênero dos de Cottard: timidez, desejo de agradar, esforços infrutíferos por consegui-lo. Mas se a vida, fazendo com que Cottard se revestisse (se não em casa dos Verdurin, onde, pela sugestão que exercem em nós os minutos antigos quando de novo nos achamos num ambiente costumeiro, permanecera um tanto o mesmo), pelo menos na sua clínica, no seu serviço hospitalar, na Academia de Medicina, de aparências de frieza, de desdém, de gravidade, que se acentuavam enquanto dizia seus trocadilhos diante dos alunos complacentes, tinha cavado um verdadeiro abismo entre o Cottard atual e o antigo, os mesmos defeitos se haviam, pelo contrário, exagerado em Saniette, à medida que procurava corrigi-los. Vendo que amiúde aborrecia e não o escutavam, em vez de ir mais devagar como Cottard o teria feito, e forçar a atenção com sua expressão de autoridade, não só procurava, com um ar faceto, fazer-se perdoar o tom demasiado sério de sua conversação, mas apressava a elocução, eliminava, usava de abreviações para parecer menos longo, mais familiar com as coisas de que falava, e conseguia apenas, tornando-as ininteligíveis, parecer interminável. Sua segurança não era como a de Cottard, que gelava os seus doentes, os quais, às pessoas que louvavam a sua amenidade nos salões, respondiam: "Não é mais o mesmo homem quando nos recebe no seu consultório, a gente em plena luz e ele a contraluz, com seu olhar agudo". Ele não impunha, sentia-se que ocultava muito de timidez, que um nada bastaria para afugentá-lo. Saniette, a quem os amigos sempre diziam que desconfiava muito de si mesmo e que, com efeito, via outros (que com razão julgava muito inferiores) obterem facilmente os sucessos que lhe eram recusados, não começava uma história sem sorrir do engraçado da mesma, de receio que um ar sério não valorizasse suficientemente a sua mercadoria. Às vezes, dando crédito à comicidade que ele próprio parecia achar no que ia dizer, faziam-lhe o favor de um silêncio geral. Mas a história caía no vácuo. Um conviva dotado de bom coração deslizava às vezes a Saniette o estímulo, privado, quase secreto, de um sorriso de aprovação, fazendo-o chegar furtivamente até ele, sem despertar a atenção. Mas ninguém chegava ao ponto de assumir a responsabilidade, a arriscar a adesão pública de uma gargalhada. Longo tempo depois de a história finda e liquidada, Saniette, desolado, ficava a sorrir sozinho consigo mesmo, como a gozar ainda nela e para si o deleite que fingia achar suficiente e que os outros não haviam experimentado. Quanto ao escultor Ski, assim chamado por causa da dificuldade que achavam em pronunciar o seu nome polonês e porque ele próprio afetava, desde que vivia em certa sociedade, não querer ser confundido com parentes muito bem colocados, mas um pouco aborrecidos e muito numerosos, tinha, aos quarenta e cinco anos e muito feio, uma espécie de garotice, de fantasia sonhadora que conservara por ter sido até os dez anos o mais encantador menino-prodígio do mundo, coqueluche de todas as damas. A sra. Verdurin pretendia que ele era mais artista que Elstir. Aliás, não tinha com este senão semelhanças puramente exteriores. Isso bastava para que Elstir, que havia encontrado Ski uma vez, tivesse por ele a profunda repulsa que nos inspiram, mais ainda que os seres inteiramente opostos a nós, os que se nos assemelham para pior, nos quais se mostra o que temos de menos bom, os defeitos de que nos curamos, lembrando-nos desagradavelmente o que poderíamos ter parecido antes de nos tornarmos o que somos. Mas a sra. Verdurin achava que Ski tinha mais temperamento que Elstir porque não havia nenhuma arte para a qual ele não tivesse facilidade e estava convencida de que ele poderia elevar essa facilidade até o talento, se fosse menos preguiçoso. E, para a Patroa, tal preguiça até parecia um dom, sendo, como era, o contrário do trabalho, que ela julgava o lote das criaturas sem gênio. Ski pintava tudo o que quisessem, sobre botões de punhos ou bandeiras de portas. Cantava com uma voz de compositor, tocava de ouvido, dando com o piano a impressão de orquestra, menos por seu virtuosismo que por seus falsos baixos que significavam a impotência dos dedos para indicar que ali havia um pistão, que de resto ele imitava com a boca. Procurando as palavras ao falar, para fazer crer numa curiosa impressão, da mesma forma que retardava um acorde vibrado em seguida, dizendo: "Ping", para fazer sentir os cobres, passava por maravilhosamente inteligente, mas suas ideias se resumiam na verdade em duas ou três extremamente limitadas. Aborrecido com a sua fama de fantasista, metera-se-lhe na cabeça mostrar que era um homem prático, positivo, de onde lhe vinha uma triunfante afetação de falsa precisão, de falso bom senso, agravado por sua falta de memória e suas informações sempre inexatas. Seus movimentos de cabeça, de pescoço, de pernas, seriam graciosos se ele tivesse ainda nove anos, cachos loiros, um grande cabeção de rendas e pequeninas botas de couro vermelho. Tendo chegado antes da hora à estação de Graincourt, com Cottard e Brichot, tinham ido dar uma volta, deixando Brichot na sala de espera. Quando Cottard quisera voltar, Ski respondera: "Mas não há pressa. Hoje não é o trem local, é o trem departamental". Encantado com o efeito que essa nuança na precisão produzia em Cottard, acrescentou, falando de si mesmo: "Sim, como Ski ama as artes, como modela barro, julgam que ele não é prático. Ninguém conhece a linha melhor do que eu". Contudo, tinham voltado para a estação, quando Cottard, dando um urro ao perceber a fumaça do trenzinho que chegava, gritara: "Agora é pernas para que vos quero". Tinham, com efeito, chegado justamente a tempo, pois a distinção entre o trem local e o do departamento nunca tinha existido a não ser no espírito de Ski. "Mas será que a princesa não está no trem?", perguntou com voz brilhante Brichot, cujas lunetas enormes, resplandecentes como os refletores que os laringologistas prendem à testa para alumiar a garganta dos pacientes, dir-se-ia tirarem sua vida dos olhos do professor, e, talvez pelo esforço que fazia este para ajustar sua visão a elas, pareciam, mesmo nos momentos mais insignificantes, olhar por si mesmas com uma atenção contínua e uma fixidez extraordinária. A doença, aliás, retirando pouco a pouco a vista a Brichot, lhe revelara as belezas desse sentido, como é preciso muita vez que nos resolvamos a separar-nos de um objeto, dá-lo de presente, por exemplo, para que o contemplemos, o lamentemos, o admiremos. "Não, não, a princesa foi acompanhar até Maineville uns convidados da senhora Verdurin que tomavam o trem de Paris. Nem seria impossível que a senhora Verdurin, que tinha o que fazer em Saint-Mars, estivesse com ela! Assim, viajaria conosco. Agora é abrir o olho em Maineville, e bem! Pode-se dizer que quase perdemos o coche. Quando vi o trem, fiquei galvanizado. E o que se chama chegar no momento psicológico. Imaginem se tivéssemos perdido o trem e a senhora Verdurin visse os carros chegarem sem nós: *Tableau!*", acrescentou o doutor, que ainda não se refizera do susto. "Eis aí uma viagem nada vulgar. E então, Brichot, que diz da nossa pequena escapada?", indagou o doutor com certo orgulho. "Palavra", respondeu Brichot, "se você não tivesse encontrado o trem, teria sido, como diria o finado Villemain, um grande golpe para o bando"![151]

Mas eu, distraído desde os primeiros instantes por aquela gente a quem não conhecia, lembrei-me de súbito do que Cottard

---

151 Brichot menciona Abel Villemain (1790-1870), professor de literatura francesa na Sorbonne e membro da Academia Francesa. [N. do E.]

me dissera no salão de dança do cassino, e, como se pudesse uma cadeia invisível ligar um órgão e as imagens da lembrança, a de Albertine, a apertar os seios contra os seios de Andrée me causava uma dor terrível no coração. Esse mal durou pouco: a ideia de possíveis relações entre Albertine e outras mulheres já não me parecia possível desde a antevéspera, quando as provocações que minha amiga fizera a Saint-Loup me haviam excitado novos ciúmes que fizeram esquecer os primeiros. Eu tinha a ingenuidade dos que julgam que um gosto exclui forçosamente o outro. Em Haranbouville, como o trem estivesse superlotado, entrou em nosso compartimento um granjeiro de blusão azul que tinha apenas uma passagem de terceira. O doutor, achando que não se poderia deixar a princesa viajar com ele, chamou um empregado, exibiu o seu cartão de médico de uma grande companhia de estrada de ferro e obrigou o chefe da estação a mandar descer o granjeiro. Essa cena magoou e alarmou a tal ponto a timidez de Saniette que, mal a viu começar, temendo já, por causa da quantidade de campônios que se encontravam na plataforma, que assumisse as proporções de uma sublevação popular, fingiu estar com dor de barriga e, para que não pudessem acusá-lo de ter sua parte de responsabilidade na violência do doutor, enfiou-se pelo corredor, fingindo procurar o que Cottard chamava os "water". Não os encontrando, pôs-se a olhar a paisagem, da outra extremidade do trem. "Se é a sua estreia em casa da senhora Verdurin", disse-me Brichot, que fazia questão de mostrar seus talentos a um "novato", "verá que não há meio onde melhor se sinta a 'doçura de viver', como dizia um dos inventores do diletantismo, do que-m'importismo, de muitas palavras em *ismo* em moda entre nossas *snobinettes*, quero dizer o senhor príncipe de Talleyrand".[152] Pois, quando se referia

---

152 Brichot alude a uma frase célebre de Talleyrand, citada por Guizot em suas memórias: "Quem não viveu os anos vizinhos a 1780 não conheceu o prazer de viver". Associa-se, assim, o "prazer de viver", experimentado pelos "grandes senhores do passado", ao convívio no salão nada nobre dos Verdurin. [N. do E.]

a esses grandes senhores do passado, achava espirituoso e "cor da época" preceder seus títulos de *senhor*; e dizia o sr. duque de La Rochefoucauld, o sr. cardeal de Retz, aos quais também chamava de tempos em tempos: "esse *struggle for lifer* de Gondi", esse "boulangista" de Marsillac.[153] E não deixava nunca, com um sorriso, de chamar Montesquieu, quando dele falava: "o senhor presidente Secondat de Montesquieu". Um mundano de espírito ficaria irritado com esse pedantismo que cheirava a escola. Mas, nas perfeitas maneiras de um mundano a falar de um príncipe, há também um pedantismo que denuncia outra casta, aquela em que se faz preceder o nome Guilherme de "o Imperador" e em que se fala na terceira pessoa a uma Alteza. "Ah!, esse", tornou Brichot, falando no "sr. príncipe de Talleyrand", "é de se lhe tirar o chapéu. É um ancestral". "É um meio encantador", disse-me Cottard, "o senhor ali encontrará um pouco de tudo, pois a senhora Verdurin não é exclusivista: sábios ilustres, como Brichot, a alta nobreza, como por exemplo a princesa Sherbatoff, uma grande dama russa, amiga da grã-duquesa Eudoxie, e que até só a visita nas horas em que ninguém mais é recebido". Com efeito, a grã-duquesa, não desejando que a princesa Sherbatoff, que desde muito não era mais recebida por ninguém, fosse à sua casa quando pudesse haver visitas, só a deixava comparecer muito cedo, quando não tinha junto de si nenhum dos amigos para quem seria tão desagradável encontrar a princesa como melindroso para esta. Como fazia três anos que, logo depois de deixar, como uma manicure, a grã-duquesa, a sra.

---

153 Paul de Gondi, cardeal de Retz, é chamado de *"struggle for lifer"*, expressão derivada da vulgarização dos trabalhos de Darwin sobre a seleção natural da natureza. O autor das *Máximas*, La Rochefoucauld, foi príncipe de Marcillac até a morte de seu pai. Brichot associa sua participação na Fronda, movimento de insurreição de parte da nobreza, à adesão ao "boulangismo", apoio ao general Boulanger, dois séculos mais tarde. Assim como a associação do salão Verdurin ao prazer da vida aristocrática, essa nova associação é bastante arbitrária e sinal da tendência de Brichot a encontrar muito rápido correspondências entre os conteúdos de sua vasta erudição e a vida em sociedade. [N. do E.]

Sherbatoff partia para a casa da sra. Verdurin, que mal acabava de despertar, e não mais a deixava, pode-se dizer que a fidelidade da princesa ultrapassava infinitamente a própria fidelidade de Brichot, tão assíduo no entanto a essas quartas, em que tinha o prazer de julgar-se, em Paris, uma espécie de Chateaubriand na Abbaye-aux-Bois e na campanha, onde se dava à ilusão de tornar-se o equivalente do que podia ser em casa da sra. de Châtelet aquele a quem sempre chamava (com uma malícia e uma satisfação de letrado): "o senhor de Voltaire".[154]

A falta de relações permitia à princesa mostrar desde alguns anos aos Verdurin uma fidelidade que fazia dela mais do que uma "fiel" ordinária, a fiel típica, o ideal que a sra. Verdurin por muito tempo julgara inacessível e que agora, na idade crítica, achava afinal encarnada naquele novo recruta feminino. Por mais ciúmes que torturassem a Patroa, não havia exemplo de que os mais assíduos dos seus fiéis não a tivessem "largado" alguma vez. Os mais caseiros se deixavam tentar por uma viagem; os mais continentes tinham tido uma aventura; os mais robustos podiam contrair uma gripe, os mais ociosos estar ocupados nos vinte e oito dias, os mais indiferentes ir fechar os olhos à mãe moribunda. E era debalde que a sra. Verdurin lhes dizia então, como a imperatriz romana, que ela era o único general a quem a sua legião devia obedecer,[155] ou, como o Cristo ou o Kaiser, que aquele que amava ao pai ou à mãe tanto quanto a ela e não estavam prontos para os deixar a fim de segui-la, não eram dignos dela,[156] que, em vez de se debilitarem na cama ou deixar-se levar por

---

154 A "Abbaye-aux-Bois" era o lugar em Paris em que a sra. Récamier tinha um salão literário. Nos últimos anos de sua vida, Chateaubriand participou assiduamente desse salão. A sra. de Châtelet teve uma longa ligação com Voltaire, que acabaria se retirando na casa dela, na cidade de Cirey. [N. do E.]

155 Alusão provável à mãe de Nero, Agripina, que comandara as tropas romanas. [N. do E.]

156 Citação do Evangelho de São Mateus (X: 37) e de declarações autoritárias do imperador ("Kaiser") alemão, Guilherme II. [N. do E.]

uma qualquer, melhor fariam se ficassem junto dela, ela, o único remédio, a única volúpia. Mas o destino, que se compraz às vezes em embelezar o fim das existências que se prolongam, tinha feito com que a sra. Verdurin encontrasse a princesa Sherbatoff. Brigada com a família, exilada da sua terra, conhecendo apenas a baronesa Putbus e a grã-duquesa Eudoxie, a cujas residências, como não tivesse desejos de encontrar as amigas da primeira, e como não desejasse a segunda que suas amigas encontrassem a princesa, não ia senão nas horas matinais em que a sra. Verdurin ainda estava dormindo, não se lembrando de haver ficado de cama uma única vez, desde a idade de doze anos, quando tivera varicela, tendo respondido no dia 31 de dezembro à sra. Verdurin, a qual, receosa de ficar sozinha, lhe perguntara se não podia ficar para dormir de improviso, apesar da entrada do ano: "Mas que poderia impedir-me de ficar, em qualquer dia que fosse? Aliás, nesse dia, fica-se em família, e a minha família é aqui", vivendo numa pensão e mudando de "pensão" quando os Verdurin se mudavam, acompanhando-os nas suas vilegiaturas, tinha a princesa tão bem realizado para a sra. Verdurin o verso de Vigny:

Toi seule me parus ce qu'on cherche toujours,[157]

que a presidenta do pequeno círculo, desejosa de assegurar-se uma fiel até na morte, lhe pedira que a que morresse por último, das duas, se fizesse enterrar ao lado da outra. Para com estranhos — entre os quais cumpre sempre contar aquele a quem mais mentimos porque é aquele por quem nos seria mais penoso ser desprezado: nós mesmos — a princesa Sherbatoff tinha o cuidado de representar as suas três únicas amizades — com a grã-duquesa, com os Verdurin, com a baronesa Putbus — como as únicas, não que cataclismos independentes da sua vontade as

---

157 "Só tu me pareceste o que sempre se busca". [N. do T.] Verso 557 do terceito canto do poema "Eloa", presente na coletânea *Poemas antigos e modernos*. [N. do E.]

tivessem deixado emergir no meio da destruição de tudo o mais, mas que uma livre escolha a fizera eleger de preferência a qualquer outra, e às quais a induzira a limitar-se certo gosto de solidão e de simplicidade. "Não visito a *ninguém* mais", dizia ela frisando o caráter inflexível do que mais parecia uma regra que a gente se impõe do que uma necessidade que se sofre. E acrescentava: "Só frequento três casas", como os autores que temem não poder ir até a quarta e anunciam que a sua peça terá apenas três representações. Acreditassem ou não em tal ficção, o fato é que o sr. e a sra. Verdurin tinham ajudado a princesa a inculcá-la na mente dos fiéis. E estes estavam ao mesmo tempo persuadidos de que a princesa, entre milhares de relações que se lhe ofereciam, escolhera tão somente os Verdurin, e que os Verdurin, solicitados em vão por toda a alta aristocracia, apenas tinham consentido em abrir uma exceção em favor da princesa.

A seu ver, a princesa, muito superior a seu meio originário para que nele não se aborrecesse, entre tanta gente que poderia frequentar, só achava agradáveis os Verdurin, e reciprocamente estes, surdos às arremetidas de toda a aristocracia que se lhes oferecia, só tinham consentido em abrir uma exceção, em favor de uma grande dama, mais inteligente que suas semelhantes, a princesa Sherbatoff.

A princesa era muito rica; tinha em todas as estreias uma grande frisa a que, com autorização da sra. Verdurin, costumava levar os fiéis, e mais ninguém. Mostravam uns aos outros aquela pessoa enigmática e pálida que envelhecera sem encanecer, e antes avermelhando como certos frutos duráveis e emurchecidos. Admirava-se ao mesmo tempo o seu poder e a sua humildade, pois, tendo sempre consigo um acadêmico, Brichot, um sábio famoso, Cottard, o primeiro pianista da época, e mais tarde o sr. de Charlus, procurava no entanto reservar-se expressamente a frisa mais obscura, permanecia no fundo, não se preocupava absolutamente com o auditório, vivia exclusivamente para o pequeno grupo que, antes do final da representação, se retirava acompanhando aquela soberana estranha, e não desprovida de uma beleza tímida, fascinante e gasta. Ora, se a sra. Sherbatoff não olhava a sala e ficava na sombra, era para ver se olvidava que havia um mundo vivo que ela apaixonadamente desejava e não podia conhecer; o "conventilho" numa frisa era para ela o que para certos animais é a imobilidade quase cadavérica em presença do perigo. Todavia, o gosto de curiosidade e de novidade que devora os mundanos fazia com que prestassem talvez mais atenção àquela misteriosa desconhecida do que às celebridades dos primeiros camarotes, a quem todos iam visitar. Imaginavam que ela era diferente das pessoas que conheciam, que uma inteligência maravilhosa unida a uma bondade divinatória retinha em torno de si aquele pequeno círculo de pessoas eminentes. A princesa via-se obrigada, quando lhe falavam de alguém ou lhe apresentavam alguém, a fingir uma grande frieza para manter a ficção de seu horror à sociedade. Todavia, com o apoio de Cottard ou da sra. Verdurin, alguns novos chegavam a conhecê-la, e era tamanha a embriaguez da princesa em conhecer alguém da sociedade que ela esquecia a fábula do isolamento voluntário e multiplicava-se em atenções para com o recém-chegado. Se ele era muito medíocre, todos se espantavam. "Como é singular que a princesa, que não deseja conhecer ninguém, abra exceção para essa criatura tão insignificante!" Mas esses fecundantes conhecimentos eram raros, e a princesa vivia estritamente confinada ao círculo dos fiéis.

Cottard dizia muito mais seguidamente: "Eu o encontrei na quarta em casa dos Verdurin" do que: "Eu o encontrarei terça-feira na Academia". Referia-se também às quartas como uma ocupação igualmente importante e inelutável. Aliás, era Cottard dessas pessoas pouco procuradas que se impõem como um dever tão imperioso o atender a um convite como se esses constituíssem uma ordem, como uma convocação militar ou judiciária. Era preciso que fosse chamado para uma visita muito importante para que largasse os Verdurin nas quartas-feiras, importância que de resto se ligava mais à qualidade do enfermo que à gravidade da doença. Pois Cottard, embora bom homem, renunciava às doçuras das quartas, não por um operário acometido de um ataque, mas pela coriza de um ministro. Ainda em tal caso, dizia à mulher: "Desculpa-me com a senhora Verdurin. Avisa que chegarei atrasado. Essa Excelência bem poderia escolher outro dia para resfriar-se". Numa quarta, tendo a sua velha cozinheira cortado uma veia do braço, Cottard, já de *smoking* para ir aos Verdurin, dera de ombros quando sua mulher lhe perguntara timidamente se não poderia pensar a ferida: "Mas não posso, Leontina", exclamara ele a gemer, "bem vês que estou de colete branco". Para não impacientar o marido, a sra. Cottard mandara chamar com urgência o chefe de clínica. Este, para chegar mais depressa, tomara um carro, de modo que, entrando o seu no pátio no momento em que o de Cottard ia sair para conduzi-lo aos Verdurin, tinham perdido cinco minutos em avanços e recuos. A sra. Cottard estava constrangida de que o chefe da clínica visse o seu superior em traje de recepção. Cottard praguejava com o atraso, talvez de remorsos, e partiu com um humor execrável que foi preciso todos os prazeres da quarta para conseguir dissipar.

Se um cliente de Cottard lhe perguntava: "Encontra-se algumas vezes com os Guermantes?", era com a maior boa-fé do mundo que o professor respondia: "Talvez não precisamente os Guermantes, não sei bem. Mas encontro a toda essa gente em casa de amigos meus. O senhor com certeza já ouviu falar nos Verdurin. Eles conhecem todo mundo. E depois, eles pelo menos não são grã-finos de bobagem. Têm lastro. Avalia-se geralmente que a senhora Verdurin possui uns trinta e cinco milhões. Diabo! Trinta e cinco milhões é alguma coisa! Assim, ela não é das que lambem a colher. O senhor me falava na duquesa de Guermantes. Vou explicar-lhe a diferença: a senhora Verdurin é uma grande dama, a duquesa de Guermantes é provavelmente uma pelada. O senhor apanha bem a nuança, não é? Em todo caso, frequentem ou não os Guermantes a senhora Verdurin, ela recebe, o que vale mais, os de Sherbatoff, os de Forchevule, e *tutti quanti*, gente da mais alta linhagem, toda a nobreza da França e de Navarra, com quem o senhor veria falar-me de igual para igual. Aliás, esse gênero de indivíduos procura de bom grado os príncipes da ciência", acrescentou, com um beatífico sorriso de amor-próprio trazido a seus lábios pela satisfação orgulhosa, não propriamente porque a expressão outrora reservada aos Potain, aos Charcot, se aplicasse agora a ele, mas porque, enfim, sabia empregar como convinha todas as que o uso autoriza e que ele possuía a fundo, depois de as ter longamente estudado.[158] Assim, depois de citar-me a princesa Sherbatoff entre as pessoas que a sra. Verdurin recebia, Cottard acrescentava, piscando o olho: "Está vendo o gênero da casa, compreende o que quero dizer?". Queria ele dizer o que havia de mais chique. Ora, receber uma dama russa que só conhecia a grã-duquesa Eudoxie era pouco. Mas, ainda que a princesa Sherbatoff não a conhecesse, nem por isso diminuiria a opinião de Cottard relativamente à suprema elegância do salão Verdurin, e a sua alegria por ser ali recebido. O esplendor de que nos parecem revestidas as pessoas que frequentamos não é mais intrínseco do que a dessas personagens de teatro para cujo vestuário é inútil que um diretor despenda centenas de milhares de francos na compra de costumes autênticos e joias verdadeiras, quando um grande decorador dará uma impressão de luxo mil vezes mais suntuosa, dirigindo um raio fictício sobre um gibão de pano grosseiro semeado de botões de vidro e sobre um manto de papel. Certo homem terá passado a vida no meio dos grandes da terra que para ele não eram nada mais que aborrecidos parentes ou fastidiosas relações, porque um hábito contraído desde o berço os despojara, a seus olhos, de todo prestígio. Mas, em compensação, basta que esse prestígio venha juntar-se por acaso às pessoas

---

158 Os médicos Potain e Charcot já vinham citados, na segunda parte de *O caminho de Swann*, como exemplos de "príncipes da ciência" desprezados pelos "fiéis" do salão Verdurin, por terem sido supostamente ultrapassados pelo talento excepcional de um Cottard. [N. do E.]

mais obscuras, para que inúmeros Cottard tenham vivido ofuscados por mulheres tituladas, cujo salão imaginavam eles que era o centro das elegâncias aristocráticas, e que nem ao menos eram o que de fato era a sra. Verdurin e suas amigas (grandes damas decaídas que a aristocracia que fora criada com elas não mais frequentava); não, aquelas cuja amizade constituiu o orgulho de tanta gente, se essa gente publicasse memórias e desse o nome de tais mulheres e das que elas recebiam, tanto a sra. de Cambremer quanto a sra. de Guermantes seriam incapazes de identificar. Mas que importa? Um Cottard tem também a sua marquesa, a qual é para ele a "baronesa", como em Marivaux, a baronesa de quem nunca se diz o nome e de quem não se faz ideia de que jamais tenha tido algum. Cottard tanto mais julgava ver ali resumida a aristocracia — a qual ignora essa dama — como, quanto mais duvidosos são os títulos, mais lugar ocupam as coroas nas louças, na prataria, no papel de cartas, nas malas. Inúmeros Cottard que julgaram passar a vida no coração do Faubourg Saint-Germain tiveram a imaginação talvez mais encantada de sonhos feudais do que aqueles que tinham efetivamente vivido entre príncipes, da mesma forma que para o pequeno comerciante que vai às vezes aos domingos visitar os edifícios dos "velhos tempos", e por vezes naqueles em que todas as pedras pertencem à nossa época, e cujas abóbadas foram pintadas de azul e semeadas de estrelas de ouro pelos discípulos de Viollet-le-Duc, que têm eles mais a sensação da Idade Média. "A princesa estará em Maineville. Viajará conosco. Mas não o apresentarei já. Será melhor que a senhora Verdurin o faça. A menos que eu encontre uma ocasião. Pode ficar certo então que a agarrarei pelos cabelos." "De que falavam?", perguntou Saniette, que fingira ter ido tomar um pouco de ar. "Citava eu aqui ao cavalheiro", disse Brichot, "uma frase, que o senhor bem conhece, daquele que é, a meu ver, o primeiro dos *fins de século* (do século XVII, entende-se), o precitado Charles Maurice, abade do Périgord. Começara prometendo vir a ser um excelente jornalista. Mas desviou-se, isto é, deu em ministro! A vida tem dessas desgraças. Político pouco escrupuloso aliás, que, com desdéns de grão-senhor de raça, não tinha escrúpulos em trabalhar nas suas horinhas para o rei da Prússia, é o caso de dizer-se, e morreu na pele de um centro-esquerda".

Em Saint-Pierre-des-Ifs subiu uma esplêndida rapariga que, infelizmente, não fazia parte do pequeno grupo. Eu não podia desviar os olhos da sua carne de magnólia, dos seus olhos negros, da construção admirável e alta de suas formas. Ao cabo de um segundo, desejou abrir uma vidraça, pois fazia um pouco de calor no compartimento, e, não querendo pedir licença a todo mundo, como só eu não estivesse de capa, disse-me com uma voz rápida, fresca e risonha: "Não lhe incomoda o ar, cavalheiro?". Eu desejaria dizer-lhe: "Venha conosco à casa dos Verdurin", ou: "Dê-me o seu nome e endereço". Respondi: "Não, o ar não me incomoda, senhorita". E depois, sem mover-se do seu lugar: "O fumo não incomoda a seus amigos?", e acendeu um cigarro. Na terceira estação, desceu de um salto. No dia seguinte, perguntei a Albertine quem poderia ser. Pois, estupidamente, julgando que só se pode amar uma coisa, ciumento da atitude de Albertine para com Robert, estava eu tranquilizado quanto às mulheres. Disse Albertine, creio que sinceramente, que não sabia. "Eu desejaria tanto tornar a encontrá-la!", exclamei. "Tranquilize-se, a gente sempre torna a encontrar-se", respondeu Albertine. Naquele caso, ela estava enganada; jamais tornei a encontrar nem identifiquei a linda moça do cigarro. Ver-se-á, de resto, por que, durante muito tempo, tive de deixar de procurá-la. Mas não a esqueci. Pensando nela, muitas vezes me acontece ser acometido de um louco desejo. Mas esses retornos do desejo nos obrigam a refletir que, se quisesse a gente reencontrar essas moças com o mesmo prazer, seria preciso voltar também ao ano que depois foi seguido de dez outros durante os quais a rapariga se fanou. Pode-se às vezes encontrar de novo uma criatura, mas não abolir o tempo. Até o dia imprevisto, e triste como uma noite, em que já não se procura a essa jovem, nem a qualquer outra, e em que encontrá-la chegaria até a assustar-nos. Pois já não nos sentimos com suficientes atrativos para agradar, nem com forças para amar. Não que a gente esteja, está visto, no sentido próprio do termo, impotente. E quanto a amar, amar-se-ia mais do que nunca. Mas sente-se que é uma empresa demasiado grande para o pouco de forças que nos restam. Já o repouso eterno colocou intervalos em que não se pode sair nem falar. Pôr o pé no degrau devido constitui uma vitória como não falhar o salto mortal. Ser visto em tal estado por uma moça a quem amamos, mesmo que tenhamos conservado o rosto e todos os cabelos loiros de rapaz! Já não se pode arriscar a fadiga de andar no passo da juventude. Tanto pior se o desejo carnal redobra em vez de amortecer! Trazem-lhe então uma mulher a quem não se procurará agradar, que só compartilhará uma noite o nosso leito e que nunca mais tornaremos a ver.

"Devem continuar sem notícias do violinista", disse Cottard. O acontecimento do dia no pequeno clã era, com efeito, a "largada" do violinista favorito da sra. Verdurin. Este, que prestava serviço militar perto de Doncières, vinha três vezes por semana jantar na Raspelière, pois tinha licença noturna. Ora, na antevéspera, pela primeira vez, não conseguiram os fiéis descobri-lo no trem. Supuseram que o perdera. Mas, embora a sra. Verdurin tivesse mandado esperar o trem seguinte e afinal o último, o carro voltara vazio. "Com certeza o puseram de castigo, não há outra explicação para a sua ausência. Ah!, no serviço militar, com esses rapazes, basta um sargento ranzinza. Será ainda mais mortificante para a senhora Verdurin se ele faltar também esta noite", disse Brichot, "quando a nossa amável anfitriã convida justamente pela primeira vez para jantar os vizinhos que lhe alugaram a Raspelière, o marquês e a marquesa de Cambremer. "Esta noite, o marquês e a marquesa de Cambremer!", exclamou Cottard. "Mas eu não sabia absolutamente nada. Naturalmente sabia, como todos aqui, que um dia deveriam comparecer; mas ignorava que estivesse tão próximo. Sim senhor!", disse ele, voltando-se para mim. "Eu não lhe disse? A princesa Sherbatoff, o marquês e a marquesa de Cambremer." E depois de repetir esses nomes, embalando-se com a sua melodia: "Bem vê que atiramos bem. Não importa, para um estreante, o senhor acerta em cheio. Vai ser um torneio excepcionalmente brilhante". E, voltando-se para Brichot, acrescentou: "A Patroa deve estar furiosa. Já é tempo de chegarmos para lhe prestar mão forte". Desde que se achava na Raspelière, a sra. Verdurin afetava, para com os fiéis, estar, com efeito, na obrigação e no desespero de convidar uma vez os seus proprietários. Teria assim melhores condições para o ano seguinte, dizia ela, e só o fazia por interesse. Mas pretendia ter tamanho horror, achar tamanha monstruosidade um jantar com pessoas que não fossem do pequeno grupo, que sempre o ia adiando. Se, aliás, isso a assustava um pouco pelos motivos que ela proclamava, por outro lado, encantava-a por razões de esnobismo que preferia calar. Era, pois, meio sincera, julgava o pequeno clã alguma coisa de tão único no mundo, um desses conjuntos que demandam séculos para que se constitua um semelhante, que tremia ao pensamento de ver ali introduzidos aqueles provincianos, ignorantes da Tetralogia e dos "Mestres", que não saberiam sustentar sua parte no concerto da conversação geral, e eram capazes, comparecendo à casa da sra. Verdurin, de destruir uma das famosas quartas, obras-primas incomparáveis e frágeis, semelhantes a esses cristais de Veneza que basta uma nota desafinada para quebrar. "De resto, eles devem ser o que há de mais *anti*, e *militaristas*", dissera o sr. Verdurin. "Ah!, isso me é indiferente, já faz muito tempo que falam nessa história", respondera a sra. Verdurin que, sinceramente dreyfusista, desejaria no entanto encontrar na preponderância do seu salão dreyfusista uma recompensa mundana. Ora, o dreyfusismo triunfava política mas não mundanamente. Labori, Reinach, Picquart, Zola[159] permaneciam para as gentes mundanas uns tipos de traidores que só podiam afastá-los do pequeno núcleo. Assim, depois daquela incursão na política, procurava a sra. Verdurin voltar à arte. Aliás, d'Indy, Debussy não estavam "mal" no Caso?[160] "Quanto à Questão, é só colocá-los ao lado de Brichot", disse ela (pois o universitário era o único dos fiéis que tomara o partido do Estado-Maior, o que o fizera baixar em muito na estima da sra. Verdurin). "Não se é obrigado a falar eternamente na questão Dreyfus. Não, a verdade é que os Cambremer me aborrecem." Quanto aos fiéis, tão excitados pelo inconfessado desejo que tinham de conhecer os Cambremer como enganados pelo afetado aborrecimento que a sra. Verdurin dizia experimentar em recebê-los, retomavam cada dia, em conversa com ela, os frágeis argumentos que ela própria invocava em favor daquele convite, e procuravam torná-los irresistíveis. "Resolva-se de uma vez por todas", repetia Cottard, "e terá as concessões quanto ao aluguel, eles é que pagarão o jardineiro, e os senhores poderão utilizar-se do prado. Tudo isso bem vale aborrecer-se durante um serão. Apenas falo no seu interesse", acrescentava ele, embora lhe houvesse palpitado o coração uma vez em que, no carro da sra. Verdurin, cruzara na estrada com o da velha sra. de Cambremer, e, sobretudo, ao ser humilhado pelos empregados da estrada quando se achava perto do marquês, na estação. Por seu lado, os Cambremer, vivendo mesmo muito longe do movimento mundano para que pudessem ao menos suspeitar que certas mulheres elegantes se referiam com alguma consideração à sra. Verdurin, imaginava que esta era uma pessoa que só podia conhecer a boêmios, que talvez nem mesmo fosse legitimamente casada, e que, no tocante a pessoas "nascidas", não veria jamais senão a eles, Cambremer. Só

---

159 Todos partidários de Dreyfus. [N. do E.]

160 Vincent d'Indy, professor de composição na já mencionada "Scuola Cantorum", era abertamente antissemita e grande opositor de Dreyfus. Aparentemente neutro, Claude Débussy chegaria a assinar um manifesto em favor de Picquart. [N. do E.]

se haviam resignado a jantar com ela para estar em bons termos com uma locatária, cuja volta esperavam por numerosas estações, sobretudo depois que tinham sabido, no mês precedente, que ela acabava de herdar tantos milhões. Era em silêncio e sem gracejos de mau gosto que se preparavam para o dia fatal. Os fiéis não mais esperavam que esse dia chegasse a vir, tantas vezes a sra. Verdurin já lhe fixara diante deles a data sempre modificada. Essas falsas resoluções tinham por finalidade, não só fazer ostentação do tédio que lhe causava aquele jantar, mas manter suspensos os membros do pequeno grupo que moravam na vizinhança e eram às vezes inclinados a largar. Não que a Patroa adivinhasse que o "grande dia" lhes era tão agradável quanto a si própria, mas porque, tendo-os persuadido de que aquele jantar constituía para ela a mais terrível das maçadas, podia apelar para o devotamento deles. "Não vão deixar-me sozinha com aqueles chineses! É preciso pelo contrário que sejamos numerosos para suportar o aborrecimento. Naturalmente não poderemos falar de nada que nos interesse. Será uma quarta gorada; que se há de fazer?"

"Com efeito", respondeu Brichot, dirigindo-se a mim creio que a sra. Verdurin, que é muito inteligente e põe muita coqueteria na elaboração das suas quartas, não fazia nenhuma questão de receber esses fidalgotes de grande linhagem mas sem espírito. Não pôde resolver-se a convidar a velha marquesa, mas resignou-se ao filho e à nora. "Ah! Vamos ver a marquesa de Cambremer?", disse Cottard com um sorriso em que julgou devesse pôr um pouco de frascarice e malícia mundana, embora ignorasse se a sra. de Cambremer era bonita ou não. Mas o título de marquesa lhe despertava imagens prestigiosas e galantes. "Ah!, conheço-a", disse Ski, que a encontrara uma vez quando passeava com a sra. Verdurin. "Não a conhece no sentido bíblico", disse o doutor, deslizando um olhar carregado por debaixo dos óculos, pois aquele era um de seus gracejos favoritos. "Ela é inteligente", disse-me Ski. "Naturalmente", continuou, vendo que eu não dizia nada, e acentuando, a sorrir, cada palavra, "é inteligente e não é, falta-lhe instrução, é frívola, mas tem o instinto das belas coisas. Calar-se-á, mas jamais dirá uma tolice. E depois, é de uma bonita coloração. Seria um retrato divertido de pintar", acrescentou, semicerrando os olhos, como se a visse posando à sua frente. Como pensasse exatamente o contrário do que Ski expressava com tantas nuanças, contentei-me em dizer que ela era irmã de um engenheiro muito distinto, o sr. Legrandin. "Pois bem, como vê, será apresentado a uma bonita mulher", disse-me Brichot, "e nunca se sabe o que pode resultar de tal coisa. Cleópatra não era sequer uma grande dama, era a mulherzinha, a mulherzinha inconsciente e terrível do nosso Meilhac, e veja as consequências, não só para esse simplório de Antônio, como também para o Mundo Antigo".[161]

"Já fui apresentado à senhora de Cambremer", respondi. "Ah!, mas então vai achar-se em terreno conhecido." "E tanto mais satisfação terei de vê-la, visto que ela me prometeu uma obra do antigo cura de Combray sobre os nomes de lugares desta região e vou poder lembrar-lhe a sua promessa. Interesso-me por esse padre e também pelas etimologias." "Não se fie muito nas que ele indica", respondeu-me Brichot. "A obra, de que há um exemplar na Raspelière e que me diverti em folhear, nada me diz de aproveitável: está formigando de erros. Vou dar-lhe um exemplo.[162] A palavra *Bricq* entra na formação de uma porção de nomes de lugares de nossas cercanias. O bravo eclesiástico teve a ideia passavelmente estapafúrdia de que provém de *Briga*, elevação, lugar fortificado. Já o vê nas populações celtas, latobrigas, nemetobrigas etc., e segue-o até em nomes como Briand, Brion etc. Para voltar à terra que temos o prazer de atravessar neste momento com o senhor, *Bricquebose* significa-

---

161 Brichot menciona Henry Meilhac (1831-1897), autor de óperas-cômicas. [N. do E.]

162 As elucidações etimológicas de Brichot têm por fonte algumas obras consultadas por Proust, dentre elas o livro *Da formação francesa dos antigos nomes de lugar*, publicado em 1867 por Jules Quicherat, fonte das etimologias atribuídas ao antigo cura de Combray, o livro *Origem e formação dos nomes de lugar*, publicado em 1874 e 1885 por Hippolyte Cocheris, e especialmente *Os nomes de lugar da França, sua origem, seu significado, suas transformações*, obra em dois volumes de Auguste Longnon. [N. do E.]

ria o bosque da elevação, *Bricqueville*, a habitação da elevação, *Bricquebec*, onde pararemos um instante antes de chegar em *Mainevilie*, a elevação perto do arroio. Ora, não se trata de nada disso, pela razão de que *bricq* é a velha palavra norueguesa que significa simplesmente uma *ponte*. Da mesma forma que *flor*, que o protegido da senhora de Cambremer se dá um trabalho infinito para ligar ora às palavras escandinavas *floi, flo*, ora à palavra irlandesa *ae* e *aer*, é, pelo contrário, sem sombra de dúvida, o *fiord* dos dinamarqueses e significa *porto*. Também o excelente padre acredita que a estação de Saint-Martin-le-Vêtu, próxima da Raspelière, significa Saint-Martin-le-Vieux (*vetus*). É certo que a palavra *velho* desempenhou grande papel na toponímia desta região. *Vieux* vem geralmente de *vadum* e significa um vau, como no lugar chamado os *Vieux*. É o que os ingleses chamam *ford* (Oxford, Hereford). Mas, no caso em questão, *vieux* não vem *vetus*, mas de *vastatus*, ludar devastado e nu. O senhor tem perto daqui Sottevast, o *vast* de Setold; Brillevast, o *vast* de Berold. Tanto mais certo estou do erro do cura porquanto Saint-Martin-le-Vieux se chamou outrora Saint-Martin de Terragate. Ora, o *v* e o *g* nestas palavras são a mesma letra. Diz-se devastar, mas também desgastar, *jâchères* e *gatines* (do alto-alemão *wastinna*) têm esse mesmo sentido: Terregate é pois *terra vastata*. Quanto a Saint-Mars outrora (*honni soit qui mal y pense*) Saint-Merd, é Saint-Medardus, que ora é Sant-Médard, Saint-Mard, Saint-Marc, Cinq-Mars, e até Dammas. Cumpre de resto não esquecer que bem próximo daqui, lugares com esse mesmo nome de Mars atestam simplesmente uma origem pagã (o deus Marte) que permanece viva nesta região, mas que o santo homem se recusa a conhecer. As colinas dedicadas aos deuses são em particular muito numerosas, como o monte de Júpiter (Jeumont). O seu cura nada quer ver, e em compensação, por toda parte onde o cristianismo deixou vestígios, estes lhe escapam. Alongou sua viagem até Loctudy, nome bárbaro, diz ele, quando é *Locus sancti Tudeni*, e tampouco, em Sammarçoles, adivinhou *Sanctus Martialis*. O seu cura", continuou Brichot, vendo que me estava interessando, "faz provirem as palavras em *hon*, *home*, *holm*, da palavra *holi* (*hullus*) colina, quando vêm do norueguês *holm*, ilha, que o senhor bem conhece em Stockholm, e que é tão espalhado em toda esta região, a Houl-me, Engohomme, Tahou-me, Robehomme, Néhomme, Quettehon etc." Esses nomes fizeram-me pensar no dia em que Albertine quisera ir a Amfreville-la-Bigot (do nome de dois de seus senhores sucessivos, disse-me Brichot), e onde me propusera depois jantarmos em Robehomme. Quanto a Montmartin, íamos passar por ali dentro em pouco. "Néhomme não fica perto de Carquethuit e de Clitourps?", indaguei. "Perfeitamente, Néhomme é o *holm*, a ilha ou península do famoso visconde Nigel, cujo nome ficou igualmente em Névule. Carquethuit e Clitourps, de que me fala, são, para o protegido da senhora de Cambremer, ensejo de novos erros. Sem dúvida, bem vê ele que *carque* é uma igreja, a *Kirche* dos alemães. Conhece Querquevule, sem falar de Dunquerque. Pois seria melhor então determo-nos nessa famosa palavra de *Dun*, que para os celtas significa uma elevação. E isso o senhor encontrará em toda a França. Seu padre hipnotizava-se diante de Dunneville, que ressurge no Eure-et-Loir; teria ali encontrado Châteaudun, Dun-le-Roi no Cher, Duneau no Sarthe, Dun no Ariege, Dunc-les-Places no Nievre etc. etc. Esse Dun o faz cometer um curioso erro no que concerne a Douville, onde desembarcaremos e onde nos esperam os confortáveis carros da senhora Verdurin. Douville, em latim *donvilla*, diz ele. Com efeito, Douville está ao pé de grandes elevações. O seu cura, que sabe tudo, sente em todo caso que cometeu um cochilo. Leu com efeito, num antigo Pouillé, *Domvilla*. Então ele se retrata; Douville, a seu ver, é um feudo do abade, *Domino Abatti* do monte São Miguel. Com isso se rejubila, o que é assaz esquisito quando se pensa na vida escandalosa que desde o Capitulário de Santa Clara levavam no monte São Miguel, o que não seria mais extraordinário do que ver o rei da Dinamarca suserano de toda essa costa, onde fazia celebrar muito mais o culto de Odin que o de Cristo. Por outro lado, não me choca a suposição de que *n* foi mudado em *m* e exige menos alteração do que o corretíssimo Lyon que, esse também, vem de Dun (Lugdunum). Mas enfim o padre se engana. Douville nunca foi Douville, mas Doville, *Eudonis Villa*, a vila de Eudes. Douville se chamava outrora Escalecliff, a escada da vertente. Por 1233, Eudes le Bouteilier, senhor de Escalecliff, partiu para a Terra Santa; no momento de partir, fez entrega da igreja à abadia de Blanchelande. Troca de belos gestos: a aldeia tomou seu nome, de onde atualmente Douville. Mas acrescento que a toponímia, em que sou aliás bastante ignaro, não é uma ciência exata; se não tivéssimos esse testemunho histórico, Douville poderia muito bem provir de Ouville, quer dizer, as Águas. As formas em *ai* (Aigues-Mortes), de *aqua*, se mudam muita vez em *eu*, em *ou*. Ora, havia muito próximo de Douville umas águas famosas, Carquebut. Julgue como não estava o cura contente por encontrar ali algum vestígio cristão, embora esta região pareça ter sido muito difícil de evangelizar, pois foi preciso que ali insistissem sucessivamente santo Ursal, são Gofroi, são Barsanore, são Laurent de Brêvedent, o qual passou enfim a mão para os monges de Beaubec. Mas, quanto a *tuit*, o autor engana-se, vê nisso uma forma de *toft*, cabana, como em Cricquetot, Ectot, Yvetot, quando é o *thveit*, roçado, desmonte, como em Braquetuit, o Thuit, Regnetuit etc. Da mesma forma, se reconhece no Clitourps o *thorp* normando, que quer dizer aldeia, pretende ele que a primeira parte do nome deriva de *clivus*, declive, quando vem de *clifi*, rochedo. Mas suas maiores cincadas provêm menos da sua ignorância que dos seus preconceitos. Por bom francês que a gente seja, deverá negar a evidência e tomar Saint-Laurent em Bray pelo sacerdote romano, quando se trata de são Lawrence'Toot, arcebispo de Dublin? No entanto, mais que o sentimento patriótico, o *parti-pris* religioso de seu amigo o faz cometer erros grosseiros. Assim temos, não longe dos nossos amigos da Raspelière, dois Montmartin, Montmartin-sur-Mer e Montmartin-en-Graignes. Quanto a Graignes, o bom do cura não cometeu engano, bem viu que *graignes*, em latim *grania*, em grego *crene*, significa pântanos, banhados; quantos Cresmays, Croen, Gremevilie, Lengronne, não se poderiam citar? Mas quanto a Montmartin, o seu pretenso linguista quer absolutamente que se trate de paróquias dedicadas a são Martinho. Baseia-se em que o santo é o padroeiro da localidade, mas não se dá conta que só posteriormente foi tomado como tal; ou antes, está cegado pelo seu ódio ao paganismo; não quer ver que se teria dito Mont-Saint-Martin como se teria dito o monte são Miguel, se se tratasse de são Martinho, ao passo que o nome de Montmartin se aplica de modo muito mais pagão a templos consagrados ao deus Marte, templos de que na verdade não possuímos outros vestígios, mas que a incontestada presença, na vizinhança, de vastos acampamentos romanos, tornaria das mais verossímeis, mesmo sem o nome de Montmartin, que elimina toda dúvida. Bem vê que o livrinho que vai achar na Raspelière não é dos melhores."

Objetei que em Combray o cura nos ensinara muitas vezes etimologias interessantes.

— Ele estava provavelmente melhor no seu terreno; a viagem à Normandia o terá desambientado.

— E não o terá curado — acrescentei —, pois ele tinha chegado neurastênico e partiu reumático.

— Ah! A culpa é da neurastenia. Ele tombou da neurastenia na filologia, como diria o meu bom mestre Pocquelin.[163] Diga-me uma coisa, Cottard, não lhe parece que a neurastenia possa ter uma influência desastrosa sobre a filologia, a filologia uma influência calmante sobre a neurastenia e a cura da neurastenia conduzir ao reumatismo?

— Perfeitamente, o reumatismo e a neurastenia são duas modalidades do neuroartritismo. Pode-se passar de uma para outra por metástase.

— O eminente professor — disse Brichot — exprime-se, Deus me perdoe, num francês tão mesclado de latim e de grego como o poderia fazer o próprio senhor Purgon, de molieresca

---

163 Jean-Baptiste Pocquelin, vulgo Molière. No trecho, Brichot está parodiando uma fala do "sr. Purgon", o médico da peça de Molière intitulada *O doente imaginário* (*Le malade imaginaire*). [N. do E.]

memória! Quanto a mim, o meu tio, quero dizer, o nosso Sarcey nacional...[164]

Mas não pôde terminar a frase. O professor acabava de ter um sobressalto e lançar um urro: "Credo!", exclamou, passando enfim para a linguagem articulada, "passamos de Maineville (ui! ui!) e até mesmo de Renneville". Acabava de ver que o trem parara em Saint-Mars-le-Vieux, onde desembarcavam quase todos os viajantes. "Eles no entanto não devem ter engolido a parada. Não prestamos atenção, falando nos Cambremer." "Olhe aqui, Ski, eu vou dizer-lhe 'uma boa coisa'", disse Cottard, que se afeiçoara a essa expressão usada em certos meios médicos. "A princesa deve achar-se no trem, com certeza não nos viu e embarcou em outro compartimento. Vamos à sua procura. Contanto que tudo isso não vá trazer encrenca!" E levou-nos todos à procura da princesa Sherbatoff.

Encontrou-a no canto de um vagão vazio, a ler a *Revue des Deux Mondes*. Adquirira desde longos anos, por medo às desfeitas, o hábito de manter-se no seu lugar, de ficar no seu canto, tanto na vida como no trem, e esperar que lhe dessem o bom-dia para estender a mão. Continuou a ler quando os fiéis entraram no seu vagão. Reconheci-a imediatamente; aquela mulher, que podia ter perdido a sua posição, mas que nem por isso deixava de ser de elevado nascimento, que em todo caso era a pérola de um salão como o dos Verdurin, era a dama que, no mesmo trem, eu julgara na antevéspera que pudesse ser uma dona de casa de tolerância. Sua personalidade social tão incerta tornou-se-me clara logo que lhe soube o nome, como quando, depois de haver penado com uma adivinha, se aprende enfim a palavra que torna claro tudo quanto permanecia obscuro e que, no tocante às pessoas, é o seu nome. Saber dali a dois dias qual era a pessoa a cujo lado

---

164 Brichot menciona Francisque Sarcey (1827-1899), crítico teatral e colaborador semanal do jornal *Le Temps*, conhecido por seu conservadorismo, seu apego à tradição e à peça "benfeita". Ele era apelidado à época de "Tio". [N. do E.]

se viajou no trem sem conseguir descobrir-lhe a posição social é uma surpresa muito mais divertida do que ler no novo número de uma revista a chave do enigma proposto no número anterior. Os grandes restaurantes, os cassinos, os trens são o museu familiar desses enigmas sociais.

"Princesa, nós a perdemos em Maineville! Permite que tomemos lugar em seu compartimento?" "Mas como não?", disse a princesa que, ouvindo Cottard dirigir-lhe a palavra, somente então ergueu da revista uns olhos que, como os do sr. de Charlus, embora mais suaves, viam muito bem as pessoas de cuja presença ela fingia não se aperceber. Cottard, considerando que o fato de ter sido convidado com os Cambremer era para mim uma recomendação suficiente, tomou, ao cabo de um instante, a decisão de apresentar-me à princesa, a qual se inclinou com grande polidez, mas pareceu que ouvia o meu nome pela vez primeira. "Diabo!", exclamou o doutor, "minha mulher esqueceu-se de mandar mudar os botões de meu colete branco. Oh!, as mulheres nunca pensam em nada. Está vendo? Não se case nunca", disse-me ele. E como era um dos gracejos que julgava convenientes quando não se tinha nada que dizer, olhou com o rabo do olho para a princesa e os outros fiéis, que, como ele era professor e acadêmico, sorriram, admirando o seu bom humor e a sua ausência de pose. A princesa nos comunicou que fora encontrado o jovem violinista. Tinha ficado de cama na véspera devido a uma enxaqueca, mas viria naquela noite e traria um velho amigo de seu pai que havia encontrado em Doncières. Ela o tinha sabido por intermédio da sra. Verdurin, com quem já almoçara pela manhã, disse-nos com uma voz rápida, em que o rolar dos *rr* do sotaque russo era suavemente engrolado no fundo da garganta, como se fossem *ll* e não *rr.* "Ah! Almoçou esta manhã com ela?", disse Cottard à princesa, mas olhando para mim, pois essas palavras tinham por objetivo mostrar-me o quanto a princesa era íntima da Patroa. "A princesa, sim, é que é uma fiel!" "Sim, eu gosto desse pequeno *cílculo* inteligente, *agladável*, nada mau, muito simples, nada esnobe, e onde se tem *espílito* até a ponta das unhas." "Diabo! Devo ter perdido a minha passagem, não a encontro", exclamou Cottard, não sem inquietar-se fora de medida. Sabia que em Douville, onde dois landaus iam esperar-nos, o empregado o deixaria passar e nem por isso deixaria de cumprimentá-lo mais rasgadamente, a fim de dar com essa saudação a explicação da sua indulgência, isto é, que tinha muito bem reconhecido em Cottard um *habitué* dos Verdurin. "Não me hão de pôr por isso na cadeia", concluiu o doutor. "Dizia o senhor que havia perto daqui umas águas famosas?", perguntei a Brichot. "Como o sabem?" "O nome da estação seguinte o atesta entre muitos outros testemunhos. Chama-se Fervaches." "Não *compleendo* o que ele *quel dizel*", engrolou a princesa num tom com que me teria dito por gentileza: "Ele nos aborrece, não é mesmo?".

— Mas, princesa, Fervaches quer dizer águas quentes, *fervidae aquae...* Mas, a propósito do jovem violinista — continuou Brichot —, ia-me esquecendo, Cottard, de lhe falar na grande novidade. Sabia que o nosso pobre amigo Dechambre, o antigo pianista favorito da senhora Verdurin, acaba de morrer? É horrível.

— Ele era ainda moço — respondeu Cottard —, mas devia cuidar um pouco do fígado, devia estar com alguma porcaria ali, desde algum tempo que a sua cara não me agradava nada.

— Mas ele não era tão moço assim — disse Brichot. — No tempo em que Elstir e Swann iam à casa da senhora Verdurin, Dechambre já era uma notoriedade parisiense, e, coisa admirável, sem haver recebido no exterior o batismo do sucesso. Ah!, esse não era um adepto do Evangelho segundo São Barnum.[165]

— Está confundindo; ele não podia ir à casa da senhora Verdurin nessa época, pois ainda andava de cueiros.

— Mas, a menos que minha velha memória seja infiel, parecia-me que Dechambre executava a *Sonata* de Vinteuil para Swann quando esse *clubman*, em ruptura de aristocracia, não

---

165 Alusão a Phineas Taylor Barnum (1810-1891), charlatão americano e diretor de circo. [N. do E.]

imaginava que seria um dia o príncipe consorte aburguesado da nossa Odette nacional.

— Impossível, a *Sonata* de Vinteuil foi executada em casa da senhora Verdurin muito tempo depois que Swann deixou de frequentá-la — disse o doutor, que, como as pessoas que trabalham muito e julgam reter muitas coisas que imaginam úteis, esquecem muitas outras, o que lhes permite extasiarem-se ante a memória de pessoas que nada têm que fazer. — O senhor está prejudicando as suas relações, e no entanto não está de miolo mole — concluiu, sorrindo, o doutor.

Brichot reconheceu haver-se enganado. O trem parou. Era a Sogne. Esse nome intrigava-me. "Como eu gostaria de saber o que querem dizer todos esses nomes", disse eu a Cottard. "Pergunte ao senhor Brichot; ele talvez o saiba." "Mas a Sogne é a Cegonha, Ciconia", respondeu Brichot, que eu ardia por interrogar a respeito de muitos outros nomes.

Esquecendo-se de que fazia questão do seu "canto", a sra. Sherbatoff propôs amavelmente trocar de lugar comigo, para que eu pudesse conversar melhor com Brichot, a quem queria perguntar outras etimologias que me interessavam, e assegurou que lhe era indiferente viajar na frente, atrás, de pé etc. Permanecia na defensiva enquanto ignorava as intenções dos recém-chegados, mas, depois de reconhecer que estas eram amáveis, procurava por todas as maneiras agradar a cada qual. Afinal, o trem parou na estação de Doville-Féterne, a qual, situada mais ou menos a igual distância das aldeias de Féterne e de Doville, trazia ambos os nomes por causa dessa particularidade.

"Diabo!", exclamou o dr. Cottard, quando chegamos diante da grade onde recolhiam as passagens e fingindo só então aperceber-se da coisa, "Não posso encontrar minha passagem, devo tê-la perdido." Mas o empregado, tirando o casquete, assegurou que isso não queria dizer nada, e sorriu respeitosamente. A princesa (dando explicações ao cocheiro, como o faria uma espécie de dama de honor da sra. Verdurin, a qual, por causa dos Cambremer, não pudera vir à estação, o que de resto fazia raramente) tomou-me consigo num dos carros, assim como a Brichot. No outro subiram o doutor, Saniette e Ski.

O cocheiro, embora muito jovem, era o primeiro cocheiro dos Verdurin, o único verdadeiramente intitulado cocheiro; levava-os a passear de dia, pois conhecia todas as estradas e de noite ia buscar e reconduzia os fiéis. Vinha acompanhado de extras (que escolhia em caso de necessidade). Era um excelente rapaz, sóbrio e expedito, mas com uma dessas caras melancólicas em que o olhar muito fixo significa que por um nada ficava com bílis e até com ideias negras. Mas estava naquele momento muito satisfeito, pois conseguira colocar o irmão, outra excelente cepa de homem, em casa dos Verdurin. Atravessamos primeiro Doville. Pequenas colinas relvadas desciam até o mar em amplos "pastéis" a que a saturação da umidade e do sal dão uma espessura, uma macieza, uma vivacidade de tons extremos. As ilhotas e chanfraduras de Riverbelle, muito mais aproximadas aqui do que em Balbec, davam àquela parte do mar o aspecto novo para mim de um mapa em relevo. Passamos por pequenos chalés quase todos alugados a pintores; tomamos por um caminho onde vacas em liberdade, tão assustadas quanto os nossos cavalos, nos barraram por dez minutos a passagem, e ganhamos a estrada. "Mas, pelos deuses imortais", disse de súbito Brichot, "voltemos a esse pobre Dechambre. Supõem que a senhora Verdurin *saiba? Disseram-lhe?*" A sra. Verdurin, como quase todas as pessoas mundanas, justamente porque precisava da sociedade dos outros, não pensava mais neles um único dia, depois que, estando mortos, não mais podiam comparecer às quartas, nem aos sábados, nem jantar de *chambre*. E não se podia dizer do pequeno clã, imagem, nesse ponto, de todos os salões, que se compunha mais de mortos que de vivos, visto que, logo que se estava morto, era como se nunca se tivesse existido. Mas, para evitar o aborrecimento de ter de falar dos defuntos, e até mesmo de suspender os jantares por causa de um luto, coisa impossível para a Patroa, o sr. Verdurin fingia que a morte dos fiéis afetava de tal modo a esposa que, no interesse da sua saúde, não se lhe devia falar nisso. Aliás, e talvez justamente porque a morte dos outros lhe parecia um acidente tão definitivo e tão vulgar, o pensamento da sua própria morte lhe causava horror e ele fugia a qualquer reflexão que pudesse reportar-se a tal coisa. Quanto a Brichot, como era um excelente homem e perfeitamente iludido com o que o sr. Verdurin dizia da mulher, temia por sua amiga as emoções de semelhante desgosto. "Sim, ela *sabe tudo* desde esta manhã", disse a princesa, "*não puderam ocultar-lhe*". "Ah! Mil raios de Zeus!", exclamou Brichot. "Ah!, deve ter sido um golpe terrível. Um amigo de vinte e cinco anos! Eis um que era dos nossos." "Evidentemente, evidentemente, mas que quer?", disse Cottard. "São circunstâncias sempre penosas; mas a senhora Verdurin é uma mulher forte, é uma cerebral ainda mais que uma emotiva." "Não sou absolutamente da opinião do doutor", disse a princesa, a quem decididamente a palavra rápida, o tom murmurado emprestavam um ar ao mesmo tempo amuado e vivo. "A senhora Verdurin, sob uma aparência fria, oculta tesouros de sensibilidade. O senhor Verdurin disse-me que teve muito trabalho para a impedir de ir a Paris assistir às cerimônias; foi obrigado a fazer-lhe crer que tudo se realizaria no campo." "Ah!, diabo, ela queria ir a Paris... Mas bem sei que é uma mulher de coração Talvez de demasiado coração até. Pobre Dechambre! Como não faz dois meses, dizia a senhora Verdurin: 'Perto dele, Planté, Paderewski, mesmo Risler, nada fica de pé'.[166] Ah!, ele pôde dizer mais justamente do que essa insignificância de Nero que achou meios de embrulhar a própria ciência alemã: *Quales artifex pereo!*[167] Mas ele pelo menos, Dechambre, deve ter morrido no cumprimento do sacerdócio, em

---

166 Como de praxe, a "Patroa" declara sempre inferiores aqueles que não participam de seu pequeno núcleo de convidados. Ignace Paderewski (1860-1941) era pianista polonês, grande virtuose na execução das obras de Chopin. Ele tocara em Paris durante o ano de 1888. [N. do E.]

167 "Que grande artista morre comigo!" — últimas palavras do imperador romano Nero. Ao citar o engodo por que passou a "própria ciência alemã", Brichot parece aludir a certa condescendência na atribuição de um conjunto de poemas atribuídos a Nero. [N. do E.]

odor de devoção beethoveniana; e corajosamente, não duvido; em boa justiça, esse oficiante da música alemã mereceria morrer celebrando a *Missa em ré*.[168] Mas, por outra parte, era homem de acolher a morte com um trinado, pois esse executante de gênio reencontrava às vezes na sua ascendência aparisianada da Champagne audácias e elegâncias de guarda francês."

Da altura em que já nos achávamos, o mar não mais aparecia, assim como de Balbec, semelhante a ondulações de montanhas, mas, pelo contrário, como aparece de um pico ou de uma estrada que contorna a montanha, uma geleira azulada, ou um planalto ofuscante, situadas a menor altura. O desdobramento dos remoinhos parecia ali imobilizado e haver desenhado para sempre os seus círculos concêntricos; o próprio esmalte do mar, que mudava insensivelmente de cor, tomava para o fundo da baía, onde se cavava um estuário, a brancura azulada de um leite onde pequenos barcos negros que não avançavam pareciam apanhados como moscas. Não me parecia que se pudesse descobrir de nenhuma parte um quadro mais vasto. Mas, a cada volta, uma parte nova se lhe acrescentava e, quando chegamos ao posto aduaneiro de Doville, o esporão de rocha, que nos ocultara até então metade da baía, recolheu-se, e eu vi de súbito à minha esquerda um golfo tão profundo como aquele que até então tivera diante de mim, mas alterando-lhe as proporções e duplicando a beleza. O ar, naquele ponto tão elevado, tornava-se de uma viveza e de uma pureza que me embriagavam. Eu amava os Verdurin; parecia-me de uma comovente bondade que nos tivessem enviado o carro. Desejaria beijar a princesa. Disse-lhe que nunca tinha visto nada assim tão lindo. Ela protestou também amar aquela região mais do que a qualquer outra. Mas eu bem sentia que para ela, como para os Verdurin, o principal não consistia em contemplá-la como turistas, mas sim fazer ali boas refeições, receber uma sociedade que lhes agradava, escrever cartas, ler, viver ali, em suma, deixando

168 Alusão à *Missa Solemnis*, opus 123, de Beethoven. [N. do E.]

passivamente que sua beleza os banhasse, de preferência a fazer desta um objeto da sua preocupação.

Tendo o carro parado ali por um instante, a tamanha altura acima do mar que, como de um cimo, a vista do abismo azulado quase dava vertigens, abri a janela; o murmúrio distintamente percebido de cada onda que se quebrava tinha, na sua doçura e na sua nitidez, qualquer coisa de sublime. Pois não era acaso como um índice de mensuração que, alterando as nossas impressões habituais, nos mostra que as distâncias verticais podem ser assimiladas às distâncias horizontais, ao contrário da representação que faz habitualmente o nosso espírito; e que, aproximando assim de nós o céu, não são grandes; que são até menos vastas para um ruído que as franqueia como o fazia o daquelas pequenas vagas, por ser mais puro o meio que têm de atravessar? E, com efeito, se se recuava somente uns dois metros para trás do posto, não mais se distinguia aquele rumor de vagas a que duzentos metros de rocha não haviam arrebatado a delicada, minuciosa e doce precisão. Pensava comigo que minha avó teria por ele essa admiração que lhe inspiravam todas as manifestações da natureza ou da arte em cuja simplicidade se lê a grandeza. Minha exaltação estava no auge e erguia tudo quanto me cercava. Sentia-me enternecido pelo fato de os Verdurin nos terem mandado buscar na estação. Disse-o à princesa, que pareceu achar que eu exagerava muito uma polidez tão simples. Sei que ela confessou mais tarde a Cottard que me achava muito entusiasta; ele respondeu que eu era demasiado emotivo e que teria necessidade de calmantes e de fazer tricô. Eu chamava a atenção da princesa para cada árvore, cada pequena casa a desabar sob as suas rosas, fazia-lhe tudo admirar, desejaria apertar a ela própria contra o meu coração. Disse-me ela que via ter eu vocação para a pintura, que deveria desenhar, que estava surpreendida de que ainda não mo houvessem dito. E confessou que aquela região era, com efeito, pitoresca. Atravessamos, empoleirada na altura, a aldeiazinha de Englesqueville. *"Engleberti Villa"*, disse-nos Brichot. "Mas está bem certa, princesa, de que se realizará o jantar desta noite apesar da morte de Dechambre?", acrescentou ele, sem ponderar que a ida à estação dos carros em que nos achávamos era já uma resposta.

"Sim", disse a princesa, "o senhor *Veldulin* fez até questão de que não fosse adiado para impedir a sua mulher de 'pensar'. E afinal, depois de tantos anos em que ela nunca deixou de receber nas quartas-feiras, essa mudança em seus hábitos poderia impressioná-la. Tem andado muito *nelvosa* nestes últimos tempos. O senhor *Veldulin* estava particularmente satisfeito de que o senhor fosse jantar esta noite, pois sabia que haveria de ser uma grande distração para a senhora *Veldulin*", disse-me a princesa, esquecida do fingimento de que não ouvira falar em mim. "Creio que o senhor fará bem em não falar *nada diante* da senhora Veldulin", acrescentou a princesa. "Ah!, faz bem em dizer-me", respondeu ingenuamente Brichot, "transmitirei a recomendação a Cottard".

O carro parou um instante. Tornou a partir, mas havia cessado o ruído que faziam as rodas na aldeia. Tínhamos entrado na alameda de honra da Raspelière, onde o sr. Verdurin nos esperava de pé na escadaria. "Fiz bem em vestir um *smoking*", disse ele, verificando com prazer que os fiéis tinham o seu, "já que tenho cavalheiros tão chiques". E como eu me desculpasse de meu casaco: "Ora! Está perfeito. Aqui são jantares entre camaradas. Eu podia oferecer-lhe um de meus *smokings*, mas não lhe serviria". O *shake hands* cheio de emoção que, ao penetrar no vestíbulo da Raspelière, e à maneira de condolências pela morte do pianista, deu Brichot ao patrão, não provocou nenhum comentário da parte deste. Disse-lhe da minha admiração por aquelas terras. "Ah!, tanto melhor! E o senhor ainda não viu nada, nós lhe mostraremos. Por que não vem passar algumas semanas aqui? O ar é excelente." Brichot receava que o seu aperto de mão não tivesse sido compreendido. "E então, esse pobre Dechambre!", disse ele, mas a meia-voz, no temor de que a sra. Verdurin não estivesse longe. "É horrível", respondeu animadamente o sr. Verdurin. "Tão jovem", tornou Brichot. Irritado por demorar-se nessas inutilidades,

replicou o sr. Verdurin num tom apressado e num gemido supe-
ragudo, não de pesar, mas de irritada impaciência: "Sim, mas
que quer? Não podemos fazer nada, não é com palavras que o
vamos ressuscitar, não acha?". E, voltando-lhe a brandura com
a jovialidade: "Vamos, meu caro Brichot, entregue logo as suas
coisas. Temos uma *bouillabaisse* que não pode esperar. Principalmente, por amor de Deus, não vá falar em Dechambre à senhora
Verdurin! Bem sabe que ela oculta muito o que sente, mas tem
uma verdadeira doença da sensibilidade. Pois lhe juro, quando
soube que Dechambre tinha morrido, ela quase chorou", disse o
sr. Verdurin num tom profundamente irônico. Ouvindo-o, dir-se-
-ia ser preciso uma espécie de demência para lamentar um amigo
de trinta anos e, por outro lado, adivinhava-se que a união perpétua do sr. Verdurin com a esposa não ia, da parte deste, sem que
ele sempre a julgasse e ela o irritasse muitas vezes. "Se lhe falar
nisso, ela vai adoecer outra vez. É deplorável, três semanas após
sua bronquite. Nesses casos sou eu o enfermeiro. Aflija-se no seu
coração o quanto quiser com a morte de Dechambre. Pense, mas
não fale. Eu bem que estimava Dechambre, mas não me pode
querer mal por eu estimar ainda mais a minha mulher. Olhe, eis
aí Cottard, pode perguntar-lhe." E sabia efetivamente que um
médico da família sabe prestar muitos pequenos serviços como
prescrever, por exemplo, que não se deve ter desgostos.

Cottard, dócil, havia dito à Patroa: "Agite-se assim, e amanhã *me* fará trinta e nove de febre", como teria dito à cozinheira:
"Você me fará amanhã risoto de vitela". A medicina, na falta de
curar, ocupa-se em trocar o sentido dos verbos e dos pronomes.

O sr. Verdurin sentiu-se satisfeito ao verificar que Saniette,
apesar dos agravos que experimentara na antevéspera, não tinha
desertado do pequeno núcleo. Com efeito, a sra. Verdurin e o esposo haviam contraído na ociosidade instintos cruéis a que não
mais bastavam as grandes circunstâncias, muito raras. Tinham
conseguido, de fato, incompatibilizar Odette com Swann, Brichot
com a sua amante. Recomeçariam com outros, estava visto. Mas

não se apresentava um ensejo todos os dias. Ao passo que, graças à sua sensibilidade fremente e à sua timidez receosa e logo assustada, Saniette lhes oferecia uma vítima cotidiana. Assim, de medo que ele *largasse*, tinham o cuidado de convidá-lo com palavras amáveis e persuasivas, como as têm no liceu e no regimento os veteranos para um novato que querem aliciar com o único fim de agradar-lhe então e dar-lhe trotes depois, quando ele não mais puder escapar-se. "Principalmente", lembrou a Cottard que não tinha ouvido o sr. Verdurin, "*motus* diante da senhora Verdurin." "Não tenha receio, ó Cottard, está tratando com um sábio, como diz Teócrito.[169] Aliás, o senhor Verdurin tem razão. De que servem as nossas queixas", acrescentou ele, pois, capaz de apreender as formas verbais e as ideias que elas lhe traziam, mas falto de agudeza, havia admirado nas palavras do sr. Verdurin o mais corajoso estoicismo. "Não importa, é um grande talento que desaparece." "Como? Ainda estão falando de Dechambre?", disse o sr. Verdurin, que nos precedera e, vendo que não o tínhamos seguido, havia voltado para nós. "Escute", disse ele a Brichot, "não se deve ser exagerado em coisa alguma. Por estar morto, não é motivo para transformá-lo num gênio que ele não era. Tocava bem, está visto, achava-se principalmente bem enquadrado aqui; transplantado, não mais existia. Minha mulher tinha um fraco por ele e fizera a sua reputação. Você sabe como ele é. Direi mais: pensando na sua reputação, ele morreu no bom momento, no ponto, como acontecerá com esses frangos de Caen, grelhados segundo as receitas incomparáveis de Pampille,[170] espero-o (a menos que se eternizem com as suas jeremiadas nesta *kasbah* aberta a todos os ventos). Não há de querer fazer-nos rebentar a todos por-

---

169 Menção às fórmulas vocativas (como "ó Pastor!") comuns na tradução realizada por Leconte de Lisle dos *Idílios e epigramas*, de Teócrito. [N. do E.]

170 Pampille é o pseudônimo da sra. Léon Daudet; casada com um dos filhos do escritor Alphonse Daudet, ela assim assinava sua coluna sobre moda e culinária no jornal reacionário do marido, *L'Action Française*. [N. do E.]

que Dechambre está morto e quando, há mais de um ano, se via obrigado a fazer escalas antes de dar um concerto, para reencontrar momentaneamente, muito momentaneamente, a sua antiga agilidade. De resto, vai ouvir esta noite, ou pelo menos encontrar, pois aquele patife abandona seguidamente depois do jantar a arte pelas cartas, alguém que é outro artista que não Dechambre, um garoto que minha mulher descobriu (como tinha descoberto Dechambre, e Paderewski, e o resto): Morel. Ainda não chegou, esse bugre. Vou ser obrigado a mandar um carro para o último trem. Vem com um velho amigo de sua família que o aborrece até matar, mas sem o qual ele seria obrigado, para não ter queixas do pai, a ficar em Doncières para lhe fazer companhia: o barão de Charlus." Entraram os fiéis. O sr. Verdurin, ficando para trás comigo enquanto me desfazia de minhas coisas, tomou-me pelo braço por brincadeira, como faz num jantar um dono de casa que não tem convidada para que lhe ofereçamos o braço: "Fez boa viagem?". "Sim, o senhor Brichot me ensinou coisas que muito me interessaram", disse eu, pensando nas etimologias e porque ouvira dizer que os Verdurin admiravam muito a Brichot. "Espantar-me-ia que ele não lhe houvesse ensinado coisa alguma", disse-me o sr. Verdurin, "é um homem tão apagado, que fala tão pouco das coisas que sabe..." Esse elogio não me pareceu muito justo. "Parece-me muito agradável", disse eu. "Agradabilíssimo, delicioso, nada de fancaria, fantasista, leve, minha mulher o adora, eu também!", respondeu o sr. Verdurin, num tom de exagero e de quem recitava uma lição. Só então compreendi que era ironia o que me havia dito de Brichot. E perguntei comigo se o sr. Verdurin, desde os tempos remotos de que ouvira falar, não haveria já sacudido a tutela da mulher. Muito espantado ficou o escultor ao saber que os Verdurin consentiam em receber o sr. de Charlus. Ao passo que no Faubourg Saint-Germain, onde o sr. de Charlus era tão conhecido, nunca se falava em seus costumes (ignorados da maioria, objeto de dúvida para outros, que acreditavam antes em amizades exaltadas, mas platônicas, em imprudências, e que enfim eram dissimulados cuidadosamente pelos únicos informados, que davam de ombros quando algum malévolo Gallardon arriscava uma insinuação), esses costumes, conhecidos apenas por alguns íntimos, eram pelo contrário diariamente criticados longe do meio em que ele vivia, como certos tiros de canhão que só se ouvem após a interferência de uma zona de silêncio. Aliás, nesses meios burgueses e artísticos, onde ele passava pela própria encarnação da inversão sexual, sua grande posição mundana, a elevada origem eram totalmente ignoradas, por um fenômeno análogo ao que faz, entre o povo romeno, com que o nome de Ronsard seja conhecido como o de um grão-senhor, ao passo que a sua obra poética é desconhecida. Mais do que isso, a nobreza de Ronsard repousa na Romênia sobre um erro.[171] Da mesma forma, se no mundo dos pintores, dos comediantes, tinha o sr. de Charlus tão má reputação, provinha isso de que o confundiam com um conde Leblois de Charlus, que não tinha sequer com ele o mínimo parentesco, ou extremamente remoto, e que fora detido, talvez por engano, numa batida policial que se tornara famosa. Em suma, todas as histórias que se contavam sobre o sr. de Charlus referiam-se ao falso. Muitos profissionais juravam ter tido relações com o sr. de Charlus, e juravam-no de boa-fé, supondo que o falso Charlus era o verdadeiro, e o falso talvez favorecendo, metade por ostentação de nobreza, metade por dissimulação de vício, uma confusão que, para o verdadeiro (o barão que conhecemos) foi por muito tempo prejudicial e depois, quando ele decaiu, se tornou cômoda, pois a ele também deram ensejo a que dissesse: "Não se trata de mim". Atualmente, com efeito, não era dele que falavam. Enfim, o que acrescia a falsida-

---

171 Esta última frase sobre a ideia que se faz da nobreza de Ronsard na Romênia havia sido suprimida na tradução de Quintana. O erro de avaliação a que se refere a frase parece estar ligado a versos de Ronsard, escritos em 1554, dedicados a Pascal, em que ele alude a um ancestral seu saído de uma região em que "o gélido Danúbio é vizinho da Trácia: mais para baixo da Hungria, em um lugar frio, existe um Senhor chamado o marquês de Ronsart". (*Elegias*, XVI). [N. do E.]

de dos comentários com um fato verdadeiro (os gostos do barão), fora ele amigo íntimo e perfeitamente puro de um autor que, no mundo teatral, tinha, não se sabe por que, essa reputação e absolutamente não a merecia. Quando os avistavam juntos numa estreia diziam: "Sabem que...", da mesma forma que julgavam que a duquesa de Guermantes tinha relações imorais com a princesa de Parma; lenda indestrutível, pois só se desvaneceria ante uma aproximação com uma dessas duas grandes damas a que jamais haveriam verossimilmente de alcançar as pessoas que as repetiam, senão olhando-as no teatro e caluniando-as para o ocupante da cadeira próxima. Pelos costumes do sr. de Charlus, concluía o escultor, com tanto menos hesitação, que a situação mundana do barão devia ser igualmente má, visto que não possuía sobre a família a que pertencia o sr. de Charlus, sobre o seu título, o seu nome, a mínima espécie de informação. Da mesma forma que Cottard julgava que todo mundo sabe que o título de doutor em medicina não é nada, e o de interno dos hospitais alguma coisa, enganam-se os mundanos imaginando que todo mundo possui sobre a importância social do seu nome as mesmas noções que possuem eles próprios e as pessoas do seu meio.

O príncipe de Agrigento passava por um "rasta" aos olhos de um empregado de clube a quem ele devia vinte e cinco luíses e só readquiria importância no Faubourg Saint-Germain, onde tinha três irmãs duquesas, pois não é nas pessoas modestas, para as quais conta pouco, mas nas pessoas a par do que ele é, que causa algum efeito o grão-senhor. Aliás, o barão de Charlus iria verificar naquela mesma noite como eram pouco aprofundadas as noções que o Patrão possuía sobre as mais ilustres famílias ducais. Convencido de que os Verdurin iam dar um passo em falso deixando introduzir-se em um salão tão "seleto" um indivíduo tarado, o escultor julgou de seu dever falar à parte com a Patroa. "O senhor está completamente enganado, aliás, eu nunca acredito nessas coisas, e depois, ainda que fosse verdade, digo-lhe que não seria comprometedor para mim!", respondeu a sra. Verdurin, furiosa, pois sendo Morel o principal elemento das quartas, timbrava antes de tudo em não descontentá-lo. Quanto a Cottard, não pôde dar opinião, pois pedira licença para ir "dar um recado" no "buen retiro" e escrever em seguida no quarto do sr. Verdurin uma carta bastante urgente para um enfermo.

Um grande editor de Paris, que viera em visita e que pensava que o fariam ficar, retirou-se brutalmente, às pressas, compreendendo que não era assaz elegante para o pequeno clã. Era um homem alto e forte, muito moreno, estudioso, com algo de cortante. Parecia uma espátula de ébano.

A sra. Verdurin que, para nos receber no seu imenso salão, onde troféus de gramíneas, de papoulas, de flores silvestres, colhidas no próprio dia, alternavam com o mesmo motivo pintado em camafeu, dois séculos antes, por um artista de raro gosto, se erguera por um instante de uma partida que jogava com um velho amigo, pediu-nos licença para terminá-la em dois minutos, enquanto conversava conosco. Aliás, o que eu lhe disse das minhas impressões só lhe foi agradável pela metade. Antes de tudo, estava eu escandalizado ao ver que ela e o marido se recolhiam todos os dias muito antes da hora daqueles crepúsculos que passavam por tão belos vistos daquele alcantilado, e, mais ainda, do terraço da Raspelière, e pelos quais eu teria feito léguas. "Sim, é incomparável", disse aereamente a sra. Verdurin, lançando um olhar às imensas vidraças. "Por mais que se olhe para isso todo o tempo, nunca nos cansamos", e tornou a volver o olhar para as cartas. Ora, o meu próprio entusiasmo me tornava exigente. Lamentava não avistar do salão os rochedos de Darnetal que Elstir me dissera adoráveis naquele momento, em que refletiam tantas cores. "Ah!, não pode vê-los daqui, precisaria ir até o fim do parque, à 'vista da baía'. Do banco que ali se acha, abarcará todo o panorama. Mas não pode ir sozinho; senão se perderia. Vou levá-lo até lá, se o senhor quiser", acrescentou ela, molemente. "Mas já não bastam as dores que apanhaste o outro dia, queres apanhar mais outras?", disse o sr. Verdurin. "Ele há de voltar, e verá outra vez a vista da baía." Não insisti, e compreendi que para os Verdurin bastava saberem que aquele sol poente fazia, no seu salão ou na sua sala de jantar, o mesmo papel de uma magnífica pintura, de um precioso esmalte japonês, justificando o elevado preço por que alugavam a Raspelière toda mobiliada, mas para o qual raramente elevavam os olhos; todo o seu empenho ali consistia em viver agradavelmente, passear, bem comer, conversar, receber agradáveis amigos a quem proporcionavam divertidas partidas de bilhar, boas refeições, alegres chás. Vi no entanto, mais tarde, com que inteligência tinham aprendido a conhecer aquela região, fazendo seus hóspedes darem passeios tão "inéditos" como a música que lhes faziam escutar. O papel que as flores da Raspelière, os caminhos à beira-mar, as velhas casas, as igrejas desconhecidas desempenhavam na vida do sr. Verdurin era tão grande que aqueles que não o viam senão em Paris e que substituíam a vida à beira-mar e no campo por luxos citadinos mal podiam compreender a ideia que ele mesmo fazia da sua própria vida e a importância que a seus próprios olhos lhe davam as suas alegrias. Essa importância era ainda acrescida com o fato de estarem os Verdurin persuadidos de que a Raspelière, que tencionavam comprar, era uma propriedade única no mundo. Essa superioridade que o amor-próprio lhe fazia atribuir à Raspelière lhes justificou o meu entusiasmo, que, a não ser isso, os teria irritado um pouco, por causa das decepções que comportava (como as que me havia outrora causado a audição da Berma) e de que eu lhes fazia sincera confissão.

"Ouço o carro que volta", murmurou de súbito a Patroa. Digamos numa palavra que a sra. Verdurin, mesmo fora das mudanças inevitáveis da idade, não mais se assemelhava à que era no tempo em que Swann e Odette escutavam em casa dela a pequena frase. Mesmo quando a tocavam, não mais era obrigada ao extenuado ar de admiração que tomava outrora, pois este se tornara a sua própria fisionomia. Sob a ação das inúmeras nevralgias que a música de Bach, de Wagner, de Vinteuil, de Debussy lhe haviam ocasionado, a fronte da sra. Verdurin assumira proporções enormes, como os membros que um reumatismo acaba deformando. Suas têmporas, semelhantes a duas belas esferas ardentes, doloridas e leitosas, onde rola imortalmente a harmonia, rejeitavam de cada lado mechas argentadas, e proclamavam, por parte da Patroa, sem que esta tivesse necessidade de falar: "Bem sei o que me espera esta noite". Seus traços não mais se davam o trabalho de formular sucessivamente impressões estéticas demasiado fortes, pois eles próprios eram como que sua expressão permanente num rosto devastado e soberbo. Essa atitude de resignação aos sofrimentos sempre iminentes infligidos pelo Belo, e a coragem que tivera em pôr um vestido quando apenas se recuperava da última sonata faziam com que a sra. Verdurin, ainda que para escutar a música mais cruel, conservasse um rosto desdenhosamente impassível e chegasse até a esconder-se para engolir as duas colheradas de aspirina.

"Ah!, ei-los aqui", exclamou o sr. Verdurin com alívio, ao ver a porta abrir-se ante Morel, acompanhado pelo barão de Charlus. Este, para quem jantar em casa dos Verdurin não era absolutamente frequentar a sociedade, mas ir a um local suspeito, estava intimidado como um colegial que entra pela primeira vez numa casa pública e tem mil respeitos para com a Patroa. Também o desejo habitual que tinha o sr. de Charlus de parecer viril e frio foi dominado (quando ele apareceu na porta) por essas ideias de polidez tradicional que se revelam logo que a timidez destrói uma atitude fictícia e apela para os recursos do inconsciente. Quando é num Charlus, seja ele nobre ou burguês, que opera tal sentimento de polidez instintiva e atávica para com desconhecidos, é sempre a alma de uma parenta do sexo feminino, auxiliadora como uma deusa, ou encarnada como um duplo, que se encarrega de o introduzir num salão novo e modelar sua atitude até que ele tenha chegado diante da dona da casa. Tal jovem pintor, criado por uma santa prima protestante, entrará de cabeça oblíqua e oscilante, os olhos para o alto, as mãos aferradas a um regalo invisível, cuja forma evocada e cuja presença real e tutelar ajudarão o artista intimidado a franquer sem agorafobia o espaço cavado de abismos que vai da antecâmara ao pequeno salão. Assim, a piedosa parenta cuja lembrança o guiava hoje, entrava, muitos anos antes e com um ar tão gemente que perguntavam que desgraça viria ela anunciar, quando às primeiras palavras compreendiam, como acontecia agora com o pintor, que ela vinha fazer uma visita de digestão. Em virtude dessa mesma lei, que requer que a vida, no interesse do ato ainda não efetuado, faça servir, utilize, desnature, numa perpétua prostituição, os legados mais respeitáveis, às vezes os mais santos, algumas vezes apenas os mais inocentes do passado, e embora ela engendrasse então um aspecto diferente, um dos sobrinhos da sra. Cottard, que afligia a família com suas maneiras afeminadas e suas relações, fazia sempre uma entrada alegre como se viesse dar-nos uma surpresa ou anunciar-nos uma herança, iluminado de uma felicidade de que seria ocioso perguntar-lhe a causa, que se ligava à sua hereditariedade inconsciente e ao seu sexo deslocado. Andava na ponta dos pés, estava sem dúvida ele próprio espantado de não ter na mão um *carnet* de cartões de visita, estendia a mão, entreabrindo a boca em forma de coração, como vira a tia fazer, e o seu único olhar inquieto era para o espelho, onde parecia querer verificar, embora estivesse de cabeça descoberta, se o chapéu, como um dia perguntara a sra. Cottard a Swann, não estava torto. Quanto ao sr. de Charlus, a quem a sociedade em que tinha vivido fornecia, naquele minuto crítico, exemplos diferentes, outros arabescos de amabilidade, e, enfim, a máxima de que se deve saber em certos casos, para com simples pequeno-burgueses, exteriorizar e oferecer as graças mais raras e habitualmente guardadas em reserva, foi requebrando-se com amaneiramento e a mesma amplitude com que umas saias houvessem alargado e travado seus meneios, que ele se dirigiu para a sra. Verdurin com um ar tão lisonjeado e tão honrado que era de se dizer que ser apresentado em casa dela constituía para ele o supremo favor. Seu rosto meio inclinado, em que a satisfação disputava com as conveniências, todo se pregueava em pequeninas rugas de afabilidade. Julgar-se-ia ver avançar a sra. de Marsantes, de tal modo sobressaía naquele momento a mulher que um erro da natureza colocara no corpo do sr. de Charlus. Esse engano, por certo que o barão havia duramente penado para dissimulá-lo e assumir uma aparência masculina. Mas apenas o conseguira e eis que, tendo conservado durante o mesmo tempo os mesmos gostos, esse hábito de sentir como mulher lhe dava nova aparência feminina, provinda esta, não da hereditariedade, mas da vida individual. E como pouco a pouco lhe ia acontecendo pensar, mesmo as coisas sociais, no feminino, e isso sem o perceber, pois não é à força de mentir aos outros, mas também de mentir a si mesmo, que a gente deixa de perceber que mente, bem que tivesse ele pedido ao seu corpo que manifestasse (no momento em que entrava em casa dos Verdurin) toda a cortesia de um grão-senhor, esse corpo, que bem compreendera o que o sr. de Charlus tinha deixado de entender, exteriorizou, a ponto de que o barão teria merecido o epíteto de *ladylike*, todas as seduções de uma grande dama. De resto, pode-se separar inteiramente o aspecto do sr. de Charlus do fato de que os filhos, não tendo sempre a semelhança paterna, mesmo que não sejam invertidos e procurem mulheres, consumam no seu rosto a profanação de sua mãe? Mas deixemos aqui o que mereceria um capítulo à parte: as mães profanadas.

Embora outros motivos presidissem a essa transformação do sr. de Charlus e fermentos puramente físicos fizessem "trabalhar" nele a matéria e passar pouco a pouco o seu corpo para a categoria dos corpos de mulher, todavia a mudança que aqui assinalamos era de origem espiritual. À força de nos julgarmos doentes, nós o ficamos, emagrecemos, não se tem mais forças para erguer-se, tem-se enterites nervosas. À força de pensar ternamente nos homens, tornamo-nos mulher, e uma saia postiça nos trava o passo. A ideia fixa pode modificar (tal como noutros casos à saúde) neste caso o sexo. Morel, que o acompanhava, veio cumprimentar-me. Desde esse momento, por causa de uma dupla mudança que nele se operou, causou-me (ai de mim, eu não o soube levar em conta a tempo) má impressão. Eis por quê. Disse eu que Morel, escapado à servidão do pai, se comprazia geralmente numa familiaridade bastante desdenhosa. Falara comigo no dia em que havia trazido as fotografias, sem dizer-me *senhor* uma única vez e tratando--me de alto a baixo. Qual não foi a minha surpresa em casa da sra. Verdurin ao vê-lo inclinar-se profundamente ante mim, e unicamente ante mim, e ao ouvir, e antes mesmo que houvesse pronunciado quaisquer outras frases, as expressões de "respeito", de "muito respeitoso" — essas palavras que eu julgava impossível trazer à sua pena ou a seus lábios — a mim dirigidas! Tive em seguida a impressão de que ele pretendia pedir-me alguma coisa. Tomando-me à parte, ao cabo de um minuto: "O senhor me prestaria um grande serviço se desta vez consentisse em falar-me na terceira pessoa, ocultando inteiramente à senhora Verdurin e a seus convidados o gênero de profissão que meu pai exerceu em casa de seu tio. Seria melhor dizer que ele estava na sua família como intendente de domínios tão vastos que isso quase o igualava a seus pais". O pedido de Morel contrariava-me infinitamente, não porque me forçasse a engrandecer a situação de seu pai, o que me era absolutamente indiferente, mas sim a fortuna pelo menos aparente do meu, o que me parecia ridículo. Mas seu ar era tão desgraçado, tão premente, que não me recusei. "Não, antes do jantar", disse-me ele num tom súplice, "o senhor tem mil pretextos para falar à parte com a senhora Verdurin". Foi o que efetivamente fiz, tratando de realçar o mais possível o pai de Morel, sem exagerar muito o "trem" nem os "bens de raiz" de meus pais. Isso passou como carta no correio, apesar do espanto da sra. Verdurin, que tinha conhecido vagamente a meu avô. E como não tinha tato e odiava as famílias (esse dissolvente do pequeno núcleo) depois de haver dito que outrora avistara meu bisavô e haver-se referido a ele como a alguém mais ou menos idiota que nada teria compreendido do pequeno grupo e que, segundo sua expressão, "não era dos deles", disse-me: "Aliás, isso de famílias é tão aborrecido... A gente só pensa em sair delas"; e em seguida contou-me do pai de meu avô, este rasgo que eu ignorava, embora em casa houvesse suspeitado (não o conhecera, mas falavam muito nele) a sua rara avareza (oposta à generosidade um tanto faustosa de meu tio-avô, o amigo da dama de cor-de-rosa, patrão do pai de Morel): "De vez que os seus avós tinham um intendente tão importante, isso prova que há gente de toda espécie nas famílias. O pai de seu avô era tão avarento que, quase caduco no fim da vida (cá entre nós, ele nunca foi muito esperto, o senhor os compensa a todos), não se resignava a gastar três *sous* com o ônibus. De modo que tinham sido obrigados a mandar alguém segui-lo, pagar separadamente o condutor e fazer crer ao velho que o seu amigo, senhor de Persigny, ministro de Estado, conseguira que ele viajasse de graça nos ônibus.[172] De resto, estou muito satisfeita de que o pai do *nosso* Morel tenha tido tão boa situação. Eu havia compreendido que ele era professor de liceu, não quer dizer nada, entendi mal. Mas não tem importância, pois lhe direi que aqui só apreciamos o valor próprio, a contribuição pessoal, o que eu chamo de participação. Contanto que se seja da arte, contanto que se seja da confraria, numa palavra, o resto pouco importa". A maneira como Morel o era — tanto quanto pude sabê-lo — era que ele amava assaz as mulheres e os homens para dar prazer a cada sexo com auxílio do que havia experimentado com o outro — é o que veremos mais tarde. Mas o essencial a dizer aqui é que, logo que lhe dei a minha palavra de intervir junto à sra. Verdurin, logo que o fiz, principalmente, e sem possibilidade de o desfazer, o "respeito" de Morel para comigo evolou-se como por encanto, desapareceram as fórmulas respeitosas, e até durante algum tempo ele me evitou, arranjando-se de modo a parecer que me desdenhava, de modo que se a sra. Verdurin queria que eu lhe dissesse alguma coisa, que lhe pedisse certo trecho de música, ele continuava a falar com um fiel, depois passava para outro e mudava de lugar se eu me dirigia

---

172 A sra. Verdurin menciona Jean Fialin, duque de Persigny (1808-1872), ministro do Interior na França e, em seguida, embaixador em Londres. [N. do E.]

a ele. Eram obrigados a dizer-lhe até três ou quatro vezes que eu lhe havia dirigido a palavra, após o que ele me respondia, com o ar constrangido, sumariamente, a menos que estivéssemos a sós. Nesse caso, era expansivo, amigável, pois tinha qualidades de caráter encantadoras. Nem por isso deixei de concluir, por aquele primeiro serão, que a sua natureza devia ser muito vil, que não recuava, quando preciso, diante de nenhuma baixeza, que ignorava a gratidão. Nisto se assemelhava ao comum dos homens. Mas como havia em mim um pouco de minha avó e me comprazia na diversidade dos homens, sem nada esperar deles ou querer-lhes mal, negligenciei sua baixeza, e agradei-me da sua boa disposição quando se apresentou, e até no que julguei ter sido uma sincera amizade da sua parte, quando, tendo feito toda a volta de seus falsos conhecimentos da natureza humana, se apercebeu (por acessos, pois tinha estranhos retrocessos à sua selvageria primitiva e cega) que a minha brandura era desinteressada, que minha indulgência não provinha de uma falta de clarividência, mas do que ele chamou bondade, e sobretudo encantei-me com a sua arte, que não passava de admirável virtuosidade, mas fazia-me (sem que ele fosse um verdadeiro músico no sentido intelectual da palavra) ouvir de novo ou conhecer tantas belas músicas. Aliás, um *manager*, o sr. de Charlus (em quem eu ignorava esses talentos, embora a sra. de Guermantes, que o conhecera muito diferente na sua juventude, pretendesse que ele lhe havia escrito uma sonata, pintado um leque etc.), modesto em que, no concernente a suas verdadeiras superioridades, talentos, mas de primeira ordem, soube colocar essa virtuosidade a serviço de um senso artístico múltiplo e que duplicou. Que se imagine algum artista, puramente hábil, dos balés russos, estilizado, instruído, desenvolvido em todos os sentidos pelo sr. de Diaghilev.

Acabava eu de transmitir à sra. Verdurin a mensagem de que me encarregara Morel e falava de Saint-Loup com o sr. de Charlus, quando Cottard entrou no salão, anunciando, como se houvesse um incêndio, que os Cambremer estavam a chegar. A sra.

Verdurin, para não parecer, perante novos como o sr. de Charlus (a quem Cottard não vira) e como eu, que ligava tanta importância à chegada dos Cambremer, não se moveu, não respondeu ao anúncio dessa notícia e contentou-se em dizer ao doutor, abanando-se com graça e no mesmo tom fictício de uma marquesa do Théâtre-Français: "O barão acabava justamente de nos dizer...". Era demais para Cottard! Menos vivamente do que o faria outrora, pois o estudo e as altas posições haviam tornado mais lenta a sua fala, mas com essa emoção que ainda assim encontrava entre os Verdurin: "Um barão! Onde isso, um barão? Onde isso, um barão?", exclamou, procurando-o com a vista, com um espanto que frisava a incredulidade. A sra. Verdurin, com a indiferença afetada de uma dona de casa a quem um criado acaba de quebrar um copo de valor diante dos convidados, e com a entonação artificial e guindada de um primeiro prêmio do Conservatório desempenhando Dumas Filho, respondeu, designando com o leque o protetor de Morel: "Mas o barão de Charlus, a quem vou apresentá-lo, senhor professor Cottard". Não desagradava, aliás, à sra. Verdurin ter ensejo de fazer de grande dama. O sr. de Charlus estendeu dois dedos, que o professor apertou com o sorriso benévolo de um "príncipe da ciência". Mas estacou ao ver entrarem os Cambremer, enquanto o barão de Charlus me arrastava a um canto para dizer-me uma palavra, não sem palpar-me os músculos, o que é um costume alemão. O sr. de Cambremer não se assemelhava em nada à velha marquesa. Tinha, como o dizia ela com ternura, "puxado o pai". Para quem não tinha ouvido falar nele, ou mesmo de suas cartas, viva e convenientemente escritas, seu físico espantava. Sem dúvida, devia a gente habituar-se a ele. Mas o seu nariz tinha escolhido, para vir colocar-se-lhe de viés acima da boca, talvez a única linha oblíqua, entre tantas outras, que não se teria a ideia de traçar sobre aquele rosto, e que significava uma tolice vulgar, agravada ainda pela vizinhança de uma tez normanda de vermelhidão de maçã. É possível que os olhos do sr. de Cambremer conservassem por trás de suas pálpebras um pouco desse céu do Cotentin, tão suave nos belos dias ensolarados em que o passeador se diverte em ver paradas à beira da estrada e, em contar por centenas, as sombras dos álamos, mas aquelas pálpebras pesadas, remelosas e mal abaixadas teriam impedido a própria inteligência de passar. Assim, desconcertado com a delgadez daquele olhar azul, reportava-se a gente ao narigão atravessado. Por uma transposição de sentidos, o sr. de Cambremer nos olhava com o nariz. Esse nariz do sr. de Cambremer não era feio, antes um pouco belo demais, demasiado forte, demasiado orgulhoso da sua importância. Arqueado, brunido, luzidio, novo em folha, estava de todo disposto a compensar a insuficiência espiritual do olhar; infelizmente, se os olhos são algumas vezes o órgão em que se revela a inteligência, o nariz (qualquer que seja, aliás, a íntima solidariedade e a insuspeitada repercussão dos traços uns sobre os outros), o nariz é geralmente o órgão em que com mais facilidade se revela a tolice.

Por mais que a conveniência das roupas escuras que sempre usava o sr. de Cambremer, mesmo de manhã, tranquilizasse aqueles a quem ofuscava e exasperava o insolente brilho dos trajes de praia das pessoas que não conheciam, não se podia compreender que a mulher do primeiro presidente declarassse com um ar de faro e autoridade, como pessoa que possui mais experiência do que nós da alta sociedade de Alençon, que diante do sr. de Cambremer logo nos sentíamos, mesmo antes de saber quem ele era, em presença de um homem de elevada distinção, de um homem perfeitamente bem-educado, que diferia do gênero de Balbec, um homem, enfim, perto de quem se podia respirar. Era para ela, asfixiada com tantos turistas de Balbec, como que um frasco de sais. Pareceu-me, pelo contrário, uma das pessoas que minha avó logo acharia "muito mal" e, como não compreendia o esnobismo, ficaria sem dúvida estupefata de que ele tivesse conseguido ser desposado pela sra. Legrandin, que devia ser difícil em matéria de distinção, ela cujo irmão era "tão bem". Quando muito, podia-se dizer, da fealdade vulgar do sr. de Cambremer, que era um pouco da região e tinha alguma coisa de muito antigamente local; pensava-se, diante daqueles traços defeituosos e que se desejaria retificar, nesses nomes de pequenas aldeias normandas sobre cuja etimologia o meu cura se enganava porque, como os campônios articulam mal, ou compreenderam de través a palavra normanda ou latina que os designa, acabaram por fixar num barbarismo que já se encontra nas cartulárias, como diria Brichot, um contrassenso e um vício de pronúncia. Pode-se, aliás, passar agradavelmente a vida nessas cidadezinhas, e o sr. de Cambremer deveria possuir qualidades, pois se era próprio de uma mãe que a velha marquesa preferisse seu filho à sua nora, em compensação, ela que tinha vários filhos, dos quais dois, pelo menos, não eram destituídos de mérito, declarava seguidamente que o marquês era, na sua opinião, o melhor da família. Durante o pouco tempo que ele havia passado no Exército, seus camaradas, achando muito longo dizer Cambremer, lhe haviam dado o apelido de Cancan, que ele, aliás, não havia merecido em nada. Sabia ornar um jantar a que o convidavam, dizendo no momento do peixe (ainda que o peixe estivesse podre) ou na entrada: "Mas, sim senhor, parece-me que aí está um belo animal". E sua esposa, tendo adotado, ao entrar para a família, tudo quanto julgara fazer parte do gênero desse mundo, punha-se à altura dos amigos do marido, e talvez procurasse agradar-lhe como uma amante, e como se outrora estivesse ligada à sua vida de solteiro, dizendo com um ar displicente, quando falava dele a oficiais: "Vão ver Cancan. Cancan foi a Balbec, mas volta esta noite". Estava furiosa por se comprometer aquela noite com os Verdurin, e só o fazia a rogos da sogra e do marido, no interesse da locação. Mas, menos bem-educada do que eles, não ocultava o motivo e fazia quinze dias que falara com as amigas sobre esse jantar. "Sabem que vamos jantar com os nossos locatários? Isso bem merece um aumento. No fundo, estou bastante curiosa por saber o que poderão eles ter feito da nossa pobre velha Raspelière (como se ela ali tivesse nascido e ali encontrasse todas as lembranças dos seus). Ainda ontem, me disse o nosso velho guarda que não se reconhecia mais coisa alguma. Não me atrevo a pensar em tudo o que se deve estar passando por lá. Creio que faremos bem em mandar desinfetar tudo antes de nos reinstalarmos." Chegou altiva e morosa, com o ar de uma grande dama, cujo castelo, por força da guerra, é ocupado pelo inimigo, mas que se sente ainda assim em sua casa e timbra em mostrar aos vencedores que eles são uns intrusos. A sra. de Cambremer não pôde ver-me a princípio, porque eu me achava num vão lateral com o sr. de Charlus, o qual dizia ter sabido por Morel que o pai deste fora "intendente" em minha família, e que ele confiava suficientemente, ele, Charlus, na minha inteligência e magnanimidade (termo comum a ele e a Swann) para recusar-me o ignóbil e mesquinho prazer que vulgares pequenos imbecis (eu estava prevenido) não deixariam de gozar no meu lugar, revelando a nossos hóspedes detalhes que estes poderiam julgar depreciativos. "O simples fato de que eu me interesse por ele e estenda sobre ele a minha proteção tem qualquer coisa de sobre-eminente e abole o passado", concluiu o barão. Enquanto o escutava e lhe prometia o silêncio que teria guardado mesmo sem a esperança de passar em troca por inteligente e magnânimo, eu contemplava a sra. de Cambremer. E tive dificuldade em reconhecer a coisa tenra e saborosa que tivera no outro dia perto de mim, à hora do chá, no terraço de Balbec, na bolacha normanda que eu via, dura como um seixo, e em que os fiéis em vão tentariam fincar o dente. Previamente irritada com o ar bonachão que o marido herdara da mãe e que o faria assumir um ar muito honrado quando lhe apresentassem um dos fiéis, desejosa, no entanto, de preencher suas funções de mulher do alto mundo, quando lhe nomearam Brichot, quis fazê-lo travar conhecimento com seu marido, pois assim vira fazerem as suas amigas mais elegantes, mas, como a raiva ou o orgulho vencesse a ostentação do *savoir-vivre*, ela disse, não como deveria: "Permita-me que lhe apresente meu marido", mas: "Apresento-o a meu marido", mantendo, assim, sobranceiro o estandarte dos Cambremer, a despeito deles próprios, pois o marquês se inclinou ante Brichot tão profundamente como ela previra. Mas todo esse humor da sra. de Cambremer mudou de súbito, ao avistar o sr. de Charlus, a quem conhecia de vista. Jamais conseguira fazer com que lho apresentassem, mesmo no tempo da ligação que tivera com Swann. Pois o sr. de Charlus, tomando sempre o partido das mulheres, de sua cunhada contra as amantes do sr. de Guermantes, de Odette, ainda não casada então, mas velha ligação de Swann, contra as novas, tinha, severo defensor da moral e fiel protetor dos casais, feito a Odette — e cumprido — a promessa de que não se deixaria apresentar à sra. de Cambremer. Essa por certo não imaginara que era na casa dos Verdurin que conheceria, afinal, aquele homem inabordável. Sabia o sr. de Cambremer que isso era uma alegria tão grande para ela que ele próprio se sentia enternecido e olhou para a mulher com um ar que significava: "Está contente de ter-se decidido a vir, não?". Falava de resto muito pouco, pois sabia que havia desposado uma mulher superior. "Eu, indigno", dizia a todo momento e citava de bom grado uma fábula de La Fontaine e outra de Florian, que lhe parecia aplicarem-se à sua ignorância e por outro lado permitir-lhe, sob as formas de uma desdenhosa lisonja, mostrar aos homens de ciência que não pertenciam ao Jockey, que se pode muito bem caçar e ter lido fábulas. O triste é que ele só conhecia duas. Assim, voltavam elas seguidamente. A sra. de Cambremer não era tola, mas tinha diversos hábitos assaz irritantes. Nela, a deformação dos nomes não tinha absolutamente nada do desdém aristocrático. Não seria ela quem, como a duquesa de Guermantes (a qual pelo nascimento deveria estar mais ao abrigo desse ridículo do que a sra. de Cambremer), teria dito para não parecer que sabia o nome pouco elegante (quando é agora o de uma das mulheres mais difíceis de aproximar) de Julien de Monchâteau: "uma madamezinha... Pico de la Mirandola".[173] Não, quando a sra. de Cambremer citava falsamente um nome, era por benevolência, para não parecer que sabia alguma coisa, quan-

---

173 A sra. de Guermantes deforma os nomes de François de Beauchâteau e de Pic de la Mirandola, ambas crianças prodígio. [N. do E.]

do por sinceridade o confessava, julgando que o ocultava ao desmarcá-lo. Quando, por exemplo, defendia uma mulher, procurava dissimular, querendo ao mesmo tempo não mentir a quem lhe suplicava que dissesse a verdade, que a sra. Fulana era atualmente amante do sr. Sylvain Lévy, e dizia: "Não... não sei absolutamente nada sobre ela, creio que lhe censuraram haver inspirado uma paixão a um senhor de quem não sei o nome, qualquer coisa como Cahn, Kohn, Kuhn; de resto, creio que esse senhor morreu há muito tempo e que não houve nada entre eles". É o processo semelhante ao dos mentirosos — e inverso ao deles — os quais julgam que, alterando o que fizeram quando o contam a um amante ou simplesmente a um amigo, imaginam que um ou outro não há de ver imediatamente que a frase dita (da mesma forma que Cahn, Kohn, Kuhn) é interpolada, de espécie outra que as que compõem a conversação e têm fundo falso.

A sra. Verdurin perguntou ao ouvido do esposo: "Devo dar o braço ao barão de Charlus? Como terás à direita a senhora de Cambremer, poderíamos cruzar as atenções". "Não", disse o sr. Verdurin, "já que o outro é mais elevado em grau (querendo dizer que o sr. de Cambremer era marquês), o senhor de Charlus é, em suma, seu inferior". "Pois bem! Eu o porei ao lado da princesa." E a sra. Verdurin apresentou o sr. de Charlus à sra. Sherbatoff; ambos se inclinaram em silêncio, com o ar de saberem muito um do outro e prometerem-se mútuo segredo. O sr. Verdurin apresentou-me ao sr. de Cambremer. Antes mesmo de haver falado com a sua voz forte e levemente gaguejante, sua elevada estatura e seu rosto colorido manifestavam na sua oscilação a hesitação marcial de um chefe que procura tranquilizar-nos e nos diz: "Falaram-me a respeito, daremos um jeito nisso; mandarei suspender sua punição; afinal, não somos bebedores de sangue; tudo sairá bem". Depois, apertando-me a mão: "Creio que conhece minha mãe", disse-me ele. O verbo "crer" lhe parecia, aliás, convir à discrição de uma primeira apresentação, mas de modo algum expressar uma dúvida, pois acrescentou: "Tenho de resto uma carta dela para o senhor". O sr. de Cambremer sentia-se ingenuamente feliz em rever os lugares onde tinha vivido por tanto tempo. "Torno a encontrar-me", disse ele à sra. Verdurin enquanto seu olhar se maravilhava ao reconhecer as pinturas de flores em tremós no alto das portas, e os bustos de mármore sobre os seus altos socos. Podia, no entanto, achar-se deslocado, pois a sra. Verdurin tinha trazido uma porção de velhas coisas bonitas que possuía. Desse ponto de vista, a sra. Verdurin, embora passando aos olhos dos Cambremer por tudo devastar, era, não revolucionária, mas inteligentemente conservadora num sentido que eles não compreendiam. Acusavam-na, assim, de detestar a velha mansão e desonrá-la com simples tecidos, em vez da sua rica pelúcia, como um cura ignorante que censura um arquiteto diocesano por recolocar no lugar devido velhas madeiras esculpidas abandonadas no sótão e que o eclesiástico achara bom substituir por ornamentos comprados na praça de Saint-Sulpice. Enfim, um jardim de pároco ia substituindo no castelo as platibandas que constituíam o orgulho não só dos Cambremer, mas também do seu jardineiro. Este, que considerava os Cambremer como os seus únicos senhores e gemia sob o jugo dos Verdurin como se a terra tivesse sido momentaneamente ocupada por um invasor e uma tropa de veteranos, ia em segredo levar seus pêsames à proprietária despojada, indignava-se com o desprezo em que eram tidas suas araucárias, suas begônias, seus saiões, suas dálias duplas, e de que ousassem, em tão rica morada, plantar flores tão comuns como macela e mimos-de-vênus. A sra. Verdurin sentia essa surda oposição e estava decidida, se fizesse um longo arrendamento, ou mesmo comprasse a Raspelière, a impor como condição a despedida do jardineiro, a quem, pelo contrário, se apegava extremamente a antiga proprietária. Tinha-a servido gratuitamente em tempos difíceis, adorava-a; mas, por esse esquisito desdobramento de opinião da gente do povo, em que o mais profundo desprezo moral se encrava na mais apaixonada estima, que cavalga por seu turno velhos rancores inabolidos, contava ele muitas vezes da sra. de Cambremer, a qual, em 1870, num castelo que tinha no Leste, surpreendida pela invasão, tivera de sofrer durante um mês o contato dos prussianos. "O que muito censuraram à senhora marquesa foi haver, durante a guerra, tomado o partido dos prussianos, e tê-los até alojado em sua casa. Em outra ocasião eu compreenderia; mas em tempo de guerra ela não deveria fazer isso. Não é direito." De maneira que ele lhe era fiel até a morte, venerava-a por sua bondade e acreditava que ela se tivesse tornado culpada de traição. A sra. Verdurin ficou melindrada de que o sr. de Cambremer pretendesse reconhecer tão bem a Raspelière. "Devia, no entanto, achar algumas mudanças", respondeu ela. "Havia primeiramente uns diabos de bronze da Barbedienne e uns impagáveis banquinhos de pelúcia que eu me apressei em expedir para o sótão, que é ainda muito bom para eles."[174] Após esta acerba resposta dirigida ao sr. de Cambremer, ela ofereceu-lhe o braço para dirigir-se à mesa. Ele hesitou um instante, refletindo: "Afinal de contas, não posso passar na frente do senhor de Charlus". Mas pensando que este era um velho amigo da casa, uma vez que não tinha o lugar de honra, resolveu-se a tomar o braço que lhe era oferecido e disse à sra. Verdurin o quanto se achava orgulhoso por ser admitido no cenáculo (foi assim que chamou o pequeno núcleo, não sem rir um pouco pela satisfação de conhecer esse termo). Cottard, que estava sentado ao lado do sr. de Charlus, olhava-o, por debaixo dos óculos, para travar conhecimento e romper a cerimônia, com piscadelas muito mais insistentes do que o seriam outrora, e não cortadas de acessos de timidez. E seus olhares aliciantes, aumentados pelos seus sorrisos, não eram mais contidos pelos vidros dos óculos e transbordavam por todos os lados. O barão, que via por toda parte os seus iguais, não duvidou que Cottard fosse um desses e estivesse a namorá-lo. Logo testemunhou ao professor a du-

---

174 A sra. Verdurin manda para o sótão as estátuas de Ferdinand Barbedienne (1810-
-1892), grande especialista da reprodução reduzida de estátuas antigas e modernas
para a decoração de salões burgueses. [N. do E.]

reza dos invertidos, tão desdenhosos com aqueles a quem agradam como ardentemente solícitos com os que lhes agradam. Sem dúvida, embora cada qual fale mentirosamente da doçura, sempre recusada pelo destino, de ser amado, constitui uma lei geral, cujo império está longe de estender-se tão somente sobre os Charlus, que a criatura a quem não amamos e que nos ama nos pareça insuportável. A essa criatura, essa mulher de quem não diremos que ela nos ama, mas que gruda em nós, preferimos a companhia de não importa qualquer outra que não terá nem o seu encanto, nem os seus dotes, nem o seu espírito. Para nós, ela não os recobrará senão quando tiver deixado de amar-nos. Nesse sentido, só se poderia ver, sob uma forma faceta, a transposição dessa regra universal, na irritação causada no invertido por um homem que lhe desagrada e o procura. Mas nele é ela muito mais forte. Assim, enquanto o comum dos homens procura dissimulá-la ao mesmo tempo que a experimenta, o invertido o faz implacavelmente sentir àquele que a provoca como certamente não o daria a sentir a uma mulher, como, por exemplo, o sr. de Charlus à princesa de Guermantes, cuja paixão o aborrecia mas lisonjeava-o. Mas quando eles veem outro homem testemunhar-lhes um gosto particular, então, ou por incompreensão de que seja o mesmo gosto que o deles, ou infeliz lembrança de que esse gosto, por eles embelezado enquanto eles próprios o experimentam, é considerado um vício, ou desejo de reabilitarem-se com um rompante numa circunstância em que isso não lhes custa nada, ou por temor de serem adivinhados, que eles tornem a experimentar quando o desejo não mais os impele, de olhos vendados, de imprudência para imprudência, ou pelo furor de sofrer com a atitude equívoca de outro o dano que, quanto à sua atitude, se esse outro lhes desagradasse, não teriam receio de causar-lhe, aqueles a quem não embaraça seguirem um jovem durante léguas, não lhe tirarem os olhos de cima no teatro, ainda que ele esteja com amigos, arriscando-se com isso a fazê-lo romper com os mesmos, pode a gente ouvi-lo dizer, por pouco que os olhe um outro que não lhe agrade: "Cavalheiro, por quem me toma o senhor? (simplesmente porque os tomam pelo que eles são). Não compreendo, inútil insistir, está enganado", ir, se preciso, até as bofetadas e, diante de alguém que conhece o imprudente, indignar-se: "Como! Conhece aquele crápula? Ele tem um modo de olhar para a gente!... Se são modos!". O sr. de Charlus não foi tão longe, mas tomou o ar ofendido e glacial que assumem quando parecemos julgá-las levianas, as mulheres que não o são, e ainda mais aquelas que o são. Aliás, o invertido, posto em presença de um invertido, vê não só uma imagem desagradável de si mesmo que, friamente inanimada, só poderia contundir o seu amor-próprio, mas um outro eu, vivo, a agir no mesmo sentido e capaz, portanto, de fazê-lo sofrer em seus amores. Assim, é num sentido de instinto de conservação que ele falará mal do possível concorrente, ou com pessoas que podem prejudicar a este (e sem que o invertido número um se inquiete de ser tido como mentiroso quando assim arrasa o invertido número dois perante pessoas que podem estar informadas sobre o seu próprio caso) ou com o jovem que ele apanhou, que talvez lhe vá ser arrebatado, e ao qual trata de persuadir que as mesmas coisas que este tem toda a vantagem em fazer com ele causariam a desgraça de sua vida se se deixasse arrastar a fazê-las com o outro. Quanto ao sr. de Charlus, que talvez pensasse nos perigos (de todo imaginários) que a presença de Cottard, cujo sorriso interpretava mal, faria correr a Morel, um invertido que não lhe agradava, era, não só uma caricatura de si próprio, mas também um rival predestinado. Se um comerciante que explora um ramo raro de negócios, ao desembarcar numa cidade provinciana onde quer se instalar para o resto da vida, vê que na mesma praça, exatamente defronte, é o mesmo negócio explorado por um concorrente, não fica menos desapontado do que um Charlus que, indo ocultar seus amores numa região tranquila, vê no dia da chegada o gentil-homem do lugar, ou o barbeiro, cujo aspecto e maneiras não lhe deixam a mínima sombra de dúvida. Muitas vezes, o comerciante cria ódio ao seu concorrente, esse ódio degenera às vezes em melancolia, e por pouco que haja hereditariedade bastante carregada, já se viu em pequenas cidades o comerciante mostrar indícios de loucura, que só se pode curar se o convencemos de que venda seu "fundo" e se expatrie. O ódio do invertido é ainda mais lancinante. Compreendeu que logo no primeiro segundo o gentil--homem e o fígaro desejaram o seu jovem companheiro. Por mais que repita a este mil vezes por dia que o barbeiro e o gentil--homem são bandidos cuja aproximação o desonraria, é obrigado, como Harpagão, a vigiar seu tesouro, e levanta-se de noite para ver se não lho estão roubando. E é sem dúvida o que faz, mais ainda do que o desejo, ou a comodidade de hábitos comuns e quase tanto como essa experiência de si mesmo, que é a única verdadeira, com que o invertido despiste o invertido com uma rapidez e segurança quase infalíveis. Pode enganar-se por um momento, mas uma rápida adivinhação o reconduz à verdade. De modo que o equívoco do sr. de Charlus foi de curta duração. O discernimento divino mostrou-lhe ao cabo de um instante que Cottard não era da sua espécie, e que ele nada tinha a recear de seus avanços, nem quanto à sua própria pessoa, o que só serviria para exasperá--lo, nem quanto a Morel, o que lhe pareceria mais grave. Recobrou a calma e, como ainda estivesse sob a influência da passagem de Vênus Andrógina, sorria às vezes levemente para os Verdurin, sem se dar o trabalho de abrir a boca, apenas desviando um canto de lábio, e por um segundo acendia meigamente os olhos, ele tão cioso de virilidade, exatamente como o faria sua cunhada, a duquesa de Guermantes. "Caça muito, meu senhor?", perguntou desdenhosamente a sra. Verdurin ao sr. de Cambremer. "Ski já lhe contou que nos aconteceu uma boa?", perguntou Cottard à Patroa. "Eu caço principalmente na floresta de Chantepie", respondeu o sr. de Cambremer. "Não, não contei nada", disse Ski. "Merecerá ela o nome que tem?", perguntou Brichot ao sr. de Cambremer, depois de me haver olhado com o rabo do olho, pois me prometera falar de etimologias, ao mesmo tempo que me pedia que dissimulasse aos Cambremer o desprezo que lhe inspiravam as do cura de Combray. "Com certeza é porque não sou capaz de compreender, mas não peguei a sua pergunta", disse o sr. de Cambremer. "Quero dizer: será que cantam por lá muitas pegas?", respondeu Brichot. Cottard, no entanto, estava mortificado com o fato de que a sra. Verdurin ignorasse que eles quase haviam perdido o trem. "Vamos", disse a sra. Cottard ao marido para animá--lo, "conta a tua odisseia." "Com efeito, ela sai fora do comum", disse o doutor, que recomeçou a sua narrativa. "Quando vi que o trem estava na estação, fiquei medusado. Tudo por culpa de Ski. O senhor é meio bizarroide nas suas informações, meu caro! E Brichot, que nos esperava na estação!" "Eu pensava", disse o universitário, lançando em redor de si o que lhe restava de olhar e sorrindo com os seus lábios delgados, "que se o senhor se havia demorado em Graincourt, era porque havia encontrado alguma peripatética". "Cale-se, por favor, imagine se minha mulher o ouvisse. É ciumenta, a mulherzinha." "Ah!, esse Brichot!", exclamou Ski, no qual o faceto gracejo de Brichot despertava o tradicional bom humor — ele é sempre o mesmo —, embora na verdade não soubesse dizer se o universitário jamais havia sido conquistador. E, para acrescentar a estas palavras consagradas o gesto ritual, fez que não podia resistir ao desejo de beliscar-lhe a perna. "Esse tunante não muda nunca", continuou Ski e, sem pensar no que a quase cegueira do universitário ajuntava de triste e de cômico a estas palavras, acrescentou: "Sempre um olhinho para as mulheres". "Vejam", disse o sr. de Cambremer, "o que é a gente encontrar um sábio. Há quinze anos que caço na floresta de Chantepie e nunca havia refletido no que queria dizer o seu nome". A sra. de Cambremer lançou um olhar severo ao marido; não desejaria que ele se humilhasse assim diante de Brichot. Ela ficou mais descontente ainda, quando, a cada "frase feita" que empregava Cancan, Cottard, que conhecia o forte e o fraco das mesmas, pois as tinha laboriosamente aprendido, demonstrava ao marquês, o qual confessava a própria tolice, que elas nada queriam dizer. "Por que surdo como uma porta? Acha que as portas sejam mais surdas do que qualquer outra coisa? O senhor diz: com seiscentos diabos! Por que seiscentos e não setecentos? Por que rir a bandeiras despregadas? Por que fazer gato e sapato?" Mas então a defesa do sr. de Cambremer era tomada por Brichot, que explicava a origem de cada locução.

Mas a sra. de Cambremer estava principalmente ocupada em examinar as mudanças que os Verdurin haviam feito na Raspelière, a fim de criticar algumas e importar outras para Féterne, ou talvez as mesmas. "Pergunto-me o que quer dizer esse lustre todo atravessado. Mal consigo reconhecer a minha velha Raspelière", acrescentou com um ar familiarmente aristocrático, como se falasse de um servidor, não propriamente para lhe significar a idade, mas para dizer que ele a vira nascer. E, como era um pouco livresca de linguagem: "Em todo caso", acrescentou a meia-voz, "se eu morasse em casa de outrem, teria pejo de mudar tudo assim dessa maneira". "É pena que não tenha vindo com eles", disse a sra. Verdurin ao sr. de Charlus e a Morel, na esperança de que o barão fosse voltar e se dobrasse à regra de chegarem todos pelo mesmo trem. "Está certo de que Chantepie quer dizer a pega que canta, Chochotte?",[175] acrescentou, para mostrar que, como grande dona de casa, sabia tomar parte em todas as conversações ao mesmo tempo. "Mas fale-me um pouco nesse violinista", disse-me a sra. de Cambremer, "ele interessa-me; adoro a música e me parece que já ouvi falar nele; queira informar-me, sim?" Ela sabia que Morel tinha vindo com o sr. de Charlus e queria, por intermédio do primeiro, aproximar-se do segundo. Acrescentou, no entanto, para que eu não pudesse adivinhar tal motivo: "O senhor Brichot também me interessa". Pois se era muito instruída, acontecia que, à maneira de certas pessoas predispostas à obesidade que mal se alimentam e caminham o dia inteiro sem deixar de engordar a olhos vistos, assim a sra. de Cambremer, por mais que aprofundasse, e principalmente em Féterne, uma filo-

---

175 *Chante*, do verbo cantar; *pie*, pega. [N. do T.]

sofia cada vez mais esotérica, uma música cada vez mais erudita, não saía desses estudos senão para maquinar intrigas que lhe permitissem "cortar" as amizades burguesas de sua juventude e travar relações que a princípio julgara pertencerem à sociedade da sua nova família e que depois descobrira estarem situadas muito mais alto e muito mais longe. Um filósofo que não era assaz moderno para ela, Leibniz, disse que longo é o trajeto que vai da inteligência ao coração.[176] Esse trajeto, a sra. de Cambremer, tanto quanto o seu irmão, não tinha forças para percorrê-lo. Só deixando a leitura de Stuart Mill pela de Lachelier,[177] à medida que menos acreditava na realidade do mundo exterior, mais se encarniçava, antes de morrer, em conseguir uma boa posição neste último. Apaixonada de arte realista, nenhum objeto lhe parecia suficientemente humilde para servir de modelo ao pintor ou ao escritor. Um quadro ou um romance mundano lhe causariam náuseas, um mujique de Tolstoi, um camponês de Millet eram o extremo limite social que ela permitia ao artista ultrapassar. Mas, franquear o que limitava as suas próprias relações, elevar-se até o convívio de duquesas era o objetivo de todos os seus esforços, de tal modo permanecia ineficaz contra o seu esnobismo congênito e mórbido o tratamento espiritual a que se submetia por meio do estudo das obras-primas. Esse esnobismo acabara até curando certas inclinações para a avareza e o adultério a que era propensa quando jovem, semelhante nisso a esses singulares e permanentes estados patológicos que parecem imunizar o enfermo contra as outras doenças. De resto, ao ouvi-la falar em render justiça sem que nisso sentisse prazer algum, não podia eu deixar de pensar no refinamento das suas expressões. São as que

176 Menção ao parágrafo 311, na terceira parte dos *Ensaios de Teodiceia*, de Leibniz. [N. do E.]

177 A jovem sra. de Cambremer salta do empirista inglês Stuart Mill (1806-1873) para o francês Jules Lachelier (1832-1918), ou seja, em linhas gerais, ela oscila da afirmação do mundo exterior, a partir de nossas percepções, para a relativização das percepções diante das leis que regem o mundo exterior. [N. do E.]

usam, em determinada época, todas as pessoas da mesma envergadura intelectual, de modo que a expressão refinada fornece em seguida, como o arco de círculo, o meio de descrever e limitar toda a circunferência. Assim, essas expressões fazem com que as pessoas que as empregam me aborreçam imediatamente como já conhecidas, mas também passam por superiores e me foram muitas vezes oferecidas como vizinhas deliciosas e inapreciáveis. "Bem sabe a senhora que muitas regiões florestais tiram o seu nome dos animais que as povoam. Ao lado da floresta de Chantepie temos o bosque de Chantereine." Não sei de que rainha se trata, mas o senhor não é galante com ela", disse o sr. de Cambremer. "Pegue essa, Chochotte", disse a sra. Verdurin. "E afora isso, a viagem correu direito?" Só encontramos vagas humanidades que enchiam o trem. Mas respondo à pergunta do sr. de Cambremer; rainha não é aqui a mulher do rei, mas a rã. Este é o nome que ela conservou por muito tempo nesta região, como o testemunha a estação de Renneville, que deveria escrever-se Reineville. "Quer-me parecer que a senhora tem aí um belo animal", disse o sr. de Cambremer à sra. Verdurin, designando um peixe. Era um dos cumprimentos com que ele julgava pagar a sua cota num jantar, e já retribuir à gentileza. ("Inútil convidá-los", dizia ele seguidamente, falando à mulher em certos amigos seus. "Ficaram encantados por nos terem à sua mesa. Eram eles que nos agradeciam.") "Devo, aliás, dizer-lhe que desde muitos anos vou quase diariamente a Renneville e lá não vi mais rãs do que em outras partes. A senhora de Cambremer fez vir aqui o cura de uma paróquia onde possui grandes propriedades e que tem a mesma feição de espírito que o senhor, ao que parece. Ele escreveu uma obra." "Sim, sim, eu a li com muitíssimo interesse", respondeu hipocritamente Brichot. A satisfação que seu orgulho recebia indiretamente dessa resposta fez rir longamente o sr. de Cambremer. "Ah! Bem, o autor, como direi?, dessa geografia, desse glossário, faz longas digressões sobre o nome de uma pequena localidade de que nós éramos outrora, se assim posso dizer, os senhores, e que se chama Pont-à-Couleuvre. Ora, evidentemente não passo de um vulgar ignorante ao lado daquele poço de ciência, mas já fui mil vezes a Pont-à-Couleuvre, e com mil diabos se jamais ali encontrei uma só dessas malditas serpentes, digo malditas apesar do elogio que lhes faz o bom La Fontaine." (*O homem e a cobra* era uma das duas fábulas.) "O senhor não viu e foi o senhor quem viu direito", respondeu Brichot. "Por certo o escritor de quem o senhor fala conhece a fundo o seu assunto e escreveu um livro admirável". "Pudera!", exclamou a sra. de Cambremer, "esse livro, é bem o caso de dizer-se, é um verdadeiro trabalho de beneditino." "Decerto consultou alguns *pouillés* (entende-se por isso a lista dos benefícios e dos curatos de cada diocese), o que lhe pôde fornecer o nome dos patronos leigos e dos colatores eclesiásticos. Mas existem outras fontes. Ali se abeberou um de meus mais sábios amigos. Descobriu que o mesmo lugar era denominado Pont-à-Quileuvre. Esse nome estranho o levou a remontar mais longe ainda, a um texto latino em que a ponte que o seu amigo julga infestada de cobras é assim designada: *Pons cui aperit*.[178] Ponte fechada, que só se abria mediante uma retribuição razoável." "O senhor me fala em rãs. Eu, no meio de pessoas tão sábias, me sinto no caso da rã diante do areópago (era a segunda fábula)", disse Cancan, que muitas vezes fazia a rir esse gracejo, com que julgava ao mesmo tempo, por humildade e muito a propósito, fazer profissão de ignorância e ostentação de saber. Quanto a Cottard, bloqueado pelo silêncio do sr. de Charlus e tentando dar-se importância por outros lados, voltou-se para mim e fez-me uma daquelas perguntas que impressionavam os seus clientes se eram acertadas e mostravam que ele estava, por assim dizer, no corpo deles; se, pelo contrário, não eram acertadas, permitiam-lhe retificar certas teorias, ampliar os pontos de vista antigos. "O senhor, quando chega a sítios relativamente elevados como este em que nos achamos, não observa que isso au-

---

178 "Àquele que abre a ponte". [N. do E.]

menta sua tendência para as sufocações?", perguntou-me ele, certo de fazer admirar ou completar a sua instrução. O sr. de Cambremer ouviu a pergunta e sorriu. "Não imagina como me agrada saber que o senhor tem sufocações", lançou-me ele através da mesa. Não queria dizer com isso que tal coisa o alegrasse, embora também fosse verdade. Pois esse homem excelente não podia, no entanto, ouvir falar no mal alheio sem um sentimento de bem-estar e um espasmo de hilaridade que logo davam lugar à piedade de um bom coração. Mas sua frase tinha outro sentido, que ficou esclarecido pela seguinte: "Agrada-me porque justamente a minha irmã também sofre disso". Aquilo, em suma, o divertia como se me tivesse ouvido citar como um de meus amigos a alguém que tivesse frequentado muito a sua casa. "Como o mundo é pequeno!", foi a reflexão que ele formulou mentalmente e que vi escrita em seu rosto risonho quando Cottard se referiu às minhas sufocações. E estas se tornaram a partir desse jantar como que uma espécie de relações comuns de que o sr. de Cambremer nunca deixava de me pedir notícias, ainda que fosse apenas para as transmitir à irmã. Enquanto respondia às perguntas que sua esposa me fazia a respeito de Morel, pensava eu numa conversa que tivera com minha mãe naquela tarde. Como, embora sem me desaconselhar que fosse à casa dos Verdurin, se isso podia distrair-me, ela me recordasse que era um meio que não teria agradado a meu avô e que o faria exclamar: "Em guarda!", minha mãe acrescentara: "Escuta, o presidente Toureuil e sua mulher disseram-me que tinham almoçado com a senhora Bontemps. Nada me perguntaram. Mas julguei compreender que o casamento de Albertine contigo seria o sonho da sua tia. Creio que o verdadeiro motivo é que és muito simpático a todos eles. Em todo caso, o luxo que julgam que tu lhe poderias dar, as relações que mais ou menos sabem que temos, creio que nada disso lhes é estranho, embora secundário. Eu não te falaria nisto porque não faço muita questão, mas como imagino que hão de falar-te, preferi antecipar-me". "Mas tu, que achas de Albertine?", tinha eu perguntado a minha mãe. "Ora eu! Não sou eu que vou casar-me com ela. Podes por certo arranjar coisa mil vezes melhor em matéria de casamento. Mas creio que tua avó não gostaria que te influenciassem. Atualmente, não posso dizer-te como acho Albertine: não acho nada. Direi como madame de Sévigné: 'Ela tem boas qualidades', pelo menos o creio. Mas agora no princípio só sei louvá-la com negativas. Ela não é isto, ela não fala com o sotaque de Rennes. Com o tempo te direi talvez: ela é isto.[179] E sempre a acharei bem se ela deve tornar-te feliz." Mas com as mesmas palavras que me davam a incumbência de decidir da minha própria felicidade, minha mãe me havia colocado no estado de dúvida em que eu já ficara, quando meu pai, tendo-me permitido que fosse à *Fedra* e sobretudo que me tornasse homem de letras, sentira eu de súbito uma responsabilidade demasiado grande, o medo de mortificá-lo, e essa melancolia que há quando se deixa de obedecer a ordens que, dia a dia, nos vão ocultando o futuro, de verificar que afinal começamos verdadeiramente a viver a vida como gente grande, a única vida que está à disposição de cada um de nós.

Talvez fosse melhor esperar um pouco, começar por dar-me com Albertine como antigamente, para ver se a amava de verdade. Poderia levá-la aos Verdurin para distraí-la, e isso me lembrou que eu só estava ali naquela noite para saber se a sra. Putbus ali estava morando ou iria chegar. Em todo caso, não estava no jantar.

— A propósito de seu amigo Saint-Loup — disse-me a sra. de Cambremer, usando assim de uma expressão que denotava mais sequência nas ideias do que as suas frases dariam a entender, pois, falando em música, pensava nos Guermantes —, sabe o senhor que todo mundo fala no casamento dele com a sobrinha da princesa de Guermantes? Da minha parte, direi que não me preocu-

---

179 Citação modificada de uma carta de madame de Sévigné do dia 1º de outubro de 1684, em que ela fala da nora. [N. do E.]

po nem um bocado com esses boatos mundanos. — Assaltou-me o temor de haver falado sem simpatia, diante de Robert, daquela moça falsamente original e que era tão medíocre de espírito como violenta de gênio. Não há quase uma notícia que venhamos a saber que não nos faça lamentar uma de nossas conversas. Respondi à sra. de Cambremer, o que de resto era verdade, que não sabia nada a respeito e que, aliás, a noiva me parecia ainda muito jovem. — Decerto por isso é que não é ainda oficial, mas tem sido muito falado.

Tendo ouvido que a sra. de Cambremer me falava em Morel e julgando que continuava a fazê-lo quando baixou a voz para me falar no noivado de Saint-Loup, disse-lhe secamente a sra. Verdurin à sra. de Cambremer: — Desejo preveni-la. Não é uma música qualquer que se faz aqui. Em arte, os fiéis de minhas quartas, os meus filhos, como lhes chamo, é uma coisa horrível como são avançados — acrescentou com um ar de religioso terror. — Muitas vezes lhes digo: "Meu pessoalzinho, vocês andam mais depressa do que aqui a Patroa, que no entanto passa por nunca se haver assustado com audácias". Todos os anos isso vai um pouco mais longe; breve chegará o dia em que eles deixarão para trás Wagner e d'Indy. Mas está muito bem ser avançados, nunca o somos bastante — disse a sra. de Cambremer, enquanto inspecionava cada canto da sala de jantar, procurando reconhecer as coisas que deixara sua sogra, as que trouxera a sra. Verdurin, e apanhar a esta em flagrante delito de falta de gosto. Entrementes, procurava falar-me no assunto que mais lhe interessava: o sr. de Charlus. Achava comovente que o barão protegesse um violinista. — Ele tem um ar inteligente.

— E é até de uma verve extrema para um homem já um tanto idoso — disse eu.

— Idoso? Mas ele não tem aspecto de idoso. Repare, o cabelo ainda é de moço. (Pois fazia uns três ou quatro anos que a palavra *cabelo* fora empregada no singular por um desses desconhecidos que são os lançadores das modas literárias, e todas as pessoas que tinham o comprimento de raio da sra. de Cambremer diziam "o cabelo", não sem um sorriso afetado. Presentemente, ainda dizem "o cabelo", mas do excesso do singular renascerá o plural.) O que principalmente me interessa no senhor de Charlus — acrescentou — é que se sente nele o dom. Confesso que não dou muito pelo saber. O que se aprende não me interessa. — Tais palavras não estavam em contradição com o valor particular da sra. de Cambremer que era precisamente imitado e adquirido. Mas justamente uma das coisas que se deviam saber naquele momento era que o saber nada é e nada pesa ao lado da originalidade. A sra. de Cambremer tinha aprendido, como o resto, que nada se deve aprender. — É por isso — disse-me ela — que Brichot, que tem o seu lado curioso, pois não desprezo certa erudição saborosa, me interessa, no entanto, muito menos.

Mas Brichot, naquele momento, só se preocupava com uma coisa. Ouvindo que falavam de música, temia que o assunto recordasse à sra. Verdurin a morte de Dechambre. Queria dizer qualquer coisa para afastar essa funesta lembrança. O sr. de Cambremer proporcionou-lhe o ensejo com esta pergunta: — Então as regiões onde há florestas têm sempre nomes de animais?

— Como não! — respondeu Brichot, satisfeito de ostentar sua ciência diante de tantos novos, entre os quais lhe garantira eu que ele agradaria pelo menos a um. — Basta ver como, nos próprios nomes de pessoas, uma árvore é muita vez conservada, como uma planta na hulha. Um de nossos padres conscritos chama-se senhor de Saulces de Freycinet, o que significa lugar plantado de salgueiros e de freixos, *salix et flaxinetum*; seu sobrinho, o senhor de Selves, reúne ainda mais árvores, *silva*.[180]

Saniette via com júbilo animar-se a conversação. Podia, já que

180 Brichot analisa os nomes de dois políticos da época: primeiro o de Charles-Louis de Saulce de Freycinet (1828-1923), senador de 1876 a 1920 e ministro entre os anos de 1915 e 1916; depois o de Justin de Selves (1848-1934), governador do Departamento de Sena entre 1896 e 1911, senador em 1909 e ministro dos Assuntos Estrangeiros entre os anos de 1911 e 1912. [N. do E.]

Brichot falava todo o tempo, conservar um silêncio que lhe evitaria ser objeto dos remoques do casal Verdurin. E tendo-se tornado ainda mais sensível com a alegria da libertação, comovera-se ao ouvir o sr. Verdurin, apesar da solenidade de um jantar daqueles, dizer ao mordomo que pusesse uma jarra d'água perto do sr. Saniette, que não bebia outra coisa. (Os generais que sacrificam mais soldados timbram em que estes sejam bem alimentados.) Enfim, a sra. Verdurin tinha sorrido uma vez para Saniette. Decididamente, eram umas excelentes pessoas. Ele não mais seria torturado. Nesse momento foi o jantar interrompido por um conviva que me esqueci de citar, um ilustre filósofo norueguês que falava francês muito bem mas muito devagar, pela dupla razão de que, tendo-o aprendido recentemente e não querendo cometer erros (cometia, no entanto, alguns), reportava-se para cada palavra a uma espécie de dicionário interior, e depois porque, como metafísico, pensava sempre o que queria dizer enquanto o dizia, o que, mesmo no caso de um francês, é motivo para lentidão. Era de resto uma deliciosa criatura, embora semelhante em aparência a muitos outros, salvo num ponto. Esse homem de falar tão lento (havia um silêncio entre cada palavra) tornava-se de uma rapidez vertiginosa para escapar-se logo que se despedia. Sua precipitação fazia acreditar, na primeira vez, que ele estava com cólicas ou tinha alguma necessidade ainda mais premente.

— Meu caro colega — disse ele a Brichot, depois de haver deliberado mentalmente se "colega" era o termo que convinha — eu tenho uma espécie de... desejo de saber se há outras árvores na... nomenclatura da sua bela língua... — francesa... latina... normanda. A senhora (queria ele dizer a sra. Verdurin, embora não se atrevesse a olhar para ela) disse-me que o senhor sabia tudo. Não é justamente a ocasião?

— Não, a ocasião é para comer — interrompeu a sra. Verdurin, que via que o jantar não acabava mais.

— Ah!, está bem — respondeu o escandinavo, baixando a cabeça para o prato, com um sorriso triste e resignado. — Mas devo observar à senhora que, se me permitir este questionário...

perdão, esta *questação*, é que devo regressar amanhã a Paris para jantar na Tour d'Argent ou no Hotel Meurice. Meu confrade... francês... senhor Boutroux, deve ali falar-nos sobre sessões de espiritismo... perdão, evocações espirituosas, que ele controlou.[181]

— Não é tão bom como dizem, a Tour d'Argent — disse a sra. Verdurin, agastada. — Cheguei a fazer ali uns jantares detestáveis.

— Mas estou enganado, ou o que se come em casa da senhora não é da mais fina cozinha francesa?

— Meu Deus, não é positivamente mau — respondeu a sra. Verdurin resserenada. — E se o senhor voltar na próxima quarta, estará melhor.

— Mas eu parto segunda-feira para a Argélia e de lá vou ao cabo. E quando estiver no cabo da Boa Esperança não mais poderei encontrar-me com o meu ilustre colega... perdão, não mais poderei encontrar-me com o meu confrade. — E por obediência, após haver apresentado essas escusas retrospectivas, pôs-se a comer com uma rapidez vertiginosa. Mas Brichot estava muito contente por ter ensejo de fornecer outras etimologias vegetais e respondeu, interessando de tal forma o norueguês que este parou novamente de comer, mas fazendo sinal de que podiam retirar o prato cheio e passar para o prato seguinte.

— Um dos Quarenta chama-se Houssaye, ou lugar plantado de azevinhos (*houx*);[182] no de um fino diplomata, d'Ormesson, o senhor encontrará o olmo (*orne*), o *ulmus*, caro a Virgílio e que deu seu nome à cidade de Ulm;[183] no de seu colega, o senhor de La Boulaye,

---

181 Alusão à presença do filósofo noroeguês a uma aula de Émile Boutroux (1845--1921), filósofo e professor da Sorbonne. Henri Bergson era um de seus alunos. O personagem aliás teria como fonte o tradutor sueco de Bergson, que Proust pudera conhecer e que chegara mesmo a publicar um artigo sobre seu romance em uma revista de Estocolmo. [N. do E.]

182 Brichot alude a Henry Houssaye (1848-1911), historiador e crítico, grande especialista da época napoleônica. [N. do E.]

183 Alusão ao diplomata Wladimir d'Ormesson (1888-1973). Virgílio fala do olmo no livro II das *Geórgicas*. [N. do E.]

a bétula (*bouleau*);[184] no senhor de Aunay, o amieiro (*aune*);[185] no senhor de Bussières, o buxo (*buis*);[186] no senhor de Albaret, o alburno (*aubier*) (resolvi comigo dizê-lo a Céleste); no senhor de Cholet, a couve (*chou*);[187] e a macieira (*pommier*) no nome do senhor de La Pommeraye que nós ouvimos conferenciar, lembra-se, Saniette?, na época em que o bom Porel foi enviado para o fim do mundo, como procônsul em Odeônia.[188] — Ao nome de Saniette pronunciado por Brichot, o sr. Verdurin lançou a sua mulher e a Cottard um olhar irônico que desarmou o tímido.

— Afirmava o senhor que Cholet vem de *chou* — disse eu a Brichot. — Será que uma estação por que passamos antes de chegar a Doncières, Saint-Frichoux, vem também de *chou*?

— Não, Saint-Frichoux é *Sanctus Fructuosus*, como *Sanctus Ferreolus* deu Saint-Fargeau, mas não é absolutamente normando.

— Ele sabe coisas demais, ele nos aborrece — cacarejou docemente a princesa.

— Há tantos outros nomes que me interessam... Mas não posso perguntar-lhe todos de uma vez. — E, voltando-me para Cottard: — Não se acha aqui a senhora Putbus? — perguntei-lhe.

— Não, graças a Deus — respondeu a sra. Verdurin, que tinha ouvido a minha pergunta. — Tratei de derivar suas vilegiaturas para Veneza, estamos desembaraçados dela este ano.

— Eu próprio vou ter direito a duas árvores — disse o sr. de

---

184 Antoine de La Boulaye (1833-1905) foi embaixador francês na Rússia entre os anos de 1886 e 1891. [N. do E.]

185 Alusão ao embaixador francês em Berna, Charles-Marie le Pelletier d'Aunay. [N. do E.]

186 Edmond Renouard de Bussières (1804-1888) foi embaixador francês em Nápoles. [N. do E.]

187 O conde de Cholet foi tenente de Proust durante seu serviço militar em Orléans. [N. do E.]

188 Henri de Lapommeraye (1839-1891) era crítico de arte, professor de história e de literatura no Conservatório e conferencista habitual no teatro do Odéon, do qual o comediante Porel (1842-1917) foi diretor durante os anos de 1884 e 1892. [N. do E.]

Charlus —, pois tenho mais ou menos garantida uma pequena casa entre Saint-Martin-du-Chêne e Saint-Pierre-des-Ifs.

— Mas é bastante perto daqui; espero que venha seguidamente em companhia de Charlie Morel. Só precisa é entender-se com o nosso pequeno grupo quanto aos trens, o senhor está a dois passos de Doncières — disse a sra. Verdurin, que detestava que não chegassem pelo mesmo trem e nas horas em que mandava seus carros à estação. Sabia como era dura a subida para a Raspelière, mesmo contornando-a por trás de Féterne, o que atrasava cerca de meia hora, receava que os que formavam grupo à parte não achassem carros para conduzi-los, ou que, tendo na realidade ficado em casa, pudessem pretextar não haver encontrado condução em Douville-Féterne e não se acharem com forças para fazer aquela ascensão a pé. A esse convite, o sr. de Charlus contentou-se em responder com uma silenciosa inclinação.

— Ele não deve ser tratável todos os dias, tem um ar afetado — cochichou a Ski o doutor, que, tendo permanecido muito simples apesar de uma camada superficial de orgulho, não procurava ocultar que Charlus fazia de esnobe com ele. — Ele, sem dúvida, ignora que em todas as estações de águas, e até em Paris nas clínicas, os médicos, para quem eu sou naturalmente "o grande chefe", fazem questão de honra em apresentar-me a todos os nobres que lá estão e que não vão demorar muito. Isso me torna bastante agradável a estada em estações balneárias — acrescentou num tom ligeiro. — Mesmo em Doncières, o major do regimento, que é médico do coronel, convidou-me para almoçar com ele, dizendo-me que eu estava em situação de jantar com o general. E esse general é um senhor *de* qualquer coisa. Não sei se os seus pergaminhos são mais ou menos antigos que os desse barão.

— Não coma gato por lebre; é uma coroa bem ordinária — respondeu Ski a meia-voz, e acrescentou qualquer coisa de confuso, com um verbo de que distingui apenas as últimas sílabas, ocupado como estava em ouvir o que Brichot dizia ao sr. de Charlus.

— Não, lamento dizer-lhe que o senhor só tem uma árvore,

pois se Saint-Martin-du-Chêne é evidentemente *Sanctus Marti-nus juxta quercum*, por outro lado a palavra *if* pode ser simplesmente a raiz, *ave, eve*, que quer dizer úmido, como em Aveyron, Lodève, Yvette, e que o senhor vê subsistir em nossas pias (*éviers*) de cozinha. É a "água", que em bretão se diz Ster: Stermaria, Sterlaer, Sterbouest, Ster-en-Dreuchen.

Não ouvi o fim, pois, por mais prazer que sentisse em ouvir o nome de Stermaria, eu ouvia, sem querer, a Cottard, junto de quem me achava e que dizia em voz baixa a Ski:

— Ah!, mas eu não sabia. Então é um cavalheiro que sabe arranjar-se por todos os lados na vida? Como! Ele é da confraria! E no entanto não tem os olhos em compota. Precisarei cuidar de meus pés embaixo da mesa, era só o que faltava se eu lhe agradasse. De resto, isso só me espanta pela metade. Vejo muitos nobres na ducha, em trajes de Adão; são mais ou menos degenerados. Não lhes falo porque afinal sou funcionário e isso poderia prejudicar-me. Mas eles sabem perfeitamente quem eu sou.

Saniette, a quem a interpelação de Brichot aterrorizara, começava a respirar como alguém que tem medo de tempestade e vê que o raio não foi seguido de nenhum barulho de trovão, quando ouviu o sr. Verdurin interrogá-lo, ao mesmo tempo em que lhe fixava um olhar que não largava o infeliz enquanto ele falava, de modo a confundi-lo imediatamente e não lhe permitir que recuperasse a presença de espírito.

— Mas, Saniette, como é que você sempre nos havia ocultado que frequentava as matinês do Odeon?

Tremendo como um recruta diante de um sargento torturador, Saniette respondeu, dando à sua frase as menores dimensões que pôde, a fim de que ela tivesse mais probabilidades de escapar aos golpes:

— Uma vez, na *Chercheuse*.[189]

---

189 Alusão à ópera-cômica *La chercheuse d'esprit* (1741), de autoria de Favart, encenada na Ópera-Comique em 1900. [N. do E.]

— Que é que ele está dizendo? — urrou o sr. Verdurin, com um ar ao mesmo tempo aborrecido e furioso, e franzindo as sobrancelhas, como se não lhe bastasse toda a sua atenção para compreender alguma coisa de ininteligível. — Antes de tudo, não se compreende o que é que está dizendo. Que é que você tem na boca? — perguntou o sr. Verdurin, cada vez mais violento, e aludindo ao defeito de pronunciação de Saniette.

— Pobre Saniette! Não quero que você o mortifique — disse a sra. Verdurin, num tom de falsa piedade e para não deixar dúvida em ninguém quanto às insolentes intenções do marido.

— Eu estava na Ch... Che...

— Che che che, trate de falar claramente — disse o sr. Verdurin — nem sequer consigo ouvi-lo.

Quase que nenhum dos fiéis procurava conter o riso, e tinham o aspecto de um bando de antropófagos em quem o ferimento feito num branco despertou o gosto do sangue. Pois o instinto de imitação e a falta de coragem governam as sociedades, com as multidões. E todo mundo ri de uma pessoa de quem vê motejarem, pronto para venerá-la dez anos mais tarde num círculo em que ela é admirada. E da mesma maneira que o povo escorraça ou aclama os reis.

— Ora, não é culpa dele — disse a sra. Verdurin.

— Nem minha tampouco; não se janta fora quando já não se pode articular.

— Eu estava na *Chercheuse d'Esprit*, de Favart.

— O quê! É a *Chercheuse d'Esprit* que você chamava a *Chercheuse*? Ah!, essa é magnífica! Eu poderia parafusar cem anos, que não descobriria nada — exclamou o sr. Verdurin, que no entanto logo acharia que alguém não era letrado, artista, "não era dos seus", se o tivesse ouvido dizer o título por extenso de certas obras. Por exemplo, cumpria dizer o *Malade*, o *Bourgeois*, e aqueles que acrescentassem *imaginaire* ou *gentilhomme* dariam mostra de que não eram da roda, da mesma forma que num salão alguém prova que não pertence à sociedade, dizendo o sr. de Montesquiou-Fezensac por sr. de Montesquiou.

— Mas não é tão extraordinário assim — disse Saniette, su-focado de emoção, mas sorrindo, embora não tivesse desejo de o fazer.

A sra. Verdurin explodiu:

— Ah!, é? — exclamou, com um risinho. — Esteja certo de que ninguém no mundo poderia adivinhar que se tratava de *Chercheuse d'Esprit.*

— Aliás — tornou o sr. Verdurin numa voz suave e dirigin-do-se ao mesmo tempo a Saniette e a Brichot —, é uma bonita peça, a *Chercheuse d'Esprit.*

Pronunciada em tom sério, essa simples frase, em que não se poderia encontrar vestígio de maldade, fez tanto bem a Saniette e provocou-lhe tanta gratidão como uma amabilidade. Não pôde proferir uma única palavra e conservou um silêncio feliz. Brichot foi mais loquaz.

— É verdade — respondeu ele ao sr. Verdurin —, e se a fizessem passar por obra de algum autor sármata ou escandina-vo, poder-se-ia apresentar a candidatura da *Chercheuse d'Esprit* à situação vacante de obra-prima. Mas diga-se, sem faltar com o respeito aos manes do gentil Favart, ele não era de tempera-mento ibseniano. (Em seguida enrubesceu até a raiz dos cabelos, pensando no filósofo norueguês, o qual tinha um ar desgraça-do porque em vão procurava identificar que vegetal podia ser o *buis* que Brichot acabara de citar a propósito de Bussière.) Aliás, estando a satrapia de Porel ocupada, agora por um funcionário que é um tolstoiante de rigorosa observância, poderia acontecer que víssemos *Ana Karenina* ou a *Ressurreição* sob a arquitrave odeônica.[190]

— Conheço o retrato de Favart a que quer referir-se — disse o sr. de Charlus. — Vi uma belíssima prova em casa da condessa Molé.

---

190 Com efeito, Henri Bataille, um dos sucessores de Porel na direção do teatro do Odé-on, realizaria uma adaptação do romance *Ressurreição*, de Tolstoi, em 1902. [N. do E.]

O nome da condessa Molé causou forte impressão na sra. Verdurin.

— Ah!, o senhor frequenta a casa da senhora de Molé! — exclamou. Pensava que diziam a condessa Molé, sra. Molé, simplesmente por abreviação, como ouvia dizer os Rohan, ou por desprezo, como ela própria dizia: a sra. La Trémoïlle. Não tinha a mínima dúvida de que a condessa Molé, conhecendo a rainha da Grécia e a princesa de Caprarola, tivesse mais do que ninguém direito à partícula, e estava resolvida, de uma vez por todas, a dá-la a uma pessoa tão brilhante e que se mostrara muito amável com ela. De modo que, para frisar que assim havia falado propositadamente e que não regateava aquele "de" à condessa, continuou: — Mas eu não sabia absolutamente que o senhor conhecia a senhora de Molé!" — como se fosse duplamente extraordinário que o sr. de Charlus conhecesse essa dama e que a sra. Verdurin não soubesse que ele a conhecia. Ora, o alto mundo, ou pelo menos o que o sr. de Charlus assim denominava, forma um todo relativamente homogêneo e fechado. Se é compreensível que na disparatada imensidade da burguesia, um advogado diga a alguém que conhece um de seus camaradas de colégio: "Mas como diabo conhece Fulano?", por outro lado espantar-se de que um francês conheça o sentido das palavras *templo* ou *floresta* não seria mais extraordinário do que admirar os acasos que tinham podido conjugar o sr. de Charlus e a condessa Molé. Ainda mais, mesmo que tal conhecimento não tivesse muito naturalmente decorrido das leis mundanas, se tivesse sido fortuito, como seria estranho que a sra. Verdurin o ignorasse, posto que via o sr. de Charlus pela primeira vez e as suas relações com a sra. de Molé estavam muito longe de ser a única coisa que ela não sabia relativamente a ele de quem, a falar verdade, nada sabia.

— Quem era que representava essa *Chercheuse d'Esprit*, meu bom Saniette? — perguntou o sr. Verdurin. Embora sentindo que a tempestade havia passado, o antigo arquivista hesitava em responder.

— Mas também — comentou a sra. Verdurin —, tu o intimidas, zombas de tudo o que ele diz e ainda queres que ele responda. Vamos, diga quem é que representava aquilo, e ganhará galantina para levar pra casa — disse a sra. Verdurin, aludindo malevolamente à miséria em que Saniette se precipitara ao querer salvar um casal amigo.

— Lembro-me apenas que era madame Samary quem fazia a Zerbina — disse Saniette.

— A Zerbina? Que vem a ser isso?! — gritou o sr. Verdurin, como se houvesse incêndio.

— É uma personagem do antigo repertório, como o capitão Fracasso, como quem diz o Valentão, o Pedante.

— Ah!, o pedante é você. A Zerbina! Mas ele está tocado! — exclamou o sr. Verdurin.

A sra. Verdurin olhou rindo para os seus convidados, como que a desculpar Saniette.

— A Zerbina, ele pensa que todo mundo sabe logo o que isso quer dizer.[191] Você é como o senhor de Longepierre, o homem mais tolo que conheço, que no outro dia nos dizia familiarmente "o Banat". Ninguém ficou sabendo do que ele queria falar. Finalmente fomos informados de que se tratava de uma província da Sérvia.

Para pôr fim ao suplício de Saniette, que me afligia mais do que a ele, perguntei a Brichot se sabia o que significava Balbec. "Balbec é provavelmente uma corrupção de Dalbec", disse-me ele. "Precisaria consultar as cartas dos reis da Inglaterra, suseranos da Normandia, pois Balbec dependia da baronia de Douvres, motivo

---

191 A Zerbina era personagem típica do repertório de comédias: o da *"soubrette"*, da empregada ou acompanhante, na maior parte das vezes mais inteligente e sagaz que os patrões. A atriz Jeanne Samary (1857-1890), mencionada por Saniette, ganhou fama especializando-se nesse papel. O sr. Verdurin menciona o romance *O capitão Fracasso*, de Théophile Gautier, justamente porque nesse livro existe, além da personagem da *"soubrette"* Zerbina, as do "Pedante" e do "Valentão", também típicos do repertório cômico. [N. do E.]

pelo qual muita vez se dizia Balbec d'Outre-Mer, Balbec-en-terre. Mas a própria baronia de Douvres dependia do arcebispado de Bayeux e, apesar dos direitos que os templários tiveram momentaneamente sobre a abadia a partir de Louis d'Harcourt, patriarca de Jerusalém e bispo de Bayeux, os bispos desta diocese é que foram colatores dos bens de Balbec.[192] Foi o que me explicou o deão de Douville, homem calvo, eloquente, quimérico e glutão que vive na obediência de Brillat-Savarin e que me expôs incertas pedagogias em termos o seu tanto sibilinos, enquanto me fazia comer admiráveis batatas fritas." Enquanto Brichot sorria para mostrar o que havia de fino em reunir coisas tão díspares e em empregar para coisas comuns uma linguagem ironicamente elevada, Saniette procurava encaixar alguma saída espirituosa que o pudesse reerguer do seu desabamento de há pouco. A saída era o que se chamava uma *"à peu près"*, mas que havia mudado de forma, pois há uma evolução para os trocadilhos como para os gêneros literários, as epidemias que desaparecem substituídas por outras etc. Outrora a forma do *"à peu près"* era o "cúmulo". Mas estava fora de moda, ninguém mais a empregava. Só mesmo Cottard ainda às vezes dizia, no meio de uma partida de "piquet". "Sabem qual é o cúmulo da distração? É tomar o édito de Nantes por uma inglesa."[193] Os cúmulos tinham sido substituídos pelos apelidos. No fundo, era sempre o velho *"à peu près"*, mas como o apelido estava em moda, não se apercebiam disso. Infelizmente para Saniette, quando esses *"à peu près"* não eram seus e habitualmente desconhecidos no pequeno núcleo, ele os dizia tão timidamente que, apesar do riso de que os fazia seguir para assinalar seu humorismo, ninguém os compreendia. E, se o dito era seu, como ele o houvesse geralmente achado em conversa com um dos fiéis, este o repetia, adotando-o, e

---

192 Brichot alude à origem da baronia de Douvre, sob a dependência do cardeal de Bayeux, Louis d'Harcourt, que recebera do papa o título de Patriarca de Jerusalém. [N. do E.]

193 Jogo fonético com as palavras *Iady* e *l'édit*. [N. do E.]

a frase ficava então conhecida, mas não como sendo de Saniette. Assim, quando arriscava um desses ditos, logo o reconheciam, mas acusavam-no de plágio, por ser o seu autor. "Pois bem", continuou Brichot, "*Bec* em normando é arroio; existe a abadia de Bec, Mobec, o arroio do pântano (Mor ou Mer queria dizer pântano, como em Morville, ou em Bricquemar, Alvimare, Cambremer); Bricquebec, o arroio da altura, vem de Briga, lugar fortificado, como em Bricqueville, Bricquebose; o Bric, Briand, ou então *brice*, ponte, que é o mesmo que *bruck* em alemão (Innsbruck) e que em inglês *bridge*, terminação de tantos nomes de lugares (Cambridge etc.). Temos também na Normandia muitos outros com *bec:* Caudebec, Bolbec, o Robec, o Bec-Hellouin, Becquerel. É a forma normanda do germano *Bach*, Offenbach, Anspach; Varaguebec, da antiga palavra *varaigne*, equivalente de souto, bosque, estanques reservados. Quanto a Dal", continuou Brichot, "é uma forma de *thal*, vale: Darnetal, Rosendal, e até Becdal, perto de Louviers. O rio que deu nome a Dalbec é, aliás, um encanto. Visto de uma falésia (*fels* em alemão, até existe, não longe daqui, sobre uma elevação, a linda cidade de Falaise), ele vizinha como as flechas da igreja, situada na realidade, a grande distância, e parece refleti-las". "Acredito", disse eu, "é um efeito de que Elstir gosta muito; vi vários esboços na casa dele". "Elstir! O senhor conhece Tiche!", exclamou a sra. Verdurin. "Pois saiba que o conheci intimamente. Graças a Deus, não nos vemos mais. Pergunte a Cottard, a Brichot; ele tinha aqui o seu lugar à mesa, vinha todos os dias. Aí está um de quem se pode dizer que não lhe aproveitou abandonar o nosso pequeno núcleo. Vou mostrar-lhe as flores que ele pintou para mim; verá que diferença com o que ele hoje faz, e de que eu não gosto nada, absolutamente nada! E eu que lhe encomendei um retrato de Cottard, sem contar todos os que ele fez tomando-me como modelo." "E pôs cabelos cor de malva no professor", disse a sra. Cottard, esquecendo que então seu marido não era sequer "*agregé*". "Acha o senhor que meu marido tem cabelos cor de malva?" "Isso não quer dizer nada", observou a sra. Verdurin, erguendo o queixo com um ar de desdém para a sra. Cottard e de admiração para aquele de quem falava", era de um forte colorista, de um belo pintor. Ao passo que", acrescentou, dirigindo-se novamente a mim, "não sei se o senhor chama a isso pintura, esses diabos de composições, essas enormes geringonças que ele expõe desde que não frequenta a nossa casa. A mim parece pura borraçada, e tão vulgar! Falta-lhes relevo, originalidade. Ali há de tudo". "Ele restitui à graça do século XVIII, mas modernizada", disse precipitadamente Saniette, tonificado e refeito com a minha amabilidade." "Mas Helleu me agrada mais." "Não tem nenhuma relação com Helleu", disse a sra. Verdurin. "Sim, é um século XVIII febril. É um Watteau a vapor", disse Saniette, e pôs-se a rir.[194] "Oh!, isso é para lá de velho, faz anos que me servem esse prato", disse o sr. Verdurin, a quem, com efeito, Ski fizera outrora essa observação, mas como sendo de sua autoria. "É um azar que, uma vez que você pronuncia inteligivelmente algo engraçado, isso não seja seu." "Dá-me pena", tornou a sra. Verdurin, "porque ele era muito bem-dotado; estragou um belo temperamento de pintor. Ah!, se tivesse ficado aqui... Seria o primeiro paisagista da nossa época. E foi uma mulher que o fez cair tanto! Isso, aliás, não me espanta, pois o homem era agradável, mas vulgar. No fundo, era um medíocre. Eu o senti logo em seguida. No fundo, jamais me interessou. Estimava-o, apenas. E depois, era de uma sujeira... Será que lhe agradam as pessoas que nunca tomam banho?" "Que coisa é essa de tão lindo tom que estamos comendo?", perguntou Ski. "Chama-se *mousse à la fraise*", disse a sra. Verdurin. "Mas é ma-ra-vilhoso. Seria preciso mandar abrir garrafas de Château-Margaux, de Château-Laffite, de Porto." "Não sa-

---

194 Os personagens falam de Paul Helleu (1859-1927), pintor de retratos das sociedades parisiense e londrina. Um dos modelos do pintor Elstir, ele é autor também de flores e de imagens marinhas. A expressão empregada por Saniette (*"Watteau à vapeur"*) está baseada no jogo fonético com *"bateau à vapeur"*, ou seja, barco a vapor. Tal expressão era empregada por Degas referindo-se a Helleu, justamente como pintor apaixonado pela arte do século XVII e que pintava com grande velocidade. [N. do E.]

bem como isso me diverte, ele só bebe água", disse a sra. Verdurin, para dissimular sob a graça que achava nessa fantasia o medo que lhe causava tal prodigalidade. "Mas não é para beber", tornou Ski. "Encherão todos os nossos copos, trarão maravilhosos pêssegos, enormes pêssegos molares, assim, em face ao sol poente; será luxuriante como um belo Veronese." "Custará quase tão caro", murmurou o sr. Verdurin. "Mas levem daqui esses queijos tão feios de tom", continuou Ski, tentando retirar o prato do Patrão, que defendeu com todas as forças o seu *gruyère*. "O senhor bem compreende que eu não lamento Elstir", disse-me a sra. Verdurin. "Este tem outros dotes. Elstir é o trabalho, o homem que não sabe largar a pintura quando lhe dá na veneta. É o bom aluno, o cavalo de concursos. Ski, esse, só conhece a sua fantasia. O senhor vai vê-lo acender o cigarro no meio do jantar." "Na verdade, não sei por que a senhora não quis receber a mulher dele", disse Cottard. "Ele estaria aqui como outrora..." "Oh! Tenha a bondade de ser mais polido... Eu não recebo marafonas, senhor professor!", disse a sra. Verdurin que, muito pelo contrário, tinha feito tudo quanto pudera para que Elstir voltasse, mesmo com sua mulher. Mas, antes que se casassem, tinha procurado desuni-los, dizendo a Elstir que a mulher que ele amava era estúpida, suja, leviana, ladra. Desta vez não conseguira o rompimento. Fora com o salão Verdurin que Elstir tinha rompido; e disso se felicitava como os convertidos abençoam a doença ou o revés que os levou ao retiro e fez-lhes conhecer o caminho da salvação. "É magnífico, o professor!", disse ela. "O melhor é dizer de uma vez que o meu salão *é* uma casa de *rendez-vous*. Mas parece que o senhor não sabe quem é a senhora Elstir. Eu preferia receber a última das mulheres da vida... Não, naquilo eu não mordo! Por outro lado, eu seria uma tola em aceitar essa mulher, quando o marido não mais me interessa, está antiquado, falta-lhe até desenho..." "É extraordinário, num homem de tanta inteligência!", disse Cottard. "Oh!, não", respondeu a sra. Verdurin, "mesmo na época em que ele tinha talento, pois já o teve, o cretino, e para vender, o que nele irritava é que não era de maneira alguma inteligente". Para fazer esse juízo de Elstir, a sra. Verdurin não tinha esperado que se desse o rompimento entre ambos nem que deixasse ela de apreciar a sua pintura. E que, mesmo no tempo em que ele fazia parte do pequeno grupo, acontecia que Elstir passava dias inteiros com essa ou aquela mulher que a sra. Verdurin, com razão ou não, considerava uma toupeira, o que, a seu ver, não era próprio de um homem inteligente. "Não", disse ela com um ar de equidade, "creio que a mulher e ele foram feitos um para o outro. Deus sabe que não conheço criatura mais aborrecida na face da Terra e que ficaria louca se passasse duas horas com ela. Mas dizem que ele a acha muito inteligente. Temos de confessar: o nosso Tiche era, antes de tudo, *excessivamente tolo*! Já o vi deslumbrado com pessoas que o senhor nem imagina, umas idiotas que eu jamais consentiria em nosso pequeno clã. Pois bem! Ele lhes escrevia, discutia com elas, ele, Elstir! Isso não impede lados encantadores, ah!, encantadores, encantadores e deliciosamente absurdos, naturalmente". Pois a sra. Verdurin estava convencida de que os homens verdadeiramente notáveis fazem mil loucuras. Ideia falsa e que tem, no entanto, a sua dose de verdade. Por certo as "loucuras" são insuportáveis. Mas um desequilíbrio que só pouco a pouco se descobre é consequência da entrada, em um cérebro humano, de delicadezas às quais não está habitualmente afeito. De sorte que irritam as singularidades das pessoas encantadoras mas, por outro lado, não há pessoas encantadoras que não sejam singulares. "Olhe, já vou poder mostrar-lhe as minhas flores", vendo que o marido lhe fazia sinal de que podiam levantar-se da mesa. E ela retomou o braço do sr. de Cambremer. O sr. Verdurin quis desculpar-se com o sr. de Charlus logo que deixou a sra. de Cambremer, e apresentar-lhe as suas razões, principalmente pelo prazer de conversar sobre essas nuanças mundanas com um homem titulado considerado momentaneamente inferior àqueles que tomavam o lugar a que ele tinha direito. Mas, antes de tudo, fez questão de mostrar ao sr. de Charlus que o considerava muito, intelectualmente falando, para pensar que ele pudesse dar atenção a tais bagatelas: "Descul-

pe-me falar-lhe sobre essas bagatelas, mas bem imagino o pouco-
-caso que faz dessas coisas. Os espíritos burgueses se preocupam
muito com isso, mas os outros, os artistas, os que *são* mesmo, pouco
se lhes dá. Mas logo às primeiras palavras que trocamos, compreendi que o senhor *era um desses*"!

O sr. de Charlus, que dava a essa locução um sentido muito
diferente, teve um sobressalto. Depois das olhadelas do doutor, a
injuriosa franqueza do Patrão sufocava-o.

— Não proteste, o senhor é *um deles*, isso é claro como a luz
do dia — prosseguiu o sr. Verdurin. — E note que eu não sei se
o senhor exerce uma arte qualquer, mas não é necessário. Nem
sempre é suficiente. Degrange, que acaba de falecer, lidava perfeitamente com o mais robusto mecanismo, mas não *era desses*,
sente-se logo que ele não era. Brichot não é. Morel é, minha mulher é, eu sinto que o senhor é...

— Que ia dizer-me? — interrompeu o sr. de Charlus, que
começava a tranquilizar-se quanto ao que o sr. Verdurin queria
significar, mas que preferia que ele gritasse menos alto essas palavras de duplo sentido.

— Nós o colocamos apenas à esquerda — respondeu o sr. Verdurin.

O sr. de Charlus, com um sorriso compreensivo, bonachão e
insolente, respondeu:

— Ora, meu amigo! Isso não tem a mínima importância,
aqui! — E teve um risinho que lhe era especial — um riso que
lhe vinha provavelmente de alguma avó bávara ou lorena, que
o tinha ela própria, idêntico, de uma bisavó, de sorte que soava
assim, o mesmo, desde não poucos séculos em várias cortes da
Europa e cujo precioso timbre a gente sentia com gosto, como o
de certos instrumentos antigos que se tornaram raríssimos. Momentos há em que, para pintar completamente a alguém, seria
preciso que a imitação fonética se juntasse à descrição, e a do personagem que fazia o sr. de Charlus arrisca-se a ficar incompleta
pela falta desse risinho tão fino, tão leve, como certas obras de

Bach não são jamais reproduzidas exatamente porque as orquestras não dispõem desses "pequenos trompetes" de som tão peculiar, para as quais o autor escreveu essa ou aquela parte.

— Mas — explicou o sr. Verdurin, melindrado — foi de propósito. Não ligo nenhuma importância aos títulos de nobreza — acrescentou, com esse sorriso desdenhoso que vi em tantas pessoas conhecidas, ao contrário de minha avó e minha mãe, para com tudo aquilo que não possuem e diante dos que, segundo supõem, não poderão fazer delas uma superioridade sobre eles. — Mas, enfim, já que havia justamente o senhor de Cambremer, e como ele é marquês, e o senhor é apenas barão...

— Permita-me — respondeu o sr. de Charlus, com um ar de altanaria, a um sr. Verdurin atônito —, eu sou também duque de Brabante, donzel de Montargis, príncipe de Oléron, de Carency, de Viazeggio e de Dunes. Aliás, isso não importa absolutamente. Não se atormente — acrescentou ele, retomando o seu fino sorriso, que se expandiu a estas últimas palavras: — Logo vi que o senhor não estava acostumado.

A sra. Verdurin veio ao meu encontro para mostrar-me as flores de Elstir. Se esse ato, desde muito tempo tão indiferente para mim, de jantar fora, não me houvesse, pelo contrário, sob a forma que inteiramente o renovava de uma viagem ao longo da costa, seguida de uma ascensão de carro até duzentos metros acima do mar, provocado uma espécie de embriaguez, esta não se dissipara na Raspelière. "Veja, veja só isto!", disse-me a Patroa, mostrando-me grandes e magníficas rosas de Elstir, mas cujo untuoso escarlate e brancura batida se realçavam com um relevo excessivamente cremoso sobre a jardineira em que estavam. "Acha que ele poderia ainda fazer uma coisa destas? É forte! E depois, é belo como matéria, seria divertido de apalpar. Nem sabe como era divertido vê-las pintar. Sentia-se que se empenhava em procurar este efeito." E o olhar da Patroa deteve-se pensativamente naquele presente do artista em que se achavam resumidos, não só o seu grande talento, mas a sua longa amizade que apenas sobrevivia naquelas recordações que ele lhe deixara; atrás das flores outrora colhidas por ele para ela própria, parecia-lhe rever a bela mão que as pintara, certa manhã, em todo o seu frescor, tanto assim que, umas sobre a mesa, o outro encostado a uma poltrona da sala de jantar, tinham podido figurar frente a frente, para o almoço da Patroa, as rosas ainda vivas e o seu retrato meio parecido. Meio parecido, apenas, pois Elstir não podia olhar uma flor senão transplantando-a primeiro para esse jardim interior onde somos forçados a permanecer sempre. Tinha ele mostrado naquela aquarela a aparição das rosas que vira e que, sem ele, jamais teríamos conhecido; de maneira que se pode dizer que era uma variedade nova com que aquele pintor, como um horticultor engenhoso, havia enriquecido a família das Rosas. "No dia em que deixou o pequeno núcleo, foi um homem acabado. Parece que os meus jantares lhe faziam perder tempo, que eu prejudicava o desenvolvimento de seu *gênio*", disse ela num tom de ironia. "Como se a frequentação de uma mulher como eu pudesse não ser salutar a um artista!", exclamou num assomo de orgulho. Perto de nós, o sr. de Cambremer, que já estava sentado, esboçou, ao ver o sr. de Charlus de pé, o gesto de se levantar e ceder-lhe a cadeira. Esse oferecimento não correspondia talvez no pensamento do marquês de Cambremer mais do que a uma intenção de vaga polidez. O sr. de Charlus preferiu atribuir-lhe a significação de um dever que um simples gentil-homem sabia que tinha de cumprir para com um príncipe, e não achou melhor maneira de estabelecer seu direito a essa preferência, senão declinando-a. Assim, exclamou ele: "Mas como! Por favor! Não faça isso!". O tom astuciosamente veemente desse protesto tinha já algo de muito "Guermantes", que ainda mais se acentuou no gesto imperativo, inútil e familiar com que o sr. de Charlus fez pesar suas duas mãos e como para forçá-lo a sentar-se, sobre os ombros do sr. de Cambremer, que não se havia levantado: "Oh!, meu amigo", insistiu o barão, "era só o que faltava! Não há motivo! Em nosso tempo só se reserva isso para os príncipes de sangue real". Não impressionei mais aos Cambremer do que à sra. Verdurin com o meu entusiasmo pela sua casa. Pois ficava frio diante das belezas que me assinalavam e exaltava-me com reminiscências confusas; algumas vezes até lhes confessava minha decepção, não achando alguma coisa conforme ao que o seu nome me fizera imaginar. Indignei a sra. de Cambremer dizendo-lhe que pensava que tudo aquilo fosse mais campestre. Em compensação, detive- me com êxtase a respirar o cheiro de um vento que passava pela porta. "Vejo que gosta das correntes de ar", disseram eles. Meu elogio do pedaço de lustrina verde que tapava um caixilho quebrado não obteve mais sucesso: "Mas que horror!", exclamou a marquesa. O cúmulo foi quando eu disse: "É minha maior alegria ao chegar. Quando ouvi soarem meus passos na galeria, pareceu-me chegar não sei em que prefeitura da aldeia". Desta vez a sra. de Cambremer voltou-me resolutamente as costas. "Não acha tudo isto muito mal-arranjado?", perguntou-lhe o marido, com a mesma penalizada solicitude com que indagaria como havia sua mulher suportado uma triste cerimônia. "Há belas coisas." Mas, como a malevolência, quando as regras fixas de um gosto seguro não lhe impõem limites inflexíveis, acha tudo que criticar na pessoa ou na casa de quem nos suplantou. "Sim, mas estão fora do lugar. E serão mesmo tão belas assim?", disse a sra. de Cambremer. "Não notou", disse o sr. de Cambremer com tristeza, "que há quadros de Jouy de que aparece a tela, coisas completamente gastas neste salão?". "E aquele pedaço de fazenda, com as suas rosas enormes, como uma manta de campônia", disse a sra. de Cambremer, cuja cultura de todo postiça se aplicava exclusivamente à filosofia idealista, à pintura impressionista e à música de Debussy. E para não reclamar unicamente em nome do luxo, mas também do bom gosto: "E puseram cortininhas! Que falta de estilo! Que quer você dessa gente... Não sabem nada. Onde poderiam ter aprendido? Devem ser comerciantes ricos retirados dos negócios. Já não é muito mau para eles". "Os candelabros me pareceram bonitos", disse o marquês, sem que se soubesse por que excetuava os candelabros, da mesma forma que inevitavelmente, cada vez que falavam de uma igreja, fosse a catedral de Chartres, de Reims, de Amiens, ou a igreja de Balbec, o que ele se apressava sempre em citar como admiráveis era: "a caixa do órgão, o púlpito, e as obras de misericórdia". "Quanto ao jardim, nem falemos", disse a sra. de Cambremer. "É um massacre. Só esses caminhozinhos que vão ziguezagueando..." Aproveitei-me de que a sra. Verdurin estivesse servindo o café para ir lançar uma vista d'olhos à carta que o sr. de Cambremer me entregara e em que sua mãe me convidava para jantar. Com aquele nada de tinta, a letra traduzia uma individualidade que desde então me seria reconhecível entre todas, sem que houvesse mais necessidade de recorrer à hipótese de penas especiais, como tintas raras e misteriosamente fabricadas não são necessárias ao pintor para exprimir sua visão original. Até um paralítico atacado de agrafia após uma crise e reduzido a olhar os caracteres como um desenho, sem que os saiba ler, teria compreendido que a sra. de Cambremer pertencia a uma velha família em que a cultura fervorosa das letras e das artes tinha dado um pouco de ar às tradições aristocráticas. Teria também adivinhado em que época a marquesa aprendera simultaneamente a escrever e a tocar Chopin. Era a época em que as pessoas bem-educadas observavam a regra de ser amáveis e a chamada regra dos três adjetivos. A sra. de Cambremer combinava ambas. Um adjetivo lisonjeiro não lhe bastava, fazia-o seguir (após um travessão) de um segundo adjetivo, e depois (após outro travessão) de um terceiro. Mas o que era peculiar é que, contrariamente ao fim social e literário a que se propunha, a sucessão dos três epítetos nos bilhetes da sra. de Cambremer assumia o aspecto, não de uma progressão, mas de um diminuendo. A sra. de Cambremer me disse nessa primeira carta que tinha visto Saint-Loup e apreciara mais do que nunca as suas qualidades "únicas — raras — reais", e que ele ia voltar com um de seus amigos (precisamente o que amava a nora), e que se eu quisesse ir com ele, ou sem eles, jantar em Féterne, ela ficaria "encantada — feliz — contente". Talvez porque o desejo de amabilidade não se igualasse nela à fertilidade da imaginação e à riqueza do vocabulário, era essa dama levada a avançar três exclamações, não tendo forças de dar na segunda e na terceira mais que um eco enfraquecido da primeira. Houvesse mais um adjetivo, e nada restaria da amabilidade inicial. Enfim, por uma espécie de sensibilidade refinada que não devia deixar de produzir considerável impressão na família e até mesmo no círculo das relações, a sra. de Cambremer se habituara a substituir a palavra *sincera*, que poderia parecer mentirosa, pela palavra *verdadeira*. E para bem mostrar que se tratava, com efeito, de alguma coisa de sincero, rompia a aliança convencional que colocaria "verdadeiro" antes do substantivo e colocava-o atrevidamente depois. Suas cartas terminavam por: "Creia na minha afeição verdadeira", "Creia na minha simpatia verdadeira". Infelizmente, de tal modo se tornara uma fórmula, que essa afetação de franqueza dava mais a impressão de polidez mentirosa do que as antigas fórmulas de cujo sentido ninguém mais cogita. Sentia-me, aliás, perturbado na minha leitura com o rumor confuso das conversações, a que dominava a voz mais alta do sr. de Charlus, que não largara o seu assunto e dizia ao sr. de Cambremer: "O senhor, querendo que eu tomasse o seu lugar, fazia-me pensar num cavalheiro que me enviou esta manhã uma carta endereçada a Sua Alteza, o barão de Charlus, e que começava por Monsenhor". "Com efeito, o seu correspondente exagerava um pouco", disse o sr. de Cambremer, entregando-se a uma discreta hilaridade. O sr. de Charlus havia-a provocado; mas dela não participou. "Mas, no fundo, meu caro", disse ele "note que, heraldicamente falando, é ele quem está certo. Não faço disto uma questão pessoal, creia. Falo como se se tratasse de outro. Mas que quer? A História é a História, nada podemos fazer-lhe e não depende de nós modificá-la. Já não lhe falo no imperador Guilherme que, em Kiel, nunca deixou de me dar Monsenhor. Ouvi dizer que assim chamava a todos os duques franceses, o que é abusivo, e que era talvez uma delicada atenção que, acima de nossa cabeça, visava à França". "Delicada e mais ou menos sincera", disse o sr. de Cambremer. "Ah!, não sou da sua opinião. Note que, pessoalmente, um senhor da última ordem, como esse Hohenzollern, de mais a mais protestante, e que despojou meu primo, o rei de Hanover, não é para me agradar", acrescentou o sr. de Charlus, para o qual o Hanover parecia importar mais que a Alsácia-Lorena. "Mas creio profundamente sincera a inclinação do imperador por nós. Os imbecis dirão que é um imperador de teatro. É, pelo contrário, maravilhosamente inteligente. Mas não entende de pintura, e obrigou o senhor Tschudi a retirar os Elstir dos museus nacionais.[195] Mas Luís XIV não gostava dos mestres holandeses, tinha também o gosto do aparato e foi em suma um grande soberano. Ainda Guilherme II armou seu país do ponto de vista militar e naval, como Luís XIV não fez, e espero que seu reinado não conhecerá jamais os reveses que ensombraram no fim o reinado daquele a quem chamam banalmente o Rei Sol. A República, a meu ver, cometeu uma grande falta repelindo as amabilidades do Hohenzollern, ou só lhas retribuindo a conta-gotas. Ele bem se dá conta disso e diz, com esse dom de expressão que lhe é peculiar: 'O que eu quero é que me apertem a mão, e não que me tirem o chapéu'.[196] Como homem, é vil: abandonou, entregou, renegou seus melhores amigos em circunstâncias em que o seu silêncio foi tão miserável como foi grande o silêncio deles", continuou o sr. de Charlus, que se deixava arrastar para o caso Fulenbourg[197] e estava lembrado que lhe dissera um dos acusados da mais alta posição: "É preciso mesmo que o imperador tenha confiança em nossa delicadeza para ter-se atrevi-

195 Alusão a Hugo von Tschudi (1851-1911), diretor da Nationalgalerie de Berlim, entre 1896 e 1907. Grande defensor da pintura impressionista (da qual o personagem Elstir é representante), após uma visita a Paris, da qual trouxe vários quadros, ele seria forçado a abandonar o cargo porque o imperador Guilherme II não apreciava a nova escola de pintura. [N. do E.]

196 A expressão, sempre repetida pelo imperador alemão, aludia ao fato de afirmar que não desejaria ter anexado a região da Alsácia-Lorena e sim ter conseguido estabelecer boas relações com a França. [N. do E.]

197 Charlus não resite em tocar no assunto do "Caso Eulenbourg": em 1907, um dos conselheiros secretos do imperador alemão, o príncipe e embaixador Philipp von Eulenburg (1847-1921), seria acusado de homossexualidade na imprensa por seus inimigos. [N. do E.]

do a permitir semelhante processo. Mas, aliás, não se enganou quando teve fé em nossa discrição. Até no cadafalso teríamos fechado a boca". "De resto, nada disso tem a ver com o que eu queria dizer e é que na Alemanha, como príncipes mediatizados, somos Durchlaucht,[198] e na França era publicamente reconhecido o nosso lugar de Alteza. Saint-Simon pretende que o tomáramos abusivamente, no que está redondamente enganado.[199] A razão que ele apresenta, a saber, que Luís XIV nos proibiu que o chamássemos Rei Cristianíssimo e nos ordenou chamá-lo Rei simplesmente, prova apenas que éramos do seu sangue e de modo nenhum que não tivéssemos a qualidade de príncipe. Sem o que, teriam de negá-lo ao duque de Lorena, e a muitos outros. Aliás, vários de nossos títulos provêm da Casa de Lorena, por intermédio de Teresa d'Espinoy, minha bisavó, que era filha do donzel de Commercy." Apercebendo-se de que Morel o estava escutando, o sr. de Charlus desenvolveu mais amplamente as razões de sua pretensão. "Observei a meu irmão que não é na terceira parte do *Gota*, mas na segunda, para não dizer na primeira, que devia encontrar-se a notícia sobre nossa família", disse ele, sem se dar conta de que Morel não sabia o que era o *Gota*.[200] "Mas isso é com ele, ele é meu chefe de armas e, uma vez que ache que está bem assim, e deixe passar a coisa, não tenha senão que fechar os olhos." "O senhor Brichot interessou-me muito", disse eu à sra. Verdurin que se dirigia para mim, e enquanto punha no bolso a carta da sra. de Cambremer. "É um espírito culto e um bom homem", respondeu-me ela, friamente. "Evidentemente lhe falta originalidade e gosto, e tem uma terrível memória. Diziam dos 'avós' das pessoas que recebemos esta noite, dos emigrados, que eles nada tinham esquecido. Mas tinham pelo

---

198 Título alemão correspondente a "Alteza". [N. do E.]

199 Proust adapta as acusações do memorialista Saint-Simon contra a Casa de Lorraine aos Guermantes. [N. do E.]

200 O almanaque *Gota* contém informações genealógicas sobre famílias nobres e foi publicado em francês e em alemão de 1763 a 1944. [N. do E.]

menos a desculpa", disse ela, apropriando-se de uma frase de Swann, "de que nada tinham aprendido. Ao passo que Brichot sabe tudo e nos lança à cabeça, durante o jantar, pilhas inteiras de dicionários. Creio que o senhor não ignora mais nada do que quer dizer o nome de tal cidade ou tal aldeia". Enquanto a sra. Verdurin falava, pensava eu que resolvera perguntar-lhe algo, mas não podia atinar o que fosse. "Tenho certeza de que estão falando de Brichot. Hein, Chantepie e Freycinet, ele não lhes poupou nada." Eu o observei bem, Patroinha. Eu a vi bem, quase arrebentei.

Eu hoje não saberia dizer como a sra. Verdurin estava vestida naquela noite. Talvez no momento tampouco o soubesse, pois não tenho espírito de observação. Mas, sentindo que sua toalete não era sem pretensão, disse-lhe qualquer coisa de amável e até de admirativo. Ela era como quase todas as mulheres, as quais imaginam que um cumprimento que se lhes faz é a estrita expressão da verdade e é um juízo que se externa imparcialmente, irresistivelmente, como se se tratasse de um objeto de arte, sem relação com uma pessoa. Foi, assim, com uma seriedade que me fez enrubescer da minha hipocrisia, que ela me fez esta orgulhosa e ingênua pergunta, habitual em tais circunstâncias: "Agrada-lhe?". "Estão falando de Chantepie, tenho certeza", disse o sr. Verdurin, aproximando-se de nós. Eu era o único, a pensar na minha lustrina verde e num cheiro de mato, que não tinha notado que Brichot, enumerando aquelas etimologias, fizera rir de si. E como as impressões que davam às coisas o seu valor para mim eram daquelas que as outras pessoas não experimentam ou recalcam, sem pensar, como insignificantes, e que, por conseguinte, se eu as pudesse comunicar, ficariam incompreendidas ou seriam desdenhadas, eram inteiramente inutilizáveis para mim e tinham, além disso, o inconveniente de me fazerem passar por estúpido perante a sra. Verdurin, que via que eu tinha "engolido" Brichot, como já o parecera à sra. de Guermantes porque gostava de frequentar os salões da sra. de Arpajon. Quanto a Brichot, no entanto, havia outro motivo. Eu não era do pequeno clã. E em todo clã, seja mundano, político ou literário, adquire-se uma facilidade perversa em descobrir numa conversação, numa novela, num soneto, tudo o que o honesto leitor jamais pensaria em enxergar ali. Quantas vezes me aconteceu, lendo com certa emoção um conto habilmente tecido por um acadêmico diserto e um pouco antiquado, estar a ponto de dizer a Bloch ou à sra. de Guermantes: "Como é bonito!", quando, antes que eu abrisse a boca, eles exclamavam, cada um numa linguagem diferente: "Se você quiser passar um bom momento, leia um conto de Fulano. A estupidez humana nunca foi tão longe." O desprezo de Bloch provinha sobretudo de que certos efeitos de estilo, aliás agradáveis, estavam um pouco fanados; o da sra. de Guermantes de que o conto parecia provar justamente o contrário do que queria dizer o autor, por motivos de fato que ela deduzia engenhosamente, mas em que eu nunca teria pensado. Fiquei tão surpreendido ao ver a ironia que ocultava a aparente amabilidade dos Verdurin para com Brichot, como ao ouvir alguns dias mais tarde, em Féterne, os Cambremer me dizerem, diante do elogio entusiástico que eu fazia da Raspelière: "Não é possível que o senhor seja sincero, depois do que eles fizeram daquilo". É verdade que me confessaram que a baixela era bonita. Como as chocantes cortininhas, eu tampouco a tinha visto. "Enfim, agora, quando voltar a Balbec, o senhor saberá o que Balbec significa", disse ironicamente a sra. Verdurin. Eram justamente as coisas que me ensinava Brichot que me interessavam. Quanto ao que chamavam o seu espírito, era exatamente o mesmo que fora outrora tão apreciado no pequeno clã. Ele falava com a mesma irritante facilidade, mas as suas palavras não possuíam mais alcance, tinham de vencer um silêncio hostil ou desagradáveis ecos; o que tinha mudado era, não o que ele dizia, mas a acústica do salão e as disposições do público. "Cuidado!", disse a meia-voz a sra. Verdurin, mostrando Brichot. Este, como conservara o ouvido mais penetrante que a vista, lançou à Patroa um olhar, logo desviado, de míope e de filósofo. Se seus olhos eram menos bons, os do seu espírito lançavam, em compensação, sobre as coisas um olhar mais amplo. Via o pouco que se podia esperar das afeições humanas, e resignara-se. Por certo que sofria. Acontece que, mesmo aquele que uma única noite, num meio em que tem o hábito de agradar, adivinha que o acharam ou muito frívolo, ou muito pedante, ou muito esquerdo, ou muito atrevido etc., volta infeliz para casa. Muitas vezes, é por causa de uma questão de opiniões, de sistema, que pareceu aos outros absurdo ou antiquado. Muita vez sabe perfeitamente que esses outros não se igualam a ele. Poderia com toda a facilidade dissecar os sofismas com que tacitamente o condenaram, quer ir fazer uma visita, escrever uma carta: mais avisado, não faz nada, espera o convite da semana seguinte. Às vezes também essas desgraças, em vez de acabar numa noite, duram meses. Devidas à instabilidade dos juízos mundanos, aumentam-na ainda mais. Pois aquele que sabe que a sra. x o despreza, sabendo que o estimam no salão da sra. Y, declara-a muito superior e para lá emigra. De resto, não é aqui o lugar para descrever esses homens, superiores à vida mundana mas que não souberam realizar-se fora dela, felizes de serem acolhidos, amargurados quando os desconhecem, descobrindo cada ano as taras da dona de casa a quem incensavam, e o gênio da que não tenham apreciado em seu justo valor, prontos para voltar a seus primeiros amores quando tiverem sofrido os inconvenientes que os segundos também tenham e quando os dos primeiros estiverem um pouco esquecidos. Por essas pequenas desgraças, bem se pode avaliar o sofrimento que causava a Brichot aquela que ele sabia definitiva. Não ignorava que a sra. Verdurin ria às vezes publicamente dele, até de seus males físicos e, sabendo o pouco que se deve esperar das afeições humanas, submetera-se, e nem por isso deixava de considerar a Patroa como a sua melhor amiga. Mas, pelo rubor que cobriu a face do universitário, a sra. Verdurin compreendeu que ele tinha ouvido e prometeu consigo ser amável para com ele durante a noite. Não pude deixar de lhe dizer que ela o era muito pouco para com Saniette. "Como, não sou amável! Mas ele nos adora, o senhor não sabe o que nós somos para ele. Meu marido fica às vezes um pouco irritado com a sua estupidez, e cumpre confessar que tem de quê, mas, nesses momentos, por que é que ele não reage um pouco mais, em vez de tomar aquele ar de cachorro batido? Não é franco. Não gosto disso. O que não impede de que eu trate sempre de acalmar meu marido, porque, se ele fosse muito longe, Saniette poderia não mais voltar; e isso eu não desejaria, pois, cá entre nós, ele está sem um vintém, e tem necessidade desses jantares. E, afinal de contas, se ele se incomoda que não volte mais, isso não é da minha conta; quando se tem necessidade dos outros, trata-se de não ser tão idiota." O ducado de Aumale permaneceu muito tempo em nossa família antes de passar para a Casa de França", explicava o sr. de Charlus ao sr. de Cambremer, diante de Morel boquiaberto e para o qual, na verdade, toda essa dissertação era, se não endereçada, pelo menos destinada. "Tínhamos precedência sobre todos os príncipes estrangeiros; poderia citar-lhe centenas de exemplos.[201] Como a princesa de Croy, no enterro de *Monsieur*, tivesse querido ajoelhar junto de minha trisavó, esta observou-lhe abertamente que ela não tinha direito à laje, fê-la retirar pelo oficial de serviço e comunicou o fato ao rei, que ordenou à senhora de Croy que fosse pedir desculpas à senhora de Guermantes na casa desta. Como o duque de Borgonha[202] tivesse vindo a nossa casa com os alguazis, de vareta erguida, obtivemos do rei que a mandasse baixar. Sei que não é elegante falar das virtudes dos seus. Mas é bem sabido que os nossos estiveram sempre à frente na hora do perigo. O nosso brado d'armas, quando deixamos o dos duques de Brabante, foi 'Passavant'. De maneira que esse direito de ser em toda parte os primeiros, que havíamos durante séculos reivindicado na guerra, é em suma muito legítimo que o tenhamos depois obtido na Corte. E que diabo! Aí sempre nos foi reconhecido. Citarei ainda como prova a princesa de

---

201 Os exemplos citados por Charlus são transposições de passagens das *Memórias* do duque de Saint-Simon e estão ligados a situações em que se tem de levar em conta a precedência hierárquica. [N. do E.]
202 O duque de Borgonha (1682-1712) era neto do rei Luís XIV. [N. do E.]

Baden. Como se atrevera a disputar o lugar a essa mesma duquesa de Guermantes de que acabo de falar e pretendeu entrar primeiro no Paço, aproveitando um movimento de hesitação que talvez tivesse tido a minha parenta (embora não houvesse motivo), o rei gritou com vivacidade: 'Entre, entre, minha prima; a senhora de Baden sabe muito bem o que lhe deve'. E era como duquesa de Guermantes que tinha esse lugar, embora por si mesma tivesse uma origem bastante elevada, pois era, por sua mãe, sobrinha da rainha da Polônia, da rainha da Hungria, do Eleitor Palatino, do príncipe de Saboia-Carignan e do príncipe de Hanover, depois rei da Inglaterra." *"Moecenas atavis edite regibus!"*,[203] disse Brichot, dirigindo-se ao sr. de Charlus, que respondeu a essa polidez com uma leve inclinação de cabeça. "Que está dizendo o senhor?", perguntou a sra. Verdurin a Brichot, junto ao qual desejaria reparar as suas palavras de há pouco. "Eu falava, Deus me perdoe, de um dândi que era a flor da sociedade (a sra. Verdurin franziu as sobrancelhas) lá pelo século de Augusto (a sra. Verdurin, tranquilizada com a distância dessa sociedade, tomou uma expressão mais serena), de um amigo de Virgílio e de Horácio, que levavam a adulação a ponto de dizer-lhe na cara as suas origens mais que aristocráticas, reais; numa palavra, falava de Mecenas, de um rato de biblioteca que era amigo de Horácio, de Virgílio, de Augusto. Estou certo de que o senhor de Charlus sabe muito bem, a todos os respeitos, quem era Mecenas." Olhando graciosamente de soslaio para a sra. Verdurin, porque a ouvira convidar Morel para dali a dois dias e receava não ser também convidado: "Creio", disse o sr. de Charlus, "que Mecenas era qualquer coisa assim como o Verdurin da Antiguidade". A sra. Verdurin só pôde reprimir pela metade um sorriso de satisfação. Encaminhou-se para Morel. "É um homem agradável o amigo de seus pais", disse-lhe ela. "Vê-se que é um homem instruído, bem-educado. Onde reside ele, em Paris?"

---

203 *"Mecenas, originário de ancestrais reais"*, verso extraído das *Odes*, de Virgílio. [N. do E.]

Morel conservou um silêncio altaneiro e pediu apenas para jogar uma partida de cartas. A sra. Verdurin exigiu antes um pouco de violino. Com espanto geral, o sr. de Charlus, que jamais falava dos grandes dotes que possuía, acompanhou, no estilo mais puro, o último trecho (inquieto, atormentado, schumanesco, mas enfim anterior à *Sonata* de Franck) da *Sonata* para piano e violino de Fauré.[204] Senti que ele daria a Morel, maravilhosamente dotado para o som e a virtuosidade, precisamente o que lhe faltava, a cultura e o estilo. Mas pensei com curiosidade no que une, em um mesmo homem, uma tara física e um dom espiritual. O sr. de Charlus não era muito diferente de seu irmão, o duque de Guermantes. Até mesmo, ainda há pouco (e isso era raro) tinha ele falado um francês tão mau quanto este. Censurando-me (sem dúvida para que eu falasse elogiosamente de Morel à sra. Verdurin) de nunca ir visitá-lo, e como eu invocasse a discrição, ele me respondera: "Mas já que sou eu que o convido, só eu é que poderia formalizar-me". Isso poderia ser dito pelo duque de Guermantes. O sr. de Charlus não passava, em suma, de um Guermantes. Mas tinha bastado que a natureza desequilibrasse suficientemente nele o sistema nervoso para que, em vez de uma mulher, como teria feito o duque seu irmão, preferisse ele um pastor de Virgílio ou um discípulo de Platão, e logo qualidades desconhecidas ao duque de Guermantes e muita vez ligadas a esse desequilíbrio tinham feito do sr. de Charlus um pianista delicioso, um pintor diletante que não deixava de ter gosto, um conversador eloquente. O estilo rápido, inquieto, encantador, com que o sr. de Charlus executava o trecho schumanesco da *Sonata* de Fauré, quem poderia discernir que esse estilo tinha o seu correspondente — não se ousa dizer sua causa — em particularidades puramente físicas, nas defeituosidades nervosas do sr. de Charlus? Explicaremos mais tarde essa expressão de defeituosidades nervosas e por que razões um grego do tempo de

---

204 Trata-se da *Primeira sonata*, para violino e piano, opus 13, composta por Fauré, em 1875. [N. do E.]

Sócrates, um romano do tempo de Augusto, podiam ser o que se sabe enquanto permaneciam homens absolutamente normais, e não homens-mulheres como os vemos hoje em dia. Da mesma forma que reais pendores artísticos, não chegados a termo, o sr. de Charlus tinha, muito mais que o duque, amado a sua mãe, amado a sua esposa, e até anos depois, quando lhe falavam nela, brotavam-lhe lágrimas, mas superficiais, como a transpiração de um homem demasiado gordo, cuja fronte se umedece de suor por um nada. Com a diferença de que dizem a estes: "Como o senhor está com calor!", ao passo que fingem não ver as lágrimas dos outros. Fingem, isto é, finge-o a sociedade; pois o povo se inquieta ao ver chorar, como se um soluço fosse mais grave que uma hemorragia. A tristeza que se seguiu à morte de sua esposa, graças ao hábito de mentir, não excluía no sr. de Charlus uma vida que não lhe era conforme. Mais tarde até, teve a ignomínia de dar a entender que, durante as cerimônias fúnebres, tinham encontrado jeito de perguntar o nome e o endereço ao menino de coro. E talvez fosse verdade.

Findo o trecho, permiti-me reclamar Franck, o que pareceu causar tamanho sofrimento à sra. de Cambremer que eu não insisti. "O senhor não pode gostar disso", disse-me ela. Pediu, em seu lugar, as *Fêtes* de Debussy, o que fez gritarem "Ah!, é sublime!" logo à primeira nota.[205] Mas Morel apercebeu-se de que só sabia os primeiros compassos e, por pura traquinagem, sem a mínima intenção de mistificar, começou uma marcha de Meyerbeer. Infelizmente, como não fez quase transição e não avisou coisa alguma, todos pensaram que fosse ainda Debussy e continuaram a bradar que era sublime. Morel, revelando que o autor não era o de *Pelléas*, mas de *Roberto, o diabo*, provocou certa frieza. A sra. de Cambremer não teve tempo de o sentir por si mesma, pois

---

205 A jovem sra. de Cambremer aprecia o segundo dos três *Noturnos* (1899) para orquestra de Débussy. A execução em violino de uma obra composta originalmente para orquestra parece pouco verossímil. [N. do E.]

acabava de descobrir um caderno de Scarlatti e lançara-se-lhe em cima num ímpeto de histérica.[206] "Oh! Toque isso, tome, é divino!", gritava ela. E no entanto, desse autor por tanto tempo desdenhado, e elevado desde pouco às maiores honras, o que ela escolhia na sua febril impaciência, era um desses trechos malditos que tantas vezes nos impediram de dormir e que uma aluna sem piedade recomeça indefinidamente no andar acima do nosso. Mas Morel estava farto de música e, como fazia questão de jogar cartas, o sr. de Charlus, para participar da partida, desejaria um uíste. "Ele afirmou há pouco que era príncipe" disse Ski à sra. Verdurin, "mas não é verdade, ele pertence a uma simples burguesia de pequenos arquitetos". "Quero saber o que dizia de Mecenas. Isso me diverte muito!", repetiu a sra. Verdurin a Brichot, com uma amabilidade que o deixou inebriado. Assim, para brilhar diante da Patroa e talvez diante de mim mesmo: "Mas, a falar verdade, madame, Mecenas interessa-me particularmente porque é o primeiro apóstolo notável desse Deus chinês que conta hoje na França mais sectários que Brama, que o próprio Cristo, o todo-poderoso Deus que-m'importa". A sra. Verdurin, nesses casos, não mais se contentava em mergulhar a cabeça nas mãos. Abatia-se com o ímpeto dos insetos chamados efêmeros sobre a princesa Sherbatoff; se esta se achava a pouca distância, a Patroa agarrava-se à axila da princesa, fincava-lhe as unhas, e ocultava a cabeça durante alguns instantes, como uma criança que brinca de esconder. Dissimulada por esse abrigo, podia ela pretender que ria até as lágrimas e igualmente podia muito bem não pensar em coisa alguma, como as pessoas que, enquanto fazem uma oração um pouco longa, têm a sábia precaução de sepultar o rosto nas mãos. A sra. Verdurin imitava-as ao ouvir os quartetos de Beethoven, ao mesmo tempo para mostrar que os considerava como

---

206 *Roberto, o diabo* (1831) é um drama musical de Meyerbeer com texto de Scribe. A sra. de Cambremer lança-se em cima de um libreto de Domenico Scalatti (1685--1757), autor conhecido pelo virtuosismo de suas composições musicais. [N. do E.]

uma oração e para não deixar ver que estava dormindo. "Estou falando muito sério, senhora", disse Brichot. "Creio que demasiado grande é hoje o número dos que passam a vida a considerar o próprio umbigo como se fosse o centro do mundo. Em boa doutrina, nada tenho a objetar a não sei que nirvana que tende a dissolver-nos no grande todo (o qual, como Munique e Oxford, está mais perto de Paris que Asnières ou Bois-Colombes) mas não é nem de um bom francês, nem mesmo de um bom europeu, quando os japoneses estão talvez às portas de nossa Bizâncio, que antimilitaristas socializados discutam gravemente sobre as virtudes cardeais do verso livre." A sra. Verdurin julgou que podia largar a espádua machucada da princesa e deixou reaparecer seu rosto, não sem fingir que enxugava os olhos e retomar fôlego duas ou três vezes. Mas Brichot queria que eu tivesse a minha parte no festim e, tendo aprendido, nas defesas de teses que ele presidia como ninguém, que nunca se lisonjeia tanto a juventude como morigerando-a, dando-lhe importância, fazendo-se tratar por ela de reacionário: "Eu não desejaria blasfemar os Deuses da Juventude", disse ele, lançando-me esse olhar furtivo que o orador concede a algum presente no auditório e cujo nome ele cita. "Eu não desejaria ser excomungado como herético e relapso na capela malarmaica onde o nosso novo amigo, como todos os da sua idade, deve ter ajudado a missa esotérica, pelo menos como menino de coro e mostrando-se delinquescente ou rosa-cruz.[207] Mas na verdade já vimos demasiados desses intelectuais que adoram a Arte com um A maiúsculo e, quando já não lhes basta alcoolizarem-se com Zola, fazem-se injeções de Verlaine. Tornados eterômanos por devoção baudelairiana, já não seriam capazes do esforço viril que qualquer dia a Pátria lhes poderá pedir, anestesiados como estão pela grande neurose, literária, na atmosfera quente, enervan-

---

207 "Rosa-cruz" foi nome tirado de uma seita religiosa alemã do século XVII para designar o novo movimento estético-intelectual que reuniu artistas e escritores no final do século XIX. [N. do E.]

te, pesada de relentos malsãos, de um simbolismo de casa de ópio." Incapaz de fingir a menor sombra de admiração pela variegada e inepta tirada de Brichot, voltei-me para Ski e assegurei-lhe que ele estava completamente enganado quanto à família a que pertencia o sr. de Charlus; ele respondeu que tinha certeza e que eu próprio lhe havia dito que o seu verdadeiro nome era Gandin, Le Gandin. "Eu lhe disse", respondi-lhe, "que a senhora de Cambremer era irmã de um engenheiro, o senhor Legrandin. Nunca lhe falei no senhor de Charlus. Há tanta relação de nascimento entre ele e a senhora de Cambremer como entre o Grande Condé e Racine." "Ah!, eu pensava...", disse Ski despreocupadamente, sem mais desculpas pelo seu engano atual do que pelo de duas horas antes, que quase nos fizera perder o trem. "Tenciona ficar muito tempo na costa?", perguntou a sra. Verdurin ao sr. de Charlus, em quem pressentia um fiel e que receava ver regressar muito cedo a Paris. "Meu Deus, nunca se sabe...", respondeu num tom fanhoso e arrastado o sr. de Charlus. "Gostaria de ficar até fins de setembro." "Tem razão", disse a sra. Verdurin, "é a época das belas tempestades." "A falar verdade, não é isso que me decidiria. Tenho negligenciado muito, desde algum tempo, o arcanjo são Miguel, meu padroeiro, e desejaria compensá-lo ficando até 29 de setembro, o dia da sua festa, na abadia da Montanha." "Interessam-lhe muito essas coisas?", perguntou a sra. Verdurin, que talvez conseguisse calar o seu anticlericalismo ferido, se não temesse que uma excursão tão longa fizessem o violinista e o barão "largarem" durante quarenta e oito horas. "A senhora decerto sofre de surdez intermitente", respondeu indolentemente o sr. de Charlus. "Já lhe disse que são Miguel era um de meus gloriosos padroeiros." Depois, sorrindo num complacente êxtase, os olhos fixos ao longe, a voz erguida numa exaltação que me pareceu mais que estética, embora religiosa: "É tão lindo, no ofertório, quando Miguel se mantém de pé junto do altar, todo de branco, balançando um turíbulo de ouro e com tal abundância de perfumes que o cheiro se eleva até Deus". "Poderíamos ir lá em bando", sugeriu a sra.

Verdurin, apesar do seu horror à batina. "Nesse momento, desde o ofertório", continuou o sr. de Charlus, que, por outros motivos, mas da mesma maneira que os bons oradores na Câmara, jamais respondia a uma interrupção e fingia não a ter ouvido, "seria um encanto ver o nosso jovem amigo palestrinizando e até mesmo executando uma ária de Bach. Ficaria doido de alegria, o bom do abade também, e é a maior homenagem, pelo menos a maior homenagem pública, que eu posso prestar a meu Santo Padroeiro. Que edificação para os fiéis! Falaremos daqui a pouco ao jovem angélico musical, militar como são Miguel".

Saniette, chamado para fazer mão morta, declarou que não sabia jogar uíste. E Cottard, vendo que não havia muito tempo antes da hora do trem, pôs-se em seguida a jogar *écarté* com Morel. O sr. Verdurin, furioso, avançou com um ar terrível para Saniette: "Não sabe então jogar nada!", gritou ele, furioso por ter perdido um uíste e encantado de ter encontrado um ensejo de injuriar o antigo arquivista. Este, aterrorizado, tomou um ar espirituoso: "Sim, eu sei tocar piano", disse ele. Cottard e Morel tinham-se assentado frente a frente: "Ao senhor a honra...", disse Cottard. "E se nos aproximássemos um pouco da mesa de jogo?", sugeriu ao sr. de Cambremer o sr. de Charlus, inquieto por ver o violinista com Cottard. "É tão interessante como essas questões de etiqueta, que na nossa época já não significam grande coisa. Os únicos reis que nos restam, na França pelo menos, são os reis do baralho, e parece-me que vêm em profusão às mãos do jovem virtuose", acrescentou em seguida, com uma admiração por Morel que se estendia até à sua maneira de jogar, também para lisonjeá-lo, e enfim para justificar o movimento que fazia de inclinar-se sobre o ombro do violinista. "Eu corto", disse Cottard, imitando o acento rastaquera e seus filhos puseram-se a rir, como faziam seus alunos e o chefe da clínica, quando o mestre, mesmo à cabeceira de um enfermo grave, lançava com uma máscara impassível de epiléptico uma de suas costumeiras facécias. "Não sei bem o que devo jogar", disse Morel, consultando o sr. de Cambremer. "Como quiser; será batido de qualquer maneira. Isto ou aquilo, é igual." "Igual... Ingalli?", disse o doutor, deslizando para o sr. de Cambremer um olhar insinuante e benévolo. "Era o que chamamos uma verdadeira diva, era um sonho, uma Carmen como nunca mais veremos. Era a mulher para o papel. Gostava também de ouvir Ingalli."[208] O marquês ergueu-se com essa vulgaridade desdenhosa das pessoas bem-nascidas que não compreendem que insultam o dono da casa parecendo não ter certeza de que possam frequentar os seus convidados e que se desculpam com o costume inglês para empregar uma expressão depreciativa: "Quem é esse senhor que está jogando cartas, que faz ele na vida, que é que ele *vende*? Gosto de saber com quem me encontro para não me ligar com qualquer um. E não ouvi o seu nome quando o senhor me deu a honra de apresentar-me a ele". Se o sr. Verdurin, autorizando-se com estas últimas palavras, tivesse efetivamente apresentado o sr. de Cambremer a seus convidados, a este não lhe pareceria nada bem. Mas, sabendo que se dava o contrário, achava gracioso parecer bom moço e modesto sem perigo. O orgulho que tinha o sr. Verdurin da sua intimidade com Cottard não fizera senão crescer desde que o doutor se tornara um professor ilustre. Mas não mais se expressava sob a forma ingênua de outrora. Então, quando Cottard era apenas conhecido, se falavam ao sr. Verdurin das nevralgias faciais de sua esposa: "Não há nada que fazer", dizia, com o cândido amor-próprio dos

---

208 O espirituoso dr. Cottard brinca com o nome de duas cantoras francesas e a semelhança sonora de seus nomes com o adjetivo *égal* (indiferente), empregado por Morel. A primeira cantora, Célestine Galli-Marié (1840-1905), conheceu grande sucesso nos palcos da Opéra-Comique, onde representou *Carmen* em 1875. Ao nome da segunda cantora, Speranza Engally, o doutor acrescenta o sobrenome da primeira, assinalando inteligentemente as semelhanças. Engaly iniciou sua carreira no mesmo teatro no ano de 1878, interpretando Eros na peça *Psyché*, de Ambroise Thomas. O trecho de tradução mais difícil (e que Quintana acabou optando por deixar o mais próximo possível do francês), é a semelhança sonora entre o adjetivo francês *égal* (indiferente), traduzido por "igual", e o nome da atriz. [N. do E.]

que julgam ilustre o que se relaciona com eles, e que todo mundo conhece o professor de canto da sua família. "Se ela tivesse um médico de segunda ordem, poderíamos tentar outro tratamento, mas quando esse médico se chama Cottard (nome que ela pronunciava como se fosse Bouchard[209] ou Charcot) é aguentar firme." Usando de um processo inverso, sabendo que o sr. de Cambremer tinha certamente ouvido falar do famoso professor Cottard, o sr. Verdurin tomou um ar sonso: "É o nosso médico de família, um belo coração que nós adoramos e que seria capaz de se matar por nós; não é um médico, é um amigo, não creio que o senhor o conheça nem que o seu nome lhe diga qualquer coisa; em todo caso, para nós, Cottard é o nome de um excelente homem, de um amigo caríssimo". Esse nome, murmurado com um ar modesto, iludiu o sr. de Cambremer, que julgou que se tratava de outro. "Cottard? O senhor não está falando do professor Cottard, não é?" Ouvia-se precisamente a voz do dito professor que, embaraçado com uma jogada, dizia, segurando as cartas: 'Foi aqui que os atenienses se liquidaram". Ah!, sim... é justamente o professor", disse o sr. Verdurin. "Como! O professor Cottard! O senhor não está enganado? Está bem certo de que é o mesmo? O que mora na rua do Bac?" "Sim, mora na rua do Bac, 43. O senhor o conhece?" "Mas todo mundo conhece o professor Cottard. É uma sumidade! É como se o senhor me perguntasse se eu conheço Bouffe de St. Blase ou Courtois-Suffit. Bem tinha eu visto, ao ouvi-lo falar, que não era um homem comum. Foi por isso que eu me permiti perguntar. "Vejamos, que é preciso jogar? Trunfo?", perguntava Cottard. Depois, bruscamente, com uma vulgaridade que seria irritante mesmo numa circunstância heroica, em que um soldado quer emprestar uma expressão familiar ao

---

209 Como o próprio pai de Proust, Charles Bouchard (1837-1915) era membro da Academia de Medicina de Paris e médico de renome mundial. Ele e os outros dois médicos mencionados logo abaixo, Saint-Blaise e Courtois-Suffit, frequentavam a casa dos Proust. [N. do E.]

desprezo da morte, mas que se tornava duplamente estúpido no passatempo sem perigo das cartas. Cottard, resolvendo-se a jogar trunfo, assumiu um ar sombrio, "cabeça louca", e, por alusão aos que arriscam a pele, jogou a sua carta como se se tratasse da própria vida, exclamando: "Afinal de contas, nem ligo!". Não era o que devia jogar, mas teve uma consolação. Em meio do salão, numa larga poltrona, a sra. Cottard, cedendo ao efeito, nela irresistível, da digestão, cedera, depois de vãos esforços, ao sono vasto e superficial que dela se apoderava. Por mais que se endireitasse às vezes para sorrir, ou por zombaria de si mesma, ou por medo de deixar sem resposta alguma frase amável que lhe dirigissem, ela recaía, malgrado seu, no mal implacável e delicioso. Antes que o ruído, o que a despertava assim por um segundo apenas, era o olhar (que por ternura ela via mesmo de olhos fechados, e previa, pois a mesma cena se repetia todas as noites e obsedava seu sono, como a hora em que será preciso que a gente se levante), o olhar com que o professor assinalava o sono de sua esposa às pessoas presentes. Contentava-se, para começar, em fitá-la e sorrir, como se, como médico, censurasse aquele sono após a refeição (pelo menos dava esse motivo científico para se incomodar no fim, mas não é certo que fosse o motivo determinante, tal a variedade de pontos de vista que possuía a esse respeito), como marido todo-poderoso e brincalhão, estava encantado de zombar da mulher, de não a despertar no princípio, senão pela metade, a fim de que ela tornasse a adormecer e ele tivesse o prazer de a despertar de novo. Agora a sra. Cottard dormia completamente. "Então, Leontina, estás pescando?", gritou-lhe o professor. "Estou ouvindo o que diz a senhora Swann, meu amigo", respondeu debilmente a sra. Cottard, que retombou na sua letargia. "É insensato!", exclamou Cottard. "Daqui a pouco, ela nos garantirá que não dormiu. É como esses doentes que vêm consultar-nos e afirmam que não dormem nunca." "Com certeza imaginam que não dormem', disse, a rir, o sr. de Cambremer. Mas o doutor gostava tanto de contradizer como de zombar e sobretudo não admitia que um profano se atrevesse a lhe falar de medicina. "Ninguém imagina que não dorme", promulgou ele em tom dogmático. "Ah!", respondeu o marquês inclinando-se respeitosamente, como outrora o teria feito Cottard. "Bem se vê", continuou Cottard, "que o senhor não administrou, como eu, até dois gramas de trional, sem chegar a provocar a sonescência". "Com efeito, com efeito", replicou o marquês, rindo com ar superior, "nunca tomei trional, nem nenhuma dessas drogas que em breve não fazem mais efeito e desarranjam o estômago". "Os ignorantes é que dizem isso", respondeu o professor. "O trional reergue às vezes de maneira notável o tônus nervoso. O senhor que fala de trional, sabe ao menos o que é?" "Mas... ouvi dizer que é um medicamento para dormir." "O senhor não está respondendo à minha pergunta", tornou doutoralmente o professor que, três vezes por semana, estava "de exame" na faculdade. "Não lhe pergunto se faz dormir ou não, mas o que é. Pode dizer-me quantas partes de amila e de etila contém?" "Não", respondeu o sr. de Cambremer, embaraçado. "Prefiro um bom cálice de conhaque, ou mesmo de Porto 345." "Que são dez vezes mais tóxicos", interrompeu o professor. "Quanto ao trional", arriscou o sr. de Cambremer, "minha mulher usa essas coisas todas, seria melhor que o senhor falasse com ela." "Que deve entender mais ou menos o mesmo que o senhor. Em todo caso, se sua mulher toma trional para dormir, bem vê que a minha não tem necessidade. Vamos, Leontina, mexe-te? Tu te anquilosas. Acaso eu durmo depois do jantar? Que farás aos sessenta anos, se dormes agora como uma velha? Vais engordar, paralisas a circulação. Ela já nem sequer me ouve!" "Não é bom para a saúde, essas pequenas sestas após a refeição, não é mesmo, doutor?", disse o sr. de Cambremer, para reabilitar-se junto a Cottard. "Depois de comer bem, é preciso exercício." "Histórias!", respondeu o doutor. "Observou-se igual quantidade de alimento no estômago de um cão que ficara quieto e no estômago de um cão que havia corrido, e era no estômago do primeiro que a digestão estava mais adiantada." "Então é o sono que corta a digestão?"

"Isso é conforme se trate da digestão esofágica, estomacal ou intestinal; é escusado dar-lhe explicações que o senhor não compreenderia, já que não fez os seus estudos de medicina. Vamos, Leontina, de pé! Está na hora de partir." Não era verdade, pois o doutor ia apenas continuar a sua partida de cartas, mas esperava contrariar assim de modo mais brusco o sono da muda a quem dirigia, sem obter resposta, as mais sábias exortações. Ou que uma vontade de resistência a dormir persistisse na sra. Cottard, mesmo no estado de sono, ou que a poltrona não desse apoio à sua cabeça, esta foi lançada mecanicamente da esquerda para a direita e de baixo para cima, como um objeto inerte, no vácuo, e a sra. Cottard, de cabeça oscilante, ora tinha o ar de quem ouvia música, ora de quem entrava na última fase da agonia. E, onde fracassavam as mais veementes admoestações do marido, venceu o sentimento da sua própria tolice: "O banho está bem de temperatura", murmurou ela, "mas as plumas do dicionário...", exclamou, endireitando-se. "Oh!, meu Deus, que tola sou! Que digo! Estava pensando no meu chapéu; devo ter dito alguma tolice, por pouco que não adormeço... É esse maldito fogo." E todos se puseram a rir, porque não havia fogo nenhum.

"Estão zombando de mim", disse a rir a própria sra. Cottard, que com a mão apagou da fronte, com uma leveza de magnetizador e uma habilidade de mulher que arranja o penteado, os últimos vestígios do sono. "Vou apresentar minhas humildes escusas à senhora Verdurin e saber dela a verdade." Mas seu sorriso logo entristeceu, pois o professor, sabendo que a mulher procurava agradar-lhe e receava não consegui-lo, acabava de gritar-lhe: "Olha-te no espelho, estás vermelha como se tivesses uma erupção de acne, estás com o aspecto de uma velha camponesa". "Sabem, ele é encantador", disse a sra. Verdurin, "tem um bonito lado de bonomia brincalhona. E depois, trouxe meu marido das portas do túmulo quando toda a faculdade o havia condenado. Passou três noites perto dele sem deitar-se. Assim, Cottard, para mim, já sabem", acrescentou num tom grave e quase ameaçador, erguendo a mão para as duas esferas de mechas brancas das suas têmporas musicais e como se quiséssemos tocar no doutor, "é sagrado! Poderia pedir tudo o que quisesse. De resto, não o chamo de doutor Cottard, chamo-o de doutor Deus! E ainda dizendo isso, ou o calunio, pois esse Deus repara na medida do possível uma parte dos males de que o outro é responsável".

— Jogue trunfo — disse com um ar feliz o barão a Morel.

— Trunfo, para ver — disse o violinista.

— Seria preciso anunciar primeiro o rei — disse o barão de Charlus —, o senhor está distraído, mas como joga bem!

— Eu tenho o rei — disse Morel.

— É um belo homem — respondeu o professor.

— Que história é essa com essas estacas? — perguntou a sra. Verdurin, mostrando ao sr. de Cambremer um soberbo escudo esculpido acima da lareira. — São as suas *armas?* — acrescentou, com um desdém irônico.

— Não, não são as nossas — respondeu o sr. de Cambremer.

— Nós usamos de ouro com três faixas ameadas e contra-ameadas de goles, com cinco peças cada uma e carregada de um trevo de ouro. Não, essas são as dos d'Arrachepel, que não eram da nossa linhagem, mas de quem herdamos a casa, e nunca os de nossa linhagem quiseram modificar o que quer que fosse nela. Os Arrachepel (outrora Pelvilam, dizem) usavam de ouro com cinco estacas pontiagudas de goles. Quando se aliaram aos Féterne, seu escudo transformou-se, mas permaneceu a estaca diminuída e fincada de ouro, acompanhada à destra de um voo de arminho, cantonado de vinte cruzetas recruzetadas.

— Pegue essa — disse baixinho a sra. de Cambremer.

— Minha bisavó era uma d'Arrachepel ou de Rachepel, como quiserem, pois se encontram os dois nomes nas velhas cartas — continuou o sr. de Cambremer, que enrubesceu vivamente, pois só então lhe ocorreu a ideia com que sua mulher o honrara e teve receio de que a sra. Verdurin aplicasse a si mesma palavras que absolutamente não a visavam. — Pretende a História que no século XI o primeiro Arrachepel, Macé, chamado Pelvilam, demonstrou particular habilidade nos cercos para arrancar as estacas. Daí o cognome de Arrachepel, com o qual foi enobrecido, e os bastiões que vemos através dos séculos persistirem nas suas armas. Trata-se dos bastiões que, para tornar mais inabordáveis as fortificações, plantavam em terra diante delas e que eram ligados entre si. São o que a senhora muito bem chamava de estacas e que nada tinham dos bastões flutuantes do bom Lafontaine. Pois passavam por tornar inexpugnável uma praça. Evidentemente, com a artilharia moderna, isso faz sorrir. Mas cumpre lembrar que se trata do século XI.

— Falta-lhe atualidade, mas tem caráter, a pequena campânula — disse a sra. Verdurin.

— A senhora tem — disse Cottard — uma veia de... turlututu — palavra que seguidamente repetia, para evitar a de Molière.

— Não sabe por que foi reformado o rei de ouros?

— Bem que eu desejaria estar no lugar dele — disse Morel, a quem aborrecia o serviço militar.

— Ah!, o mau patriota! — exclamou o sr. de Charlus, que não pôde conter-se de beliscar a orelha do violinista.

— Não, não sabem por que o rei de outros foi reformado — tornou Cottard, que insistia em seus gracejos. — É porque só tem um olho.

— O senhor tem um parceiro forte, doutor — disse o sr. de Cambremer, para mostrar a Cottard que sabia quem era ele.

—Esse jovem é espantoso — interrompeu ingenuamente o sr. de Charlus, designando Morel. — Ele joga como um deus.

Essa reflexão não agradou muito ao doutor, que respondeu:

— O tempo o dirá. Para velhaco, velhaco e meio.

— A dama, o ás — anunciou triunfalmente Morel, a quem a sorte favorecia. O doutor curvou a cabeça como se não pudesse negar aquela fortuna e confessou, fascinado:

— Muito bonito.

— Nós ficamos muito contentes por jantar com o senhor de Charlus — disse a sra. de Cambremer à sra. Verdurin.

— Não o conhecia? É muito agradável, é especial, *é de uma época* (ficaria bastante embaraçada em explicar qual época) — respondeu a sra. Verdurin, com um sorriso satisfeito de diletante, de juiz e de dona de casa.

A sra. de Cambremer perguntou-me se eu não iria a Féterne com Saint-Loup. Não pude conter um grito de admiração ao ver a lua suspensa como uma lâmpada alaranjada à abóbada de carvalhos que partia do castelo. "Isto ainda não é nada; daqui a pouco, quando a lua estiver mais alta e o vale iluminado, será mil vezes mais bonito." "Eis aí uma coisa que a senhora não tem em Féterne!", disse a sra. Verdurin num tom desdenhoso à sra. de Cambremer, a qual não sabia o que responder, pois não queria depreciar a sua propriedade, principalmente diante dos locatários. "Demora-se ainda algum tempo na região, senhora?", perguntou o sr. de Cambremer à sra. Cottard, o que podia passar por uma vaga intenção de convidá-la e dispensava presentemente encontros mais precisos. "Oh!, certamente, senhor, faço muita questão desse êxodo anual, por causa dos meninos. Digam o que quiserem, eles precisam é de ar. A faculdade queria enviar-me a Vichy, mas é muito abafado, e eu me ocuparei de meu estômago depois que esses rapazes estiverem desenvolvidos. E depois o professor tem muito trabalho com os exames e os calores o cansam muito. Creio que se tem necessidade de repouso completo quando se esteve todo o ano na brecha, como ele. De qualquer maneira, ficaremos ainda um mês." "Ah!, então tornaremos a ver-nos." "E tanto mais sou obrigada a ficar porque meu marido deve ir dar uma volta pela Saboia e só daqui a uns quinze dias se fixará aqui." "Prefiro o lado do vale ao do mar", tornou a sra. Verdurin. "Vão ter um tempo esplêndido na volta." "Seria bom ver se os carros estão prontos, para o caso de que o senhor faça absoluta questão de regressar esta noite a Balbec", disse-me o sr. Verdurin, "pois eu não vejo necessidade disso. Nós o mandaríamos levar de carro amanhã de manhã. Com toda a certeza fará bom tempo. As estradas estão admiráveis". Eu disse que era impossível. "Mas, em todo caso, ainda não está na hora", objetou a Patroa. "Deixe-os em paz, que têm tempo de sobra. Nada lhes servirá chegar uma hora adiantados à estação. Estão melhor aqui. E você, meu pequeno Mozart", disse ela a Morel, pois não se atrevia a dirigir-se diretamente ao sr. de Charlus, "não quer pousar aqui? Temos belos quartos que dão para o mar. "Mas ele não pode", respondeu o sr. de Charlus pelo jogador atento, que nada tinha ouvido. "Só tem a licença até meia-noite. É preciso que volte para se deitar, como um menino bem obediente, bem-comportado", acrescentou, com uma voz complacente, amaneirada, insistente, como se achasse alguma sádica volúpia em empregar essa casta comparação e também em apoiar de passagem a sua voz sobre o que concernia a Morel, em tocá-lo, na falta da mão, com palavras que pareciam apalpá-lo.

Pelo sermão que me dirigira Brichot, tinha o sr. de Cambremer concluído que eu era dreyfusista. Como ele fosse tão antidreyfusista quanto possível, por cortesia para com um inimigo, pôs-se a fazer-me o elogio de um coronel judeu que sempre fora muito justo com um primo dos Chevrigny e lhe fizera dar a promoção que merecia. "E meu primo tinha ideias absolutamente opostas", disse o sr. de Cambremer, deixando no vago o que seriam essas ideias, mas que eu senti tão antigas e malformadas quanto o seu rosto, ideias que algumas famílias de certas aldeias deviam ter desde muito tempo. "Pois saiba o senhor, eu acho isso muito bonito!", concluiu o sr. de Cambremer. Verdade é que não empregava a palavra *bonito* no sentido estético em que designaria para sua mãe ou sua mulher obras diferentes, mas obras de arte. O sr. de Cambremer servia-se antes desse qualificativo ao felicitar, por exemplo, uma pessoa de saúde delicada que houvesse engordado um pouco. "Como? Recuperou três quilos em dois meses? Sabe que isso é muito bonito?!" Estavam servidos refrescos numa mesa. A sra. Verdurin convidou os cavalheiros a que fossem eles próprios escolher a bebida que lhes agradasse. O sr. de Charlus foi beber seu copo e logo voltou a sentar-se junto à mesa de jogo, não mais se movendo do lugar. A sra. Verdurin perguntou-lhe: "Não provou da minha laranjada?". Então o sr. de Charlus, com um sorriso gracioso, num tom cristalino que raramente tinha e com mil trejeitos da boca e requebros do talhe, respondeu: "Não, dei preferência ao outro, o de moranguinhos, creio eu, é delicioso". É singular que certa ordem de atos secretos tenha como consequência exterior um modo de falar ou gesticular que os revela. Se um cavalheiro acredita ou não na Imaculada Conceição, ou na inocência de Dreyfus, ou na pluralidade dos mundos habitados e queira calar-se a respeito de tais coisas, não se encontrará na sua voz nem no seu olhar nada que deixe transparecer seu pensamento. Mas, ao ouvir o sr. de Charlus dizer com a sua voz aguda, e com aquele sorriso e com aqueles gestos: "Não, dei preferência ao outro, o de moranguinhos", podia-se dizer: "Olha, ele ama o sexo forte", com certeza igual à com que um juiz condena um criminoso que não confessou, e um médico um paralítico geral, que talvez não conheça o seu mal, mas que cometeu certo erro de pronúncia pelo qual se pode deduzir que estará morto dali a três anos. Talvez as pessoas que concluam da maneira de dizer: "Não, dei preferência ao outro, o de moranguinhos", por um amor chamado antifísico, não tenham necessidade de tanta ciência. Mas é que aqui há relação mais direta entre o signo revelador e o segredo. Sem que precisamente o confessemos, sente-se que é uma doce e sorridente dama quem nos está respondendo e que nos parece amaneirada porque se faz passar por homem e não está a gente habituado a que um homem faça tantas cenas. E é talvez mais gracioso pensar que, desde muito tempo, certo número de mulheres angélicas foram compreendidas por engano no sexo masculino, dentro do qual, exiladas, enquanto batem em vão as asas para os homens, a quem inspiram aversão física, sabem arranjar um salão, compõem "interiores". Ao sr. de Charlus pouco se lhe dava que a sra. Verdurin ficasse de pé, e continuava instalado na sua poltrona para estar mais perto de Morel. "Não acha um crime", disse a sra. Verdurin ao barão, "que essa criatura, que poderia encantar-nos com o seu violino, esteja numa mesa de *écarté*? Quando se toca violino como ele!" "Ele joga bem cartas, faz tudo bem, é tão inteligente...", disse o sr. de Charlus, enquanto acompanhava o jogo, a fim de aconselhar Morel. Não era, aliás, seu único motivo para não se erguer da poltrona ante a sra. Verdurin. Com o singular amálgama que fizera de suas concepções sociais, a um tempo de grão-senhor e de amador de arte, em vez de ser polido da mesma maneira que um homem do seu meio, formava para si como que quadros vivos segundo Saint-Simon; e naquele momento divertia-se em figurar o marechal de Huxelles, o qual lhe interessava ainda por outros lados e de quem está dito que era presunçoso a ponto de não erguer-se da cadeira, com um ar de preguiça, diante do que havia de mais distinto na Corte.[210]

"Diga-me aqui, Charlus", disse a sra. Verdurin, que começava a tomar familiaridade, "não teria o senhor no seu bairro algum velho nobre arruinado que me pudesse servir de porteiro?" "Como não?... Como...", disse o sr. de Charlus, sorrindo com ar bonacheirão, "mas não lhe aconselho que o faça". "Por quê?" "Eu recearia, pela senhora, que os convidados elegantes não passassem além da portaria." Foi a primeira escaramuça entre os dois. A sra. Verdurin mal lhe deu atenção. Devia, infelizmente, haver outras em Paris. O sr. de Charlus continuou firme na sua cadeira. Não podia, aliás, deixar de sorrir quase imperceptivelmente ao ver o quanto a submissão tão facilmente obtida da sra. Verdurin confirmava as suas máximas favoritas sobre o prestígio da aristocracia e a covardia dos burgueses. A Patroa não parecia absolutamente espantada com a postura do barão e, se o deixou, foi unicamente porque se inquietara por me ver assediado pelo sr. de Cambremer. Mas, antes disso, queria esclarecer as relações do sr. de Charlus com a condessa Molé. "Disse-me o senhor que conhe-

---

210 Traços da personalidade do marechal Nicolas, marquês d'Huxelles (1652-1730), relatados por Saint-Simon no segundo volume de suas *Memórias*. Em *A prisioneira*, Charlus revelará outro traço dessa personalidade que o fascinava: o marechal participava ativa e abertamente de "orgias gregas" com jovens oficiais. [N. do E.]

cia a senhora de Molé. Vai à casa dela?", perguntou-lhe, dando à expressão de ir à casa dela o sentido de ser recebido em casa dela, de ter recebido dela autorização de visitá-la. O sr. de Charlus respondeu com um tom de desdém, uma afetação de precisão e um tom de salmodia: "Oh!, algumas vezes". Esse "algumas vezes" causou dúvidas à sra. Verdurin, que indagou: "Não tem lá encontrado o duque de Guermantes?". "Oh!, não me recordo." Ah!", disse a sra. Verdurin, "o senhor não conhece o duque de Guermantes?" "Mas como não havia eu de conhecê-lo?", respondeu o sr. de Charlus, a que um sorriso ondulou a boca. Esse sorriso era irônico; mas como receava mostrar um dente de ouro, o barão quebrou o sorriso com um refluxo dos lábios, de maneira que a sinuosidade que resultou foi a de um sorriso de benevolência. "Por que diz o senhor: 'Como não havia eu de conhecê-lo?'." "Mas porque é meu irmão", disse negligentemente o sr. de Charlus, deixando a sra. Verdurin mergulhada na estupefação e na incerteza de saber se o seu convidado zombava dela, se era um filho natural ou filho de outro leito. Não lhe ocorreu a ideia de que o irmão do duque de Guermantes se chamasse barão de Charlus. Dirigiu-se para mim: "Ouvi há pouco o senhor de Cambremer convidá-lo para jantar. No que me toca, o senhor compreende, isso me é indiferente. Mas espero, no seu interesse, que o senhor não vá. Primeiro, aquilo está infestado de cacetes. Agora!, se gosta de jantar com condes e marqueses de província que ninguém conhece, estará bem servido". "Creio que serei obrigado a ir uma vez ou duas. De resto, não ando muito livre, pois tenho uma jovem prima que não posso deixar sozinha (achava que esse pretenso parentesco simplificava as coisas para sair com Albertine). Mas, quanto aos Cambremer, como já a apresentei a eles..." "Faça o que quiser; mas digo-lhe: é excessivamente malsão; quando tiver apanhado algum catarro, ou esses reumatismos das famílias, estará bem servido..." "Mas o lugar não é muito bonito?" "Mmmmmm... Se quiserem. Quanto a mim, confesso francamente que prefiro mil vezes a vista daqui para este vale. Primeiramente, ainda que nos pagassem, eu não teria ficado com a outra casa, porque o ar marítimo é fatal ao senhor Verdurin. Por pouco nervosa que seja a sua prima... De resto, o senhor é nervoso, creio eu... tem sufocações. Pois bem! Há de ver. Vá, que não dormirá oito dias, mas isto não é da nossa conta." E sem pensar no que a sua nova frase ia ter de contraditória com as precedentes: "Se lhe diverte ver a casa, que não é má, bonita seria muito forte, mas, afinal, divertida com o velho poço, a velha ponte levadiça, como é preciso que eu dê um jeito e vá jantar lá uma vez, pois bem!, venha nesse dia, tratarei de levar todo o meu pequeno círculo, e então será agradável. Amanhã de manhã iremos a Harambouvil-le de carro. A estrada é magnífica, há uma sidra deliciosa. Venha, pois. O senhor, Brichot, virá também. E o senhor também, Ski. Será uma jornada que, aliás, meu marido já deve ter preparado. Não sei bem a quem ele convidou; o senhor não é dos tais, senhor de Charlus?". O barão, que não entendeu esta frase e não sabia que se tratava de uma excursão a Harambouville, teve um so-bressalto: "Estranha pergunta", murmurou ele num tom irônico com que a sra. Verdurin se sentiu picada. "Aliás", disse-me ela, "enquanto não chega o jantar Cambremer, por que não traz aqui a sua prima? Gosta ela da conversação, das pessoas inteligentes? Sim? Pois muito bem! Venha com ela. Não há só os Cambremer no mundo. Compreendo que eles se sintam satisfeitos por convi-dá-la, não conseguem apanhar ninguém. Aqui ela terá um bom ar, e sempre homens inteligentes. Em todo caso, espero que não me largue na próxima quarta. Ouvi dizer que o senhor tinha um chá em Rivebelle com a sua prima, o senhor de Charlus, e não sei mais quem. Devia arranjar para trazer tudo isso para cá, seria bonito uma pequena chegada em massa. As comunicações não podem ser mais fáceis, as estradas, um encanto. Se preciso, man-darei buscá-los. Não sei, aliás, o que pode atraí-los a Rivebelle, está infestado de mosquitos. Acredita, decerto, na reputação das tortas. Meu cozinheiro as prepara muito melhor. Eu lhe darei torta normanda, da verdadeira, os *sablés*, só lhe digo isto. Ah!, se faz questão da porcaria que servem em Rivebelle, isso não vai comigo, não costumo assassinar meus convidados, e, ainda que o quisesse, meu cozinheiro não quereria fazer aquela coisa inominável e mudaria de casa. Aquelas tortas, nem se sabe com que são feitas. Conheci uma pobre menina a quem aquilo provocou uma peritonite que a levou em três dias. Tinha apenas dezessete anos. É uma coisa triste para a sua pobre mãe", acrescentou a sra. Verdurin, sob as esferas das suas têmporas carregadas de experiência e dor. "Mas, enfim, vá comer em Rivebelle, se lhe diverte ser escorchado e lançar dinheiro pelas janelas. Apenas, peço-lhe, é uma missão de confiança que lhe dou, às seis horas traga-me todo o seu pessoal aqui, não deixe que cada um volte para a sua casa, em debandada. Pode trazer quem quiser. Isso eu não diria a qualquer. Mas estou certa de que seus amigos são galantes, vejo logo que nos compreendemos. Fora o pequeno núcleo, vêm justamente pessoas muito agradáveis na quarta-feira. Não conhece a senhora de Longpont? É encantadora e cheia de espírito, nada esnobe, verá que vai agradar-lhe, e muito. E deve também trazer um bando inteiro de amigos", acrescentou a sra. Verdurin, para me mostrar que isso era de boa nota e encorajar-me com o exemplo. "Veremos quem é que tem maior influência e quem trará mais gente, Barbe de Longpont ou o senhor... E depois, creio que também devem trazer Bergotte", acrescentou com ar vago, pois esse concurso de uma celebridade se tornara muito improvável devido a uma nota publicada nos jornais da manhã, anunciando que a saúde do grande escritor inspirava as mais sérias inquietações. "Enfim, vai ver que será uma das minhas quartas de mais sucesso, não quero ter mulheres aborrecidas. Aliás, não julgue por esta noite, que falhou por completo. Não proteste, o senhor não pode ter-se aborrecido mais do que eu. Eu própria achei-a cacetíssima. Não há de ser sempre como esta noite! De resto, já não falo dos Cambremer, que são impossíveis, mas conheci gente fidalga que passava por agradável. Pois bem, ao lado do meu pequeno núcleo, deixava de existir. Ouvi-o dizer que achava Swann inteligente,

mas sem falar no caráter do homem, que sempre achei medularmente antipático, sorrateiro, dissimulado, tive-o muitas vezes no
jantar das quartas. Pois bem, pode perguntar aos outros, mesmo
ao lado de Brichot, que está longe de ser uma águia, apenas um
bom professor de segunda que eu fiz entrar para o Instituto, mesmo assim, Swann não era nada. Tão apagado!" E como eu emi-
tisse aviso contrário: "É assim. Não quero dizer-lhe nada contra
ele, pois era seu amigo, e aliás o estimava muito, falou-me no
senhor de modo delicioso, mas pergunte a estes se jamais ele disse alguma coisa de interessante em nossos jantares. Isso, afinal
de contas, é a pedra de toque. Pois bem, não sei por que, mas
Swann, em minha casa, não dava nada, não rendia nada. E ainda
o pouco que valia, tirou-o daqui". Assegurei que ele era muito
inteligente. "Não, o senhor só pensava isso porque o conhecia há
muito menos tempo que eu. No fundo, logo se lhe fazia a volta. A
mim, ele aborrecia. (Tradução: ele frequentava os La Trémoïlle e
os Guermantes e sabia que eu lá não ia.) E eu posso suportar tudo,
exceto o aborrecimento. Oh!, isso não!" O horror ao aborrecimento era agora na sra. Verdurin o motivo encarregado de explicar a
composição do pequeno círculo. Ela ainda não recebia duquesas
porque era incapaz de aborrecer-se, como era incapaz de fazer um
cruzeiro marítimo por causa do enjoo. Pensava comigo que o que
a sra. Verdurin dizia não era absolutamente falso e que, se os
Guermantes tivessem declarado Brichot o homem mais tolo que
jamais haviam encontrado, eu ficava na incerteza de que, se no
fundo não era ele superior ao próprio Swann, era-o pelo menos às
pessoas que, possuindo o espírito dos Guermantes e o bom gosto
de evitar e o pudor para enrubescer de suas ridículas facécias, eu
o perguntava a mim mesmo, como se a natureza da inteligência
pudesse esclarecer-se nalguma medida com a resposta que eu me
daria com a seriedade de um cristão influenciado por Port-Royal
que se propõe o problema da Graça. "O senhor verá", continuou a
sra. Verdurin, "quando se tem gente da aristocracia com gente na
verdade inteligente, aí é que é preciso vê-los, o aristocrata mais

espirituoso no reino dos cegos não passa de um torto aqui. E depois os outros, que já não se sentem à vontade... De modo que me pergunto se, em vez de tentar fusões que estragam tudo, não faria melhor em arranjar umas séries só para os aborrecidos, de modo que pudéssemos gozar plenamente do nosso pequeno grupo. Em conclusão, o senhor virá com a sua prima. Está combinado. Bem. Pelo menos, aqui, têm ambos o que comer. Em Féterne, é fome e sede. Por exemplo, se gosta de ratos, vá logo lá, que será servido a contento. E lhe guardarão quanto quiser. Com a breca, o senhor morrerá de fome. Aliás, quando for lá, jantarei antes de partir. E para que fique mais alegre, deveria o senhor vir buscar-me. Tomaríamos um bom chá e cearíamos na volta. Gosta de tortas de maçã? Esplêndido! Nosso cozinheiro as faz como ninguém. Bem vê que eu tinha razão em dizer que o senhor era feito para viver aqui. Venha morar conosco. Bem sabe que há muito mais lugar em nossa casa do que parece. Não o digo para não atrair aborrecidos. Poderia trazer sua prima para morar aqui também. Ela teria outro ar que não em Balbec. Com o ar daqui, tenho a pretensão de curar os incuráveis. Palavra que os curei, e não de hoje. Pois já morei muito perto daqui, qualquer coisa que eu havia desencavado, que consegui por um pedaço de pão e que tinha muito mais caráter do que a sua Raspelière. Hei de mostrar-lhe, se sairmos a passear. Mas reconheço que, mesmo aqui, o ar é verdadeiramente vivificante. Não quero falar muito nisso, senão os parisienses começariam a gostar do meu cantinho. Essa foi sempre a minha sorte. Enfim, diga-o à sua prima. Ser-lhes-ão dados dois lindos quartos com vista para o vale; verá o que é isso pela manhã, o sol na bruma! E quem vem a ser esse Robert de Saint-Loup de quem estava falando?", disse ela com um ar inquieto, porque ouvira que eu devia ir visitá-lo em Doncières e temia que ele me fizesse desertar. "Poderia até trazê-lo aqui, se não for algum aborrecido. Ouvi falar nele, por intermédio de Morel; parece-me que é um de seus grandes amigos", disse a sra. Verdurin, mentindo completamente, pois Saint-Loup e Morel nem sequer conheciam a existência um do outro. Mas, tendo ouvido que Saint-Loup conhecia o sr. de Charlus, pensava que fosse por intermédio do violinista e queria mostrar-se a par de tudo. "Ele não estuda medicina, por acaso, ou literatura? Bem sabe que, se tiver necessidade de recomendações para exames, Cottard tudo pode, e eu faço de Cottard o que quero. Quanto à Academia, para mais tarde, pois suponho que ele não tem idade suficiente, disponho de vários votos. Seu amigo estaria aqui em terra conhecida e talvez o divertisse ver a casa. Doncières não é nada para que se diga. Afinal, façam como quiserem, como melhor ficar para ambos", concluiu, sem insistir, para não parecer que procurava a nobreza, e porque a sua pretensão era de que o regime sob o qual fazia viver os fiéis, a tirania, fosse chamado liberdade. "Vejamos, que é que tens?", disse ela, ao ver o sr. Verdurin que, fazendo gestos de impaciência, alcançava a varanda que se estendia ao longo do salão, do lado do vale, como alguém que sufoca de raiva e tem necessidade de tomar ar. "Foi ainda Saniette quem te irritou? Mas já que sabes que ele é um idiota, toma o teu partido e não te ponhas nesse estado... Não gosto disso", disse-me a sra. Verdurin, "porque é mau para ele, congestiona-o. Mas também devo dizer que é preciso uma paciência de anjo para suportar Saniette e principalmente lembrar que é uma caridade recolhê-lo. Da minha parte, confesso que o esplendor da sua tolice é, antes, uma delícia. Creio que ouviu a sua frase após o jantar: 'Uíste não sei jogar, mas sei tocar piano'. Não é estupendo? É grande como o mundo, e, aliás, uma mentira, pois ele não sabe nem uma nem outra coisa. Mas meu marido, sob a sua aparência rude, é muito sensível, muito bom, e essa espécie de egoísmo de Saniette, sempre preocupado com o efeito que vai fazer, o deixa fora de si... Vamos, meu bem, acalma-te, bem sabes que Cottard te disse que era ruim para o teu fígado. E é sobre mim que tudo isso vai recair", disse a sra. Verdurin. "Amanhã Saniette vai ter a sua pequena crise de nervos e de lágrimas. Pobre homem! Está muito doente. Mas, afinal, não é uma razão para que mate os outros. E depois até nos momentos em que ele sofre muito, em que a gente desejaria compadecer-se, a sua tolice corta logo qualquer sentimento. Ele é estúpido demais. Só tens a dizer-lhe é que essas cenas fazem adoecer a vocês dois, que ele não volte cá, e, como é o que mais teme, isso terá um efeito calmante sobre os seus nervos", soprou a sra. Verdurin ao marido.

Apenas se distinguia o mar pelas janelas da direita. Mas as do outro lado mostravam o vale, onde havia agora caído a neve do luar. Ouvia-se de tempos em tempos a voz de Morel e a de Cottard. "Tem o trunfo?" "*Yes.*" "Ah!, o senhor tem bons", disse a Morel, em resposta à sua pergunta, o sr. de Cambremer, pois vira que o jogo do doutor estava cheio de trunfos. "Eis aqui a dama de ouros", disse o doutor, "isto é trunfo, sabe? Eu corto, eu faço a vaza". "Mas não há mais Sorbonne", disse o doutor ao sr. de Cambremer. Só há a Universidade de Paris". O sr. de Cambremer confessou ignorar por que lhe fazia o doutor essa observação. "Creio que o senhor falava na Sorbonne", tornou o doutor. "Eu tinha entendido que dizia: *tu nous la sors bonne*", acrescentou, piscando o olho, para mostrar que era um trocadilho. "Espere", disse ele designando o adversário, "eu lhe preparo um golpe de Trafalgar". E o golpe devia ser excelente para o doutor, pois, na sua alegria, pôs-se a rir, a mover voluptuosamente os ombros, o que, na família, no "gênero" Cottard, era um sinal quase zoológico de satisfação. Na geração precedente, o gesto de esfregar as mãos como se as ensaboassem, acompanhava o movimento. O próprio Cottard, a princípio, tinha usado simultaneamente a dupla mímica, mas um belo dia (sem que se soubesse a que intervenção conjugal, magistral talvez, era isso devido) desapareceu o esfregar de mãos. O doutor, mesmo no dominó, quando forçava o parceiro a "pedir" e a tomar o duplo seis, o que era para ele o mais vivo dos prazeres, contentava-se com o movimento de espáduas. E quando — o mais raramente possível — ia à sua terra natal por alguns dias, encontrando lá o seu primo, o qual ainda estava na esfregação das mãos, dizia na volta à sra. Cottard:

"Achei bastante vulgar aquele pobre Renato". "Tem aquela coisinha?", disse voltando-se para Morel. "Não? Então eu jogo este velho Davi."[211] "Mas então é que o senhor tem cinco, e ganhou!" "Eis uma bela vitória, doutor", disse o marquês. "Uma vitória de Pirro", disse Cottard, voltando-se para o marquês e olhando por cima das lentes para ver o efeito da sua frase. "Se ainda tivermos tempo", disse a Morel, "dou-lhe revanche. É a minha vez. Ah!, não, aí estão os carros, ficará para sexta-feira, e eu lhe mostrarei um golpe daqueles!" O sr. e a sra. Verdurin nos conduziram para fora. A Patroa mostrou-se particularmente aliciante para com Saniette, para ficar certa de que ele voltaria na próxima vez. "Mas não me parece que esteja bem agasalhado, meu filho", disse-me o sr. Verdurin, cuja idade autorizava essa linguagem paternal. "O tempo mudou." Tais palavras me encheram de alegria, como se a vida profunda, o surgir de combinações diferentes que isso implicava na natureza, devesse anunciar novas mudanças, estas a efetuarem-se em minha vida, e criar-lhe novas possibilidades. Bastava abrir a porta para o parque antes de partir e já se sentia que um outro "tempo" ocupava desde poucos instantes a cena; sopros frescos, volúpia estival se elevavam no pinhal (onde outrora a sra. de Cambremer sonhava com Chopin) e quase imperceptivelmente, em meandros acariciantes, em caprichosos remoinhos, começavam os seus leves noturnos. Recusei a coberta, que devia aceitar nas noites seguintes, quando Albertine ali estivesse, antes pelo segredo do prazer que contra o perigo do frio. Em vão procuraram o filósofo norueguês. Sentira alguma cólica? Tivera medo de perder o trem? Viera buscá-lo algum aeroplano? Fora arrebatado numa Assunção? A verdade é que, como um deus, havia desaparecido sem que se tivesse tempo de o notar. "Fez mal", disse-me o sr. de Cambremer, "está um frio de pato". "Por que de pato?", indagou o doutor. "Cuidado com as sufocações", tornou o marquês. "Minha irmã nunca sai à noite. De resto, ela está bas-

211 Davi: nome do rei de espadas. [N. do E.]

tante mal hipotecada neste momento. Em todo caso, não fique de cabeça descoberta, ponha logo o chapéu." "Não são sufocações *a frigore*", disse sentenciosamente Cottard. "Ah! Ah!", fez o sr. de Cambremer, inclinando-se, "já que é de seu aviso..." "Aviso ao leitor!", disse o médico, deslizando o olhar fora do pincenê, para sorrir. O sr. de Cambremer riu, mas, convencido de que tinha razão, voltou à carga. "No entanto minha irmã, cada vez que sai à noite, tem um acesso." "Inútil questionar", respondeu o doutor, sem se dar conta da sua indelicadeza. "De resto, não pratico medicina à beira-mar, salvo se sou chamado em conferência médica. Estou aqui em férias." Aliás, ele o estava mais ainda talvez do que o desejaria. Tendo-lhe dito o sr. de Cambremer, ao subir com ele no carro: "Temos a sorte de ter também perto de nós (não do seu lado da baía, do outro, mas ela é tão estreita neste trecho...) outra celebridade médica, o dr. Du Boulbon", Cottard, que habitualmente, por *deontologia*, se abstinha de criticar seus confrades, não pôde deixar de exclamar, como fizera no dia funesto em que tínhamos ido ao Cassino: "Mas não é um médico. Faz medicina literária, é terapêutica fantasista, charlatanismo. Aliás, estamos em bons termos. Tomaria o barco para ir visitá-lo uma vez, se não estivesse obrigado a ausentar-me". Mas, pelo ar que assumiu Cottard para falar em Du Boulbon ao sr. de Cambremer, senti que o barco em que de bom grado teria ido ao seu encontro muito se assemelhava ao navio que, para arruinar as águas descobertas por um outro médico literário, Virgílio (o qual também lhes arrebatava toda a clientela), haviam fretado os doutores de Salerno, mas que soçobrou com eles durante a travessia.[212] "Adeus, meu bom Saniette, não deixe de vir amanhã, bem sabe que meu ma-

---

212 Alusão a uma história do anedotário medieval segundo a qual Virgílio teria criado banhos miraculosos em Pozzuoli, o que despertara a ira dos médicos de Salerno. Depois de terem arruinado as instalações termais, eles teriam morrido durante a travessia marítima de volta. A história consta do livro do século XIV *Cronica di Partenope*, e seria retomada por Domenico Comparetti em seu *Virgilio nel medio evo*, publicado em 1872. [N. do E.]

rido o estima muito. Aprecia seu espírito, sua inteligência. Somente, como bem sabe, gosta de assumir ares bruscos, mas não pode passar sem vê-lo. É sempre a primeira pergunta que me faz: 'Será que Saniette vem? Gosto tanto de vê-lo...'" "Eu nunca disse isso", disse Verdurin a Saniette com uma franqueza simulada que parecia conciliar perfeitamente o que dizia a Patroa com a maneira como ele tratava Saniette. Depois, consultando o relógio, decerto para não prolongar as despedidas na umidade da noite, recomendou aos cocheiros que não se retardassem, mas que fossem prudentes na descida, e assegurou que chegaríamos antes do trem. Este devia depor os fiéis, um numa estação, outro em outra, terminando por mim, pois nenhum ia a tão grande distância como Balbec, e começando pelos Cambremer. Estes, para não fazer os cavalos subirem de noite até a Raspelière, tomaram o trem conosco em Douville-Féterne. A estação mais próxima da sua casa não era, com efeito, esta, que, já um pouco distante da aldeia, o é ainda mais do castelo, mas a Sogne. O sr. de Cambremer fez questão de dar a moeda, como dizia Françoise, ao cocheiro dos Verdurin (justamente o gentil cocheiro sensível, de ideias melancólicas), pois o sr. de Cambremer era generoso, e nisso antes "puxava à sua mamãe". Mas fosse porque "o lado de seu papai" aqui interviesse, ele, ao mesmo tempo que dava, sentia o escrúpulo de um engano cometido — ou por ele, que, enxergando mal, daria por exemplo um *sou* por um franco, ou pelo destinatário, que não se aperceberia da importância do que lhe davam. Assim, observou: "É mesmo um franco que eu lhe dou, não?", disse ele ao cocheiro, fazendo rebrilhar a moeda na luz, e para que os fiéis pudessem repeti-lo à sra. Verdurin. "Não é? É mesmo vinte *sous*? Visto que se trata de uma pequena corrida..." Ele e a sra. de Cambremer nos deixaram na Sogne. "Direi a minha irmã", repetiu-me, "que o senhor tem sufocações, estou certo de interessá-la." "Compreendi que ele queria significar: causar-lhe prazer. Quanto à sua esposa, empregou, ao despedir-se de mim, duas dessas abreviaturas que, mesmo escritas, me chocavam então numa carta, embora nos tenhamos habituado depois, mas que, faladas, ainda hoje me parecem ter, na sua voluntária negligência, na sua familiaridade adquirida, qualquer coisa de insuportavelmente pedante: "Encantada por ter passado o serão com o senhor; recomendações a Saint-Loup, se o encontrar". Ao dizer esta frase, a sra. de Cambremer pronunciou Saint-Loupe. Jamais soube eu quem havia pronunciado assim diante dela, ou o que lhe fizera crer que assim se devia pronunciar. De qualquer forma, é verdade que durante algumas semanas ela pronunciou Saint-Loupe e que um homem que lhe tinha grande admiração e que não fazia senão um com ela fez a mesma coisa. Se outras pessoas diziam Saint-Lou, eles insistiam, diziam com força Saint-Loupe, ou para dar uma lição aos outros ou para distinguir-se deles. Mas com certeza mulheres mais brilhantes que a sra. de Cambremer lhe disseram, ou indiretamente lhe fizeram compreender que não se devia pronunciar assim, e que o que ela tomava por originalidade era um erro que faria com que a julgassem pouco a par das coisas do alto mundo, pois pouco depois a sra. de Cambremer tornava a dizer Saint-Lou, e seu admirador igualmente cessava toda e qualquer resistência, ou porque ela o tivesse admoestado, ou porque tivesse ele notado que ela não mais fazia soar a final, dizendo consigo que, para que uma mulher daquele valor, daquela energia e daquela ambição houvesse cedido, era preciso que fosse por bom motivo. O pior de seus admiradores era o marido. A sra. de Cambremer gostava de fazer aos outros brincadeiras muita vez impertinentes. Logo que investia dessa maneira contra mim ou contra qualquer outro, o sr. de Cambremer começava a olhar para a vítima, rindo. Como o marquês era vesgo — o que dá uma intenção de espírito à própria alacridade dos imbecis —, o efeito desse riso era trazer um pouco de pupila para o branco do olho que, a não ser isso, ficaria completo. Assim uma clareira põe um pouco de azul num céu algodoado de nuvens. O monóculo protegia do resto, como um vidro sobre um quadro precioso, essa operação delicada. Quanto à própria intenção do riso, não se sabe se acaso seria amável: "Ah!, maroto! Pode considerar-se digno de inveja. Está nas graças de uma mulher de muito espírito". Ou travessa: "Espero que se arranje, senhor; está engolindo cobras e lagartos", ou prestimosa: "Bem sabe, aqui estou, tomo a coisa a rir porque é puro gracejo, mas não deixaria maltratá-lo", ou cruelmente cúmplice: "Não tenho que atirar meu grãozinho de sal, mas bem vê, morro de riso com essas maldades que ela não lhe poupa. Rio como um corcunda, portanto aprovo, eu, o marido. Assim, se lhe desse a fantasia de corcovear, encontraria alguém pela frente, senhor. Eu lhe daria primeiro um par de tapas, e caprichados, depois iríamos cruzar espadas na floresta de Chantepie".

Qualquer que fosse o resultado dessas diversas interpretações do bom humor do marido, as pilhérias da mulher logo terminavam. Então o sr. de Cambremer parava de rir, a pupila desaparecia momentaneamente. E como a gente havia perdido desde alguns minutos o hábito do olho inteiramente branco, dava ele àquele rubro normando qualquer coisa de exangue e estático ao mesmo tempo, como se o marquês acabasse de ser operado ou implorasse do céu, sob o seu monóculo, as palmas do martírio.

III

Eu estava caindo de sono. Fui guindado de elevador até o meu andar, não pelo ascensorista, mas pelo *groom* vesgo, que travou conversação para me contar que a sua irmã continuava com aquele cavalheiro tão rico, e que uma vez, como ela tivesse vontade de voltar para casa em vez de continuar séria, o referido senhor fora procurar a mãe do vesgo e dos outros filhos mais afortunados, a qual logo levara a insensata para o seu amigo. "Sabe, senhor, é uma grande dama a minha irmã. Toca piano, fala espanhol, e o senhor não a acreditaria irmã do simples empregado que o faz subir de elevador; ela não se nega coisa alguma; tem sua própria camareira e eu não ficaria espantado de que tenha um dia a sua carruagem. Se o senhor a visse... Ela é muito bonita, mas, que diabo, isso compreende-se. Ela tem muito espírito. Nunca deixa um hotel sem aliviar-se num armário, numa cômoda, para deixar uma pequena lembrança à arrumadeira que fizer a limpeza. Às vezes até num carro ela faz isso e, depois de pagar a corrida, oculta-se num canto, coisa muito de rir, para ver arrepelar-se o cocheiro, que tem de levar o carro. Meu pai também deu uma acertada, conseguindo para o meu irmão mais moço aquele príncipe hindu que ele conheceu antigamente. Naturalmente é outro gênero. Mas a posição é soberba. Se não fossem as viagens, seria um sonho. Só eu é que estou no desvio. Mas nunca se pode saber. Minha família é de sorte; quem sabe se não serei um dia presidente da República... Mas estou fazendo-o tagarelar (eu não tinha dito uma única palavra e começava a adormecer, escutando as suas). Boa-noite, senhor. Oh!, obrigado, senhor. Se todo mundo tivesse tão bom coração como o cavalheiro, não haveria mais desgraçados. Mas, como diz minha irmã, sempre é preciso que os haja, para que, agora que estou rica, possa bosteá-los um pouco. Perdoe a palavra. Boa-noite, senhor."

Talvez cada noite aceitemos o risco de viver, durante o sono, sofrimentos que consideramos nulos e não acontecidos, porque serão suportados no decurso de um sono que julgamos sem consciência.

Com efeito, naquelas noites em que voltava tarde da Raspelière, eu tinha muito sono. Mas logo que chegaram os primeiros frios, não podia adormecer em seguida, pois o fogo da lareira alumiava como se tivessem acendido uma lâmpada. Somente não era mais que uma chama, e — como uma lâmpada também, como o dia quando cai a noite — sua luz muito viva não tardava a diminuir; e eu entrava no sono, o qual é como um segundo apartamento que possuíssemos e onde, abandonando o nosso, tivéssemos ido dormir. Tem campainhas próprias e ali somos algumas vezes violentamente despertados por um toque de campainha, perfeitamente ouvido por nossos ouvidos, quando no entanto ninguém tocou. Tem seus criados, seus visitantes particulares que nos vêm procurar para sairmos, de maneira que estamos prontos para levantar-nos, quando nos é forçoso verificar, com a nossa quase imediata transmigração para o outro apartamento, o da véspera, que o quarto está vazio, que ninguém chegou. A raça que o habita, como a dos primeiros humanos, é andrógina. Um homem aparece ao cabo de um instante sob o aspecto de uma mulher. As coisas têm tendência a tornar-se homens, os homens amigos e inimigos. O tempo que decorre para o adormecido, durante esse sono, é absolutamente diferente do tempo em que transcorre a vida do homem acordado. Ora o seu curso é muito mais rápido, um quarto de hora parece um dia, ora muito mais longo e julga-se haver apenas dormido um ligeiro sono quando se dormiu o dia inteiro. Então, sobre o carro do sono, desce às profundezas onde a recordação não mais pode alcançá-lo, e para aquém das quais foi o espírito obrigado a desandar caminho.

A atrelagem do sono, semelhante à do sol, vai num passo tão igual, numa atmosfera onde não pode mais detê-lo nenhuma resistência, que é preciso algum pequeno calhau aerolítico estranho a nós (dardejado do azul por que Desconhecido?) para atingir o sono regular (que sem isso não teria razão alguma de parar e duraria com igual movimento até os séculos dos séculos) e fazê-lo, numa curva súbita, voltar para o real, saltar as etapas, atravessar as regiões próximas da vida onde em breve o adormecido ouvirá, desta, os rumores quase vagos ainda, mas já perceptíveis, embora deformados — e fazer a brusca aterrissagem no despertar. Então, desses sonos profundos, desperta a gente numa aurora, sem saber que é, sem ser ninguém, novo, pronto para tudo, esvaziado o cérebro desse passado que até então constituía a vida. E talvez seja ainda mais belo quando a aterrissagem do despertar se efetua brutalmente e os nossos pensamentos do sono, arrebatados por um manto de esquecimento, não têm tempo de voltar progressivamente, antes que o sono cesse. Então, da negra tempestade que nos parece ter atravessado (mas nem sequer dizemos *nós*) saímos jacentes, sem pensamentos, um *nós* que não tivesse conteúdo. Que martelada a criatura ou a coisa que ali está recebeu para que tudo ignore, estupefata até o momento em que a memória, acorrendo, lhe restitua a consciência ou a personalidade? Ainda, no que tange a esses dois gêneros de despertar, cumpre não adormecer, ainda que profundamente, sob a lei do hábito. Pois o hábito vigia a tudo quanto encerra em suas redes, é preciso escapar-lhe, apanhar o sono no instante em que se julgava fazer coisa muito outra que dormir, receber numa palavra um sono que não fique sob a tutela da previdência e com a companhia, mesmo oculta, da reflexão.

Pelo menos esses despertares, tal como os acabo de descrever, e que eram na maior parte do tempo os meus depois que eu havia jantado na Raspelière, tudo se passava como se assim fosse, e eu posso testemunhá-lo, eu, o estranho humano, que, esperando que a morte o liberte, vive com as persianas fechadas, nada sabe do mundo, permanece imóvel como um mocho e, como este, só vê com alguma nitidez nas trevas. Tudo se passa como se assim fosse, mas talvez só uma camada de estopa impediu o adormecido de ouvir o diálogo interior das recordações e a incessante parolagem do sono. Pois (o que de resto também pode explicar-se no primeiro sistema, mais vasto, mais misterioso, mais astral) no momento em que sobrevém o sono, ouve o adormecido uma voz interior que lhe diz: "Não vem ao jantar desta noite, caro amigo? Como vai ser tão agradável..." e pensa: "Sim, como vai ser agradável, irei"; depois, acentuando-se o despertar, ele subitamente recorda: "Minha avó só tem algumas semanas de vida, afirma o doutor". Ele toca a campainha, e chora à ideia de que não será, como outrora, a sua avó, a sua avó moribunda, mas um indiferente criado de quarto que virá atendê-lo. De resto, ainda que o sono o levasse para tão longe do mundo habitado pela recordação e o pensamento, através de um éter onde estivesse sozinho, mais que sozinho: sem ter ao menos esse companheiro em que a gente se vê a si mesmo, estava ele fora do tempo e de suas medidas. Já vai entrando o camareiro e ele não se atreve a perguntar-lhe a hora, pois ignora se dormiu, ou quantas horas dormiu (indaga consigo se não seriam quantos dias, de tal modo regressa com o corpo exausto e o espírito repousado, o coração nostálgico, como de uma viagem muito longínqua para que não tenha durado muito tempo).

Pode-se por certo pretender que só existe um tempo, pela fútil razão de que foi olhando para a pêndula que se verificou não ser mais que um quarto de hora o que julgáramos um dia. Mas, no instante em que o verificamos, somos justamente um homem desperto, mergulhado no tempo dos homens despertos e que desertou o outro tempo. Talvez até mais que um outro tempo: uma outra vida. Os prazeres que temos no sono, não os fazemos figurar na conta dos prazeres experimentados no curso da existência. Para não citar senão o mais vulgarmente sensual de todos, qual de nós, ao despertar, não sentiu alguma irritação, por haver experimentado, enquanto dormia, um prazer que, se a gente não quer fatigar--se demasiado, já não pode, uma vez desperto, renovar indefinidamente nesse dia? É como fortuna perdida. Sentiu-se prazer, numa outra vida que não a nossa. Sofrimentos e prazeres do sonho (que geralmente logo se dissipam ao despertar) se o fizéssemos figurar num orçamento, não seria o da vida corrente.

Dois tempos, disse eu; talvez não haja mais que um só, não

que o do homem desperto seja válido para o adormecido, mas talvez porque a outra vida, aquela em que se dorme, não esteja — na sua parte profunda — submetida à categoria do tempo. Assim se me afigurava quando, após os jantares na Raspelière, adormecia tão completamente. Eis por quê. Começava a desesperar-me, ao despertar, vendo que, depois de haver chamado dez vezes, o camareiro não aparecia. Na undécima vez ele entrava. Não era senão a primeira. As dez outras não eram mais que esboços, no meu sono que durava ainda, do toque de campainha que eu queria. Minhas mãos entorpecidas nem sequer se haviam movido. Ora, naquelas manhãs (e é o que me faz dizer que o sono talvez ignore a lei do tempo), meu esforço para despertar consistia principalmente num esforço para ajustar nos quadros do tempo o bloco escuro, não definido, do sono que eu acabava de viver. Não é trabalho fácil; o sono, que não sabe se dormimos duas horas ou dois dias, não nos pode oferecer nenhum ponto de referência. E se não o encontrarmos no exterior, não conseguindo regressar ao tempo, tornamos a adormecer, por cinco minutos que nos parecem três horas.

Sempre disse — e experimentei — que o mais poderoso dos hipnóticos é o sono. Depois de ter dormido profundamente durante duas horas, ter combatido com tantos gigantes e travado para todo o sempre tantas amizades, é muito mais difícil despertar do que depois de haver tomado vários gramas de veronal. Pensando assim, fiquei surpreso ao saber, pelo filósofo norueguês, que o tinha do sr. Boutroux, "seu eminente colega — perdão, seu confrade", o que o sr. Bergson pensava das alterações particulares da memória devidas aos hipnóticos.[213] "Está visto", teria dito o sr. Bergson ao sr. Boutroux, a acreditar-se no filósofo norueguês, "que os hipnóticos tomados de tempos em tempos, em doses moderadas, não têm

---

213 Além da leitura dos textos de Bergson, diz-se que, durante uma reunião do júri do prêmio Blumenthal em 1920, do qual o professor de filosofia da Sorbonne Émile Boutroux fazia parte, Proust teria podido discutir com Bergson a questão do sono. [N. do E.]

influência sobre essa sólida memória da vida de todos os dias, tão bem instalada em nós. Mas existem outras memórias, mais altas, e também mais instáveis. Um de meus colegas está dando um curso de história antiga. Disse-me que, se havia tomado na véspera um comprimido para dormir, tinha dificuldade, durante a aula, em encontrar as citações gregas de que necessitava. O doutor que lhe recomendara esses comprimidos assegurou-lhe que eram inócuos para a memória". "É que talvez o senhor não tenha de fazer citações gregas", respondera o historiador, não sem um quê de zombeteiro orgulho.

Não sei se será exata essa conversação entre o sr. Bergson e o sr. Boutroux. O filósofo norueguês, tão profundo e claro, no entanto, tão apaixonadamente atento, pode haver compreendido mal. Pessoalmente, minha experiência proporcionou-me resultados opostos.

Os momentos de olvido que acompanham o dia que se segue à ingestão de certos narcóticos têm uma semelhança, parcial unicamente, mas impressionante, com o esquecimento que reina no curso de uma noite de sono natural e profundo. Ora, o que eu esqueço num e noutro caso, não é determinado verso de Baudelaire, que antes me fatiga "assim como um tímpano",[214] não é certo conceito de algum dos filósofos citados, é a própria realidade das coisas vulgares que me cercam — se durmo — e cuja não percepção faz de mim um louco; é, se estou acordado e saio, após um sono artificial, não o sistema de Porfírio e de Plotino, que posso discutir tão bem como em qualquer outro dia, mas a resposta que prometi dar a um convite, cuja lembrança foi substituída por um puro branco.[215] A ideia elevada permaneceu no seu lugar; o que o hipnótico pôs fora de uso foi o poder de agir nas pequenas coisas, em tudo que demanda atividade para retomar exatamente a tem-

214 Citação de trecho de um verso extraído do poema de número XXXIX das *Flores do mal*. [N. do E.]

215 O filósofo neoplatônico Plotino teve suas obras publicadas postumamente por seu discípulo Porfírio. [N. do E.]

po, para apanhar determinada lembrança da vida cotidiana. Apesar de tudo o que se possa dizer da sobrevivência após a destruição do cérebro, observo que a cada alteração do cérebro corresponde um fragmento de morte. Nós possuímos todas as nossas lembranças, se não a faculdade de as recordar, diz, conforme Bergson, o grande filósofo norueguês, cuja linguagem não tentei imitar, para não demorar ainda mais. Se não a faculdade de as recordar... Mas que é uma lembrança de que a gente não se recorda? Mas vamos mais longe ainda. Não recordamos as nossas lembranças dos trinta últimos anos; mas elas nos banham inteiramente; por que então parar a trinta anos, por que não prolongar até além do nascimento essa vida anterior? Uma vez que não conheço toda uma parte das lembranças que estão atrás de mim, uma vez que me são invisíveis, que não tenho a faculdade de chamá-las a mim, quem me diz que nessa *massa* de mim desconhecida não as haja que remontem muito além de minha vida humana? Se posso ter em mim, e em redor de mim, tantas lembranças de que não me lembro, esse esquecimento (pelo menos esquecimento de fato, pois não possuo a faculdade de nada ver) pode estender-se a uma vida que vivi no corpo de outro homem, até mesmo em outro planeta. Um mesmo esquecimento apaga tudo. Mas, então, que significa essa imortalidade da alma, de que o filósofo norueguês afirmava a realidade? O ser que serei após a minha morte não mais tem razões para lembrar-se do homem que sou desde o meu nascimento, como este não se recorda do que fui antes de nascer.

O camareiro entrava. Eu não lhe dizia que havia tocado várias vezes, porque me dava conta de que até então apenas havia sonhado que o fizera. Assustava-me, no entanto, pensar que esse sonho tivera a nitidez do conhecimento. Teria o conhecimento, reciprocamente, a irrealidade do sonho?

Em compensação, perguntava-lhe quem havia chamado tanto aquela noite. Ele dizia-me: "ninguém", e podia afirmá-lo, pois o quadro das chamadas o teria marcado. No entanto eu ouvia os toques repetidos, quase furiosos, que vibravam ainda em meus ouvidos e me deviam permanecer perceptíveis durante vários dias. É, no entanto, raro que o sono lance assim na vida desperta lembranças que não morram com ele. Podem-se contar esses aerólitos. Se foi uma ideia que o sono forjou, esta logo se dissocia em fragmentos tênues, inencontráveis. Mas aí o sono havia fabricado sons. Mais materiais e mais simples, duravam mais.

Estava espantado com a hora relativamente matinal que me dizia o camareiro.

Nem por isso me sentia menos descansado. Os sonos leves é que têm longa duração, porque, intermediários entre a vigília e o sono, conservando da primeira uma noção um pouco apagada mas permanente, é-lhes preciso infinitamente mais tempo para nos repousar do que um sono profundo, o qual pode ser curto. Sentia-me bem-disposto por outra razão. Pois se basta lembrar que se está fatigado para sentir penosamente a fadiga, pensar consigo: "Estou descansado", basta para criar o repouso. Ora, eu havia sonhado que o sr. de Charlus tinha cento e dez anos e acabava de aplicar um par de tapas na sua própria mãe e que a sra. Verdurin havia comprado um buquê de violetas por cinco milhões; estava certo, pois, de haver dormido profundamente e sonhado ao arrepio de minhas noções da véspera e de todas as possibilidades da vida corrente; isso bastava para que me sentisse completamente descansado.

Muito espantaria eu minha mãe, que não podia compreender a assiduidade do sr. de Charlus em casa dos Verdurin, se lhe houvesse contado (precisamente no dia em que fora encomendado o toque de Albertine, sem nada lhe dizer, para que ela tivesse a surpresa) com quem viera o sr. de Charlus jantar em um salão do Grande Hotel de Balbec. O convidado não era outro senão o lacaio de uma prima dos Cambremer. Esse lacaio estava trajado com grande elegância e, quando atravessou o *hall* com o barão, "fez de homem do mundo" aos olhos dos turistas, como teria dito Saint-Loup. Nem mesmo os jovens *grooms*, os "levitas", que naquele momento desciam em multidão os degraus do templo, porque estava na hora da mudança de turno, prestaram atenção aos dois recém-chegados, um dos quais, o barão de Charlus, baixando os olhos, timbrava em mostrar que lhes concedia muito pouco. Parecia abrir passagem no meio deles. "Prosperai, cara esperança de uma santa nação", disse ele, recordando versos de Racine, citados num sentido completamente diverso.[216] "Senhor?", indagou o lacaio, pouco a par dos clássicos. O sr. de Charlus não lhe respondeu, pois tinha certo orgulho em não levar em conta as perguntas e em caminhar direto para a frente, como se não houvesse outros fregueses no hotel e não existisse no mundo senão ele, o barão de Charlus. Mas, tendo continuado os versos de Josabeth: "Vinde, vinde, minhas filhas", sentiu-se aborrecido e não continuou como ela, "é preciso chamá-las", pois aquelas crianças ainda não tinham atingido a idade em que o sexo está inteiramente formado e que agradava ao sr. de Charlus.[217]

Aliás, se tinha escrito ao lacaio da sra. de Chevregny, porque não duvidava da sua docilidade, esperava que fosse mais viril. Disse-lhe ter pensado tratar com alguém que conhecia de vista, de outro lacaio da sra. de Chevregny, que efetivamente havia notado no carro. Era uma espécie de campônio assaz rústico, exatamente uma antítese deste último, que, julgando, pelo contrário, as suas afetações como superioridades, e não duvidando que eram essas qualidades de mundano que poderiam seduzir o sr. de Charlus, não chegou a compreender a quem queria referir-se o barão. "Mas não tenho nenhum camarada, a não ser um, que o senhor não pode ter bispado, é horrível, parece um camponês brutalhão." E, à ideia de que era talvez aquele rústico quem o barão tinha em vista, sentiu uma aguilhoada de amor-próprio. O barão advinhou-o e, ampliando o inquérito: "Mas eu não fiz voto especial de só conhecer a gente da senhora de Chevregny", disse ele. "Será que, aqui, ou em Paris, já que vai partir em breve, não

---

216 Conclamação de Élise ao coro (cf. *Ester*, ato I, cena 2, verso 125). [N. do E.]

217 Nova fala de Elisa ao coro é atribuída a Josabeth (cf. *Ester*, ato I, cena 1, verso 112). [N. do E.]

me poderia você apresentar muitos de seus camaradas, de uma casa ou outra?". "Oh! Não!", respondeu o lacaio, "eu não frequento ninguém da minha classe. Só lhes falo em questões de serviço, mas há alguém muito distinto que poderei fazê-lo conhecer." "Quem?", indagou o barão. "O príncipe de Guermantes." O sr. de Charlus ficou vexado de que só lhe oferececem um homem daquela idade, e para o qual, de resto, não precisava da recomendação de um lacaio. De modo que declinou o oferecimento num tom seco e, sem se deixar desanimar com as pretensões mundanas do servente, começou a explicar-lhe o que queria, o gênero, o tipo, ainda que fosse um jóquei etc. Receando que o tivesse ouvido o notário, que passava naquele momento, julgou de boa tática falar em coisa muito diversa daquela que poderiam supor e disse com insistência e falando para o público, mas como se não fizesse mais que continuar a conversação: "Sim, apesar da minha idade, conservei o gosto de bibelotar, o gosto dos lindos bibelôs, faço loucuras por um velho bronze, por um lustre antigo. Adoro o Belo". Mas, para dar a entender ao lacaio a mudança de assunto que tão rapidamente havia executado, o sr. de Charlus acentuava de tal modo cada palavra e, ainda mais, para ser ouvido pelo notário, gritava-as todas tão forte que todo aquele jogo de cena bastaria para revelar o que ele ocultava, a ouvidos menos avisados que os do oficial do ministério. Este não desconfiou de nada, como tampouco nenhum outro freguês do hotel, que todos viram um elegante estrangeiro no lacaio tão bem-posto. Em compensação, se os mundanos se enganaram, tomando-o por um americano muito elegante, mal apareceu diante dos criados foi logo adivinhado por eles, tal como um forçado reconhece um forçado, e até mais depressa, farejado a distância, como um animal por certos animais. Os chefes de fila ergueram o olhos. Aimé lançou um olhar suspeitoso. O copeiro disse por trás da mão, por julgar isso de bom-tom, uma frase insultuosa, que todo mundo ouviu.

E até a nossa velha Françoise, cuja vista diminuía e passava naquele momento ao pé da escada para ir jantar nos "mensageiros", ergueu a cabeça e reconheceu um criado onde os convivas do hotel não o suspeitavam — como a velha ama Euricleia reconhece Ulisses muito antes dos pretendentes assentados no festim[218] —, e, vendo andar familiarmente com ele o sr. de Charlus, teve uma expressão acabrunhada, como se as maldades que tinha ouvido dizer e não acreditara houvessem de súbito adquirido para ela uma dolorosa verossimilhança. Jamais me falou, nem a ninguém, deste incidente, mas deve ter-lhe ocasionado ao cérebro um trabalho considerável, pois mais tarde, de cada vez que em Paris teve ocasião de ver Jupien, que até então estimara tanto, sempre se mostrou polida com ele, mas de uma polidez que esfriara e vinha sempre acompanhada de forte dose de reserva. Esse mesmo incidente levou, pelo contrário, outra pessoa a fazer-me uma confidência: foi Aimé. Quando eu cruzara pelo sr. de Charlus, este, que não esperava encontrar-me, gritou-me, erguendo a mão, "boa-noite", com a indiferença, pelo menos aparente, de um grão-senhor que tudo se julga permitido e acha mais hábil parecer que não se oculta. Ora, Aimé, que naquele momento o observava com um olhar desconfiado e viu que eu cumprimentava o companheiro daquele em que ele estava certo de ver um criado, perguntou-me na mesma noite quem era.

Pois desde algum tempo Aimé gostava de conversar, ou antes, como ele dizia, para assinalar o caráter, na sua opinião filosófica, dessas conversações, de "discutir" comigo. E como seguidamente lhe dizia que me sentia constrangido que ele ficasse de pé junto a mim em vez de sentar-se e compartilhar de meu repasto, declarava que nunca vira freguês "com raciocínio tão justo". Ele conversava naquele momento com dois garçons. Tinham-me saudado; eu não sabia por que suas caras me eram conhecidas, embora no rumor da sua conversação resoasse algo que não parecia novo. Aimé censurava a ambos, por causa do seu noivado, que desaprovava.

218 Alusão a uma passagem do canto XIX da *Odisséia*, em que, ao lavar-lhe os pés, a velha ama de Ulisses o reconhece pela presença de uma cicatriz na coxa. [N. do E.]

Tomou-me em testemunho, eu disse que não podia ter opinião, visto que não os conhecia. Eles me fizeram recordar seus nomes e também que muitas vezes haviam servido em Rivebelle. Mas um tinha deixado crescer o bigode, o outro raspara-o e cortara o cabelo à escovinha; e por causa disso, embora fosse a sua cabeça de outrora que estivesse pousada sobre as suas espáduas (e não uma outra, como nas restaurações erradas de Notre-Dame[219]) permanecera-me tão invisível como esses objetos que escapam às perquirições mais minuciosas, e que estão simplesmente diante dos olhos de todos, que não os notam, em cima de uma lareira.[220] Logo que lhes soube o nome, reconheci imediatamente a música incerta da sua voz porque revi a antiga face que a determinava. "Eles querem casar e nem ao menos sabem inglês!", disse-me Aimé, sem cogitar que eu não estava muito a par da profissão hoteleira, e não chegava a bem compreender que, se não se sabe nenhuma língua estrangeira, é impossível contar com uma boa situação.

Eu, que supunha que ele facilmente saberia que o novo freguês era o sr. de Charlus e imaginava até que devia lembrar-se dele, pois o servira na sala de jantar quando o barão viera durante a minha primeira estada em Balbec em visita à sra. de Villeparisis, disse-lhe o seu nome. Ora, não só não se lembrava Aimé do barão de Charlus, mas também esse nome pareceu causar-lhe profunda impressão. Disse-me que no dia seguinte procuraria entre as suas coisas uma carta que eu talvez lhe pudesse explicar. Tanto mais espantado fiquei visto que o sr. de Charlus, quando quisera dar-me um livro de Bergotte em Balbec, mandara especialmente chamar Aimé, a quem devia encontrar depois no restaurante de Paris onde eu almoçava com Saint-Loup e a sua amante e aonde

219 Referência a restaurações muito criticadas de esculturas da catedral de Notre--Dame de Paris que haviam sido decaptadas durante a Revolução Francesa. Iniciadas em 1844 por Viollet-le-Duc e Lassus, elas levariam vinte anos para ser concluídas. [N. do E.]

220 Alusão provável ao que acontece no conto "A carta roubada", de Edgar Alan Poe. [N. do E.]

o sr. de Charlus nos tinha ido espionar. É verdade que Aimé não pudera desempenhar pessoalmente essas missões, pois estava na primeira vez deitado e na segunda em serviço. Tinha, pois, muitas dúvidas quanto à sua sinceridade, quando ele pretendia não conhecer o sr. de Charlus. Por um lado, ele devia convir ao barão. Como todos os chefes de andar do hotel de Balbec, como vários lacaios do príncipe de Guermantes, Aimé pertencia a uma raça mais antiga que a do príncipe, e portanto mais nobre. Quando alguém pedia um salão, julgava-se a princípio sozinho. Mas logo avistava na copa um escultural mordomo, desse gênero etrusco ruivo de que Aimé era o tipo, um pouco envelhecido pelos excessos de champanhe e vendo aproximar-se a hora necessária da água de Contrexéville. Os fregueses todos só queriam que eles os servissem. Os *grooms*, que eram jovens, escrupulosos, apressados, e a quem esperava uma amante, tratavam de escapar-se. De modo que Aimé lhes reprochava a falta de seriedade. Tinha todo direito de o fazer. Sério, ele o era. Tinha mulher e filhos, e ambições para a família. Assim, não repelia os avances que uma estrangeira ou um estrangeiro o faziam, ainda que tivesse de ficar toda a noite. Pois o trabalho antes de tudo. De tal modo pertencia ao gênero que podia agradar ao sr. de Charlus que o suspeitei de mentira quando ele me disse não conhecê-lo. Enganava-me. Era com toda a verdade que o *groom* tinha dito ao barão que Aimé (que lhe passara um sabão no dia seguinte) estava deitado, ou tinha saído, e, da outra vez, que estava em serviço. Mas a imaginação supõe além da realidade. E provavelmente o embaraço do *groom* provocara no sr. de Charlus, quanto à sinceridade das suas escusas, dúvidas que haviam ferido sentimentos dos quais Aimé não suspeitava. Viu-se também que Saint-Loup impedira que Aimé fosse ao carro onde o sr. de Charlus, que, não sei como, conseguira o novo endereço do mordomo, sofrera uma nova decepção. Aimé, que não o havia notado, sentiu uma estupefação que bem se pode conceber quando, na mesma noite do dia em que eu jantara com Saint-Loup e a sua amante, recebeu uma carta lacrada com as armas de Guermantes e da qual citarei aqui algumas passagens como exemplo de loucura unilateral num homem inteligente dirigindo-se a um imbecil sensato. "Senhor, não pude conseguir, apesar de esforços que espantariam a muitas pessoas que inutilmente procuram ser recebidas e saudadas por mim, que escutasse as poucas explicações que não me pedia, mas que eu supunha, em prol da minha e da sua dignidade apresentar-lhe. Vou pois escrever aqui o que seria mais fácil de dizer-lhe de viva voz. Não lhe ocultarei que, a primeira vez que o vi em Balbec, o seu aspecto me foi francamente antipático." Seguiam-se então reflexões sobre a semelhança — apenas notada no segundo dia — com um falecido amigo a quem o sr. de Charlus dedicara grande afeição. "Tivera então por um momento a ideia de que o senhor, sem prejudicar em nada a sua profissão, podia, jogando comigo as partidas de cartas com as quais a alegria desse amigo sabia dissipar a minha tristeza, dar-me a ilusão de que ele não estava morto. Qualquer que seja a natureza das suposições mais ou menos tolas que provavelmente fez, e mais ao alcance de um serviçal (que nem sequer merece esse nome, pois não quis servir) do que a compreensão de sentimento tão elevado, provavelmente julgou o senhor dar-se importância, ignorando quem eu era e o que eu era, mandando responder-me, quando eu lhe solicitava um livro, que já estava deitado; ora, é um erro julgar que um mal proceder acrescente o que quer que seja à graça, de que o senhor é, aliás, completamente desprovido. Teria eu ficado por aí, se por acaso na manhã seguinte não lhe pudesse falar. De tal maneira se acentuou a sua semelhança com meu pobre amigo, fazendo desaparecer até a forma insuportável de seu queixo proeminente, que compreendi que era o defunto que naquele momento lhe emprestava algo da sua expressão tão bondosa, para lhe permitir que me tornasse a impressionar e impedi-lo de perder a oportunidade única que se lhe oferecia. Com efeito, embora eu não queira, pois nada disso tem mais razão de ser e não mais se me apresentará ensejo de encontrá-lo nesta vida, mesclar a tudo isso brutais questões de interesse, muito infeliz me sentiria em obedecer à súplica do morto (pois creio na comunhão dos santos e na sua veleidade de intervenção no destino dos vivos) no sentido de fazer com o senhor como fazia com ele, que tinha os seus carros, os seus criados e a quem era muito natural que eu consagrasse a maior parte de minhas rendas, pois o estimava como a um filho. O senhor resolveu de outro modo. A meu pedido de que me trouxesse um livro, mandou dizer que tinha de sair. E esta manhã, quando lhe mandei pedir que viesse a meu carro, o senhor negou-se pela terceira vez, se assim posso falar sem sacrilégio. Desculpe não incluir neste envelope as elevadas gorjetas que tencionava dar-lhe em Balbec e nas quais me seria muito penoso insistir em relação a uma pessoa com quem por um momento eu havia julgado tudo dividir. Quando muito, poderia poupar-me fazer junto ao senhor no seu restaurante, uma quarta tentativa inútil e até a qual não irá a minha paciência. (E aqui o sr. de Charlus dava o seu endereço, a indicação das horas em que o encontrariam etc.). Adeus, senhor. Como julgo que, assemelhando-se em tanto ao amigo que perdi, não pode o senhor ser inteiramente estúpido, a menos que a fisignomia seja uma ciência falsa, estou persuadido de que, se algum dia relembrar este incidente, não o fará sem certo pesar e algum remorso. Da minha parte, acredite que, muito sinceramente, não conservo nenhum azedume. Preferiria que nos separássemos com uma recordação menos má do que a dessa terceira tentativa inútil. Logo será esquecida. Somos como essses navios que o senhor deve ter avistado às vezes em Balbec e que se cruzaram por um momento; poderia haver vantagem para cada um deles em parar; mas um julgou diversamente; em breve não se avistarão nem mesmo no horizonte e o encontro é apagado; mas, antes dessa definitiva separação, cada um saúda o outro, e o que faz aqui, senhor, desejando-lhe boa sorte, o barão de Charlus."

Aimé nem sequer havia lido a carta até o fim, pois nada compreendera e desconfiava de alguma mistificação. Quando lhe expliquei quem era o barão, ficou um tanto pensativo, sentindo aquele pesar que o sr. de Charlus lhe prognosticara. Eu não seria capaz de jurar que ele não tivesse então escrito para apresentar desculpas a um homem que dava carros a seus amigos. Mas no intervalo o sr. de Charlus travara conhecimento com Morel. Quando muito, como as relações com este fossem talvez platônicas, o sr. de Charlus procurava às vezes por uma noite uma companhia como aquela em que eu acabava de encontrá-lo no *hall*. Mas já não podia desviar de Morel o sentimento violento que, livre alguns anos antes, quisera fixar-se em Aimé e que ditara a carta que este me mostrara e me fazia sentir-me constrangido pelo sr. de Charlus. Devido ao amor antissocial que era o do sr. de Charlus, constituía ela um exemplo mais impressionante da insensível e poderosa força que têm essas correntes da paixão e dentro das quais o enamorado, como um nadador arrastado sem o perceber, logo perde a terra de vista. Por certo um amor de um homem normal também pode, quando o enamorado, pela sucessiva intervenção de seus desejos, de seus pesares, de suas decepções, de seu projeto, constrói um romance inteiro em torno de uma mulher a quem não conhece, permitir que se meça um assaz notável afastamento de duas pontas de compasso. Em todo caso, tal afastamento era singularmente ampliado pelo caráter de uma paixão que em geral não é compartilhada e pela diferença de condições do sr. de Charlus e de Aimé.

Todos os dias eu saía a passear com Albertine. Resolvera dedicar-se de novo à pintura e tinha primeiro escolhido, para trabalhar, a igreja de Saint-Jean-de-la-Haise, que não é mais frequentada por ninguém e muito pouco conhecida, difícil de fazer-se indicar, impossível de descobrir sem guia, demorada de atingir em seu isolamento e a mais de meia hora da estação de Épreville, depois de passadas há muito, as últimas casas da aldeia de Quetteholme. Quanto ao nome de Épreville, não achei concordância entre o livro do cura e as informações de Brichot. Para um, Épreville era a antiga *Sprevilla*; o outro indicava como etimologia *Aprivilla*. Na primeira vez tomamos um trenzinho em rumo oposto a Féterne, isto é, na direção de Grattevast. Mas estava-se em plena canícula e já fora terrível partir imediatamente após o almoço. Teria preferido não sair tão cedo; o ar luminoso e ardente despertava ideias de indolência e de refrescamento. Inundava o meu quarto e o de minha mãe, conforme a sua exposição a temperaturas desiguais, como quartos de estabelecimentos balneários. O gabinete de toalete de mamãe, festoado, pelo sol, de uma brancura ofuscante e mourisca, parecia mergulhado no fundo de um poço, por causa dos quatro muros de estuque para os quais dava, enquanto lá em cima, no quadrado vazio, o céu, cujas correntes macias e superpostas se viam deslizar umas acima das outras, parecia (por causa do desejo que tínhamos) ou situado num terraço (ou visto às avessas nalgum espelho pendurado à parede) ou uma piscina cheia de água azul, destinada às abluções. Apesar dessa ardente temperatura, tínhamos ido tomar o trem de uma hora. Mas Albertine sentia muito calor no vagão, mais ainda durante o longo trajeto a pé, e eu tinha medo de que ela se resfriasse, ficando depois imóvel naquele oco úmido que o sol não atingia. Por outro lado, e desde as nosssas primeiras visitas a Elstir, e tendo advertido que ela apreciaria, não só o luxo, mas mesmo certo conforto de que a privava a sua falta de dinheiro, entendera-me com um alugador de Balbec a fim de que um carro nos viesse buscar todos os dias. Para sentir menos calor, tomávamos pela floresta de Chantepie.[221] A invisibilidade dos inúmeros pássaros, alguns meio marinhos, que se respondiam a nosso lado nas árvores, dava a mesma impressão de repouso que se tem de olhos fechados. Ao lado de Albertine, encadeado por seus braços ao fundo do carro, eu escutava aquelas oceânides.[222] E quando por acaso avistava algum desses músicos que passavam de um ramo a outro, tão pequeno era o elo aparente que havia entre ele e os seus cantos que se não me afigurava ver a causa deles no corpi-

---

221 A descrição da travessia dessa floresta assemelha-se muito à descrição da travessia dos bosques de Chantereine e de Canteloup, no segundo volume da obra. [N. do E.]

222 As oceânides, na peça *Prometeu acorrentado*, de Ésquilo, formam um coro que se compadece dos sofrimentos do herói. [N. do E.]

nho saltitante, humilde, espantado e sem olhar. O carro não podia conduzir-nos até a igreja. Mandava-o parar à saída de Quettehol-me e dava até-logo a Albertine. Pois ela me assustara ao dizer-me, a respeito daquela igreja, como de outros monumentos, de certos quadros: "Que prazer não seria ver isso com você!". Esse prazer, eu não me sentia com capacidade de o proporcionar. Só o sentia diante das belas coisas quando estava sozinho, ou quando fingia estar e me conservava calado. Mas já que ela julgura pudesse experimentar, graças a mim, sensações de arte que não se comunicam desse modo — julgava mais prudente dizer-lhe que a deixava, que viria buscá-la no fim do dia, mas que até lá teria de voltar com o carro para fazer uma visita à sra. Verdurin ou aos Cambremer, ou mesmo passar uma hora com mamãe em Balbec, mas nunca além. Pelo menos nos primeiros tempos. Pois, tendo Albertine dito certa vez por capricho: "É muito aborrecido que a natureza tenha feito tão mal as coisas e tenha posto Saint-Jean-de-la-Haise de um lado, a Raspelière de outro, e que a gente fique o dia inteiro aprisionada no lugar que escolheu"; logo que recebi o toque e o véu, encomendei, por desgraça minha, um automóvel em Saint-Fargeau (*Sanctus Ferreolus*, segundo o livro do cura). Albertine, conservada por mim na ignorância, e que viera buscar-me, ficou surpresa ao ouvir diante do hotel o ronco do motor, e encantada quando soube que aquele auto era para nós. Fi-la subir um instante a meu quarto. Ela pulava de alegria. "Vamos fazer uma visita aos Verdurin?" "Sim, mas será melhor que não vá desse jeito, pois vai ter o seu auto. Olhe, ficará melhor assim." (E mostrei o toque e o véu que havia ocultado.) "É para mim? Oh!, como você é gentil!", exclamou, saltando-me ao pescoço.

Aimé, encontrando-nos na escadaria, orgulhoso da elegância de Albertine e do nosso meio de transporte, pois aqueles carros eram muito raros em Balbec, deu-se ao prazer de descer atrás de nós. Desejosa de ser vista um pouco na sua nova toalete, Albertine pediu-me para suspender a capota, que se armaria depois, para ficarmos mais livremente juntos. "Vamos", disse Aimé ao motorista, a quem, aliás, não conhecia e que não se movera do lugar, "não ouviste que te disseram para suspender a capota?", pois Aimé, educado pela vida de hotel, onde de resto havia conquistado um posto iminente, não era tão tímido como o cocheiro de fiacre, para quem Françoise era uma "dama"; apesar da falta de apresentação prévia, os plebeus a quem jamais vira, ele os tuteava, sem que se soubesse ao certo se era por desdém aristocrático ou fraternidade popular. "Não estou livre", respondeu o chofer que não me conhecia. "Fui chamado para a senhorita Simonet. Não posso levar o cavalheiro." Aimé riu: "Ora, ora, seu tonto", respondeu ao motorista, a quem convenceu logo, "é justamente a senhorita Simonet, e o cavalheiro que te manda levantar a capota é justamente o teu patrão". E como, embora não tivesse pessoalmente simpatia por Albertine, estava, por minha causa, orgulhoso da toalete que ela vestia, Aimé segredou ao chofer: "Se tu pudesses, hem? Bem que havias de conduzir todos os dias princesas como esta...". Desta primeira vez, não fui só eu que pude ir à Raspelière, como fiz todos os dias, enquanto Albertine pintava; ela quis acompanhar-me. Achava que poderíamos parar aqui e ali, na estrada, mas julgava impossível por irmos diretamente a Saint-Jean-de-la-Haise. Quer dizer, em outra direção, e dar um passeio que parecia votado a um dia diferente. Soube, ao contrário, pelo motorista que nada era mais fácil do que ir a Saint-Jean, onde estaríamos em vinte minutos e que ali poderíamos ficar várias horas, se quiséssemos, ou passar muito além, pois de Quetteholme à Raspelière não levaria ele mais de trinta e cinco minutos. Compreendemo-lo logo que o carro, avançando, franqueou de um só ímpeto vinte passos de um excelente cavalo.[223] As distâncias não são mais que a relação

---

223 As reflexões que se seguem sobre as transformações acarretadas à percepção do espaço pelo automóvel retomam um artigo de Proust publicado no jornal *Le Figaro* em 1907 sob o título "Impressões de estrada em um automóvel" ("Impressions de route en automobile"), e um texto de Maurice Maeterlinck denominado "De automóvel" ("En automobile"), de 1904. [N. do E.]

entre o espaço e o tempo e com este variam. A dificuldade que temos em nos dirigir a um lugar, expressamo-la num sistema de léguas, de quilômetros que se torna falso logo que essa dificuldade diminui. A arte é também modificada com isso, pois uma aldeia que parecia num mundo muito diverso que tal outra torna-se vizinha sua numa paisagem cujas dimensões estão mudadas. Em todo caso, saber que talvez exista um universo em que 2 e 2 são 5 e em que a linha reta não é o caminho mais curto entre dois pontos, teria espantado muito menos Albertine do que ouvir o motorista dizer-lhe que era fácil ir numa mesma tarde a Saint-Jean e à Raspelière, a Douville e Quetteholme, a Saint-Mars-le-Vieux e Saint-Mars-le-Vêtu, a Gourville e Balbec-le-Vieux, a Tourville e Féterne, prisioneiros tão hermeticamente encerrados até então na célula de dias diversos como outrora Méséglise e Guermantes, e nos quais os mesmos olhos não podiam pousar numa única tarde; libertos agora pelo gigante das botas de sete léguas, vieram reunir em torno da hora de nosso chá os seus campanários e as suas torres, seus velhos jardins que o bosque a aproximar-se se apressava em descobrir.

Chegando ao pé da estrada da Corniche, o auto subiu num só impulso, com um ruído contínuo, como uma faca que se afia, enquanto o mar, abaixado, se alargava a nossos pés. Acorreram as casas antigas de Montsurvent, mantendo apertados contra si o seu vinhedo ou o seu roseiral; os pinheiros da Raspelière, mais agitados do que quando se elevava o vento da noite, correram em todos os sentidos para evitar-nos, e um criado novo, que eu jamais tinha visto, veio abrir-nos na escadaria, enquanto o filho do jardineiro, revelando disposições precoces, devorava com os olhos o local do motor. Como não era segunda-feira, não sabíamos se encontraríamos em casa a sra. Verdurin, pois salvo naquele dia em que ela recebia, era imprudente visitá-la de surpresa. Sem dúvida permanecia em casa "em princípio", mas esta expressão, que a sra. Swann empregava no tempo em que procurava constituir o seu pequeno clã, e atrair os convivas sem se mover, embora muita vez não tirasse nem os gastos, e que ela, num contrassenso, traduzia "por princípio", significava apenas "em regra geral", isto é, com numerosas exceções. Pois a sra. Verdurin não só gostava de sair, como também levava bastante longe os deveres de dona de casa, e, quando tinha gente ao almoço, logo depois do café, dos licores e dos cigarros (apesar do primeiro entorpecimento do calor e da digestão, quando se preferia ver, através das folhagens do terraço, passar o paquete de Jersey por sobre o mar de esmalte) compreendia o programa uma sequência de passeios, no decurso dos quais os convivas, instalados à força num carro, eram conduzidos a contragosto para um ou outro dos panoramas que se multiplicavam em redor de Douville. Essa segunda parte da festa não era de resto (depois de cumprido o esforço de levantar-se e subir ao carro) a que menos agradava aos convivas, já preparados pelos pratos suculentos, os vinhos finos e a cidra espumante, a deixar-se facilmente embriagar pela pureza da brisa e a magnificência dos sítios. Estes, a sra. Verdurin os fazia visitar um pouco assim como a dependências (mais ou menos remotas) da sua propriedade, e que não se podia deixar de ir ver, uma vez que se vinha almoçar em casa dela e que, reciprocamente, a gente não poderia ter conhecido se não fosse conhecido em casa da Patroa. Essa pretensão de arrogar-se um direito único sobre os passeios, como sobre a execução de Morel como outrora de Dechambre, e de obrigar as paisagens a fazer parte do pequeno clã, não era de resto tão absurda como parece à primeira vista. A sra. Verdurin zombava da ausência de gosto que, a seu ver, mostravam os Cambremer no mobiliário da Raspelière e no arranjo do jardim, mas também na sua falta de iniciativa nos passeios que davam, ou faziam dar, pelos arredores. Da mesma forma que, na sua opinião, a Raspelière só começava a tornar-se o que deveria ter sido depois que se transformara em asilo do pequeno clã, afirmava ela que os Cambremer, refazendo perpetuamente na sua caleça, ao longo da estrada de ferro, à beira-mar, a única mísera estrada que havia nas redondezas, moravam na região desde sempre, mas não a conheciam. Havia algo de verdade nessa asserção. Fosse rotina, falta de imaginação ou de curiosidade por uma região que parecia batida por ser tão próxima, os Cambremer não saíam de casa senão para ir sempre aos mesmos lugares e pelos mesmos caminhos. Por certo que riam a bom rir das pretensões dos Verdurin, em querer ensinar-lhes a conhecer a sua própria terra. Mas, colocados entre a faca e a parede, eles, e até mesmo o seu cocheiro, seriam incapazes de nos conduzir aos esplêndidos lugares, um pouco secretos, a que nos levava o sr. Verdurin, erguendo aqui a barreira de uma propriedade particular, mas abandonada, aonde outros não julgariam possível aventurar-se, ali descendo do carro para seguir um caminho intransitável, mas tudo isso com a recompensa certa de uma paisagem maravilhosa. Digamos de passagem que o jardim da Raspelière era de certo modo um resumo de todos os passeios que se podiam efetuar a muitos quilômetros em derredor. Primeiro, por sua posição dominante, a contemplar de um lado o vale, de outro o mar, e depois porque, mesmo de um único lado, o do mar por exemplo, se haviam aberto clareiras no meio das árvores, de tal modo que daqui se abrangia um horizonte, dali mais outro. Em cada uma dessas perspectivas havia um banco; e vinha a gente sentar-se alternativamente no banco de onde se descortinava Balbec, ou Parville, ou Douville. Mesmo numa única direção, fora colocado um banco, mais ou menos à borda do alcantil, mais ou menos retirado. Destes últimos, tinha-se um primeiro plano de verdura e um horizonte que já parecia o mais vasto possível, mas que se ia indefinidamente ampliando se a gente, continuando por um estreito caminho, ia até um banco seguinte, de onde se abrangia todo o circo do mar. Ali se percebia nitidamente o rumor das vagas, que não chegava às partes mais recônditas do jardim, de onde as águas se deixavam ainda ver, mas não mais ouvir. Esses lugares de repouso tinham na Raspelière, para os donos da casa, o nome de "vistas". E, com efeito, reuniam em torno do castelo as mais belas "vistas" das próximas regiões das praias ou das florestas muito diminuídas pelo afastamento, tal como havia Adriano reunido na sua vila reduções dos monumentos mais famosos de diferentes regiões.[224] O nome que se seguia à palavra *vista* não era forçosamente o de um lugar da costa, mas muita vez da margem oposta da baía e que se apresentava com certo relevo, apesar da extensão do panorama. Da mesma forma que se tomava um livro à biblioteca do sr. Verdurin para uma hora de leitura na "vista de Balbec", assim, se o tempo estava bom, ia-se tomar licor na "vista de Rivebelle", sob a condição de que não ventasse muito, pois, apesar das árvores plantadas de cada lado, o ar ali era bastante vivo. Voltando aos passeios de carro que a sra. Verdurin organizava para a tarde, se a Patroa encontrava na volta os cartões de algum mundano "de passagem pela costa", fingia estar encantada mas desolada por lhe haver perdido a visita e (embora ainda não viessem senão para ver "a casa" ou conhecer por um dia a mulher cujo salão artístico era famoso, mas infrequentável em Paris) fazia logo com que o sr. Verdurin o convidasse para jantar na próxima quarta. Como muita vez o turista era obrigado a partir antes, ou temia os regressos tardios, tinha a sra. Verdurin estabelecido que no sábado a encontrariam sempre na hora do chá. Esses chás não eram exatamente numerosos e eu os havia conhecido mais brilhantes em Paris, em casa da princesa de Guermantes, da sra. de Galliffet ou da sra. de Arpajou. Mas justamente ali não era mais Paris, e o encanto do quadro não reagia para mim sobre o aprazível da reunião, mas sobre a qualidade dos visitantes. O encontro de determinado mundano, que em Paris não me causaria prazer algum, mas que na Raspelière, aonde tinha vindo de longe por Féterne ou pela floresta de Chantepie, mudava de caráter, de importância, tornava-se um agradável incidente. Algumas vezes era alguém que eu conhecia perfeitamente e a quem não teria dado um passo para

---

224 Alusão à casa de campo que o imperador construíra perto de Tivoli, cujos monumentos remetiam aos lugares que o tinham impressionado durante suas viagens. [N. do E.]

encontrar em casa dos Swann. Mas o seu nome soava de outro modo naqueles alcantis, como o de um ator que se ouve muita vez num teatro, impresso em cor diferente no cartaz de um espetáculo extraordinário e de gala, onde a sua notoriedade de súbito se multiplica com o imprevisto do contexto. Como no campo não se tem cerimônia, seguidamente o mundano resolvia trazer amigos em cuja casa morava, alegando baixinho, como desculpa, à sra. Verdurin, que não poderia deixá-los, uma vez que residia com eles; a esses anfitriões, em compensação, fingia ele oferecer, como uma espécie de atenção, o divertimento de ir a um centro espiritual naquela vida monótona de praia, de visitar uma casa magnífica e ter um chá excelente. O que logo constituía uma reunião de várias pessoas de mediano valor; e, se um recanto de jardim com algumas árvores, que pareceria mesquinho no campo, toma um extraordinário encanto na avenida Gabriel, ou então na rua de Monceau, onde só multimilionários podem permitir-se tal coisa, inversamente, senhores que ficavam em segundo plano num sarau parisiense, alcançavam todo o seu valor segunda-feira à tarde, na Raspelière. Apenas se assentavam à mesa coberta de uma toalha bordada a vermelho e sob os tremós de camafeu, serviam-lhes bolachinhas, pastéis normandos, tortas em forma de barco, cheias de cerejas como pérolas de coral, "diplomatas", e logo aqueles convidados sofriam, com a proximidade da profunda concha de azul para onde abriam as janelas e que não se podia deixar de ver ao mesmo tempo que a eles, uma alteração, uma transmutação profunda que os transformava em alguma coisa de mais precioso. Ainda mais, mesmo antes de os ter visto, quando vinham na segunda-feira à casa da sra. Verdurin, as pessoas que em Paris não tinham senão olhares fatigados pelo hábito para as elegantes atrelagens estacionadas ante um suntuoso palacete, sentiam o coração bater à vista de duas ou três feias seges paradas defronte à Raspelière, sob os altos pinheiros. Era sem dúvida por ser diferente o quadro agreste e porque as impressões mundanas, graças a essa transposição, retomavam todo o seu frescor.

Era também porque a má carruagem tomada para ir visitar a sra. Verdurin evocava um belo passeio e um custoso "trato" concluído com um cocheiro que tinha pedido "tanto" pela jornada. Mas a curiosidade levemente espicaçada a propósito dos que chegavam, ainda impossíveis de distinguir, provinha de que cada qual indagava com os seus botões: "Quem poderá ser?", pergunta difícil de responder, na ignorância de quem possa passar uma semana em casa dos Verdurin ou alhures, e que sempre se gosta de fazer nas vidas agrestes, solitárias, em que o encontro de uma criatura humana a quem não se via desde muito, ou a apresentação a alguém que não se conhece, deixa de ser essa coisa fastidiosa que é na vida de Paris, e interrompe deliciosamente o espaço vazio das vidas por demais isoladas, em que a própria hora do correio se torna agradável. E no dia em que chegamos de automóvel à Raspelière, como não fosse segunda-feira, devia o casal Verdurin estar acometido dessa necessidade de ver gente que perturba homens e mulheres e dá ao enfermo que encerraram longe dos seus, para uma cura de isolamento, o desejo de arremessar-se pela janela. Pois, tendo-nos respondido o novo criado de pés mais rápidos, e já familiarizado com essas expressões, que, "se a senhora não tinha saído, devia estar na vista de Doville", "que ele ia ir ver", voltou logo a dizer-nos que seríamos por ela recebidos. Encontramo-la um pouco despenteada, pois vinha chegando do jardim, do terreiro e do pomar, aonde fora dar de comer aos seus pavões e às suas galinhas, procurar ovos, colher frutas e flores para "fazer seu trilho de mesa", trilho este que lembrava em miniatura o do parque; mas em cima da mesa apresentava a diferença de só fazê-lo suportar coisas úteis e boas de comer; pois em redor desses outros presentes do pomar que eram as peras, os ovos batidos em ponto de neve, erguiam-se elevados hastis de viperinas, de cravos, de rosas e de coreópsis, entre os quais se viam, como entre postes indicadores e floridos, deslocarem-se pelas vidraças das janelas os barcos ao largo. Pelo espanto que o sr. e a sra. Verdurin, interrompendo o arranjo das flores para receber os visitantes anunciados, denotaram ao ver que esses visitantes não eram senão Albertine e eu, bem vi que o novo criado, cheio de zelo, mas a quem meu nome ainda não era familiar, tinha-o repetido mal, e que a sra. Verdurin, ouvindo o nome de visitantes desconhecidos, assim mesmo tinha mandado entrar, na necessidade de ver não importava a quem. E o novo criado contemplava da porta aquele espetáculo, a fim de compreender o papel que desempenhávamos na casa. Depois afastou-se correndo, a grandes pernadas, pois só estava contratado desde a véspera. Depois que mostrou bastante o seu toque e o seu véu aos Verdurin, Albertine lançou-me um olhar para recordar-me que não tínhamos muito tempo pela frente para o que desejávamos fazer. A sra. Verdurin queria que esperássemos pelo chá, mas nós agradecemos, quando se apresentou de súbito um projeto que anularia todos os prazeres que eu me prometia auferir do passeio com Albertine; não podendo conformar-se em nos ver partir ou talvez em deixar escapar uma nova distração, queria a Patroa regressar conosco. Habituada desde muito a que os oferecimentos de tal gênero da sua parte não causassem prazer, e não estando provavelmente certa de que aquele nos causasse algum, dissimulou sob um excesso de segurança a timidez que experimentava ao fazê-lo, e nem sequer parecendo imaginar que houvesse dúvidas quanto à nossa resposta, ela não nos fez nenhuma pergunta, mas disse ao marido, falando de Albertine e de mim, como se nos fizesse um grande favor: "Eu os levarei de volta". Ao mesmo tempo aplicava-se-lhe na boca um sorriso que propriamente não lhe pertencia, um sorriso que eu já vira em certas pessoas quando diziam a Bergotte, com um ar fino: "Comprei o seu livro, é assim-assim", um desses sorrisos coletivos, universais, de que se socorrem os indivíduos quando têm necessidade — como a gente se serve dos trens ou dos carros de mudança —, salvo alguns muito refinados, como Swann ou o sr. de Charlus, em cujos lábios jamais vi pousar-se tal sorriso. Desde então a minha visita estava envenenada. Fingi não haver compreendido. Ao cabo de um instante, tornou-se evidente que o sr. Verdurin faria parte da festa. "Mas será um passeio muito longo para o senhor Verdurin", disse eu. "Qual!", respondeu-me a sra. Verdurin com um ar condescendente e divertido, "diz ele que muito o divertirá refazer com essa mocidade o caminho que tanto percorreu outrora; se necessário, ele irá ao lado do *wattman*, isso não o assusta, e voltaremos os dois muito direitinho pelo trem, como dois bons esposos. Vejam só, ele parece encantado". Parecia referir-se a um velho pintor cheio de bonomia que, mais jovem que os jovens, se alegra em garatujar figuras para fazer rir seus netinhos. O que aumentava minha tristeza era que Albertine não parecia compartilhá-la, mas achar divertido circular assim por toda a região com os Verdurin. Quanto a mim, tão imperioso era o prazer que me prometera ter com ela que não quis permitir que a Patroa o estragasse; inventei mentiras que as irritantes ameaças da sra. Verdurin tornavam escusáveis, mas que Albertine, ai de mim!, contradizia. "Mas nós temos de fazer uma visita", disse eu. "Que visita?", indagou Albertine. "Eu lhe explicarei, é indispensável." "Pois bem! Nós os esperaremos", disse a sra. Verdurin, resignada a tudo. No último instante, a angústia de sentir arrebatarem-me um prazer tão desejado deu-me a coragem de ser impolido. Recusei redondamente, dizendo ao ouvido da sra. Verdurin que, por causa de um incômodo que tivera Albertine e sobre o qual desejava consultar-me, era absolutamente preciso que eu ficasse a sós com ela. A Patroa tomou um ar agastado: "Está bem, não iremos", disse ela, com voz trêmula de cólera. Sentia-a tão incomodada que, para parecer que cedia um pouco: "Mas talvez se pudesse...". "Não", tornou ela, mais furiosa ainda, "quando eu digo não, é não". Julguei que ficáramos de relações estremecidas, mas a Patroa chamou-nos à porta para recomendar que não "largássemos" a quarta-feira seguinte e que não viéssemos naquela máquina, que era perigosa de noite, mas pelo trem, com todo o pequeno grupo, e mandou parar o auto na descida do parque porque o criado havia esquecido de pôr na capota o pedaço de torta e os *sablés* que ela mandara embrulhar para nós. Tornamos a partir, escoltados um momento pelas pequenas casas acorridas com as suas flores. A fisionomia da região parecia-nos completamente mudada, de tal forma a noção de espaço está longe de ser a que desempenha o maior papel na imagem topográfica que fazemos de cada uma delas. Dissemos que a do tempo ainda mais as afasta; e tampouco vem a ser a única. Certos lugares que vemos sempre isolados parecem-nos sem medida comum com o resto, quase fora do mundo, como essas pessoas a quem conhecemos em períodos à parte da nossa vida, no regimento, na infância, e que não relacionamos a coisa alguma. No primeiro ano de minha estada em Balbec havia uma elevação a que a sra. de Villeparisis gostava de conduzir-nos, porque dali não se via mais que água e bosque, e que se chamava Beaumont. Como o caminho que ela fazia tomar para ir até lá, e que achava o mais bonito possível por causa das suas velhas árvores, subisse todo o tempo, os cavalos de seu carro eram obrigados a ir a passo e levavam muito tempo. Uma vez chegados no alto, descíamos, passeávamos um pouco, tornávamos a subir no carro, voltávamos pelo mesmo caminho, sem haver encontrado nenhuma aldeia, nenhum castelo. Eu sabia que Beaumont era algo de muito curioso, de muito longe, de muito alto, não tinha a mínima ideia da direção em que se achava, pois nunca havia tomado o caminho de Beaumont para ir a outro lugar; levava-se de resto muito tempo de carro para chegar até lá. Evidentemente fazia parte do mesmo departamento (ou da mesma província) que Balbec, mas para mim estava situado em outro plano, gozava de um especial privilégio de extraterritorialidade. Mas o automóvel, que não respeita nenhum mistério, depois de haver ultrapassado Incarville, cujas casas eu ainda tinha nos olhos, como descêssemos a costa do atalho que vai dar a Parville (*Paterni villa*), avistando o mar de um terrapleno onde nos achávamos, perguntei como se chamava aquele lugar e, antes mesmo que o chofer houvesse respondido, reconheci Beaumont, a cujo lado assim passava sem o saber de cada vez que tomava o pequeno trem de ferro, pois ficava a dois minutos de Parville. Como um oficial de meu regimento, que me teria parecido um ser especial, demasiado bonachão e simples para ser de grande família, muito distante já e misterioso para ser de uma grande família, e da qual eu viesse a saber que ele era cunhado, primo de tais ou tais pessoas com quem eu jantava fora, assim Beaumont, ligado de súbito a locais de que o supunha tão distinto, perdeu seu mistério e tomou seu lugar na região, fazendo-me pensar com terror que madame Bovary e a Sanseverina talvez me tivessem parecido criaturas iguais às outras se as houvesse encontrado em outra parte que não na atmosfera fechada de um romance. Pode parecer que meu amor às feéricas viagens de trem deveria impedir-me de compartilhar do maravilhamento de Albertine diante do automóvel, que leva, mesmo um doente, aonde ele quer e impede — como eu até então o fizera — que consideremos a localização como a marca individual, a essência sem sucedâneo das belezas inamovíveis. E sem dúvida o automóvel não fazia dessa localização, como outrora o trem de ferro, quando eu viera de Paris a Balbec, um objetivo subtraído às contingências da vida ordinária, quase ideal à partida e que, continuando a sê-lo à chegada, à chegada nessa grande casa onde não mora ninguém e que apenas traz o nome da cidade: a estação, parece prometer-lhe o acesso, como se fosse a sua materialização, não, o automóvel não nos levava assim feericamente a uma cidade que primeiro víamos no conjunto que o seu nome resume, e com as ilusões do espectador na plateia. Fazia-nos entrar nos bastidores da rua, para pedir uma informação a um habitante. Mas como para compensar uma progressão tão familiar, tem a gente os próprios tenteios do chofer incerto do caminho e que retrocede, pois os ziguezagues da perspectiva fazem com que um castelo brinque de esconder com uma colina, uma igreja e o mar, enquanto dele nos aproximamos, embora embalde se encolha sob a sua folhagem secular, esses círculos cada vez mais próximos que descrevia o automóvel em torno de uma cidade fascinada que fugia em todas as direções, para escapar, e sobre a qual finalmente ele avança direito, a pique, até o fundo do vale onde ela jaz por terra; de maneira que essa localização, ponto único, que o automóvel parece haver despojado do mistério dos trens expressos, dá, pelo contrário, a impressão de o descobrirmos, de o determinarmos nós mesmos com um compasso, de nos ajudar a sentir com mão mais amorosamente exploradora, com mais fina precisão, a verdadeira geometria, a bela medida da terra.

O que eu, infelizmente, ignorava naquela época, e só vim a saber dois anos mais tarde, é que um dos fregueses do chofer era o sr. de Charlus e que Morel, encarregado de pagar-lhe e que guardava parte do dinheiro para si (fazendo o chofer triplicar e quintuplicar o número dos quilômetros) estava muito ligado a este (embora fingisse não conhecê-lo diante dos demais) e utilizava seu carro para viagens distantes. Se eu então soubesse disso, e que provinha daí a confiança que logo tiveram os Verdurin nesse chofer, sem o saberem, talvez me tivessem sido evitados muitos dos aborrecimentos da minha vida em Paris, no ano seguinte, muitas infelicidades relativas a Albertine, mas eu não o suspeitava absolutamente.[225] Em si mesmos, os passeios do sr. de Charlus de auto com Morel não eram de interesse direto para mim. O mais das vezes limitavam-se, aliás, a um almoço ou jantar nalgum restaurante da costa, onde o sr. de Charlus passava por um velho serviçal arruinado, e Morel, que tinha a missão de pagar as contas, por um bondoso gentil-homem. Relato aqui um desses repastos, que bem pode dar ideia dos outros. Era num restaurante de forma oblonga em Saint-Mars-le-Vêtu. "Será que não poderiam levar isto daqui?", perguntou o sr. de Charlus a Morel como a um intermediário e para não dirigir-se diretamente ao garçom. Designava por "isto" três rosas murchas com que um *maître d'hôtel* bem-intencionado resolvera ornamentar a mesa. "Sim...", disse Morel, embaraçado. "O senhor não gosta de rosas?" "Pro-

---

225 O narrador alude à confiança que depositará no chofer para vigiar Albertine durante os passeios dela, narrados no próximo volume. [N. do E.]

varia, ao contrário, pelo pedido em questão, que as amo, visto que não há rosas aqui (Morel pareceu surpreso), mas na verdade não gosto muito de rosas. Sou bastante sensível aos nomes; e, logo que uma rosa é um pouco bela, sabe-se que se chama baronesa de Rothschild ou marechala Niel, o que nos deixa frios".[226] "Não aprecia nomes? Achou belos títulos para os seus trechos de concerto? Há um que se chama *Poema triste*." "Horrível", respondeu o sr. de Charlus, com uma voz aguda e estrepitosa como um tapa. "Mas eu não tinha pedido champanhe?", disse ele ao *maître d'hôtel*, que julgara trazê-lo, colocando diante dos dois fregueses duas taças cheias de vinho espumante. "Mas senhor..." "Retire esse horror, que não tem a mínima relação com o pior dos champanhes. É o vomitório chamado *cup*, onde geralmente se deitam três morangos podres numa mescla de vinagre e de água de Seltz... Sim", continuou, voltando-se para Morel, "parece ignorar o que seja um título. E, até na interpretação do que melhor executa, parece que não se apercebe do lado mediúnico da coisa". "O quê?", perguntou Morel que, não tendo compreendido absolutamente nada do que dizia o barão, receava ser privado de uma informação útil, como, por exemplo, um convite para almoçar. Tendo o sr. de Charlus negligenciado considerar "o quê?" uma pergunta, Morel, que por conseguinte ficara sem resposta, julgou devia mudar de conversação e imprimir-lhe um toque sensual: "Olhe a loirinha que vende essas flores de que o senhor não gosta; mais uma que tem seguramente uma amiguinha. E também a velha que come na mesa do fundo". "Mas como sabes tudo isso?", perguntou o sr. de Charlus, maravilhado com a presciência de Morel. "Oh!, num segundo eu adivinho. Se passeássemos os dois no meio de uma multidão, veria o senhor que eu não me enganava duas vezes." E quem contemplasse naquele momento Morel, com o seu ar de ra-

226 Em 1868, Pernet dera o nome da esposa do barão Alphonse de Rothschild a uma rosa. Anos antes, Philippe Noisette homenageara o marechal Niel (e não sua esposa) atribuindo seu nome a uma rosa. [N. do E.]

pariga em meio à sua máscula beleza, teria compreendido a obscura adivinhação que não o designava menos a certas mulheres do que ele a elas. Tinha vontade de suplantar Jupien, vagamente desejoso como estava de acrescentar ao seu "fixo" as rendas que, pensava ele, o coleteiro tirava do barão. "E quanto aos gigolôs, sou ainda mais entendido, e lhe pouparia muitos enganos. Em breve chegará a feira de Balbec, e aí encontraríamos muita coisa. E em Paris, então, é que o senhor se divertiria." Mas uma prudência hereditária de serviçal fez-lhe dar outro giro à frase que já começava, de modo que o sr. de Charlus julgou que continuava a tratar-se de moças. "Olhe", disse Morel, desejoso de excitar de um modo que julgava menos comprometedor para si mesmo (embora fosse, na verdade, mais imoral) os sentidos do barão, "o meu sonho seria encontrar uma moça bem pura, fazer com que ela viesse a amar-me, e tirar-lhe a virgindade". O sr. de Charlus não se pôde conter que não beliscasse carinhosamente a orelha de Morel, mas acrescentou ingenuamente: "De que te serviria isso? Se lhe tirasses a virgindade, serias obrigado a casar com ela". "Casar!", exclamou Morel, que sentia que o barão estava "tocado" ou que não pensava no homem, afinal mais escrupuloso do que supunha, com quem estava falando. "Casar? Uma ova! Bem que eu lhe prometeria, mas logo que a pequena operação fosse levada a efeito satisfatoriamente, eu a largaria na mesma noite." Costumava o sr. de Charlus, quando uma ficção podia causar-lhe um momentâneo prazer sensual, dar-lhe a sua adesão, pronto para retirá-la de todo depois que o prazer se houvesse esgotado. "Farias mesmo isso?", disse ele, rindo e apertando-o de mais perto. "Como não?", respondeu Morel, vendo que não desagradava ao barão se continuasse a explicar-lhe o que efetivamente era um de seus desejos. "É perigoso", disse o sr. de Charlus. "Eu prepararia as malas previamente e me sumiria sem deixar endereço." "E eu?", perguntou o sr. de Charlus. "Levá-lo-ia comigo, está visto", apressou-se a dizer Morel, que não tinha pensado no que seria do barão, o qual era o último de seus cuidados. "Olhe, há uma pequena que me agradaria muito para isso, é uma costureirinha que tem ateliê no palácio do senhor duque." "A filha de Jupien!", exclamou o barão, enquanto entrava o tanoeiro. "Oh! Nunca", acrescentou, ou porque a presença de um terceiro o esfriasse, ou porque, mesmo nessas espécies de missas negras em que ele se comprazia em conspurcar as coisas mais santas, não se pudesse resolver a incluir pessoas a quem tinha amizade. "Jupien é um excelente homem, a pequena é encantadora, seria horrível causar-lhes desgosto."

Morel sentiu que tinha ido muito longe e calou-se. Mas seu olhar, no vácuo, continuava a fixar-se na rapariga diante da qual quisera ele um dia que eu o chamasse de grande artista e a quem havia encomendado um colete. Muito trabalhadora, a pequena não tomara férias, mas eu soube depois que, enquanto o violinista Morel estava nos arredores de Balbec, ela não cessava de pensar no seu belo rosto, enobrecido pela circunstância de que, tendo visto Morel na minha companhia, o tomara por um "senhor".

"Nunca ouvi Chopin tocar piano", disse o barão, "e no entanto bem que o poderia, eu tomava lições com Stamati, mas ele proibiu-me que fosse ouvir em casa de minha tia Chimay o Mestre dos *Noturnos*."[227] "Que tolice fez ele!", exclamou Morel. "Muito pelo contrário", replicou vivamente com voz aguda o sr. de Charlus. "Demonstrava inteligência. Tinha compreendido que eu era uma 'natureza' e que sofreria a influência de Chopin. Isso não quer dizer nada, pois abandonei muito moço a música, como a tudo, aliás. E depois a gente imagina um pouco", acrescentou com uma voz nasal, lânguida e arrastada, "sempre há pessoas que ouviram e que nos dão uma ideia. Mas, afinal, Chopin não passava de um pretexto para voltarmos ao lado mediúnico que você negligencia".

Notar-se-á que, após uma interpolação da linguagem vulgar, a do sr. de Charlus se havia bruscamente tornado tão preciosa e

---

227 O professor de piano da personagem Charlus era o grande virtuose grego chamado Camille Stamati (1811-1870). [N. do E.]

altiva como de costume. É que a ideia de que Morel "largaria" sem remorsos uma jovem violada fizera-o subitamente gozar um prazer completo. Desde então seus sentidos se haviam apaziguado por algum tempo, e o sádico (este, sim, verdadeiramente mediúnico) que durante alguns instantes havia substituído o sr. de Charlus, fugira e devolvera a palavra ao verdadeiro sr. de Charlus, cheio de refinamento artístico, de sensibilidade, de bondade. "O senhor tocou no outro dia a transcrição para piano do quarteto XV, o que já é absurdo, visto que nada é menos pianístico. É destinada às pessoas a quem as cordas demasiado tensas do glorioso Surdo fazem mal aos ouvidos. Ora, é justamente esse misticismo quase agro que é divino. Em todo caso, o senhor o executou muito mal, trocando-lhe todos os movimentos. É preciso executar aquilo como se o estivesse compondo: o jovem Morel, acometido de surdez momentânea e de um gênio inexistente, permanece imóvel por um instante. Depois, tomado do delírio sagrado, ele toca, ele compõe os primeiros compassos. Então, esgotado com semelhante esforço de transe, abate-se, deixando tombar a linda mecha para agradar à senhora Verdurin, e, ainda mais, assim ganha tempo para reconstituir a prodigiosa quantidade de substância cinzenta que empregou para a objetivação pítica. Então, tendo recuperado as forças, tomado de uma inspiração nova e alcandorada, lança-se para a sublime frase inesgotável que o virtuose berlinense (cremos que o sr. de Charlus designava assim a Mendelssohn) devia infatigavelmente imitar. É desta maneira, a única deveras transcendente e animadora, que o farei tocar em Paris." Quando o sr. de Charlus lhe dava conselhos desse gênero, ficava Morel muito mais assustado que ao ver o *maître d'hôtel* levar as suas rosas e o seu *cup* desdenhado, pois indagava ansiosamente consigo mesmo que efeito causaria aquilo na "classe". Mas não podia demorar-se em tais reflexões, pois o sr. de Charlus lhe dizia imperiosamente: "Pergunte ao *maître d'hôtel* se ele não tem bom cristão." "Bom cristão? Não compreendo." "Bem vê que tratamos de frutas, é uma pera. Fique certo de que a senhora de Cambremer o tem em casa, pois a condessa de Escarbagnas, que ela é, também o tinha. O senhor Thibaudier lhe envia e ela diz: 'Eis aqui um bom cristão, e belíssimo'.[228] Se nem ao menos leu Molière... Pois bem, já que também não deve saber encomendar, mais que o resto, peça simplesmente uma pera que se colhe precisamente perto daqui, a 'Louise-Bonne d'Avranches'." "Lá?..." "Espere, já que é tão desajeitado, vou eu mesmo pedir outras, de que mais gosto: *Maître d'hôtel*, não tem o senhor a Doyennée des Comices? Charlie, você deveria ler a encantadora página que escreveu sobre essa pera a duquesa Émilie de Clermont-Tonnerre".[229] "Não, senhor, não tenho." "Tem a Triomphe de Jodoigne?" "Não, senhor." "A Virginie-Baltet? A Passe-Colmar? Não? Pois bem, já que o senhor não tem nada, vamo-nos embora. A 'Duquesa de Angoulême' ainda não está madura. Anda, Charlie, partamos."

Infelizmente para o sr. de Charlus, a sua falta de bom senso, talvez a castidade das relações que provavelmente tinha com Morel, fizeram com que se empenhasse desde essa época em cumular o violinista de estranhas gentilezas que este não podia compreender, e a que a sua natureza, doida à sua maneira, mas ingrata e mesquinha, não podia corresponder senão com uma secura ou uma violência cada vez maiores, e que mergulhavam o sr. de Charlus — outrora tão altivo e agora cheio de timidez — em acessos de verdadeiro desespero. Ver-se-á como, nas menores coisas, Morel, que julgava haver-se tornado um sr. de Charlus, mil vezes mais importante, tinha compreendido de través, tomando-os ao pé da letra, os orgulhosos ensinamentos do barão com referência à aristocracia. Digamos tão só, de momento, enquanto Albertine me espera em Saint-Jean-de-la-Haise, que se havia coisa que

228 Citação aproximada extraída da peça *A condessa de Escarbagnas*. No trecho, a personagem Thibaudier, apaixonada pela condessa, emprega a expressão *bom cristão* para se referir às peras que envia à amada. [N. do E.]

229 Charlus alude ao *Almanaque das boas coisas da França*. A duquesa e poetisa publicaria ainda um livro de memórias sobre sua relação com Proust e com Montesquiou, um dos modelos prováveis da personagem Charlus. [N. do E.]

Morel colocasse acima da nobreza (e isso em princípio era assaz nobre, principalmente da parte de uma pessoa cujo prazer era sair a procurar meninazinhas — despercebidamente — com o chofer) era a sua reputação artística e o que poderiam pensar na classe de violino. Por certo era feio, pois sentia o sr. de Charlus inteiramente dedicado à sua pessoa, parecer que o renegava, que zombava dele, da mesma forma que, logo que prometi segredo quanto às funções de seu pai em casa de meu tio-avô, começou a tratar-me sobranceiramente. Mas por outro lado, o seu nome de artista diplomado, Morel, lhe parecia superior a um "nome". E quando o sr. de Charlus, nos seus sonhos de ternura platônica, queria fazer-lhe tomar um título da sua família, Morel recusava energicamente.

Quando Albertine achava melhor ficar em Saint-Jean-de-la-Haise para pintar, eu tomava o auto, e não era só a Gourville e a Féterne, mas a Saint-Mars-le-Vieux e até a Criquetot que eu podia ir antes de voltar a buscá-la. Fingindo estar ocupado em outra coisa que não fosse ela, e ser obrigado a deixá-la por outros prazeres, eu não pensava senão em Albertine. Muitas vezes não ia além da grande planície que domina Gourville, e como esta se assemelha um pouco à que principia acima de Combray, na direção de Méséglise, eu, ainda que a grande distância de Albertine, tinha a alegria de pensar que, se meus olhares não podiam ir até onde ela estava, aquela poderosa e suave brisa marinha que passava a meu lado, alcançando muito mais do que eles, devia descer, sem que coisa alguma a detivesse, até Quetteholme, indo agitar os ramos das árvores que sepultavam Saint-Jean-de-la-Haise sob a sua folhagem, acariciando a face de minha amiga e lançando assim um duplo elo entre nós dois, naquele isolamento indefinidamente aumentado, mas sem riscos, como nesses jogos em que duas crianças se acham por momentos fora do alcance da voz e da vista uma da outra, e em que, embora estando afastados, permanecem reunidos. Eu regressava por aquelas estradas de onde se avistava o mar e de onde, outrora, antes que ela aparecesse entre os ramos, eu fechava os olhos para bem pensar que o que ia ver era mesmo a água marinha, a queixosa avó da terra, prosseguindo, como no tempo em que ainda não existiam seres vivos, a sua demente e imemorial agitação. Agora essas estradas não eram mais para mim senão o meio de ir ter com Albertine, quando as reconhecia perfeitamente iguais, sabendo até onde iriam em linha reta, onde fariam uma curva, e lembrava-me de que as havia seguido a pensar na srta. de Stermaria, e, também, que essa mesma pressa de encontrar Albertine, eu a sentira em Paris ao descer as ruas por onde passava a sra. de Guermantes; assumiam para mim a monotonia profunda, a significação moral de uma espécie de linha que fosse seguida pelo meu caráter. Era natural, e não era contudo indiferente; recordava-me que a minha sorte só consistia em perseguir fantasmas, seres cuja realidade se achava em boa parte na minha imaginação; há criaturas, com efeito — e fora o meu caso desde a juventude —, para quem nada do que tem um valor fixo, verificável por outros, a fortuna, o sucesso, as posições, nada disso conta; o que precisam é de fantasma. Sacrificam tudo ou mais, porém tudo em ação, fazem tudo servir para achar determinado fantasma. Mas este não tarda a desvanecer-se; corre-se então após um outro, mas pronto para voltar em seguida ao primeiro. Não era a primeira vez que eu procurava Albertine, a rapariga vista no primeiro ano diante do mar. Outras mulheres, é verdade, tinham sido intercaladas entre a Albertine vista pela primeira vez e aquela a quem eu não deixava naquele momento; outras mulheres, notadamente a duquesa de Guermantes. Mas por que, dirão, dar-se a tantos cuidados a propósito de Gilberte, ter tanto trabalho por causa da sra. de Guermantes, se, tornando-se amigo desta, é com o único fim de não mais pensar nela, mas somente em Albertine? Swann, antes da sua morte, poderia ter respondido, ele que fora amador de fantasmas. De fantasmas perseguidos, esquecidos, novamente procurados, às vezes para uma única entrevista e a fim de tocar numa vida irreal que logo se evolava, estavam cheias as estradas de Balbec. Pensando que as suas árvores, as pereiras, as macieiras, os tamarindos, me sobreviveriam, parecia-me receber delas o conselho de iniciar afinal meu trabalho, antes que soasse a hora do repouso eterno.

Eu desembarcava do carro em Quetteholme, corria pela íngreme descida, atravessava o arroio sobre uma tábua e encontrava Albertine que pintava diante da igreja toda em torreões; espinhosa e vermelha, florescente como um roseiral. Só o tímpano era liso; e, à superfície ridente da pedra, afloravam anjos que continuavam, diante da nossa cúpula do século XX, a celebrar, de círio na mão, as cerimônias do século XIII. Era a eles que Albertine procurava retratar na tela preparada e, imitando Elstir, dava grandes pinceladas, procurando obedecer ao nobre ritmo que, dissera-lhe o grande mestre, fazia aqueles anjos tão diferentes de todos os outros que ele conhecia. Depois ela apanhava as suas coisas. Apoiados um contra o outro, subíamos a encosta, deixando a pequena igreja, tão tranquila como se não nos tivesse visto, a escutar o ruído perpétuo do arroio. Em breve o auto partia, fazia-nos tomar para volta um caminho diverso do que seguiramos na ida. Passávamos por Marcouville, a Orgulhosa. Sobre a sua igreja, metade nova, metade restaurada, o sol poente estendia a sua pátina, tão bela como a dos séculos. Através dela, os grandes baixos-relevos pareciam apenas vistos sob uma camada fluida, meio líquida, meio luminosa, e a Santa Virgem, santa Isabel, são Joaquim nadavam ainda no impalpável remoinho, quase a seco, à tona d'água ou à tona do sol. Surgindo numa cálida poeira, as numerosas estátuas modernas se erguiam sobre colunas até meia altura dos véus dourados do poente. Diante da igreja, um grande cipreste parecia dentro de uma espécie de recinto consagrado. Descíamos um instante para contemplá-lo e dávamos alguns passos. Tanto quanto de seus membros, tinha Albertine consciência direta do seu toque de palha da Itália, e da echarpe de seda (que para ela não eram sede de menores sensações de bem-estar) e recebia deles, enquanto fazia a volta da igreja, um outro gênero de impulsão, traduzida por um contentamento inerte mas em que eu encontrava graça; echarpe e toque não eram mais que uma parte recente, adventícia, da minha amiga, mas que já me era muito cara e cujo rastro eu seguia ao longo do cipreste, no ar da tarde. Ela própria não podia vê-lo, mas desconfiava que essas elegâncias combinavam, pois me sorria harmonizando o porte da cabeça com o chapéu que a completava: "Não me agrada, é restaurada", disse-me Albertine, mostrando a igreja, e lembrando-se do que Elstir lhe havia dito da preciosa, inimitável beleza das velhas pedras. Albertine sabia reconhecer imediatamente uma restauração. Era de espantar a segurança de gosto que já tinha em arquitetura, a par do gosto deplorável que conservava em música. Tanto quanto a Elstir, desagradava-me aquela igreja, e foi sem dar-me prazer que a sua fachada cheia de sol viera postar-se diante de meus olhos, e eu só descera para a contemplar a fim de ser agradável a Albertine. E no entanto achava que o grande impressionista estava em contradição consigo mesmo; por que esse fetichismo ligado ao valor arquitetural objetivo, sem levar em conta a transfiguração da igreja no poente? "Não, decididamente", disse-me Albertine, "eu não gosto dela; gosto do seu nome de orgulhosa. Mas o que será preciso perguntar a Brichot é por que Saint-Mars se chama 'lê-Vêtu'. Iremos lá na próxima vez, não?", dizia-me ela, olhando-me com os seus olhos negros sobre os quais estava descido o seu toque, como outrora a sua pequena boina. Seu véu flutuava ao vento. Eu subia ao alto com ela, satisfeito por irmos juntos no dia seguinte a Saint-Mars, de que, por aquele tempo ardente em que só se pensava nos banhos, os dois antigos campanários de um rosa-salmão, de telhas em losango, ligeiramente infletidos e como palpitantes, pareciam velhos peixes agudos, imbricados de escamas, musgosos e ruços, que, sem parecer mover-se, elevavam-se numa água transparente e azul. Ao deixar Marcouville para abreviar, bifurcávamos num cruzamento onde havia uma granja. Às vezes Albertine mandava parar, e me pedia que fosse sozinho buscar, para podê-los beber no carro, vinho Calvados ou sidra, que asseguravam não ser espumante e que nos salpicava por completo. Estávamos aconchegados. A gente da granja mal avistava Albertine no carro fechado e eu lhes devolvia as garrafas;

tornávamos a partir como para continuar naquela nossa vida, aquela vida de amantes que podiam supor que fosse a nossa, e de que aquela parada para beber não seria mais que um momento insignificante; suposição que tanto menos inverossímil pareceria se nos vissem depois que Albertine havia bebido a sua garrafa de sidra; parecia então não mais suportar entre nós dois um intervalo que habitualmente não a incomodava; sob a saia, as suas pernas apertavam-se contra as minhas, aproximava de minhas faces as suas faces, que se haviam tornado pálidas, quentes e vermelhas nos pomos, com algo de ardente e de fanado como o têm as mulheres de arrabaldes. Nesses momentos, quase tão depressa quanto de personalidade, mudava ela de voz, perdia a sua para tomar outra, rouca, atrevida, quase crapulosa. A noite caía. Que prazer senti-la junto a mim, com a sua echarpe e seu toque, lembrando-me que é sempre assim juntinhos que se encontram os que se amam. Eu tinha talvez amor por Albertine, mas, como não me atrevia a dá-lo a perceber, não podia ser senão como uma verdade sem valor, até que pudesse comprová-la a experiência; e parecia-me irrealizável e fora do plano de minha vida. Quanto a meus ciúmes, obrigavam-me a deixar Albertine o menos possível, embora soubesse que não passariam de todo senão separando-me dela para sempre. Até podia senti-los junto dela, mas então fazia com que não se renovassem as circunstâncias que os haviam despertado. É assim que, por um belo dia, fomos almoçar em Rivebelle. As grandes portas envidraçadas do refeitório daquele *hall* em forma de corredor que servia para os chás estavam abertas de par em par para a relva dourada pelo sol e de que o vasto restaurante luminoso parecia fazer parte. O garçom de rosto róseo e cabelos negros revoltos como chamas movimentava-se por toda aquela vasta extensão menos depressa que outrora, pois já não era simples garçom, e sim chefe de mesa; contudo, devido à sua natural atividade, às vezes ao longe, na sala de jantar, às vezes mais perto, mas fora, servindo a fregueses que tinham preferido almoçar no jardim, a gente o avistava ora aqui, ora acolá, como estátuas sucessivas de um jovem deus corredor, ora no interior, aliás bem alumiado de uma sala que se prolongava em gramados verdes, ora sob as folhagens, na claridade da vida ao ar livre. Esteve um instante a nosso lado. Albertine respondeu distraidamente ao que eu lhe dizia. Fitava-o com olhos agrandados. Durante alguns minutos senti que se pode estar perto da criatura amada e no entanto não a ter consigo. Pareciam estar num *tête-à-tête* misterioso, tornado mudo por minha presença, e talvez continuação de encontros antigos que eu não conhecia, ou apenas de um olhar que ele lhe lançara — e diante do que eu era o terceiro importuno e de que se ocultam. Mesmo depois que, chamado com violência pelo seu patrão, ele se afastou, Albertine, embora continuasse a almoçar, já não parecia considerar o restaurante e os jardins senão como uma pista iluminada onde aparecia aqui e ali, em cenários diferentes, o deus corredor de cabelos negros. Por instante cheguei a perguntar-me se, para segui-lo, ela não iria deixar-me sozinho em minha mesa. Mas já nos dias seguintes comecei a esquecer para sempre essa impressão penosa, pois resolvera não mais voltar a Rivebelle e fizera com que Albertine, que me assegurou ter ido ali pela primeira vez, me prometesse que não voltaria nunca mais. E neguei que o garçom de pés ágeis só tivesse olhos para ela, a fim de que ela não julgasse que minha companhia a tivesse privado de um prazer. Aconteceu-me às vezes voltar a Rivebelle, mas sozinho, e beber demais, como já fizera. Enquanto esvaziava uma última taça, contemplava uma rosácea pintada na parede branca, e reportava a ela o prazer que experimentava. Só ela existia no mundo para mim; perseguia-a, tocava-lhe, perdia-a sucessivamente com o meu olhar fugidio, e era indiferente ao futuro, contentando-me com a minha rosácea como uma borboleta que volteia em torno de uma borboleta pousada, com a qual vai acabar sua vida, num ato de volúpia suprema. O momento era talvez particularmente bem escolhido para renunciar a uma mulher a quem nenhum sofrimento muito recente e muito vivo me obrigava a pedir esse bálsamo contra um mal que possuem aquelas que o causaram. Acalmavam-me esses próprios passeios que embora momentaneamente não os considerasse senão como a espera de um amanhã que, apesar do desejo que me inspirava, não devia ser diferente do dia anterior, tinham o encanto de ser arrancados aos lugares onde se encontrava Albertine até então e onde eu não estava com ela, em casa de sua tia ou de suas amigas. Encanto, não de uma alegria positiva, mas apenas do apaziguamento de uma inquietude, e bem forte no entanto. Pois a alguns dias de distância, quando eu tornava a pensar na granja diante da qual bebêramos sidra, ou simplesmente nos poucos passos que déramos diante de Saint-Mars-le-Vêtu, lembrando-me que Albertine andava a meu lado com o seu toque, o sentimento de sua presença acrescentando de súbito uma tal virtude à imagem indiferente da igreja nova, que, no momento em que a fachada ensolarada vinha assim pousar por si mesma na minha lembrança, era como uma grande compressa calmante que houvessem aplicado no meu coração. Deixava Albertine em Parville, mas para ir encontrá-la à noite e estender-me a seu lado, na praia e no escuro. É verdade que não a via diariamente, mas podia dizer comigo: "Se ela contasse o emprego de seu tempo, de sua vida, seria ainda eu quem ocuparia mais lugar"; e passávamos juntos longas horas seguidas que punham em meus dias uma embriaguez tão suave que, ainda ao descer ela do carro que eu lhe mandaria uma hora mais tarde, em Parville, não me sentia mais sozinho, como se, antes de desembarcar, ela tivesse deixado flores no carro. Todos os dias poderia ter deixado de vê-la, e feliz, pois sentia que o efeito calmante dessa felicidade podia prolongar-se por vários dias. Mas então ouvia Albertine, ao deixar-me, dizer à sua tia ou a uma amiga: "Então, amanhã, às oito e meia. Não se pode chegar tarde, eles estarão prontos às oito e um quarto". A conversação de uma mulher que se ama assemelha-se a um solo que recobre uma água subterrânea e perigosa; sente-se, a todo momento, atrás das palavras, a presença, o frio penetrante de um lençol invisível; percebe-se aqui e ali a sua pérfida transudação, mas ele próprio permanece oculto. Mal ouvia a frase de Albertine, minha tranquilidade era destruída. Queria pedir para a ver na manhã seguinte, a fim de impedir que fosse àquele misterioso encontro das oito e meia, de que só haviam falado na minha frente em meias palavras. Ela decerto me obedeceria nas primeiras vezes, lamentando renunciar a seus projetos; depois teria descoberto a minha permanente necessidade de alterá-los; e eu me converteria naquele para quem se esconde tudo. E, aliás, era provável que essas festas de que me excluíam consistissem em muito pouca coisa, e era talvez de medo que eu achasse alguma convidada vulgar e aborrecida que não me convidavam. Infelizmente essa vida tão mesclada à de Albertine não exercia ação apenas sobre mim; dava-me calma, porém causava a minha mãe inquietações cuja confissão a destruía. Como eu regressasse contente, resolvido a terminar de um dia para outro uma existência cujo fim supunha depender apenas da minha vontade, minha mãe me disse, ao ouvir-me dizer ao chofer que fosse buscar Albertine: "Como gastas dinheiro! (Françoise, na sua linguagem simples e expressiva, dizia com mais força: "O dinheiro voa".) Procura", continuou mamãe, "não te tornares como Charles de Sévigné, de quem sua mãe dizia: "Sua mão é um cadinho onde o ouro se funde".[230] E depois, acho que tens saído muito com Albertine. Mas digo-te que é exagerado, que até para ela isso pode parecer ridículo. Fico encantada que isso te distraia, não te peço que não mais a vejas, mas enfim que não seja impossível encontrar um sem o outro". Minha vida com Albertine, desprovida de grandes prazeres — pelo menos de grandes prazeres percebidos — essa vida que eu esperava mudar de um momento para outro, escolhendo uma hora de calma, tornou-se-me de súbito necessária por algum tempo, ao ser ameaçada com essas palavras de mamãe. Disse a minha mãe que as suas palavras vinham retardar no mínimo dois meses a decisão que me pediam e que, sem elas, teria sido tomada antes do fim da semana. Mamãe pôs-se a rir (para não entristecer-me) do efeito que haviam produzido ins-

---

230 Citação ligeiramente modificada de uma carta de madame de Sévigné para a filha, datada do dia 27 de maio de 1680. [N. do E.]

tantaneamente os seus conselhos, e prometeu não tornar a falar-me nisso, para não impedir que renascesse a minha boa intenção. Mas, desde a morte de minha avó, cada vez que mamãe se abandonava ao riso, o riso começado parava de súbito e terminava numa expressão quase soluçante de sofrimento, ou pelo remorso de ter podido por um instante esquecer, ou pela recrudescência com que esse olvido tão breve havia reavivado a sua cruel preocupação. Mas, à que lhe causava a lembrança de minha avó, instalada em minha mãe como uma ideia fixa, senti que desta vez vinha acrescentar-se outra, relativa a mim, devida a seus temores pelas consequências da minha intimidade com Albertine; intimidade que ela não ousou no entanto entravar, por causa do que eu acabava de dizer-lhe. Mas não pareceu convencer-se de que eu não estava enganado. Lembrava-se durante quantos anos a minha avó e ela não me haviam mais falado de meu trabalho e de uma norma de vida mais higiênica, e que só a agitação em que me deixavam as suas exortações, dizia eu, me impedia de iniciar e que, apesar do seu silêncio obediente, eu não havia seguido. Depois do jantar, o auto trazia de volta Albertine; havia ainda alguma luz; o ar estava menos quente, mas, após um dia abrasador, sonhávamos ambos com desconhecidos refrigérios; então, ante nossos olhos enfebrecidos, a lua muito estreita apareceu a princípio (tal como na noite em que eu fora à casa da princesa de Guermantes e em que Albertine me havia telefonado) como a leve e delgada casca e depois como o quarto fresco de um fruto que uma invisível lâmina começava a descascar no céu. Algumas vezes também, era eu que ia procurar minha amiga, um pouco mais tarde então, e ela devia esperar-me diante das arcadas do mercado, em Maineville. Nos primeiros instantes, não a distinguia; já me preocupava com que ela não viesse, que tivesse entendido mal. Então eu a via, com a sua blusa branca de pintinhas azuis, saltar para o carro, a meu lado, num leve pulo que mais parecia o de um animalzinho que de uma rapariga. E era ainda como uma cachorrinha que ela começava logo a acariciar-me sem-fim. Quando a noite descia de todo e, como me dizia o gerente do hotel, o céu estava todo semeado de estrelas, quando não íamos passear na floresta com uma garrafa de champanhe, sem nos preocuparmos com os passeantes que ainda perambulavam no dique fracamente iluminado, mas que nada poderiam distinguir a dois passos na areia escura, nós nos deitávamos ao pé das dunas; aquele mesmo corpo em cuja elasticidade vivia toda a graça feminina, marinha e esportiva, das raparigas que eu vira passar na primeira vez diante do horizonte das águas, eu o mantinha apertado contra o meu, sob a mesma coberta, bem à beira do mar imóvel, visível por um trêmulo reflexo; e nós o ouvíamos sem cansar e com o mesmo prazer, fosse quando ele retinha a respiração, bastante tempo suspensa para que se julgasse parado o refluxo, fosse quando exalava enfim a nossos pés o murmúrio esperado e retardado. Acabava por levar Albertine a Parville. Chegado diante da sua casa, era preciso interromper nossos beijos, de medo que nos vissem; não tendo vontade de deitar-se, ela voltava comigo até Balbec, de onde eu a conduzia uma última vez a Parville; os motoristas daqueles primeiros tempos do automóvel deitavam-se a qualquer hora. E de fato só regressava a Balbec com a primeira umidade matutina, sozinho desta vez, mas ainda todo cercado da presença de minha amiga, repleto de uma provisão de beijos longa de esgotar. Sobre a minha mesa encontrava um telegrama ou um cartão-postal. Era ainda de Albertine! Ela os escrevera em Quetteholme enquanto eu partia sozinho de auto e para me dizer que pensava em mim. Eu me metia na cama, a relê-los. Então eu percebia acima das cortinas a raia do dia, e dizia comigo que devíamos querer-nos apesar de tudo, visto que tínhamos passado a noite a beijar-nos. Quando na manhã do dia seguinte eu via Albertine no dique, tinha tanto medo de que ela respondesse que não estava livre nesse dia e não podia atender a meu pedido de passearmos juntos, que retardava o mais que podia esse meu pedido. Sentia-me tanto mais inquieto porque ela estava com um ar frio, preocupado; passavam conhecidos seus; por certo tinha ela formado para a tarde projetos de que eu estava excluído. Olhava-a, olhava aquele corpo encantador, aquele rosto róseo de Albertine, erguendo em face de mim o enigma das suas intenções, a decisão desconhecida que devia constituir a ventura ou a desgraça de minha tarde. Era todo um estado d'alma, todo um futuro de existência que tomara diante de mim a forma alegórica e fatal de uma rapariga. E quando enfim me resolvia, quando, com o ar mais indiferente que podia, eu perguntava: "Será que não vamos passear logo mais e de noite?", e ela me respondia: "Com muito prazer", então toda a brusca mudança, na rósea figura, da minha longa inquietude por uma quietude deliciosa, tornava-me ainda mais preciosas aquelas formas às quais eu devia perpetuamente o bem-estar, o apaziguamento que se experimenta depois que desaba uma tempestade. "Como é gentil, como é adorável!", repetia eu comigo, numa exaltação menos fecunda que a devida à embriaguez, apenas mais profunda que a da amizade, mas muito superior à da vida mundana. Não despachávamos o automóvel senão quando havia um jantar em casa dos Verdurin ou quando Albertine não estava livre para sair comigo e então aproveitava eu para avisar aos que queriam visitar-me que ficaria em Balbec. Nesses dias autorizava Saint--Loup a vir, mas só nesses dias. Pois uma vez em que ele chegara de surpresa, eu preferira privar-me de ver Albertine a arriscar que ele a encontrasse, que ficasse comprometido o estado de feliz calma em que me encontrava desde algum tempo e que se renovasse o meu ciúme. E só ficara tranquilo depois que Saint-Loup havia partido. Assim, limitava-se ele com pesar, mas escrupulosamente, a não vir a Balbec sem um chamado da minha parte. Outrora, pensando nas horas que passava com ele e a sra. de Guermantes, que valor eu dava à sua presença! Os seres não cessam de mudar de lugar em relação a nós. Na marcha insensível mas eterna do mundo, nós os consideramos como imóveis num instante de visão, demasiado breve para que seja percebido o movimento que os arrasta. Mas basta escolher em nossa memória duas imagens suas, tomadas em instantes diferentes, bastante próximos no entanto para que eles não tenham mudado em si mesmos, pelo menos sensivelmente, e a diferença das duas imagens mede a deslocação que eles operavam em relação a nós. Ele inquietou-se terrivelmente ao falar-me nos Verdurin, tinha medo que ele me pedisse para ser recebido em casa deles, o que estragaria, por causa do ciúme que eu não deixaria de sentir, todo o prazer que eu lá encontrava com Albertine. Mas, felizmente, Robert confessou-me, muito ao contrário, que desejava antes de tudo não os conhecer. "Não", disse ele, "acho irritantes esses meios clericais". No princípio não compreendi o adjetivo "clerical" aplicado aos Verdurin, mas o fim da frase de Saint-Loup esclareceu-me o seu pensamento, as suas concessões a modas de linguagem que a gente muita vez se espanta de ver adotadas por homens inteligentes. "São meios", disse ele, "em que formam tribo, em que fazem congregações e capelinhas. Não me dirás que não é uma pequena seita; para os deles, tudo mel; para os que não são deles, todo desprezo é pouco. A questão não é, como para *Hamlet*, de ser ou não ser, mas de ser deles ou não ser deles. Tu és dele, o meu tio Charlus é deles. Que queres? Jamais gostei dessas coisas. A culpa não é minha".

Está visto que a norma que impusera a Saint-Loup, de só vir visitar-me a chamado meu, era estritamente aplicada a qualquer das pessoas com quem pouco a pouco me relacionara na Raspelière, em Féterne, em Monsurvent e alhures; e quando avistava do hotel a fumaça do trem das três horas que na anfractuosidade dos alcantis de Parville deixava o seu penacho que ficava por muito tempo suspenso ao flanco das vertentes verdes, eu não tinha nenhuma dúvida quanto ao visitante que viria tomar chá comigo e que ainda me estava oculto, à maneira de um deus, sob aquela pequena nuvem. Sou obrigado a confessar que esse visitante, previamente autorizado por mim a vir, não era quase nunca Saniette, e muitas vezes me censurei tal coisa. Mas a consciência que tinha Saniette de aborrecer (naturalmente ainda mais vindo fazer uma visita do que contando uma história) fazia com que, embora fosse ele mais instruído, mais inteligente e melhor do que muitos outros, parecia impossível experimentar perto dele, não só nenhum prazer, mas nada mais que um *spleen* quase intolerável e que estragava toda a nossa tarde. Possivelmente, se Saniette tivesse confessado francamente esse aborrecimento que temia causar, não temeríamos as suas visitas. O aborrecimento é um dos males menos graves que temos de suportar; o seu não existia talvez senão na imaginação dos outros, ou lhe fora por eles inoculado graças a uma espécie de sugestão, a qual encontrava pasto na sua amável modéstia. Mas ele se empenhava tanto em não deixar ver que não era procurado, que não ousava oferecer-se. Na verdade tinha razão em proceder como essa gente que se compraz tanto em prodigalizar cumprimentos num lugar público, que, não nos tendo visto desde muito e avistando-nos num camarote com pessoas brilhantes a quem não conhece, lança-nos uma saudação furtiva e sonora, escusando-se com o prazer e a emoção que sentiu ao ver--nos, ao verificar que reatamos os prazeres sociais, que estamos com boa fisionomia etc. Mas Saniette, pelo contrário, tinha exagerada falta de audácia. Poderia, em casa da sra. Verdurin ou no pequeno trem, dizer-me que teria grande prazer em visitar-me em Balbec, se acaso não me fosse incômodo. Tal proposta não me teria assustado. Ele, muito pelo contrário, nada oferecia, mas com uma face torturada e um olhar tão indestrutível como um esmalte cozido, em cuja composição, porém, entrava com um desejo oscilante de nos ver — a menos que não achasse alguém mais divertido, a vontade de não deixar transparecer esse desejo, dizia-me com um ar alheado: "O senhor não sabe o que fará nestes dias? Porque eu irei sem dúvida a Balbec. Mas não tem importância, eu perguntava isso por acaso". Aquele ar não enganava, e são de leitura tão clara os signos inversos com o auxílio dos quais exprimimos os nossos sentimentos pelo seu oposto, que é de perguntar-se como é que ainda há gente que diz, por exemplo: "Tenho tantos convites que não sei o que fazer de mim", para dissimular que não são convidados. Mas, ainda mais, aquele ar indiferente, provavelmente pelo que entrava de turvo na sua composição, nos causava o que jamais poderia ter feito o terror do aborrecimento ou a confissão franca do desejo de visitar-nos, quer dizer, essa espécie de mal-estar, de repulsa, que na ordem das relações de simples polidez social vem a ser o equivalente do que é, no amor, o oferecimento disfarçado que faz a uma mulher o enamorado que ela não ama, de a ver no dia seguinte, protestando ao mesmo tempo que não faz questão de tal, ou mesmo nem esse oferecimento, mas tão só uma atitude de falsa frieza: logo emanava da pessoa de Saniette qualquer coisa que fazia com que lhe respondessem com o ar mais brando deste mundo: "Infelizmente esta semana não pode ser, eu lhe explicarei...". E eu deixava que viessem em lugar de Saniette pessoas que estavam longe de comparar-se a ele, mas que não tinham aquele seu olhar carregado de melancolia e aquela boca franzida de toda a amargura de todas as visitas que ele tinha vontade, calando-a, de fazer a uns e outros. Infelizmente, era raro que Saniette não encontrasse, no trenzinho, o convidado que vinha visitar-me, se é que este já não me havia dito em casa dos Verdurin: "Não esqueça que vou visitá-lo quinta-feira", dia em que eu precisamente dissera a Saniette que não estava livre. De sorte que ele acabava por imaginar a vida como repleta de diversões organizadas à sua revelia, e quiçá contra ele. Por outro lado, como nunca se é completamente uno, aquele exagerado discreto era doentiamente indiscreto. A única vez em que por acaso veio visitar-me contra a minha vontade, estava atirada sobre a mesa uma carta já não me lembro de quem. Ao cabo de um instante, notei que ele apenas ouvia distraidamente o que eu lhe estava dizendo. A carta, cuja proveniência ignorava completamente, fascinava-o, e parecia-me a cada momento que as suas pupilas esmaltadas iam destacar-se da sua órbita para unir-se à carta sem importância, mas que a sua curiosidade imantava. Dir-se-ia um pássaro que vai fatalmente jogar-se de encontro a uma serpente. Afinal não pôde conter-se; primeiro, mudou-a de lugar, como para pôr ordem em meu quarto. Não lhe bastando isso, tomou-a na mão, virou-a, revirou-a, como que maquinalmente, outra forma da sua indiscrição era que, uma vez agarrado à gente, não podia partir. Como eu estava adoentado naquele dia, pedi-lhe que tomasse o trem seguinte, dali a meia hora. Não duvidava de que eu estivesse sofrendo, mas respondeu-me: "Ficarei uma hora e um quarto e depois partirei". Depois, sofri por não lhe haver dito, de cada vez que o podia fazer, que aparecesse. Quem sabe? Talvez tivesse eu conjurado a sua má sorte, talvez o houvessem convidado outros por quem ele imediatamente me largaria, de sorte que os meus convites teriam a dupla vantagem de lhe proporcionar alegria e desembaraçar-me da sua pessoa.

Nos dias seguintes àqueles em que havia recebido, eu naturalmente não esperava visitas, e voltava o auto à minha procura e de Albertine. E quando regressávamos, Aimé, no primeiro degrau da escada, não podia deixar, com olhos apaixonados, curiosos e glutões, de espiar que gorjeta dava eu ao chofer. Por mais que eu encerrasse a minha moeda ou a minha nota na mão fechada, os olhares de Aimé afastavam meus dedos. Ele desviava a cabeça após um segundo, pois era discreto, bem-educado e ele próprio se contentava com benefícios relativamente pequenos. Mas o dinheiro que outrem recebia provocava nele uma curiosidade insopitável e fazia-lhe vir água à boca. Durante aqueles breves instantes, tinha o ar atento e febril de um menino que lê um romance de Júlio Verne, ou de um freguês sentado não longe de nós, num restaurante, e que, ao ver que nos trincham um faisão de que ele próprio não pode ou não quer regalar-se, abandona um instante os pensamentos sérios para espetar na ave um olhar a que o amor e a inveja fazem sorrir.

Assim se sucediam cotidianamente aqueles passeios de automóvel. Mas uma vez, no momento em que eu subia pelo elevador, disse-me o ascensorista: "Esteve aqui aquele cavalheiro e deixou-me um recado para o senhor". Disse-me essas palavras com uma voz absolutamente mudada e a tossir e cuspir-me na cara. "Que resfriado fui apanhar!", acrescentou, como se eu não fosse capaz de certificar-me por mim mesmo. "Disse o doutor que é coqueluche", e recomeçou a tossir e a cuspir em cima de mim. "Não se fatigue em falar", disse-lhe eu com um ar de bondade, aliás fingido. Receava pegar a coqueluche que, com a minha disposição para as sufocações, me seria bastante penosa. Mas ele empenhou todo o seu orgulho, como um virtuose que não quer dar parte de doente, em falar e cuspir todo o tempo. "Não, isso não quer dizer nada", disse-me ele (para você talvez, pensei, mas não para mim). "De resto, vou em breve para Paris (tanto melhor, desde que não ma passe antes). Parece", continuou, "que Paris é bastante soberba. Deve ser ainda mais soberba do que aqui e em Monte Carlo, embora alguns colegas, mesmo fregueses e até *maîtres d'hôtel*, que iam a Monte Carlo me tenham dito muitas vezes que Paris era menos soberba que Monte Carlo. Eles estavam enganados, talvez, e no entanto, para ser *maître d'hotel* não se pode ser um imbecil; para reter todos os pedidos, reservar mesas, é preciso ter cabeça! Disseram-me que era ainda mais terrível do que escrever peças e livros". Tínhamos chegado quase ao meu andar quando o ascensorista me fez retroceder até embaixo porque achava que o botão funcionava mal, e consertou-o num instante. Disse-lhe que preferia subir a pé, o que queria dizer e ocultar que eu preferia não apanhar coqueluche. Mas, com um acesso de tosse cordial e contagioso, o ascensorista me impeliu para o elevador. "Agora não há o mínimo risco, já consertei o botão." Vendo que ele não parava de falar, e preferindo ao paralelo entre as belezas de Balbec, Paris e Monte Carlo, saber o nome do visitante e o recado que me deixara, disse-lhe eu (como a um tenor que nos aborrece com Benjamin Godard: cante de preferência Debussy[231]): "Mas quem foi que veio visitar-me?". "O cavalheiro com quem o senhor saiu ontem. Vou buscar o cartão dele, que está com o meu porteiro." Como na véspera eu havia deixado Saint-Loup na estação de Doncières antes de ir buscar Albertine, julguei que o ascensorista queria referir-se a Saint-Loup, mas tratava-se do cho-

---

231 Benjamin Godard (1849-1895), autor de óperas de grande sucesso, aparece, no paralelo com Débussy, como exemplo de música fácil e de gosto duvidoso. Seu sucesso foi de curta duração. [N. do E.]

fer. Designando-o com estas palavras: "O cavalheiro com quem o senhor saiu ontem", fazia-me saber ao mesmo tempo que um obreiro é tão perfeitamente um cavalheiro quanto um homem do mundo. Lição de palavras simplesmente. Pois quanto à coisa, eu jamais fizera distinção entre classes. E se eu sentia, ao ouvir tratar um chofer de senhor, o mesmo espanto do conde X (que não o era senão há oito dias e a quem, tendo dito: "a condessa parece fatigada", fiz virar a cabeça para trás, para ver a quem queria referir-me), era simplesmente por falta de hábito do vocabulário; eu jamais fizera diferença entre os operários, os burgueses e os grão-senhores, e teria tomado indiferentemente a uns e outros como amigos. Com certa preferência pelos operários, e depois pelos grão-senhores, não por gosto, mas por saber que se pode exigir destes mais polidez para com os operários do que da parte dos burgueses, ou porque os grão-senhores não desdenham os operários como o fazem os burgueses, ou então porque são de bom grado atenciosos para com qualquer pessoa, como as bonitas mulheres se sentem felizes em dar um sorriso que sabem acolhido com tanta alegria. De resto, não posso dizer que essa maneira que eu tinha de colocar a gente do povo no mesmo pé de igualdade com a gente do alto mundo, se foi muito bem admitida por esta, agradasse plenamente a minha mãe. Não que humanamente fizesse ela qualquer diferença entre as criaturas, e sempre que Françoise tinha algum pesar ou se achava doente, era sempre consolada e cuidada por mamãe, com o mesmo afeto, o mesmo devotamento que sua melhor amiga. Mas minha mãe era muito filha de meu avô para que socialmente não levasse em consideração as castas. Por mais que a gente de Combray tivesse coração, sensibilidade e assimilasse as mais belas teorias sobre a igualdade humana, quando um lacaio se emancipava e se deixava levar insensivelmente, a não mais tratar-se na terceira pessoa, tinha, diante dessas usurpações, o mesmo descontentamento que explode nas *Memórias* de Saint-Simon, de cada vez que um senhor que não tem direito lança mão de um pretexto para tomar a qualidade de Alteza numa ata autêntica, ou para não render aos duques o que lhes devia e de que pouco a pouco se dispensa. Havia um "espírito de Combray" tão refratário que serão precisos séculos de bondade (a de minha mãe era infinita), de teorias igualitárias, para chegar a dissolvê-lo. Não posso dizer que em minha mãe não tivessem permanecido insolúveis certas parcelas desse espírito. Tão dificilmente daria ela a mão a um lacaio quão facilmente lhe dava dez francos (o que a este causava, aliás, muito mais prazer). Para ela, quer o confessasse ou não, os senhores eram os senhores e os criados a gente que comia na cozinha. Quando via um chofer jantar comigo no refeitório, não se sentia absolutamente satisfeita e dizia-me: "Parece-me que poderias ter escolhido coisa melhor que um motorista para amigo", como teria dito, se se tratasse de casamento: "Poderias achar um partido melhor". O chofer (felizmente nunca pensei em convidá-lo) tinha vindo dizer-me que a companhia automobilística que o enviara a Balbec para a estação lhe dera ordem para regressar a Paris no dia seguinte. Este motivo, tanto mais que o chofer era encantador e se expressava tão simplesmente que a gente pensava sempre estar ouvindo palavras do Evangelho, nos pareceu estar com a verdade. Só meia verdade, porém. Não havia, com efeito, mais nada que fazer em Balbec. Em todo caso, como a companhia só acreditasse a meio na veracidade do jovem evangelista, apoiado em sua roda consagratória, desejava que ele voltasse o mais depressa possível a Paris. E, na verdade, se o jovem apóstolo efetuava miraculosamente a multiplicação dos quilômetros quando os computava para o sr. de Charlus, em compensação, logo que se tratava de prestar contas à companhia, dividia por seis o que ganhara. Em vista do que, a companhia, pensando que ninguém mais passeava em Balbec, coisa verossímil na estação, ou que estava sendo roubada, achava tanto numa como noutra hipótese que o melhor seria chamá-lo a Paris, onde, aliás, não se fazia grande coisa. O desejo do chofer era evitar, se possível, a estação morta. Disse eu — fato que então ignorava e cujo conhecimento me teria evitado muitos dissabores

— que ela era (sem jamais aparentarem que se conheciam diante dos outros) muito ligada a Morel. A partir do dia em que ele foi chamado, sem saber ainda que dispunha de um meio para ficar em Balbec, tivemos de contentar-nos em alugar um carro para os nossos passeios, ou às vezes, para distrair Albertine, e como ela gostasse de equitação, cavalos de montaria, os carros eram maus. "Que calhambeque!", dizia Albertine. Aliás, muita vez eu desejaria estar sozinho. Sem querer fixar uma data, eu desejava que tivesse fim aquela vida, pela qual me censurava de renunciar, não tanto ao trabalho, como aos prazeres. No entanto, acontecia também que fossem de súbito abolidos os hábitos que me prendiam, mormente quando algum antigo "eu" cheio do desejo de viver alegremente substituía por um instante o "eu" atual. Experimentei notadamente esse desejo de evasão no dia em que, tendo deixado Albertine em casa da tia, tinha ido a cavalo visitar os Verdurin e tomara pelos bosques um caminho agreste de que eles me haviam gabado a beleza. Esposando as formas do alcantil, ora o caminho subia, ora, apertado entre espessas moitas de árvores, mergulhava em gargantas selvagens. Por um instante, os rochedos desnudados que me cercavam, o mar que se avistava dentre as suas chanfraduras, flutuaram diante de meus olhos como fragmentos de um outro universo: tinha eu reconhecido a paisagem montanhosa e marinha que Elstir dera como cenário a duas admiráveis aquarelas: *Poeta encontrando uma musa* e *Jovem encontrando um centauro*, que eu tinha visto em casa da duquesa de Guermantes. De tal modo a sua lembrança recolocava fora do mundo atual os lugares em que me achava, que não me espantaria que, como o jovem da idade ante-histórica que Elstir pintou, tivesse cruzado por uma entidade mitológica no decurso de meu passeio. De súbito, o meu cavalo empinou-se; ouvira um barulho insólito, e eu tive dificuldade em dominá-lo para não ser lançado por terra, depois ergui para o ponto de onde me parecia provir aquele ruído os meus olhos cheios de lágrimas, e vi, a uns cinquenta metros acima de mim, em pleno sol, entre duas grandes asas de aço fulgurante que o arrebatavam, um ser cuja figura indistinta me pareceu assemelhar-se à de um homem. Fiquei tão emocionado como o poderia ficar um grego que visse pela primeira vez um semideus. Chorava também, pois estava prestes a chorar, quando reconheci que o ruído se produzia acima de minha cabeça — os aeroplanos eram ainda muito raros naquela época —, ao pensamento de que aquilo que eu ia ver pela primeira vez era um aeroplano. Então, como quando se sente que vem no jornal uma frase emocionante, eu só esperava avistar o avião para romper em pranto. No entanto, o aviador pareceu hesitar na sua direção; eu sentia abertos diante dele — diante de mim se o hábito não me fizesse prisioneiro — todos os caminhos do espaço, da vida; avançou, pairou por um instante acima do mar, depois, tomando bruscamente o seu partido, parecendo ceder a alguma atração oposta à da gravidade, como que retornando à sua pátria, com um leve impulso de suas asas de ouro, ele se foi direito para o céu.

Voltando agora ao mecânico: não só pediu a Morel que os Verdurin substituíssem o seu *break* por um auto (o que era relativamente fácil, dada a generosidade dos Verdurin para com os fiéis), mas também, o que era mais melindroso, que substituíssem seu principal cocheiro, o homem sensível e inclinado a ideias melancólicas, por ele, o chofer. Isso foi executado em poucos dias da maneira seguinte: começara Morel por mandar roubar ao cocheiro tudo quanto lhe era necessário para atrelar. Um dia não achava o freio, outro dia a barbela. Outras vezes, era a sua almofada de assento que havia desaparecido, e até o seu relho, a sua manta, o martinete, o calo, a pele de camurça. Mas ele sempre deu um jeito com os vizinhos; somente que chegava atrasado, o que indispunha contra ele o sr. Verdurin e o mergulhava num estado de tristeza e de ideias negras. O chofer, instado a regressar, declarou a Morel que ia voltar para Paris. Era preciso dar um grande golpe. Morel convenceu os criados do sr. Verdurin de que o jovem cocheiro havia declarado que os faria cair todos numa cilada e se gabava de poder com os seis; disse-lhes mais, que eles não poderiam deixar passar aquilo. Da sua parte, não podia imiscuir-se na coisa, mas avisava-os para que tomassem a iniciativa. Ficou combinado que, enquanto o casal Verdurin e seus amigos estivessem de passeio, se arremessariam todos contra o jovem na cocheira. Direi, embora não passasse de um ensejo do que ia acontecer, mas porque as personagens me interessaram mais tarde, que havia naquele dia um amigo dos Verdurin em vilegiatura na sua casa e a quem queriam eles proporcionar um passeio a pé antes da sua partida, marcada para aquela mesma tarde.

O que assaz me espantou quando saíram a passeio foi que Morel, que vinha conosco a pé nesse dia, pois devia tocar violino sob as árvores, disse-me: "Escute, dói-me o braço, não quero dizê-lo à senhora Verdurin, mas peça-lhe que traga um de seus criados, Howsler por exemplo, para carregar meus instrumentos". "Creio que qualquer outro ficaria melhor", respondi, "pois precisam dele para o jantar". Uma expressão de cólera passou pelo rosto de Morel. "Não, eu não quero confiar meu violino a qualquer um." Mais tarde vim a compreender a razão de tal preferência. Howsler era o irmão bem-amado do jovem cocheiro e, se ficasse na casa, poderia ir em seu auxílio. Durante o passeio, bastante baixo para que o Howsler mais velho não nos ouvisse: "Um bom rapaz", disse Morel. "Aliás o irmão também o é. Se não fosse aquele funesto hábito de beber..." "Como beber?", exclamou a sra. Verdurin, empalidecendo à ideia de ter um cocheiro que bebia. "A senhora não o percebe. Digo sempre comigo que é um milagre que não lhe tenha acontecido nenhum acidente enquanto ele a conduzia." "Mas ele conduz então a outras pessoas?" "E só ver que de vezes ele já caiu, está hoje com o rosto cheio de equimoses. Não sei como não se matou, até quebrou os varais." "Eu não o vi hoje", disse a sra. Verdurin, estremecendo ao pensamento do que poderia ter acontecido a ela própria, "o senhor me deixa consternada". Ela quis abreviar o passeio para regressar a casa; Morel escolheu uma ária de Bach com variações infinitas para fazê-lo durar. Logo de chegada, ela dirigiu-se à cocheira, viu os varais novos e Howsler banhado em sangue. Ia ela dizer-lhe, sem lhe fazer nenhuma observação, que não tinha mais necessidade de cocheiro e entregar-lhe o ordenado, quando ele próprio, não querendo acusar seus camaradas, a cuja animosidade atribuía retrospectivamente o roubo cotidiano de todas as selas etc., e vendo que sua paciência só o levava a deixar-se ficar desacordado no chão, pediu para ir embora, o que simplificou tudo. O chofer entrou no dia seguinte e, mais tarde, a sra. Verdurin (que fora obrigada a tomar outro) tão satisfeita ficou com ele que mo recomendou calorosamente como homem de absoluta confiança. Eu, que tudo ignorava, contratei-o por dia em Paris, mas já é antecipar demasiado, pois tudo isso se relatará na história de Albertine. Neste momento, estamos na Raspelière, onde acabo de jantar pela primeira vez com minha amiga, e o sr. de Charlus, com Morel, suposto filho de um "intendente" que ganhava trinta mil francos fixos por ano, tinha um carro e numerosos mordomos, subalternos, jardineiros, administradores e granjeiros sob as suas ordens. Mas já que antecipei de tal modo, não quero deixar o leitor sob a impressão de uma perversidade absoluta que houvesse cometido Morel. Ele era, antes, cheio de contradições e capaz, em certos dias, de verdadeira gentileza.

Fiquei naturalmente muito espantado ao saber que o cocheiro fora despedido, e ainda mais ao reconhecer no seu substituto o chofer que tantas vezes nos conduzira, a Albertine e a mim. Mas ele contou-me uma história complicada, segundo a qual havia regressado a Paris, de onde fora chamado para os Verdurin, e eu não tive um instante de dúvida. A despedida do cocheiro deu motivo a que Morel conversasse um pouco comigo, a fim de expressar-me a sua tristeza relativamente à partida daquele excelente rapaz. De resto, mesmo fora dos momentos em que eu me achava sozinho e em que ele saltava literalmente para mim numa expansão de alegria, Morel, vendo que todos me festejavam na Raspelière e sentindo que se excluía voluntariamente da familiaridade de alguém que era sem perigo para ele, pois me fizera derrubar as pontes e me tirara qualquer possibilidade de assumir ares protetores para consigo (que eu, aliás, absolutamente não pensara em tomar), deixou de manter-se afastado de mim. Atribuí sua mudança de atitude à influência do sr. de Charlus, a qual, com efeito, o tornava menos limitado, mais artista sob certos pontos, mas, em outros, em que ele aplicava ao pé da letra as formas eloquentes, mentirosas e aliás momentâneas do mestre, o tornava ainda mais tolo. O que o sr. de Charlus lhe poderia ter dito foi, com efeito, a única coisa que supus.

Como poderia eu adivinhar então o que depois me disseram (e de que jamais tive certeza, pois as afirmações de Andrée sobre tudo quanto se referia a Albertine, principalmente mais tarde, sempre me pareceram bastante passíveis de caução, porque, como anteriormente vimos, ela não estimava sinceramente a minha amiga e lhe tinha inveja), o que em todo caso, se era verdade, me foi notavelmente ocultado pelos dois: que Albertine conhecia muito a Morel. A nova atitude que Morel adotou para comigo nesse momento da despedida do cocheiro permitiu-me mudar de opinião a seu respeito. Guardei de seu caráter a triste ideia que me fora inspirada pelo servilismo que me havia mostrado esse jovem quando tivera necessidade de mim e a que se seguira, logo depois de prestado o serviço, um desdém que chegava ao ponto de parecer que não me via. Para isso contribuía a evidência das suas relações de venalidade com o sr. de Charlus, e também dos instintos de bestialidade sem consequências cuja não satisfação (quando isso acontecia), ou as complicações que acarretavam eram a causa de suas tristezas; mas esse caráter não era tão uniformemente feio e pleno de contradições. Assemelhava-se a um velho livro da Idade Média, cheio de erros, de tradições absurdas, de obscenidades; era extraordinariamente compósito. Julgara a princípio que a sua arte, em que era verdadeiramente mestre, lhe havia dado superioridades que ultrapassavam o virtuosismo de executante. Uma vez em que eu manifestava meu desejo de pôr-me a trabalhar: "Trabalhe, torne-se ilustre", disse-me ele. "De quem é isso?", indaguei. "De Fontanes a Chateaubriand."[232] Conhecia também uma correspondência amorosa de Napoleão. Bem, pensei eu, ele é letrado. Mas aquela frase que havia lido não sei onde era sem dúvida a única que ele conhecia de toda a literatura antiga e moderna, pois ma repetia cada noite. Outra, que repetia mais seguidamente, para impedir-me que dissesse alguma coisa dele a quem quer que fosse, era esta, que ele julgava igualmente literária, mas que é apenas francesa, ou pelo menos não oferece nenhuma espécie de sentido, salvo talvez para algum criado segredista: "Desconfiemos dos desconfiados". No fundo, indo dessa estúpida máxima até a frase de Fontanes a Chateaubriand, ter-se-ia percorrido uma parte, variada mas menos contraditória do que parece, do caráter de Morel. Esse jovem que, por qualquer dinheiro, teria feito o que quer que fosse, e sem remorsos — talvez não sem uma estranha contrariedade, que ia até a superexcitação nervosa, mas a que sentaria muito mal o nome de remorso — que teria, se nisso achasse implicado o seu interesse, mergulhado na aflição, e até mesmo no luto, famílias inteiras, esse jovem que punha o dinheiro acima de tudo e, para não falar em bondade, acima dos mais naturais sentimentos de simples humanidade, esse mesmo jovem punha, no entanto, acima do dinheiro o seu diploma de Primeiro Prêmio do Conservatório e a preocupação de que não pudessem dizer nada de desabonatório para ele na classe de flauta ou de contraponto. Também as suas maiores cóleras, os seus mais sombrios e injustificados acessos de mau humor provinham do que ele chamava (generalizando, decerto, alguns casos particulares em que encontrara malquerenças) a velhacaria universal.

---

232 O conselho foi dado por Fontanes a Chateaubriand em uma carta de 1798 que aparece citada nas *Memórias de além-túmulo*; no contexto, Fontanes, escritor medíocre mas professor universitário muito bem situado, aconselha Chateaubriand, exilado em Londres após a Revolução. A diferença de situação entre os dois assinala claramente o que Morel pensa de si mesmo com relação ao herói... [N. do E.]

Lisonjeava-se de escapar-lhe, não falando jamais de ninguém, ocultando o seu jogo, desconfiando de todo mundo. (Para infelicidade minha, pelo que disso devia resultar após meu regresso a Paris, sua desconfiança não "funcionara" em relação ao chofer de Balbec, em quem, sem dúvida, reconhecera um igual, isto é, contrariamente à sua máxima, um desconfiado na boa acepção da palavra, um desconfiado que se cala obstinadamente diante das pessoas honestas e em seguida se associa com um crápula.) Parecia-lhe — e não era absolutamente falso — que essa desconfiança lhe permitiria safar-se de qualquer situação, esgueirar-se, inaferrável, através das mais perigosas aventuras e sem que nada pudessem, nem sequer provar, mas dizer contra ele, no estabelecimento da rua Bergère. Estudaria, tornar-se-ia ilustre, seria talvez um dia, com uma respeitabilidade intata, presidente do júri de violino nos concursos daquele prestigioso Conservatório.

Mas seria talvez pôr muita lógica no cérebro de Morel fazer saírem suas contradições umas das outras. Na realidade, a sua natureza era verdadeiramente como um papel em que fizeram tantas dobras em todos os sentidos que é impossível destrinçar coisa alguma. Parecia ter princípios elevados e, numa caligrafia magnífica, desadornada com os mais grosseiros erros ortográficos, passava horas a escrever ao irmão que este havia agido mal com as irmãs, que ele era o seu irmão mais velho, o seu apoio, e às suas irmãs, que estas haviam cometido uma inconveniência para com ele. Em breve, no final do verão, quando se descia do trem em Douville, o sol, amortecido pela bruma, já não era, no céu uniformemente malva, mais que um bloco vermelho. A grande paz que descia à noite sobre aqueles prados espessos e salmos e que levara muitos parisienses, pintores na maioria, a fazer uma vilegiatura em Douville, se ajuntava uma umidade que os obrigava a recolherem-se cedo a seus pequenos chalés. Em vários desses a luz já estava acesa. Só algumas vacas permaneciam fora a contemplar o mar e mugindo, enquanto outras, interessando-se mais pela humanidade, voltavam a atenção para os nossos carros.

Só um pintor que havia armado o cavalete sobre uma estreita eminência afanava-se em reproduzir aquela grande calma, aquela luz tranquila. Talvez as vacas lhe fossem servir inconsciente e benevolamente de modelos, pois o seu ar contemplativo e a sua presença solitária, depois que os humanos se haviam recolhido, contribuíam à sua maneira para a poderosa impressão de repouso que se desprende do anoitecer. E algumas semanas mais tarde, não foi menos agradável a transposição quando, avançando o outono, se tornaram curtos os dias e foi preciso fazer aquela viagem em plena noite. Se eu fora dar uma volta de tarde, tinha de voltar para vestir-me às cinco horas o mais tardar, quando o sol redondo e vermelho já tinha descido para o meio do espelho oblíquo, outrora detestado, e, como algum fogo grego, incendiava o mar em todas as vidraças de minhas estantes. Tendo algum gesto encantatório evocado, enquanto eu vestia o meu *smoking*, o "eu" alerta e frívolo que era o meu quando ia jantar com Saint-Loup em Rivebelle, e a noite em que pensara levar a srta. de Stermaria a jantar comigo na ilha do bosque, eu inconscientemente assobiava a mesma ária que então; e foi somente ao percebê-lo que reconheci pela canção o cantor intermitente, o qual, com efeito, não sabia senão aquela. Da primeira vez em que a cantara, começava a amar Albertine, mas supunha que jamais chegaria a conhecê-la. Mais tarde, em Paris, foi quando havia deixado de a amar e alguns dias depois de a ter possuído pela primeira vez. Agora, era amando-a de novo, e no momento de ir jantar com ela, com grande pesar do gerente, que pensava que eu acabaria por ir morar na Raspelière e deixar o seu hotel, e que assegurava ter ouvido dizer que ali reinavam febres devidas aos pântanos do Bac e às suas águas "agachadas".[233] Estava satisfeito com aquela multiplicidade que via assim na minha vida que se desenrolava em três planos; e depois, quando a gente se torna por um instante um ho-

---

[233] Mais uma vez o diretor do hotel tropeça nas palavras, confundindo *croupie* (água parada) com *accroupi* (agachado). [N. do E.]

mem antigo, quer dizer, diferente do que se é desde muito, a sensibilidade, não mais estando amortecida pelo hábito, recebe, dos mínimos choques, impressões tão vivas que fazem empalidecer tudo quanto as precedeu e às quais, por causa da sua intensidade, nos ligamos com a exaltação passageira de um ébrio. Era já noite quando subíamos ao ônibus ou ao carro que nos ia levar à estação, para tomarmos o pequeno trem de ferro. E no *hall* o primeiro presidente nos dizia: "Ah!, vão à Raspelière! Com os diabos! Tem topete, essa senhora Verdurin, para os obrigar a fazer uma hora de trem à noite, unicamente para jantar. E depois, refazer o trajeto às dez horas, com um vento de mil demônios! Bem se vê que os senhores não têm mesmo nada que fazer", acrescentava, esfregando as mãos. Sem dúvida, assim falava pelo descontentamento de não ser convidado e também pela satisfação que têm os homens "ocupados" — ainda que no trabalho mais tolo — de "não ter tempo" de fazer o que fazemos.

É certamente legítimo que o homem que redige relatórios, alinha algarismos, responde a cartas comerciais, segue o movimento da Bolsa, experimente, quando nos diz com um risinho: "É bom para os senhores, que não têm o que fazer", um agradável sentimento da sua superioridade. Mas esta se manifestaria igualmente desdenhosa, e mais até (pois o homem ocupado também janta fora), se a nossa diversão consistisse em escrever *Hamlet*, ou apenas em lê-lo. No que os homens ocupados carecem de reflexão. Pois a cultura desinteressada que lhes parece cômico passatempo de ociosos quando a surpreendem no momento em que é praticada, deveriam eles pensar que é a mesma que, no seu próprio ofício, coloca acima do nível comum homens que não são talvez melhores magistrados ou administradores do que eles, mas diante de cujo rápido progresso eles se inclinam, dizendo: "Parece que é um grande letrado, um indivíduo distintíssimo". Mas o primeiro presidente, sobretudo, não considerava que o que me aprazia naqueles jantares na Raspelière era que, como ele com razão o dizia, embora por crítica, "representavam uma verdadeira viagem", uma viagem cujo encanto tanto mais vivo me parecia por não ser ela o seu verdadeiro fim, nem procurarmos nessa viagem nenhum prazer — estando este afeto à reunião para a qual nos dirigíamos e que não deixava de ser muito modificado pela atmosfera que o cercava. Era já noite agora, quando eu trocava o calor do hotel — do hotel que se tornara o meu lar — pelo vagão onde subíamos com Albertine e onde o reflexo da lanterna na vidraça indicava, em certas paradas do trenzinho impulsivo, que se havia chegado a uma estação. Para não corrermos o risco de que Cottard não nos visse, e não tendo ouvido anunciar a estação, eu abria a portinhola, mas o que se precipitava no vagão não eram os fiéis, mas o vento, a chuva, o frio. Na obscuridade, eu distinguia os campos, ouvia o mar, estávamos em plena campanha. Albertine, antes de nos juntarmos ao pequeno núcleo, mirava-se num espelhinho, tirado de um *nécessaire* de ouro que carregava consigo. Das primeiras vezes, com efeito, tendo a sra. Verdurin feito com que ela subisse a seu gabinete de toalete para que se preparasse antes do jantar, sentira eu, no meio da profunda calma em que vivia desde algum tempo, um pequeno movimento de ciúme e inquietação por me ver obrigado a deixar Albertine ao pé da escada, e tão ansioso me sentira enquanto estava sozinho no salão, no meio do pequeno clã, a perguntar-me o que estaria fazendo lá em cima a minha amiga que, no dia seguinte, depois de pedir ao sr. de Charlus indicações sobre o que havia de mais elegante no gênero, encomendei por telegrama à Casa Cartier um *nécessaire* que era a alegria de Albertine e também a minha. Era para mim um penhor de calma e também da solicitude de minha amiga. Pois ela certamente adivinhara que eu não gostava que ficasse sem mim com a sra. Verdurin e arranjava-se de modo a fazer no vagão toda a toalete anterior ao jantar.

No número dos convivas habituais da sra. Verdurin, e como o mais fiel de todos, contava-se agora desde vários meses o sr. de Charlus. Regularmente, três vezes por semana, os viajantes que estacionavam nas salas de espera ou na plataforma de Doncières-

-Oeste viam passar aquele corpulento homem de cabelos grisalhos, bigodes negros, os lábios avermelhados com uma pintura que se notava menos no fim da estação do que no verão, quando a luz forte o tornava mais cru e o calor meio líquido. Enquanto se dirigia para o pequeno trem, não podia deixar (apenas por hábito de conhecedor, pois tinha agora um sentimento que o tornava casto ou pelo menos fiel na maior parte do tempo) de lançar aos carregadores, aos militares, aos jovens em costume de tênis, um olhar furtivo ao mesmo tempo inquisitorial e timorato, após o qual baixava em seguida as pálpebras sobre os olhos quase fechados, com a unção de um eclesiástico a desfiar o seu rosário, com a reserva de uma esposa votada ao seu único amor ou de uma senhorita bem-educada. Tanto mais persuadidos estavam os fiéis de que o barão não os tinha visto porque subia a um compartimento diverso do seu (tal qual fazia seguidamente a princesa Sherbatoff), como quem não sabe se ficaremos satisfeitos ou não de ser vistos na sua companhia e nos deixa a faculdade de ir procurá-lo se assim o desejamos. Tal desejo não foi experimentado nas primeiras vezes pelo doutor, que queria deixássemos o barão a sós no seu compartimento. Dissimulando seu caráter hesitante, já que desfrutava de uma grande posição como médico, foi sorrindo, jogando o corpo para trás, olhando Ski por cima do pincenê, que ele disse por malícia ou para surpreender obliquamente a opinião dos camaradas: "Bem compreendem, se eu fosse sozinho, solteiro... mas, por causa de minha mulher, não sei se posso deixá-lo viajar conosco depois do que o senhor me contou", cochichou o doutor. "Que é que estás dizendo?", perguntou a sra. Cottard. "Nada, isso não é contigo, não é para as mulheres", respondeu o doutor, piscando o olho com uma majestosa satisfação de si mesmo que ficava entre o ar sonso que conservava diante de seus alunos e de seus clientes e a inquietação que outrora acompanhava as suas frases de espírito em casa dos Verdurin, e continuou a falar em voz baixa. A sra. Cottard não distinguiu senão "da confraria" e "linguinha", e como na linguagem do doutor a primeira designava a raça judaica e a segunda as línguas soltas, a sra. Cottard concluiu que o sr. de Charlus devia ser um israelita conversador. Não compreendeu que mantivessem o barão à parte por causa disso, e julgou de seu dever, como decana do pequeno clã, exigir que não o deixassem sozinho, e encaminha-mo-nos todos para o compartimento do sr. de Charlus, guiados por Cottard, ainda perplexo. Do canto onde lia um volume de Balzac, o sr. de Charlus percebeu aquela hesitação; não havia, contudo, erguido os olhos. Mas como os surdos-mudos reconhecem, por uma corrente de ar insensível aos outros, que alguém chega por trás deles, possuía o barão, para ser advertido da frieza que tinham a seu respeito, uma verdadeira hiperacuidade sensorial. Esta, como costuma fazer em todos os domínios, tinha engendrado sofrimentos imaginários no espírito do sr. de Charlus. Como esses nevropatas que, sentindo uma leve frescura, induzem que deve haver uma janela aberta no andar de cima, encolerizam-se e começam a espirrar, o sr. de Charlus, se uma pessoa mostrava diante dele um ar preocupado, concluía que tinham ido repetir a essa pessoa alguma coisa que ele dissera a seu respeito. Mas nem sequer havia necessidade que se tivesse um ar distraído, ou sombrio, ou risonho: ele os inventava. Em compensação, a cordialidade mascarava facilmente as maledicências que ele desconhecia. Tendo adivinhado da primeira vez a hesitação de Cottard, se, com grande espanto dos fiéis, que não se julgavam ainda notados pelo leitor de olhos baixos, ele lhes estendeu a mão quando chegaram a distância conveniente, limitou-se, relativamente a Cottard, a uma inclinação de todo o tronco, em seguida vivamente endireitado, sem tomar na sua mão enluvada de couro da Suécia a mão que o doutor lhe havia estendido. "Fizemos absoluta questão de viajar em sua companhia, senhor, e não deixá-lo aí no seu cantinho. É um grande prazer para nós", disse bondosamente a sra. Cottard ao barão. "Sinto-me muito honrado", recitou o barão, inclinando-se com ar frio. "Fiquei muito contente ao saber que o senhor havia definitivamente escolhido esta região para aqui fixar os seus também." Ia dizer tabernáculos, mas essa palavra lhe pareceu hebraica e indelicada para um judeu, que poderia ver nisso uma alusão. De modo que se conteve para escolher outra das expressões que lhe eram familiares, isto é, uma expressão solene: "para aqui fixar, queria eu dizer, os seus penates" (é verdade que essas divindades tampouco pertencem à religião cristã, mas a uma que está morta desde tanto tempo que não possui mais adeptos que a gente receie melindrar). "Nós, infelizmente, com a reabertura das aulas, o serviço hospitalar do doutor, nunca podemos por muito tempo eleger domicílio num mesmo lugar." E mostrando-lhe uma caixa: "Veja, aliás, como nós, as mulheres, somos muito menos felizes que o sexo forte; para ir tão perto como à casa de nossos amigos Verdurin, somos obrigadas a carregar conosco toda uma gama de *impedimenta*". Quanto a mim, olhava durante esse tempo o volume de Balzac do barão. Não era um exemplar em brochura, comprado ao acaso como o volume de Bergotte que ele me emprestara no primeiro ano. Era um livro da sua biblioteca e, como tal, trazia a divisa: "Pertenço ao barão de Charlus", a qual era substituída às vezes, para mostrar o pendor estudioso dos Guermantes: *In proeliis non semper,* e outra mais: *Non sinc labore.*[234] Mas nós as veremos em breve substituídas por outras, para agradar a Morel. Ao fim de um instante, a sra. Cottard escolheu um assunto que julgava tocar mais pessoalmente ao barão: "Não sei se é da minha opinião, senhor, mas sou muito liberal em ideias e, a meu ver, contanto que a gente as pratique sinceramente, todas as religiões são boas. Não sou como essas pessoas que a vista de um... protestante torna hidrófobas". "Ensinaram-me que a minha era a verdadeira", respondeu o sr. de Charlus. "É um fanático", pensou a sra. Cottard; "Swann, salvo no fim, era mais tolerante; é verdade que era um convertido..." Ora, muito pelo contrário, o barão era, não só cristão como se sabe, mas piedoso à maneira da

---

234 "Não sempre em combates"(*"In proellis non semper"*) e "Nada é adquirido sem esforço" (*"Nic sine labore"*). Proust pesquisara as divisas dos livros de Charlus no livro publicado em 1890 por Joannis Guignard, sob o título *Guia do amante de livros armoriados.*

Idade Média. Para ele, como para os escultores do século XIII, a Igreja Cristã era, no sentido vivo da palavra, povoada de uma multidão de criaturas, tidas na conta de perfeitamente reais, profetas, apóstolos, anjos, santas personagens de toda espécie, cercando o Verbo encarnado, sua mãe e seu esposo, o Padre Eterno, todos os mártires e doutores, tal como seu povo em alto-relevo, cada qual se apressura no pórtico ou enche a nave das catedrais. Dentre todos eles, o sr. de Charlus escolhera como padroeiros intercessores os arcanjos Miguel, Gabriel e Rafael, com quem tinha frequentes colóquios para que comunicassem suas preces ao Padre Eterno, diante de cujo trono estão postados. Por isso, diverti-me muito com o engano da sra. Cottard.

Para deixar de lado o terreno religioso, digamos que o doutor, chegado a Paris com a magra bagagem dos conselhos de uma mãe camponesa, depois absorvido pelos estudos quase exclusivamente materiais a que são obrigados a consagrar-se durante longos anos os que querem levar avante sua carreira médica, nunca se cultivara, adquirira mais autoridade mas não mais experiência, e tomou ao pé da letra a palavra *honrado*, o que ao mesmo tempo o contentou, porque era vaidoso, e o afligiu, porque era uma boa alma. "Esse pobre Charlus", disse ele de noite à mulher, "me deu pena quando me disse que se sentia honrado de viajar conosco. Pobre-diabo, vê-se que não tem relações e que se humilha".

Mas logo, sem necessidade do auxílio da caritativa sra. Cottard, os fiéis conseguiram dominar o constrangimento que, no princípio, todos haviam mais ou menos sentido ao ver-se ao lado do sr. de Charlus. Sem dúvida, na sua presença, conservavam incessantemente no espírito a lembrança das revelações de Ski e a ideia da singularidade sexual que estava inclusa em seu companheiro de viagem. Mas essa mesma singularidade exercia sobre ele uma espécie de atração. Ela emprestava, para eles, à palestra do barão, aliás notável, mas sob aspectos que não podiam apreciar, um sabor que convertia a conversação mais interessante, inclusive a de Brichot, em algo insípido. Desde logo, aliás, se haviam comprazido em reconhecer que ele era inteligente. "O gênio pode vizinhar com a loucura", articulava o doutor, e, se a princesa, ávida de instruir-se, insistia, ele não dizia mais nada, já que esse axioma era tudo o que sabia a respeito do gênio e não lhe parecia, além disso, tão comprovado como tudo quanto se referia à febre tifoide ou ao artritismo. E, como se tornara soberbo e continuara mal-educado: "Nada de perguntas, princesa, não me interrogue, estou na praia para descansar. Aliás, a senhora não me compreenderia, pois não entende de medicina". E a princesa calava-se, desculpando-se, convencida de que Cottard era um homem encantador e que as celebridades nem sempre são tratáveis. Nesse primeiro período, tinham pois acabado por achar o sr. de Charlus inteligente, apesar do seu vício (ou o que geralmente assim se denomina). Agora, sem dar-se conta, era por causa desse vício que o achavam mais inteligente que os outros. As máximas mais simples que, habilmente provocado pelo universitário ou o escultor, o sr. de Charlus anunciava sobre o amor, o ciúme ou a beleza, devido à experiência singular, secreta, refinada e monstruosa onde ele as havia haurido, tomavam para os fiéis esse encanto do exotismo que uma psicologia análoga à que sempre nos ofereceu nossa literatura dramática assume numa peça russa ou japonesa representada por artistas nipônicos ou russos. Arriscavam ainda, quando ele não o ouvia, algum gracejo de mau gosto: "Oh!", cochichava o escultor, ao ver um empregado de longos cílios de bailarina e que o sr. de Charlus não pudera impedir-se de encarar, "se o barão começa a namorar o picotador, não chegaremos nunca, pois o trem vai andar de costas. Reparem só a maneira como ele o olha! Não é mais numa estrada de ferro que nós estamos, é num funicular". Mas no fundo, se não vinha o sr. de Charlus, ficavam quase decepcionados por viajarem apenas entre gente como todo mundo e não terem junto de si aquele personagem pintalgado, pançudo e fechado, semelhante a alguma caixa de proveniência exótica e suspeita que deixa escapar um curioso odor de frutas, aos quais a simples ideia de provar nos causaria náuseas. Desse ponto de vista, os fiéis do sexo masculino tinham satisfações mais vivas, no curto trajeto entre Saint-Martin-du-Chêne, onde embarcava o sr. de Charlus e Doncières, estação onde Morel vinha juntar-se a nós. Pois, enquanto não estava o violinista (e se as senhoras e Albertine se mantinham afastadas, fazendo grupo à parte para não embaraçar a conversação), o sr. de Charlus, para não parecer que evitava certos assuntos, não se constrangia em falar "no que se convencionou chamar de maus costumes". Albertine não podia constrangê-lo, pois estava sempre com as senhoras, por atenção de moça que não quer que a sua presença restrinja a liberdade da conversação. Ora, era-me facilmente suportável não tê-la a meu lado, mas desde que ela permanecesse no mesmo vagão. Pois eu, que não mais sentia ciúme nem quase amor por ela, não pensava no que fazia Albertine durante os dias em que não a avistava; em compensação, quando eu estava ali, um simples tabique que, a rigor, pudesse dissimular uma traição me era insuportável, e, se ela ia com as senhoras para o compartimento próximo, ao cabo de um instante, não podendo mais ficar no mesmo lugar, sob o risco de melindrar o interlocutor, Brichot, Cottard, ou Charlus, a quem não podia explicar a razão de minha fuga, eu me levantava, plantava-os ali e passava para o outro lado, a fim de ver se não estaria ocorrendo nada de anormal. E até Doncières, sem receio de escandalizar, falava às vezes, com bastante crueza, de costumes que ele declarava por sua conta não achar nem bons nem maus. Fazia-o por habilidade, para mostrar sua largueza de espírito, persuadido como estava que os seus não despertavam a mínima suspeita no espírito dos fiéis. Supunha que havia no universo algumas pessoas que, segundo a expressão que se lhe tornou mais tarde familiar, "tinham opinião formada a seu respeito". Mas imaginava que essas pessoas não passavam de três ou quatro e que não havia nenhuma delas na costa normanda. Essa ilusão pode espantar da parte de alguém tão fino, tão inquieto. Mesmo quanto os que supunha mais ou menos informados, estimava que não o fossem senão vagamente, e tinha a pretensão, segundo lhes dissesse tal ou tal coisa, de colocar tal pessoa fora das suposições de um interlocutor que por polidez fingia aceitar suas palavras. Ainda suspeitando do que eu podia saber ou supor a seu respeito, imaginava que essa opinião, que ele supunha muito mais antiga da minha parte do que na realidade o era, fosse geral, e que lhe bastava negar um ou outro detalhe para ser acreditado, quando, pelo contrário, se o conhecimento do conjunto precede sempre o dos detalhes, facilita infinitamente a investigação destes e tendo destruído o poder de invisibilidade, não mais permite ao dissimulador ocultar o que lhe apraz. Na verdade, quando o sr. de Charlus, convidado a um jantar por algum fiel ou amigo dos fiéis, fazia os mais complicados rodeios para incluir, entre os nomes de dez pessoas que ele citava, o nome de Morel, não suspeitava que aos motivos sempre diferentes que dava do prazer ou da comodidade que sentiria em ser convidado juntamente com ele, os seus anfitriões, aparentando acreditá-lo perfeitamente, substituíam um único motivo, sempre o mesmo e que ele supunha por eles ignorado, isto é, que o amava. Da mesma forma, a sra. Verdurin, sempre aparentando admitir inteiramente os motivos semiartísticos, semi-humanitários que o sr. de Charlus lhe dava do seu interesse por Morel, não cessava de agradecer comovidamente ao barão as bondades tocantes, dizia ela, que ele tinha para com o violinista. Mas qual não seria o espanto do sr. de Charlus se, num dia em que Morel e ele se atrasaram e não tinham vindo pelo trem, ouvisse a Patroa dizer: "Nós só estamos esperando por aquelas senhoritas". Tanto mais estupefato ficaria o barão, porquanto não arredando pé da Raspelière fazia ali o papel de capelão, de abade do repertório, e às vezes (quando Morel tinha quarenta e oito horas de licença) ali dormia duas noites seguidas. A sra. Verdurin lhes dava, então, dois quartos com comunicação entre si e, para pô-los à vontade, dizia: "Se quiserem fazer música, não se constranjam, as paredes são como as de uma fortaleza, os senhores não têm ninguém no seu andar, e meu marido tem um sono de chumbo". Nesses dias o sr. de Charlus substituía a princesa, indo receber os novatos na estação; desculpava a sra. Verdurin por não ter vindo devido a um estado de saúde que ele descrevia tão bem que os convidados entravam com uma cara de circunstância, e lançavam uma exclamação de espanto ao encontrar a Patroa de pé e bem-disposta, num vestido semidecotado.

Pois, para a sra. Verdurin, o sr. de Charlus se tornara momentaneamente o fiel dos fiéis, uma segunda princesa Sherbatoff. Da sua situação mundana, estava ela muito menos segura do que a da princesa, imaginando que, se esta não queria frequentar senão o pequeno núcleo, era por desprezo aos demais e predileção por ele. Como essa ficção era justamente o próprio dos Verdurin, que tratavam de aborrecidos todos aqueles que não podiam frequentar, é incrível que a Patroa pudesse julgar a princesa uma alma de aço, que detestava o chiquismo. Mas não cedia, e estava certa de que era sinceramente e por amor à intelectualidade que a grande dama também não frequentava os aborrecidos. De resto, o número destes diminuía para os Verdurin. A vida dos banhos de mar tirava a uma apresentação as futuras consequências que seriam de temer em Paris. Homens brilhantes que tinham ido sem a esposa a Balbec, o que facilitava tudo na Raspelière, davam o primeiro passo e, de aborrecidos, se convertiam em encantadores. Foi o caso do príncipe de Guermantes, a que no entanto a ausência da princesa não teria decidido a ir "como solteiro" à casa dos Verdurin, se o ímã do dreyfusismo não tivesse sido tão poderoso que o fez galgar de um só ímpeto as encostas que conduzem à Raspelière, infelizmente num dia em que a Patroa tinha saído. A sra. Verdurin não estava bem certa de que ele e o sr. de Charlus pertencessem à mesma sociedade, mas talvez fosse uma mentira de aventureiro. Por mais elegante que se mostrasse ele, por mais amável, por mais "fiel" que fosse para os Verdurin, a Patroa quase hesitava em convidá-lo com o príncipe de Guermantes. Ela consultou Ski e Brichot: "O barão e o príncipe de Guermantes, será que dá certo?". "Meu Deus, madame, creio que, quanto a um deles, posso dizer que sim." "Mas que me adianta um deles?", retrucara irritada a sra. Verdurin. "Eu estou perguntando é se dará certo, os dois juntos." "Ah!, madame, essas coisas são muito difíceis de saber." A sra. Verdurin não punha nenhuma malícia nisso. Tinha certeza dos costumes do barão, mas não pensava em tal coisa quando assim se exprimia, mas simplesmente em saber se poderiam convidar juntos o príncipe e o sr. de Charlus, se isso combinava. Não punha nenhuma intenção malévola no emprego dessas "frases feitas" que os "pequenos clãs" artísticos favorecem. Para empavonar-se com o sr. de Guermantes, queria levá-lo, na tarde que se seguiria ao almoço, a uma festa de caridade em que marinheiros da costa figurariam uma zarpagem. Mas, não tendo tempo de se ocupar de tudo, delegou suas funções ao fiel dos fiéis, ao barão. "O senhor compreende, eles não devem ficar imóveis como ostras, têm de mexer-se, de ir e vir, para que se veja o lufa-lufa... não sei o nome de nada disso... Mas o senhor, que vai tão seguido ao porto de Balbec-Plage, bem que poderia fazer um ensaio sem se cansar. O senhor deve ser muito mais entendido do que eu, senhor de Charlus, em manobrar os marujinhos. Mas, afinal de contas, estamos tendo muito trabalho por causa do senhor de Guermantes. Talvez seja um imbecil do Jockey. Oh!, meu Deus! estou falando mal do Jockey e me parece que o senhor é sócio. Olá, barão, não me responde, será que é mesmo sócio? Não quer sair conosco? Olhe, aqui está um livro que recebi, penso que há de interessar-lhe. É de Roujon. O título é bonito: *Entre os homens*."[235]

Quanto a mim, estava muito contente de que o barão substituísse tão seguidamente a princesa Sherbatoff, pois eu não estava de bem com esta, por uma razão ao mesmo tempo insignificante e profunda. Um dia em que eu estava no trenzinho, cumulando de gentilezas, como de costume, a princesa Sherbatoff, vi subir a sra. de Villeparisis. Tinha com efeito vindo passar algumas semanas

---

235 Não sem malícia pelo título, a sra. Verdurin indica uma coletânea de artigos publicada em 1906 pelo crítico literário e membro da Academia Francesa Henry Roujon (1853-1914). [N. do E.]

com a princesa de Luxembourg, mas eu, encadeado à necessidade cotidiana de ver Albertine, jamais respondera aos reiterados convites da marquesa e de sua real hóspede. Senti remorsos ao ver a amiga de minha avó, e, por puro dever (sem deixar a princesa Sherbatoff), conversei longo tempo com ela. De resto, ignorava absolutamente que a sra. de Villeparisis sabia muito bem quem era a minha vizinha, mas que não queria conhecê-la. Na estação seguinte a sra. de Villeparisis desembarcou, e até me censurei não tê-la ajudado a descer; fui então sentar-me de novo ao lado da princesa. Mas dir-se-ia — cataclismo frequente nas pessoas cuja situação é pouco sólida e temem que a gente tenha ouvido falar mal delas e as despreze — que se operara uma mutação à vista. Mergulhada na sua *Revue des Deux Mondes*, a princesa mal respondeu às minhas perguntas e acabou dizendo que eu lhe dava enxaqueca. Eu não compreendia nada de meu crime. Quando me despedi da princesa, o sorriso habitual não iluminou seu rosto, uma saudação seca baixou seu queixo, ela nem sequer me estendeu a mão e jamais tornou a falar-me depois. Mas deve ter falado — não sei para dizer o quê — aos Verdurin; pois logo que eu perguntava a estes se não deveria fazer uma gentileza à princesa Sherbatoff, todos em coro se precipitavam: "Não, não! De jeito nenhum! Ela não gosta de amabilidades!". Não o faziam para incompatibilizar-me com ela, mas a princesa conseguira fazer-lhes crer que era insensível às atenções, uma alma inacessível às vaidades deste mundo. É preciso ter visto o político que passa por ser o mais íntegro, o mais intransigente, o mais inabordável desde que está no poder, é preciso tê-lo visto, no tempo de sua desgraça, mendigar timidamente, com um sorriso radiante de amoroso, a saudação altiva de um jornalista qualquer, é preciso ter visto o reerguimento de Cottard (que seus novos clientes tomavam por um homem de aço), e saber de que despeitos amorosos, de que fracassos de esnobismo eram feitos a aparente altivez, o antiesnobismo geralmente admitidos da princesa Sherbatoff, para compreender que na humanidade a regra — que comporta exceções naturalmente — é que os duros são débeis rechaçados e que os fortes, sem se preocupar que os queiram ou não, são os únicos que têm essa doçura que o vulgo toma por fraqueza.

De resto, não devo julgar severamente a princesa Sherbatoff. É tão frequente o seu caso! Um dia, no enterro de um Guermantes, um homem notável que se achava a meu lado mostrou-me um senhor esbelto e dotado de uma bela cara. "De todos os Guermantes", me disse meu vizinho, "esse é o mais inaudito, o mais singular. É irmão do duque." Respondi-lhe imprudentemente que ele estava enganado, que aquele senhor, sem parentesco nenhum com os Guermantes, se chamava Fournier-Sarlovèze.[236] O homem notável me voltou as costas e jamais me falou desde então.

Um grande músico, membro do Instituto, alto dignitário oficial[237] e que conhecia Ski, passou por Harembouville, onde tinha uma sobrinha, e compareceu a uma quarta-feira dos Verdurin. O sr. de Charlus mostrou-se particularmente amável com ele (a pedido de Morel) e principalmente para que, quando de volta a Paris, o acadêmico lhe permitisse assistir a diferentes sessões privadas, ensaios etc., em que tocasse o violinista. O acadêmico, lisonjeado, e aliás homem encantador, prometeu, e cumpriu a promessa. O barão ficou muito comovido com todas as amabilidades que essa personagem (que aliás, da sua parte, amava única e profundamente as mulheres) teve para com ele, com todas as facilidades que lhe proporcionou para ver Morel em lugares oficiais onde não entravam os profanos, em todas as oportunidades dadas pelo célebre artista ao jovem virtuose de apresentar-se, de tornar-se conhecido, indicando-o, de preferência, a outros de igual talento, para audições que deviam ter particular repercussão. Mas o sr. de

236 Alusão a Fournier-Sarlovèze, fundador da Sociedade Artística dos Amadores. [N. do E.]

237 Alusão provável a Gabriel Fauré, diretor do Instituto em 1909 e do Conservatório de Paris entre os anos de 1905 e 1920. [N. do E.]

Charlus não desconfiava que tanto maior reconhecimento devia ao mestre porquanto este, duplamente merecedor, ou, se preferirem, duas vezes culpado, nada ignorava das relações do violinista e de seu nobre protetor. Favoreceu-as, por certo sem simpatia por elas, não podendo compreender outro amor que não o da mulher, que inspirara toda a sua música, mas por indiferença moral, complacência e servilismo profissionais, amabilidade mundana, esnobismo. Quanto a dúvidas sobre a natureza dessas relações, tinha-as tão poucas que, logo ao primeiro jantar na Raspelière, perguntava a Ski, referindo-se a Charlus e Morel, como se se tratasse de um homem e de sua amante: "Faz muito tempo que eles estão juntos?". Mas, muito mundano para deixar transparecer o que quer que fosse aos interessados, pronto, se surgissem alguns falatórios entre os colegas de Morel, a reprimi-los, e a tranquilizar Morel, dizendo paternalmente: "Dizem isso de todo mundo hoje em dia", não cessou de cumular o barão de gentilezas que este achou desvanecedoras, mas naturais, incapaz de supor no ilustre mestre tanto vício ou tanta virtude. Pois as palavras que diziam na ausência do sr. de Charlus, as insinuações sobre Morel, ninguém tinha a alma assaz baixa para lhas repelir. E no entanto essa simples situação basta para mostrar que até essa coisa universalmente desacreditada, que não acharia defensor em parte alguma — o boato — já que tenha por objeto a nós mesmos e se nos torne assim particularmente desagradável, já que nos informe sobre um terceiro de alguma coisa que ignorávamos, também tem o seu valor psicológico. Evita que o espírito adormeça sobre a visão fictícia do que ele julga sejam as coisas e que não é mais que a sua aparência. Vira essa aparência com a mágica destreza de um filósofo idealista e nos apresenta instantaneamente um ponto insuspeitado do avesso do pano. Poderia o sr. de Charlus imaginar estas palavras ditas por certa amável parenta: "Como queres que Memé esteja apaixonado por mim, esqueces então que eu sou uma mulher?!". E, no entanto, tinha ela uma amizade verdadeira e profunda ao sr. de Charlus. Como então espantar-se, no caso dos Verdurin, com cuja afeição e bondade ele não tinha nenhum direito de contar, de que as palavras que diziam longe dele (e não foram apenas palavras, como se verá) fossem tão diferentes do que ele imaginava, isto é, simples reflexo das que ouvia quando se achava presente. Só estas ornavam de inscrições afetuosas o pequeno pavilhão ideal aonde o sr. de Charlus vinha às vezes cismar sozinho, quando introduzia, por um instante, a sua imaginação na ideia que os Verdurin tinham dele. A atmosfera lhe era ali tão simpática, tão cordial, o repouso tão reconfortante, que quando o sr. de Charlus, antes de dormir, vinha ali descansar um instante de seus cuidados, não saía jamais sem um sorriso. Mas, para cada um de nós, esse gênero de pavilhão é duplo: em face daquele que julgamos o único, há outro que nos é habitualmente invisível, o verdadeiro, simétrico com aquele que conhecemos, mas muito diferente e cuja ornamentação, onde não reconheceríamos nada do que esperávamos ver, nos espantaria como se fosse feita com os símbolos odiosos de uma hostilidade insuspeitada. Que estupor para o sr. de Charlus, se houvesse penetrado num desses pavilhões adversos, graças a alguma indiscrição, como por uma dessas escadas de serviço, em que à porta dos apartamentos há coisas obscenas rabiscadas por fornecedores descontentes ou criados despedidos. Mas, da mesma forma que somos privados desse sentido da orientação de que são dotados certos pássaros, falta-nos o sentido da visibilidade como nos falta o das distâncias, e imaginamos próxima a atenção interesseira de pessoas que, pelo contrário, jamais pensam em nós e não suspeitamos que, durante esse tempo, somos para outros a sua única preocupação. Vivia assim enganado o sr. de Charlus, como o peixe que julga que a água em que nada se estende além do vidro de seu aquário, que lhe apresenta o reflexo dessa água, ao passo que não vê a seu lado, na sombra, o passeante distraído que segue as suas evoluções, ou o piscicultor todo-poderoso que, no momento imprevisto e fatal, diferido nesse momento em relação ao barão (para quem o piscicultor, em Paris, será a sra. Verdurin) o tirará do meio onde gostava de viver para arremessá-lo impiedosamente a outro meio. Assim também os povos, enquanto não são mais que coleções de indivíduos, podem oferecer exemplos mais vastos, mais idênticos em cada uma de suas partes, dessa cegueira profunda, obstinada e desconcertante. Até o presente, se ela fora causa de que o sr. de Charlus tivesse, no pequeno clã, conversas de uma habilidade inútil ou de uma audácia que fazia sorrir disfarçadamente, não tivera ainda para ele nem devia ter em Balbec graves inconveniências. Um pouco de albumina, de açúcar, de arritmia cardíaca, não impede que a vida continue normal, para aquele que nem sequer o percebe, ao passo que só o médico vê em tal coisa um augúrio de catástrofes. Atualmente o gosto — platônico ou não — do sr. de Charlus por Morel, levava apenas o barão a dizer de bom grado, na ausência de Morel, que o achava muito belo, pensando que isso seria entendido inocentemente, e agindo assim como um homem astuto que, chamado a depor perante um tribunal, não receará entrar em detalhes aparentemente desvantajosos para a sua pessoa, mas que, por isso mesmo, têm mais naturalidade e menos vulgaridade que os protestos convencionais de um acusado de teatro. Com a mesma liberdade, sempre entre Doncières-Oeste e Saint-Martin--du-Chêne — ou na volta pelo contrário —, o sr. de Charlus falava de bom grado de pessoas que têm, ao que parece, costumes muito estranhos, e chegava a acrescentar: "Afinal, não sei por que digo estranhos, pois isso nada tem de tão estranho assim", para mostrar a si mesmo como se sentia à vontade com o seu público. E com efeito assim era, sob a condição de que fosse ele quem tivesse a iniciativa das operações e soubesse que a galeria estava muda e sorridente, desarmada pela credulidade ou a boa educação.

Quando não falava da sua admiração pela beleza de Morel, como se não tivesse nenhuma relação com um gosto — chamado vício —, ocupava-se desse vício como se não fosse absolutamente o seu. Às vezes não hesitava em chamá-lo pelo nome. Como, após haver examinado a bela encadernação do seu Balzac, eu lhe perguntasse o que preferia ele na *Comédia humana*, respondeu-me, dirigindo seu pensamento para uma ideia fixa: "Tudo, tanto as pequenas miniaturas como *O cura de Tours* e *A mulher abandonada* ou os grandes afrescos como a série das *Ilusões perdidas*. Como! Não conhece as *Ilusões perdidas*?! É tão lindo! O momento em que Carlos Herrera pergunta o nome do castelo pelo qual está passando sua caleça... É Rastignac, a moradia do jovem que ele amou outrora. E o padre cai então num devaneio que Swann chamava, o que era de muito espírito, a *Tristeza de Olímpio* da pederastia. E a morte de Luciano! Não me lembra mais que homem de gosto[238] deu esta resposta, a quem lhe perguntava que acontecimento mais o afligira em sua vida: "A morte de Luciano de Rubempré, nos *Esplendores e misérias*". "Eu sei que Balzac vai passando muito bem este ano, como no ano passado o pessimismo", interrompeu Brichot. "Mas com o risco de contristar as almas atacadas de deferência balzaquiana, sem pretender, Deus me castigue, o papel de guarda das letras e instaurar processo por erros gramaticais, confesso que o copioso improvisador de que o senhor me parece superestimar singularmente as alarmantes elucubrações, sempre se me afigurou um escriba insuficientemente minucioso. Li essas *Ilusões perdidas* de que me fala, barão, torturando-me por alcançar um fervor de iniciado, e confesso com toda a inocência d'alma que esses romances-folhetins redigidos em *páthos*, em algaravia dupla e tríplice: *Ester feliz/ Aonde os maus caminhos vão dar/ Por quanto o amor fica aos velhos*, sempre me causaram o efeito dos mistérios de Rocambole, promovido por inexplicável favor à situação precária de obra-prima."[239] "O senhor diz isso porque não conhece a vida", retrucou o barão duplamente agastado, pois sentia que Brichot não compreenderia nem suas razões de artista, nem as outras. "Bem compreendo",

---

238 Oscar Wilde. [N. do T.]

239 Brichot menciona títulos de partes do livro *Esplendor e miséria das cortesãs*. Depois as compara aos *Feitos de Rocambole* (*Les exploits de Rocambole*), obra em 22 volumes escrita por Pierre-Alexis, visconde de Ponson du Terrail (1829-1871). [N. do E.]

respondeu Brichot, "que, para falar como mestre François Rabelais, quer o senhor dizer que sou muito sorbonagra, sorbonícola e sorboniforme. No entanto, tal como os camaradas, gosto de um livro que dê a impressão da sinceridade e da vida, não sou desses clérigos..." "O quarto de hora de Rabelais", interrompeu o dr. Cottard, com um ar não mais de dúvida, mas de espirituosa segurança. "... que fazem voto de literatura seguindo a regra del'Abbaye-aux-Bois, na obediência do senhor visconde de Chateaubriand, grão-mestre do *chiqué*, segundo a regra estrita dos humanistas. O senhor visconde de Chateaubriand..." "Chateaubriand com batatas", interrompeu o dr. Cottard. "É ele o padroeiro da confraria", continuou Brichot sem levar em conta o gracejo do doutor, o qual, por seu lado, alarmado com a frase do universitário, olhou com inquietação para o sr. de Charlus. Era uma falta de tato de Brichot, pensava Cottard, cujo trocadilho fez assomar um fino sorriso aos lábios da princesa Sherbatoff. "Com o professor, a ironia mordaz do perfeito cético jamais perde os seus direitos", disse ela por amabilidade e para mostrar que a "frase" do médico não lhe passara despercebida. "O sábio é forçosamente cético", respondeu o doutor. "'Que sei eu?' γνῶθι σεαυτόν, dizia Sócrates.[240] É muito justo, o excesso é um defeito em tudo. Mas fico roxo quando penso que isso bastou para fazer durar o nome de Sócrates até nossos dias. Que é que há nessa filosofia? Pouca coisa, em suma. Quando se pensa que Charcot e outros fizeram trabalhos mil vezes mais notáveis e que se apoiam, pelo menos, em alguma coisa, na supressão do reflexo pupilar como síndrome da paralisia geral, e que estão quase esquecidos! Em suma, Sócrates não é nada extraordinário. São criaturas que não tinham nada que fazer, que passavam todo o dia a passear, a discutir. E como Jesus Cristo: amai-vos uns aos outros... Muito bonito!" "Meu caro...", rogou a sra. Cottard. "Naturalmente, minha mulher pro-

---

240 "Conhece-te a ti mesmo" era a divisa que estava gravada na entrada do templo de Delfos que foi, em seguida, adotada por Sócrates. [N. do E.]

testa. São todas umas neuróticas." "Mas, meu doutorzinho, eu não sou nenhuma neurótica", murmurou a sra. Cottard. "Como! Não é neurótica? Mas, quando o filho está doente, ela apresenta fenômenos de insônia. Contudo, reconheço que Sócrates, e o resto, é necessário para uma cultura superior, para se conseguir habilidade expositiva. Cito sempre o γνῶθι σεαυτόν a meus alunos. O padre Bouchard, que o soube, me felicitou por isso." "Não sou dos cultores da forma pela forma, bem como não entesouraria em poesia a rima milionária", continuou Brichot. "Mas em todo caso a *Comédia humana* (muito pouco humana) é por demais a antítese dessas obras em que a arte excede o fundo, como o diz essa mula do Ovídio. E é permitido preferir uma senda a meia encosta que leva ao curato de Meudon ou ao ermitério de Ferney, a igual distância do vale dos Lobos onde René cumpria soberbamente os deveres de um pontificado sem mansuetude, e a Jardies, onde Honoré de Balzac, acuado pelos beleguins, não para de cacografar para uma polaca, como zeloso apóstolo da geringonça."[241] "Chateaubriand está muito mais vivo do que o senhor diz, e Balzac, apesar de tudo, é um grande escritor", respondeu o sr. de Charlus, ainda muito impregnado do gosto de Swann para não sentir-se irritado por Brichot, "e Balzac conheceu até essas paixões que todos ignoram ou só as estudam para escarnecê-las. Sem tornar a falar das imortais *Ilusões perdidas*, *Sarrazine*, *A menina dos olhos de ouro*, *Uma paixão no deserto*, até essa tão enigmática *Falsa amante*, vêm em apoio do que digo. Quando falava a Swann desse aspecto 'fora da natureza' de Balzac, ele me dizia: 'O senhor é da mesma opinião de Taine'.[242] Eu não tinha a honra de conhecer o

---

241 Brichot menciona alguns lugares que serviram de moradia a escritores franceses: Rabelais era cura de Meudon; Voltaire morava em Feney, perto do lago de Genebra; o vale dos Lobos era propriedade de Chateaubriand, perto da cidade de Sceaux, e Jardies era a casa em que Balzac morou entre os anos de 1837 e 1840. Ali, ele se corresponderia com frequência com a condesa polonesa Hanska. [N. do E.]

242 Em artigo sobre Balzac de 1858, Taine condenava o que chamava de "lado doentio" da *Comédia humana* de Balzac, como a descrição do amor homoerótico entre

senhor Taine", acrescentou o sr. de Charlus, com esse irritante hábito do "senhor" inútil que têm os mundanos, como se julgassem, tachando de senhor a um grande escritor, conferir-lhe uma honra, talvez guardar as distâncias e dar a entender que não o conhecem. "Eu não conhecia o senhor Taine, mas me sentia muito honrado por ser da sua mesma opinião." Aliás, apesar desses ridículos hábitos mundanos, o sr. de Charlus era muito inteligente e é provável que, se algum casamento antigo houvesse estabelecido um parentesco entre sua família e a de Balzac, ele sentiria (não menos que Balzac, aliás) um desvanecimento de que no entanto não poderia deixar de vangloriar-se como de uma prova de admirável condescendência.

Às vezes, na estação seguinte a Saint-Martin-du-Chêne, embarcam jovens no trem. O sr. de Charlus não podia deixar de olhar para eles, mas como abreviava e dissimulava a atenção que lhes prestava, parecia esta ocultar um segredo, mais particular que o verdadeiro; dir-se-ia que os conhecia; deixava-o transparecer apesar de si mesmo depois de haver aceitado o seu sacrifício, antes de se voltar para nós, como fazer esses meninos que, em consequência de uma briga entre os pais, foram proibidos de cumprimentar seus camaradas, mas que, quando os encontram, não podem deixar de erguer a cabeça, antes de recair sob a férula do preceptor.

Ante a palavra de origem grega, que o sr. de Charlus, falando de Balzac, acrescentara à sua alusão à *Tristeza de Olímpio* em *Esplendores e misérias*, Ski, Brichot e Cottard se haviam entreolhado com um sorriso talvez menos irônico que impregnado da satisfação que teriam uns convivas que conseguissem fazer Dreyfus falar do seu próprio caso, ou a imperatriz do seu reinado. Pretendiam levá-lo um pouco avante nesse assunto, mas já se estava em Doncières, onde Morel embarcava. Diante dele, o sr. de Charlus vigiava cuidadosamente a sua conversação e, quando Ski quis fa-

---

mulheres em *A menina dos olhos de ouro*. Ele cita em nota como exemplo justamente as obras mencionadas anteriormente por Charlus. [N. do E.]

zê-lo voltar ao amor de Carlos Herrera por Luciano de Rubempré, o barão assumiu o ar contrariado, misterioso e finalmente (ao ver que não faziam caso) severo e justiceiro de um pai que ouvisse dizer indecências diante de sua filha. Como Ski teimasse um pouco em prosseguir, o sr. de Charlus, com os olhos fora das órbitas, elevando a voz, disse num tom significativo, indicando Albertine, que no entanto não nos podia ouvir, ocupada em conversar com a sra. Cottard e a princesa Sherbatoff, e no tom de duplo sentido de quem quer dar uma lição a pessoas mal-educadas: "Creio que seria tempo de falar de coisas que possam interessar a essa moça". Mas bem compreendi que para ele a moça era, não Albertine, mas Morel; de resto, ratificou ele mais tarde a minha interpretação com as expressões de que se serviu ao pedir que não tivéssemos mais conversas daquelas diante de Morel. "O senhor sabe", me disse ele, falando do violinista, "que ele não é absolutamente o que poderiam acreditar; é um menino honrado, que sempre teve muito juízo, um menino muito sério". E sentia-se, a estas palavras, que o sr. de Charlus considerava a inversão sexual como um perigo tão ameaçador para os jovens como a prostituição para as mulheres e que, se aplicava a Morel o epíteto de "sério", era no mesmo sentido que tem quando aplicado a uma costureirinha. Então Brichot, para mudar de conversa, me perguntou se eu pretendia ficar ainda muito tempo em Incarville. Por mais que eu lhe tivesse observado várias vezes que não morava em Incarville, mas em Balbec, ele reincidia sempre no erro, pois era com o nome de Incarville ou de Balbec-Incarville que ele designava aquela parte do litoral. Há, assim, pessoas que falam das mesmas coisas que nós, chamando-as por um nome um pouco diferente. Certa dama do Faubourg Saint-Germain me perguntava sempre, quando queria falar na duquesa de Guermantes, se fazia muito tempo que eu não via Zenaide, ou Oriane-Zenaide, o que fazia com que não compreendesse no primeiro instante. Provavelmente houvera um tempo em que, chamando-se Oriane alguma parenta da sra. de Guermantes, chamava a esta de Oriane-Zenaide, para evitar confusões. Talvez também houvesse no princípio apenas uma estação em Incarville, de onde se ia de carro até Balbec. "De que estavam falando então?", disse Albertine, espantada com o tom solene de pai de família que o sr. de Charlus acabava de usurpar. "De Balzac", apressou-se em responder o barão, "e você hoje está precisamente com a toalete da princesa de Cadignan, não a primeira, a do jantar, mas a segunda". Essa coincidência resultava de que, para escolher as toaletes de Albertine, eu me inspirava no gosto que ela formara graças a Elstir, o qual apreciava muito uma sobriedade que se poderia denominar britânica se não a temperasse certa doçura, certa languidez francesa. Na maior parte das vezes, os vestidos que ela preferia ofereciam aos olhares uma harmoniosa combinação de tons cinzentos como a de Diana de Cadignan. Não havia ninguém como o sr. de Charlus que soubesse apreciar em seu justo valor as toaletes de Albertine; logo em seguida seus olhos descobriam o que lhes constituía a raridade, o preço; ele jamais diria o nome de um tecido por outro, e reconhecia os costureiros. Só que lhe agradava — quanto às mulheres — um pouco mais de brilho e de cor do que tolerava Elstir. Assim, naquela noite, lançou-me ela um olhar metade risonho, metade inquieto, franzindo o seu narizinho róseo de gata. Com efeito, cruzada sobre a sua saia de crepe-da-china cor de cinza, sua jaqueta de cheviote cinzenta, fazia crer que Albertine estivesse toda de gris. Mas fazendo-me sinal para que a ajudasse porque suas mangas bufantes precisavam ser baixadas ou levantadas para despir ou vestir a jaqueta, ela retirou esta e, como as suas mangas eram escocesas de um tom muito suave, róseo, azul-pálido, verdoengo, furta-cor, foi como se num céu cinzento se houvesse formado um arco-íris. E ela perguntava consigo mesma se aquilo iria agradar ao sr. de Charlus. "Ah!", exclamou este, encantado, "eis um raio de luz, um prisma de cor. Apresento-lhe os meus sinceros cumprimentos." "Mas aqui este senhor é que tem todo o mérito", respondeu gentilmente Albertine, designando-me, pois gostava de mostrar o que devia a mim. "Só as mulheres que não sabem vestir-se é que temem a cor", continuou o sr. de Charlus. "Pode-se ser brilhante sem vulgaridade e suave sem insipidez. Aliás, você não tem os mesmos motivos que a senhora de Cadignan para querer parecer desligada da vida, pois era a ideia que ela queria inculcar a d'Arthez com o seu vestido gris." Albertine, a quem interessava essa muda linguagem dos vestidos, interrogou o sr. de Charlus sobre a *Princesa de Cadignan*. "Oh!, é uma encantadora novela", disse o barão num tom cismarento. "Conheço o pequeno jardim por onde Diana de Cadignan passeou com o senhor d'Espard. É o jardim de uma de minhas primas." "Todas essas questões do jardim de sua prima", murmurou Brichot a Cottard, "podem, como a sua genealogia, ter valor para esse excelente barão. Mas que interesse tem isso para nós que não temos o privilégio de passear nesse jardim, não conhecemos essa dama e não possuímos títulos de nobreza?". Pois Brichot não suspeitava que pudessem interessar-se por um vestido e por um jardim como por uma obra de arte, e que era como em Balzac que o sr. de Charlus revia as pequenas alamedas da sra. de Cadignan. O barão prosseguiu: "Mas o senhor a conhece", disse-me ele, falando daquela prima e para que lisonjear, dirigindo-se a mim como a alguém que, exilado no pequeno clã, se não era propriamente do seu mundo, pelo menos frequentava o seu mundo. "Em todo caso, deve tê-la visto na residência da senhora de Villeparisis." "A marquesa de Villeparisis, a quem pertence o castelo de Beaucreux?", perguntou Brichot, com ar cativado. "Sim, o senhor a conhece?", perguntou secamente o sr. de Charlus. "Não", respondeu Brichot, "mas nosso colega Norpois passa todos os anos parte das férias em Beaucreux. Tive ocasião de lhe escrever para lá". Eu disse a Morel, pensando interessar-lhe, que o sr. de Norpois era amigo de meu pai. Mas nem um só movimento do seu rosto testemunhou que ele tivesse ouvido, de tal modo considerava meus pais como gente sem importância e que não estavam muito longe do que tinha sido meu tio-avô, em cuja casa seu pai fora criado de quarto e que, por outro lado, contrariamente ao resto da família, como gostava de "fazer encrencas", deixara em seus criados uma assombrada recordação. "Parece que a senhora de Villeparisis é uma mulher superior; mas nunca me foi permitido julgá-la por mim mesmo, da mesma forma que o resto de meus colegas. Pois Norpois, que é, aliás, cheio de cortesia e de afabilidade no Instituto, não apresentou nenhum de nós à marquesa. Recebido por ela, que eu saiba só o nosso amigo Thureau-Dangin, que tinha com ela antigas relações de família, e também Gaston Boissier, que ela desejou conhecer por causa de um estudo que particularmente lhe interessava. Jantou lá uma vez e voltou enfeitiçado. Em todo caso, a sra. Boissier não foi convidada."[243] Ante esses nomes, Morel sorriu enternecido: "Ah! Thureau-Dangin", me disse ele com um ar tão interessado agora como fora indiferente o que havia mostrado quando lhe falei do marquês de Norpois e de meu pai. "Thureau-Dangin e seu tio formavam um bom par de amigos. Quando uma senhora desejava um bom lugar para uma recepção na Academia, seu tio dizia: 'Escreverei a Thureau-Dangin'. E naturalmente o lugar era logo enviado, pois o senhor compreende que ele não se atreveria a negar nada a seu tio, que se vingaria na primeira oportunidade. Também me diverte ouvir o nome de Boissier, pois era lá que seu tio-avô mandava comprar todos os presentes para as senhoras no Ano-Bom. Eu sei, pois conheço a pessoa que se encarregava da coisa." Era mais do que um simples conhecido seu, pois se tratava de seu pai. Algumas dessas afetuosas alusões de Morel à memória de meu tio se ligavam ao fato de que não pretendíamos ficar para sempre na casa de Guermantes, aonde só tínhamos vindo morar por causa de minha avó. Falava-se algumas vezes de uma possível mudança. Ora, para compreender os conselhos que me dava a esse respeito Charles Morel, é preciso saber que meu tio-avô morava

---

243 Brichot menciona dois secretários perpétuos da Academia Francesa e historiadores. O primeiro, Paul Thureau-Dangin (1837-1913), e o segundo, Gaston Boissier (1823-1908). Na sequência, Morel confunde o nome de Boissier com o de uma doçaria parisiense. [N. do E.]

antigamente no bulevar Malesherbes, *40 bis*. Resultara disso que na família, como frequentávamos muito a casa de meu tio Adolfo até o dia fatal em que incompatibilizei meu pai com eles contando a história da dama de cor-de-rosa, em vez de dizerem "em casa de teu tio", diziam "no *40 bis*". Primas de mamãe lhe diziam com a maior naturalidade: "Ah!, no domingo não podemos ver-nos, pois vocês jantam no *40 bis*". Se eu ia visitar uma parenta, me recomendavam ir primeiro ao *"40 bis"* para que meu tio não se melindrasse se não começava por ele. Era proprietário da casa e, a falar verdade, mostrava-se muito exigente na escolha dos locatários, que eram todos amigos seus, ou se tornavam amigos. O coronel barão de Vatry vinha todos os dias fumar um charuto com ele para obter mais facilmente os consertos. A porta da rua estava sempre fechada. Se, numa janela, meu tio avistava uma roupa, um tapete, entrava furioso e fazia-os retirar mais rapidamente do que hoje os agentes de polícia. Mas nem por isso deixava de alugar parte da casa, só conservando para si dois andares e as cavalariças. Apesar disso, sabendo que lhe dava prazer louvar a boa conservação da casa, celebravam o conforto do "palacete", como se meu tio fosse o único ocupante, e ele calava-se, sem opor o desmentido formal que seria de esperar. O "palacete" era sem dúvida confortável, pois meu tio introduzia nele todas as invenções da época. Mas não tinha nada de extraordinário. Só meu tio, embora dizendo com falsa modéstia "o meu tugúrio", estava persuadido, ou em todo caso inculcara a seu criado de quarto, à mulher deste, ao cocheiro, à cozinheira, a ideia de que nada havia em Paris, quanto ao conforto, ao luxo e ao agrado, que fosse comparável ao palacete. Charles Morel crescera nessa fé. E nela permanecera. Assim, mesmo nos dias em que não conversava comigo, se no trem eu falava a alguém sobre a possibilidade de mudar-me, ele logo me sorria e, piscando o olho com um ar entendido, dizia-me: "Ah!, o que o senhor precisa é qualquer coisa no gênero do *40 bis*! Lá é que estaria bem. Pode-se dizer que seu tio entendia dessas coisas. Tenho plena certeza de que na Paris inteira não há nada que valha o *40 bis*".

Pelo ar melancólico que tomara o sr. de Charlus ao falar da *Princesa de Cadignan*, eu bem havia sentido que essa novela não lhe fazia pensar unicamente no pequeno jardim de uma prima assaz indiferente. Tombou numa cisma profunda e, como que falando consigo mesmo: "*Os segredos da princesa de Cadignan!*", exclamou. "Que profundo, que doloroso... essa má reputação de Diana que receia tanto que o homem a quem ama o venha a saber. Que verdade eterna, e mais geral do que parece, como vai longe isso!". O sr. de Charlus pronunciou estas palavras com uma tristeza que a gente, entretanto, via que ele não achava sem encanto. Sem dúvida o sr. de Charlus, não sabendo ao certo em que medida os seus costumes eram ou não conhecidos, receava desde algum tempo que, tão logo voltasse a Paris e o vissem com Morel, a família deste viesse a intervir, e assim ficasse comprometida a sua felicidade. Essa eventualidade provavelmente não lhe aparecera até então senão como algo de profundamente desagradável e penoso. Mas o barão era muito artista. E agora que, desde há um instante, confundia a sua situação com a descrita por Balzac, refugiava-se de certa maneira no romance e, para o infortúnio que talvez o ameaçasse e não deixava em todo caso de assustá-lo, tinha esse consolo de encontrar, na sua própria ansiedade, o que Swann e também Saint-Loup teriam chamado qualquer coisa de "muito balzaquiano". Para o sr. de Charlus, essa identificação com a princesa de Cadignan mais fácil lhe tinha sido graças à transposição mental que se lhe tornava habitual e de que já dera diversos exemplos. Era o suficiente, aliás, para que a simples substituição da mulher, como objeto amado, por um jovem, desencadeasse logo em torno deste todo o processo de complicações sociais que se desenvolvem em torno de uma ligação comum. Quando, por qualquer motivo, se introduz uma vez por todas uma mudança no calendário, ou nos horários, se se faz começar o ano algumas semanas mais tarde, ou bater meia-noite um quarto de hora mais cedo, como os dias mesmo assim terão vinte e quatro horas e os meses trinta dias, tudo o que decorre da medida do tempo permanecerá idêntico. Tudo pode ter sido mudado sem ocasionar perturbação alguma, já que as relações entre os algarismos são sempre as mesmas. É o que acontece com os que seguem a "hora da Europa Central" ou os calendários orientais. Parece até que o amor-próprio que se tem em sustentar uma atriz desempenhava um papel nessa ligação. Quando, logo ao primeiro dia, se informava o sr. de Charlus a respeito de Morel, decerto ficara sabendo que era de origem humilde, mas uma *demi-mondaine* a quem amamos nada perde para nós do seu prestígio por ser filha de gente pobre. Em compensação, os músicos conhecidos com quem se informara — nem sequer por interesse, como aqueles amigos que, ao apresentar Swann a Odette, lhe haviam descrito como mais difícil e mais requestada do que na realidade o era — por simples banalidade de homens em evidência que encarecem um estreante: "Ah!, grande talento, bela situação, tendo em vista naturalmente que se trata de um jovem... muito apreciado pelos entendidos... irá longe!". E, pela mania que têm os que ignoram a inversão, de falar da beleza masculina: "E depois, dá gosto vê--lo tocar; faz melhor figura do que ninguém num concerto; tem lindos cabelos, atitudes distintas; a cabeça é encantadora e ele tem um ar de violinista de retrato". Assim, o sr. de Charlus, superexcitado, aliás, por Morel, que não lhe ocultava as propostas de que era objeto, sentia-se orgulhoso de o trazer consigo, de lhe construir um pombal a que ele voltasse seguidamente. Pois o resto do tempo, ele o queria livre, o que era necessário devido à sua carreira, que o sr. de Charlus desejava que Morel continuasse, por mais dinheiro que tivesse de dar-lhe, ou fosse por causa dessa ideia muito Guermantes de que é preciso que um homem faça alguma coisa, de que a gente só vale pelo próprio talento, e que a nobreza ou o dinheiro são simplesmente o zero que multiplica um valor, ou então porque tivesse medo de que, ocioso e sempre a seu lado, o violinista acabasse por se aborrecer. Enfim, não queria privar-se do prazer que sentia em dizer de si para consigo, por ocasião de certos grandes concertos: "Esse a quem aplaudem neste momento estará comigo esta noite". As pessoas mundanas, quando estão enamoradas e de qualquer maneira que o estejam, põem sua vaidade naquilo que pode destruir as vantagens anteriores em que sua vaidade pudesse ter achado satisfação.

Morel, sentindo-me sem maldade para consigo, sinceramente afeiçoado ao sr. de Charlus e, por outro lado, de uma indiferença física absoluta em relação a ambos, acabou por manifestar a meu respeito os mesmos sentimentos de calorosa simpatia de uma *cocotte* que sabe que não a desejamos e que seu amante tem em nós um amigo sincero que não tentará intrigar-nos com ela. Não só ele me falava exatamente como outrora Raquel, a amante de Saint-Loup, mas ainda, pelo que me repetia o sr. de Charlus, lhe dizia de mim na minha ausência as mesmas coisas que Raquel dizia de mim a Robert. Enfim, o sr. de Charlus me dizia: "Ele o estima muito", como Robert: "Ela te estima muito". E, como o sobrinho em nome de sua amante, era em nome de Morel que o tio seguidamente me convidava a ir cear com eles. Não havia, aliás, menos tempestades entre eles do que entre Robert e Raquel. É verdade que, depois que Charlie (Morel) ia embora, o sr. de Charlus não parava de elogiá-lo, repetindo desvanecidamente que o violinista era muito bom para ele. Mas era notório que Charlie, até mesmo diante de todos os fiéis, tinha um ar irritado, em vez de parecer feliz e submisso como o desejaria o barão. Essa irritação chegou mesmo mais tarde, devido à fraqueza que fazia o sr. de Charlus perdoar as atitudes inconvenientes de Morel, a ponto de o violinista não procurar ocultá-lo, e ainda o afetava. Vi o sr. de Charlus entrar num vagão em que estava Charlie com alguns de seus amigos militares e ser acolhido por um erguer de ombros do músico, enquanto piscava o olho para os seus camaradas. Ou então fingia estar dormindo, como alguém a quem essa chegada aborrecesse soberanamente. Ou punha-se a tossir; os outros riam e simulavam, para divertir-se, o falar amaneirado dos homens semelhantes ao sr. de Charlus; levavam Charlie para um canto, e Charlie acabava por voltar, como que forçado, para junto do sr. de Charlus, cujo coração era trespassado por todos esses golpes. É inconcebível que os tenha suportado; e estas formas cada vez diferentes de sofrimento armavam de novo para o sr. de Charlus o problema da felicidade, forçavam-no, não só a pedir mais, mas a desejar outra coisa, já que a combinação anterior se achava viciada por uma terrível recordação. E, no entanto, por mais penosas que fossem agora essas cenas, cumpre reconhecer que nos primeiros tempos se manifestava em Morel o gênio do homem do povo da França, que lhe emprestava formas encantadoras de simplicidade, de franqueza aparente, até mesmo de uma independente altivez que parecia inspirada pelo desinteresse. Isso era falso, mas a vantagem da atitude estava tanto mais a favor de Morel tendo-se em vista que, enquanto o que ama é sempre forçado a voltar à carga, a insistir, é, pelo contrário, fácil ao que não ama seguir uma linha reta, inflexível e graciosa. Ela existia, pelo privilégio, no rosto tão aberto desse Morel de coração tão fechado, esse rosto ornado da graça neo-helênica que floresce nas basílicas de Champagne. Apesar de sua altivez fictícia, muita vez, ao avistar o sr. de Charlus num momento em que não o esperava, sentia-se constrangido diante do pequeno clã, enrubescia, baixava os olhos, para encantamento do barão, que via nisso todo um romance. Era simplesmente um sinal de irritação e de vergonha. A primeira se expressava às vezes; porque, por mais calma e energicamente decente que fosse habitualmente a atitude de Morel, nem por isso deixava de desmentir-se amiúde. Por vezes até, a qualquer palavra que lhe dirigia o barão, explodia da parte de Morel, num tom duro, uma réplica insolente, com que todos ficavam chocados. O sr. de Charlus baixava a cabeça com ar triste, não respondia nada e, com essa faculdade que têm os pais idólatras de acreditar que nada é notado da frieza, da dureza de seus filhos, nem por isso deixava de entoar loas ao violinista. Aliás, o sr. de Charlus não era sempre tão submisso, mas suas rebeldias não atingiam geralmente o objetivo, principalmente porque, tendo convivido com gente mundana, no cálculo das reações que pudesse provocar, levava em conta a baixeza, se não original, pelo menos adquirida por educação. Ora, em vez disso, encontrava em Morel algumas veleidades plebeias de indiferença momentânea. Infelizmente para o sr. de Charlus, ele não compreendia que, para Morel, tudo cedia ante as questões em que o Conservatório e a boa reputação no Conservatório (mas isso, que devia ser mais grave, não se apresentava de momento) entravam em jogo. Assim, por exemplo, os burgueses mudam facilmente de nome por vaidade, os grão-senhores por vantagem. Para o jovem violinista, pelo contrário, o nome de Morel estava indissoluvelmente ligado ao seu primeiro prêmio de violino, e impossível, pois, de modificar. O sr. de Charlus desejaria que Morel tivesse tudo dele, até o seu nome. Levando em conta que o prenome de Morel era Charles, que se assemelhava a Charlus e que a propriedade em que se reuniam se chamava Charmes, quis ele persuadir a Morel que, como um nome agradável de dizer constituía a metade de uma reputação artística, o virtuose devia sem hesitação tomar o nome de "Charmel", alusão discreta ao local de seus encontros. Morel deu de ombros. Como último argumento, o sr. de Charlus teve a infeliz ideia de acrescentar que tinha um camareiro que assim se chamava. Não fez senão excitar a furiosa indignação do jovem. "Houve um tempo em que os meus antepassados tinham orgulho do título de camareiros, de mordomos do rei." "Houve outro tempo", respondeu altivamente Morel, "em que meus antepassados cortaram o pescoço dos seus". Muito espantado ficaria o sr. de Charlus se pudesse supor que, na falta de "Charmel", resignado a adotar Morel e a dar-lhe um dos títulos da família de Guermantes de que dispunha, mas que as circunstâncias, como se verá, não lhe permitiram oferecer ao violinista, este fosse recusar, pensando na reputação artística ligada ao seu nome de Morel e nos comentários que seriam feitos na "classe". A tal ponto colocava ele a rua Bergère acima do Faubourg Saint-Germain![244] O sr. de Charlus teve de contentar-se, de momento, em mandar fabricar anéis simbólicos para Morel, com a antiga inscrição: *PLVS VLTRA CAROLVS*. Certamente, ante um adversário de uma espécie que não conhecia, o sr. de Charlus deveria ter mudado de tática. Mas quem é capaz disso? De resto, se o sr. de Charlus tinha dessas inabilidades, tampouco Morel as deixava de ter. Muito mais que a própria circunstância que provocou a ruptura, o que devia, pelo menos provisoriamente (mas esse provisório veio a ser definitivo), perdê-lo com o sr. de Charlus, é que nele não havia só a baixeza que o fazia ceder ante a severidade e responder com insolência à brandura. Paralelamente a essa natural baixeza, havia uma neurastenia complicada de má-educação, que, despertando em toda circunstância em que estivesse em falta ou dependesse de alguém, fazia com que, no momento preciso em que tivesse necessidade de toda a sua gentileza, de toda a sua doçura e toda a sua jovialidade para desarmar o barão, ele se tornasse sombrio, agressivo, procurando travar discussões em que sabia que não estavam de acordo com ele, sustentando seu ponto de vista hostil com uma fragilidade de razões e uma violência cortante que agravava essa própria fragilidade. Pois bem depressa falto de argumentos, ainda assim os inventava, revelando assim toda a extensão de sua ignorância e de sua tolice. Estas mal afloravam quando ele era amável e apenas procurava agradar. Pelo contrário, era só o que se via em seus acessos de mau humor, em que, de inofensivas, se tornavam odiosas. Então o sr. de Charlus se sentia farto e punha toda a sua esperança num amanhã melhor, enquanto Morel, esquecendo que o barão o fazia viver faustosamente, tinha um sorriso irônico, um sorriso de piedade superior, e dizia: "Nunca aceitei nada de ninguém. Por isso não existe ninguém a quem deva um só agradecimento".

244 Até 1913, a rua Bergère era a sede do Conservatório Nacional de Música e Declamação. [N. do E.]

Entrementes, e como se tivesse de se haver com um homem da alta sociedade, o sr. de Charlus continuava a exercer as suas cóleras, verdadeiras ou fingidas, mas agora inúteis. Contudo, nem sempre o eram. Assim um dia (que se localiza, aliás, depois desse primeiro período) em que o barão voltava comigo e Charlie de um almoço nos Verdurin, julgando passar o fim da tarde e a noite com o violinista em Doncières, a despedida deste, logo ao sair do trem, que respondeu: "Não, tenho o que fazer", causou ao sr. de Charlus uma decepção tão forte que, embora tivesse tentado aparar de bom ânimo o golpe, vi que lágrimas dissolviam o cosmético de suas pestanas, enquanto ficava parado estupefato diante do trem. Tamanho foi esse sofrimento que, como Albertine e eu pretendêssemos terminar o dia em Doncières, eu disse ao ouvido dela que desejaria não deixássemos sozinho o sr. de Charlus, que me parecia, não sabia eu por que, muito desgostoso. A querida pequena aceitou de bom grado. Perguntei ao sr. de Charlus se não queria que eu lhe fizesse companhia um pouco. Ele aceitou, mas negou-se a incomodar por isso minha prima. Achei certa doçura (e sem dúvida pela última vez, pois estava resolvido a romper com ela) em ordenar-lhe brandamente, como se fosse minha mulher: "Volta sozinha, eu te encontrarei esta noite", e em ouvi-la, como o faria uma esposa, dar-me licença de fazer como quisesse, e aprovar, se o sr. de Charlus, a quem muito estimava, tivesse necessidade de mim, que me pusesse à disposição dele. Fomos, o barão e eu, ele bamboleando a sua corpulência, com os seus olhos de jesuíta baixos, até um café onde nos serviram cerveja. Senti os olhos do sr. de Charlus presos pela inquietude a algum plano. De repente, pediu papel e tinta e pôs-se a escrever com singular velocidade. Enquanto cobria folha após folha, seus olhos fuzilavam em raivosa cisma. Depois de escrever oito páginas: "Posso pedir-lhe um grande favor?", perguntou-me ele. "Desculpe-me fechar esta carta. Mas é preciso. O senhor vai tomar um carro, um auto se puder, para ir mais depressa. Com certeza ainda encontrará Morel no seu quarto, aonde foi mudar de roupa. Pobre rapaz, quis fazer de fanfarrão no momento em que nos deixamos, mas creia que ele está com o coração mais pesado que eu. O senhor vai entregar-lhe esta carta e, se ele perguntar onde foi que me viu, diga-lhe que tinha parado em Doncières (o que, aliás, é verdade) para visitar Robert, o que talvez não seja verdade, mas que me encontrou com alguém que o senhor não conhece, que eu parecia muito encolerizado, que lhe pareceu ouvir as palavras de envio de testemunhas (bato-me amanhã, com efeito). Sobretudo não diga que eu mando chamá-lo, não procure trazê-lo, mas se ele quiser vir com o senhor, não o impeça. Vá, meu filho, é para o bem dele, o senhor pode evitar um grande drama. Enquanto estiver a caminho, vou escrever a minhas testemunhas. Impedi-o de passear com sua prima. Espero que ela não me queira mal por isso, e assim o creio. Pois é uma alma nobre e sei que é dessas mulheres que não sabem furtar-se à grandeza das circunstâncias. Terá de agradecer-lhe em meu nome. Sou-lhes pessoalmente devedor e apraz-me que assim seja." Eu sentia grande piedade do sr. de Charlus; parecia-me que Charlie poderia ter impedido aquele duelo, de que era talvez a causa, e, se assim era, sentia-me revoltado que ele tivesse partido com aquela indiferença, em vez de assistir seu protetor. Maior foi a minha indignação quando, ao chegar à casa em que residia Morel, reconheci a voz do violinista, que, pela necessidade que tinha de expandir a sua alegria, cantava a plenos pulmões: "Na noite de saaábado!...".[245] Se o pobre do sr. de Charlus o ouvisse, ele que desejava que julgassem e sem dúvida julgava que Morel tinha naquele momento o coração pesado! Charlie pôs-se a dançar de alegria ao avistar-me. "Oh!, meu velho (desculpe chamá-lo assim; nesta maldita vida militar a gente fica com esses modos), é uma beleza a sua visita! Nada tenho que fazer da minha noite. Vamos passá-la juntos, sim? Ficaremos aqui, se quiser, passearemos de bote, se acha melhor, eu não tenho nenhuma preferência." Disse-lhe que era obrigado a jantar em Balbec, ele tinha mui-

---

245 Trata-se das palavras iniciais de uma célebre canção popular de Henry Christine, exibida no café-concerto Eldorado por Félix Mayol, em novembro de 1902. [N. do E.]

ta vontade de que o convidasse, mas eu não o queria. "Mas se está com tanta pressa, por que veio?" "Trago-lhe uma carta do senhor de Charlus." Nesse momento toda a sua alegria desapareceu; seu rosto contraiu-se. "Como! Até aqui ele vem importunar-me! Sou então um escravo?! Seja bonzinho, meu velho. Eu não abro essa carta. Diga-lhe que não me encontrou." "Não seria melhor abri-la? Parece-me que há algo de grave." "Não, mil vezes não. O senhor não conhece as mentiras, as manhas infernais desse velho charlatão. É um truque para que eu vá visitá-lo. Pois bem!, não irei, quero paz esta noite." "Mas não vai haver um duelo amanhã?", perguntei a Morel, que eu supunha a par de tudo. "Um duelo?", disse-me ele com ar estupefato. "Não sei uma palavra disso. Afinal de contas, pouco me importa. Aquele velho repelente bem pode fazer-se arrebentar, se isso lhe agrada. Mas, olhe, o senhor me deixou intrigado; em todo caso, vou ler a carta dele. Diga-lhe que a deixou aqui, para o caso que eu voltasse a casa." Enquanto Morel me falava, eu contemplava com estupefação os admiráveis livros que lhe dera o sr. de Charlus e que enchiam o quarto. Como o violinista tivesse recusado os que traziam "Pertenço ao barão etc.", divisa que lhe parecia insultante à sua pessoa, como um sinal de posse, o barão, com o engenho sentimental em que se desafogava o amor infeliz, tinha variado com outras, provenientes de ancestrais, mas encomendadas ao encadernador conforme as circunstâncias de uma melancólica amizade. Às vezes eram breves e confiantes como *Spes mea*, ou como *Exspactata non eludet*.[246] Às vezes apenas resignadas como "Esperarei".[247] Algumas galantes: *Mesmes plaisir du mestre*, ou aconselhando a castidade, como a tomada aos Simiane, semeada de torres de blau e de flores-de-lis e desviada de

---

246 Novas divisas extraídas do livro de Guigard: "Minhas esperanças" (*"Spes mea"* – divisa do rei francês Henrique III); "Ele não decepcionará minhas esperanças" (*"Exspactata non eludent"* – divisa da primeira mulher do rei Henrique IV). [N. do E.]
247 Divisa do duque d'Aumale. [N. do E.]

seu sentido: *Sustentant lilia turres.*[248] Outras, enfim, desesperadas, e marcando encontro no céu para quem não quisera saber dele na terra: *Manet ultima Coelo*[249] e (achando muito verdes as uvas que não podia alcançar, fingindo não haver procurado o que não obtivera) dizia numa delas o sr. de Charlus: *Non mortale quod opto.*[250] Mas não tive tempo de vê-las todas.

Se o sr. de Charlus, ao lançar ao papel aquela carta, parecera possuído do demônio da inspiração que fazia correr a sua pena, logo que Morel abriu o selo: *Atavis et armis,*[251] acompanhado com um leopardo e duas rosas abertas, pôs-se a ler com uma febre tão grande como tivera o sr. de Charlus ao escrever, e, sobre aquelas páginas escritas num supetão, os seus olhares não corriam menos depressa que a pena do barão. "Ah!, meu Deus!", exclamou ele. "Era só o que faltava! Mas onde encontrá-lo? Sabe Deus onde ele estará agora!" Insinuei que, se nos apressássemos, talvez pudéssemos ainda encontrá-lo num café onde ele tinha pedido cerveja para se refazer. "Não sei se voltarei", disse ele à encarregada da casa, e acrescentou *in petto*: "isso dependerá do aspecto que assumirem as coisas". Alguns minutos depois chegávamos ao café. Notei o ar do sr. de Charlus no momento em que me avistou. Ao ver que eu não voltava sozinho, senti que a respiração, que a vida lhe eram devolvidas. Estando naquela noite em um estado de espírito que não lhe permitia dispensar Morel, inventara que lhe

248 "As torres sustentam as flores-de-lis" (*"Sustentant lilia turres"* – divisa um pouco modificada da família Simiane, da neta de madame de Sévigné). A divisa significa que os senhores ("as torres") sustentam os reis. A divisa encontra-se *"desviada de seu sentido"*: ou seja, no caso de Charlus, as torres são imagem dos homens maduros, como ele, junto aos jovens. [N. do E.]

249 "O fim pertence ao céu" (*"Manet ultima Coelo"* – nova divisa de Henrique III). [N. do E.]

250 "Tenho a ambição de um imortal"(*"Non mortale quod opto"* – divisa um pouco modificada de Charles de Lorraine). [N. do E.]

251 "Pelos ancestrais e pelas armas" (*"Atavis et armis"* – divisa do conde d'Angivillier, diretor das construções de Luís XVI e de Daniel de Montesquiou, tenente geral das tropas do rei). [N. do E.]

haviam dito que dois oficiais do regimento tinham falado mal dele a propósito do violinista e que ele ia enviar-lhe testemunhas. Morel vira o escândalo, a sua vida tornada impossível no regimento, e acorrera. No que absolutamente não fizera mal. Pois, para tornar mais verossímil a sua mentira, o sr. de Charlus já escrevera a dois amigos (um era Cottard) para lhes pedir que fossem suas testemunhas. E, se o violinista não tivesse vindo, é certo que, louco como era (e para mudar sua tristeza em furor), os teria enviado ao acaso a um oficial qualquer, com o qual lhe seria um alívio bater-se. Durante esse tempo o sr. de Charlus, lembrando-se de que era de raça mais pura que a Casa de França, pensava que ele era ainda muito bom por se aborrecer tanto por causa do filho de um mordomo cujo senhor ele não se dignaria frequentar. Por outro lado, se não mais se comprazia a não ser na frequentação do crápula, o arraigado hábito que tem este de não responder a uma carta, de faltar a um encontro sem prevenir, sem se escusar depois, lhe dava, como se tratava muita vez de amores, tantas emoções, e no resto do tempo lhe causava tanta irritação, constrangimento e cólera, que chegava às vezes a lamentar a multiplicidade de cartas por um nada, a exatidão escrupulosa dos embaixadores e dos príncipes, os quais, se infelizmente lhes eram indiferentes, lhe davam apesar de tudo uma espécie de repouso. Habituado às maneiras de Morel e cônscio da pouca influência que tinha sobre ele e de como era incapaz de insinuar-se numa vida em que camaradagens vulgares mas consagradas pelo hábito ocupavam demasiado lugar para que se reservasse uma hora ao grão-senhor excluído, pretensioso e debalde implorante, estava o sr. de Charlus de tal modo convencido de que o músico não viria que mal pôde reter um grito ao vê-lo. Mas, sentindo-se vencedor, timbrou em ditar as condições de paz e conseguir as vantagens que pudesse. "Que vem fazer aqui?", disse ele. "E o senhor?", acrescentou, olhando-me. "Eu lhe tinha recomendado, antes de tudo, que não o trouxesse." "Ele não queria trazer-me", disse Morel, lançando para o sr. de Charlus, na ingenuidade de sua coqueteria, uns olhares convencionalmente tristes e langorosamente fora de moda, com um ar, que sem dúvida, julgava irresistível, de que queria beijar o barão e de que tinha vontade de chorar. "Fui eu que vim contra a vontade dele. Vim em nome da nossa amizade para suplicar-lhe de joelhos que não cometa essa loucura." O sr. de Charlus delirava de alegria. A reação era muito forte para os seus nervos; apesar disso, conseguiu dominá--los. "A amizade que você tão inoportunamente invoca", respondeu num tom seco, "devia, pelo contrário, conseguir a aprovação de sua parte quando acho que não devo deixar passar por alto as impertinências de um imbecil. Aliás, se quisesse obedecer aos rogos de uma afeição que conheci mais bem inspirada, não poderia mais fazê-lo, pois as cartas para as minhas testemunhas já foram enviadas, e eu não duvido da sua aceitação. Você sempre se portou comigo como um pequeno imbecil e, em vez de orgulhar--se, como tinha o direito, da predileção que eu lhe conferia, em vez de fazer compreender à turba de ajudantes ou de criados no meio dos quais a lei militar o obriga a viver, que motivo de incomparável orgulho era para si uma amizade como a minha, você procurou escusar-se, quase transformando num mérito estúpido o não mostrar-se suficientemente reconhecido. Sei que nisso", acrescentou, para não deixar transparecer como certas cenas o haviam humilhado, "você só é culpado de ter-se deixado arrastar pelo ciúme dos outros. Mas como você, na sua idade, pode ser tão criança (e criança bastante mal-educada) para não ter logo adivinhado que a minha preferência e todas as vantagens que dela deviam resultar para você iam provocar ciúmes, que todos os seus camaradas, enquanto o incitavam a romper comigo, tratariam de ocupar seu lugar? Achei que não devia mostrar-lhe as cartas que recebi, a esse respeito, de todos aqueles em quem mais confia. Desdenho tanto as investidas desses lacaios como as suas inócuas zombarias. A única pessoa que me preocupa é você, porque muito o estimo, mas a afeição tem limites, e você bem o deveria saber." Por mais dura que fosse a palavra *la-*

caio aos ouvidos de Morel, cujo pai tinha sido lacaio, mas justamente porque o tinha sido, a explicação de todas as desventuras sociais pelo "ciúme", explicação simplista e absurda, mas indesgastável e que, em certa classe, "pega" sempre tão infalivelmente como os velhos truques com o público dos teatros ou a ameaça do perigo clerical nas assembleias, encontrava em Morel um crédito tão forte como em Françoise ou os criados da sra. de Guermantes, para quem era a causa única dos males da humanidade. Não duvidou que seus camaradas houvessem tentado arrebatar-lhe o lugar e mais infeliz se sentia com aquele duelo calamitoso e, aliás, imaginário. "Oh!, que desespero!", exclamou Charlie. "Mas eles não devem vir avistar-se com o senhor antes de ir procurar esse oficial?" "Não sei, creio que sim. Mandei dizer a um deles que ficaria aqui esta tarde e lhe daria as minhas instruções." "Espero que, até ele chegar, eu já tenha conseguido convencê-lo; permita-me apenas que fique junto do senhor", pediu-lhe ternamente Morel. Não era senão isso o que queria o sr. de Charlus. Não cedeu imediatamente. "Você faria mal em aplicar aqui o 'quem bem ama, bem castiga' do provérbio, pois era a você que eu estimava, e pretendo castigar, mesmo depois do nosso desentendimento, aqueles que covardemente tentarem fazer-lhe mal. Até aqui, às suas insinuações inquisitivas, atrevendo-se a perguntar-me como é que um homem como eu podia ombrear com um gigolô da sua espécie e saído do nada, limitei-me a responder com a divisa de meus primos La Rochefoucauld: 'É meu prazer'. Até lhe observei várias vezes que esse prazer era suscetível de tornar-se o meu maior prazer, sem que a sua arbitrária elevação redundasse em rebaixamento para mim." E, num gesto de orgulho quase louco, exclamou, erguendo os braços: "*Tantus ab uno splendor!*[252] Condescender não é descer", acrescentou com mais calma, após esse delírio de altivez e de júbilo. "Espero ao menos que meus

---

252 "Um tal brilho vindo apenas de um" (*"Tantus ab uno splendor"* – divisa modificada de Luísa de Lorraine, viúva do rei Henrique III).

dois adversários, apesar da sua posição desigual, sejam de um sangue que eu possa fazer correr sem vergonha. Tomei a esse respeito algumas informações discretas que me tranquilizaram. Se você me conservasse alguma gratidão, deveria, muito pelo contrário, orgulhar-se de que, por causa sua, eu retome o belicoso humor de meus ancestrais, dizendo como eles, no caso de um desenlace fatal, agora que compreendo que tolinho você me saiu: 'Morte me é vida'."[253] E o sr. de Charlus o diria sinceramente, não só por amor a Morel, mas porque um pendor combativo que ele julgava ingenuamente provir de seus avós lhe dava tanto brio ao pensamento de bater-se que ele lamentaria agora renunciar àquele duelo, maquinado a princípio cinicamente para fazer com que Morel voltasse. Jamais tivera uma questão qualquer sem que se julgasse logo valoroso, e identificado ao ilustre condestável de Guermantes, ao passo que, em se tratando de qualquer outro, esse mesmo ato de ir ao campo de honra lhe parecia da última insignificância. "Creio que será belíssimo", disse-nos ele sinceramente, salmodiando cada termo. "Ver Sarah Bernhardt no *Aiglon*, que é isso? Bosta. Mounet-Sully no *Édipo*, bosta. Quando muito, toma ele certa lividez de transfiguração quando a coisa se passa nas Arenas de Nîmes.[254] Mas, que é isso ao lado dessa coisa inaudita, ver combater o próprio descendente do Condestável?" E a esta simples ideia, o sr. de Charlus, não mais se contendo de alegria, pôs-se a dar golpes e contragolpes que lembravam Molière,[255] fazendo-nos aproximar prudentemente de nossos copos e recear

253 Variante de um célebre grito de guerra do rei Francisco I. [N. do E.]

254 Charlus menciona papéis de sucesso de dois dos atores mais célebres da virada do século XX: Sarah Bernhardt começou a encenar a peça de Edmond Rostand em março de 1900 e obteve imediatamente enorme sucesso com ela; na mesma época, Sully encenava com igual êxito *Édipo rei* no teatro da Comédie Française. Durante o verão, a peça, contrariamente ao que diz Charlus, não seria encenada nas arenas de Nîmes, mas sim no antigo teatro de Orange. [N. do E.]

255 Alusão à aula de esgrima da peça *O burguês gentil-homem* (*Gentilhomme*, em francês, designa o homem de origem nobre). [N. do E.]

que os primeiros entrechoques de espada fossem ferir os adversários, o médico e as testemunhas. "Que espetáculo atraente não seria para um pintor! O senhor, que conhece o senhor Elstir", disse-me ele, "deveria trazê-lo". Respondi que ele não estava na praia. O sr. de Charlus insinuou que poderiam telegrafar-lhe. "Oh!, eu digo isso por causa dele", acrescentou, diante do meu silêncio. "É sempre interessante para um mestre, e na minha opinião ele é um mestre, fixar um exemplo de semelhante revivescência étnica. E talvez não haja um por século."

Mas se o sr. de Charlus se encantava à ideia de um combate que a princípio julgara inteiramente fictício, Morel pensava com terror nos falatórios que, da banda do regimento, poderiam transportar-se, graças ao rumor que provocaria o duelo, até o templo da rua Bergère. Vendo já a "classe" informada de tudo, tornava-se cada vez mais premente junto ao sr. de Charlus, o qual continuava a gesticular ante a embriagadora ideia de bater-se. Suplicou ao barão que lhe permitisse não deixá-lo até o dia seguinte, dia suposto do duelo, para vigiá-lo e tratar de fazer-lhe ouvir a voz da razão. Tão terna proposta triunfou sobre as últimas hesitações do sr. de Charlus. Dessa maneira, não resolvendo de vez a questão, o barão conservaria Charlie pelo menos dois dias e aproveitaria o ensejo para obter dele compromissos para o futuro em troca de sua renúncia ao duelo, exercício, dizia ele, que por si mesmo o encantava e de que não se privaria sem lamentá-lo. E nisso, aliás, era sincero, pois sempre sentira prazer em ir ao campo de honra quando se tratava de cruzar espadas ou trocar balas com um adversário. Cottard chegou, enfim, embora muito atrasado, pois, radiante de servir de testemunha, embora ainda mais emocionado, vira-se obrigado a parar em todos os cafés ou granjas do caminho, pedindo que lhe indicassem o "número 100", ou "aquele lugar". Logo que chegou, levou-o o barão para uma peça isolada, pois achava mais regulamentar que Charlie e eu não assistíssemos à entrevista e era exímio em dar a uma peça qualquer a afetação provisória de sala do trono ou das deliberações. Uma vez a sós com Cottard, agradeceu-lhe calorosamente, mas declarou-lhe que parecia provável que as palavras repetidas não tinham sido ditas na realidade e que, nestas condições, o doutor houvesse por bem avisar à segunda testemunha que, salvo complicações possíveis, o incidente considerava-se como encerrado. Afastado que estava o perigo, o doutor ficou desapontado. Por um instante, pensou até em externar a sua cólera, mas lembrou-se de que um de seus mestres, que fizera a mais bela carreira médica de sua época, tendo fracassado na primeira vez na Academia apenas por dois votos, soubera afrontar de bom ânimo a má sorte e fora apertar a mão do concorrente eleito. Assim, o doutor eximiu-se de uma expressão de despeito que, aliás, nada mais poderia modificar e, depois de murmurar, ele, o mais medroso dos homens, que há certas coisas que não se podem deixar passar, acrescentou que era melhor assim, que aquela solução o alegrava. O sr. de Charlus, desejoso de testemunhar seu reconhecimento ao doutor, da mesma forma que o senhor duque seu irmão teria endireitado a gola ao casaco de meu pai, ou como uma duquesa teria enlaçado uma plebeia, aproximou a sua cadeira bem para perto da do médico, apesar da aversão que este lhe inspirava. E, não só sem prazer físico, mas dominando uma repulsão física, como Guermantes, não como invertido, para dizer adeus ao doutor, pegou-lhe da mão e acariciou-a por um momento com uma bondade de dono afagando o focinho de seu cavalo e dando-lhe açúcar. Mas Cottard, que jamais deixara ver ao barão que tivesse sequer ouvido os mais vagos rumores sobre os seus costumes, e nem por isso o deixava de considerar, no íntimo, como pertencente à classe dos "anormais" (tanto que, com a sua habitual impropriedade de termos, e no tom mais sério, dizia de um camareiro do sr. Verdurin: "Não é a amante do barão?"), personagens de que tinha pouca experiência, imaginou que aquela carícia era o prelúdio imediato de uma violação para cuja consecução — já que o duelo não fora mais que um pretexto — o sr. de Charlus o atraíra a uma cilada e o conduzira até aquele salão solitário em que iria ser pego à força. Sem atrever-se a deixar a cadeira onde o cravava o medo, revirava uns olhos temerosos, como se tivesse caído nas mãos de um selvagem de que não estava bem certo se se alimentava de carne humana. Afinal, o sr. de Charlus soltou-lhe a mão e, como queria ser amável até o fim: "O senhor vai tomar algo conosco; como se diz, o que se chamava outrora um *mazagran* ou um *gloria*, bebidas que só se encontram hoje em dia como curiosidades arqueológicas, nas peças de Labiche e nos cafés de Doncières.[256] Um *gloria* seria bastante adequado ao local, não é mesmo?, e às circunstâncias. Que lhe parece?". "Sou presidente da Liga Antialcoólica", respondeu Cottard. "Bastaria que passasse algum medicastro de província para que começassem a dizer que eu não prego com o exemplo. *Homini sublime dedit coelumque tueri*",[257] acrescentou, não porque isso tivesse alguma relação com o assunto, mas porque o seu estoque de citações latinas era bastante pobre, embora suficiente para maravilhar seus alunos. O sr. de Charlus ergueu os ombros e trouxe Cottard para junto de nós, depois de lhe haver pedido segredo sobre o que houvera, segredo que tanto mais lhe importava porquanto o motivo do duelo abortado era puramente imaginário. Era preciso evitar que chegasse aos ouvidos do oficial arbitrariamente metido na questão. Enquanto bebíamos os quatro, a sra. Cottard (que esperava seu marido do lado de fora da porta e a quem o sr. de Charlus tinha muito bem visto, mas que não se importava de fazer entrar) penetrou na sala e cumprimentou o barão, que lhe estendeu a mão como a uma camareira, sem se mover do assento, em parte como rei que recebe homenagens,

---

256 O *"mazagran"* é café com rum. O *"gloria"*, uma mistura de café açucarado, pinga ou rum. A peça de Labiche a que Charlus se refere se chama *A viagem do senhor Perrichon*. Nela, o personagem bebe "três gotas de rum em um copo de água." [N. do E.]
257 "Ele deu ao homem um rosto voltado para o céu", citação das *Metamorfoses*, de Ovídio. [N. do E.]

em parte como esnobe que não quer que uma mulher pouco elegante se assente à sua mesa, em parte como egoísta que tem prazer em estar a sós com seus amigos e não quer que o aborreçam. A sra. Cottard ficou, pois, de pé para falar com o sr. de Charlus e com seu marido. Mas talvez porque a polidez, "o que se tem a fazer", não seja privilégio exclusivo dos Guermantes, e pode de repente iluminar e guiar os cérebros mais incertos, ou porque, sendo um marido muito infiel, Cottard sentisse às vezes, por uma espécie de compensação, a necessidade de a proteger contra quem lhe faltasse com as atenções devidas, bruscamente o doutor franziu o sobrolho, o que eu jamais o vira fazer, e, como senhor, sem consultar o barão: "Vamos, Leontina, não fique aí de pé, senta-te". "Mas será que eu não os incomodo?", perguntou timidamente a sra. Cottard ao sr. de Charlus, o qual, surpreso com o tom do doutor, nada respondera. E sem lhe dar tempo desta segunda vez, Cottard tornou com autoridade: "Eu te disse que sentasses".

Pouco depois nos separamos e então o sr. de Charlus disse a Morel: "Concluo de toda esta história, liquidada melhor do que você merecia, que não sabe conduzir-se e que, findo o seu serviço militar, devo eu mesmo levá-lo de volta a seu pai, como fez o arcanjo Rafael enviado por Deus ao jovem Tobias".[258] E o barão pôs-se a sorrir com um ar de grandeza e uma alegria que Morel, a quem não alegrava a perspectiva de ser assim levado de volta, não parecia compartilhar. Na embriaguez de se comparar ao arcanjo, e Morel ao filho de Tobias, o sr. de Charlus não mais pensava na finalidade de sua frase, que era sondar o terreno para ver se, como o desejava, consentiria Morel em ir com ele a Paris. Embriagado por seu amor, ou por seu amor-próprio, o barão não notou ou fingiu não notar a careta que fez o violinista, pois, deixando-o sozinho no café, disse-me com um orgulhoso sorriso:

---

258 Charlus alude ao Livro de Tobias, XI: o arcanjo Rafael traz o jovem Tobias para a casa do pai, que, com a chegada do filho, recupera a visão. [N. do E.]

"Não viu como ele delirava de júbilo quando o comparei ao filho de Tobias?! É porque, como é muito inteligente, logo compreendeu que o Pai com quem iria de ora em diante viver, não era o seu pai segundo a carne, que deve ser um horrível lacaio de bigodes, mas o seu pai espiritual, isto é, Eu. Que orgulho para ele! Com que altivez erguia a cabeça! Que alegria a sua em haver compreendido! Tenho certeza de que ele vai repetir todos os dias: 'Ó Deus que deste o bem-aventurado arcanjo Rafael por *guia* a vosso servidor Tobias, numa longa viagem, concedei a nós, vossos servidores, que sejamos sempre por ele protegidos e providos do seu auxílio'. Nem mesmo", acrescentou o barão, muito persuadido de que assentaria um dia diante do trono de Deus, "tive necessidade de lhe dizer que eu era o enviado celeste: ele o compreendeu imediatamente, e estava mudo de felicidade!". E o sr. de Charlus (a quem, pelo contrário, a felicidade não arrebatava o uso da palavra), pouco se importando com os passantes que se voltaram, julgando tratar-se de um louco, exclamou sozinho, e com toda a força, erguendo as mãos: "Aleluia!".

Essa reconciliação só pôs fim por algum tempo aos tormentos do sr. de Charlus; seguidamente Morel, que fora fazer manobras muito longe para que o sr. de Charlus pudesse ir visitá-lo ou me mandasse falar-lhe, escrevia ao barão cartas desesperadas e ternas, nas quais lhe assegurava que teria de dar cabo da vida, devido a uma coisa horrível que o colocava na precisão urgente de vinte e cinco mil francos. Não dizia qual era essa coisa horrível, e, mesmo que o dissesse, provalmente mentiria. Quanto ao dinheiro, o sr. de Charlus lho teria enviado de bom grado se não sentisse que assim proporcionava a Charlie os meios de não precisar dele e também de obter os favores de algum outro. De modo que recusava, e seus telegramas tinham o tom seco e cortante de sua voz. Quando estava certo de seu efeito, desejava que Morel rompesse para sempre com ele, pois persuadido de que sucederia o contrário, bem se dava conta de todos os inconvenientes que renasceriam dessa ligação inevitável. Mas, se não lhe vinha nenhuma resposta de Morel, já não dormia, já não tinha um só momento de calma, tão grande e, com efeito, o número das coisas que vivemos sem as conhecer, e das realidades interiores e profundas que nos permanecem ocultas. Formava então todas as hipóteses sobre aquela enormidade que fazia com que Morel tivesse necessidade de vinte e cinco mil francos, emprestava-lhe todas as formas, ligava-lhe sucessivamente vários nomes próprios. Creio que nesses momentos o sr. de Charlus (se bem que nessa época o seu esnobismo decrescente já tivesse sido no mínimo alcançado, se não ultrapassado, pela crescente curiosidade que o barão tinha do povo) devia relembrar com alguma nostalgia os graciosos turbilhões multicores das reuniões mundanas em que as mulheres e os homens mais encantadores só o procuravam pelo prazer interessado que ele lhes proporcionava, em que ninguém teria pensado em "armar-lhe o golpe", em inventar uma "coisa horrível", pela qual estariam prontos a matar-se se não recebessem imediatamente vinte e cinco mil francos. Creio que, então, e talvez porque tivesse mais vestígios de Combray que eu e houvesse enxertado a altivez feudal no orgulho alemão, devia achar que não se é impunemente o amante predileto de um criado, que o povo não é propriamente a sociedade, que, em suma, não inspirava confiança ao povo, como sempre acontecera comigo.

A estação seguinte do trenzinho, Maineville, me evoca, precisamente, um incidente relativo a Morel e ao sr. de Charlus. Antes de referir-me a isso, devo dizer que a parada em Maineville (quando se conduzia até Balbec um recém-chegado elegante que preferia não se hospedar na Raspelière para não causar incômodo) dava ensejo a cenas menos penosas do que a que vou contar dentro em pouco. O recém-chegado, tendo as suas pequenas bagagens no trem, achava geralmente o Grande Hotel um pouco afastado, mas como antes de Balbec só havia pequenas praias com vilas desconfortáveis, resignava-se, por afeição ao luxo e ao bem-estar, ao longo trajeto, senão quando, no momento em que o trem estacionava em Maineville, via subitamente erguer-se o Palace, que ele não podia suspeitar que fosse uma casa de prostituição. "Mas para que ir mais longe?", dizia ele infalivelmente à sra. Cottard, mulher conhecida como de espírito prático e bem-avisada. "Eis o que me serve. Para que continuar até Balbec, onde certamente não será melhor? Só pelo aspecto, creio que tem todo o conforto; poderei perfeitamente fazer vir até cá a senhora Verdurin, pois pretendo, em troca de suas amabilidades, oferecer algumas pequenas reuniões em sua honra. Ela não terá de andar tanto se fico em Balbec. Parece-me muito adequado para ela, e para a sua esposa, meu caro professor. Deve ter salões; convidaremos as senhoras. Cá entre nós, não compreendo por que a senhora Verdurin, em vez de alugar a Raspelière, não vem morar aqui. É muito mais saudável que velhas casas como a Raspelière, que é forçosamente úmida, sem ser higiênica tampouco, pois não tem água quente, e a gente não pode se lavar como quer. Maineville me parece muito mais agradável. A senhora Verdurin aí teria desempenhado perfeitamente o seu papel. Em todo caso, cada qual com seu gosto, e eu vou ficar por aqui. Senhora Cottard, quer ter a bondade de desembarcar comigo de uma vez? O trem não tarda a partir. A senhora me guiará até essa casa que será a sua e que já deve ter frequentado várias vezes. É um quadro que parece feito para a senhora." Custava muito fazer calar e sobretudo evitar que desembarcasse o infeliz convidado, o qual, com a teimosia que emanava muita vez das gafes, insistia, apanhava as suas valises e nada queria ouvir até que lhe tivessem assegurado que nem a sra. Verdurin nem a sra. Cottard iriam jamais visitá-lo naquela casa. "Em todo caso, vou morar aqui. A senhora Verdurin terá apenas que escrever-me."

A recordação relativa a Morel se relaciona a um incidente de ordem mais particular. Outros houve, mas contento-me aqui, à medida que o trenzinho se detém e o empregado grita Doncières, Grattevast, Maineville etc., em anotar o que me evoca a pequena praia ou o quartel. Já falei de Maineville (*media villa*) e da importância que tomava por causa daquela suntuosa casa de mulheres que ali fora recentemente construída, não sem despertar os inúteis protestos das mães de família. Mas, antes de dizer em que é que Maineville tem alguma relação, na minha memória, com Morel e o sr. de Charlus, cumpre notar a desproporção (que mais tarde terei de aprofundar) entre a importância que Morel atribuía a conservar livres certas horas, e a insignificância das ocupações em que pretendia empregá-las, desproporção essa que também se encontrava entre as explicações de outro gênero que ele dava ao sr. de Charlus. Ele que se fazia de desinteressado com o barão (e podia fazê-lo sem risco, dada a generosidade do seu protetor), quando desejava a noite livre para dar uma lição etc., não deixava de acrescentar ao seu pretexto estas palavras ditas com um sorriso de avidez: "E depois, isso me pode fazer ganhar quarenta francos. Não é pouca coisa. Deixe-me ir, pois é de meu interesse, como está vendo. Que diabo! Eu não tenho rendas como o senhor, tenho de ir fazendo a minha situação, é o momento de ganhar uns cobres." Ao querer dar sua lição, Morel não era totalmente insincero. Por outro lado, é falso que o dinheiro não tenha cor. Uma nova maneira de ganhá-lo devolve brilho às moedas que o uso embaçou. Se na verdade havia saído para uma lição, é possível que dois luíses entregues na despedida por uma aluna lhe produzissem um efeito inteiramente outro que não dois luíses caídos da mão do sr. de Charlus. De resto, o homem mais rico faria por dois luíses quilômetros que se tornam léguas quando se é filho de um criado. Mas, seguidamente, o sr. de Charlus tinha dúvidas quanto à realidade da lição de violino, e tanto mais que o músico muita vez invocava pretextos de outro gênero, de ordem inteiramente desinteressada do ponto de vista material, e, aliás, absurdos. Morel não podia deixar de apresentar uma imagem de sua vida, mas voluntariamente, e também involuntariamente, tão entenebrecida, que só podiam distinguir-se algumas partes. Durante um mês se pôs à disposição do sr. de Charlus, sob a condição de ter livres as tardes, porque desejava seguir assiduamente um curso de álgebra. Visitar depois o sr. de Charlus? Ah!, impossível, as aulas duravam às vezes até muito tarde. "Mesmo depois das duas horas da madrugada?", perguntava o barão. "Às vezes." "Mas a álgebra se aprende com igual facilidade num livro. Até mais facilmente, pois não compreendo grande coisa numa aula. E, depois, a álgebra não te pode servir para nada." "Mas eu gosto. Dissipa a minha neurastenia." "Não, não pode ser a álgebra que lhe faz pedir licenças noturnas", pensava o barão; "estará ele adido à polícia?".

Em todo caso, Morel, por mais objeções que lhe fizessem, reservava para si certas horas tardias, fosse para a álgebra ou para o violino. Uma vez não foi nem uma nem outra coisa, mas sim o príncipe de Guermantes que, tendo ido passar alguns dias naquela praia para visitar a duquesa de Luxembourg, encontrou o músico, sem saber quem era e sem que este tampouco o conhecesse, e ofereceu-lhe cinquenta francos para passarem a noite na casa de mulheres de Maineville; duplo prazer para Morel, tanto pelo que recebia do sr. de Guermantes como pela voluptuosidade de se ver cercado de mulheres cujos seios morenos se mostravam desnudos. Não sei como o sr. de Charlus veio a ter conhecimento do local e do que se passava, mas não do nome do sedutor. Louco de ciúmes e para conhecer a este, telegrafou a Jupien, que chegou dois dias mais tarde, e quando Morel, no princípio da semana seguinte, anunciou que estaria outra vez ausente, o barão perguntou a Jupien se ele se encarregaria de comprar a patroa do estabelecimento e obter que os ocultassem, a ele e a Jupien, para assistirem à cena. "Está combinado. Vou tratar disso, meu lindo", respondeu Jupien ao barão. Não se pode compreender até que ponto essa inquietação agitava e por isso mesmo havia momentaneamente enriquecido o espírito do sr. de Charlus. O amor provoca assim verdadeiras convulsões geológicas do pensamento. No do sr. de Charlus que, ainda dias antes, se assemelhava a uma planície tão uniforme que, na maior distância, não se poderia vislumbrar uma só ideia ao nível do solo, se haviam bruscamente erguido, duras como pedras, um maciço de montanhas, mas de montanhas que fossem também esculpidas, como se algum estatuário, em vez de transportar o mármore, o tivesse cinzelado no local e onde se contorciam, em grupos gigantescos e titânicos, o Furor, o Ciúme, a Curiosidade, a Inveja, o Ódio, o Sofrimento, o Orgulho, o Medo e o Amor.

Entrementes, havia chegado a noite em que Morel devia ausentar-se. A missão de Jupien tivera êxito. Ele e o barão deviam chegar pelas onze da noite ao local, onde os ocultariam. Três quadras antes de chegar àquela esplêndida casa de prostituição (aonde acorria gente de todos os arredores elegantes), o sr. de Charlus caminhava na ponta dos pés, dissimulava a voz, suplicava a Jupien que falasse mais baixo, de medo que Morel os pudesse ouvir do interior. Ora, logo que entrou a passo de gato no vestíbulo, o sr. de Charlus, pouco habituado a esse gênero de lugares, encontrou-se, para seu terror e espanto, num local mais ruidoso que a Bolsa ou a Sala de Leilões. Era em vão que recomendava que falassem mais baixo às criadas de comédia que se apressuravam em torno dele; aliás, a voz destas era coberta pelos brados e adjudicações de uma velha subpatroa de peruca muito escura, com um rosto onde estalava a gravidade de um notário ou de um padre espanhol e que lançava a cada minuto, numa voz de trovão, fazendo alternativamente abrir e fechar as portas, como se regula a circulação dos veículos: "Ponha o cavalheiro no 28, no quarto espanhol". "Já não se pode passar." "Abram a porta, estes senhores perguntam pela senhorita Noémie. Ela os espera no salão persa." O sr. de Charlus estava assustado como um provinciano que tem de atravessar os bulevares; e para usar uma comparação infinitamente menos sacrílega que o assunto representado nos capitéis do pórtico da velha igreja de Corlesville, as vozes das jovens empregadas repetiam mais baixo, sem cansar, a ordem da subpatroa, como esses catecismos que se ouve os alunos salmodiarem na sonoridade de uma igreja de campanha. Por mais medo que tivesse o sr. de Charlus, que imaginava que o ouviam da rua, certo de que Morel estava à janela, talvez não se assustasse tanto em meio ao fragor daquelas escadarias imensas onde se compreendia que dos quartos não podiam avistar coisa alguma. Afinal, no termo de seu calvário, encontrou a srta. Noémie, que devia ocultá-lo com Jupien, mas começou por encerrá-lo num salão persa muito suntuoso de onde não se via nada. Disse ela que Morel pedira uma laranjada e que, logo que a tivessem servido, levariam os dois viajantes para um salão transparente. Enquanto isso, como a reclamassem, prometeu-lhes, como num conto, que lhes mandaria, para passarem o tempo, "uma mulherzinha inteligente". Porque a ela a chamavam. A mulherzinha inteligente estava com um penteador persa, que ela queria tirar. O sr. de Charlus pediu-lhe que não o fizessse, e ela encomendou champanhe que custava quarenta francos a garrafa. Morel, na realidade, estava durante esse tempo com o príncipe de Guermantes e, para salvar as aparências, fingira enganar-se de quarto, entrando num onde havia duas mulheres, as quais se haviam apressado a deixar sozinhos os dois homens. O sr. de Charlus ignorava tudo isso, mas praguejava, queria abrir as portas, mandou chamar a srta. Noémie, a qual, ouvindo a mulherzinha inteligente dar ao sr. de Charlus detalhes sobre Morel em desacordo com os que ela própria dera a Jupien, mandou-a embora, e logo enviou, para substituir a mulherzinha inteligente, "uma mulherzinha gentil", que não lhes mostrou nada de mais, mas lhes disse como a casa era séria e também pediu champanhe. O barão, espumando de raiva, mandou chamar de novo a srta. Noémie, que lhes disse: "Sim, demora um pouco; essas damas fazem atitudes, não parece que ele tenha vontade de fazer qualquer coisa". Enfim, ante as promessas e ameaças do barão, a srta. Noémie partiu com um ar contrariado, assegurando-lhes que não esperariam mais de cinco minutos. Esses cinco minutos duraram uma hora, após o que Noémie conduziu pé ante pé o sr. de Charlus ébrio de furor e Jupien desolado, dizendo-lhes: "Vão ver muito bem. Em todo caso neste momento não é interessante, ele está com duas damas e lhes conta a sua vida de quartel". Afinal o barão pôde ver pela abertura da porta e também pelos espelhos. Mas um terror mortal o forçou a apoiar-se à parede. Era mesmo Morel que ele tinha diante de si, mas, como se ainda existissem os encantamentos e os mistérios pagãos, era antes a sombra de Morel, Morel embalsamado, nem sequer Morel ressurreto como Lázaro, mas uma aparição de Morel, um fantasma de Morel, Morel aparecido ou evocado naquele quarto (onde por toda parte as paredes e os divãs repetiam emblemas de feitiçaria) que estava ali a alguns metros, de perfil. Morel tinha, como após a morte, perdido toda a cor; entre aquelas mulheres, com as quais era de esperar que se entregasse a alegres efusões, ele permanecia, lívido, numa imobilidade artificial; para beber a taça de champanhe que tinha diante de si, seu braço tentava lentamente estender-se e recaía. Tinha-se a impressão desse equívoco que faz com que uma religião fale de imortalidade, mas entende por isso alguma coisa que não exclui o nada. As mulheres o crivavam de perguntas. "Está vendo?", disse baixinho a srta. Noémie ao barão. "Falam-lhe de sua vida de quartel, é divertido, não?" E ela riu: "Está o senhor satisfeito? Ele está calmo, não é?", acrescentou, como se falasse de um moribundo. As perguntas das mulheres se multiplicavam, mas Morel, inanimado, não tinha forças para lhes responder. Nem mesmo se produziu o milagre de uma palavra murmurada. O sr. de Charlus teve apenas um instante de hesitação, mas compreendeu a verdade e que, ou fosse por inabilidade de Jupien ao combinar as coisas, ou pelo poder expansivo dos segredos confiados que faz com que jamais os guardem, ou pelo gênio indiscreto daquelas mulheres, ou por temor da polícia, tinham prevenido a Morel de que dois senhores haviam pago muito caro para vê-lo, tinham feito sair o príncipe de Guermantes, metamorfoseado agora em três mulheres, e colocado o pobre Morel trêmulo, paralisado de estupor, de tal maneira que, se o sr. de Charlus o via mal, ele, aterrorizado, sem fala, não se atrevendo sequer a apanhar o copo, de medo de o deixar cair, via em cheio o barão.

A história, por outro lado, não terminou melhor para o príncipe de Guermantes. Depois que o fizeram sair para que o sr. de

Charlus não o visse, furioso com o que lhe acontecera sem suspeitar quem fosse o autor de tudo, tinha suplicado a Morel, sempre sem lhe dar a conhecer sua identidade, que fosse ter com ele na noite seguinte na pequena vila que ele alugara e que, seguindo o mesmo hábito maníaco que outrora notamos na sra. de Villeparisis, decorara com uma porção de lembranças de família, para se sentir mais em casa. No dia seguinte, pois, Morel, voltando a cabeça a cada instante, no receio de ser seguido e espiado pelo sr. de Charlus, acabou, não tendo notado nenhum transeunte suspeito, por entrar na vila. Um criado o fez entrar no salão, dizendo-lhe que ia avisar o senhor (seu amo lhe recomendara que não pronunciasse o nome do príncipe para não despertar suspeitas). Mas quando Morel se viu sozinho e quis olhar no espelho se sua mecha não estava desarranjada, foi como uma alucinação. Sobre a lareira, as fotografias (reconhecíveis para o violinista, pois as vira em casa do sr. de Charlus) da princesa de Guermantes, da duquesa de Luxembourg, da sra. de Villeparisis, o petrificaram primeiro de assombro. No mesmo momento, avistou a do sr. de Charlus, a qual estava um pouco afastada. O barão parecia imobilizar sobre Morel um olhar estranho e fixo. Louco de terror, Morel, voltando a si de seu estupor primeiro, não duvidando que fosse uma cilada em que o sr. de Charlus o fizera cair para experimentar se ele era fiel, desceu quatro a quatro os poucos degraus da vila e pôs-se a correr a toda pela estrada, e quando o príncipe de Guermantes (julgando ter obrigado um conhecido de passagem à espera necessária, não sem se haver perguntado se era isso muito prudente e se o indivíduo não seria perigoso) entrou no salão e não encontrou ninguém. Por mais que, com o criado, por medo de um assalto, explorasse de revólver em punho toda a casa, que não era grande, o porão e os recantos do jardim, havia desaparecido o companheiro cuja presença ele julgara certa. Encontrou-o várias vezes durante a semana seguinte. Mas, de cada vez, era sempre Morel, o indivíduo perigoso, quem fugia, como se o príncipe fosse mais perigoso ainda. Obstinado em suas suspeitas, Morel não as dissipou jamais e, até mesmo em Paris, a vista do príncipe de Guermantes bastava para pô-lo em fuga. Com o que o sr. de Charlus se viu protegido de uma infidelidade que o desesperava, e devidamente vingado, sem tê-lo imaginado nunca, nem principalmente de que forma.

Mas já as lembranças do que me haviam contado a esse respeito são substituídas por outras, pois o *T.S.N.*, retomando sua marcha de carreta, continua a depositar ou a apanhar os viajantes nas estações seguintes.

Em Grattevast, onde morava sua irmã, com quem fora passar a tarde, embarcava às vezes o sr. Pierre de Verjus, conde de Crécy (a quem chamavam apenas o conde de Crécy), gentil-homem pobre mas de extrema distinção, que eu tinha conhecido por intermédio dos Cambremer, com quem ele era, aliás, pouco relacionado. Reduzido a uma vida extremamente modesta, quase miserável, eu sentia que um charuto, uma "consumação" lhe eram coisas tão agradáveis que tomei o hábito de o convidar para vir a Balbec nos dias em que não podia avistar-me com Albertine. Muito fino e sabendo expressar-se à maravilha, com a cabeça toda branca e encantadores olhos azuis, falava sobretudo com a ponta dos lábios, muito delicadamente, dos confortos da vida senhorial que evidentemente conhecera, e também de genealogias. Como lhe perguntasse o que estava gravado em seu anel, disse-me com um sorriso modesto: "É um ramo de *verjus*".[259] E acrescentou com um prazer degustativo: "Nossas armas são um ramo de *verjus*, simbólico, pois me chamo Verjus, com caule e folhas em sinopla". Mas creio que teria ele uma decepção se em Balbec eu só lhe desse *verjus* a beber. Amava os vinhos mais caros, sem dúvida por privação, por profundo conhecimento daquilo de que se achava privado, por gosto, talvez também por um exagerado pendor. Assim, quando eu o convidava para almoçar em Balbec, ele encomendava o repasto com uma ciência refinada, mas comia um pouco demais, e principalmente bebia, deixando fora os vinhos que deviam ser bebidos ao natural e mandando gelar os que deviam es-

---

259 "Agraço". [N. do T.] Suco de uvas ainda verdes. [N. do E.]

tar no gelo. Antes do jantar e depois, indicava a data ou o número que desejava de um vinho do Porto ou de um conhaque, como o teria feito quanto à ereção geralmente ignorada de um marquesado, mas que ele conhecia igualmente bem.

Como eu era um dos fregueses prediletos de Aimé, ficava ele encantado que eu oferecesse desses jantares extras e gritava para os garçons: "Depressa, preparem a mesa 25", nem mesmo dizia "preparem", mas "preparem-me", como se fosse para ele. E, não sendo a linguagem dos *maîtres d'hotel* exatamente a mesma dos chefes de mesa, subchefes, copeiros etc., no momento em que eu pedia a nota dizia ele ao garçom que nos servira, com um gesto reiterado e apaziguador de reverso da mão, como se quisesse acalmar um cavalo prestes a tomar o freio nos dentes: "Não avance muito devagar, bem devagar". Depois, quando o garçom partia com esse lembrete, Aimé chamava-o, receoso de que suas recomendações não fossem cumpridas à risca: "Espere, eu mesmo ponho os preços". E como eu lhe dissesse que isso não tinha importância: "Tenho por princípio que não se deve esfolar o freguês, como se diz vulgarmente". Quanto ao gerente, em vista das roupas simples, sempre as mesmas e bastante gastas de meu convidado (e no entanto, se possuísse recursos, ninguém teria praticado tão bem a arte de vestir-se faustosamente, como um elegante de Balzac), limitava-se, em atenção a mim, a inspecionar de longe se tudo ia bem, e a fazer, com um olhar, que colocassem um calço no pé da mesa, que não estava firme. Não que ele não soubesse meter a mão na massa como qualquer outro, embora ocultasse seus começos como lava-pratos. Foi preciso, no entanto, uma circunstância excepcional para que ele um dia trinchasse os perus pessoalmente. Eu tinha saído, mas soube que ele o fizera com uma majestade sacerdotal, cercado, a respeitosa distância do aparador, de um círculo de garçons que procuravam, assim, menos aprender do que mostrar-se, e tinham um ar beatífico de admiração. Aliás, não foram absolutamente vistos pelo diretor, o qual mergulhava em um gesto lento no flanco das vítimas e sem despregar os olhos, compenetrado de sua alta função e como se devesse ler algum augúrio. O sacrificador nem sequer notou minha ausência. Quando o soube, desesperou-se. "Como! Não me viu trinchar pessoalmente os perus?" Respondi-lhe que, não tendo podido ver até então nem Roma, nem Veneza, nem Siena, o Prado, o museu de Dresde, as Índias, nem Sarah em *Fedra*, bem conhecia eu a resignação e acrescentaria à minha lista o seu trinchamento dos perus. A comparação com a arte dramática (Sarah em *Fedra*) foi a única que pareceu compreender, pois sabia por mim que, nos dias de grandes espetáculos, Coquelin sênior tinha aceitado papéis de estreante, até mesmo o de uma personagem que só diz uma palavra ou não diz nada. "De qualquer maneira, sinto-o pelo senhor. Quando trincharei de novo? Seria preciso um acontecimento, seria preciso uma guerra." (Foi preciso, efetivamente, o armistício.) Desde esse dia o calendário foi mudado, e contou-se da seguinte forma: "Um dia depois que trinchei os perus". "Exatamente oito dias depois que o gerente trinchou pessoalmente os perus." Assim, essa dissecção foi, como o nascimento de Cristo ou a Hégira, o ponto de partida de um calendário diferente dos demais, mas que não tomou sua extensão nem igualou sua duração.

A tristeza da vida do sr. de Crécy tanto provinha de não ter mais cavalos e uma mesa farta como de conviver com gente que chegava a pensar que Cambremer e Guermantes fosse tudo a mesma coisa. Quando viu que eu sabia que Legrandin, o qual agora se fazia chamar Legrand de Méséglise, não tinha o mínimo direito a isso, animado, aliás, pelo vinho que estava bebendo, teve uma espécie de transporte de alegria. Sua irmã me dizia com um ar de compreensão: "Meu irmão jamais se sente tão feliz como quando pode conversar com o senhor". Sentia-se, com efeito, viver desde que descobrira alguém que sabia da mediocridade dos Cambremer e da grandeza dos Guermantes, alguém para quem o universo social existia. Tal como se, após o incêndio de todas as bibliotecas e a ascensão de uma raça totalmente ignorante, um velho latinista retomasse pé e confiança na vida ao ouvir alguém citar-lhe um verso de Horácio. Assim, se ele jamais deixava o vagão sem me dizer: "Para quando a nossa pequena reunião?", era tanto por avidez de parasita como por gula de erudito, e porque considerava os ágapes de Balbec como um ensejo de conversar ao mesmo tempo sobre assuntos que lhe eram caros e de que não podia falar com ninguém, e análogos, nesse ponto, a esses jantares em que se reúne em datas fixas, ante a mesa particularmente farta do Círculo da União, a Sociedade dos Bibliófilos.[260] Muito modesto no concernente à sua própria família, não foi por intermédio do sr. de Crécy que soube que ela era bastante ilustre, e um autêntico ramo, transplantado na França, da família inglesa que usa o título Crécy. Quando soube que ele era um verdadeiro Crécy, contei-lhe que uma sobrinha da sra. Guermantes tinha desposado um americano por nome Charles Crécy, e disse-lhe que pensava que este não tinha nenhuma relação com ele. "Nenhuma", disse-me. "Tampouco, embora minha família não tenha tamanha ilustração, como muitos americanos, que se chamam Montgommery, Berry, Chandos ou Capel, têm a mínima ligação com as famílias de Pembroke, de Buckingham, de Essex, ou com o duque de Berry." Pensei várias vezes em dizer-lhe, para o divertir, que conhecia a sra. Swann que, como *cocotte*, era outrora conhecida sob o nome de Odette de Crécy; mas, embora o duque d'Alençon não se pudesse melindrar que lhe falassem de Emilienne d'Alençon, não me senti bastante íntimo do sr. de Crécy para levar o gracejo a tal ponto.[261] "Ele é de uma grande família", disse-me um dia o sr. de Montsurvent. "Seu patrônimo é Saylor." E acrescentou que no seu velho castelo acima de Incarville, aliás

---

260 O Círculo da União foi fundado em 1828 e viveu seu auge durante o Segundo Império. Fundada em 1920, a Sociedade dos Bibliófilos reunia principalmente membros da aristocracia francesa. [N. do E.]

261 Émilienne André era uma célebre *cocotte*, prostituta de luxo que arruinara o duque Jacques d'Uzès. Ferdinand, duque d'Alençon, não tinha qualquer relação com Émilienne, a não ser o sobrenome dele e o apelido dela. O herói pensa que, da mesma forma, seria apenas um gracejo mencionar o nome Odette de Crécy. Mal sabe ele que o sr. de Crécy é efetivamente o primeiro marido de Odette, que ela arruinou. [N. do E.]

quase inabitável e que agora estava muito arruinado para reparar, embora tivesse nascido muito rico, se lia ainda a antiga divisa da família. Achei essa divisa muito bela, não só quando aplicada à impaciência de uma raça de presa metida naquele ninho de onde devia outrora alçar o voo, como também, nos dias de hoje, à contemplação do declínio, à espera da morte próxima, naquele retiro dominante e selvagem. É nesse duplo sentido, com efeito, que essa divisa combina com o nome de Saylor: "Ne sçais l'heure".[262]

Em Hermenonville, embarcava às vezes o sr. de Chevrigny, cujo nome, diz Brichot, significava, como o de monsenhor de Cabrières, "local onde se reúnem as cabras". Era parente dos Cambremer e, por causa disso, e por um falso conceito da elegância, estes o convidavam seguidamente para ir a Féterne, mas só quando não tinham de deslumbrar a algum convidado. Vivendo todo o ano em Beausoleil, o sr. de Chevrigny continuara mais provinciano que eles. Assim, quando ia passar algumas semanas em Paris, não perdia um só dia de tudo aquilo que "devia ver-se", a ponto de às vezes, um pouco atordoado com o número de espetáculos muito rapidamente digeridos, quando lhe perguntavam se não tinha visto determinada peça, lhe acontecia não saber ao certo. Mas isso era raro, pois conhecia as coisas de Paris com essa minúcia peculiar aos que só de quando em quando a visitam. Aconselhava-me as "novidades" que deviam ver-se ("Isso vale a pena"), considerando-as unicamente do ponto de vista da noite agradável que proporcionavam e ignorante do ponto de vista estético até não suspeitar sequer que pudessem, com efeito, constituir uma "novidade" na história da arte. Assim é que, falando de tudo num mesmo plano, nos dizia: "Fomos uma vez à Ópera-Cômica, mas o espetáculo não valia grande coisa. Chama-se *Pelléas et Mélisande*. É insignificante. Périer continua representando bem, mas

---

262 Francês arcaico: "Não sei a hora". Há semelhança de pronúncia entre a frase francesa *Ne sçais l'heure* e o nome inglês Saylor. [N. do T.]

é melhor vê-lo em outra coisa.[263] Em compensação, no Ginásio estão levando *A castelã*. Fomos duas vezes; não deixem de ir, vale a pena; e depois, é representado às maravilhas; temos Frévalles, Marie Magnier, Baron Filho".[264] Citava-me até nomes de atores que eu jamais ouvira pronunciar e sem precedê-los de *senhor, senhora* ou *senhorita*, como o teria feito o duque de Guermantes, o qual se referia, no mesmo tom cerimoniosamente desdenhoso, às "canções da senhorita Yvette Guilbert" e às "experiências do senhor Charcot".[265] O sr. de Chevrigny não fazia assim; dizia Cornaglia e Dehelly como se dissesse Voltaire e Montesquieu.[266] Pois nele, com respeito aos atores e a tudo o que fosse parisiense, o desejo de mostrar-se desdenhoso que tinha o aristocrata era vencido pelo de parecer familiar que tinha o provinciano.

Desde o meu primeiro jantar na Raspelière com o que continuavam chamando em Féterne "o jovem casal", embora o sr. e a sra. de Cambremer já não estivessem na primeira mocidade, a velha marquesa me escrevera uma dessas cartas cujo estilo se reconhece entre milhares. Dizia ela: "Traga a sua prima deliciosa —

---

263 Desprezar uma peça de Maeterlinck significa demonstrar incapacidade de avaliação estética. Um pouco antes, a mesma peça foi usada para assinalar a incompreensão estética da sra. Avranches, *"que não sabia distinguir Mozart de Wagner"*. No volume anterior, a duquesa de Guermantes incorrera nesse erro de subestimar uma peça de Maeterlinck e a consideração do herói por sua inteligência diminuiu bastante. O cantor e ator Jean Périer (1869-1922) encenou *Pelléas et Mélisande* em 1902, no teatro da Opéra-Comique. [N. do E.]

264 A peça *A castelã*, de Alfred Capus (1858-1922), começou a ser encenada não no teatro do Ginásio, mas no da Renascença, no dia 25 de outubro de 1922. Os três atores cômicos mencionados pelo sr. de Chevregny não participaram dessa peça. [N. do E.].

265 O sr. de Chevregny despreza Yvette Guilbert (1867-1944), cantora de café-concerto muito conhecida. Ele também não vê valor algum nas experiências de Charcot com histéricas, experiências a que Freud teve oportunidade de assistir e que contribuiriam em muito para o início da sua teoria psicanalítica. [N. do E.]

266 Alusão aos atores Ernest Cornaglia (1834-1912) e Émile Dehelly (1871-1969): o primeiro, dos teatros de *vaudeville* e do Odéon; o segundo, do teatro da Comédie Française. [N. do E.]

encantadora — agradável. Será um encanto, um prazer", falhando sempre com tal infalibilidade a progressão esperada pelo destinatário, que acabei mudando de opinião quanto à natureza desses diminuendos, por julgá-los voluntários, e achando neles a mesma depravação do gosto — transposta para a ordem mundana — que levava Sainte-Beuve a quebrar todas as alianças de palavras, a alterar toda expressão um pouco habitual.[267] Dois métodos, ensinados, sem dúvida, por professores diferentes, se contrapunham nesse estilo epistolar, compensando o segundo a banalidade dos adjetivos múltiplos, empregando-os em escala descendente, e evitando terminar com o acorde perfeito. Em compensação, inclinava-me a ver nessas gradações inversas, não mais um refinamento como quando eram obra da velha marquesa, mas sim inabilidade, todas as vezes que eram empregadas pelo marquês, seu filho, ou por suas primas. Pois em toda a família, até um grau bastante afastado e por uma imitação admirativa da tia Zélia, a regra dos três adjetivos estava na ordem do dia, da mesma forma que certa maneira entusiasta de retomar a respiração ao falar. Imitação que, aliás, passara para o sangue; e quando, na família, uma menina, desde a infância, parava de falar para engolir saliva, diziam: "Ela puxou à tia Zélia", e sentiam que mais tarde seu lábio teria uma tendência bastante rápida para sombrear-se de um leve buço, e prometiam-se cultivar as disposições que ela teria para a música. Por diferentes motivos, as relações dos Cambremer não tardaram a tornar-se menos perfeitas com a sra. Verdurin do que comigo. Eles queriam convidar a esta. A "jovem" marquesa dizia-me desdenhosamente: "Não vejo por que não havíamos de convidar essa mulher; no campo a gente se dá com qualquer um; isso não traz consequências". Mas, bastante impressionados no fundo, não cessavam de consultar-me sobre a forma como realizariam esse desejo de

---

267 Em outro texto, Proust fala desse esforço de alteração das expressões habituais na obra de Sainte-Beuve como traço de um "talento apesar de tudo de segunda ordem". [N. do E.]

cortesia. Como nos haviam convidado para jantar, a Albertine e a mim, com amigos de Saint-Loup, gente elegante da região, proprietários do castelo de Gourville e que representavam um pouco mais do que a nata normanda, de que tanto gostava a sra. Verdurin, embora não quisesse aparentá-lo, aconselhei aos Cambremer que convidassem com eles a Patroa. Mas os castelãos de Féterne, por temor (a tal ponto eram tímidos) de descontentar seus nobres amigos, ou (a tal ponto eram ingênuos) de que os Verdurin se aborrecessem com pessoas que não eram intelectuais, ou ainda (como estavam imbuídos de um espírito de rotina que a experiência não fecundara) de misturar os gêneros e de cometer um erro, declararam que isso não combinaria e que seria melhor reservar a sra. Verdurin (que convidariam com todo o seu grupo) para um outro jantar. Para o próximo — o elegante, com os amigos de Saint-Loup — não convidaram do pequeno núcleo senão Morel, a fim de que o sr. de Charlus fosse indiretamente informado das pessoas brilhantes que eles recebiam, e também de que o músico fosse um elemento de distração para os convidados, pois lhe pediriam que levasse o violino. Juntaram-se Cottard, porque o sr. de Cambremer declarou que ele tinha animação e figurava bem num jantar; e depois, poderia ser cômodo estar em bons termos com um médico, para o caso de uma doença. Mas convidaram-no sozinho, "para não começar nada com a mulher". A sra. Verdurin sentiu-se melindrada quando soube que dois membros do pequeno grupo tinham sido convidados para jantar intimamente em Féterne sem ela. Ditou ao médico, cujo primeiro movimento tinha sido o de aceitar, uma altiva resposta em que ele dizia: "*Nós* jantamos esta noite em casa da senhora Verdurin", plural que devia ser uma lição para os Cambremer e mostrar-lhes que ele não era separável da sra. Cottard. Quanto a Morel, a sra. Verdurin não teve necessidade de traçar-lhe uma conduta impolida, que ele manteve espontaneamente, e eis aqui por quê. Se, no concernente aos seus prazeres, tinha ele, em relação ao sr. de Charlus, uma independência que afligia a este, já vimos que a influência do barão se fazia sentir mais em outros domínios e que, por exemplo, ele havia ampliado os conhecimentos musicais e tornado mais puro o estilo do virtuose. Mas não era ainda, pelo menos nesta altura de nossa narrativa, mais que uma influência. Em compensação, havia um terreno no qual o que dizia o sr. de Charlus era cegamente crido e executado por Morel. Isto é, cegamente e loucamente, pois os ensinamentos do sr. de Charlus não só eram errôneos, mas, ainda que fossem válidos para um grão-senhor, quando aplicados ao pé da letra por Morel tornavam-se burlescos. O terreno em que Morel se mostrava tão crédulo, e era tão dócil ao seu amo, era o terreno mundano. O violinista, que, antes de conhecer o sr. de Charlus, não tinha a mínima noção da sociedade, tomara ao pé da letra o esboço altaneiro e sumário que lhe traçara o barão: "Há certo número de famílias preponderantes, que contam catorze alianças com a Casa de França, o que é, aliás, sobretudo lisonjeiro para a Casa de França, pois era a Aldonce de Guermantes e não a Luís, o Gordo, seu irmão consanguíneo, porém mais moço, que deveria caber o trono da França. Sob Luís XIV, pusemos luto por morte de *Monsieur*, visto que tínhamos a mesma avó que o rei;[268] muito abaixo dos Guermantes, pode-se ainda citar os La Trémoïlle, descendentes dos reis de Nápoles e dos condes de Poitiers;[269] os d'Uzès, pouco antigos como família mas que são os mais antigos pares;[270] os Luynes, muito recentes, mas com o brilho de grandes alianças;[271] os Choi-

---

268 O irmão homossexual do rei Luís XIV, "Monsieur", morreu em 1701. [N. do E.]

269 A origem dos La Trémoïlle nos condes de Poitiers é incerta. Eles tornaram-se herdeiros dos reis de Nápoles em 1605, o que lhes valeu o reconhecimento de sua "dignidade principesca" por Luís XIV; ou seja, do ponto de vista de Charlus, um reconhecimento muito tardio. [N. do E.]

270 Uzès foi erguido a ducado-par em 1572. [N. do E.]

271 Os Luynes se ilustraram durante o reinado de Luís XIII: foi em 1619 que Charles d'Albert (1578-1621), ministro e um dos favoritos do rei, recebe o título de duque e par. Antes disso, em 1617, ele desposara Marie de Rohan e o filho deles, Louis-Charles, desposaria Louise-Marie de Séguier, realizando aquilo que Charlus denomina "brilho de grandes alianças". [N. do E.]

seul, os Harcourt, os La Rochefoucauld. Acrescente ainda os Noailles, apesar do conde de Toulouse, os Montesquiou, os Castellane e, salvo omissão, isso é tudo.[272] Quanto a todos esses fidalgotes que se chamam marqueses de Cambremerda ou de Vaitefumar, não há nenhuma diferença entre eles e o último recruta de seu regimento.[273] Que você vá fazer pipi na condessa Cocô, ou cocô na baronesa Pipi, você terá comprometido a sua reputação e confundido um trapo sujo com papel higiênico. É uma porcaria". Morel recolhera religiosamente essa lição de história, talvez um pouco sumária, julgava as coisas como se ele próprio fosse um Guermantes e sonhava um ensejo de se encontrar com os falsos Latour d'Auvergne para lhes fazer sentir, com um desdenhoso aperto de mão, que absolutamente não os levava a sério. Quanto aos Cambremer, eis que justamente podia demonstrar-lhes que eles não eram mais que "o último recruta de seu regimento". Não respondeu ao seu convite e, na noite do jantar, escusou-se à última hora com um telegrama, encantado como se tivesse acabado de agir como um príncipe de sangue. Cumpre de resto acrescentar que não se pode imaginar o quanto, de um modo mais geral, podia o sr. de Charlus ser insuportável, esmiuçador, e, ele que era tão fino, até mesmo tolo, em todas as ocasiões em que entravam em jogo os defeitos de seu caráter. Pode-se dizer, com efeito, que estes são como uma doença intermitente do espírito. Quem não terá observado o fato em mulheres, e mesmo em homens, dotados de inteligência notável, mas afetados de nervosidade? Quando estão felizes, calmos, satisfeitos com o ambiente, fazem admirar seus dons preciosos, e é literalmente que a verdade fala por sua boca. Uma dor de cabeça, uma pequena picada de amor-próprio basta para transformar tudo. A

---

272 A ressalva na enumeração das famílias realmente nobres fica por conta do "conde de Toulouse", Louis-Alexandre de Bourbon (1678-1737), filho bastardo do rei Luís XIV com sua amante madame de Montespan. [N. do E.]

273 Apesar do desprezo de Charlus pelos Cambremer, os Guermantes tinham parentesco com eles através da família Féterne, de quem eram primos. [N. do E.]

luminosa inteligência, brusca, convulsiva e retraída, já não reflete senão um eu irritado, suspicaz, caprichoso, que faz todo o possível para desagradar. A cólera dos Cambremer foi viva; e, no intervalo, outros incidentes acarretaram certa tensão em suas relações com o pequeno clã. Quando regressávamos, os Cottard, Charlus, Brichot, Morel e eu, de um jantar na Raspelière, e como os Cambremer, que tinham almoçado na casa de uns amigos, tivessem feito na ida uma parte do trajeto em nossa companhia: "O senhor, que tanto aprecia Balzac e sabe reconhecê-lo na sociedade contemporânea", dissera eu ao sr. de Charlus, "deve achar que esses Cambremer escaparam das *Cenas da vida de província*". Mas o sr. de Charlus, absolutamente como se eu fosse amigo deles e o tivesse melindrado com a minha observação, cortou-me bruscamente a palavra: "Você diz isso porque a mulher é superior ao marido", retrucou-me num tom seco. "Oh!, eu não queria dizer que fosse a Musa do Departamento, nem a senhora de Bargeton, embora..." O sr. de Charlus interrompeu-me de novo: "Diga antes a senhora de Mortsauf".[274] O trem parou e Brichot desceu. Por mais que lhe fizéssemos sinais... "Você é terrível!" "Como assim?" "Pois ainda não percebeu que Brichot está loucamente apaixonado pela senhora de Cambremer?" Vi, pela atitude dos Cottard e de Charlie, que isso não constituía a menor dúvida no pequeno núcleo. Achei que havia malevolência da parte deles. "Mas não notou como ele ficou perturbado quando você falava nela?", insistiu o sr. de Charlus, que gostava de mostrar que tinha experiência das mulheres e falava do sentimento que elas inspiram com um ar natural e como se esse sentimento fosse o que ele próprio habitualmente experimentava. Mas certo tom de equívoca paternidade para com todos os jovens, apesar de seu amor exclusivo por Morel, veio a desmentir, pelo tom, as asserções de mulherengo que ele emitia: "Oh!, esses meninos", disse ele

---

274 Tanto a sra. de Bargeton quanto a sra. de Mortsauf são personagens de romances de Balzac, a primeira em *A musa do Departamento* (*La muse du Département*) e a segunda em *A flor-de-lis do vale* (*Le lys de la vallée*). [N. do E.]

com uma voz aguda, maneirosa e cadenciada, "é preciso ensinar-lhes tudo, são inocentes como um recém-nascido, não sabem reconhecer quando um homem está apaixonado por uma mulher. Na sua idade, eu era muito mais curtido do que você", acrescentou, pois gostava de empregar as expressões do mundo apache, talvez por gosto, talvez por não parecer, evitando-as, que frequentava aqueles para quem esse constituía o vocabulário corrente. Alguns dias mais tarde, tive de render-me à evidência e reconhecer que Brichot estava enamorado da marquesa. Infelizmente, aceitou vários almoços em casa dela. A sra. Verdurin achou que era tempo de acabar com aquilo. Além da utilidade que via numa intervenção, para a política do pequeno núcleo, sentia por essas espécies de explicações, e os dramas que desencadeavam, um prazer cada vez mais vivo e que a ociosidade faz nascer, tanto no mundo aristocrático como na burguesia. Foi um dia de grande emoção na Raspelière quando viram a sra. Verdurin desaparecer durante uma hora com Brichot, a quem souberam que ela havia dito que a sra. de Cambremer zombava dele, que ele era a fábula de seu salão, que ele ia desonrar a sua velhice e comprometer a sua posição no ensino. Chegou até a falar em termos tocantes da lavadeira com quem ele vivia em Paris e da sua filhinha. Ela ganhou a partida, e Brichot deixou de ir a Féterne, mas seu pesar foi tamanho que durante dois dias se acreditou que ele ia perder por completo a vista, mas em todo caso sua doença dera um salto à frente, que ficou definitivo. No entanto, os Cambremer, cuja cólera contra Morel era grande, convidaram uma vez, e de propósito, o sr. de Charlus, mas sem o seu protegido. Não recebendo resposta do barão, recearam ter cometido uma gafe e, achando que o rancor é mau conselheiro, escreveram um pouco tardiamente a Morel, humilhação que fez sorrir o sr. de Charlus, demonstrando-lhe o seu poder. "Responda por nós dois, que aceito", disse o barão a Morel. Chegado o dia do jantar, esperavam no grande salão de Féterne. Os Cambremer ofereciam, na realidade, esse jantar à fina flor da elegância que era o casal Féré. Mas de tal modo receavam desagradar ao sr. de Charlus que, embora tivessem conhecido os Féré por intermédio do sr. de Chevrigny, a sra. de Cambremer sentiu febre quando viu, no dia do jantar, que este os vinha visitar em Féterne. Inventaram todos os pretextos para o despachar o quanto antes para Beausoleil, não tão depressa que ele não se cruzasse no pátio com os Féré, que ficaram tão chocados de o ver assim corrido como ele envergonhado. Mas os Cambremer queriam, custasse o que custasse, poupar ao sr. de Charlus a vista do sr. de Chevrigny, julgando-o provinciano por causa de nuances que se deixam passar em família e só se levam em conta diante de estranhos, os quais são precisamente os únicos que não o perceberiam. Mas ninguém gosta de lhes mostrar esses parentes que continuam sendo o que tanto nos esforçamos por deixar de ser. Quanto aos Féré, eram no mais alto grau o que se chama gente distinta. Para os que assim os qualificavam, sem dúvida os Guermantes, os Rohan e muitos outros eram igualmente gente distinta, mas seu nome dispensava de dizê-lo. Como nem todos conheciam o elevado nascimento da mãe do sr. Féré e o círculo extraordinariamente restrito que ela e seu marido frequentavam, quando os nomeavam, sempre acrescentavam, a título explicativo, que eram "o que há de melhor". Seu nome obscuro lhes ditava acaso uma espécie de altiva reserva? Sempre é verdade que os Féré não mantinham relações com gente que os La Trémoïlle teriam frequentado. Fora necessário a situação de rainha de beira-mar que tinha na Mancha a velha marquesa de Cambremer, para que os Féré comparecessem cada ano a uma de suas recepções. Tinham-nos convidado para jantar e contavam muito com o efeito que sobre eles ia produzir o sr. de Charlus. Anunciaram discretamente que ele estava no número dos convivas. Por acaso a sra. Féré não o conhecia. A sra. de Cambremer sentiu com isso uma viva satisfação, e perpassou-lhe na fisionomia o sorriso do químico que vai pôr em contato pela primeira vez dois corpos particularmente importantes. A porta abriu-se e a sra. de Cambremer esteve a ponto de desmaiar ao ver Morel entrar sozinho. Como um secretário encarregado de desculpar seu ministro, como uma esposa morganática que expressa o pesar que tem o príncipe de estar enfermo (assim fazia a sra. de Clinchamp em relação ao duque d'Aumale[275]), Morel disse com o tom mais descuidado: "O barão não poderá vir. Está um pouco indisposto, pelo menos creio que é por isso... Não o encontrei esta semana", acrescentou, desesperando até com estas últimas palavras a sra. de Cambremer, que tinha dito aos Féré que Morel via o sr. de Charlus a toda hora. Os Cambremer fingiram que a ausência do sr. de Charlus era um atrativo a mais para a reunião e, de modo que Morel não o ouvisse, diziam a seus convidados: "Nós passaremos muito bem sem ele, não é mesmo, será muito mais agradável". Mas estavam furiosos, suspeitaram uma cabala armada pela sra. Verdurin e, elas por elas, quando esta os convidou para a Raspelière, o sr. de Cambremer, não podendo resistir ao prazer de rever sua casa e de se encontrar no pequeno grupo, compareceu, mas sozinho, dizendo que a marquesa estava desolada, mas que seu médico lhe ordenara que não saísse do quarto. Com essa meia presença, acreditaram os Cambremer dar ao mesmo tempo uma lição ao sr. de Charlus e mostrar aos Verdurin que não lhes deviam senão uma cortesia limitada, tal como outrora as princesas do sangue acompanhavam as duquesas, mas só até metade do segundo quarto. Ao cabo de algumas semanas estavam quase brigados. O sr. de Cambremer me dava explicações: "Com o senhor de Charlus era mesmo difícil. Ele é extremamente dreyfusista...". "Oh!, não." "Sim, sim..." "De qualquer maneira, seu primo, o príncipe de Guermantes, o é; são muito falados por isso. Tenho parentes que não perdem essas coisas. Não posso frequentar essa gente;

---

275 Alusão a Berthe de Clinchamp, dama de companhia da duquesa d'Aumale e, em seguida, governanta da casa do duque, que ela admirava tanto que chegou a publicar um livro sobre ele. [N. do E.]

acabaria brigado com toda a minha família." "Já que o príncipe de Guermantes é dreyfusista, tanto melhor", disse a sra. de Cambremer, "pois Saint-Loup, que dizem que vai casar com a sobrinha dele, também é. Talvez até seja essa a razão do casamento". "Vamos, minha cara, não digas que Saint-Loup, a quem estimamos tanto, é dreyfusista. Não se deve espalhar essas alegações levianamente", disse o sr. de Cambremer. "Você o deixaria malvisto no Exército." "Ele foi, mas não é mais", disse eu ao sr. de Cambremer. "Quanto ao seu casamento com a senhorita de Guermantes-Bressac, é verdade mesmo?" "Não se fala noutra coisa, mas o senhor está em condições de o saber." "Mas repito-lhes que ele disse a mim mesma que era dreyfusista", insistiu a sra. de Cambremer. "O que aliás é muito desculpável, pois os Guermantes são metade alemães." "Quanto aos Guermantes da rua de Varenne, pode a senhora dizer que são totalmente alemães", disse Cancan. "Mas com Saint-Loup, é vinho de outra pipa; por mais que ele tenha toda uma parentela alemã, seu pai reivindicava antes de tudo seu título de grão-senhor francês; voltou à ativa em 1871 e morreu da mais bela maneira durante a guerra. Por mais exigente que eu seja nesse assunto, convém não exagerar nem num sentido nem outro. *In medio... virtus*, ah!, não posso lembrar-me. É qualquer coisa que diz o doutor Cottard. Eis aí um que tem sempre a palavra. Deveriam ter aqui um *Petit Larousse.*"[276] Para não ter de se pronunciar sobre a citação latina e abandonar o assunto de Saint-Loup, em que seu marido parecia achar que lhe faltava tato, a sra. de Cambremer abordou o caso da Patroa, cujo estremecimento com eles era ainda mais necessário explicar. "Alugamos de bom grado a Raspelière à senhora Verdurin", disse a marquesa. "Somente, ela parece que acreditou que, com a casa, e tudo o que achou meios de atribuir-se, a utilização do prado, as velhas tapeçarias, todas as coisas que não estavam absolutamente no contrato, teria mais direito a ligar-se

---

276 *"In media stat virtus"*: "a virtude está no meio". A sra. de Cambremer alude às páginas rosa do dicionário francês *Le Petit Larousse*. [N. do E.]

conosco. São coisas totalmente distintas. O nosso mal foi não ter mandado fazer as coisas simplesmente por um procurador ou uma agência. Em Féterne isso não tem importância, mas parece que estou vendo a cara que faria a minha tia de Ch'nouville se visse aparecer, no meu dia de recepção, a velha Verdurin toda desgrenhada. Quanto ao senhor de Charlus, naturalmente, ele conhece gente muito distinta, mas também conhece o contrário." Interroguei-a. Ante as perguntas, a sra. de Cambremer acabou por dizer: "Dizem que ele sustentava um tal Moreau, Morille, Morne, não sei mais. Nenhuma relação, está visto, com Morel, o violinista", acrescentou, enrubescendo. "Quando senti que a senhora Verdurin imaginava que, porque era nossa locatária na Mancha, teria o direito de me fazer visitas em Paris, compreendi que era preciso cortar as amarras."

Apesar desse desaguisado com a Patroa, os Cambremer não estavam de mal com os fiéis e subiam de bom grado a nosso vagão quando estavam na linha. Nas proximidades de Douville, Albertine, tirando uma última vez seu espelho, achava às vezes conveniente mudar de luvas ou tirar por um instante o chapéu e, com o pente de tartaruga que eu lhe dera e que ela conservava nos cabelos, alisava-os aqui, estufava-os ali e, se necessário, acima das ondulações que desciam em vales regulares até a nuca, endireitava o coque. Uma vez dentro dos carros que nos esperavam, já não se sabia absolutamente onde estávamos; as estradas não tinham iluminação; pelo ruído mais sonoro das rodas, sabia-se que atravessávamos uma aldeia, julgávamos ter chegado e nos encontrávamos em pleno campo, ouvíamos sinos remotos, esquecíamos que estávamos de *smoking*, e tínhamos quase adormecido quando (ao fim dessa longa margem de obscuridade que, por causa da distância percorrida e dos incidentes característicos de todo trajeto em estrada de ferro, parecia ter-mos levado até uma hora avançada da noite e quase a meio caminho de um regresso a Paris), subitamente, depois que o rodar do carro sobre uma areia mais fina revelava que acabávamos de entrar no parque, explodiam, reintegrando-nos na vida mundana, as ofuscantes luzes do salão, depois da sala de jantar, sentíamos um movimento de recuo ao ouvir bater aquelas oito horas que julgávamos passadas desde muito, enquanto os numerosos serviços e os vinhos finos iam suceder-se em torno dos homens de fraque e das mulheres semidecotadas, em um jantar rutilante de luzes como um verdadeiro jantar na cidade e a que apenas cercava, mudando assim o seu caráter, a dupla echarpe sombria e singular que haviam tecido, desviadas por essa utilização mundana da sua solenidade primeira, as horas noturnas, campestres e marinhas da ida e da volta. Esta nos forçava, com efeito, a deixar o esplendor radiante e logo esquecido do salão luminoso, pelos carros, onde eu me arranjava de modo a ficar com Albertine a fim de que minha amiga não estivesse com outros sem mim, e muitas vezes por outra causa ainda, que era podermos os dois fazer muita coisa num carro escuro, onde, no caso em que filtrasse um raio súbito de luz, os solavancos da descida nos escusariam, aliás, de estarmos agarrados um ao outro. Quando ainda não estava brigado com os Verdurin, o sr. de Cambremer me perguntava: "O senhor não acha que vai ter sufocações, com esse nevoeiro? Minha irmã teve-as terríveis esta manhã. Ah!, o senhor também as tem", dizia ele com satisfação. "Vou contar a ela hoje à noite. Sei que, logo que eu chegar, ela vai informar-se se o senhor não as tem há muito tempo." Ele não falava, aliás, de minhas sufocações senão para chegar às de sua irmã, e não fazia descrever as particularidades das primeiras senão para melhor assinalar as diferenças que havia entre ambas. Mas, apesar dessas diferenças, como lhe parecia que as sufocações de sua irmã deviam constituir autoridade, não podia acreditar que o que "aprovava" nas suas não fosse indicado para as minhas e irritava-se que eu não o experimentasse, mas há uma coisa mais difícil ainda do que seguir um regime: é não impô-lo aos outros. "Aliás, que digo eu, um profano, quando o senhor está aqui diante do areópago, na própria fonte. Que diz o professor Cottard?" De resto, tornei a ver novamente sua mulher porque ela havia dito que minha "prima" era de um gênero esquisito e eu queria saber o que ela entendia por isso. Ela negou havê-lo dito, mas acabou por confessar que tinha falado de uma pessoa a quem julgava encontrar com minha prima. Não lhe sabia o nome e disse finalmente que, se não estava enganada, era esposa de um banqueiro, a qual se chamava Lina, Linette, Lisette, Lia, enfim, qualquer coisa desse gênero. Eu pensava que "esposa de um banqueiro" só fora posto ali para maior demarcação. Quis perguntar a Albertine se era verdade. Mas preferia ter o ar de quem sabe ao de quem pergunta. Aliás, Albertine não me teria respondido, ou só o faria com um *não* cujo "n" seria demasiado hesitante e o "ão" por demais acentuado. Albertine jamais contava fatos que pudessem prejudicá-la, mas outros que só se podiam explicar pelos primeiros, pois a verdade é mais uma corrente que parte do que nos dizem e que nós captamos, por invisível que seja, do que a coisa mesma que nos disseram. Assim, quando lhe assegurei que uma mulher que ela conhecera em Vichy era de mau gênero, jurou-me que essa mulher não era absolutamente o que eu pensava e nunca tentara induzi-la a nada. Mas noutro dia acrescentou, como eu lhe falasse de minha curiosidade por esse gênero de pessoas, que a senhora de Vichy tinha uma amiga também, que ela, Albertine, não conhecia, mas que a dama lhe *"prometera* fazê-la conhecer". Para que o tivesse prometido era, pois, necessário que Albertine o desejasse, ou que a senhora soubesse, ao oferecê-lo, que lhe causava prazer. Mas se eu o objetasse a Albertine, pareceria que apenas tinha revelações por intermédio dela, e logo as teria estancado, nada mais saberia e deixaria de fazer-me temer. De resto, estávamos em Balbec, e a dama de Vichy e sua amiga moravam em Menton; o afastamento, a impossibilidade do perigo logo destruiriam minhas suspeitas. Muita vez, quando o sr. de Cambremer me interpelava da plataforma da estação, eu acabava de aproveitar-me das trevas com Albertine, e com tanto maior dificuldade porque esta se debatera um pouco, temendo que não fossem assaz completas. "Sabe? Estou certa de que Cottard nos viu e, mesmo sem ver, ele bem que ouviu a nossa voz sufocada, exatamente no instante em que falavam de sufocações de outro gênero", me dizia Albertine ao chegar à estação de Douville, onde retomávamos o trenzinho para a volta. Mas essa volta, da mesma forma que a ida, ao dar-me certa impressão de poesia, revelava em mim o desejo de fazer viagens, de levar uma vida nova, e fazia-me assim desejar o abandono de qualquer projeto de casamento com Albertine e até mesmo de romper definitivamente as nossas relações, me tornava também, e devido justamente à sua natureza contraditória, mais fácil ainda essa ruptura. Pois na volta, bem como na vinda, em cada estação havia conhecidos que embarcavam conosco ou nos cumprimentavam da plataforma; sobre os prazeres furtivos da imaginação predominavam esses outros, contínuos, da sociabilidade, que são tão sedativos, tão embaladores. Já, antes das próprias estações, os seus nomes (que tanto me haviam feito sonhar desde que os ouvira na primeira noite em que tinha viajado com minha avó) tinham-se humanizado, perdido a sua singularidade desde a noite em que Brichot, a pedido de Albertine, nos havia mais completamente explicado as suas etimologias. Havia-me parecido um encanto essa *fleur*[277] que terminava certos nomes, como Fiquefleur, Honfleur, Fleurs, Barfleur, Harfleur etc., é muito divertido o *boeuf*[278] que havia no fim de Bricqueboeuf. Mas a flor desapareceu e também o boi, quando Brichot (e isso ele mo havia dito no primeiro dia no trem) nos ensinou que *fleur* quer dizer porto (como *fiord*) e que *boeuf*, em normando *budh*, quer dizer cabana. Como ele me citava vários exemplos, generalizava-se o que me parecera particular, Bricqueboeuf ia juntar-se a Elboeuf e, mesmo em um nome à primeira vista tão individual como o local, como o nome de Pennedepie, em que as estranhezas mais impossíveis de elucidar pela razão me pareciam amalgamadas desde tempos imemoriais em um

277 "Flor". [N. do T.]
278 "Boi". [N. do T.]

vocábulo vilão, saboroso e endurecido como certo queijo normando, fiquei desolado de encontrar o *pen* gaulês, que significa montanha e que se encontra tanto em Pennemarck como nos Apeninos. Como em cada parada do trem eu sentia que teríamos mãos amigas a apertar, se não visitas a receber, dizia a Albertine: "Trata de perguntar logo a Brichot os nomes que queres saber. Tu me havias falado de Marcouville l'Orgueilleuse". "Sim, gosto muito desse orgulho, é uma aldeia altiva", disse Albertine. "Havia de parecer-lhe mais altiva ainda", respondeu Brichot, "se, em vez de fazer-se francesa ou mesmo de baixa latinidade, tal como se encontra no cartulário do bispo de Bayeux, *Marcouvilia Superba*, tomasse a forma mais antiga, mais próxima do normando, *Marculphivilla Superba*, a vila, o domínio de Merculph. Em quase todos esses nomes que terminam em *ville* pode-se ver ainda, erguido sobre esta costa, o fantasma dos rudes invasores normandos. Em Harambouville, você não teve, de pé à portinhola do vagão, mais que o nosso excelente doutor que, evidentemente, nada tem de um chefe normando. Mas, fechando os olhos, poderia ver o ilustre Herimund (*Herimundivilla*). Embora eu não saiba por que se vai aqui por estas estradas, compreendidas entre Loigny e Balbec-Plage, em vez daquelas tão pitorescas que levam de Loigny ao velho Balbec, decerto a senhora Verdurin já passeou você de carro por aquelas bandas. Então terá visto Incarville ou vila de Wiscar; e Tourville, antes de chegar à Raspelière, é a vila de Turol. De resto, não houve só normandos. Parece que chegaram alemães até aqui (Aumenancourt, *Alemanicurtis*); não o digam àquele jovem oficial que estou vendo daqui; ele é capaz de não mais querer ir visitar seus primos. Houve também saxões, como o testemunha a fonte de Sissone (um dos passeios favoritos da senhora Verdurin, e a justo título), assim como na Inglaterra o Middlesex, o Wessex. Coisa inexplicável, parece que godos, 'gueux' como diziam, vieram até cá, e até os mouros, pois Mortagne quer dizer *Mauretania*. Ficou o vestígio deles em Gourville (*Gothorumvilla*). Aliás, também subsiste algum vestígio dos latinos, Lagny (*Latiniacum*)". Pergunto-me a explicação de Thorpehomme", disse o sr. de Charlus. "*Homme* eu compreendo", acrescentou ele, enquanto o escultor e Cottard trocavam um olhar de inteligência. "Mas *Thorp?*" "*Homme* não significa de modo nenhum o que o senhor é naturalmente inclinado a crer, barão", respondeu Brichot, olhando maliciosamente para Cottard e o escultor. "*Homme* nada tem a ver aqui com o sexo a que não devo minha mãe. *Homme* é *Holm*, que significa ilhota etc. Quanto a *Thorp*, encontramo-lo em cem palavras com que já aborreci a meu jovem amigo. Assim, em Thorpehomme, não há nome de chefe normando, mas palavras da língua normanda. Bem vê como toda esta região foi germanizada." "Creio que ele exagera", disse o sr. de Charlus. "Estive ontem em Orgeville. Desta vez devolvo-lhe o homem que lhe havia tirado em Thorpehomme, barão. Uma carta de Roberto I, seja dito sem pedantismo, nos dá, por Orgeville, *Otgervilla*, o domínio de Otger. Todos esses nomes são os de antigos senhores. Octeville-la-Venelle está por l'Avenel. Os Avenel eram uma família conhecida na Idade Média. Bourgenolles, aonde a senhora Verdurin nos levou no outro dia, escrevia-se 'Bourg de môles', pois essa aldeia pertenceu no século XI a Baudoin de Môles, bem como Chaise-Baudoin... Mas eis-nos em Doncières." "Meu Deus, quantos tenentes vão querer embarcar", disse o sr. de Charlus, com um terror simulado. "Digo-o pelos senhores; quanto a mim, isto não me preocupa, pois desço aqui." "Está ouvindo, doutor?", disse Brichot. "O barão tem medo de que os oficiais lhe passem por cima do corpo. E, no entanto, estão no seu papel, encontrando-se agrupados aqui, pois Doncières é exatamente Saint-Cyr, *Dominus Cyriacus*. Há muitos nomes de cidades em que *Sanctus* e *Sancta* são submetidos por *Dominus* e *Domina*. De resto, esta cidade calma e militar tem às vezes a aparência de Saint-Cyr, de Versalhes, e até de Fontainebleau."

Durante essas vindas (assim como nas idas), eu dizia a Albertine que se preparasse, pois bem sabia que em Aumenancourt, em Doncières, em Épreville, em Saint-Vast, teríamos breves visitas a receber. Não me eram, aliás, desagradáveis, fosse, em Hermenonville (o domínio de Herimund), a do sr. de Chevrigny, aproveitando o ensejo de que viera receber convidados para me convidar a ir almoçar no dia seguinte em Montsurvent, ou fosse, em Doncières, a brusca invasão de algum dos encantadores amigos de Saint-Loup enviados por ele (quando não estava livre) para me transmitir um convite do capitão de Borodino, do grupo dos oficiais no *Coq-Hardi*, ou dos suboficiais no *Faisan Doré*. Seguidamente vinha Saint-Loup em pessoa e, durante todo o tempo em que ele ali estava, eu, sem que o percebessem, mantinha Albertine aprisionada sob o meu olhar, aliás inutilmente vigilante. Uma vez, no entanto, interrompi minha guarda. Como houvesse uma longa parada, Bloch, depois de cumprimentar-nos, retirou-se quase em seguida para ir ter com seu pai, o qual acabava de herdar de seu tio e que, tendo alugado um castelo que se chamava La Commanderie, achava muito próprio de grão-senhor só andar de sege de posta, com postilhões de libré. Bloch me pediu que o acompanhasse até o carro. "Mas apressa-te, que esses quadrúpedes são impacientes; vem, homem caro aos deuses, tu darás alegria a meu pai." Mas muito me doía deixar Albertine no trem com Saint-Loup; poderiam os dois, enquanto eu estivesse de costas, falar um com o outro, passar para outro vagão, sorrir-se; tocar-se; e meu olhar aderente a Albertine não podia desprender-se dela enquanto Saint-Loup ali estivesse. Ora, vi muito bem que Bloch, que me pedira como um serviço que fosse cumprimentar seu pai, primeiro achou pouco gentil que eu o recusasse quando nada mo impedia, pois os empregados haviam prevenido que o trem ficaria pelo menos ainda um quarto de hora na estação; e depois não teve dúvidas de que fosse porque decididamente eu era um esnobe, já que meu procedimento nessa ocasião lhe pareceu decisivo. Pois não ignorava ele o nome das pessoas com quem eu me achava. Com efeito, o sr. de Charlus me dissera e sem se lembrar ou importar-se de que isso já fora feito outrora para aproximar-se dele: "Mas apresente-me a seu amiguinho, o que você está fazendo é uma falta de respeito para comigo", e tinha conversado com Bloch, que parecera agradar-lhe extremamente, tanto assim que o havia gratificado com um "espero tornar a vê--lo". "Então é irrevogável, tu não queres fazer esses cem metros para ir cumprimentar meu pai, a quem isso daria tanto prazer", disse-me Bloch. Sentia-me consternado por parecer que faltava com a boa camaradagem, ainda mais pela causa que Bloch supunha, e por ver que ele imaginava que eu não era o mesmo com meus amigos burgueses quando havia gente "bem-nascida". Desde esse dia cessou de testemunhar-me a mesma amizade e, o que me era mais penoso, já não teve a mesma estima por meu caráter. Mas para desenganá-lo quanto ao motivo que me fizera ficar no vagão, teria de dizer-lhe algo — a saber, que eu sentia ciúmes de Albertine — que me seria ainda mais doloroso do que deixá-lo acreditar que eu era estupidamente mundano. É assim que teoricamente achamos que deveríamos sempre nos explicar com toda a franqueza, evitar os mal-entendidos. Mas muitas vezes a vida os combina de tal modo que para os dissipar, nas raras circunstâncias em que seria possível, teríamos de revelar — o que não é o caso aqui — alguma coisa que magoaria ainda mais o nosso amigo do que a culpa imaginária que ele nos imputa, ou um segredo cuja divulgação — e era o que acabava de me acontecer — nos parece ainda pior que o mal-entendido. E, aliás, mesmo sem explicar a Bloch, já que não o podia, a razão pela qual não o tinha acompanhado, se eu lhe tivesse pedido que não se melindrasse, não teria feito mais do que agravar esse melindre, mostrando que o percebera. Nada havia que fazer senão inclinar-se diante desse *fatum* que havia querido que a presença de Albertine impedisse de o reconduzir e que ele pudesse acreditar que era pelo contrário a das pessoas brilhantes, a qual, ainda que estas o fossem cem vezes mais, não teria por efeito senão fazer com que eu me ocupasse exclusivamente de Bloch e reservasse para ele toda a minha polidez. Bastou assim que acidentalmente, absurdamente, um incidente (neste caso a presença de Albertine e de Saint-Loup) se interpusesse entre dois destinos cujas linhas convergiam uma para a outra, para que elas fossem desviadas, se afastassem cada vez mais, e nunca mais pudessem se reaproximar. E há amizades mais belas que a de Bloch por mim, que se viram destruídas, sem que o autor involuntário do rompimento tenha jamais podido explicar ao ofendido o que sem dúvida teria curado o seu amor-próprio e reconduzido a sua simpatia fugitiva.

Amizades mais belas que a de Bloch, não seria, aliás, dizer muito. Tinha ele todos os defeitos que mais me desagradavam. Minha afeição a Albertine viera, por acidente, torná-los de todo insuportáveis. Assim, naquele simples momento em que conversei com ele enquanto vigiava Robert, Bloch me disse que almoçara em casa da sra. Bontemps e que todos tinham falado de mim com os maiores elogios, até o "declínio de Hélios". Bem, pensei comigo, como a sra. Bontemps acredita Bloch um gênio, o sufrágio entusiasta que ele me terá concedido fará mais do que o que todos os outros possam ter dito: chegará aos ouvidos de Albertine. De um dia para outro, ela não pode deixar de saber, e espanta-me que sua tia já não lho tenha repetido, que eu sou um homem "superior". "Sim", acrescentou Bloch, "todo mundo fez o teu elogio. Só eu conservei um silêncio tão profundo como se tivesse absorvido, em vez do repasto, aliás medíocre, que nos serviam papoulas, caras ao bem-aventurado irmão de Tanatos e de Lete, o divino Hipnos, que envolve de suaves laços o corpo e a língua.[279] Não que eu te admire menos que o bando de cães ávidos com os quais me haviam convidado. Mas eu te admiro porque te compreendo, e eles te admiram sem compreender-te. A bem dizer, eu te admiro muito para falar de ti assim em público; parecer-me-ia uma profanação louvar em voz alta o que trago no mais profundo do meu coração. Por mais que me inquirissem a teu respeito,

---

279 A linguagem de Bloch está semeada de termos extraídos da tradução do poeta Leconte de Lisle para os *Hinos órficos*. Tanatos é o nome da morte, Lete, o do rio do esquecimento, e Hipnos, o do sono. [N. do E.]

um Pudor sagrado, filho de Kronion, me fez permanecer mudo". Não tive o mau gosto de parecer descontente, mas esse pudor me pareceu aparentado (muito mais do que com o Kronion) com o pudor que impede um crítico que nos admira de falar de nós porque o templo secreto em que reinamos seria invadido pela turba dos leitores ignaros e dos jornalistas; com o pudor do homem de Estado que não nos decora para que não fiquemos confundidos no meio de gente que não está à nossa altura; com o pudor do acadêmico que não vota por nós a fim de nos poupar a vergonha de ser confrade de X, que não tem talento; com o pudor, enfim, mais respeitável e mais criminoso, todavia, dos filhos que nos pedem que não escrevamos sobre o seu falecido pai que foi cheio de méritos, a fim de assegurar o silêncio e o repouso, de impedir que se entretenha a vida e se crie glória em torno do pobre morto, que preferiria seu nome pronunciado pelas bocas dos homens às coroas, aliás muito piedosamente postas, sobre o seu túmulo.

Se Bloch, desolando-me por não poder compreender a razão que me impedia de ir cumprimentar seu pai, me havia exasperado confessando-me que me desconsiderara em casa da sra. Bontemps (compreendia eu agora por que Albertine jamais me fizera alusão àquele almoço e permanecia silenciosa quando eu lhe falava da afeição de Bloch por mim), o jovem israelita produzira no sr. de Charlus uma impressão muito diversa do agastamento.

Decerto Bloch pensava agora que eu não só não podia ficar um segundo longe das pessoas elegantes, mas, ciumento dos avances que pudessem fazer-lhe (como o sr. de Charlus), tratava de o impedir que se ligasse com eles; mas o barão, por sua parte, lamentava não ter visto mais meu camarada. Segundo o seu costume, absteve-se de o demonstrar. Começou por fazer-me, sem que o parecesse, algumas perguntas sobre Bloch, mas com um tom tão negligente com um interesse que parecia a tal ponto simulado, que ninguém teria acreditado que ele ouvia as respostas. Com um ar de desprendimento, numa melopeia que, mais que indiferença, indicava distração, e como por simples polidez para comigo: "Parece inteligente, disse que escrevia... Tem talento?". Eu disse ao sr. de Charlus que fora muito amável da sua parte dizer-lhe que esperava tornar a vê-lo. Nem um movimento revelou no barão que ele tivesse ouvido a minha frase e, como a repeti quatro vezes sem obter resposta, acabei por desconfiar que fora vítima de uma ilusão acústica quando julgara ouvir o que o sr. de Charlus havia dito. "Ele mora em Balbec?", entoou o barão, com um ar tão pouco inquisitivo que é uma pena não possua a língua francesa outro sinal que não o ponto de interrogação para terminar essas frases aparentemente tão pouco interrogativas. É verdade que esse sinal só serviria para o sr. de Charlus. "Não, eles alugaram perto daqui a Commanderie." Uma vez que soube o que desejava, o sr. de Charlus fingiu desprezar Bloch. "Que horror!", exclamou, devolvendo à sua voz todo o seu vigor trombeteante. "Todas as localidades ou propriedades chamadas Commanderie foram construídas ou possuídas pelos Cavaleiros da Ordem de Malta (a que pertenço) como os lugares chamados Templo ou Cavalaria pelos Templários. Nada mais natural que eu morasse na Commanderie. Mas um judeu! Aliás, isso não me espanta; provém de um curioso gosto pelo sacrilégio, peculiar a essa raça. Logo que um judeu tem bastante dinheiro para comprar um castelo, escolhe sempre um que se chama o Priorado, a Abadia, o Mosteiro, a Casa de Deus. Tive de haver-me com um funcionário judeu... Imagina onde ele morava? Em Pont-l'Evêque. Caído em desgraça, transferiu-se para a Bretanha, em Pont-l'Abbé. Quando dão na Semana Santa esses indecentes espetáculos a que chamam *Paixão*, metade da sala fica cheia de judeus, exultantes à ideia de que vão pregar pela segunda vez o Cristo na cruz, pelo menos em efígie. No concerto Lamoureux, tinha eu como vizinho um rico banqueiro judeu. Executavam a *Infância de Jesus*, de Berlioz, e ele mostrava-se consternado.[280] Mas recobrou logo a expressão de beatitude que lhe é habitual ao ouvir o *Encantamento da Sexta-Feira Santa*.[281] Com que então seu amigo mora na Commanderie, o desgraçado! Que sadismo! O senhor me indicará o caminho", acrescentou, retomando o ar de indiferença, "para que eu vá um dia ver como os nossos antigos domínios suportam semelhante profanação. É triste, pois ele é polido, parece fino. Só lhe faltaria morar na rua do Templo em Paris!" Com estas palavras, o sr. de Charlus tinha apenas o ar de quem queria encontrar um novo exemplo em apoio da sua teoria; mas na realidade me fazia uma pergunta com dois fins, sendo que o principal era saber o endereço de Bloch. "Com efeito", observou Brichot, "a rua do Templo chamava-se rua da Cavalaria do Templo. E a propósito, permite-me uma observação, barão?", perguntou o universitário. "Como? O que é que há?", disse secamente o barão, a quem esse aparte impedia de obter o seu informe. "Não, nada", respondeu Brichot, intimidado. "Era a propósito da etimologia de Balbec, que me haviam pedido. A rua do Templo chamava-se antigamente rua Barre-du-Bac, porque a abadia du Bac, da Normandia, tinha ali, em Paris, a sua barra de justiça."[282] O sr. de Charlus não respondeu nada e fingiu não ter ouvido, o que era nele uma das formas da insolência. "Onde mora o seu amigo em Paris? Como três quartas partes das ruas tiram seu nome de uma igreja e de uma abadia, é muito provável que o sacrilégio continue. Não se pode impedir que os judeus morem no bulevar da Madalena, no bairro de Saint-Honoré ou

280 Alusão ao opus 25 do *Oratório* de Berlioz. [N. do E.]

281 Primeira parte do terceiro ato de *Parsifal*, de Wagner. A obra de Berlioz mencionada acima e a de Wagner foram efetivamente executadas juntas, no dia 28 de março de 1902, no Concerto Lamoureux. [N. do E.]

282 As observações sobre as ruas de Paris são baseadas na obra do marquês de Rechegude, *Caminhadas em todas as ruas de Paris*, publicado em 1910, em vinte volumes. [N. do E.]

na praça de Santo Agostinho. Desde que não o façam por um pérfido refinamento, escolhendo domicílio na praça do Adro de Nossa Senhora, no cais do Arcebispado, na rua Canonisa ou na da Ave-Maria, cumpre levar-lhes em conta as dificuldades."

Não pudemos informar ao sr. de Charlus, pois nos era desconhecido o endereço atual de Bloch. Mas eu sabia que os escritórios de seu pai ficavam na rua dos Mantos Brancos. "Oh!, que cúmulo de perversidade!", exclamou o sr. de Charlus, parecendo encontrar uma satisfação profunda no seu próprio brado de irônica indignação. "Rua dos Mantos Brancos!", repetiu ele, escandindo cada sílaba, e rindo. "Pensem bem que esses mantos brancos poluídos pelo senhor Bloch eram os dois irmãos mendicantes, chamados servos da Santa Virgem, que são Luís ali estabeleceu. E a rua sempre pertenceu a ordens religiosas. A profanação é tanto mais diabólica quanto a dois passos da rua dos Mantos Brancos existe uma rua cujo nome não me ocorre e que é inteiramente reservada aos judeus; tem caracteres hebraicos nas tabuletas das lojas, fábricas de pães ázimos, açougues judeus, é, em suma, a *Judengasse* de Paris. Lá é que deveria morar o senhor Bloch. Naturalmente", continuou ele, num tom assaz enfático e altaneiro e dando, para sustentar conceitos estéticos com uma réplica que lhe dirigia, malgrado seu, à sua autoridade, um ar de velho mosqueteiro de Luís XIII à sua cabeça jogada para trás, "eu só me ocupo de tudo isso do ponto de vista artístico. A política não é da minha alçada e eu não posso condenar em bloco, já que se trata de Bloch, uma nação que conta Spinoza entre seus filhos ilustres. E admiro muito Rembrandt para que não possa saber a beleza que se pode tirar da frequentação da sinagoga.[283] Mas, afinal, um gueto é tanto mais belo quanto mais homogêneo e mais completo. Mas, pode ficar certo, de tal modo o instinto prático e a cupi-

---

283 O pintor Rembrandt, que não era judeu, viveu no bairro judeu de Amsterdã e utilizou como modelos de alguns de seus quadros moradores daquela região, sem falar nos numerosos desenhos que realizou da sinagoga. [N. do E.]

dez se mesclam nesse povo, ao sadismo, que a proximidade da rua semita de que lhe falo, a comodidade de ter à mão os açougues de Israel, fez com que o seu amigo escolhesse a rua dos Mantos Brancos. Como é curioso! E, aliás, por ali morava um estranho judeu que tinha mandado ferver hóstias, depois do que suponho que o mandaram ferver a ele, o que é mais estranho ainda, pois isso parece significar que o corpo de um judeu pode valer tanto como o corpo do Bom Deus. Talvez se pudesse combinar com seu amigo para que nos leve a visitar a igreja dos Mantos Brancos. Considere-se que foi lá que expuseram o corpo de Luís de Orléans depois de seu assassinato por João sem Medo, o que infelizmente não nos livrou dos Orléans. Estou, aliás, pessoalmente, muito bem com meu primo, o duque de Chartre, mas enfim é uma raça de usurpadores que mandou assassinar Luís XVI, despojar Carlos X e Henrique V. Têm, de resto, a quem sair, pois contam entre seus antepassados Monsieur, que chamavam assim sem dúvida porque era a mais espantosa das velhas damas, e o Regente, e o resto. Que família!". Esse discurso antissemita ou pró-semita — conforme se considere o exterior das frases ou as intenções que revelavam — me fora comicamente interrompido por uma frase que Morel me segredou e que teria desesperado o sr. de Charlus. Morel, que não tinha deixado de notar a impressão que Bloch produzira, me agradecia ao ouvido por tê-lo "despachado", acrescentando cinicamente: "Bem que ele desejaria ficar, tudo isso é ciúme, queria tomar o meu lugar. É muito próprio de um judeu". "Podíamos aproveitar esta parada que se está prolongando para pedir algumas explicações rituais a seu amigo. Não poderia você alcançá-lo agora?", perguntou-me o sr. de Charlus com a ansiedade da dúvida. "Não, é impossível, ele partiu de carro; e, aliás, zangado comigo." "Obrigado, obrigado", cochichou-me Morel. "A razão é absurda, sempre se pode alcançar um carro, nada o impediria de tomar um auto", respondeu o sr. de Charlus como homem acostumado a que nada se lhe negasse. Mas, ao notar o meu silêncio: "Que carro é esse mais ou menos imaginário?", disse-me com insolência e uma derradeira esperança. "É uma sege de posta aberta que já deve ter chegado à Commanderie." Ante o impossível, o sr. de Charlus resignou-se e fingiu gracejar. "Compreendo que eles não tenham querido o *coupé* superfetatório. Pois, no seu caso, seria um *recoupé*."[284] Afinal avisaram que o trem ia partir, e Saint-Loup deixou-nos. Mas esse dia foi o único em que ele, subindo a nosso vagão, me fez involuntariamente sofrer, pelo pensamento que tive um instante de o deixar a sós com Albertine, para acompanhar Bloch. Das outras vezes, sua presença não me torturou. Pois, para me evitar qualquer inquietação, Albertine se colocava por si mesma, sob um pretexto qualquer, de tal modo que nem sequer involuntariamente poderia roçar em Robert, quase demasiado longe para ter de apertar-lhe a mão; desviando dele os olhos, punha-se a conversar ostensivamente e quase com afetação com qualquer dos outros passageiros; e prosseguia nesse jogo até que Saint-Loup houvesse partido. Dessa maneira, como as visitas que ele nos fazia em Doncières não me causassem nenhum sofrimento, nem sequer nenhum incômodo, não constituíam uma exceção entre as outras, que todas me eram agradáveis, trazendo-me de certo modo a homenagem e o convite dessa terra. Já desde os fins do verão, em nosso trajeto de Balbec a Douville quando eu avistava ao longe essa estação de Saint-Pierre-des-Ifs, onde ao anoitecer cintilava durante um instante a crista dos alcantis, rosada como ao sol poente a neve de uma montanha, não pensava nem na tristeza que a vista de sua estranha forma me havia causado repentinamente na primeira noite, dando-me tão grande vontade de retomar o trem para Paris em vez de continuar até Balbec, a ver o

---

284 Trocadilho intraduzível. Alusão à circuncisão dos judeus (*coupé*, isto é, cortado). [N. do T.]

espetáculo que de manhã podia ter-se dali, segundo me dissera Elstir, na hora anterior ao sol nascente, em que todas as cores do arco-íris se refratam nas rochas e em que tantas vezes ele havia despertado o menino que um ano lhe servira de modelo, para o pintar desnudo na areia da praia. O nome de Saint-Pierre-des-Ifs me anunciava apenas que ia aparecer um quinquagenário estranho, agudo e pintado, com quem eu poderia falar de Chateaubriand e de Balzac. E agora, nas brumas crepusculares, atrás daquele alcantilado de Incarville, que tanto me fizera sonhar outrora, o que eu via, como se a sua greda antiga se houvera tornado transparente, era a bela casa de um tio do sr. de Cambremer e na qual sabia que sempre teriam satisfação em acolher-me se eu não quisesse jantar na Raspelière ou voltar a Balbec. Assim, não eram apenas os nomes dos lugares dessa região que haviam perdido o seu mistério inicial, mas os próprios lugares. Os nomes, já meio esvaziados de um mistério que a etimologia substituíra pelo raciocínio, tinham baixado mais um grau. Em nossos regressos a Hermenonville, a Saint-Vast, a Harambouville, no momento em que o trem parava, percebíamos sombras que a princípio não reconhecíamos e que Brichot, que não distinguia nada, poderia ter tomado, de noite, pelos fantasmas de Herimund de Wiscar e de Herimbald. Era simplesmente o sr. de Cambremer, de relações completamente cortadas com os Verdurin, que reconduzia convidados e que, da parte de sua mãe e de sua mulher, vinha perguntar-me se eu não queria que ele me "raptasse" para hospedar-me alguns dias em Féterne onde iam suceder-se uma excelente musicista que me cantaria Gluck inteiro e um famoso jogador de xadrez com quem eu faria excelentes partidas que não prejudicariam a pesca e o iate na baía, nem sequer os jantares Verdurin, para os quais o marquês se comprometia, sob palavra de honra, a "emprestar-me", mandando-me levar e buscar para maior facilidade, e segurança também. "Mas não posso crer que seja bom para o senhor subir tão alto. Sei que a minha irmã não poderia suportar isso. Voltaria num estado! Aliás, ela não está

muito bem agora... E o senhor, na verdade, teve uma crise tão
forte! Amanhã não poderá parar de pé!" E ria não por maldade,
mas pela mesma razão por que não podia, sem rir, falar com um
surdo, ou ver um coxo estatelar-se na rua. "Como! Faz quinze
dias que não tem nada? Ótimo! O que o senhor devia era vir instalar-se em Féterne... Conversaria sobre as suas sufocações com
minha irmã." Em Incarville, era o marquês de Montpeyroux que,
não tendo podido ir a Féterne, pois se ausentara para a caça, tinha vindo "ao trem", de botas e chapéu ornado de uma pluma de
faisão, apertar a mão dos que partiam e anunciando-me, para o
dia da semana de que eu dispusesse, a visita do seu filho, que ele
me agradecia que eu recebesse e estimaria muito que eu o fizesse
ler um pouco; ou então o sr. de Crécy que viera fazer a sua digestão, dizia ele, fumando o seu cachimbo e aceitando um e até vários charutos e que me dizia: "E então! Não me marca um dia
para a nossa nova reunião à Lúculo? Não temos nada a dizer-nos?
Permita-me lembrar-lhe que deixamos pendente a questão das
duas famílias de Montgommery. É preciso terminarmos isso.
Conto com o senhor". Outros tinham vindo apenas comprar jornais. E também muitos conversavam conosco, que sempre suspeitei encontrarem-se ali na plataforma, na estação mais próxima
do seu pequeno castelo, simplesmente porque não tinham outra
coisa que fazer senão encontrar um momento pessoas conhecidas.
Em suma, um quadro de vida mundana como outra qualquer,
essas pequenas paradas do trenzinho. Ele próprio parecia ter
consciência do papel que lhe correspondia, e tinha adquirido certa amabilidade humana: paciente, de um gênio dócil, esperava os
retardatários quanto tempo quisessem, e até mesmo, uma vez
partido, parava para recolher os que lhe faziam sinais; corriam
então atrás dele, resfolegando, no que se lhe assemelhavam, mas
com a diferença de que o alcançavam a toda a velocidade, ao passo que ele não usava senão de uma sábia lentidão. Assim nem
Hermenonville, nem Harambouville, nem Incarville me evoca-
vam mais as rudes grandezas da conquista normanda, não con-

tentes de haver-se despojado inteiramente da tristeza inexplicável em que eu os vira banhar-se outrora no sereno noturno. Doncières! Para mim, mesmo depois de o ter conhecido e haver despertado de meu sonho, o quanto não restava, por longo tempo, nesse nome, das ruas agradavelmente glaciais das vitrinas iluminadas, das aves suculentas... Doncières! Agora não era mais que a estação onde embarcava Morel; Égleville (*Aquilaevilla*); aquela em que nos esperava geralmente a princesa Sherbatoff; Maineville, a estação onde descia Albertine nas noites de bom tempo, quando, não estando muito fatigada, tinha vontade de prolongar um momento comigo, já que, por um atalho, não tinha que caminhar muito mais do que se houvesse descido em Parville (*Paterni villa*). Não só já não experimentava o ansioso temor de isolamento que me oprimira na primeira noite, mas já não tinha que temer a sua renovação, nem de me sentir desambientado ou de me achar solitário naquela terra que produzia não só castanhas e tamarindos, senão também amizades que ao longo do percurso formavam uma longa cadeia, interrompida como a das colinas azuladas, ocultas às vezes na anfractuosidade de rocha ou por detrás das tílias da avenida, mas delegando a cada parada um amável gentil-homem que vinha, com um cordial aperto de mão, interromper a minha rota, impedir-me de lhe sentir a extensão, oferecer-se para continuá-la comigo, se preciso fosse. Um outro estaria na estação seguinte, de modo que o apito do trenzinho não nos fazia deixar um amigo senão para nos permitir que encontrássemos outros. Entre os castelos menos próximos e o trem de ferro que os bordeava ao passo de uma pessoa que caminha depressa, tão curta era a distância que no momento em que na plataforma, diante da sala de espera, nos interpelavam os seus proprietários, quase poderíamos crer que o faziam do umbral da sua porta, da janela do seu quarto, como se a pequena via departamental não fosse mais que uma rua de província e o castelo isolado num hotel citadino; e mesmo nas raras estações em que eu não ouvia o "boa-noite" de ninguém, o silêncio tinha uma plenitude nutriz e calmante, porque eu o sabia formado pelo sono de amigos que se haviam deitado cedo na mansão vizinha, onde a minha chegada seria saudada com alegria se eu os tivesse de despertar para lhes pedir qualquer serviço de hospitalidade. Além disso, o hábito enche de tal modo o nosso tempo que, ao fim de alguns meses, não nos resta um só instante livre, numa cidade em que, ao chegarmos, o dia nos oferecia a disponibilidade de suas doze horas; se, por acaso, uma hora ficasse vaga, eu não teria mais a ideia de empregá-la em ver alguma igreja pela qual outrora eu tinha ido a Balbec, nem mesmo em confrontar um sítio pintado por Elstir com o esboço que eu vira em casa dele, mas em ir jogar mais uma partida de xadrez com o sr. Féré. Era, com efeito, a influência degradante, como também o feitiço, que tivera essa região de Balbec de se converter para mim em uma verdadeira zona de conhecidos; se sua repartição territorial, sua semeadura extensiva ao longo da costa, em culturas diversas, davam forçosamente às visitas que eu fazia a esses diferentes amigos a forma da viagem, restringiam também a viagem a não ter mais que o encanto social de uma série de visitas. Os próprios nomes de lugares, tão perturbadores outrora para mim que o simples *Anuário dos castelos*, folheado no capítulo do departamento da Mancha, me causava tanta emoção como o Indicador das estradas de ferro, se me haviam tornado tão familiares que eu poderia consultar esse mesmo Indicador na página Balbec-Douville por Doncières, com a mesma feliz tranquilidade que um dicionário de endereços. Naquele vale demasiado social a cujos flancos eu sentia aderidos, visíveis ou não, uma companhia de amigos numerosos, a poética voz da noite já não era a da coruja ou da rã, mas o "como vai?" do sr. de Criquetot ou o "Kairé" de Brichot.[285] A atmosfera já não despertava angústias e, carregada de eflúvios puramente humanos, era facilmente respirável, demasiado calmante mesmo. O

---

285 Em grego antigo, "Karié" aplica-se tanto para "bom-dia" quanto para "até logo". [N. do E.]

benefício que eu dela tirava era pelo menos não mais ver as coisas senão do ponto de vista prático. O casamento com Albertine me parecia uma loucura.

IV

Só esperava uma oportunidade para a ruptura definitiva. E, uma noite, como mamãe partia no dia seguinte para Combray, onde devia assistir uma irmã de sua mãe em sua derradeira enfermidade e me deixava sozinho para que eu aproveitasse o ar marinho como o desejaria minha avó, eu lhe anunciara que estava irrevogavelmente decidido a não desposar Albertine e que em breve ia deixar de vê-la. Alegrava-me ter dado satisfação a minha mãe, com essas palavras, na véspera de sua partida. Ela não me ocultara que tinha sido de fato uma satisfação muito viva. Era preciso também explicar-me com Albertine. Como voltasse com ela da Raspelière, tendo os fiéis desembarcado, uns em Saint-Mars-le-Vêtu, outros em Saint-Pierre-des-Ifs, outros em Doncières, sentindo-me completamente feliz e indiferente a ela, eu resolvera, agora que estávamos só nós dois no vagão, abordar finalmente o assunto. A verdade, aliás, é que aquela dentre as moças de Balbec que eu amava, embora ausente naquele momento como suas amigas (agradava-me estar com todas, porque cada uma conservava para mim, como no primeiro dia, qualquer coisa da essência das outras, como que pertencente a uma raça à parte), era Andrée. Como ia ela voltar por aqueles dias a Balbec, decerto logo viria ver-me, e então, para permanecer livre, não desposá-la se não o quisesse, para poder ir a Veneza e no entanto, daqui até lá, tê-la toda para mim, o meio que adotaria seria fingir que não me aproximava demasiado dela e, logo à sua chegada, quando estivéssemos conversando, eu lhe diria: "Que pena que eu não a tenha conhecido algumas semanas antes! Eu a teria amado; agora meu coração não está livre. Mas não quer dizer nada, nós nos veremos seguidamente, pois estou triste de meu outro amor e você me ajudará a consolar-me". Eu sorria interiormente pensando nessa conversação, pois, dessa maneira, daria a Andrée a ilusão de que não a amava verdadeiramente; assim, ela não se cansaria de mim e eu aproveitaria alegre e suavemente a sua ternura. Mas tudo isso tornava ainda mais necessário que eu falasse, enfim, seriamente, com Albertine, para não agir de modo indelicado, e, já que estava resolvido a consagrar-se à sua amiga, era mesmo preciso que ela, Albertine, viesse a saber que eu não a amava. Era preciso que lho dissesse imediatamente, pois Andrée podia chegar de um dia para outro. Mas, como nos aproximávamos de Parville, senti que não haveria tempo naquela noite e que seria melhor deixar para o dia seguinte o que estava agora irrevogavelmente decidido. Contentei-me, pois, em falar com ela do jantar que tínhamos feito em casa dos Verdurin. No momento em que vestia a capa, acabando o trem de deixar Incarville, última estação antes de Parville, ela me disse: "Então, amanhã, Verdurin, não se esqueça, porque é você que virá buscar-me".

Não pude deixar de responder bastante secamente: "Sim, a menos que eu 'largue', pois começo a achar esta vida verdadeiramente estúpida. Em todo caso, se formos, para que o meu tempo na Raspelière não fique inteiramente perdido, devo pensar em pedir à senhora Verdurin alguma coisa que possa interessar-me bastante, constituir objeto de estudo e dar-me prazer, pois na verdade tive muito pouco este ano em Balbec". "Não é nada amável para mim, mas não lhe quero mal por isso, porque sinto que está nervoso. Que prazer é esse?" "Que a senhora Verdurin faça tocar para mim coisas de um músico cujas obras ela conhece muito bem. Eu também conheço uma, mas parece que há outras, e teria necessidade de saber se o resto foi editado, se difere das primeiras." "Que músico?" "Minha querida, depois que eu te dissesse que se trata de Vinteuil, ficarias por isso mais adiantada?" Podemos ter desfiado todas as ideias possíveis, que a verdade jamais lhe penetra, e é de fora, quando menos se espera, que ela nos dá sua terrível picada e nos fere para sempre. "Você não imagina como me diverte", respondeu-me Albertine, erguendo-se, pois o trem ia parar. "Não só isso me diz muito mais do que você pensa, mas, mesmo sem a senhora Verdurin, poderei dar-lhe todos os informes que quiser. Há de estar lembrado que lhe falei numa amiga mais velha do que eu, que me serviu de mãe, de irmã, com quem passei em Trieste os meus melhores anos, e com quem, aliás, dentro de algumas semanas, devo encontrar-me em Cherbourg, de onde viajaremos juntas (é um pouco barroco, mas você sabe como amo o mar); pois bem!, essa amiga (oh!, não é absolutamente o gênero de mulher que você poderia supor!), veja que coisa extraordinária, é justamente a melhor amiga da filha desse Vinteuil, e eu conheço quase tanto a filha de Vinteuil. Sempre as chamo de 'as minhas duas irmãs mais velhas'. Não me sinto incomodada em mostrar-lhe que a sua pequena Albertine lhe poderá ser útil nessas coisas de música, de que você diz, aliás, com razão, que eu não entendo coisa alguma." A estas palavras, pronunciadas quando chegávamos à estação de Parville, tão longe de Combray e de Montjouvain, tanto tempo depois da morte de Vinteuil, uma imagem se agitava em meu coração, uma imagem mantida em reserva durante tantos anos que, embora ao armazená-la tivesse podido adivinhar o seu poder nocivo, julgaria que, com o tempo, ela o tivesse perdido totalmente; conservada viva no fundo de mim mesmo (como Orestes a quem os deuses haviam impedido a morte, a fim de que no dia designado voltasse à sua terra para punir o assassínio de Agamenon) para meu suplício, para meu castigo, quem sabe?; por ter deixado morrer minha avó; talvez surgindo subitamente do fundo da noite em que parecia para sempre sepultada e ferindo, como um Vingador, a fim de inaugurar para mim uma vida terrível, merecida e nova, talvez também para evidenciar a meus olhos as funestas consequências que os atos maus geram indefinidamente, não só para aqueles que os cometeram, mas também para aqueles que não fizeram, que não pensaram senão contemplar um espetáculo curioso e divertido, como eu — ai de mim! — naquele remoto entardecer em Montjouvain, oculto por trás da folhagem e em que (como quando tinha complacentemente escutado a narrativa dos amores de Swann) havia perigosamente deixado que se me abrisse a via funesta, e fadada a ser dolorosa, do Saber. E nesse mesmo tempo da minha maior dor tive uma sensação quase de orgulho, quase de alegria, como a de um homem a quem o choque recebido teria feito dar tamanho salto que ele chegasse a um ponto a que nenhum esforço o poderia ter alçado. Albertine, amiga da sra. Vinteuil e de sua amiga, praticamente profissional do Safismo, era, perto do que eu tinha imaginado nas maiores dúvidas, o que são, para o pequeno acústico da Exposição de 1889, de que apenas se esperava pudessem ir de uma casa a outra, os telefones que atravessam as ruas, as cidades, os campos, os mares, ligando países. Era uma *terra incognita* terrível a que eu acabava de aterrar, uma fase nova de sofrimentos insuspeitados que se abria. E no entanto esse dilúvio da realidade que nos submerge, se é enorme a par de nossas tímidas e ínfimas suposições, era por elas pressentido. Era sem dúvida alguma coisa como o que eu acabava de saber, era alguma coisa como a amizade de Albertine e da srta. Vinteuil, alguma coisa que meu espírito não saberia inventar, mas que eu apreendia obscuramente quando me inquietava ao ver Albertine junto de Andrée. É muita vez apenas por falta de espírito criador que não se vai bastante longe no sofrimento. E a realidade mais terrível dá, ao mesmo tempo que o sofrimento, a alegria de uma bela descoberta, porque não faz senão dar uma forma nova e clara ao que ruminávamos desde muito sem o saber. O trem parava em Parville e, como fôssemos os seus únicos passageiros, era com uma voz amolentada pelo sentimento da inutilidade da tarefa, pelo mesmo hábito que no entanto o obrigava a cumpri-la e lhe inspirava ao mesmo tempo a pontualidade e a indolência, e mais ainda o desejo de dormir, que o empregado gritou: "Parville!". Albertine, sentada à minha frente e vendo que havia chegado a seu destino, deu alguns passos do fundo do vagão em que nos achávamos e abriu a portinhola. Mas esse movimento, que ela fazia assim para descer, me dilacerava intoleravelmente o coração, como se, contrariamente à posição independente de meu corpo que, a dois passos de distância, parecia ocupar o de Albertine, essa separação espacial, que um desenhista verídico seria obrigado a figurar entre nós, não era mais que uma aparência, e como se, para quem quisesse redesenhar as coisas segundo a realidade verdadeira, fosse preciso colocar agora Albertine, não a alguma distância de mim, mas em mim. Tanto mal me fazia ao afastar-se que, alcançando-a, eu a puxei desesperadamente pelo braço. "Seria materialmente impossível", perguntei-lhe, "que você pousasse esta noite em Balbec?" "Materialmente, não, mas estou caindo de sono." "Você me prestaria um serviço imenso..." "Então, seja, embora não compreenda; por que não o disse mais cedo? Em todo caso, fico." Minha mãe já estava dormindo quando, depois de mandar que dessem a Albertine um quarto situado em outro andar, entrei no meu. Sentei-me junto à janela, reprimindo os soluços, para que não os ouvisse minha mãe, que só estava separada de mim por um delgado tabique. Nem sequer havia pensado em fechar os postigos, pois, em dado momento, erguendo os olhos, vi no céu, em face de mim, aquele mesmo clarãozinho de um vermelho apagado que se via num restaurante de Rivebelle num estudo que Elstir fizera de um sol poente. Recordei a exaltação que me causara, ao avistá-lo do trem no dia de minha chegada a Balbec, aquela mesma imagem de uma tarde que não precedia a noite, mas um novo dia. Mas já nenhum dia agora me seria novo, nem mais despertaria em mim o desejo de uma felicidade desconhecida, e apenas prolongaria meus sofrimentos, até que eu não mais tivesse forças de suportá-los. A verdade do que Cottard me dissera no cassino de Incarville não apresentava mais dúvidas para mim. O que desde muito eu havia temido e vagamente suspeitado de Albertine, o que o meu instinto deduzia de todo o seu ser, e o que os meus raciocínios, dirigidos por meu desejo, pouco a pouco me haviam feito negar, era verdade! Por detrás de Albertine, não mais via as montanhas azuis do mar, mas o quarto de Montjouvain, onde ela caía nos braços da srta. Vinteuil com aquele riso que ela fazia ouvir como que o som desconhecido do seu gozo. Pois, linda como era Albertine, como poderia ser que a srta. Vinteuil, com os gostos que tinha, não lhe tivesse pedido para satisfazê-los? E a prova de que Albertine não havia ficado chocada com a coisa e tinha acedido é que não se haviam estremecido as relações entre ambas e a sua intimidade não cessara de aprofundar-se. E aquele gracioso movimento de Albertine ao colocar o queixo no ombro de Rosamonde, olhando-a sorridente e pousando-lhe um beijo no pescoço, aquele movimento que me havia relembrado a srta. Vinteuil e para cuja interpretação tinha eu no entanto hesitado em admitir que uma mesma linha traçada por um gesto resultasse forçosamente de um mesmo pendor, quem sabe se Albertine não o aprendera simplesmente com a srta. Vinteuil? Pouco a pouco o céu apagado se acendia. Eu, que até então jamais havia despertado sem sorrir para as coisas mais humildes, para a taça de café com leite, o rumor da chuva, o barulho do vento, senti que o dia que dali a pouco iria clarear e todos os dias que viessem em seguida nunca mais me trariam a esperança de uma felicidade desconhecida, mas o prolongamento de meu martírio. Ainda me apegava à vida; sabia que não tinha mais nada a esperar dela que não fosse cruel. Corri ao elevador, apesar da hora indevida, para chamar o ascensorista que fazia as vezes de vigia noturno e pedir-lhe que fosse ao quarto de Albertine dizer-lhe que tinha alguma coisa de importante a comunicar-lhe, se ela pudesse receber-me. "A senhorita manda dizer que prefere vir ela mesma", veio ele responder-me. "Estará aqui dentro em pouco." E dali a pouco, efetivamente, Albertine entrou de *robe de chambre*. "Albertine", disse-lhe eu, baixinho, recomendando-lhe que não elevasse a voz para não despertar minha mãe, de quem só estávamos separados por aquele tabique, cuja delgadez hoje importuna e que, forçando a murmurar, se assemelhava outrora, quando ali tão bem se pintaram as intenções de minha avó, a uma espécie de diafaneidade musical, "sinto-me envergonhado de importuná-la. Eis de que se trata. Para que compreenda, tenho de dizer-lhe uma coisa que você não sabe. Quando vim para aqui, deixei uma mulher a quem deveria desposar, que estava pronta a abandonar tudo por mim. Ela devia partir em viagem naquela manhã e, desde uma semana, todos os dias, eu me perguntava se teria coragem de não lhe telegrafar que voltava. Tive essa coragem, mas sentia-me tão infeliz que me julguei a ponto de matar-me. Foi por isso que lhe perguntei ontem à noite se não poderia vir pousar em Balbec. Se eu tivesse de morrer, gostaria de me despedir de você". E dei livre curso às lágrimas que minha ficção tornava naturais. "Meu pobre pequeno, se eu soubesse, teria passado a noite perto de você!", exclamou Albertine, a cujo espírito nem sequer ocorreu a ideia de que eu talvez desposasse aquela mulher, frustrando-se assim para ela, Albertine, a oportunidade de fazer um bom casamento, tão sinceramente comovida estava com um pesar cuja causa eu poderia ocultar-lhe, mas não a realidade e a força. "Aliás", disse-me ela, "ontem, durante todo o trajeto desde a Raspelière, eu bem tinha sentido que você estava nervoso e triste, e receava alguma coisa." Na realidade, o meu pesar só começara em Parville, e a nervosidade muito diversa, mas que felizmente Albertine confundia com ele, provinha do aborrecimento de conviver ainda alguns dias com ela. Acrescentou: "Não o deixo mais, vou ficar todo o tempo aqui". Oferecia-me justamente (e só ela mo podia oferecer) o único remédio contra o veneno que me queimava, aliás homogêneo a ele, um suave, outro cruel, ambos igualmente derivados de Albertine. Naquele momento Albertine — o meu mal —, desistindo de me causar sofrimentos, deixava-me — ela, Albertine remédio — enternecido como um convalescente. Mas eu pensava que ela ia em breve partir de Balbec para Cherbourg e dali para Trieste. Iriam renascer seus hábitos de outrora. O que antes de tudo eu queria era impedir que Albertine tomasse o vapor e ver se a levava para Paris. Por certo que de Paris, mais facilmente ainda que de Balbec, poderia ela ir a Trieste, se quisesse, mas em Paris nós veríamos; talvez eu pudesse pedir à sra. de Guermantes que influísse indiretamente na amiga da srta. Vinteuil para que ela não ficasse em Trieste, para fazê-la aceitar um emprego noutra parte, talvez em casa do príncipe de..., que eu havia encontrado na residência da sra. de Villeparisis, e quem sabe se em casa da própria sra. de Guermantes... E este, mesmo que Albertine quisesse ir à casa dele, a visitar sua amiga, poderia, prevenido pela sra. de Guermantes, impedir que se encontrassem. Certamente poderia eu refletir que em Paris, se Albertine tinha esses gostos, acharia muitas outras pessoas com quem satisfazê--los. Mas cada movimento de ciúme é particular e traz a marca da criatura — desta vez a amiga da srta. Vinteuil — que o suscitou. A amiga da srta. Vinteuil é que continuava a ser a minha grande preocupação. A paixão misteriosa com que eu havia outrora pensado na Áustria, porque era o país de onde vinha Albertine (seu tio fora ali conselheiro de Embaixada), de modo que a sua singularidade geográfica, a raça que o habitava, os seus monumentos, a sua paisagem, podia eu considerá-los, tal como num atlas ou uma coleção de vistas, no sorriso, nas maneiras de Albertine, essa paixão misteriosa eu ainda a experimentava, mas, por uma troca de sinais, no domínio do horror. Sim, era de lá que Albertine vinha. Era lá que, em cada casa, ela estava certa de encontrar, ou a amiga da srta. Vinteuil ou outras. Iam renascer os hábitos de infância, reunir-se-iam dentro de três meses para o Natal, depois para o Ano-Bom, datas que já me eram tristes por si mesmas, pela lembrança inconsciente do pesar que eu outrora sentira quando me separavam de Gilberte durante todo o tempo das férias de Natal. Após os longos jantares, após os *Réveillons*, quando todo mundo estivesse alegre, animado, Albertine ia ter, com as suas amigas de lá, as mesmas atitudes que eu lhe vira tomar com Andrée, quando a amizade de Albertine por ela era inocente, quem sabe, talvez as que tinham aproximado diante de mim a srta. Vinteuil perseguida por sua amiga, em Montjouvain. À srta. Vinteuil, agora, enquanto sua amiga a acariciava antes de abater-se sobre ela, eu emprestava o rosto afogueado de Albertine, da Albertine que eu ouvi lançar fugindo, depois abandonando-se, o seu riso estranho e profundo. Que era, diante do sofrimento que sentia, o ciúme que poderia ter experimentado no dia em que Saint-Loup encontrara Albertine comigo em Doncières e em que ela lhe fizera provocações, e também o que eu sentira ao pensar no iniciador desconhecido ao qual devia eu os primeiros beijos que me havia ela dado em Paris, no dia em que esperava a carta da srta. de Stermaria? Esse outro ciúme provocado por Saint-Loup, por um jovem qualquer, nada era. Nesse caso, poderia quando muito recear um rival a quem tentasse arrebatá-la. Mas, aqui, o rival não era semelhante a mim, suas armas eram diferentes, eu não podia lutar no mesmo terreno, dar a Albertine os mesmos prazeres, nem mesmo concebê-los de modo exato. Em muitos momentos da nossa vida, trocaríamos todo o futuro por um poder em si mesmo insignificante. Teria outrora renunciado a todas as vantagens da vida para conhecer a sra. Blattin, porque ela era uma amiga da sra. Swann. Hoje, para que Albertine não fosse a Trieste, teria eu suportado todos os sofrimentos e, se fosse isso insuficiente, lhos teria infligido, tê-la-ia isolado, sequestrado, tomado o pouco de dinheiro que tinha para que a miséria a impedisse materialmente de prosseguir viagem. Como outrora, quando desejava ir a Balbec, o que me impelia a partir era o desejo de uma igreja persa, de um temporal pela madrugada, o que agora me cortava o coração ao pensar que Albertine talvez fosse a Trieste, era que ela passaria ali a noite de Natal com a amiga da sra. Vinteuil: pois a imaginação, quando muda de natureza e se transforma em sensibilidade, não dispõe para isso de maior número de imagens simultâneas. Dissessem-me que ela não se encontrava naquele momento em Cherbourg ou em Trieste, e como não choraria eu de doçura, de alegria! Como teria mudado a minha vida e o seu futuro! E no entanto eu bem sabia arbitrária essa localização de meu ciúme, sabia que, se Albertine tivesse essas inclinações, poderia satisfazê-los com outras. Aliás, quem sabe se, podendo ela encontrar aquelas mesmas raparigas em outro lugar qualquer, não torturariam elas tanto o meu coração? Era de Trieste, desse mundo desconhecido onde eu sentia que Albertine se dava bem, onde estavam suas lembranças, suas amizades, seus amores de infância, que se exalava aquela atmosfera hostil, inexplicável, como a que subia outrora até meu quarto em Combray, da sala de jantar onde eu ouvia conversar com estranhos, por entre o ruído dos talheres, mamãe, que não viria dar-me boa-noite; como a que enchera para Swann as casas em que Odette ia procurar, em festas, inconcebíveis prazeres. Já não era como numa região deliciosa em que a raça é pensativa, os poentes dourados, os carrilhões tristes, que eu pensava agora em Trieste, mas como numa cidade maldita a que desejaria mandar queimar imediatamente e suprimir do mundo real. Aquela cidade estava mergulhada no meu coração como um punhal permanente. Deixar partir em breve Albertine para Cherbourg e Trieste era coisa que me causava horror; e até mesmo permanecer em Balbec. Pois agora que a revelação da intimidade de minha amiga com a srta. Vinteuil se me tornava quase uma certeza, parecia-me que em todos os momentos em que Albertine não estava comigo (e havia dias inteiros em que eu não podia vê-la por causa da tia) se achava entregue às primas de Bloch ou talvez a outras. Enlouquecia-me a ideia de que naquela mesma noite ela poderia estar com as primas de Bloch. Assim, depois que ela me disse que não havia de deixar-me durante alguns dias, respondi-lhe: "Mas é que eu desejava partir para Paris. Não seguiria você comigo? E não desejaria ir parar um pouco conosco em Paris?". Era preciso a qualquer custo impedi-la de estar sozinha, pelo menos alguns dias, conservá-la perto de mim, para estar certo de que ela não pudesse avistar-se com a amiga da srta. Vinteuil. Seria, na realidade, o mesmo que morar sozinha comigo, pois minha mãe, aproveitando uma viagem de inspeção que ia fazer meu pai, impusera-se como um dever obedecer a uma vontade de minha avó, a qual desejava que ela ficasse alguns dias em Combray, com uma de suas irmãs. Minha mãe não estimava sua tia porque esta não fora, para minha avó, tão carinhosa com ela, a irmã que poderia ter sido. Assim, depois de grandes, lembramo-nos com rancor dos que se mostraram maus conosco quando éramos crianças. Mas, minha mãe, transformada em minha avó, era incapaz de rancor; a vida de sua mãe era para ela como uma pura e inocente infância aonde ia haurir aquelas recordações cuja doçura ou amargura regulava suas ações com uns e outros. Poderia minha tia ter fornecido a minha mãe certos detalhes inestimáveis, mas esta agora dificilmente os conseguiria, pois sua tia estava muito doente (falava-se num câncer) e censurava-se não ter ido mais cedo, para fazer companhia a meu pai, e nisso não achava senão mais uma razão para fazer o que sua mãe teria feito, e, tal como esta, ia, no aniversário do pai de minha avó, o qual fora tão mau pai, depositar sobre o seu túmulo as flores que minha avó tinha o hábito de levar. Assim, junto ao túmulo que ia abrir-se, queria minha mãe levar as suaves conversações que minha tia não quisera fazer a minha avó. Enquanto estivesse em Combray, minha mãe se ocuparia de certos trabalhos que minha avó sempre havia desejado, mas apenas se fossem executados sob a vigilância de sua filha. De modo que ainda não se haviam iniciado. Não queria mamãe, deixando Paris com meu pai, fazer-lhe sentir demasiado o peso de um luto a que ele se associava, mas que não podia afligi-lo tanto quanto a ela. "Ah!, agora não seria possível", respondeu-me Albertine. "Aliás, que necessidade tem você de voltar tão depressa a Paris, já que essa dama partiu?" "Porque estarei mais tranquilo num lugar em que a conheci, do que em Balbec, que ela jamais viu e a que tomei horror." Teria Albertine compreendido mais tarde que aquela outra mulher não existia e, se naquela noite, eu havia perfeitamente desejado morrer, era porque ela estouvadamente me revelara que tinha relações com a amiga da srta. Vinteuil? É possível. Há momentos em que me parece provável. Em todo caso, naquela manhã, ela acreditou na existência dessa mulher. "Mas você deveria casar com ela, meu pequeno, você havia de ser feliz, e ela com toda a certeza também havia de ser feliz." Respondi-lhe que a ideia de que poderia fazer feliz aquela mulher quase estivera a ponto de decidir-me, com efeito; ultimamente, depois de receber uma grande herança que me permitiria dar muito luxo e distrações à minha mulher, estivera prestes a aceitar o sacrifício daquela que eu amava. Embriagado com a gratidão que me inspirava a gentileza de Albertine, tão próxima do sofrimento atroz que me causara, da mesma forma que prometeríamos uma fortuna ao garçom que nos serve um sexto cálice de aguardente, disse-lhe que minha mulher teria um auto e um iate e que, desse ponto de vista, já que Albertine gostava tanto dessas coisas, era uma pena que não fosse ela a quem eu amava, que eu teria sido o marido perfeito para ela, mas que haveria de se dar um jeito, que talvez pudesse a gente encontrar-se agradavelmente. Apesar de tudo, como na própria embriaguez a gente se abstém de interpelar os passantes, por medo dos golpes, não cometi a imprudência (se acaso o fosse) como teria feito no tempo de Gilberte, de lhe dizer que era a ela, Albertine, que eu amava. "Bem vê, estive a ponto de casar com ela. Mas não me atrevi a fazê-lo, não desejaria obrigar uma jovem a viver com alguém tão doente e tão aborrecido." "Está louco, todos desejariam viver com você, veja como todos o procuram. Só se fala em você em casa da senhora Verdurin, e também na mais alta sociedade, ao que me disseram. Portanto, essa dama não foi amável com você, para lhe dar essa impressão de dúvida a seu próprio respeito? Bem vejo o que é, é uma malvada, eu a detesto, ah!, se eu estivesse no lugar dela..." "Não, ela é muito, muito gentil. Quanto aos Verdurin e ao resto, pouco se me dá. Fora dessa a quem amo e a quem de resto renunciei, só ligo à minha pequena Albertine, unicamente ela, estando bastante comigo, pelo menos nos primeiros dias", acrescentei para não assustá-la e poder pedir-lhe muito naqueles dias, "é que poderá consolar-me um pouco". Não fiz senão uma vaga alusão a possibilidades de casamento, ao mesmo tempo que lhe dizia ser irrealizável porque os nossos gênios não combinariam. Contra a própria vontade, sempre perseguido, em meu ciúme, pela lembrança das relações de Saint-Loup com "Raquel quando do Senhor" e de Swann com Odette, estava eu muito inclinado a crer que, no momento que eu amava, não podia ser amado, e que só o interesse poderia prender a mim uma mulher. Sem dúvida, era uma loucura julgar Albertine por Odette e Raquel. Mas não era ela e sim eu; eram os sentimentos que eu pudesse inspirar que o meu ciúme me fazia subestimar em demasia. E desse juízo, talvez errôneo, nasceram decerto muitas desgraças que se iam abater sobre nós. "Recusa então o meu convite para irmos a Paris?" "Minha tia não há de querer que parta neste momento. Aliás, mesmo que eu possa fazê-lo mais tarde, não pareceria esquisito eu ficar assim na sua casa? Em Paris logo saberão que não sou sua prima." "Pois bem, diremos que estamos quase noivos. Que tem isso, se você sabe que não é verdade?" O pescoço de Albertine, que lhe saía inteiro da camisa, era forte, dourado, de granulação grossa. Beijei-a tão puramente como se tivesse beijado minha mãe para acalmar uma pena infantil que eu julgasse então nunca mais poder arrancar do peito. Albertine deixou-me para ir vestir-se. Aliás, seu devotamento já começava a declinar; ainda há pouco dissera que não me deixaria um segundo. (E bem sentia que não havia de durar a sua resolução, pois temia, se ficássemos em Balbec, que ela fosse ver naquela mesma noite, sem mim, as primas de Bloch.) Ora, acabava agora de dizer-me que desejava passar por Maineville e que tornaria a ver-me na tarde seguinte. Não se havia recolhido na véspera à noite, poderia haver cartas para ela e a sua tia bem poderia achar-se inquieta. Respondera-lhe: "Se é só por isso, poder-se-ia mandar o ascensorista dizer que você se acha aqui e trazer as suas cartas". E, desejosa de mostrar-se gentil, mas contrariada por estar sujeita a uma servidão, ela franzira a fronte e depois, logo em seguida, muito amavelmente, disse: "É isto mesmo", e mandara o ascensorista à casa da tia. Não fazia um momento que Albertine me havia deixado quando o ascensorista veio bater de leve à minha porta. Não esperava eu, que enquanto conversava com Albertine, tivesse ele tido tempo de ir a Maineville e voltar. Vinha dizer-me que Albertine escrevera um recado à tia e que ela podia, se eu quisesse, ir a Paris no mesmo dia. Aliás, fizera mal em dar o recado de viva voz, pois, apesar da hora matinal, já o gerente estava a par de tudo e vinha perguntar-me aforismado se eu estava descontente com alguma coisa, se era mesmo verdade que ia partir, se eu não podia esperar alguns dias ao menos, pois o vento estava hoje muito receoso (de recear). Não desejava eu explicar-lhe que queria a todo custo que Albertine não estivesse mais em Balbec na hora em que as primas de Bloch davam o seu passeio, principalmente não se achando ali Andrée, a única que poderia protegê--la, e que Balbec era como esses lugares em que um doente, que ali não mais respira, se resolve, ainda que deva morrer no caminho, a não passar a noite seguinte. De resto, teria eu de lutar contra pedidos do mesmo gênero, primeiro no hotel, onde Marie Gineste e Céleste Albaret tinham os olhos vermelhos. (Marie, de resto, fazia ouvir o soluço apressado de uma correnteza. Céleste, mais mole, recomendava-lhe calma; mas tendo Marie murmurado os únicos versos que conhecia: *Ici bas tous les lilas meurent*,[286] Céleste não pôde conter-se e um lençol de lágrimas estendeu-se sobre o seu rosto cor de lilás; penso, aliás, que elas me esqueceram na mesma noite.) Em seguida, no trenzinho local, apesar de todas as minhas precauções para não ser visto, encontrei o sr. de Cambremer que, à vista de minhas malas, empalideceu, pois contava comigo para dali a dois dias; exasperou-me, querendo convencer-me de que as minhas sufocações provinham da mudança do tempo e que outubro seria excelente para elas e perguntou-me se, em todo caso, não poderia eu "adiar minha partida por oito dias", expressão cuja tolice talvez não me deixou em cólera senão porque me fazia mal a sua proposta. E enquanto ele me falava no vagão, a cada estação eu temia ver surgirem, mais terríveis que Heribalde ou Guiscarde, o sr. de Crécy a implorar um convite, ou, mais temível ainda, a sra. Verdurin a convidar-me. Mas só chegara a isso. Tinha apenas de enfrentar as queixas desesperadas do gerente. Despedi-o, pois temia que, embora cochichando, ele acabasse por acordar mamãe. Fiquei sozinho no quarto, aquele mesmo quarto demasiado alto

---

286 "Nesse mundo todos os lilases morrem". [N. do E.]

de teto, onde me sentira tão infeliz quando de minha primeira chegada, onde tinha pensado com tanta ternura na srta. de Stermaria, espiado a passagem de Albertine e suas amigas como aves de arribação chegadas à praia, onde a tinha possuído com tanta indiferença quando a mandara buscar pelo ascensorista, onde tinha conhecido a bondade de minha avó e depois sabido que ela estava morta; aqueles postigos a cujo pé tombava a luz matinal, eu os abrira a primeira vez para avistar os primeiros contrafortes do mar (aqueles postigos que Albertine me fazia fechar para que não nos vissem aos beijos). Eu tomava consciência de minhas próprias transformações confrontando-as com a identidade das coisas. Habituamo-nos, todavia, com elas como com as pessoas e quando relembramos, de súbito, a significação diferente que comportaram, e, depois que tiverem perdido toda significação, os acontecimentos muito diferentes dos de hoje que enquadraram, a diversidade dos atos desempenhados sob o mesmo teto, entre as mesmas estantes envidraçadas, a mudança no coração e na vida que essa diversidade implica, parecem ainda acrescidos com a permanência imutável do cenário, reforçados pela unidade do local.

Duas ou três vezes, por um momento, tive ideia de que o mundo em que se achavam aquele quarto e aquelas estantes e em que Albertine era tão pouca coisa era, talvez, um mundo intelectual, que era a única realidade, e meu sofrimento alguma coisa como o que provoca a leitura de um romance e de que só um louco poderia fazer um sofrimento durável e permanente que se prolongasse na sua vida; que bastaria talvez um pequeno movimento da minha vontade para atingir aquele mundo real, penetrar nele ultrapassando a minha dor como um círculo de papel que se fura e não mais me preocupar com o que havia feito Albertine, como não nos preocupamos com as ações da heroína imaginária de um romance, depois de finda a leitura. De resto, as amantes que mais amei não coincidiram nunca com o meu amor por elas. Esse amor era verdadeiro, visto que eu subordinava todas as coisas à função de vê-las, de as conservar unicamente para mim, visto que soluçava se as esperara uma noite. Mas tinham mais a faculdade de despertar esse amor, de levá-lo ao paroxismo, do que ser a sua imagem. Quando as via, quando as ouvia, não lhes achava nada que se assemelhasse ao meu amor e que pudesse explicá-lo. No entanto, a minha única alegria era vê-las, a minha única ansiedade esperá-las. Dir-se-ia que uma virtude sem relação alguma com elas lhes fora acessoriamente acrescentada pela natureza, e que essa virtude, esse poder similielétrico tinha sobre mim o efeito de excitar meu amor, isto é, de dirigir todos os meus atos e causar todos os meus sofrimentos. Mas disso, a beleza, a inteligência ou a bondade dessas mulheres eram inteiramente distintas. Como por uma corrente elétrica que nos move, fui sacudido por meus amores, vivi-os, senti-os: jamais pude chegar a vê-los ou a pensá-los. Inclino-me até a acreditar que nesses amores (ponho de lado o prazer físico que, aliás, habitualmente os acompanha, mas que não basta para os constituir) sob a aparência da mulher, é a essas forças invisíveis de que ela vem acessoriamente acompanhada que nós nos dirigimos como a obscuras divindades. Delas, cuja benevolência nos é necessária, é que procuramos o contato, sem lhe encontrar prazer positivo. Com essas deusas, a mulher põe-nos em relação durante o encontro e mais nada. Como oferendas, prometemos joias, viagens, pronunciamos fórmulas que significam que adoramos e fórmulas contrárias que significam que somos indiferentes. Lançamos mão de todo o nosso poder para obter um novo encontro, mas que seja concedido sem aborrecimento. Ora, havia de ser pela mulher em si, se não estivesse complementada por essas forças ocultas, que tomaríamos tanto trabalho, quando, mal ela partiu, não saberíamos dizer como estava vestida e nos apercebemos de que nem sequer a olhamos?

Como a vista é um sentido enganador, um corpo humano, ainda que amado como o de Albertine, nos parece, a alguns metros, a alguns centímetros, distante de nós. E da mesma forma a alma que lhe pertence. Mas que alguma coisa mude violentamente o lugar dessa alma em relação a nós, nos mostre que ela ama a outras criaturas e não a nós, então, pelas batidas de nosso coração deslocado, sentimos que, não a alguns passos de nós, mas em nós é que estava a amada criatura. Em nós, em regiões mais ou menos superficiais. Mas a frase "essa amiga é a srta. Vinteuil" fora o sésamo, que eu seria incapaz de encontrar por mim mesmo, que fizera entrar Albertine na profundeza de meu coração dilacerado. E a porta que se tornara a fechar sobre ela, poderia eu procurar durante cem anos que não saberia como abri-la.

Essas palavras eu deixara de ouvi-las por um instante, enquanto Albertine estava perto de mim, ainda há pouco. Ao beijá-la como beijava minha mãe, em Combray, para acalmar minha angústia quase acreditava na inocência de Albertine ou pelo menos não pensava com continuidade na descoberta que fizera de seu vício. Mas agora que estava só, as palavras ressoavam de novo, como esses ruídos interiores do ouvido que se ouvem logo que alguém cessa de nos falar. Agora o seu vício já não apresenta dúvidas para mim. A luz do sol, que ia se erguer, modificando as coisas ao seu redor, como que me deslocando um instante em relação a ela, novamente me fez tomar consciência, ainda mais cruel, de meu sofrimento. Eu jamais vira começar manhã tão linda nem tão dolorosa. Pensando em todas as paisagens indiferentes que iam se iluminar e que ainda na véspera só me teriam dado o desejo de as visitar, não pude conter um soluço quando, num gesto de ofertório mecanicamente realizado e que me pareceu simbolizar o sangrento sacrifício que eu teria de fazer de toda alegria, cada manhã, até o fim de minha vida, renovação solenemente celebrada, em cada aurora, de minha pena cotidiana e do sangue de minha ferida, o ovo de ouro do sol, como propulsionado pela ruptura de equilíbrio que traria no momento da coagulação uma mudança de densidade, farpado de flamas como nos quadros, rompeu de um ímpeto a cortina atrás da qual a gente o sentia desde um instante a fremir, pronto para entrar em cena e a se lançar, e de que ele apagou sob ondas de luz a púrpura misteriosa e imóvel. Ouvi-me chorar a mim mesmo. Mas, naquele momento, contra toda expectativa, a porta abriu-se e, com o coração a bater, pareceu-me ver minha avó diante de mim, como uma dessas aparições que eu já tivera, mas somente a dormir. Tudo aquilo não passava então de um sonho? Ai, eu estava bem acordado. "Tu achas que eu pareço com a tua pobre avó...", disse-me mamãe (pois era ela), com doçura, como para acalmar meu susto, confessando de resto aquela semelhança, com um belo sorriso de orgulho modesto, que jamais conhecera a faceirice. Seus cabelos em desordem em que as mechas grisalhas não estavam ocultas e serpenteavam em torno de seus olhos inquietos, de suas faces envelhecidas, o próprio chambre de minha avó que ela usava, tudo me impedira por um segundo de reconhecê-la e me fizera duvidar se eu estava dormindo ou se minha avó havia ressuscitado. Desde muito que minha mãe se assemelhava à minha avó, muito mais que à jovem e risonha mamãe que minha infância conhecera. Mas eu não havia mais pensado nisso. Assim, quando a gente ficou muito tempo distraído a ler, não se notou que o tempo passava e vê-se de súbito, em redor, o sol que havia na véspera, à mesma hora, despertar em torno de si as mesmas harmonias, as mesmas correspondências que preparam o poente. Foi a sorrir que minha mãe indicou a mim mesmo o meu engano, pois lhe era grato ter tal parecença com sua mãe. "Vim", disse-me minha mãe, "porque, enquanto dormia, me pareceu ouvir alguém que chorava. Isto me acordou. Mas como é que ainda não está deitado? E tens os olhos cheios de lágrimas. Que é que há?" Tomei-lhe a cabeça em meus braços:

"Mamãe, escuta, tenho medo de que me julgues muito volúvel. Mas ontem eu não te falei muito amavelmente de Albertine; era injusto o que eu te disse." "Mas que tem isso?", disse minha mãe e, avistando o sol nascente, sorriu com tristeza pensando na sua mãe e, para que eu não perdesse o fruto de um espetáculo que minha avó lamentava que eu nunca contemplasse, mostrou-me a janela. Mas por detrás da praia de Balbec, do mar, do nascer do sol que mamãe mostrava, eu via, com movimentos de desespero que não lhe escapavam, o quarto de Montjouvain, onde Albertine, rósea, enroscada como uma grande gata, o nariz travesso, tinha tomado o lugar da amiga da srta. Vinteuil e dizia, com rompantes de seu riso voluptuoso: "Pois bem! Se nos virem, tanto melhor. Então eu não me animaria a cuspir naquele macaco velho?". Era esta cena que eu via atrás da que se estendeu na janela e que não era, sobre a outra, mais que um véu pálido, superposto como um reflexo. Parecia, com efeito, quase irreal, como uma paisagem pintada. Em frente a nós, na saliência dos alcantis de Parville, o bosquezinho onde tínhamos brincado de esconder pendia em declive até o mar, sob o verniz ainda dourado da água, o quadro de suas folhagens, como na hora em que tantas vezes, ao fim do dia, quando eu tinha ido dormir uma sesta com Albertine, nos erguêramos ao ver que o sol descia. Na desordem das brumas da noite, que se arrastavam ainda em farrapos róseos e azuis sobre as águas atulhadas dos destroços de nácar da aurora, barcos passavam sorrindo à luz oblíqua que lhes amarelava a vela e a ponta de seu gurupés, como quando eles voltam à tarde: cena imaginária, trêmula e deserta, pura evocação do poente que não repousava, como a noite, sobre a sequência das horas do dia que eu tinha o hábito de ver preceder-lhe, desligada, interpolada, mais inconsciente ainda do que a imagem horrível de Montjouvain, que ela não conseguia anular, encobrir, ocultar — poética e vã imagem da lembrança e do sonho. "Mas vejamos", disse-me minha mãe, "tu não me disseste nenhum mal dela, tu me disseste que ela te aborrecia um pouco, que estavas contente por haveres renunciado à ideia de desposá-la. Não é razão para chorar desse jeito. Pensa que tua mamãe parte hoje e vai ficar desolada por deixar o seu lobozinho nesse estado. Tanto mais, pobre pequeno, que eu não tenho tempo de consolar-te. Por mais que estejam prontas as minhas coisas, nunca se dispõe de muito tempo num dia de partida". "Não é isso." E então, calculando o futuro, pesando bem a minha vontade, compreendendo que aquele afeto de Albertine pela amiga da srta. Vinteuil e durante tanto tempo, não podia ter sido inocente, que Albertine já fora iniciada e, tanto quanto mo indicavam todos os seus gestos, nascera, aliás, com a predisposição do vício que minhas inquietações tantas vezes haviam pressentido, ao qual jamais deveria ter cessado de entregar-se (ao qual se entregava, talvez, naquele momento, aproveitando um instante em que eu não estava presente), disse à minha mãe, sabendo a pena que lhe causava, que ela não demonstrou e que se traiu unicamente por aquele ar de séria preocupação que tinha quando comparava a gravidade de me causar desgosto ou de me fazer mal, aquele ar que tivera em Combray pela primeira vez quando se resignara a passar a noite junto de mim, aquele ar que em tal instante se assemelhava extraordinariamente ao de minha avó quando me permitira que bebesse conhaque, disse eu a minha mãe: "Sei o pesar que vou causar-te. Primeiro, em vez de ficar aqui como querias, vou partir ao mesmo tempo que tu. Mas isso ainda não é nada. Não me sinto bem aqui, prefiro regressar. Mas, escuta, não te aborreças muito. Eis o que há. Enganei-me, enganei--te de boa-fé ontem, refleti toda a noite. É preciso absolutamente, e decidamo-lo imediatamente, porque eu bem o reconheço agora, porque eu não mudarei mais, e porque não poderia viver sem isso, é preciso absolutamente que eu me case com Albertine".

resumo

PRIMEIRA PARTE

Uma descoberta sobre o sr. de Charlus, seu encontro com Jupien (16); compreendo retrospectivamente os altibaixos de suas relações comigo (48); a "raça dos invertidos" (48).

SEGUNDA PARTE

I

Antes de chegar à recepção da princesa de Guermantes, espaireço pela rua (54); diante do palácio da princesa, encontro o duque de Châtellerault (54); sua relação com o porteiro da princesa (55); a disposição das cadeiras: uma inovação no salão da princesa de Guermantes (55); o duque de Châtellerault se encontra diante do porteiro, a quem pretende esconder sua identidade (57); em seguida, o porteiro anuncia meu nome, a princesa se ergue e vem na minha direção (58-59); é preciso encontrar alguém que me apresente ao príncipe (60); sou detido um momento pelo professor E..., que diagnosticara a morte de minha avó (61); tentativa de aproximação do príncipe com a ajuda do sr. de Vaugoubert, um dos únicos homens da sociedade "em confidência" com o sr. de Charlus (64); vejo-me forçado a conversar alguns instantes com a sra. de Vaugoubert — ela é um homem (67); há mulheres no jardim que podem me apresentar ao príncipe (70); o sr. de Charlus está diante do jardim, declinando o nome das pessoas que passam por ele (70-71); recorro, em vão, à sra. de Souvré (72); depois de muito me esforçar para lembrar-me de seu nome, recorro à sra. de Arpajon (74); não tenho mais recurso senão junto ao sr. de Charlus, que ignora meu pedido (77); o sr. de Bréauté, por sua vez, o acolhe com satisfação (77-78); a polidez distante do príncipe (78); ele arrasta Swann consigo para o fundo do jardim (78).

O famoso chafariz que aí se encontra (79); a sra. de Arpajon inundada pela água (80); o sr. de Charlus, na escadaria, zomba de minha presença naquela recepção (81); volto aos salões na companhia da princesa, que me fala de sua prima, Oriane; neste momento, justamente, ela adentra o salão em companhia do marido, o duque de Guermantes (83); antes de poder ir ter com eles, sou fisgado pela embaixatriz da Turquia (83); os olhos da duquesa de Guermantes (85); limites de certas formas da amabilidade aristocrática (87); a voz reveladora do sr. de Vaugoubert, sua carreira diplomática e inversão (88); a duquesa é detida pela sra. Timoléon d'Amoncourt, que, num excesso de amabilidade, oferece à princesa os manuscritos de três peças de Ibsen (91); desconfiança do duque de Guermantes diante de escritores e dramaturgos, que poderiam colocar sua mulher em suas obras (92); o prestígio da duquesa de Guermantes, percebido durante sua travessia dos salões (93); cônscia de sua superioridade com relação à prima, não deixa de elogiar "os esplendores" do salão da princesa (94); a sra. de Saint-Euverte vem recrutar os últimos aderentes de sua garden-party do dia seguinte (95); julga-se agindo como uma verdadeira duquesa de Guermantes (97); esta avalia negativamente certos convidados do salão da prima (97); o coronel de Froberville, bem como o sr. de Bréauté, vêm sentar-se ao nosso lado (100); o sr. de Vaugoubert volta para junto do sr. de Charlus, que se exaspera com os modos do diplomata (100); a sra. de Guermantes mostra-se curiosa quanto ao assunto da conversa entre o príncipe e Swann (101); o sr. de Bréauté fala da expulsão do dreyfusista Swann pelo príncipe (102); a situação social do sr. de Froberville, a inveja que sua família arruinada nutre pela sra. de Saint-Euverte (103); o sr. de Guermantes julga "inqualificável" o comportamento de Swann quanto ao Caso Dreyfus (103-104); a semelhança entre o sorriso da duquesa de Lambresac e de todas as amigas de minha avó (108); um músico bávaro, de grande cabeleira, saúda a duquesa; o duque fica furioso ao ver a esposa cumprimentar alguém que ele não conhece (110);

a sra. de Guermantes é bem infeliz no casamento (110); instada pelo sr. de Froberville sobre sua ida à recepção da sra. de Saint--Euverte, responde que, justamente nesse dia, deve visitar os vitrais de Montfort-l'Amaury; o sr. de Froberville sorri finamente (111).

Afastamo-nos do sr. de Froberville e cruzamos com os dois filhos da sra. de Surgis, a nova amante do duque de Guermantes (114); sou detido pela marquesa de Citri; seu horror ao alto mundo, sua negatividade (114-115); o salão de fumar ou salão de jogo me impressiona (116); o sr. de Charlus contempla absorto os irmãos, filhos da sra. de Surgis (117-118).

Prazer mesclado de tristeza ao encontrar enfim Swann: marcas de sua decadência física (118); vou atravessar o salão para ter com ele, quando sou detido por Saint-Loup, que desconhece os verdadeiros gostos do tio (120); Robert faz-me o elogio das casas de rendez-vous e fala-me da primeira camareira da sra. Putbus (122-123); o sr. de Charlus é muito amável com a sra. de Surgis; Saint-Loup crê ver confirmada a fama de galanteador do tio (123); o barão conversa com a sra. de Surgis sobre os dois filhos dela, Arnulphe e Viturniano (123-127); Swann aproxima-se de Saint-Loup e de mim e nos fala com paixão do Caso Dreyfus (127-128); o sr. de Charlus insulta a pobre sra. de Saint-Euverte (130); Swann narra sua conversa com o príncipe de Guermantes: este lhe revela acreditarem, ele e sua mulher, na inocência de Dreyfus (136); instado sobre os gostos sexuais do barão, Swann dá de ombros, como se eu proferisse um absurdo (139); ao se despedir, pede-me que volte a visitar sua filha, Gilberte (144).

A paixão da princesa de Guermantes pelo sr. de Charlus (146); na despedida, o sr. de Guermantes faz questão de significar ao barão, seu irmão, seu afeto, pela gentileza que esse mostrara pela sra. de Surgis (148); troca de amabilidades entre a duquesa de Guermantes e a princesa de Orvillers (153); a duquesa aproveita a brevidade da espera do carro para cumprimentar a prima, a sra. de Gallardon, a quem não costuma dar muita atenção (154).

No cupê, junto do casal, meu pensamento está na casa de rendez-vous de que me falara Robert (155); o duque topa com duas parentas que vêm anunciar-lhe a morte do primo; desvencilha-se rapidamente delas para poder ir ao baile a fantasia (157-158).

Chego em casa ansioso por ver Albertine e encontro a filha de Françoise instalada à mesa de jantar (158-159); volto para o quarto, à espera de Albertine (162); ela me telefona, informando não poder vir esta noite (165); para que não me aborreça, promete chegar em dez minutos (167); Françoise incomodada com a chegada tão tardia de minha amiga; sua antipatia por Albertine (168); o gênio da língua em estado vivo na fala de Françoise (170); com a chegada de Albertine, se estou um pouco tranquilizado, não me sinto feliz (171).

Durante estada em uma estação de águas, o duque de Guermantes torna-se dreyfusista (174); visita que faço a certos salões na ausência da duquesa (176); novidades do salão e da situação social do salão dos Verdurin e de Odette Swann (178).

AS INTERMITÊNCIAS DO CORAÇÃO

Minha segunda chegada a Balbec é muito diversa da primeira, em que me sentira triste e só (186); minha partida para Balbec se liga em parte à possibilidade de encontrar a camareira da sra. de Putbus na Raspelière, castelo que os Verdurin alugam dos Cambremer (188); em meu quarto, curvo-me com lentidão e prudência para descalçar-me: a memória involuntária ressuscita diante de mim minha avó (191-192).

Recebo bilhete de Albertine, hospedada nas redondezas de Balbec (200); recebo um cartão da marquesa de Cambremer, convidando-me para uma vesperal, dali a dois dias (202); posso perceber enfim a dor de mamãe pela perda de minha avó; impressiona-me a transformação que nela se efetuara (205-206); numa de suas peregrinações pela praia, encontra uma dama de Combray

(208); enquanto mamãe lê na praia, fico sozinho em meu quarto, recordando os últimos tempos da vida de minha avó (209).

Depois de um dia de muito sol, passo a desejar ouvir de novo o riso de Albertine e de rever suas amigas (218).

II

Posso saber, por meus sonhos, que vai diminuindo minha dor pela morte de minha avó (221); tomo o trenzinho local para ir fazer uma visita aos Cambremer e aos Verdurin; revejo minha avó, tal como estava sentada no trem, na nossa partida de Paris para Balbec (223-224); voltando ao hotel, peço que Françoise vá procurar Albertine (226); no dia seguinte, Françoise diz-me palavras profundas quanto aos desgostos que Albertine ainda me causará (227); vejo a princesa de Parma e esquivo-me (227).

Muitas das amigas de Albertine me dão em uma praia ou outra instantes de prazer (228); se o desejo de ver Albertine me acomete, envio o *lift* à sua procura; traços deste personagem (229).

Minhas desconfianças quanto ao tipo de vida de Albertine são despertadas por uma observação de Cottard (235); alguns dias depois, possível flerte da irmã e da prima de Bloch com Albertine (242); depois da observação de Cottard, Albertine não me parece mais a mesma (243).

Recebo a visita da marquesa de Cambremer, de sua nora e de um célebre advogado de Paris (245-246); quando nos deixam, subo com Albertine para meu quarto; conversa com o jovem ascensorista (267); Albertine pede-me que lhe explique minha dureza repentina para com ela; minto-lhe, declarando grande paixão por sua amiga, Andrée (270-271); tranquilizado pelas explicações de Albertine, ouço mamãe falar docemente da época em que minha avó era mais moça (278-279).

Vamos merendar "em grupo", como outrora, Albertine, suas amigas e eu (280); meu interesse por outras moças que passeiam por Balbec (281-282); no auge da estação, com a praia povoada de raparigas, crescem novamente minhas desconfianças com relação a Albertine (285-286); um incidente envolvendo a irmã de Bloch e uma antiga atriz contribui para aumentar meus tormentos (286).

O sr. Nissim Bernard, tio de Bloch, também vem ao Grande Hotel de Balbec, onde sustenta um "empregado" (286); ligo-me de forte amizade com a srta. Marie Gineste e a sra. Céleste Albaret (291); outro incidente fixa minhas preocupações do lado de Gomorra (296); ligação do sr. Nissim Bernard com os dois gêmeos com cabeça de tomate (300).

Na ausência de suas amigas, decido distrair Albertine, levando-a em visita aos Verdurin, na Raspelière (302); no trenzinho local, subimos a um compartimento onde já se acha instalada uma dama de cara enorme, feia e velha (303); Saint-Loup espera-me na estação de Doncières (304); vejo passar o sr. de Charlus e me dou conta do quanto ele envelhecera (306); ele pede-me o favor de chamar um militar que se acha do outro lado da via férrea; trata-se de Morel, filho do lacaio de meu tio-avô (307); Albertine fala-me de Saint-Loup (310).

Dali a dois dias, a famosa quarta-feira, tomo novamente o trem para ir jantar na Raspelière; os fiéis do salão no trem: Cottard, Brichot, Ski, Saniette e a mais fiel de todos os fiéis, a princesa Sherbatoff (312); reconheço a princesa Sherbatoff na dama que supusera ser uma dona de casa de tolerância (325); início das análises etimológicas de Brichot (336-339); somos conduzidos à Raspelière pelo primeiro cocheiro dos Verdurin (345).

O sr. Verdurin desvencilha-se logo do assunto que podia comprometer o jantar: a morte de Dechambre (345); anuncia-nos a descoberta de outro artista: Morel, que deve chegar com um velho amigo, o barão de Charlus (352); desejo partilhar minhas impressões da estrada ao crepúsculo com a sra. Verdurin, que não as entende de todo (355); a porta abre-se ante Morel e o barão de Charlus, desambientado no salão dos Verdurin (357); Morel roga-me que transmita aos Verdurin a notícia de uma suposta posição social mais elevada de seus pais (360); Cottard entra no salão, anunciando a chegada dos Cambremer, proprietários da Raspelière (362-363).

A jovem sra. de Cambremer espanta-se com as mudanças que os Verdurin introduziram na propriedade e pergunta-me sobre Morel, através do qual pretende atrair o sr. de Charlus a Féterne (375); agrada ao sr. de Cambremer saber de minhas crises respira tórias, que partilho com sua irmã (379); penso em uma conversa que tivera com minha mãe sobre Albertine (379-380); a sra. de Cambremer fala-me do casamento de Saint-Loup com a sobrinha da princesa de Guermantes (380); e volta a tratar do assunto que mais lhe interessa: o sr. de Charlus (381); Brichot preocupa-se com a possibilidade do assunto da morte de Deschambre vir à tona e aproveita uma pergunta do sr. de Cambremer para traçar a etimologia de nomes da região (382); nesse momento, o jantar é interrompido por um ilustre filósofo norueguês, que se mostra muito interessado pela etimologia das palavras (382-383); ele é interrompido pela sra. Verdurin, que quer dar prosseguimento ao jantar (383); Ski comenta com o dr. Cottard algo a respeito da sexualidade do sr. de Charlus (386-387); os Verdurin humilham Saniette (387); Brichot retoma as etimologias (391-392); a sra. Verdurin fala-me de Elstir (393).

Descompasso entre meu entusiasmo por certos detalhes da Raspelière e o que dela pensam os Verdurin e os Cambremer (399-400); a marquesa de Cambremer e a regra dos três adjetivos em suas cartas (401); o sr. de Charlus fala da história de seus antepassados para o sr. de Cambremer (402); elogio Brichot para a sra. Verdurin, que não parece concordar inteiramente com minha admiração (404); diante de um Morel boquiaberto, o sr. de Charlus prossegue nas explicações histórico-genealógicas de sua família (404); antes da partida de cartas, a sra. Verdurin exige um pouco de violino; o sr. de Charlus espanta a todos ao acompanhar Morel ao piano (410); a religiosidade do barão (414).

Inicia-se a partida de cartas (415); o sr. Verdurin fala do célebre dr. Cottard para o sr. de Cambremer (416); discussão deste com o doutor sobre o sono (418); um deslize na voz do barão revela sua sexualidade (425); a sra. Verdurin tenta tirar a limpo a relação do barão com a sra. de Molé; este lhe revela seu parentesco com o duque de Guermantes (427); a sra. Verdurin insiste para que eu traga minha "prima", Albertine (428); nossa descida rumo ao trem (436).

III

Ouço, caindo de sono, o que me diz o *groom* vesgo sobre sua família (439); entro em meu "segundo apartamento": o do sono (440).

O sr. de Charlus vem jantar no Grande Hotel de Balbec com o lacaio de uma prima dos Cambremer (446); Aimé mostra-me uma carta que recebera do barão (450).

Passeios de carro com Albertine, que resolve dedicar-se novamente à pintura (454); visita aos Verdurin na Raspelière; o jardim dessa propriedade; passeios organizados pelo casal (461); reflexões sobre as alterações na percepção durante um passeio de automóvel (468); o chofer, muito ligado a Morel (468); este e o barão de Charlus em um restaurante da costa (468).

Deixo Albertine pintando e saio em passeio com o auto (474); retorno de carro com Albertine (476); mamãe critica meus gastos com minha amiga (481); quando Albertine não está livre para sairmos juntos, autorizo Saint-Loup a vir me visitar em Balbec (484); visita de Saniette, sua timidez e indiscrição (485-486); diálogo com o ascensorista doente, o chofer anuncia sua partida de Balbec (488-489); articulações de Morel para expulsar o cocheiro dos Verdurin e levá-los a contratar o chofer (493-494).

Preparo-me para tomar o trenzinho e ir jantar na Raspelière (500); de todos os fiéis dos Verdurin, o mais fiel de todos, uma espécie de segunda princesa Sherbatoff, é o barão de Charlus (502); hesitação dos fiéis em convidá-lo para viajar no mesmo vagão (503); mas logo ficam fascinados por sua singularidade; o barão acredita que eles possuem uma noção muito vaga de sua vida (505); a sra. Verdurin não está muito certa apenas quanto à situação social do sr. de Charlus (508); indisposição da princesa Sherbatoff comigo (510); amabilidade do barão de Charlus com um grande músico, membro do Instituto, que favorece suas relações com Morel (512); descompasso entre o que pensam as pessoas e o que o barão crê que elas pensam sobre ele (512-513).

Sua paixão pelos romances de Balzac (515-516); Brichot critica Balzac e Chateaubriand (516-517); o dr. Cottard, por sua vez, critica Sócrates (517); diante de Morel, o sr. de Charlus vigia cuidadosamente a sua conversação (519-520); o barão compara a toalete de Albertine com a toalete da princesa de Cadignan (521); Brichot fala da sra. de Villeparisis e do sr. de Norpois (523); admiração de Morel pela casa de meu tio-avô, em que trabalhara seu pai (523-524); ao falar da *Princesa de Candignan*, o barão tomba numa cisma profunda, confundindo sua situação com a descrita por Balzac no livro (525).

Morel vota-me calorosa simpatia; seu ar irritado diante do barão (527); o duelo fictício do barão para tentar trazer Morel para junto de si (530); sua reconciliação temporária (537-538); o bordel de Maineville e o encontro de Morel com o príncipe de Guermantes (544-547).

Visitas do conde de Crécy, gentil-homem pobre, mas de extrema distinção (552); o sr. de Chevrigny, parente provinciano dos Cambremer (556); carta da velha marquesa de Cambremer: nova opinião sobre a gradação dos adjetivos por ela empregados (558); desejo dos Cambremer de convidar os Verdurin (558-559); Morel e sua crença nos ensinamentos mundanos transmitidos pelo barão de Charlus (561); Brichot, loucamente apaixonado pela sra. de Cambremer (562); intervenção decisiva da sra. Verdurin (563); os Cambremer convidam o sr. de Charlus, mas sem o seu protegido (563); difundem comentários maldosos sobre o dreyfusismo dos Guermantes (565).

Ida à Raspelière sob nevoeiro (567); comentário do sr. de Cambremer sobre minhas sufocações e as de sua irmã (568); sua esposa fala mal de Albertine (569); os nomes das estações de trem, agora humanizados (571); uma vez, Bloch entra no trem e se zanga por eu não me dispor a sair para cumprimentar seu pai (573); grande interesse do barão por meu amigo (576-577); não apenas os nomes dos lugares perdem seu mistério inicial, mas os próprios lugares (579-580); o casamento com Albertine me parece uma loucura (586).

IV

Só espero uma oportunidade para uma ruptura definitiva (587); um detalhe sobre sua relação com a srta. Vinteuil e sua amiga, Léa, alteram totalmente meus planos (590-592); é preciso absolutamente que me case com Albertine (606).

posfácio

Proust e o *Affaire* Dreyfus

Marcel Proust, contemporâneo do *Affaire* Dreyfus, inclui em sua obra referências a este caso que abalou a França no final do século XIX. Especialmente em *O caminho de Guermantes* e *Sodoma e Gomorra*, Proust faz com que o *Affaire* entre no sistema geral da sociedade parisiense, em constante evolução, e nas mudanças e descontinuidades das consciências das personagens. Examina simultaneamente o grau de integração ou de rejeição do subgrupo judeu na alta sociedade, caracterizada por seu conservadorismo e elegância. Vale observar que o narrador se declarara *dreyfusard*, ou seja, partidário da revisão do processo contra Dreyfus, em *O caminho de Guermantes*, ao apresentar as diferentes posições adotadas por sua família. Quanto ao pai, em boas relações com autoridades do governo, deixou de falar com ele durante oito dias ao tomar conhecimento de suas posições. Afirma agora ter duelado várias vezes, sem medo algum, durante o *Affaire* Dreyfus.

Esse subgrupo judeu é apresentado como excluído por princípio, assim como o dos homossexuais, ao qual é comparado várias vezes, na primeira parte de *Sodoma e Gomorra*. O narrador insiste nessa comparação no episódio em que observa o sr. de Charlus, sem ser visto. Sendo a homossexualidade vista como crime pela sociedade, diz ele que "determinados juízes supõem e desculpam mais facilmente o assassinato entre os homossexuais e a traição entre os judeus por razões ligadas ao pecado original e à fatalidade da raça". Na defesa dos homossexuais contra essa sociedade que os obriga a viver na hipocrisia e na mentira, volta a comparação com os judeus, para terminar com a afirmação de que eles são numerosos em todos os países e que "neste livro quis prevenir contra o erro funesto que consistiria, da mesma forma que se encorajou um movimento sionista, em criar um movimento sodomista e reconstruir Sodoma". A comparação é curiosa, mas mostra em que medida os judeus, cidadãos franceses desde a Revolução de 1789, na verdade sofrem discriminação em determinadas épocas, como nessa em que se passa o romance.

Nesse momento, a França está dividida em dois campos: pró

ou contra a condenação em 1894 do militar francês Alfred Dreyfus, de origem semita. Cidadão francês, formado pelas escolas militares francesas até atingir a patente de capitão, Dreyfus foi acusado de traição por enviar documentos secretos ao adido militar alemão. Destituído de sua situação militar, foi condenado à prisão perpétua na ilha do Diabo, na Guiana Francesa. Embora o condenado tenha sempre declarado sua inocência, o fato em si passou despercebido na época e foi graças à atuação posterior de seu irmão junto à imprensa e aos políticos que o caso voltou à baila. Por outro lado, em 1896, o tenente-coronel Picquart, encarregado de consultar o dossiê secreto da condenação, constatou a semelhança da letra do "bordereau" atribuído a Dreyfus com a do comandante Esterhazy. Constatou, portanto, o erro judiciário. Tentou, sem sucesso, convencer seus superiores. O Estado-Maior tentou abafar a revelação, Picquart foi afastado de suas funções e nomeado para a Tunísia. Mas a campanha que questionava a condenação já havia começado nos jornais. Ainda nessa época o tenente-coronel Henry remeteu ao general Gonse uma carta, apreendida na embaixada alemã, o "petit bleu" que supostamente incriminava Dreyfus. Tratava-se de um documento falso que só iria ser desmascarado em 1898. O vice-presidente do Senado, Scheurer-Kestner, convencido da inocência de Dreyfus e diante da campanha antissemita de jornais e jornalistas conservadores, pronunciou-se, em 1897, pela revisão do processo, bem como vários jornalistas de renome.

Existia portanto um problema: se Dreyfus fosse inocente, seria admitir que o Exército havia falhado ao "fabricar" documentos falsos, ficando abalada, portanto, a ordem estabelecida. Uma vez questionada a lisura do julgamento, poder-se-ia deixar que um inocente continuasse na prisão? Impunha-se então a revisão do processo. A França estava dividida. Pela ordem, pela preservação das instituições estavam os partidos de direita, os nacionalistas, a Igreja. Pela revisão do processo estavam os democratas, os socialistas. São posições políticas opostas que dividem em *antidreyfusards* e *dreyfusards*, além das posições antissemitas, ou não, uma vez que, embora de família francesa de longa data, pesa na tomada de posição o fato de Dreyfus ser judeu. Além disso, também dividiam-se os intelectuais de destaque da época de acordo com suas convicções, a partir de 1898, na Liga da Pátria Francesa e na Liga dos Direitos do Homem, respectivamente.

As descobertas de Picquart quanto à autenticidade da acusação foram sendo divulgadas e feitas investigações sobre o caso. Em novembro de 1897, o general Saussier pediu que fosse aberto um inquérito sobre o caso e Picquart, por ordem de seus chefes, voltou a Paris. Julgado em sessão secreta do Conselho de Guerra em 1898, Esterhazy foi inocentado em 11 de janeiro de 1898. Em 13 de janeiro Picquart foi preso por sessenta dias, aguardando o processo. É datada desse mesmo dia a famosa carta "J'accuse" de Émile Zola endereçada ao presidente da República, publicada no jornal *L'Aurore*, dirigido por Clemenceau, insistindo na revisão do processo. E a Câmara dos Deputados decidiu processar Zola. Nos dias seguintes à publicação, foram numerosas as manifestações populares a favor do Exército, contra Zola e contra os judeus, especialmente as ações antissemitas na Argélia. No dia 14 de janeiro foi publicado o primeiro manifesto de "intelectuais" favoráveis à revisão do processo, assinado em primeiro lugar pelo próprio Zola, seguido de Anatole France e do jovem Marcel Proust, entre muitos outros. No campo socialista, houve uma divisão e mais um manifesto foi publicado: Jules Guesde considerava o caso uma "guerra civil burguesa", mas Jean Jaurès apoiava a causa *dreyfusarde*.

Em 7 de fevereiro iniciou-se o processo contra Zola por injúria e difamação contra o Exército, procurando-se evitar referências a Dreyfus, e em 23 de fevereiro o réu foi condenado a um ano de prisão e 3 mil francos de multa. Mas, durante uma das audiências, o general Pellieux foi levado a mencionar peças secretas que incriminariam ainda mais Dreyfus (o "petit bleu" falsificado por Henry). A imprensa acompanhou de perto e alguns jornais publicaram detalhadamente os debates das quinze audiências no Palácio da Justiça de Paris.

No Brasil, por meio de artigo enviado por Rui Barbosa no exílio em Londres, a opinião pública brasileira já estava informada, por uma de suas "Cartas de Inglaterra", de 7 de janeiro de 1895 — ou seja, bem antes da reação francesa —, da injustiça cometida com a condenação de Dreyfus. Por outro lado, Zola era um autor conhecido e lido no Brasil, e seu processo, acompanhado com detalhes diários, transcritos por Delgado de Carvalho, correspondente brasileiro em Paris do *Jornal do Commercio* do Rio de Janeiro, provocou reações por parte de cidadãos brasileiros que, em francês ou em português, enviaram-lhe cartas manifestando indignação e incentivando-o a prosseguir na luta pela revisão do processo de Dreyfus.

Quanto a Proust, contra a vontade do pai, *antidreyfusard* convicto e amigo pessoal de quase todos os membros do Ministério, encarregou-se pessoalmente de colher a assinatura de Anatole France para a petição dos intelectuais e, segundo seu biógrafo George Painter, acompanhou o processo de Zola talvez para fornecer todos os detalhes a Fernand Labori que, juntamente com Clemenceau, era advogado de defesa do romancista. Vemos, portanto, que há referências autobiográficas nos textos literários de Proust.

Em *Jean Santeuil*, abandonado por Proust em 1899 e só publicado em 1952, essa experiência está transposta na série de fragmentos ligados ao *Affaire* Dreyfus. Há inicialmente um pequeno resumo do caso: o acusado chamado de Daltozzi "foi detido sob a acusação de ter fornecido documentos de interesse para a segurança do Estado, condenado à prisão com base em documentos que não lhe foram mostrados, e enviado a Caiena". E o texto continua: "Já que as provas divulgadas pouco a pouco pareciam mais do que insuficientes, abriu-se um inquérito na Corte de Cassação para saber se seria necessária a revisão do processo. Todos os dias ao meio-dia começava a audiência". O ponto de vista do narrador centra-se aqui nos quinze conselheiros que compõem o júri, descrevendo-os, assim como a sala em que é realizada a sessão. No fragmento seguinte, já é citado especificamente o processo contra Zola e a personagem

Jean assiste às audiências, munido de sanduíches e café, permanecendo o dia todo no Palácio da Justiça para acompanhar atentamente os depoimentos, experiência só igualada ao período que antecede os exames. E à noite ainda há a referência às conversas de Jean com Durieux e as reflexões do narrador sobre a alternância de momentos de tensão e de calma na vida de cada um. A tensão é representada pelo depoimento do general Gonse que diz ter mais provas contra o condenado. Na verdade, Jean não está na sala de audiências, pequena demais para conter o público interessado, e o que se sabe é contado por alguém que está saindo: há uma discussão entre dois generais e o general Boisdeffre vai ser chamado para depor. O *Affaire* é então mencionado e há duas hipóteses para o que poderá acontecer: "Se for dita determinada coisa, Dreyfus volta na próxima semana da ilha do Diabo. Se for outra, ao contrário, acabou-se. Nunca mais ninguém poderá nem mesmo falar a seu favor". Diante dessa expectativa, há uma descrição do cenário e da chegada do general Boisdeffre que não é imediatamente reconhecido, pois está em trajes civis. Segue-se uma descrição detalhada do indivíduo, sem que se possa adivinhar qual será sua deposição. Mas a audiência acaba sendo encerrada e adiada para o dia seguinte. Finda a tensão, os militares se retiram conversando familiarmente. Tanto no caso de Jean como do general, alternam-se os momentos de conversa convencional, séria, e momentos em que o interlocutor é um colega. Como se vê, neste caso, há personagens reais que intervêm na ficção de Proust, tanto quanto à sua experiência pessoal, quanto ao militar francês. A mesma situação — assistir às audiências do processo Zola — vai retornar em *O caminho de Guermantes*, agora na pessoa de Bloch, o rapaz judeu que, como Jean, vai ao Palácio da Justiça acompanhar as audiências, munido de sanduíches e de um recipiente com café.

No fragmento seguinte, temos o coronel Picquart. Há considerações sobre a importância dos atos de solidariedade, entre outros, ao se assinar um manifesto quando "um inocente é condenado como culpado". Comentam-se então os embates entre os generais e os advogados e a reação exagerada e apocalíptica do jornalista. Sabemos, por alguém que sai da sala de audiências, que é Picquart que está depondo. À pergunta sobre o que está dizendo, a resposta é vaga: "Não se ouve bem". Talvez, segundo o narrador, esta seja uma maneira de evitar que se saiba qual é a opinião desse informante. Em seguida, temos Jean presente na sala e a descrição de Picquart que, embora seja um militar de uniforme, é um filósofo e como tal está em busca da verdade em tudo o que se apresentara a seu exame. Segue-se a descrição física da testemunha durante o depoimento. O próximo fragmento apresenta ainda Picquart, agora em trajes civis. Há o choque para Jean entre a realidade e sua imaginação, pois o sabia prisioneiro. Nota-se a admiração do protagonista pelo depoente, mas é preciso que seja alertado da presença dele na sala para que o observe, de tal forma o físico pouco corresponde ao que havia imaginado: decepciona-se ao vê-lo tão comum, "parecendo um engenheiro israelita". No fragmento seguinte temos Picquart como oficial filósofo, feliz por estar em um alojamento modesto para poder refletir em paz. Adiante, de uniforme azul, está depondo diante dos juízes. A cada pergunta feita, coloca-se no lugar do outro para chegar a uma conclusão, ou seja, usa os mesmos procedimentos intelectuais de um filósofo, tem os pequenos hábitos que acompanham o pensamento filosófico, o que provoca a simpatia de Jean e sua total adesão à personagem: "Se alguém lhe fizesse mal, nós nos mataríamos por ele...". No fragmento sobre a verdade acima das opiniões pessoais, Jean vai ao Palácio da Justiça para o depoimento dos especialistas sobre a autenticidade do "bordereau". Por pura questão de honra profissional, os homens de ciência dizem a verdade. Por exemplo, Paul Meyer defende Zola, porque vê que ele está com a verdade e conclui: "Juro que não pode ser a letra de Dreyfus". É a conclusão de um raciocínio feito de acordo com as regras científicas. Portanto, a verdade existe em si, independente de qualquer opinião. Paul Meyer poderia ser amigo dos generais e detestar Zola, mas agora o apoia, pois está com a verdade. Ocorre o mesmo quando o narrador vê na lista de protesto do jornal *L'Aurore* o nome de um ilustre advogado monarquista e cristão, pois apoia a verdade.

Outro fragmento curioso transcreve, em discurso direto, a conversa entre um general e um conde. O general diz que não acha que Dreyfus seja culpado, mas está certo de que Esterhazy também não o é, o que provoca a surpresa de todos. Indagado então pelo conde sobre o "bordereau", diz que este não foi escrito por Esterhazy mas por alguém que imitou sua letra. Vem então a objeção: se Dreyfus imitou a letra de Esterhazy, quando foi acusado, teria posto a culpa nele, pois só se imita a letra de alguém para poder usá-lo como desculpa. O general lembra então que disse que achava que Dreyfus era inocente. À pergunta sobre quem fora realmente o autor do "bordereau", diz o general que não quer responder, pois se trata de alguém muito conhecido, e que só poderá responder à pergunta dali a alguns anos. "Soubemos tarde demais para poder fazer alguma coisa", diz o general. O conde se pergunta sobre Picquart, mas acha que é impossível que seja ele, pois é um herói e sempre foi movido unicamente por sua consciência. O general acha que, quanto ao "petit bleu", nunca se vai saber a verdade. Para ele, foi Picquart que o escreveu, mas acha que o conde tem razão em admirá-lo. Picquart achava que Esterhazy era culpado e Dreyfus, inocente. Portanto, com a falsificação, mostrou que era Esterhazy que tinha relações com os alemães e depois não pôde voltar atrás e teve de mentir. O trecho termina com as considerações dos donos da casa onde ocorre o diálogo, encantados com o fato de sua casa ter sido palco dessas revelações. O último fragmento da série mostra a reação da sra. Santeuil quando ficou sabendo, pelo marido que lia o jornal, que Picquart seria condenado a cinco anos de prisão. Fica triste e diz: "Miseráveis! Agora nada os deterá pois sentem que são os mais fortes". Mas, diz o texto, não ficou gravada em nenhum arquivo qualquer reação concreta dela. Não fez como outras mulheres, e acabou se adaptando à vida doméstica a serviço do marido.

Como vemos, essa tentativa de integrar história e ficção foi abandonada pelo próprio autor, bem mais interessado, como romancista que era, na apresentação das emoções e dos questionamentos pessoais, nas cenas vividas, na arte do retrato, na complexidade das personagens aparentemente simples, do que em defender uma tese ou discutir as circunstâncias históricas e políticas do *Affaire* Dreyfus. Vale ainda acrescentar que, cronologicamente, em *Jean Santeuil* a discussão antecede a revisão do processo em 1899.

Voltando aos fatos históricos, Zola recorreu da sentença e o processo foi anulado em 2 de abril, por vício de forma. Em 7 de julho o ministro da Guerra, decidido a dar um fim ao *Affaire* Dreyfus, apresentou três documentos secretos que julgava definitivos para provar a culpa de Dreyfus, além de dizer que o capitão teria confessado o crime antes de ser destituído. Em 8 de julho Picquart foi preso, por ter se oferecido para provar na Justiça que era falsificado o "faux Henry". Em 18 de julho houve um segundo processo contra Zola e de novo o escritor é condenado, tendo então se exilado em Londres. Em 12 de agosto ficou demonstrada a falsificação grosseira do documento forjado por Henry, e em 30 de agosto o militar reconheceu ser o autor da carta; foi preso e encontrado morto no dia seguinte. Em 4 de setembro Esterhazy fugiu para a Bélgica e em seguida para a Inglaterra, depois de pedir sua reforma. E em 27 de setembro o ministro da Justiça pediu a revisão do julgamento de 1894.

Em 1899 houve afinal a cassação do julgamento do tribunal militar e Dreyfus foi julgado pelo Conselho de Guerra reunido em Rennes, em 8 de agosto. Houve uma grande mobilização e muita esperança de que o erro fosse reconhecido e o condenado, inocentado. Mas o Conselho, em 9 de setembro, reiterou o julgamento anterior e Dreyfus foi condenado a dez anos de prisão, mas dessa vez com "circunstâncias atenuantes". Em seguida, o presidente da República recém-empossado, Émile Loubet, assinou o ato de perdão que permitiu a libertação de Dreyfus. Foi uma grande decepção para os *dreyfusistes* (distinção que se faz no interior mesmo do grupo partidário da revisão do processo), na medida em que, de fato, Dreyfus não é inocentado.

Nesse momento, quando houve intensa agitação e grande expectativa em função do resultado da revisão, Proust estava na Suíça com a família e amigos. Parece, portanto, que houve um certo declínio da militância do escritor, mas a tendência a apresentar o ponto de vista de diferentes atores sociais permaneceu, como veremos adiante.

No caso de Dreyfus, esse novo julgamento só será anulado em 1906, quando o ex-capitão foi reabilitado, reintegrado ao Exército como comandante, e condecorado com o grau de Cavaleiro da Legião de Honra. Porém a inocência de Dreyfus só será reconhecida pelo Exército francês em 7 de setembro de 1995.[287] Ainda em 1906, Picquart também é reintegrado como general de brigada e, em 25 de outubro, é nomeado ministro da Guerra.

Examinemos agora como o Caso Dreyfus surge em *O caminho de Guermantes*. Nesse caso, as referências ao *Affaire* situam-se imediatamente após o processo Zola e o desfecho representado pela revisão do processo Dreyfus ainda não aconteceu. Morando em um apartamento próximo à residência da sra. de Guermantes, o narrador, para tentar aproximar-se dela, intensifica sua relação com Saint-Loup, seu sobrinho, no quartel de Doncières. E então, em uma reunião desses militares, fica sabendo que o amigo é um dos dois únicos *dreyfusards*. Na explicação de um outro amigo de Saint-Loup ao narrador, são comentados fatos e citadas personagens reais como o general Boisdeffre e Saussier, o comandante Esterhazy. Falam da evolução da opinião desse segundo *dreyfusard* que inicialmente acreditava em Boisdeffre, mas dele se afasta, quando vê que este acha Dreyfus culpado. "O clericalismo, os preconceitos do Estado-Maior impediam-no de julgar sinceramente", diz ele, embora, segundo o interlocutor, ele próprio fosse clerical, antes de se tornar *dreyfusard*. Depois, acha que o general Saussier, por ser republicano, teria a consciência inflexível. Mas quando este

---

287 "Dreyfus: l'armée s'accuse enfin — L'institution militaire admet la 'conspiration' contre un 'innocent'". Cf. *Libération* n. 4453, de 12/9/1995, p. 13.

declara Esterhazy inocente, volta-se contra ele, por ser incapaz de perceber os fatos, em razão de seu militarismo. Mas também ele é militarista, ou era, vindo de uma família ultramonarquista. O narrador expõe então a teoria, verdadeira para os intelectuais, de que o meio não influencia os homens de ideias. "E como uma ideia é algo que não pode participar dos interesses humanos e não poderia gozar de suas vantagens, os homens de uma ideia não são influenciados pelo interesse." Assim sendo, nem o fato de ser militar e eventualmente ter de pensar em sua carreira, nem por pertencer à aristocracia, Saint-Loup deixa de tomar partido a favor do que é considerado justo. No entanto, mais adiante, em uma conversa ocorrida uma semana mais tarde, diante do comentário sobre o fato de Saint-Loup ser tão *dreyfusard* vivendo em um meio militar e diante da resposta do narrador de que a influência do meio não tem tanta importância como se pensa, as ideias dele são retomadas como suas por Saint-Loup: a admiração dele pelo narrador "completava-se por uma tão completa assimilação das ideias que ao fim de quarenta e oito horas, ele esquecera que essas ideias não lhe pertenciam". Talvez caiba ao leitor então concluir que o meio intelectual acaba assimilando e adotando como suas as posições dos indivíduos que lhe são simpáticos...

Ainda neste livro temos um exemplo das relações pessoais que se degradam em função do partido assumido contra ou a favor de Dreyfus. Trata-se da sra. Sazerat que, para grande surpresa do pai do narrador, cumprimenta-o secamente, por sabê-lo *antidreyfusard*. No dia seguinte, o mesmo ocorre com a mãe do narrador que a encontra em um salão: a sra. Sazerat cumprimenta-a com um sorriso vago e triste como quando se encontra uma pessoa com quem se teve grande intimidade, mas com quem se cortou relações, "porque levou uma vida depravada, casou com um condenado ou, pior ainda, com um homem divorciado".

Há, portanto, um outro ambiente em que o *Affaire* Dreyfus desempenha um papel relevante no tipo de convidados que aí são admitidos: são os salões. Tomemos o exemplo do salão da sra. de

Villeparisis onde o narrador encontra Bloch. Diz o texto: "É verdade que o caleidoscópio social estava mudando e que o caso Dreyfus iria lançar os judeus no último estágio da escala social". No caso desse salão, pelo fato de a sra. de Villeparisis ter ficado até então completamente alheia ao caso — o que não acontecia com uma parte da família totalmente contra os judeus —, Bloch é recebido, pois poderia passar despercebido. Mas Bloch mostra-se deslumbrado com o ambiente, inconveniente, mal-educado e desastrado ao quebrar o vaso de flores da anfitriã, e portanto espalhar a água nos tapetes, embora ponha a culpa nos criados. Na conversa com Norpois, Bloch quer depreender a posição do ex-embaixador e procura indagar sobre sua opinião a respeito de Henry, Picquart. Todos os detalhes das audiências e dos depoimentos do processo Zola intervêm na conversa, o que supõe por parte do leitor um conhecimento dos fatos. Seguem-se comentários sobre a vontade de encontrar a verdade que é sempre relativizada. No entanto, Bloch procura encontrá-la, acreditando na capacidade de Norpois de conhecê-la, já que é amigo dos ministros. Por sua vez, Norpois dirige-se a Bloch como se ele fosse o responsável pela situação em que está a França, mostrando o quanto seria prejudicial para a vida pública francesa insistir na inocência de Dreyfus. Bloch interpela então três outras personagens presentes no salão e todas são irônicas e o discriminam. A última delas, o arquivista, diz à sra. de Villeparisis que talvez Bloch seja "um emissário secreto do Sindicato" dos judeus. Por considerar a situação perigosa, esta despede Bloch de maneira sutil — pois é uma grande dama —, fingindo dormir.

Enquanto decorre a conversa de Bloch e Norpois, comenta-se a posição pró-Dreyfus de Saint-Loup, o que vai impedi-lo de ser aceito no Jockey. Acham que foi influenciado por Rachel, a amante judia. A sra. de Guermantes, que não quer tomar partido em uma questão que não lhe diz respeito, comenta então o anti-dreyfusismo da mãe de Saint-Loup, participante da Liga da Pátria Francesa. Ela ainda alude a uma reunião a que compareceu e na qual estavam presentes pessoas que passou a vida evitando encontrar, e que agora são recebidas com o pretexto de que são contra Dreyfus. Mais adiante, diz que acha mal escritas as cartas de Dreyfus (publicadas em 1898: *Cartas de um inocente*), se comparadas às de Esterhazy. E o comentário é curioso: "Isso não deve ser agradável para os partidários de Dreyfus. Que pena que não possam trocar de inocente!". Observe-se portanto que os comentários são bastante mundanos e pouco consistentes. Mas já revelam a decepção que haverá com o pouco brilhantismo da personalidade de Dreyfus quando retornou à França para a revisão do processo, bem como quando aceitou a comutação da pena em vez de um resultado que o inocentasse. Trata-se então de um anti-herói, sem o vigor e o brilho dos grandes *dreyfusards*.

Quanto ao sr. de Guermantes, diz ele que não podem ser mostradas as provas da traição de Dreyfus por ser ele o amante da mulher do ministro da Guerra, ao que o sr. d'Argencourt replica dizendo que pensava que ele fosse o amante da mulher do presidente do Conselho. Novamente, argumentos provenientes mais de comentários maldosos do que de argumentações consistentes.

Mais adiante, o sr. de Charlus aconselha o narrador a não frequentar estrangeiros, como Bloch. Segundo ele, Dreyfus não é traidor, pois não é francês. O máximo que se poderia fazer seria condená-lo por infração às regras de hospitalidade. Também ele considera que o problema atual é encontrar nos salões pessoas não categorizadas. Aliás é o que ocorre com o anúncio da chegada da sra. Swann ao salão da sra. de Villeparisis: a sra. de Guermantes retira-se para não ter de cumprimentá-la. Antes Odette não era recebida por ser de outra classe social, e agora, por ser *antidreyfusarde*, é aceita. O fato de assim posicionar-se, sendo casada com um judeu, revela portanto ter sido esta a maneira que encontrou para ser recebida pela aristocracia.

Segundo o narrador, a mesma oposição existente entre os intelectuais repete-se no povo. Em geral, acredita que as tomadas de posição de ambos os lados sejam sinceras. Mas, por mais racionais que procurem ser os raciocínios, há sempre uma razão do sentimento que intervém, diz-nos ele. Mas o caso da discussão dos dois mordomos, presenciada por ele, é uma exceção à regra. O mordomo da casa do narrador é dreyfusista e o dos Guermantes é antidreyfusista. No entanto, o primeiro, apesar de dreyfusista, dá a entender que Dreyfus é culpado e o dos Guermantes, que ele é inocente. O "nosso", não sabendo se haveria revisão do processo, não quer dar ao mordomo dos Guermantes a alegria de achar que uma causa justa foi derrotada. O dos Guermantes pensava que, no caso da recusa da revisão, o "nosso" ficaria mais aborrecido em ver que um inocente continuava na ilha do Diabo. Segundo ele, não fazem isso para dissimular suas convicções, mas por "maldade e dureza do jogo".

Se Bloch é apresentado como um judeu que inicia sua entrada no mundo dos aristocratas, Swann está perfeitamente assimilado à sociedade que frequenta. Ainda em *O caminho de Guermantes*, temos uma conversa dele com o narrador sobre o *Affaire*. Há tempos este não o via e o acha mudado: é que está gravemente doente. À pergunta sobre a razão de serem todos os Guermantes *antidreyfusards*, Swann responde que é porque são antissemitas, explicação que generaliza e evita a discussão, pois se trata de um preconceito. Fica contente em saber que Saint-Loup é *dreyfusard*, o que relativizaria a afirmação anterior. O narrador mostra então que o dreyfusismo tornou Swann de "uma ingenuidade extraordinária". Se essa discussão o aproximava de suas origens, dava a suas opiniões um novo direcionamento, pois tudo passava pelo crivo do dreyfusismo. E são dados dois exemplos: do ponto de vista político, Clemenceau, considerado espião da Inglaterra no caso do Panamá, agora é visto como um "homem de ferro"; e, do ponto de vista literário, Barrès anteriormente admirado, perdeu o talento por ser tão clerical e suas obras são, para ele, impossíveis de ser relidas. Não é, portanto, um julgamento isento. Aliás nenhum dos posicionamentos chega à verdade pura, pois várias circunstâncias do meio levam os indivíduos a uma maneira global, e forçosamente errônea, de julgar.

As referências ao *Affaire* Dreyfus são também significativas em *Sodoma e Gomorra*. No salão da princesa de Guermantes, o duque comenta a inconveniência de Swann em declarar abertamente que é *dreyfusard*, já que é um homem fino, um espírito positivo, um colecionador de livros antigos, membro do Jockey e objeto de consideração geral. Há uma incoerência curiosa por parte da sra. de Guermantes: indagado pelo narrador se receberia o príncipe Von, mesmo sabendo ser *dreyfusard*, diz que sim, pois é estrangeiro. "Para um francês é diferente", diz ele. Dá-se conta então de que Swann é judeu. "Mas até hoje tenho a fraqueza de acreditar que um judeu pode ser francês", evidentemente se for honrado e educado. Reconhece que, nesse caso, cometeu um engano. Mas não ficou tão indignado quando soube que Saint-Loup era *dreyfusard*, pois era jovem e inconsequente. Para ele, o fato de haver uma espécie de solidariedade de raça entre os judeus fez com que uma questão política tenha se tornado um problema social com as manifestações violentas dos *antidreyfusards*.

Swann está presente nesse salão e o narrador constata que a doença fez com que seus traços de judeu ficassem mais evidentes. Saint-Loup chega e o grupo dos três *dreyfusards*, incluindo o narrador, suscita o comentário de Swann de que vão pensar que se trata de uma reunião do "Sindicato", denominação dada pelos antissemitas imaginando que a França é vítima de uma conspiração comandada por essa poderosa e clandestina organização dos judeus. À observação de Swann de que parece que Loubet, o presidente da República eleito em 1899, está a favor deles, Saint-Loup mostra-se arrependido de sua adesão: "Se tivesse que recomeçar, ficaria bem distante. Sou soldado e, antes de tudo, favorável ao Exército".

A conversa de Swann a sós com o narrador — e entremeada de intervenções dos outros presentes — reporta, em discurso direto, seu encontro com o príncipe de Guermantes. Temos, portanto, com detalhes, a passagem do aristocrata de *antidreyfusard* a *dreyfusard*. Diz ele que há um ano e meio teve uma conversa com um general que o fez suspeitar, não de um erro, mas de graves ilegalidades na conduta do processo contra Dreyfus. Era-lhe difícil aceitar essa ideia, pois tinha grande respeito pelo Exército. Depois de voltar a falar com o general, não teve mais dúvidas. Começou a estudar o caso e chegou a questionar a culpabilidade do condenado. Como não conseguia acreditar em um erro do Exército, voltou a falar com o general que lhe disse que houve maquinações: talvez o "bordereau" não fosse de autoria de Dreyfus, mas havia provas de sua culpa. Era a carta de Henry que pouco depois se soube que era falsa. Consultou então um abade sobre o caso e, como também ele tinha a mesma opinião que o príncipe, mandou dizer missas na intenção de Dreyfus. A princesa também se interessou pelo caso e um dia ele via que a criada escondia alguma coisa, quando entrou em seu quarto. Era o jornal *L'Aurore*, lido pela princesa que também encomendara missas ao abade, bem antes de o príncipe fazê-lo. Desculpou-se pela demora em dizer a Swann o quanto suas ideias eram semelhantes às dele. E, desde que teve uma suspeita sobre a justiça do julgamento, só poderia desejar que fosse reparado o erro.

Todas as peripécias reportadas não deixam de ter um aspecto cômico: aqui, não só o aristocrata como o religioso acabam convencidos da inocência do condenado. Agem, porém, com toda a discrição e com os meios de que dispõem.

Swann diz então ao narrador que ficou comovido com as palavras do príncipe mas, para ele, não são uma surpresa, na medida em que se trata de uma "natureza reta". O narrador objeta que Swann havia dito anteriormente, como vimos, que as opiniões sobre o *Affaire* eram comandadas pelo atavismo. Só excetuava a inteligência, como no caso de Saint-Loup. Mas acabava de ver que Saint-Loup mudara de opinião... Agora era a retidão de caráter que assumia o papel antes ocupado pela inteligência. No entanto, o que vemos, mais uma vez, é a relativização das opiniões.

Esta parte termina com Swann aceitando a companhia de Bloch, de quem se mantivera afastado. Conta-lhe que o príncipe de Guermantes era *dreyfusard* e este entusiasma-se tanto que pensa em enviar-lhe um abaixo-assinado pró-Picquart: "Um nome como o dele teria um efeito formidável", diz ele. Swann não o autoriza a fazer isso, misturando "a sua ardente convicção de israelita à moderação diplomática do mundano". Seria pedir o impossível. Também ele não assina a lista, pois achava seu nome evidente demais e, além disso, não queria estar envolvido em uma campanha antimilitarista. Assim sendo, se para muitos Swann parecia um *dreyfusard* radical, para Bloch era tímido e nacionalista. Quando o narrador se informa sobre sua saúde, Swann diz que não gostaria de morrer antes do final do *Affaire*, "para ver Dreyfus reabilitado e Picquart coronel".

Mais adiante o narrador nos conta que o sr. de Guermantes, manifestamente *antidreyfusard*, passou para o campo contrário, depois de três semanas em uma estação de águas. Diz ele: "O processo será revisto e Dreyfus será absolvido; não se pode condenar um homem contra o qual não se tem nenhuma acusação". Como conheceu uma princesa italiana e suas duas cunhadas, pessoas inteligentes e intelectualizadas, não poderia ele deixar de se "converter". O que pesou, no caso, foi a "covardia e o espírito de imitação" do duque. Como vemos, mais uma vez, a mudança de posicionamento ocorre e, como de outras vezes, as motivações são extremamente curiosas. Swann evoluíra do atavismo para a inteligência e a integridade, mas encontramos também oportunistas e imitadores na alta sociedade parisiense analisada por Proust.

Limitamo-nos a examinar esses dois romances, pois posteriormente a situação vai evoluir e o *Affaire* Dreyfus deixará de pesar nos relacionamentos. Os fatos históricos, portanto, integrados à ficção, vão perder sua importância. O mundo criado pelo artista, as sensações fugidias do romancista que lhes dá *status* de eternidade e os recursos literários vão suplantar as tentativas de reconstrução histórica.

Regina Maria Salgado Campos
Professora aposentada do Departamento de Letras Modernas
da Universidade de São Paulo

Este livro, composto na
fonte Walbaum e paginado
por warrakloureiro, foi impresso
em pólen soft 70 g/m² na
Alter Grafika. Rio de Janeiro,
Brasil, agosto de 2019.